NAVARRA
ARAGON
Teruel
Caravaca
Murcia

Droemer Knaur®

Gilbert Sinoué

Der blaue Stein

Roman

Aus dem Französischen übersetzt
von Ralf Stamm

Droemer Knaur

Originaltitel: Le Livre de saphire
Originalverlag: Editions Denoël, Paris

Die Folie des Schutzumschlages sowie die Einschweißfolie sind PE-Folien
und biologisch abbaubar.
Diese Buch wurde auf chlor- und säurefreiem Papier gedruckt.

Umschlaggestaltung: Agentur ZERO, München
Satz: Franzis-Druck, München
Druck und Bindung: Ueberreuter, Korneuburg
Printed in Austria
ISBN 3-426-19393-0

5 4 3 2 1

Kapitel 1

Aufsteigen aus der Erde hör' ich Klagen.
El llanto de España

Toledo, 28. April 1487

Die Sonne war soeben über der Kathedrale emporgestiegen. Nun ergoß sich ihr Licht in blutroten Streifen über die Plaza Zocodover.

Fray Hernando de Talavera, Beichtvater Ihrer Majestät Isabel, Königin von Kastilien, ließ die Finger durch den angegrauten, spitz zugeschnittenen Bart gleiten und beugte sich diskret zu der jungen Frau, die neben ihm saß, hinüber. »Ich nehme doch an, es ist nicht Euer erstes Autodafé, Doña Vivero?«

»Da täuscht Ihr Euch. Ich bin zwar mehr als einmal zu dieser Art Zeremonie eingeladen worden, aber zugesagt habe ich nie. Und wenn Ihre Majestät nicht darauf bestanden hätte, daß ich sie heute vertrete, dann wäre ich wohl ...«

Dröhnendes Geläute von der Kathedrale und den nahen Kirchen übertönte die letzten Worte.

Die Prozession erreichte den Platz.

Das erste, was den Blick fesselte, war das Kreuz. Ein großes, mit schwarzem Flor verhülltes Kreuz, auf den Schultern getragen von Dominikanern des Königlichen Konvents. Seine Farbe kannten nur die Zuschauer, die das Schauspiel schon früher gesehen hatten: das Dunkelgrün würde erst im Augenblick der feierlichen Lossprechung sichtbar werden. Im Schatten des Kreuzes folgten behelmte, Hellebarden tragende Soldaten sowie in Kapuzen gehüllte Mönche und Priester, die Gottes Lob sangen.

In zwei hierarchisch geordneten und streng ausgerichteten Parallelzügen schritten die zivilen und die kirchlichen Amtsträger einher: der Corregidor hinter den Beisitzern, der Dechant hinter den Kanonikern, welche ihrerseits den Mitgliedern des Gerichts vorangingen. Der Ankläger trug die Standarte, ein scharlachrotes, mit Silberspitzen und Silberquasten umrandetes Taftrechteck, auf dem das Wappen der Inquisition eingeprägt war: die Kriegsfahne des Glaubens.

Die Büßer eröffneten den eigentlichen Zug. Sie waren etwa einhundert an der Zahl, steckten in safrangelben Wolltuchkitteln, trugen Kerzen in der Hand und spitze Mützen auf dem Kopf.

Ringsum drängte und drängelte sich die Volksmenge, manche versuchten, in den abgesperrten Bereich durchzuschlüpfen, wo alles, was in Toledo Rang und Namen hatte, versammelt war. Auf halbem Weg zwischen Tribüne und Podest hatte man ein mit Gittern umstelltes Podium errichtet. Dort wurden in Käfigen die Verurteilten ausgestellt. Dem Publikum sollte von ihren Reaktionen, ob Scham, Schmerz oder Reue, nichts entgehen.

Auf ein Pult stellten Pagen das Kästchen mit den Urteilssprüchen und auf ein anderes zwei große in Goldschmiedearbeit gefertigte Tabletts, auf denen Stola und Chorhemd lagen.

Ein Kaplan hielt den Gläubigen Meßbuch und Kreuz entgegen. Mit lauter Stimme verkündete er: »Wir, der Corregidor, die Bürgermeister, Büttel, Ritter, Beisitzer und Notabeln, Bewohner der edlen Stadt Toledo, der heiligen Mutter Kirche gehorsame wahre und treue Christen, wir schwören bei den vier Evangelien, die vor uns liegen, den heiligen Glauben Jesu Christi zu bewahren und zu beschützen. Desgleichen werden wir mit ganzer Kraft jene verfolgen, ergreifen und ergreifen lassen, die der Ketzerei oder des Abfalls vom Glauben verdächtig sind. Gott und die heiligen Evangelien mögen uns bei diesem unseren Handeln Schutz gewähren, und unser Herr im Himmel, dessen Sache hier verfochten wird, rette unsere Leiber hienieden und unsere Seelen in der anderen Welt. Sollten wir gegenteilig handeln, möge er uns dafür streng zur Rechenschaft ziehen und schwer dafür büßen lassen, ebenso wie die schlechten Christen, die wissentlich, doch vergeblich bei seinem heiligen Namen Meineide schwören.«

Als käme es tief aus dem Bauch der Stadt, brauste das »Amen!« der Menge empor.

Während der Ansprache des Kaplans hatte Hernando de Talavera einen beinahe indifferenten Gleichmut gezeigt, als weile er innerlich tausend Meilen weit weg von dieser Zeremonie. Seine geistesabwesende Haltung war um so auffälliger, als sie mit dem Ausdruck von Faszination im Gesicht seiner Nachbarin kontrastierte. Doña Manuela Vivero wandte keine Sekunde die Augen vom Geschehen ab.

Eine neue Gestalt bewegte sich feierlich langsamen Schrittes auf den amtierenden Inquisitor zu. Vor diesem angekommen, beugte sie das Knie und wartete. Fray Francisco de Parraga beschrieb weit ausholend ein Kreuzzeichen über dem Haupt des Priesters.

Manuela erkundigte sich leise: »Wer ist der kniende Mann?«

»Der Hochehrwürdige Pater und Großmeister des Predigerordens, Tomas Rivera, Qualifikator der Suprema.«

Der Priester hatte sich wieder erhoben. Er trat zu einem der Pulte. Sein Blick verweilte kurz bei den Verurteilten in ihren Käfigen. Er holte tief Luft und deklamierte: »Welche Sünder könnten schlimmere Feinde Gottes sein, strengere Bestrafung verdienen als jene, die das Gesetz Moses' befolgen: die treulosen Marranen. Bei ihnen wäre Hoffnung Verblendung, wäre Geduld Nachlässigkeit. Ihr, deren Leben in Schande versinkt, die ihr Gott und den Menschen verhaßt seid, es ist nur gerecht, daß das heilige Gericht euch züchtigt und heute die Sache Gottes verteidigt. *Exurge Domine, judica causam tuam!* Steh auf, o Gott, tritt ein für Deine Sache!«

Der Hochehrwürdige schöpfte Atem, wies mit dem Zeigefinger anklagend in Richtung der Verurteilten und wiederholte kraftvoll: »*Exurge Domine!*«

Manuela durchlief ein Frösteln. Dabei stand die Aprilsonne hoch an einem wolkenlosen Himmel, und es war in Toledo seit einer Woche ungewöhnlich warm. Verwundert hörte sie die eigene, ein

wenig naive Frage: »Werden sie sie hier verbrennen? Gleich anschließend?«
»Nein. In keinem Fall kann die heilige Kirche zum Tode verurteilen; noch weniger kann sie das Urteil vollziehen. Sobald die Verlesung der Urteile beendet ist, werden die Schuldigen dem weltlichen Arm übergeben und vor die Stadtmauern hinausgeführt, wo die Scheiterhaufen auf sie warten. Ihr könnt dies selbst sehr bald in Augenschein nehmen.«
»Ich nehme an, das Volk wohnt auch der Verbrennung bei.«
»Ja.«
»In großer Zahl?«
Talaveras Mund verzog sich zu einem bitteren Lächeln. »Doña Manuela, Ihr, die Ihr im Ruf steht, eine vielbelesene Frau zu sein, habt Ihr denn nicht vernommen, daß der Anblick des Leidens dem Menschen ein unsägliches Vergnügen bereitet? Ich habe sogar gesehen, wie manche beim Einsammeln der verkohlten Gebeine mithalfen und die Henker zur städtischen Kloake begleiteten, als wollten sie sichergehen, daß man die Ketzer an einen Ort zurückbringt, den sie nie hätten verlassen dürfen.«
Ein Dominikanermönch hatte soeben mit der Verlesung der *méritos*, einer Zusammenfassung der zur Last gelegten Verfehlungen und der entsprechenden Strafen, begonnen. Bald folgte ihm ein zweiter Priester. Dann ein dritter. Jeder bemühte sich um den gleichen Tonfall und Sprechrhythmus. Einmal gefühlsbetont, einmal ernst, hielten sie mit meisterlicher Demagogik die Zuhörerschaft in Atem.
Wie lange zog sich die Verlesung hin? Sechs Stunden? Acht Stunden? Als sie zu Ende ging, war die Sonne hinter der Kathedrale verschwunden. Beißende Gerüche hatten sich unter den schweren Duft von Wachs und Weihrauch und unter die Schwaden von angebranntem Fett und Geröstetem der Straßenhändler gemischt. Manuela war, als habe eine ungeheure Leere von ihrem Geist Besitz ergriffen und jegliche Wahrnehmung ausgelöscht. Die innere Erregung der ersten Momente war vergangen, die Anspannung verflogen. Sie fühlte sich gebrochen, kraftlos. Ganz

anders die Menge. Während der gesamten Zeremonie hatte man gespürt, wie die Menschen von widersprüchlichen Gefühlen geschüttelt wurden: von Haß und Mitleid, Angst und Faszination. Auch jetzt vibrierte sie förmlich, diese Masse, die seit dem Morgenrot in den Straßen und rund um den Platz ausgeharrt hatte.

Mechanisch blickte die junge Frau zu dem Podium hinüber, wo die Verurteilten auf den Abtransport zum Scheiterhaufen warteten. Frauen, Männer, Lahme und zwischen ihnen düstere lebensgroße Puppen, welche die in Abwesenheit Verurteilten darstellen sollten.

Warum war da ein Mann, der ihr Interesse mehr als die anderen erweckte? Sie hätte es nicht sagen können. Vielleicht war sie von der Ruhe beeindruckt, die von der Gestalt ausging. Oder versuchte sie, von seinen Lippen die Worte abzulesen, die er artikulierte? Sein Blick verriet Gelassenheit, die Körperhaltung war so gerade, wie es das hohe Alter nur erlaubte. Wer war es? Wie lautete die Anklage gegen ihn? Hatte er Familie? Sicher ein Jude. Ein Rückfälliger? Woher die Kraft zu solch erstaunlicher Selbstbeherrschung? Plötzlich begegnete der Blick des Verurteilten dem ihren. Was sie darin las, brachte sie innerlich zum Erzittern. Sie wäre beinahe aufgestanden, aber etwas, was sie nicht benennen konnte, hielt sie zurück. Morbide Neugier? Mitleid?

Verwirrt und wie festgenagelt blieb sie sitzen, bis Talavera kundtat: »Doña Manuela. Die Zeit ist gekommen. Folgt mir!«

In einem fast somnambulen Zustand ging sie mit dem Priester, der sich einen Weg zu der Kutsche bahnte, die hinter der Tribüne auf sie wartete. Sie wußte nicht mehr, wie, aber eine halbe Stunde später fand sie sich außerhalb der Mauern auf der für den Adel reservierten Tribüne wieder, wenige Klafter von dem *quemadero*, der gemauerten Verbrennungsstätte, entfernt.

Hier waren keine Vertreter des Inquisitionsgerichts zugegen, sondern einzig die Qualifikatoren, die den Verurteilten beizustehen und – wichtigste Verantwortung – zu entscheiden hatten, ob ihnen die Erleichterung der Erdrosselung gewährt werden sollte.

Die seit dem Vortag hochragenden Scheiterhaufen hoben sich gegen die rötlich glühende Leinwand des abendlichen Himmels ab. Mit unbewegten Gesichtern warteten die Henker. Die posthum Verurteilten waren in makabrer Weise präsent, in mit Erdpech ausgestrichenen Kästen ruhte, was von ihnen übrig war.
Es dauerte noch eine geraume Weile, bis man der Delinquenten – sie waren nur noch etwa zwanzig – endlich ansichtig wurde. Die Menge stand genauso dicht gedrängt wie die Stunden zuvor, aber jetzt spürte man eine ungehemmte Straflust. Ein erster Stein flog durch die Luft, dann ein zweiter. Schimpfworte wurden laut. Nicht unwahrscheinlich, daß ohne die schützende Reihe von Soldaten der Volkszorn die Urteile in eine Steinigung umgewandelt hätte.
Manuela suchte nach dem alten Mann, den sie zuvor auf dem Podium beobachtet hatte.
Da stand er. Erhobenen Hauptes. Seine Ruhe war nicht von ihm gewichen. Sie glaubte sogar, um seine Lippen ein fernes Lächeln spielen zu sehen.
Noch einmal spürte die junge Frau die innere Erregung. Noch einmal weigerte sie sich, dem Impuls zur Flucht nachzugeben. Sie schloß die Lider, als wolle sie zwischen sich und dem Grauen einen Schleier spannen. Als sie die Augen wieder öffnete, waren zwei Verurteilte bereits Beute der Flammen. Der erste kämpfte seinen Todeskampf ohne einen einzigen Schrei. Der zweite brüllte, flehte und zappelte so heftig, daß sich die verbrannten Stricke lösten. Als lebende Fackel stürzte er sich vom Scheiterhaufen herunter. Sofort waren die Henker bei ihm. Sie legten ihm neue Fesseln um die Füße, stießen ihn ins Feuer zurück. Nur ganz kurz blieb er dort, dann stürzte er sich erneut aus den Flammen. Diesmal streckte ihn ein Soldat mit der Waffe nieder, bevor er ihn endgültig in die lodernde Glut warf.
Beißender Geruch erfüllte die Abendluft. Ein Geruch nach Ausdünstung und Schweiß, vermischt mit dem würgenden Gestank verbrannten Fleisches.
Die nächste Verbrennung erfolgte in effigie. Man sah eine

Gliederpuppe, in ihren Armen einen Sarg, auf dem mit großen Buchstaben der Name geschrieben stand: *Ana Carrillo*. Wahrscheinlich war sie am Tag zuvor im Gefängnis verschieden. Kaum waren Puppe und Sarg von der Glut erfaßt, stieß man eine etwa sechzigjährige an einen massiven Balken gebundene Frau in Richtung des Scheiterhaufens. Im Unterschied zu den anderen landete sie nicht sogleich in den Flammen. In seiner übergroßen Barmherzigkeit und weil sie geständig gewesen war, hatte der Qualifikator ihr die Vergünstigung des Erdrosselns gewährt. Einer der Henker beugte sich über sie, seine Finger umschlossen ihren Hals. Mit hervorquellenden Augen wollte sie etwas sagen, aber die Worte kamen nicht mehr über ihre Lippen. Krampfartiges Zucken durchlief ihren Körper. Unter dem Gelächter der Menge leerte sich ihre Blase. Man hob sie sichtlich angewidert vom Boden auf und schaffte sie zu dem Holzstoß, wo ihr Kopf gegen eine grob gezimmerte Gebeinekiste krachte, welche die Henker fast gleichzeitig in die Flammen gestellt hatten.

Manuela hörte, wie hinter ihr geflüstert wurde: »Da drin sollen die Gebeine einer Marranin sein, die vor siebzehn Jahren beerdigt wurde. Der Kerkermeister des Geheimgefängnisses hat sie gestern ausgegraben.«

»Gestern? Warum so früh?« kicherte jemand. »Hat man Angst gehabt, Moses könne sie auferstehen lassen?«

»Nein, meine Liebe, man wollte es sich nur ersparen, die Knochen trocknen und auslüften zu lassen, falls der Gestank gar zu groß gewesen wäre.«

»Der Gestank? Diese Leute stinken doch sowieso, auch wenn sie noch lebendig sind.«

Manuela fühlte, wie Übelkeit in ihr hochstieg. Talaveras Äußerung kam ihr wieder in den Sinn: »Habt Ihr denn nicht vernommen, daß der Anblick des Leidens dem Menschen unsägliches Vergnügen bereitet?« Sie biß sich auf die Lippen, um nicht aufzuschreien.

Die folgende Szene grenzte ans Komische. Ein gehunfähiger

Verurteilter war auf einen Stuhl festgebunden worden, und während man ihn zum Feuer trug, ließ er einen Schwall von Verwünschungen los, von denen weder die Menge noch die Henker, noch die Versammlung der Vornehmen ausgenommen waren. Eine kurze Pause trat ein, in der das Knistern der Flammen und das Haßgeschrei der Zuschauer zu hören waren. Dann verkündete einer der Qualifikatoren den Namen des nächsten Opfers: »Aben Baruel. Aben Baruel, geboren in Burgos, Leinwandhändler und wohnhaft in Toledo.«

Manuela fuhr zusammen. Der alte Mann war an der Reihe. Er blickte nicht zu Boden, und er wartete nicht darauf, zum Scheiterhaufen geschleppt zu werden, vielmehr ging er mit sicherem Schritt auf ihn zu.

Ein von feiger Hand geworfener Stein traf ihn an der Schläfe. Er zeigte nicht die geringste Reaktion.

Im Augenblick, da er den Scheiterhaufen besteigen mußte, drehte er sich um. Sein Blick fand den Manuelas, als wären nur Sekunden, nicht Stunden vergangen, und bohrte sich tief in ihre Seele.

Stumm blieb er so stehen, bis ihn einer der Schergen mit einem rüden Stoß zwang weiterzugehen.

Von Atemnot erfaßt, stand die junge Frau brüsk auf. »Verzeiht, Fray Talavera. Ich darf mich zurückziehen.«

Der Priester kam nicht mehr dazu, nach dem Grund für den hastigen Aufbruch zu fragen. Doña Manuela Vivero eilte bereits die Stufen der Tribüne hinunter.

Aus der Dämmerung draußen vor den halboffenen Fenstern des königlichen Speisesaals drangen schmerzvoll-inbrünstig die Gottes Ehre gewidmeten Gesänge und Psalmen herein. Der Mundschenk nahm von einer Anrichte den Pokal mit Wein, deckte ihn ab und reichte ihn dem Arzt, der bei jedem Mahl zugegen war. Der prüfte lange den aufsteigenden Duft. Er netzte feierlich seine Lippen, verharrte einen Augenblick und gab das Zeichen der Zustimmung. Daraufhin trat der Mundschenk zur Königin, beugte ein Knie und bot ihr den Trank dar. Königin Isabel von Kastilien, Gemahlin Fernandos von Aragon, schüttelte knapp den Kopf.

»Schenkt Doña Vivero ein!« befahl sie und deutete auf die rechts neben ihr sitzende junge Frau. Mit einem Anklang von Überdruß sagte sie dann: »Auch ein Nachteil der Reconquista. Der Hof ist dauernd unterwegs. Ein Ortswechsel folgt dem anderen, und immer wieder von neuem muß klargemacht werden, woran die Königin gewöhnt ist und woran nicht. Zum Beispiel, daß sie sich aus Wein nichts macht. Eigentlich würden mich diese Unzulänglichkeiten wenig ärgern, spiegelten sie nicht ein tieferes Problem. Die Verwaltung, die Beamten, der Staat – alles ist so maßlos langsam.«

Manuela deutete ein Lächeln an. »Es ist bereits eine Redensart, und Ihr kennt sie: ›Wie schade, daß der Tod seine Minister nicht unter denen Ihrer Majestät rekrutiert, denn dann würden wir alle tausend Jahre alt.‹«

Isabel zeigte sich überrascht und belustigt. »Nein, der Spruch war mir unbekannt. Aber er trifft den Kern der Sache.« Mit plötzlich verschlossener Miene beugte sie sich vor. »Warum?«

»Ich bitte um Verzeihung, Majestät?«

»Warum hast du dich vorhin der Pflicht entzogen, obwohl die Zeremonie noch nicht zu Ende gebracht war? Fray Talavera hat mir gestanden, daß er angesichts deiner Haltung etwas ratlos gewesen ist. Warum?«

Manuela faltete die Hände, nicht wissend, ob sie eine unverblümte Antwort oder eine beschwichtigende Erklärung geben sollte. Sie entschied sich für letzteres, worin mehr der Wunsch, die Freundin nicht vor den Kopf zu stoßen, als der Respekt vor deren hoher Stellung zum Ausdruck kam. »Sieben Stunden Autodafé hatten mich erschöpft. Und es ist mir immer schwergefallen, körperliches Leiden zu ertragen – vor allem bei anderen. Der Anblick dieser von den Flammen verzehrten Menschen ... diese Grausamkeit ...

»Nein!« Kühl und gebieterisch klang die Stimme der Königin.

»Nein! Vergiß deine Gemütsbewegungen! Du bist Spanierin und ein Kind der Kirche. Das Glaubensgericht ist das wirksamste Mittel, um das Nationalgefühl und die religiösen Überzeugungen zu wecken und anzufachen. Man darf es nicht so sehen wie unsere Kritiker, es geht nicht um Rache und nicht um Unterdrückung, sondern um die Möglichkeit, die verirrten Seelen heimzuführen. Es geht um das Schicksal Spaniens. Nur geeint in einem Glauben kann unser Land überleben. In einem einzigen und wahren Glauben, dem an unseren Herrn Jesus Christus. Ich habe denen, die ketzerische Lehren verbreiten, die Hand hingestreckt, sie haben sie ausgeschlagen, haben nicht auf mich gehört. Ich habe lange – zwei Jahre – Geduld gezeigt, bevor ich das erste Tribunal der Inquisition eingesetzt habe, obwohl ich längst die Erlaubnis des Heiligen Vaters erlangt hatte. Wenn man mir also von Grausamkeit sprechen will ...« Sie schnaubte ärgerlich und fuhr fort: »Ich sage es dir in aller Aufrichtigkeit: Dein pflichtvergessenes Handeln hat mir Kummer gemacht, zumal du am heutigen Morgen mehr oder weniger die Königin zu vertreten hattest.«

Sie schwieg. Diesen Augenblick wählte der Mundschenk, um vorzutreten und respektvoll die Brosamen zu beseitigen, damit sie nicht auf das Kleid der Herrscherin fielen.

Die Königin wartete geduldig, bis die Aufgabe erledigt war, dann zog sie überraschend ein ganz anderes Register. Sie tätschelte Manuela liebevoll die Hand und sagte: »Vergessen wir das alles! Ich bin froh, daß du gekommen bist. Du hast mir gefehlt.«

»Auch Ihr, Majestät, habt mir gefehlt. Seit drei Wochen kündigte man jeden Tag Euer Eintreffen in Toledo an. Ich habe schon geglaubt, Ihr würdet niemals mehr kommen.«

»Ich wäre auf jeden Fall gekommen, schon, um dich endlich wieder zu treffen.« Beinahe hastig fragte sie: »Sag, Manuela, wann haben wir uns zum letztenmal gesehen? Vor sechzehn Jahren? Vor siebzehn?«

»Vor genau achtzehn Jahren, Majestät. Damals begannen die Briefe, die Ihr mir schriebt, noch so: ›Isabel, durch die Gnade

Gottes Prinzessin von Asturien und legitime Erbin der Königreiche Kastilien und León.‹ Und Ihr unterschriebt mit ›Ich, die Prinzessin‹, worauf eine Zeile weiter folgte: ›Deine Freundin‹. Erinnert Ihr Euch?«

»Ich erinnere mich an sie. Es war im Hause meiner Eltern in Valladolid. Ihr wart gerade achtzehn geworden, und für mich begann das siebzehnte Lebensjahr.«

Der Blick der Königin verdüsterte sich für Sekunden. »Schwierige Zeiten ...«

»In der Tat. Ihr versuchtet damals, Euch vom Joch Eures Halbbruders Enrique und seiner Parteigänger zu befreien, und wart fest entschlossen, den Bewerbern zu entrinnen, die man Euch aufzuzwingen suchte.«

»Während ich doch nur einen Mann vor Augen hatte, einen einzigen: Prinz Fernando von Aragon.«

Manuela führte den Pokal an die Lippen und trank einen Schluck Wein. »Majestät, darf ich Euch ein Geständnis machen? Eine Frage wollte ich immer schon stellen, habe es aber nie gewagt. Warum diese Wahl? Seine Majestät Fernando war Euer Vetter, Ihr wart nicht verliebt in ihn, und Ihr hattet ihn noch nie gesehen.«

Auf dem Gesicht der Königin erschien ein Ausdruck von kummervollem Unwillen. »Ich habe in meiner Kindheit zu viele schlimme Dinge miterlebt. Da war mein Halbbruder, und er bot das Schauspiel verhöhnter Königsmacht. Er war als Herrscher unfähig, sich Respekt zu verschaffen, der Staat war den Parteiungen ausgeliefert und zur Ohnmacht verurteilt. Ich hatte mir geschworen, daß ich von dem Tag an, da ich Königin würde, niemandem erlauben werde, mich unter Druck zu setzen. Deswegen habe ich mich allen Widerständen zum Trotz dafür entschieden, den Prinzen von Aragon zu heiraten. Ich habe ihn erwählt, denn ich wußte damals schon, daß ich durch diese Heirat aus Kastilien machen würde, was es heute ist: eine Großmacht. Ich wußte, mit dieser Verbindung würde die politische Einheit der gesamten Halbinsel begründet werden, ich wußte, daß wir

ein unbesiegbares Paar bilden würden, das eines Tages imstande wäre, Spanien endgültig von den Arabern zu befreien und so das von unseren Vätern begonnene Werk zu vollenden.«
Sie machte eine Pause, ehe sie fortfuhr.
»Und auch in diesem Punkt sollte ich recht behalten. Zur Stunde ist unser Land fast befreit. Es bleibt nur noch ein einziges arabisches Reich, und auch das nur bis auf weiteres. Granada wird an die Reihe kommen wie alle anderen …«
Unbewußt hatte sich die Stimme der Königin verändert. Etwas Tiefempfundenes, eine gebändigte Erregung schwang mit, die ein wenig abklang, als sie nun sagte: »Wenn ich an diese Zeit zurückdenke, dann sage ich mir, daß Gott mich beschützt haben muß. Aber auch ein Mann hat sich als Beschützer gezeigt, und ich vergesse ihn nicht: Juan Vivero, dein Vater. Für ihn empfand ich tiefe Zuneigung. Er war anders als viele, er gehörte zu jenen Menschen, bei denen zum Adel des Blutes der Adel des Herzens hinzutritt.«
Gerührt senkte Manuela den Blick. »Ihr habt recht. Noch heute, obwohl mehr als drei Jahre vergangen sind, ist mir, als hörte ich seinen Schritt, als sähe ich ihn. Noch heute meine ich, daß gleich die Tür meines Zimmers aufgehen und er auf der Schwelle stehen wird.« Sie fing sich wieder und setzte ein munteres Lächeln auf. »Laßt uns auf glücklichere Ereignisse zurückkommen! Wir sprachen gerade über Eure Begegnung mit Seiner Majestät …«
»Nicht zufällig, denn diese Begegnung fand ja im Hause deiner Eltern statt. Unter dem Schutz von Erzbischof Carrillos Soldaten hatte ich Ocaña verlassen und bei euch Zuflucht gefunden. Fünf Monate später suchte mich Fernando auf. Erinnerst du dich an jene Nacht?«
»Wie sollte ich sie vergessen haben? Ihr habt mich aus dem Bett geholt, so eilig hattet Ihr es, mir Euren künftigen Gemahl vorzustellen. Vielleicht auch hattet Ihr …«
Sie zögerte. Worauf Isabel selbst das Wort aussprach: »Angst? Ja. Aber es war absolut nicht die Angst, die zu panischer Flucht

treibt. Nein. Ich möchte meine Empfindung eher als ein Fieber bezeichnen. Einen Zustand innerer Anspannung, wie bei jemandem, der nach langjähriger Gefangenschaft dicht davor steht, die Ketten abzuwerfen, oder wie wenn man an Bord eines Schiffes steht, das gleich zu großer Fahrt auslaufen wird. Ich ging einem neuen Leben entgegen, und mir war so ernst und feierlich zumute, als träte ich in einen Orden ein.«

»Ihr könntet es nicht treffender und anschaulicher ausdrücken.« Wie abwesend fügte Manuela hinzu: »Als junge Mädchen haben wir Abschied voneinander genommen, als Frauen sehen wir uns wieder.«

»Und immer noch stehen wir einander nahe. Es gab Freundschaften wie jene, welche die liebe Beatrice de Bobadilla mir einst schwor, die haben der Zeit nicht standgehalten. Du, du warst immer da – auch als Abwesende.«

Wieder kehrte Stille im Speisezimmer ein. Unter den Wandteppichen warteten, um Unauffälligkeit bemüht, Mundschenk und Brotmeister. Stocksteif stand der Haushofmeister da und starrte geradeaus auf einen unsichtbaren Punkt, und der diensthabende Geistliche schien mit über dem Bauch gefalteten Händen zu dösen.

Draußen war auf das *»Veni creator spiritus«* das *»Te Deum laudamus«* gefolgt. Und der Gesang schwoll in der Dunkelheit mit der Macht eines Gewitters an. Die Diener hatten soeben Kerzenleuchter entzündet, die den Raum schwach erhellten, und plötzlich war der ganze Kontrast sichtbar, den die beiden Frauen verkörperten.

Die Königin von Kastilien war mittelgroß, sehr hellhäutig und blond. Sie neigte zu einer leichten Fülligkeit, die Augen spielten zwischen Grün und Blau, die Nase war um ein geringes zu breit, das Haar zum Knoten zusammengebunden. In den unbeirrbar ruhigen Zügen spiegelte sich ihre beherrschende Charaktereigenschaft: hartnäckige Energie.

Manuela Vivero dagegen war in allem das Gegenteil. Hochgewachsen, von dunklem Hauttyp, das ungemein dichte blauschwarze Haar glatt zurückgekämmt und zu einem mit Seidenbändern durchzogenen Zopf geflochten. Auf der goldbraunen Gesichtshaut hob sich in Höhe des rechten Wangenknochens ein kleines, pechschwarzes Muttermal ab. Das rührend reine Gesicht einer Kindfrau kontrastierte mit den Augen, in denen die ungebändigte Glut des Temperaments aufleuchtete. Sie hielt sich sehr gerade, brachte ihre Größe zur Geltung, und etwas auf natürliche Weise Hoheitsvolles ging von ihr aus.

So verschieden die beiden äußerlich waren, so sehr hatte die Kindheit sie einander nahegebracht. Dank der sehr freundschaftlichen Beziehungen, die ihre Familien zueinander unterhielten, waren sie mehr oder weniger gemeinsam aufgewachsen. Beide waren sie in demselben Marktflecken Altkastiliens, in Madrigal de las Altas Torres, zur Welt gekommen, wo schon Isabels Eltern Hochzeit gefeiert hatten. Beide waren sie am gleichen Tag, dem 22. April, geboren, wenn auch mit zwei Jahren Abstand. Mit kaum elf Jahren war Isabel an den Hof von Kastilien gerufen worden. Aber sofort nach dem Tod ihres Bruders, des Infanten Alfonso, war sie nach Madrigal zurückgekehrt, wo sie Manuela und die Erinnerungen der Kindheit wiedergefunden hatte. Doch dann trennte sie das Leben ein weiteres Mal.

»Es ist wahr«, sagte Isabel, »die Zeit vergeht so schnell. Es kommt mir vor, als hätte ich Fernando erst gestern geheiratet. Und du? Du bist immer noch nicht verehelicht?«

Ein kristallhelles Lachen schüttelte Manuela. »Es gibt keinen Mann, der mir gewachsen wäre.«

»Nun bleibe doch ernsthaft! Warum? Glaubst du nicht, daß es mit vierunddreißig an der Zeit wäre, eine Familie zu gründen? Ich habe mir sagen lassen, an Bewerbern fehle es nicht. Außerdem brauche ich nur deinen Namen auszusprechen, und die Augen der Hidalgos funkeln vor Bewunderung. Also warum?«

Die junge Frau brauchte eine Weile, bevor sie sich zu einer Antwort entschloß: »Wahrscheinlich, weil ich der menschlichen Phantasie mißtraue. Nichts ist schrecklicher, als Gefangene der

Phantasie eines anderen zu sein, eines Mannes ... oder auch einer Frau.«

»Ich fürchte, ich kann dir nicht ganz folgen. Ich weiß, du giltst als die gelehrteste Frau ganz Spaniens, aber könntest du dich ein wenig klarer ausdrücken?«

»Ist die Liebe nicht aus dem Geist hervorgegangen? Ist sie nicht ein Gefühl, ein Widerschein unseres Ich, den wir im Auge des anderen wahrnehmen? Ist sie nicht Idealismus, Vergeistigung, Anbetung? Wahrlich, wenn man lieben könnte, ohne sich den anderen anders zu denken, als er in Wirklichkeit ist, dann hätte ich vielleicht weniger Angst vor der Liebe.«

»Für die Liebe mag das zutreffen. Aber was ist mit der Vernunft?«

Manuela strich über ihr Muttermal. Sie zog eine Braue hoch und sagte verwundert: »Der Vernunft?«

»Natürlich! Sicherheit, Bequemlichkeit, Kinder, Familie. Um mit vierunddreißig vor den Altar zu treten, kann man doch auf tausendundeinen Vorwand zurückgreifen, und keiner hat etwas gemein mit der ... Phantasie.«

»Gewiß ... Aber Gott und meinem Vater sei Dank, ich bin vermögend genug, um mich nicht mit dem Alltäglichen befassen zu müssen, und ich finde es reichlich traurig, daß eine Frau ihre Bestimmung opfert für irgendwelchen Flitterkram, für das eigene Heim oder ein paar Sprößlinge, die sie aber – so lieb diese sein mögen – allein ausgetragen, zur Welt gebracht und aufgezogen hat, während ihr Gatte mit freundlicher Herablassung zuschaute. In Wirklichkeit gibt es, von der Liebe einmal abgesehen, nur einen Beweggrund, der mich zur Wahl eines Gatten hätte veranlassen können, und der heißt wie bei Euch Staatsräson. Da ich allerdings keinerlei politischen Ehrgeiz habe ...«

»Lieber widmest du dich dem Lesen, immer und immer wieder dem Lesen. Geistesruhm ist demnach deine einzige Sorge?«

»Und wenn dem so wäre, so hätte ich doch kaum größere Verdienste aufzuweisen als gewisse arabische Frauen, die in einer noch weitaus schwierigeren Männerwelt geglänzt haben. Wußtet Ihr, daß die anziehendste Gestalt der andalusischen Literatur eine gewisse Hafssa el Rukuniyya war, die Tochter einer hochgestellten Persönlichkeit in Granada? Noch immer zitieren die Dichter ihre Elegien. Ich könnte Euch auch Om el Hassan nennen, die Tochter eines Arztes aus Loja, die sich sowohl der Medizin als auch der Dichtung verschrieb. Oder auch jene Gattin eines Kadi, die in der Rechtswissenschaft so bewandert war, daß sie ihrem Mann wertvolle Hilfe leistete, auch wenn das den Spott seiner männlichen Umgebung herausforderte.« Lächelnd schloß sie: »Ihr seht, ich muß noch viel von der Wirklichkeit lernen, bevor ich es mit der Phantasie aufnehmen kann.«

In gespielter Mißbilligung hob die Herrscherin den Zeigefinger. »Lieber wäre es mir allerdings gewesen, wenn du deine Sache am Beispiel unserer spanischen Mitschwestern verteidigt hättest.«

Manuela sah aus wie ein ertapptes Kind. »Ihr habt recht, Majestät.«

»Keine Sorge, ich werde dir das nicht nachtragen. Auch mir ist klar, daß auf diesem Gebiet noch große Anstrengungen zu leisten sind und daß die meisten Frauen in diesem Land keine andere Möglichkeit haben, Bildung zu erwerben, als nachts mehr oder weniger heimlich in Büchern zu lesen.«

Mechanisch strich sie über die breite, gefältelte Halskrause, die ihr Gesicht einrahmte, und winkte dem Geistlichen. Der trat sogleich vor, sprach das Tischgebet für die beendete Mahlzeit und begab sich mit Rückwärtsschritten an seinen Platz zurück.

Mit gefalteten Händen verharrte die Königin einen Augenblick in Andacht, dann erhob sie sich. »Komm. Machen wir einen kleinen Spaziergang!«

Seite an Seite gingen die beiden Frauen den monumentalen Korridor entlang, der zu einer Marmortreppe führte. Sie stiegen die Stufen hinunter und durchquerten die mit Stukkaturen und strahlendblauen Azulejos geschmückte Vorhalle. Eine Fenstertür rechts ging zum Garten hinaus. Isabel schob die Türflügel auf und ging voran.

Kaum war sie draußen, atmete die Königin die Luft in vollen

Zügen ein. »Riechst du die Jasminbüsche? Die Mauren erzählen, der Duft könne regelrecht berauschen, wenn man ihn zu intensiv einatmet.«
»Gilt das nicht für alles Exzessive, Majestät?«
Isabel nickte lebhaft und schlug einen sandigen Rundweg zwischen Aloebüschen und Zitronenbäumen ein.
»So hat denn«, bemerkte Manuela leichthin, »Fray Talavera nichts Eiligeres zu tun gehabt, als Euch von meiner ›Pflichtvergessenheit‹ zu berichten.«
»Du sollst wissen, daß er dies nicht aus dem Wunsch heraus getan hat, dir zu schaden oder weil er den Klatsch liebt. Wenn du seinen Charakter kenntest, wüßtest du, daß er über jede Kleinlichkeit erhaben ist. Nein, wenn er das weitergegeben hat, dann nur deshalb, weil er sich Sorgen um deine Gesundheit gemacht hat. Du bist so plötzlich weggegangen, daß er geglaubt hat, ein ernstzunehmendes Unwohlsein habe dich befallen.« Mit einem verständnisvollen Lächeln drehte sie sich halb zu Manuela um. »Und das war doch auch der Fall, nicht wahr?«
Manuela zog die Brauen hoch. Sie wußte nicht, was sie antworten sollte.
Die Königin sprach schon weiter: »Ja, ich sagte es gerade, Fray Talavera ist ein bemerkenswerter Mann. Darüber hinaus bewährt er sich hervorragend in seinem Amt als Finanzminister. Er ist außerordentlich unparteiisch, sobald es um eine Sache geht, an die er glaubt. Das muß man unbedingt zugeben. Vor ein paar Jahren hat er die Pflichtauffassung so weit getrieben, daß er zur Finanzierung des Feldzugs gegen Portugal sogar die heiligen Gefäße in den Kirchen hat beschlagnahmen lassen. Kannst du dir das vorstellen? Alles bei Talavera wird von dem Wunsch nach Objektivität und dem Streben nach dem Absoluten bestimmt. Und es gelingt ihm, dieses Streben in Taten umzusetzen.«
»Eine bewunderungswürdige Gestalt, kein Zweifel. So viele Menschen träumen von einem Ideal, ganz wenige nur versuchen, es auch zu erreichen. Nehmt nur mich selbst: Wie oft schon habe ich mir vorgestellt, Großes und Edles zu vollbringen, habe ich

gedacht, bald würde ich die Niederungen hinter mir lassen, mich aufschwingen zu stolzen Höhen. Und siehe da, noch immer lebe ich dicht am Boden und kenne keine andere Reise als die zwischen zwei Buchdeckeln.«

»Jetzt finde ich dich aber sehr streng dir selbst gegenüber. Hast du nicht gerade selbst den Lobpreis des Lesens und der geistigen Freuden gesungen?«

Die Ironie ließ Manuela aufseufzen. »Ihr habt recht. Was tun? Vielleicht bestehe ich tatsächlich nur aus Widersprüchen?«

»Beruhige dich! Das Alter und die hinterhältigen Überraschungen des Lebens werden dir eines Tages die Lösung nahebringen. Um auf Talavera zurückzukommen ... Wenn ich seinen Hauptfehler nennen sollte, dann wäre es ein gewisser Mangel an Realismus.« Sie schloß einen Moment die Lider, als wollte sie ihrem Gedächtnis nachhelfen. »Es war vor elf Jahren. Am 2. Februar genau gesagt, in Toledo. Ich begab mich in feierlicher Prozession vom Alcazar zur Kathedrale. Ich trug ein mit goldenen Schlössern und goldenen Löwen durchwirktes weißes Brokatkleid, Rubinschmuck, die Krone und einen Hermelinmantel, dessen Schleppe von zwei Pagen getragen wurde. Jahre später kam Talavera auf diesen Tag zu sprechen und warf mir, ich zitiere ihn wörtlich, ›den ausschweifenden Aufwand und die sinnlose Zurschaustellung‹ vor. So brillant dieser Mann sonst ist, hier täuschte er sich. Der äußere Schein, der Prunk des Zeremoniells, der Glanz, den ich dem Hof zu geben bemüht bin, meine sorgfältig ausgewählten Staatsroben, das sind alles Dinge, welche den Abstand zwischen der Königswürde und den anderen Machtorganen betonen sollen. Sie sind Ausdruck meines Willens und des Willens meines Gemahls, in allen, aber auch allen Bereichen die Autorität des Staates wiederherzustellen. Indirekt hat mit diesem Ziel übrigens auch mein Entschluß zu tun, bestimmte Privilegien des Adels abzuschaffen und die *grandes* und *titulos* von den hohen Staatsämtern fernzuhalten.«

Während die Königin sprach, war von Manuelas Gesicht immer deutlicher die Verlegenheit abzulesen.

»Majestät«, sagte sie nun hastig und ein wenig steif, »ich habe Euch nie für Eure Großzügigkeit gedankt. Ohne Euer Eingreifen hätte mein Bruder, nachdem man ihm die mit der Mitgliedschaft im Kronrat verbundenen Vorteile entzogen hatte, niemals den Gesandtschaftsposten in Rom erhalten. Von ganzem Herzen Dank!«

»Hier ging es nicht um Großzügigkeit, hier ging es um den Tribut an heilige Bande. Ich rede von denen, die sich von früher Kindheit an zwischen uns beiden geknüpft haben.« Isabel blieb stehen, und der Blick ihrer smaragdgrünen Augen suchte den Manuelas. »Freundschaft. Ein großes Wort, du weißt es.«

»Majestät, gibt es Süßeres auf der Welt, als sich der Freundschaft eines Menschen sicher zu sein? Wenn ich es wagen sollte, dann würde ich sagen, daß die Gefühle, welche ich für Euch empfinde, zu jenen gehören, welche die Seelen verschmelzen lassen, so tief, so rückhaltlos, daß gleichsam keine Nahtstelle mehr gefunden werden kann. Ich habe vorhin die Liebe kritisiert. Ich könnte einen Kritikpunkt hinzufügen: Sieht man die Jahre vergehen und die vielen Trennungen, zu denen es kommt, dann muß man sagen – und wir beide legen Zeugnis davon ab –: Die Zeit schwächt die Liebe, aber sie stärkt die Freundschaft.« Sie verstummte einen Moment, dann sagte sie noch: »Was meinen Bruder Juan angeht, bleibe ich Euch nichtsdestoweniger verpflichtet. Eines Tages, so hoffe ich, werde ich Euch meine Dankbarkeit bezeigen können.«

Die Königin versetzte mit gelassener Bestimmtheit: »Ich weiß. Kein Zweifel, du wirst es tun. Und wenn der Tag dasein wird, dann wird es kein Ausweichen und keine Pflichtvergessenheit mehr geben.«

»Majestät!« Die Stimme drang zwischen den Bäumen hervor. Ein Diener eilte heran und verbeugte sich zeremoniös vor der Königin. »Eure Majestät, ein Späher hat uns soeben Nachricht gegeben: Der Gemahl Ihrer Majestät hat den Tajo überschritten. In weniger als einer Stunde wird er hiersein.«

Die Königin zuckte mit keiner Wimper. »Sehr gut. Man benach-

richtige meine Dueña und meine Hofdamen! Man decke den Tisch!«
»Sehr wohl, Majestät.«
Der Lakai entbot seinen Gruß und eilte den Weg zurück.
»Fernando hier in Toledo?« sagte Isabel. »Ich erwartete ihn nicht vor Ende der Woche. Zuletzt hörte ich, daß er in der Nähe von Loja in eine Schlacht verwickelt ist.« Sie wechselte den Ton. »Ich muß dich verlassen ... Wir sehen uns später wieder.«
Sie entfernte sich mit nervösen, schnellen Schritten.

Kapitel 2

Toledo, 3. Februar 1487

Samuel mein Freund, *schalom lecha*,

es regnet auf Toledo, und der schwer über den Tajo herabhängende Himmel erinnert mich, ich weiß nicht, warum, an den geschwängerten Bauch einer kolossalen Maurin.

Verzeih meine zittrige Schrift und die Streichungen in diesem Brief! Zur Stunde, da ich Dir schreibe, will meine einst so feste Hand mir den Dienst versagen, und über meine in langen, durchwachten Nächten müde gewordenen Augen legt sich mehr und mehr ein Schleier. Habe ich doch in diesen letzten Monaten ungezählte Seiten vollgeschrieben, ungezählte Worte zu Papier gebracht und wieder gelöscht.

Viel ist geschehen seit Deinem Weggang. Ist es fünf Jahre, ist es zehn Jahre her? Ach, das ist ohne Bedeutung. Wenn man in das reife Alter kommt, in dem wir beide stehen und in dem die Falten die Erinnerungen überwuchern möchten, dann hängt man nicht mehr an der verflossenen Zeit. Die einzige Zeit, die zählt, ist die kommende, nicht wahr? Mir jedenfalls ist dies noch nie so klar gewesen wie jetzt. Der Grund dafür ist einfach: Ich werde bald sterben.

Dich soll nicht schaudern, Freund Samuel! Erlaube Dir Wehmut, nicht aber Trauer! Und sollte letztere Dich dennoch überkommen, das, was ich Dir zu offenbaren habe, wird Dich so heftig, so über die Maßen aufwühlen, daß Dir mein Nichtmehrdasein nicht allzu bedeutsam erscheinen wird.

Wüßte ich nicht, was Du für ein Mensch bist, wüßte ich nicht um die lebendige Festigkeit unserer Bande, um die Brüderlichkeit unseres Denkens, wäre ich nicht von der Wertschätzung überzeugt, die Du mir stets entgegengebracht hast, von der

Hochachtung – doch, ich wähle bewußt dieses Wort –, die Du mir mehr als einmal bekundet hast, ich hätte niemals gewagt, Dir diese Zeilen anzuvertrauen. Kein Zweifel auch, daß jeder andere, wenn er von dem, was folgt, Kenntnis bekommen würde, dieses als Spintisiererei eines alten Narren abtäte. Bei Dir weiß ich, dem wird nicht so sein. Ich erinnere mich, Dein Glaube an mich war wie der Wadi el Kebir, der große Fluß. Dahinströmend zwischen seinen Ufern, ohne jemals zu versiegen. Ich bin überzeugt, daß weder das Alter noch unsere Trennung diesem Glauben etwas haben anhaben können.
Zwar ist mir der Kummer – oder sollte ich besser sagen die Enttäuschung – noch wohl bewußt, den Du an jenem Herbstmorgen empfandest, als ich beschloß, die Religion Abrahams zugunsten jener des Nazareners zu verleugnen und mich wohl oder übel der Schweineherde der *marranes*, wie sie hier so hübsch heißen, anzuschließen. Es reagieren nun einmal nicht alle Menschen gleich auf Bedrängnis und Schicksalsnot.
Du hast Dich für die Sonne Granadas entschieden, ich wählte den Schatten eines Gekreuzigten. Viele unserer Brüder haben gleich gehandelt. Warum? Warum diese Tausende von Bekehrungen hier in Spanien, während doch überall sonst und zu allen Zeiten unser Volk dem Leugnen des Glaubens das Exil, zuweilen sogar den Tod vorgezogen hat?
Ich habe eine Antwort. Du magst sie verwerfen, ich liefere sie Dir dennoch. Die Verfolgung der iberischen Juden geht auf jene ferne Zeit zurück, als die Westgoten über die Halbinsel herrschten. Nie mehr hat man sie seither in Ruhe gelassen, im Gegenteil.
Samuel, mein Freund, im Leben eines jeden unterdrückten Menschen kommt der Moment, da ihn die Kraft zum Widerstand im Stich läßt. So stark wird auf die Flamme geblasen, daß das flackernde Licht am Ende doch in Finsternis verlischt. Was mich betrifft, so wisse, daß ich den Preis für mein Abschwören nun zahlen werde. Aber war es wirklich ein Abschwören, wo doch all die Jahre hindurch, wenn ich in den Kirchen kniete, tief inner-

lich in mir eine Stimme schrie: »*Schema Jisrael, Adonai Elohenu, Adonai Ehad* – Höre Israel, der Ewige ist unser Gott, der Ewige ist einzig!«

Ohnehin ist diese Diskussion nicht mehr angebracht. Ich weiß nicht einmal, warum ich auf das Thema gekommen bin, während doch der Grund für diesen Brief ein ganz anderer ist.

Nun erwarte ich von Dir, daß Dein Denken die geschmeidige Spannkraft der Katze annimmt, daß es die Krallen ausfährt, auf daß ihm nichts entgehe. Was ich Dir nun preisgebe, ist das verwirrendste, wunderbarste aller Geheimnisse.

Befreie Deinen Geist von jeglicher Fessel!

Trinke einen jeden meiner Sätze!

Möge weder der schmachtende Duft des Jasmins noch der Ruf der Muezzins, noch das Geplauder der verschleierten Frauen, die an den Aljiben Wasser schöpfen, noch sonst irgendeines der irdischen Dinge imstande sein, Dich vom Lesen abzulenken!

Es ist die Geschichte eines Buches.

Eines Buches, das entstanden ist in urältester Zeit, lange nach dem Chaos des Anfangs, lange nachdem das erste Wort ausgesprochen worden war: *Bereschit.* Es geschah zur Zeit von Adam und Hawwah.

Es ist die Geschichte eines Buches.

Eines Buches, das in keinem der drei heiligen Bücher genannt wird. Weder in der Thora noch in den Evangelien, noch im Koran. Kein Vers, kein Gebet erwähnt es.

Bevor ich weiter aushole, muß ich klarstellen, daß ich das Wort »Buch« der Einfachheit und Bequemlichkeit halber verwende. In Wirklichkeit nämlich handelt es sich um eine Steintafel. Eine Tafel aus Saphir, so merkwürdig das klingen mag. Die Maße dieses blauen Steines betragen etwa eineinhalb Ellen Länge auf eine Elle Breite.

Alles begann mit der Ursünde, der Verbannung aus dem Garten Eden, Kains Eifersucht und schließlich der ungeheuerlichen, der nicht wiedergutzumachenden Tat: dem ersten Mord. Nach diesem Brudermord begriff Gott wahrscheinlich die ganze Anfälligkeit und Hinfälligkeit Seiner Geschöpfe, so daß sich Ihm zwei Möglichkeiten boten: Entweder Er löschte seine Schöpfung für immer aus, oder Er stand ihr während ihrer ganzen Entwicklung bei, indem Er ihr zuraunte, welchem Weg sie folgen sollte. In Seiner unendlichen Barmherzigkeit entschied Er sich – Du ahnst es – für die zweite Möglichkeit.

Der Ewige erdachte daraufhin ein Buch. Ein Buch, das Ihn zum Verfasser hatte, ein heiliges Buch, in dem – im Jahrhundert, am Tag und in der Stunde seiner Wahl – die Antworten kundgetan werden sollten auf all die Grundfragen, welche die Menschen sich irgendwann stellen würden. So würden diese Menschen in den Augenblicken der Finsternis das Licht, in den Stunden des Zweifels die Tröstung, in Zeiten des Wahnsinns die Weisheit und in Zeiten der Lüge die Wahrheit wiederfinden.

Freund Samuel, bist Du Dir der Erhabenheit dieses göttlichen Entschlusses bewußt? Nachdem Er uns als freie Wesen geschaffen hatte, nachdem Er sich untersagt hatte, sich in unser tägliches Tun und Lassen einzumischen, hat der Schöpfer, der sich über unsere jämmerlichen Schwächen nur allzu sehr im klaren war, uns einen Wegweiser für die Seele vermacht. Denke nun nach über diese Grundgegebenheit! Laß sie ganz in Dich einsinken! Die Größe dieses Geschenks ist unermeßlich.

In der Nachkommenschaft Adams wurden die Patriarchen geboren: Seth, Enosch, Qenan, Mahalaleel, Jered und schließlich jener, von dem in der Thora gesagt wird, »daß er 365 Jahre an der Seite des Herrn wandelte«. Du kennst bereits seinen Namen: Henoch. Du kennst ihn, aber laß ihn Deinem Herzen noch näher sein, denn in ihm liegt der Schlüssel, der Ursprung des großen Geheimnisses.

Den blauen Stein, das Saphirbuch, bestimmte der Herr für gewisse Auserwählte, Führer, die im Laufe der Generationen immer wieder die Aufgabe zu erfüllen hätten, die Welt auf den Weg der Wahrheit zu führen oder zurückzubringen.

Du wirst gleich begreifen, warum ich Henoch besonders erwähnt habe. Er war der erste jener Auserwählten. Das Buch wurde ihm

von einem Engel übergeben, von jenem, über den es im Targum über den Ekklesiasten, Kapitel X, Vers 20 heißt: »Jeden Tag hält sich der Engel Raziel auf dem Berg Horeb auf und verkündet die Geheimnisse der Menschen für die gesamte Menschheit, und seine Stimme erschallt in der ganzen Welt.«
Nachdem er 365 Jahre gelebt hatte, wurde Henoch in den Himmel entrückt. Uns beiden ist längst klar, daß es in der Thora kein einziges Wort gibt, das nicht eine verborgene Bedeutung oder deren mehrere einschließt – wir beide wissen, daß man unter der Rinde suchen muß, um an den Saft zu gelangen. Mögen bestimmte Leute sich damit begnügen, den oberflächlich-konkreten Sinn der Zahl 365 und des Partizipiums »entrückt« zu sehen, anderen geht es um die verschlüsselte Botschaft.
Henochs Entrückung bedeutet nicht, daß er starb, sondern daß der Herr diesen Gerechten damit belohnte, daß er ihn des irdischen Daseins enthob, bevor er den Schrecken des Todes ausgeliefert sein würde.
Die Zahl 365 ist offenkundig die Zahl der Tage eines Sonnenjahres. Auch hier ist eine Botschaft verborgen, aber es wäre sinnlos, sie weiter zu kommentieren, denn das hieße, den hochangesehenen Kabbalisten, der Du bist, zu beleidigen.
Zurück also zum Wesentlichen.
Was geschah mit dem Buch, nachdem Henoch nicht mehr war?
An wen wurde es weitergegeben?
Um die Antwort zu wissen, brauchtest Du Dich eigentlich nur kurz zu fragen, welche Gestalten wie funkelnde Leitsterne die Menschheitsgeschichte bestimmten. Wie von selbst würden Dir die Namen der Nachfolger des Patriarchen einfallen: Noah, Abraham, Jakob, Levi, Moses, Josua und schließlich Salomo.
Salomo, der edle Herrscher und Baumeister, Salomo, der Weise unter den Weisen, Salomo, der Erbauer des Tempels. Der, den die islamischen Legenden als »Soliman, den Fürsten der Dschinns« kennen.
Wenn wir von einem Menschen sicher sein können, daß er Träger der göttlichen Botschaft war, dann ist er es. Ich könnte sogar

aufdecken, zu welchem Zeitpunkt sie ihm anvertraut wurde. Steht nicht in der Thora geschrieben, daß »seine vielgerühmte Weisheit aus einem göttlichen Versprechen herrührte, das er in der Nacht vor seiner Krönung im Traum empfing«? In jener Nacht, so meine ich, ist es geschehen.

Jedermann weiß, wie grandios seine Herrschaft war, jedermann weiß auch um ihren jammervollen Niedergang. Er, der zu den Auserwählten gehörte, verbannte sich selbst aus ihrem Kreis. Warum übertrat er mit einem Mal die biblischen Gesetze? Warum häufte er Gold und Silber zu Bergen und hatte unendlich mehr Pferde als nötig? Welcher Wahn trieb ihn, mehr als die achtzehn dem Herrscher zustehenden Frauen zu ehelichen, zumal er mit diesen Weibspersonen fremde Götter in die Umfriedung, wo die Bundeslade ruhte, eindringen ließ? Schon einige Zeit zuvor, davon bin ich überzeugt, war ihm das »Buch« entwendet worden. Welches Schicksal erlebte alsdann diese »steinerne Wegweisung der Seele«? Dank meiner Hartnäckigkeit und dank schwieriger Nachforschungen habe ich ihren Verbleib und ihre Wanderschaft nachvollziehen können.

Jahwe hatte Salomo gewarnt: »Weil du dich so verhalten hast und weil du meinen Bund nicht geachtet hast und nicht die Gebote, die ich dir auferlegt hatte, werde ich dir dein Königreich entreißen und es einem deiner Diener geben.«

Freund, Du weißt, wie es weiterging: Das Schisma, das von Jerobeam, dem Fronvogt, verschwörerisch bewirkte Auseinanderbrechen des Königreichs. Die erste Verschleppung.

Dann kam das Jahr 586 vor der jetzt üblichen Zeitrechnung. Im fünften Monat der Herrschaft des Sedecias, am siebten des Monats – das war in Nebukadnezars neunzehntem Jahr – hielt Nebuzaradan, Kommandant der Garde und Offizier des Königs von Babylon, Einzug in der Stadt Davids und setzte das Heiligtum Jahwes, den Königspalast und sämtliche Häuser in Brand. Es folgte die brutale Entwurzelung, die zweite Verschleppung, und die Babylonische Gefangenschaft.

Hatte der Ewige beschlossen, seine Kinder endgültig ihrem traurigen Schicksal zu überlassen? Verdiente es dieses »halsstarrige Volk« nicht, ein für allemal gezüchtigt zu werden, dieses Volk, das so oft im Laufe seines Daseins die göttlichen Vorschriften verraten hatte?

Nein, so war es nicht. Adonais Güte ist unendlich. Nach siebzig Jahren eroberte der Perser Cyrus Babylon, und den Söhnen Israels wurde gestattet, in ihr Heimatland zurückzukehren. Einige beschlossen zu bleiben und bildeten so die erste jüdische Diasporagemeinde. Andere sahen das Land ihrer Vorfahren wieder. Wieder andere schließlich – und diese interessieren uns – entschieden sich für eine andere Form des Exils. Sie brachen auf nach Sefarad. Nicht etwa nach dem Sefarad aus Obadja XX, wo geweissagt wird: »Und die Verbannten dieses Heeres, die Söhne Israels, werden Kanaan bis nach Sarepta besetzen, und die Verbannten von Jerusalem in Sefarad werden die Städte des Negeb besetzen.« Nicht nach diesem Sefarad, nach dem anderen – dem, das im Targum Jonathans mit *Ispamia* oder *Spamia* übersetzt wird und das wir heute üblicherweise Spanien nennen.

Kurz bevor die Rückkehr ins Land Abrahams erfolgen sollte, tauchte das »Buch« wieder auf. Und seltsam, der, für den es bestimmt war, war weder vom Stamme Noahs noch vom Stamme Moses'. Er war weder Fürst noch Rabbiner. Er war schlicht einer von jenen, deren Vorfahren an die Wasser des Euphrats verbannt worden waren, ein Namenloser. Sein Name: Itzhak Baruel. Er gehörte jener dritten Gruppe an, die sich anschickte, nach Spanien auszuwandern.

Warum er? Warum dieser höchstwahrscheinlich unbedeutende Mensch? Ich glaube, die Antwort zu kennen. Später, wenn Deine Suche Dich dahin führt, wohin sie Dich führen muß, wirst Du Dich meiner Folgerung anschließen.

An dem Abend, da Itzhak Baruel aufbrach, zu der Stunde, da die Dämmerung zwischen Blau und Grau verschwimmt, erschien ihm das heilige »Buch«. Auf der Oberfläche der Saphirtafel zeigten sich unvermittelt vier Buchstaben:

יהוה

Sie müssen wie Flammenschein gewesen sein vor seinen Augen, in denen gewiß der Schrecken wohnte, und das Leuchten war tausendmal intensiver als das der Sterne über Babylon.
Samuel, mein Freund. Ich spüre, wie Du erschauderst, Du, dem die Symbolik dieses Tetragramms wohlbekannt ist. Ich ahne das wilde Pochen Deines Herzens und den Schweiß, der Dir über die Stirne herunterperlt. Du liest wieder und wieder meine Zeilen und fragst Dich, ob sie echt sind. Ich darf Dir im Namen unserer altbewährten Freundschaft versichern, daß in meinen Worten weder Lüge noch Traumphantasie, noch irgendwelche Übertreibung wohnt.

יהוה

So stehen wir denn vor dem unaussprechlichen Namen: Jod. He. Waw. He., dem Namen, den Elohim wählt, um sich Moses im brennenden Dornbusch zu offenbaren. Der Name, der eine neue Verbindung zwischen Israel und seinem Herrn stiften wird und dessen Essenz in der Formel enthalten ist: »*Ehjeh, acher, ahjeh* – Ich bin, der ich bin.«
Muß ich die Tragweite dieser Offenbarung unterstreichen? So ungebildet jener Itzhak Baruel gewesen sein dürfte, das Symbol des Tetragramms mußte er auf alle Fälle kennen. Obwohl außerstande, den Sinn der Erscheinung zu erklären, schloß er daraus, daß dem blauen Stein eine göttliche Kraft innewohnen müsse. Über die Jahrhunderte hinweg sehe ich ihn, wie er verängstigt nach seinem Tallit greift, sich mit ihm zittrig die Schultern bedeckt und, der Überlieferung gehorchend, so lange reglos verharrt, wie es dauert, wenn man vier Klafter zurücklegt.
Dann hüllte er die Saphirtafel in eine Leinwand, preßte sie vorsichtig an seine Brust und trat, unter dem Gewicht seiner Entdeckung mühsam ausschreitend, den langen Weg an, der ihn bis nach Spanien führen sollte.

Ich habe Itzhaks Spur längst verloren. Ich habe ihn in Kastilien, in Aragon, in Córdoba gesucht. An den Ufern des Douro, am Fuß der Sierra de Gredos. Ich habe ihn in Coimbra geglaubt, und er war sehr wahrscheinlich in Granada. Ich meinte ihn in Cádiz zu sehen, und in Logrono lebte er. Wenn ich sage, ich habe seine Spur verloren, meine ich in Wirklichkeit, daß es mir nicht gelang, seinen unruhigen Weg nachzuvollziehen. Dafür habe ich das »Buch« niemals aus dem Herzen verloren. Und wie sollte ich auch! War es doch durch die Jahrhunderte in der gleichen Familie geblieben: der meinen. Ich nehme an, daß Du, kaum hatte ich hier den Namen Baruel genannt, sofort auf mich geschlossen hast: Aben Baruel.

Ahnst Du nun deutlicher, was geschehen ist? Ich bin indirekter Nachfahre des Mannes aus dem Babylonischen Exil. Durch meine Adern rinnt ein wenig von seinem Blut. Was das »Buch« angeht, so habe ich entdeckt, oder sollte ich besser sagen: So habe ich denkend erschlossen, was mit ihm geschah.

Nachdem er sich in Spanien niedergelassen hatte, gründete mein ferner Vorfahre eine Familie. Er hatte Kinder. Diesen berichtete er von dem wundersamen Ereignis, dessen Zeuge er unmittelbar vor der Auswanderung geworden war. Er zeigte ihnen die Tafel. Er beschwor sie, sie zu schützen und zu bewahren, wenn es sein mußte, um den Preis ihres Lebens, und sie dann an ihre Nachkommenschaft weiterzugeben. Auch wenn es wahrscheinlich, ja sicher ist, daß niemand den Worten des alten Mannes wirklichen Glauben schenkte, so wurde sein Wille doch geachtet. Man behielt Generation für Generation den Stein in seiner Obhut, ohne darin, so vermute ich, mehr zu sehen als ein Erinnerungsstück.

Nun erlaube ich mir einen Zeitsprung, der uns in eine wesentlich jüngere Vergangenheit versetzt. Am 7. Januar 1433, an meinem dreizehnten Geburtstag (wir lebten damals in Burgos), erzählte mir seinerseits mein Vater Haim Baruel die Geschichte – oder vielmehr das, was im Lauf der Jahrhunderte zur Legende des blauen Steins geworden war. Er gebrauchte gewiß die

Worte, die auch sein Vater ihm gegenüber einst gebraucht hatte. Ich erinnere mich noch sehr genau an den Moment, als er die Tafel aus ihrer Umhüllung von ungebleichtem Leinen befreite. Ich möchte gleich sagen, daß meine Enttäuschung groß war. Was? Das war es also? Diese eher bläuliche als blaue Steinfläche? Die Farbe war für das Auge angenehm, aber faszinierend und einzigartig war sie nicht. Doppelt desillusioniert war ich, weil die hoffnungslos nackte, hoffnungslos glatte Oberfläche nicht das kleinste Zeichen aufwies. Wo waren jene Lettern geblieben, die angeblich vor den Augen meines Ahnen aufgeflammt waren, wo war das berühmte Tetragramm?

יהוה

Meine Verwunderung blieb ohne Echo, geschweige denn, daß mein Vater mir eine Antwort geliefert hätte. Er wiederholte mir gegenüber die altüberkommenen Ermahnungen, das war alles. Die Tafel wurde weggeräumt und von da an nie mehr erwähnt. Mein Vater starb kurz nach Beginn meines fünfundzwanzigsten Lebensjahres. Um diese Zeit begann ich mich für die Kabbala zu interessieren. Das wiederum führte zu unser beider Begegnung und Freundschaft. Wenn ich es nie für angebracht gefunden habe, Dir von dem blauen Stein zu erzählen, dann aus einem einfachen Grund: Ich dachte selbst nie mehr an ihn. Und wir machten äußerst schwierige Zeiten durch. Erinnere Dich, wir schrieben das Jahr 1445! Die famose Rückeroberung des Landes war in vollem Gange. Eines nach dem anderen kapitulierten die arabischen Emirate und Sultanate. Die Jahre vergingen. Ich heiratete. Wenige Monate später tatest Du es mir nach. Und dann kam der Schicksalstag, der 1. November 1478. Eine Bulle des Papstes Sixtus IV., die traurig-berühmte *Exigit sincerae devotionis*, gab Isabel und Fernando Vollmacht, Inquisitoren des Glaubens zu ernennen.

Das war der Moment, an dem unsere Wege sich trennten. Wie Tausende von uns habe ich mich für den Übertritt zum Chri-

stentum entschieden, wohingegen Du und die Deinen nach Granada ausgewandert seid, jener letzten arabischen Bastion, wo unsere Glaubensbrüder noch eine gewisse, wenn auch nur vorläufige Ruhe fanden.
Und jetzt, Freund Samuel, falls nach der Aufzählung dieser geschichtlichen Stationen Dein Interesse schon ein wenig erlahmen sollte, jetzt wünsche ich, daß es neu erwache, denn jetzt ist es soweit, und mein vertraulicher Brief verlangt von Dir die äußerste Aufmerksamkeit.
Vor etwa einem halben Jahr saß ich wie gewöhnlich an meinem Arbeitstisch. Seit mehreren Wochen arbeitete ich an einem Kommentar zum »Tanna de-we Eliyyahu«, jenem die Sittenlehre thematisierenden Midrasch, der ... Ach, Dir muß ich bestimmt nicht beibringen, was die Schule des Elias lehrt! Weiter also: Ganz plötzlich, ohne sichtbaren Grund beherrschte mich ein innerer Impuls. Ich konnte mich in keiner Weise mehr konzentrieren. Statt dessen faszinierte mich die alte Nußbaumtruhe, die an der Wand meines Studierzimmers stand, in unwiderstehlichem Grade. Zuerst war ich nur ärgerlich. Ich versuchte, mich wieder in meinen Text hineinzulesen, aber vergeblich. Warum zog mich dieses seit jeher dort befindliche Möbelstück auf einmal mit solcher Kraft an? Und da fiel es mir wieder ein – die blaue Steintafel lag darin verwahrt, ach ja, natürlich.
Vierzig Jahre lang hatte mich die Tafel nicht mehr interessiert. Den meinen Vater geleisteten Eid hatte ich nichtsdestoweniger erfüllt und die Legende Wort für Wort an meinen einzigen Sohn Dan weitergegeben. Was war los? Warum kam mir ausgerechnet in dieser Nacht die Sache wieder ins Gedächtnis?
Mit äußerstem Widerstreben verließ ich meinen Arbeitstisch und ging auf die Truhe zu. Ich weiß nicht, warum, aber ich blieb erst einen Moment stehen, dann hob ich langsam den Deckel an. Die Tafel lag immer noch an ihrem Platz. Ich ergriff sie, und wie mein Vater es vor beinahe einem halben Jahrhundert getan hatte, schälte ich sie aus ihrer Schutzhülle. Und da – wirst Du mir glauben, mein Freund Samuel? – erschien das Tetragramm.

יהוה

Jod. He. Waw. He. Der unsagbare Name des Herrn. Ich trat einen halben Schritt zurück. Schreckerfüllt. Das Herz schlug mir bis zum Halse, ich rang nach Atem, wie ein schwankender Seiltänzer griff ich Halt suchend um mich.

Es war kein Traum, nicht die Sinnestäuschung eines auf Abwege geratenen Greisenhirns. Nein, ich sage es mit fester Stimme: Ich habe die Buchstaben *gesehen*. Habe den Namen gesehen, den man schreibt, aber niemals ausspricht. Habe ihn so gesehen, wie mein ferner Vorfahre Itzhak ihn an den Ufern des Euphrat gesehen haben muß.

Glaubst Du mir, Samuel, mein Freund?

Du mußt es unbedingt. Zumal das, was folgt, noch aufwühlender, noch ungeheuerlicher ist. Nach ein paar Minuten verschwand das Tetragramm, einer flackernd ersterbenden Flamme ähnlich. Vollkommen erstarrt stand ich da, fragte mich nur krampfhaft, wie echt meine Vision gewesen war. Nicht lange. Von unsichtbarer Hand geschrieben, entstand Buchstabe für Buchstabe auf der bläulichen Fläche ein Text. Je mehr er Gestalt annahm, um so mehr war mir, als lösten sich die Sätze aus ihrer gravierten Form, erhöben sich zum Himmel und bohrten sich von oben herab in meine Augen. Sie trafen meine Seele mit der Wucht eines Sturzbachs, der eine enge Schlucht hinuntertobt. Zeile folgte auf Zeile. In absoluter Klarheit.

Für Unglauben war kein Platz mehr. Adonai sprach zu mir. Elohim sprach zu mir. Aus Gründen, die mir immer noch unbegreiflich sind, hatte der Ewige mich, Aben Baruel, zum Gefäß für Seine Botschaft erwählt.

So viele Bücher habe ich gelesen, Samuel. Mein ganzes Dasein habe ich darangegeben, das Unzugängliche zu begreifen, das Unentzifferbare zu erschließen, das Unsichtbare zu durchschauen. Mehr als einmal habe ich geglaubt, an den Urgrund der Wahrheit – oder war es der Lüge? – zu rühren.

Ich habe an den Lippen der Thora gehangen, habe Talmud und

Sohar meiner Seele tief eingeprägt. Vom Erkenntnishunger getrieben, habe ich mich auch fremden Heiligen Büchern zugewandt. Zuerst näherte ich mich jenem, das die Muslime die »Rezitation« nennen, ich meine natürlich den Koran. Ich habe darin an ehrenvollem Platz Abraham und Moses wiedergefunden. Nächstes Anliegen war mir, Wahrheit und Unwahrheit im Mythos von Jeschua, genannt Jesus Christus, zu entwirren. Die vier Evangelisten waren mir dazu eine wertvolle Hilfe. Du siehst, Samuel, ich habe manches gelesen. Keuchend, atemlos durchmaß ich die Wüsten und die fruchtbaren Täler, schwang mich empor zum nächtlichen Firmament, suchte verzweifelt, die Sterne zu zählen. Das Morgengrauen des schweifenden Wahns und den Abend der gelassenen Weisheit, ich habe sie beide kennengelernt. Aber nichts, hörst Du, Samuel, nichts ähnelte auch nur entfernt dem Sinn der Botschaft, die mir gerade zuteil geworden war.

Ich weiß nicht, wie lange ich stand und die blauschimmernde Steinfläche betrachtete. Die saphirne Tafel war in Schweigen zurückgesunken. Sie war wieder nackt, und sosehr ich mich mühte, ich konnte den Blick von dieser Nacktheit nicht abwenden.

Über den Windungen des Tajo zeigte sich die erste Morgenröte, als ich mich mit Gewalt endlich wieder fing. Ich hatte keine Zeit mehr zu verlieren.

Auch wenn es mir strikt untersagt worden ist, irgend jemandem den Inhalt der Offenbarung mitzuteilen, so bin ich doch ermächtigt, Dir zu enthüllen, was am Ende stand. Es hat mit meinem persönlichen Schicksal zu tun. Wenn ich Dir eingangs meinen nahen Tod angekündigt habe, dann deswegen, weil er mir hier angekündigt worden ist. Wir schreiben den 3. Februar. Mir wurde vorausgesagt, daß am 9. Februar, also in sechs Tagen, die Häscher des Heiligen Offiziums, wahrscheinlich in Begleitung eines Alcalden und mehrerer Alguacile, kommen und mich verhaften werden. Ich weiß bereits die Anklage, die mir eröffnet werden wird: »Hat am Tag des Sabbats die Wäsche gewechselt und hat an einem Samstag sich geweigert, Speck zu essen.« Der

Zuträger ist mir unbekannt. Aber wir wissen, daß es jeder beliebige sein könnte. Ein Sohn kann gegen seinen Vater aussagen, eine Frau gegen ihren Gatten, ein Bruder gegen seinen Bruder. Ja, der Beschuldigte selbst muß dazugezählt werden, will man ihn doch zwingen, das ihm zur Last gelegte Verbrechen zu erraten und zu gestehen, obwohl er nur allzuoft ahnungslos ist.
So werde ich denn, wenn Du diese Zeilen erhältst, nicht mehr sein.
Das Gefühl ist merkwürdig, nicht wahr? In Händen hältst Du dieses fleckige, von meiner fiebrigen Niederschrift gleichsam noch feuchte Pergament, während ich selbst nur noch Asche bin. Ich nehme an, zuallererst fragst Du Dich, warum der Brief Dich so spät erreicht. Schließlich liegt das wundersame Ereignis, dessen Zeuge ich geworden bin, ein halbes Jahr zurück. So ist es. Aber ich konnte Dir bis zur Stunde nicht schreiben. Ich konnte nicht, denn ich hatte einen Auftrag zu erfüllen. Über mein nahes Sterben informiert, mußte ich das »Buch« an einen sicheren Ort bringen. Dieser Aufgabe habe ich die gesamte mir noch verbleibende Lebenszeit gewidmet. Ja, Samuel, das habe ich getan. Ich habe das »Buch« versteckt.
Ich kann Deine Entrüstung förmlich sehen. Ich höre Deine zornschnaubenden oder mit stillem Groll erfüllten Fragen. Du rufst aus: »Wie das? Mein Freund Aben Baruel hat in seinem Besitz eine Himmelstafel, von der es heißt, sie enthalte die Antwort auf die Rätselfragen, die sich seit Ewigkeit den Menschen stellen, und siehe da, statt den Schlüssel zu diesem Mysterium mit anderen zu teilen, macht er ihn zu seinem alleinigen Eigentum. Er versteckt ihn. Widersinnig! Sakrileg!« Nein, Samuel, weder widersinnig noch Sakrileg. Ich kann unmöglich auf Einzelheiten eingehen. Es ist der Sinngehalt der Botschaft selbst, der mich zu diesem Vorgehen zwingt. Aus Gründen, die ich dir nicht erklären darf, mußte das Buch dem unmittelbaren Zugriff entzogen werden. Es mußte Gegenstand der Suche werden. Es war unabdingbar geworden, daß es sich in eine Art Gral verwandelte und daß bestimmte Menschen, Du vor allen anderen, gehalten sein

sollen, es sich suchend zu erobern. Zu erobern und folglich zu verdienen. Gestatte die Nebenbemerkung, daß ich das Wort Gral nicht zufällig verwende. Besagt nicht die christliche Legende, daß der Gral die Schale ist, in der Jeschuas Blut, Christi Blut, aufgefangen wurde? Ist nicht das Blut Prinzip allen Lebens und folglich Entsprechung des Herzens, des Mittelpunkts? Vielleicht weißt Du es nicht, aber die ägyptische Hieroglyphe für das Herz ist zugleich ein Gefäß und ein Buch. Ja, ein Buch.

Verstehst Du mich? Wahrscheinlich nicht, denn ich stelle mir vor, wie Enttäuschung Dich blind macht. Aber schenke mir Vertrauen! Betrachte die Sache aus einem gewissen Abstand! Laß Deinen Groll sich erst legen! Mit der Zeit wird meine Haltung Dir als die einzige erscheinen, die ich habe einnehmen können. Wenn Du erst Deinerseits im Besitz der göttlichen Tafel sein wirst, wird Dein Unverständnis plötzlich verflogen sein. Doch, ich habe ganz bewußt geschrieben: »Deinerseits«. Denn Du sollst sehen, ich habe dem Anschein zum Trotz mitnichten leichtfertig gehandelt. Ich verlasse diese Welt keineswegs unter Mitnahme meines Geheimnisses. Nein. Ich habe meinem Brief einen ausführlichen, aus vielfältigen Hinweisen bestehenden Plan beigefügt. Teile meiner Seele sind in diesen Plan eingegangen. Wenn es Dir gelingt, die Hinweise zu entschlüsseln, dann werden sie Dich verläßlich an den Ort führen, wo ich das »Buch« in Sicherheit gebracht habe.

Damit Dir das gelingt, wirst Du, daran lasse ich keinen Zweifel, aus Dir selbst jene Geduld, jenen Scharfsinn und jenes umfassende Wissen schöpfen müssen, deren ich Dich fähig und mächtig weiß. In ganz Spanien existiert meiner Kenntnis nach kein einziger Jude, der die Thora bis zum letzten Vers unfehlbar aus dem Gedächtnis hersagen kann. Nur Du besitzt diese Fähigkeit. Jedoch möchte ich dich warnen: Der Theologe und der Kabbalist Samuel Ezra werden auf eine harte Probe gestellt werden, denn aus Respekt vor dem Menschen, aus Hochachtung vor dem Gelehrten habe ich mir jede Simplizität verwehrt.

Nun habe ich Dir alles gesagt.

Selbstverständlich verpflichtet Dich nichts, Dich auf die Suche einzulassen. Du kannst diesen Brief samt dem Plan zerreißen und beides ins Feuer werfen. Meinetwegen ins Feuer eines Scheiterhaufens. Du kannst zu dem Schluß kommen, daß alle Zeilen bis hierher wahnhaftes Gefasel sind – in Deiner Einschätzung bist du vollkommen frei. Ich verlange nichts, außer daß die Entscheidung, die Du fällen wirst, mit Deinem innersten Wesen in Übereinstimmung sei. Das ist alles. Jedoch möchte ich, bevor ich mich von Dir verabschiede, daß Du über die folgenden Worte unseres großen Meisters Moses Maimonides nachdenkst: »Das Urprinzip, der Grundpfeiler der Wissenschaften, das ist das Wissen darum, daß es ein höchstes Wesen gibt und daß dieses höchste Wesen allem, was ist, die Existenz zuweist. In der Tat haben sämtliche Geschöpfe des Himmels, der Erde und des Raumes dazwischen ihr Sein ausschließlich von der Wahrheit seines Seins.«

Du wirst mir fehlen, Samuel, mein Freund. Wenn Freundschaft eine Form von Liebe ist, dann war ich dieser noch nie so nah wie in diesem Augenblick.

Lech Le-Schalom
Aben Baruel

Kapitel 3

Gebe ihm ein Almosen, Frau, denn es gibt kein größeres Unglück im Leben, als blind zu sein in Granada ...

Granada, 6. Mai 1487

Samuel Ezras rechte Hand zupfte nervös an der dünn auslaufenden Spitze seines Bartes. Er verzog das Gesicht zu einer Grimasse. Grausamer denn je schmerzten ihn heute seine steifen, arthritisch verkrümmten Finger.

Er las noch einmal den letzten Absatz von Aben Baruels Brief, dann hörte er sich selbst zu dem jungen Mann sagen, der schweigend im hinteren Teil des Raumes saß und wartete: »Dein Vater war mir der teuerste unter allen meinen Freunden.« Er wiederholte mit Nachdruck: »Der teuerste unter allen.«

»Ich weiß, Rabbi Ezra. Und diese Wertschätzung hat mein Vater erwidert. Lange bevor ich Euch kennenlernte, wußte ich alles über Euch. Soweit meine Erinnerung zurückreicht, hörte ich aus dem Munde meines Vaters immer wieder die zwei selben Namen: den Euren und den meiner verstorbenen Mutter, Sarah.«

Der Rabbiner nickte schweigend. Kerzen erhellten sein kantiges, beinahe ausgezehrt wirkendes Gesicht. Der Lichtschein verweilte auf der in traurigen Falten zusammengezogenen Stirn, glitt unruhig die Nase entlang, nistete flüchtig in den grauen Augenringen, bevor er im hellen Blau der Augen – der einzigen Auflichtung dieser düster-verquälten Physiognomie – aufging. Welcher Kontrast zur strahlenden Jugend Dan Baruels, der um die zwanzig Jahre alt sein mochte! Ezra war siebzig. Zwei Leben: eines im Morgenlicht, das andere im späten Abendschein.

Wie schmerzhaft und schwer zu ertragen war diese heimlich würgende Beklommenheit, deren Ursprung Ezra nur zu genau kannte. Mit der im Brief des Freundes enthaltenen Mitteilung – so außergewöhnlich diese auch war – hatte sie nichts zu tun. Es war Kummer, ein unendlicher Kummer und vielleicht auch das Gewahrwerden, daß erneut ein Stück Leben abgebröckelt war, unwiederbringlich.

Plötzlich waren mehrere durch die Entfernung gedämpfte Explosionen zu hören, danach Kanonenschüsse. Geschrei, dann eine weitere Salve.

Dan geriet in Panik und zitternd fragte er: »Was ist da los?«

»Das sind diese verrückten Araber, die schon wieder aufeinander losgehen.«

»Aufeinander? Ich dachte, sie befinden sich im Krieg gegen die Kastilier.«

»Eine Erklärung würde jetzt zu weit führen. Nur soviel: Seit mehreren Monaten folgt ein Bürgerkrieg auf den anderen, und wenn das so weitergeht, wird bald kein einziger granadischer Krieger mehr am Leben sein, um den Kastiliern entgegenzutreten. Isabel und Fernando können sich dann der Stadt sozusagen mit bloßen Händen bemächtigen. Kommen wir auf den Brief zurück! Er ist vom 3. Februar datiert. Heute ist der 6. Mai. Warum hast du so lange gewartet, bis du dich gemeldet hast?«

»Ich habe lediglich die Anweisungen meines Vaters respektiert. Als er mir die Schriftstücke übergab, hat er mir eingeschärft, ich dürfe sie auf jeden Fall erst dann aushändigen, wenn ich die amtliche Bestätigung seines Ablebens hätte. Nun, die Kerkerhaft hat fast zwei Monate gedauert. Das Autodafé hat am 28. April stattgefunden.«

Ezra verdrängte gewaltsam einen Anflug von Übelkeit. Autodafé. *El auto publico de fe.* Der Wahn der Menschen, zusammengefaßt in diesen paar Worten. Schubweise kamen dem Rabbiner Bilder ins Gedächtnis, zuckten an seinem inneren Auge vorbei. Unwillkürlich dachte er: Die Strafe ereilt den, der seinen Glauben verleugnet. Sofort machte er sich Vorwürfe, wußte er doch, wie pauschal und ungerecht ein solches Urteil war.

»Nun bist du also allein auf der Welt«, sagte er zu Dan.
»Waise bin ich, Rabbi, aber nicht allein. Ich bin verheiratet.«
»Verheiratet? Mit zwanzig?«
»Ich bin sechsundzwanzig.«
»Dann lebtest du nicht mehr bei deinem Vater. Wie war das aber mit den Schriftstücken?«
»Meine Frau und ich wohnen in Cuenca. Dort hat mein Vater mich aufgesucht.« Hastig fügte er hinzu: »Ich muß übrigens so schnell wie möglich heimkehren. Ich habe ein zweijähriges Kind, und meine Arbeit wartet auf mich.«
»Was machst du?«
»Ich arbeite bei einem Gerber.«
»Es kommt nicht in Frage, daß du mitten in der Nacht wieder aufbrichst. Hast du schon gegessen?«
Mit einer schüchternen Geste wies der junge Mann die Frage zurück.
»Doch, doch. Du mußt etwas essen! Bis Cuenca ist es kein Katzensprung. Außerdem mußt du dich etwas ausruhen. Teresa!«
Schritte wurden hörbar. Eine Magd erschien im Türrahmen, füllig, die Schürze umgebunden, pechschwarze zum Knoten geraffte Haare, volles Gesicht. Man hätte sie auf vierzig Jahre geschätzt.
»Teresa, mach dem Jungen etwas zu essen. Er hat einen langen Weg hinter sich. Und du wirst ein Bett herrichten. Er schläft heute nacht hier.«
Die Frau nickte und bedeutete Dan freundlich, ihr zu folgen.
Wieder allein, sah Ezra zögernd auf den »ausführlichen, aus vielfältigen Hinweisen bestehenden Plan«, den sein Freund ihm vermacht hatte. Woher nur kam dieses Unbehagen, diese mit Furcht vermischte, brennende Neugier? Er schöpfte Luft und vertiefte sich in das Dokument.

Wie lange hatte die Lektüre gedauert? Er hätte es nicht zu sagen vermocht. Als er sich wieder aufrichtete, waren die Kerzen heruntergebrannt. Von den Leuchterarmen hing das zu Stalaktiten erstarrte Wachs. Die Dochte hatten sich gekrümmt. Bald würde

das schwache Flackern ganz erlöschen. Durch die halbgeschlossenen Fensterläden drang die Morgendämmerung.
Ezra verharrte reglos, von Müdigkeit und Verwirrung gezeichnet. Fast hätte er die noch schlaftrunkene Stimme Dan Baruels überhört.
»Rabbi ... seid Ihr die ganze Nacht aufgeblieben? Ist Euch nicht wohl?«
Die Antwort kam ohne Verzögerung: »In der Tat, mir ist nicht wohl.«
»Ihr meint damit den Brief meines Vaters?«
»Um den Brief geht es gar nicht.« Mit dem verkrümmten Zeigefinger schlug er gegen die Seiten. »Das Manuskript ist unvollständig ...«
Verunsichert trat der junge Mann näher. »Was wollt Ihr damit sagen?«
»Ich will damit sagen, mein Junge, daß dein Vater sich aus unerfindlichen Gründen einen üblen Scherz mit mir erlaubt hat.« Ohne dem anderen Zeit für eine Antwort zu lassen, holte Ezra aus: »Höre gut zu! Hier ist der Text. Es handelt sich um eine Art Büchlein, das in acht ungleiche Teile gegliedert ist. Jeder dieser Teile trägt als Überschrift das Wort ›Palast‹. Verlange nicht von mir, daß ich dir den Sinn dieser Benennung erkläre oder dir sage, warum dein Vater sich diese hat einfallen lassen. Es reicht, wenn du weißt, daß man ›Palast‹ durch ›Kapitel‹ ersetzen könnte. Kannst du mir folgen?«
Der junge Mann nickte.
»Auf den ersten Blick ist die Sprache ohne Zusammenhang, krauses Zeug, das sich dem Verständnis entzieht. Stell dir eine Landschaft mit heillos verschobenen und zersplitterten Farben und Formen vor! Eine auf den Kopf gestellte Kulisse. Oder besser noch, denke an ein Porträt, worin jeder Einzelzug durch ein Symbol, an dem nichts Menschenähnliches ist, ersetzt worden ist. Und dennoch, das muß ich einräumen, ist dieser Text von einer außerordentlichen logischen Strenge geprägt.«
»Mein Vater hat also ein sogenanntes Kryptogramm erstellt.«

»Genau. Jedoch sind – und deswegen fühle ich mich so hilflos – die meisten der Sätze, aus denen es besteht, unvollendet. Schau her!«
Dan beugte sich über die Schulter des Rabbiners und las mit:

Erster Hauptpalast: Verherrlicht wird J.H.W.H. von Seiner Stätte aus: Der Name ist in 6. Da habe ich den Fürsten des Gesichtes befragt. Ich sagte zu ihm: Wie ist dein Name? Er gab mir zur Antwort ... Gehörte er zu ...? Ich, der ich ihm begegnet bin, ich habe eine Zeitlang daran gedacht, ihn Azazel zu nennen. Ich täuschte mich. Sein Fehler war nur, Umgang zu pflegen ... und Achmedai und zu der Zeit zu leben, da ich oben auf dem sanft abfallenden Hügel schreibe, auf den Ruinen des Hades. Am Fuss dieses Hügels schläft Jawans Sohn, und sein Traum mündet ins Meer und murmelt: Ich glaube, dass es keinen ... Die Kinder Israels glauben. Ich gehöre zu ...

Der junge Mann mußte das Ganze zweimal lesen, bevor er sich eine Beurteilung gestattete: »Das ist ja ein furchtbares Kauderwelsch!«
»Ich hatte dich gewarnt. Aber ich bleibe dabei: Die logische Strenge ist durchaus da. Verschlüsselt, aber vorhanden. Natürlich ist es nicht jedermann gegeben, ein solches Gemenge von Symbolen zu entwirren, und das lag auch gewiß nicht in der Absicht deines Vaters. Einzig ein Kabbalist, der sich gleichzeitig einen überragenden Gelehrten nennen darf, hätte eine Chance, damit zu Rande zu kommen. Und Aben zweifelte nicht daran, daß dieser Kabbalist in meiner Person zu finden sei.«
»Dabei habt Ihr gerade erst von einem üblen Scherz gesprochen!«
»Stimmt. Aber ich habe auch gesagt, daß dieser üble Scherz nicht im Inhalt liegt, sondern in der durchgehenden Bruchstückhaftigkeit. Schau her! Lies nur diese Stelle laut vor!«
Dan wollte gehorchen, als erneut Waffengetöse hörbar wurde.

Unwillkürlich warf der junge Mann angstvolle Blicke zur Straße hinunter.

»Hab keine Angst! Der Kampf geht in Richtung der Kasba. Die ist am anderen Ende der Stadt. Nur zu, lies vor!«

»Da habe ich den Fürsten des Gesichtes befragt. Ich sagte zu ihm: Wie ist dein Name? Er gab mir zur Antwort ...«

»Verstehst du jetzt?«

»Es tut mir sehr leid, Rabbi Ezra. Das ist dermaßen wirr.«

»Wiederhole langsam den ersten Satz.«

»Ich sagte zu ihm: Wie ist dein Name? Er gab mir zur Antwort ...«

»Er gab mir zur Antwort ... ja was? Siehst du nicht, daß es weitergehen müßte? Und dann Gehörte er zu ... Zu was? Da stehen erst drei Auslassungspünktchen und dann kommt etwas, was nicht dazu paßt. Und so folgt ein Hiatus dem anderen.« Ezra deutete auf eine zweite Stelle und Dan las.

»Sein Fehler war nur, Umgang zu pflegen ... Umgang mit wem? Und dann: Ich glaube, dass es keinen ... Die Kinder Israels glauben. Ich gehöre zu ... zu wem?«

»Wenn es nur um einen abgebrochenen Satz ginge, dann könnte man das auf eine momentane Zerstreutheit zurückführen. Aber so ist es nicht, denn es kommt mehrmals vor. Aber warum? Warum sollte Aben diese Mystifikation betrieben haben? Sein Begleitbrief gibt keinen Grund an.«

»Es gibt vielleicht eine Erklärung.«

Der junge Mann sah plötzlich aus, als wäre ihm etwas peinlich.

»Es kann sein, daß die fehlenden Wörter sich anderswo befinden.«

»Anderswo?«

»Ja. Sie sind vielleicht in dem verschlossenen Brief, den ich gestern abend, kurz bevor ich bei Euch eintraf, abgegeben habe.«

»Du willst sagen, es gibt noch einen anderen Brief?«

»Ja. Einen, der fast genauso lautet wie der hier.«

Der Rabbiner geriet in helle Aufregung. »Dein Vater hatte eine Zweitschrift gefertigt? Wem hast du sie ausgehändigt?«

»Einem gewissen« – Dan besann sich mit Mühe auf den Namen – »Scheich Ibn Sarrag. Chahir Ibn Sarrag.«
Ezra rang nach Luft. »Einem Heiden?«
»Einem Muslim, soviel ist sicher.«
»Aber wer ist denn dieser Kerl?«
Dan schüttelte verlegen den Kopf. »Seid mir nicht böse, Rabbi! Ich weiß überhaupt nichts von diesem Menschen. Ich weiß nur, daß Vater unbedingt wollte, daß ich zuerst ihn aufsuche.«
Allmählich reichte es Samuel Ezra. Zuerst der Schock, den der Tod des Freundes bedeutet hatte, dann die haarsträubende Geschichte von einem Zwiegespräch mit dem allewigen Gott, und jetzt dieser Araber ... Er vergrub das Gesicht zwischen den Händen und brummelte Worte vor sich hin, die allerdings zu wirr klangen, um für ein lautes Nachdenken zu stehen.
»Da ist etwas, was sich mir entzieht, und dieses Gefühl ist mir unerträglich«, sagte er.
»Ich hätte Euch gern geholfen, aber ...« Ezra sprang mit unvermuteter Energie von seinem Sitz auf. Erst jetzt wurde Dan bewußt, wie groß der Rabbiner war. Er war in der Tat hoch gewachsen, und seine Hagerkeit wirkte sich nicht etwa nachteilig aus, sondern verlieh ihm eine gewisse Vornehmheit.
»Du wirst mich auf der Stelle zu diesem Mann führen.«
»Unmöglich, Rabbi! Ich muß zurück nach Cuenca! Abgesehen davon, daß es Wahnsinn wäre, sich im Moment auf die Straßen hinauszuwagen.«
Nervös schob der Rabbiner die Dokumente zusammen, verstaute sie in einer Umhängetasche und eilte zur Tür.
»Jetzt!« befahl er in einem Ton, der keinen Widerspruch duldete. »Jetzt!«

Kaum waren sie vor das Haus getreten, da spürten sie den scharfen Zugriff der Kälte. Noch herrschte Dämmerung, aber der Himmel war schon blaßrosa gefärbt und vom weißen Widerschein der Sierra Nevada durchzackt. Vom südlichen Stadtviertel her hörte man das Grollen von Geschützen.

»Wo?« fragte Ezra. »Wo wohnt er?«
»Direkt hier.«
»Du willst sagen, im Albaicín?«
»Ja. Aber ganz oben auf dem Hügel. Der Hang ist steil, und man muß eine gute Stunde Wegs rechnen.«
»Ein Fußmarsch kommt nicht in Frage.«
»Aber dann?«
»Was aber dann? Ich habe ein Pferd und bin durchaus noch in der Lage zu reiten.«
Im Hinterhof stand in der Tat ein Pferd. Dan war auf eine Art Schindmähre gefaßt gewesen, was er jedoch sah, war ein prachtvolles Reitpferd, schwarz mit zwei opalweißen Flecken an den Fesseln.
»Steh nicht wie angewurzelt da! Hilf mir lieber beim Satteln!«
Ehe er sich's versah, saß der junge Mann hinter Ezra auf dem Pferderücken, und im Trab ging es durch ein Gewirr von Gassen. Wider Erwarten ritt der Siebzigjährige in kerzengerader, ja stolzer Haltung.
Bald erhob sich, noch schattenhaft, zu ihrer Rechten auf einem bewaldeten Bergvorsprung die »Rote«, die Alhambra, jener maurische Palast, von dem man sagte – so unvergleichlichen Glanz atmete er –, Allah habe ihn mit eigenen Händen erbaut. Sie umritten einen Aljibes, eines der zahllosen öffentlichen Wasserreservoirs, aus denen sich die befestigte Stadt versorgte, kamen an den Gärten des Generalife mit ihren Zypressen und Oleanderbüschen vorbei. Am Darro angelangt, überquerten sie die Cadi-Brücke und bogen nach rechts ab. Schweißbedeckte, zerzaust wirkende Bewaffnete rannten in unbekannter Richtung vorbei.
Vor der Abdel-Rahman-Moschee deutete Dan auf ein makellos weißes, einzelstehendes Haus, dessen Fassade von zwei kleinen rundbogigen Stabwerkfenstern durchbrochen war. »Hier ist es.«
»Großartig. Ich werde nicht lange brauchen.« Der alte Rabbiner stieg ab.
»Einen Augenblick, Rabbi Ezra! Ich kann nicht auf Euch war-

ten. Ich muß unbedingt nach Cuenca zurück, wie gesagt, ich habe Frau und Kind.«
Ezra drehte sich hastig um. Schuldbewußt sah er seinen Besucher an. »Ich verstehe. Verzeih mir, wenn ich dich zu sehr gedrängt habe! Behalte das Pferd!«
»Ich danke Euch. Aber ich habe keine Verwendung dafür.«
Der Rabbiner musterte ihn einen Augenblick lang. »*Tsétekha le-schalom!* Gute Reise mein Sohn!« Spontan zog er den jungen Mann an seine Brust.
»*Tsétekha le-schalom ...*« wiederholte er. Er löste sich, nahm die Tasche mit Aben Baruels Manuskript unter den Arm und ging die paar Schritte zum Haus des Arabers. Er ergriff den eisernen Türklopfer und schlug ihn einmal kurz und fest gegen das Holz.

»Kommt herein! Ich habe Euch erwartet.«
War es Einbildung, oder verriet der Gesichtsausdruck des Hausherrn leise Ironie?
»Ihr habt mich erwartet?«
»Ja. Oder sagen wir richtiger: Ich wartete auf jemanden, ohne recht zu wissen, auf wen. Nachdem Ihr mich gefunden habt, kennt Ihr wohl auch meinen Namen. Möchtet Ihr so höflich sein, mir den Euren zu offenbaren?«
»Samuel. Samuel Ezra.«
»*Salam aleikom*, aber Ihr hört wahrscheinlich lieber: *schalom lecha*.«
Die leise Ironie, die der Rabbiner wahrgenommen hatte, trat deutlicher hervor. Ezra beherrschte nur mühsam die aufsteigende Verärgerung und antwortete mit einem Achselzucken.
»Wollt Ihr mir nicht folgen? In meinem Studierzimmer ist es ruhiger. Bald werden nämlich die Kinder wach.«
Wie alle arabischen Behausungen von Granada bot auch diese nur knappen Raum. Daß der Innenhof fehlte, war mit der steilen Hanglage des Hauses zu erklären. Sie gingen durch den engen, rechtwinklig abbiegenden Flur und kamen zu einem lichterfüllten Raum von bescheidenen Ausmaßen. Im Gegenlicht

zeichnete sich auf dem großen, rechteckigen Seidenteppich ein massiver Eichenschreibtisch ab. Die über und über mit Büchern bestückten Regale an den Wänden sagten Ezra, daß er die Studierstube betreten hatte. Eine kleine Tür rechts hinten ging auf eine Terrasse hinaus.
Der Araber wies auf einen mit Brokatkissen bedeckten Diwan.
»Ich bitte Euch, nehmt Platz!«
Als der Hausherr zu seinem Schreibtisch ging, konnte Ezra ihn unbemerkt mustern. Der Mann war mittelgroß und hatte einen breiten Hals. Er wirkte gedrungen wie ein Stier und insgesamt robust. Man konnte ihn für fünfundfünfzig oder auch sechzig halten. Die untere Gesichtshälfte lag unter einem dichten, graumelierten Bart verborgen, der zu den Ohren hin dünner wurde. Buschige Brauen überwölbten einen düsteren Blick.
Draußen hatte der Geschützdonner stark zugenommen.
»Die Zeit bis hier herauf muß Euch lang geworden sein. Im Moment ist es wenig ratsam, in den Straßen von Granada herumzuspazieren.«
Ezra gab keine Antwort.
»Ihr scheint verstimmt, oder irre ich mich?«
Kein Zweifel war möglich, der Mann hielt ihn zum Narren. Nun erinnerte er sich wieder an Aben Baruels verfluchtes Rätselspiel. Der Freund mußte sich sehr an der Erfindung ergötzt haben. Am liebsten wäre Ezra aufgestanden und gegangen.
»Scheich Ibn Sarrag, wenn ich verstimmt bin, dann habt Ihr wohl genauso gute Gründe, es zu sein.«
»Möglich. Alles hängt von den Schlüssen ab, zu denen Ihr und ich gelangen werden. Nun ja, ich meine, falls Ihr es wünscht.«
Er ließ keine Antwort zu, sondern fragte sofort: »Glaubt Ihr an diese Geschichte mit dem Buch aus Saphir?«
»Und wenn ich die Frage zurückgebe?«
»Mein Lieber, wir sind zu klug für derlei Spielchen. Antwortet mir: Glaubt Ihr daran?«
»Und wenn ich sage: Ja?«
Ibn Sarrag warf nachdenklich den Kopf nach hinten.

»Gebt zu, daß das denn doch ganz ungeheuerlich wäre.« Übergangslos erkundigte sich Ezra: »Ihr kanntet Aben Baruel gut?«
»Er war mir der teuerste Freund. Aber Ihr? Inwiefern wart Ihr ihm verbunden?«
»Er war auch *mein* teuerster Freund.«
»Ihr scherzt.« Unter Ibn Sarrags Bart erschien ein melancholisches Lächeln. »Eure Reaktion überrascht mich kaum. Ihr fragt Euch, wie es möglich sein kann, daß der Jude Aben einem Araber und Sohn des Islam seine Freundschaft gewährt hat. Einem Goi, wie es bei euch heißt. Stimmt das?«
Ezra suchte seine Verlegenheit zu verbergen.
»Um jedes Mißverständnis von vornherein auszuräumen, sollt Ihr wissen, daß ich die Juden nicht besonders mag. Ich empfinde kaum irgendwelche Sympathie für Euer Volk. Es war der Mensch Aben Baruel, den ich schätzte und mochte.«
Zumindest ist nun einiges klargestellt, sagte sich Ezra. Laut stellte er fest: »Darin liegt genau der Unterschied zwischen Euch und mir. Was ich an Aben liebte, war, daß er auch Jude war.«
»Der … bekehrte Jude? Oder der andere?«
»Ihr enttäuscht mich sehr, Ibn Sarrag. Wenn ich bedenke, daß Ihr gerade noch von Klugheit gesprochen habt … Ich vergaß, Ihr seid Araber.«
Nun war die Reihe am Scheich, sich peinlich berührt zu fühlen.
»Wie wäre es, wenn wir von Euren Fähigkeiten reden? Denn ich kann mir vorstellen, daß Baruel Euch nicht unbedingt nur wegen seiner Freundschaftsgefühle auserwählt hat.«
»Wahrscheinlich. Ich nehme an, daß die geistigen Qualitäten, die er bei Euch vorgefunden hat, in mir ihre Entsprechung haben. Vermutlich seid Ihr fähig, sämtliche 114 Suren aus dem Gedächtnis aufzusagen.«
»Und Ihr dürftet zu den seltenen Individuen gehören, die sich rühmen können, die fünf Bücher der Thora auswendig zu wissen.«
Ezra begnügte sich mit einem Nicken.
»Kommen wir auf dieses Buch aus Saphir zurück!«

Ezra wollte antworten, als dreimal knapp gegen die Tür gepocht wurde.
»Herein!« rief Ibn Sarrag.
Ein etwa fünfundzwanzigjähriger Diener mit feinen Zügen und von durchaus selbstbewußter Haltung trat ein. Er brachte auf einem winzigen Tablett ein dampfendes Glas.
»Euer Tee, Herr.«
Der Scheich wandte sich zu Ezra. »Ihr nehmt vielleicht auch ein Glas?«
»Gerne.«
»Stell dieses unserem Gast hin! Mir bringst du ein anderes!«
Der Diener entfernte sich mit einem Seitenblick auf Samuel Ezra.
»Ein Sklave?« fragte dieser spöttelnd.
»Sklave oder Diener, wo ist da der Unterschied?«
»Er ist ganz erheblich. Im einen Fall ist der Betroffene frei.«
»Mein Wertester, alles hängt davon ab, was man unter Freiheit versteht. Aber auf diese Diskussion werden wir uns jetzt nicht einlassen. Es gibt Wesentlicheres, scheint mir. Das Buch aus Saphir. Ihr habt angedeutet, daß es für Euch wirklich existieren könnte.«
Ezra trank einen Schluck Tee, bevor er versicherte: »Ich bin davon überzeugt.«
»Wäre es der Fall, so seid Ihr Euch, denke ich, bewußt, daß wir es mit der phantastischsten, der gewaltigsten Errungenschaft der gesamten Menschheitsgeschichte zu tun hätten. Mit einem unendlich kostbaren Schatz. Mit dem Beweis für die Existenz Gottes!«
»Ihr vergeßt eine banale Kleinigkeit: Über kurz oder lang käme es der Vernichtung des gesamten politisch-religiösen Systems gleich, das in Spanien seit Einführung der Inquisition herrscht.«
Sarrag zog die Brauen hoch. »Ich sehe den Zusammenhang nicht recht.«
»Der wird Euch an jenem Tag klarwerden – falls er je kommt –, an dem Ihr den Inhalt der Botschaft entdecken werdet.«

»Sagt es mir, wenn ich mich täusche, aber ich habe den Eindruck, Ihr ahnt schon, wie dieser Inhalt beschaffen sein wird. Es könnte beispielsweise ein Verslein sein, das die Überlegenheit des jüdischen Glaubens über die beiden anderen Religionen behauptet. Habe ich recht?« Seine Lippen verzogen sich in einem leisen Lächeln, während er hinzufügte: »Ich glaube nämlich, daß wir keine andere Botschaft finden werden als eine Anleitung für unseren Umgang mit Allah.«

»Ich möchte Euch nicht beleidigen, aber die Namen *Elohim* oder *Adonai* erscheinen mir viel angemessener.«

»Warum nur, ich bitte Euch? Nehmt Ihr denn Anstoß an dem Begriff *Allah*?«

»Ich nehme keinen Anstoß daran. Jedoch ist der Begriff unausweichlich mit Eurer Religion verbunden. Wenn Ihr eine Zweitschrift von Abens Brief besitzt, dann ist Euch sicher nicht entgangen, daß das Hauptelement der ganzen Sache das Tetragramm Jod, He, Waw, He ist. Ich sehe nicht, inwiefern der Text den Islam berühren sollte.«

Zum zweitenmal unterbrach der junge Diener durch sein Kommen die Diskussion. Nachdem er seinen Herrn bedient hatte, verließ er das Studierzimmer, wobei er auch jetzt wieder einen prüfenden Blick auf den Rabbiner richtete.

»Ich finde Euch ausgesprochen schulmeisterlich«, nahm Sarrag den Gesprächsfaden wieder auf. »Zwar mag das Tetragramm im Zentrum von Abens Brief stehen, aber das gilt nicht für den Rest, ich meine den Plan.« Der Scheich nahm ein beschriebenes Blatt von seinem Schreibtisch und deutete auf die Tasche, die Ezra auf den Knien hielt. »Ich nehme an, alles ist da drin?«

»Leider nicht alles. Schließlich seid Ihr es, der die andere Hälfte besitzt.«

»Sagt Euch ganz einfach, daß wir in der gleichen mißlichen Lage sind! Ich schlage vor, wir schreiten zum Vergleich des ersten sogenannten Palastes. Ihr werdet gleich sehen, daß Ihr Euch irrt, wenn Ihr den Islam ausschließen wollt.«

»Nun denn.« Ezra begann, langsam vorzulesen: »Erster

Hauptpalast: Verherrlicht wird J.H.W.H. von Seiner Stätte aus. Der Name ist in 6. Da habe ich den Fürsten des Gesichts befragt. Ich sagte zu ihm: Wie ist dein Name? Er gab mir zur Antwort …« Er verstummte. »Ich nehme an, Ihr habt die Fortsetzung?«

Ibn Sarrag nickte und las: »Ich heisse Jüngling.«

»Gehörte er zu …«

»den Schlafenden von Al Raquim …« Die Schlafenden von Al Raquim. Der Ausdruck sagt Euch natürlich nichts?«

Ezra sah sich gezwungen, dies zuzugeben.

»Er gehört in die Sure 18, die sogenannte Höhlen-Sure. In zahlreichen Versen findet man diese Anspielung auf die Schlafenden. Nehmt zum Beispiel Vers 9: ›Begreifst du, daß die Leute der Höhle und von Al Raquim zu unseren Wunderzeichen gehören?‹ Oder Vers 18: ›Du hättest sie für wach gehalten, wiewohl sie schliefen.‹« Der Scheich legte bewußt eine Pause ein, bevor er mit einem schelmischen Lächeln schloß: »Ihr seht nun, daß Allah sehr wohl betroffen ist. Übrigens gibt es nicht nur die Stelle mit den Schlafenden. Möchtet Ihr bitte fortfahren?«

Ezra machte es sich auf dem Diwan bequem und las weiter: »Ich, der ich ihm begegnet bin, ich habe eine Zeitlang daran gedacht, ihn Azazel zu nennen. Ich täuschte mich. Sein Fehler war nur, Umgang zu pflegen …«

»war nur, Umgang zu pflegen mit Malik …«

Der Rabbiner grollte: »Wenn ich recht verstehe, dann sind mir alle Wörter, die außerhalb der jüdischen Mystik stehen, entzogen worden!«

»Genauso ist es. Malik ist in gewissem Sinne das Äquivalent des Namens Azazel …«

»Und von Achmedai«, eilte Ezra voraus. Er deutete auf ein Wort in dem Absatz. »Denn dann heißt es: und Achmedai. Nun, in *unserer* Mystik ist Achmedai der Dämon, genau gesagt, der Dämon der ehelichen Verbindung. Während in der Literatur des Midrasch und der Kabbala Azazel als Kombination aus dem Namen zweier Engel, nämlich Uza und Azael, angesehen wird.

Sie waren zur Zeit Kains zur Erde herabgestiegen und der sittlichen Verderbnis anheimgefallen. Eigentlich könnte Azazel das Äquivalent des Teufels sein.«
»Ich nehme an, Ihr wißt, was die Hadiths sind?«
»Welche Frage! Die Schriften, in denen die Taten und Worte Eures Propheten verzeichnet stehen.«
»Dann sollt Ihr auch wissen, daß Malik darin vorkommt. Mohammed – gepriesen sei sein heiliger Name – spricht von ihm als vom Wächter der Hölle: ›Ich sah auch Malik, den Wächter der Hölle, und den Antichrist.‹ Fast könnte man sagen, unsere drei Gestalten sind Brüder.« Ibn Sarrag breitete die Arme aus. »Und Ihr wollt immer noch nichts von Allah wissen?«
Statt zu antworten, erhob sich Ezra vom Diwan und stellte sich neben den Scheich. »Ich lese weiter: UND ZU DER ZEIT ZU LEBEN, DA ICH OBEN AUF DEM SANFT ABFALLENDEN HÜGEL SCHREIBE, AUF DEN RUINEN DES HADES. AM FUSSE DIESES HÜGELS SCHLÄFT JAWANS SOHN, UND SEIN TRAUM MÜNDET INS MEER UND MURMELT: ICH GLAUBE, DASS ES KEINEN …«
»ICH GLAUBE«, ergänzte der Scheich, »DASS ES KEINEN GOTT GIBT AUSSER DEM, AN DEN DIE KINDER ISRAELS GLAUBEN.«
»ICH GEHÖRE ZU …«
»ZU… DEN IHM ERGEBENEN.« Das letzte Wort sprach Sarrag im Ton des Triumphs. »Die ganze von Aben verfaßte Passage ist Wort für Wort von der Sure 10, Vers 90 inspiriert worden«, sagte er. »›Pharao sprach: Ich glaube, daß es keinen Gott gibt außer dem, an den die Kinder Israels glauben. Ich gehöre zu den ihm Ergebenen.‹ Letzteres Wort ist eine eindeutige Anspielung auf den Islam. Ihr wißt genau, daß im Arabischen das Wort *islam* vom Verb *aslama* kommt, welches Unterwerfung bedeutet. Unterwerfung unter Gott selbstverständlich. Die Muslime sind also per definitionem die Ergebenen.«
Die beiden Männer beobachteten einander wie zwei Ringkämpfer in einer Arena.
Ibn Sarrag ergriff als erster wieder das Wort. Er klang nicht mehr

ganz so selbstsicher: »Darf ich Euch ein Geständnis machen? Ich weiß da nicht mehr weiter.«
»Mir geht es ebenso. Vor allem wenn ich bedenke, daß wir gerade einmal den ersten ›Palast‹ überflogen haben und sieben weitere vorhanden sind.«
Neue Explosionen, diesmal noch näher, ließen den Raum erbeben. Der Scheich schlug mit der flachen Hand auf seinen Schreibtisch. »Die Pest soll die Fürsten holen mitsamt den Intriganten, die sie unterstützen! Satan soll sie kopfüber in die Hölle befördern und uns für immer von ihnen befreien!«
Ein amüsiertes Lächeln trat auf die Lippen des Rabbiners. »So sprecht Ihr über Eure Brüder?«
»Über meine Brüder? Wenn diese Muselmanen, die sich gegenseitig abschlachten, meine Brüder sind, dann verleugne ich meine Brüder. Diese Geisteskranken sind dabei, ein Verbrechen gegen Allah, gegen die Menschennatur zu begehen!« Er stand mit einem Ruck auf. »Kommt! Ich werde Euch etwas zeigen.«
Der Scheich eilte zu der kleinen Tür, stieß sie auf und forderte seinen Besucher auf, vor ihm auf die Terrasse hinauszutreten.
»Schaut nur! Schaut und bewundert diese Herrlichkeit!«
Der Blick schweifte ungehindert über ganz Granada und die umliegende Landschaft. Schon keuchte die Stadt unter der Glut des Tages. Die verdorrte Vega flimmerte im Hitzedunst, den auch ein leichter Windhauch von der Sierra Nevada nicht vertreiben konnte. Unmittelbar gegenüber erblickte man die Alhambra, ihre Höfe und ihre Gärten mit den quellenden Rosenbüschen und den Zitronenbäumen. Unterhalb einer engen Schlucht, die sich am Bergrand erweiterte, verlief das Tal des Darro. Wäre nicht von der Kasba herüber das Grollen der Explosionen gewesen, man hätte das Rauschen des Flusses gehört. Nach Süden hin breiteten sich endlos Wäldchen und Obstgärten aus, zwischen denen der silbrig mäandernde Genil die unzähligen Bewässerungskanäle speiste.
»Ihr müßt verstehen, was man derzeit zerstört, ist der Garten Allahs. Der letzte arabische Traum in Al Andalus. Als wenn es

nicht schon hoffnungslos genug wäre, den christlichen Königen zu widerstehen, unsere eigenen Anführer müssen sich auch noch gegenseitig zerfleischen!«

»Noch widersinniger ist der Gedanke, daß Granada eines Tages wegen der Rivalität zwischen zwei Frauen fallen könnte ...«

Der Araber warf Ezra einen skeptischen Blick zu. »Ich glaube, da übertreibt Ihr doch gewaltig.«

»Findet Ihr? Seit eine christliche Gefangene – jene Isabel de Solis, die seit ihrer Bekehrung zum Islam Soraya heißt – in das Leben Sultan Abu el Hassans getreten ist, hat der Mann völlig den Verstand verloren. Er, der seine Herrschaft mit Größe und in Weisheit angetreten hatte, bringt sie nun in Wahn und Despotismus zu ihrem Ende. Es ist so weit gekommen, daß er seine legitime Gattin Aischa verlassen hat, wozu gehört, daß er die Kinder der Christin Aischas Söhnen Abu Abd Allah Mohammed, den die Christen Boabdil nennen, und dessen Bruder Jusuf vorgezogen hat. Und weil sie spürte, daß der Thron ihrer eigenen Nachkommenschaft entglitt, hat Aischa eine Verschwörung gegen ihren Gatten angezettelt, mit allen bekannten Folgen ...«

Sarrag machte eine Geste des Unwillens. »Sie sind mir gleichgültig, diese Klüngel und ihre Auseinandersetzungen. Sollen sie alle sterben, wenn nur Granada überlebt. Denn wenn die Araber das letzte Stück andalusische Erde verlieren, dann verlieren sie für immer den Anspruch auf Glück.«

Während die beiden Männer diskutierten, war wieder Ruhe in der Stadt eingekehrt. Tatsächlich hörte man jetzt den Darro heraufrauschen, und auch die Düfte waren aus ihrem Versteck, wohin der mörderische Wahn der Menschen sie verbannt hatte, wieder hervorgedrungen.

»Wir sollten unsere Unterhaltung vielleicht drinnen fortführen«, sagte Ezra, und der Scheich stimmte zu.

Kaum saß er an seinem Arbeitstisch, erkundigte er sich: »Habt Ihr Euch gefragt, warum sich Aben für die Bezeichnung ›Palast‹ entschieden hat? Wäre es nicht einfacher gewesen, das Wort ›Rätsel‹ zu verwenden?«

»Erinnert Euch: In den Schriftzeugnissen, die er uns vermacht hat, hebt er die Gestalt Henochs hervor und betont, daß er der erste Treuhänder der göttlichen Botschaft gewesen sei. Wie sollte man da keinen Zusammenhang herstellen mit jenen geheimnisvollen Werken, die man die ›Bücher Henoch‹ getauft hat? Denn stellt Euch vor, diese gibt es, und ihre Zahl beträgt drei: ›Das äthiopische Buch Henoch‹, ›Das slawische Buch Henoch‹ und ›Das hebräische Buch Henoch‹. Wißt Ihr, wie man ihre Gesamtheit genannt hat?«
Sarrag verneinte.
»›Die Literatur der Paläste‹! Nicht zu vergessen, daß ›Das hebräische Buch Henoch‹ selbst in ›Paläste‹ unterteilt ist.«
»Ihr habt meine Frage nicht beantwortet. Warum der Begriff ›Palast‹?«
»Weil – zumindest nehme ich das an – im hermetischen Sprachgebrauch ›Palast‹ die Vorstellung des Geheimen heraufbeschwört. Der Palast ist der Wohnsitz des Herrschers. Insofern ist er das Zentrum einer ganzen Welt, eines Landes. Daraus leite ich ab, daß unser Freund, indem er seinen Plan in ›Paläste‹ gliederte, uns darauf aufmerksam machen wollte, wie eminent wichtig die symbolische Ebene für ihn ist. Vielleicht handelt es sich um eine versteckte Warnung.«
»Und die Ergänzung? Warum heißt es ›Hauptpalast‹?«
Der Rabbiner hob die Arme zum Himmel. »Aufgefallen ist es mir selbstverständlich. Bestimmte Paläste werden als ›Nebenpaläste‹ bezeichnet und andere als ›Hauptpaläste‹. In diesem Punkt gestehe ich meine Ahnungslosigkeit ein.«
»Es soll also der verborgene Sinn besagter Paläste aufgedeckt werden. Inwiefern aber – falls uns diese Arbeit überhaupt gelingt – sollten wir dadurch dem Buch aus Saphir, dem blauen Stein nahekommen?«
Samuel Ezra setzte sich wieder auf den Diwan. »Wenn es uns gelingt, die im Text enthaltenen Symbole zu durchschauen, dann werden wir, meine ich, dabei auch genaue Hinweise auf den Ort finden, wo der Stein versteckt liegt.« Er stieß einen Seufzer aus.

»Ihr müßt wissen, ich habe die ganze Nacht über diesem Problem gesessen.«
»Tröstet Euch, ich desgleichen. In dem ganzen Wirrwarr haben wir immerhin eine Gewißheit, die sich in zwei Punkten zusammenfassen läßt. Die acht ›Paläste‹ sind jeweils verstümmelt. Ihr besitzt einen Teil, ich besitze einen anderen.«
»Und das heißt …« Der alte Rabbiner hatte die Frage nur anstandshalber gestellt. In Wirklichkeit kannte er die Antwort genau: Der Scheich war zu dem gleichen Schluß gelangt wie er.
»Aus Gründen, die wir einstweilen nicht durchschauen, hat unser Freund Aben Baruel eine Verbindung zwischen uns stiften wollen«, sagte Ibn Sarrag.
»Sagt lieber, er hat uns aneinanderfesseln wollen!« meinte Ezra.
»Ihr werdet nichts erreichen ohne mich. Und umgekehrt.«
»Das ist absolut grotesk, gebt es zu!«
»Vielleicht ist es grotesk. Aber wir können nichts dagegen tun, Ezra. So ist es nun einmal.«
»Ibn Sarrag, sagt mir, inwiefern Euch das Buch aus Saphir überhaupt interessiert! Seine gesamte Überlieferung ist jüdisch. Von Anbeginn der Menschheit an wurde es stets nur Juden überantwortet. Auch Ihr habt die Liste gelesen: Abraham, Jakob, Levi, Moses, Josua, Salomo, Itzhak Baruel und die vielen Namenlosen. Was macht die Seele dieses Buches aus, wenn nicht die Geschichte meines Volkes? Also …«
»Eure Frage macht mich fassungslos! Welcher Mensch, ob Gelehrter, Dichter, Liebhaber der Wissenschaften oder der Schönen Literatur, Fürst oder Bettler, hat nicht einmal davon geträumt, den unstrittigen Beweis für die Existenz Gottes zu erschauen, und sei es nur für die Zeit eines Lidschlags. Antwortet mir! Zeigt mir diesen Menschen! Darüber hinaus bringt dieser Stein, wenn ich Abens Erklärung richtig verstanden habe, die Antwort auf die Grundfragen, welche die Menschen sich stellen. Er hat ausdrücklich gesagt ›die Menschen‹. Er hat nicht eingeschränkt auf ›die Juden‹. Glaubt Ihr, daß in dem Ganzen kein Platz sein sollte für die Nachfahren dessen, der sich selbst ›das

Siegel der Propheten‹ genannt hat? Ich rede von Mohammed – der Allmächtige segne seinen heiligen Namen!«

Ezra ließ nicht das geringste Zögern erkennen. »Kein Platz! Nicht in diesem Kontext! Ich sage Euch noch einmal: Das Buch ist für mein Volk bestimmt, das auserwählte Volk!«

Voller Verdruß hob der Araber die Arme zum Himmel. »Da ist er endlich, der Ausdruck, auf den ich schon gewartet habe: das auserwählte Volk. Der urewige Anspruch. Solltet Ihr vergessen haben, daß ihr das Recht darauf verwirkt habt, sofern ihr es jemals überhaupt besaßet. Ihr verrietet die von Moses übermittelten Gebote. Nicht einmal, tausendmal! Muß ich daran erinnern, was der Prophet über euch gesagt hat? ›Die, welche mit der Thora betraut waren und die sie dann nicht mehr anerkannt haben, gleichen dem bücherbeladenen Esel.‹«

Ezra richtete sich auf. Er war leichenblaß. »Der Esel entbietet Euch seinen Abschiedsgruß, Scheich Ibn Sarrag.«

Er raffte überstürzt die Blätter zusammen und hastete zur Tür.

»Geht nur, Samuel Ezra, geht!« Und als die Tür zufiel, rief Sarrag ihm nach: »Aber macht Euch klar, daß Ihr nicht mich flieht! Nicht mich, sondern Euren Freund Aben Baruel. Sein Andenken verratet Ihr! Sein Andenken!« Voller Wut fegte Ibn Sarrag die auf seinem Studiertisch verstreuten Blätter beiseite. »Verdammt seien alle Ungläubigen!«

»Es gibt eine Sure, die zu erwähnen Ihr vergessen habt, Scheich Ibn Sarrag ...«

Der Araber fuhr zusammen. Er hatte Ezra nicht zurückkommen hören.

»Ja, so ist es«, fuhr dieser fort. »Wenn mein Gedächtnis mich nicht im Stich läßt, ist es Vers 47 der Sure 2: ›O ihr Kinder Israels, erinnert euch der Wohltaten, mit denen ich euch überhäuft habe! Ich habe euch vor aller Welt bevorzugt.‹«

Der Araber entspannte sich unmerklich. »Ihr liefert mir einen zusätzlichen Grund, nach dem Buch zu suchen – bei weitem den aufregendsten. Ich zitiere Baruels Worte: ›So würden diese Menschen in den Augenblicken der Finsternis das Licht, in den Stunden des Zweifels die Tröstung, in Zeiten des Wahnsinns die Weisheit und in Zeiten der Lüge die Wahrheit wiederfinden.‹ Wir werden endlich erfahren, wer von den beiden, Mohammed oder Moses, recht hatte. Welcher von beiden die legitime Religion verkörperte. Die einzige.«

»In diesem Fall wäre es tatsächlich ein Sakrileg, die Suche nicht in Angriff zu nehmen. Ich wäre mir selbst böse, würde ich die endgültige Offenbarung versäumen: der Islam konfrontiert mit sich selbst als einer einzigen großen Verirrung.«

»Mein lieber Ezra, ein achthundert Jahre alter Irrtum, das mag hingehen. Aber ein Schnitzer, der bis Adam und Eva zurückreicht! Gebt zu, das wäre der Gipfel!«

Der Rabbiner machte eine geringschätzige Handbewegung. »Wir werden ja sehen. Ich mache Euch allerdings darauf aufmerksam, daß Aben kein Sterbenswörtchen über den Inhalt der Botschaft, die ihm offenbart wurde, verloren hat. Es kann sein, daß wir den Stein zwar finden, daß er aber zurückgesunken ist in ewiges Schweigen.«

»Meint Ihr nicht, daß die Sache trotzdem der Mühe wert ist?«

Ezra antwortete zustimmend. »Ich finde nur eines beklagenswert: daß ich dieses Spiel mit Euch zusammen spielen muß.«

Ibn Sarrag schüttelte sarkastisch den Kopf. »Zum Trost solltet Ihr Euch sagen, Rabbi Ezra, daß Euch Schlimmeres hätte widerfahren können.«

»Schlimmeres als ein Muslim?«

»Ja. Es hätte auch ein Christ sein können.«

Kapitel 4

Nichts ist ganz wahr, und selbst das ist nicht ganz wahr.
Multatuli

Die Königin öffnete ihren Fächer halb und bewegte ihn mit kleinen, nervösen Rucken vor ihrem Gesicht hin und her. Ein Dutzend Hofdamen, eingezwängt in schwere Roben aus Brokat und Spitze, hatten einen artig-ehrerbietigen Halbkreis gebildet. Vorsichtiges Schweigen herrschte. Man lauerte auf die Worte, die Ihre Majestät von sich geben würde und auf die man entweder mit Lachen oder mit würdevollem Ernst zu reagieren hatte. Im Hintergrund des mit goldbestickten Wandbehängen drapierten Salons saßen auf am Boden ausgebreiteten Seidenkissen drei Meninas, denen die Sorge für die Infantin oblag. Ihre engelhaft reinen Gesichter bildeten einen krassen Gegensatz zu den düster-strengen, exzessiv geschminkten Gesichtern der Hofdamen.

Nahe der Tür aus schwerem Eichenholz lehnte in anmutiger Haltung und leise plaudernd ein Paar an der Wand: eine Dame und ihr Verehrer.

Für einen Augenblick kam der königliche Fächer zum Stillstand, während Isabel halb neugierig, halb amüsiert zu Manuela gewandt sagte: »Ist es wahr, was man mir soeben hinterbracht hat, Doña Vivero? Seid Ihr wirklich eine hochbegabte Kartenlegerin?«

Die junge Frau erstarrte. Nur schwer konnte sie sich an die formelle Anrede gewöhnen, welche die Königin gebrauchte, sobald sie nicht mehr allein waren. Sie empfand sie als schmerzliche Minderung ihrer Freundschaft, wenn nicht als die Leugnung jener Bande, die sich so früh zwischen ihnen geknüpft hatten.

»Majestät, jene, die mein Talent gerühmt haben, übertreiben hef-

tig. Sagen wir lieber, ich interessiere mich seit kurzem für dieses Kartenspiel, das derzeit in Italien Furore macht.«
»Ich habe mir sagen lassen, es stelle eine Art ...« – Isabel suchte nach dem richtigen Wort – »Instrument der Weissagung dar? Darf man das so sagen?« Sie wartete Manuelas Antwort nicht ab und wandte sich an ihre Hofdamen: »Es gibt also Leute, die naiv genug sind, sich einzubilden, daß man die Zukunft voraussagen könne?«
Ein paar glucksende Lachtöne, untermalt von diskretem Fächerschlagen, waren das Echo.
Die Königin fuhr fort: »Klärt uns doch auf, wenn es Euch recht ist.«
Eine schrille Stimme erlaubte sich, ihr beizupflichten: »Ja, klärt uns auf, Doña Vivero, Ihr wißt doch auch sonst alles.«
Manuela blickte um sich. Noch nie hatte sie diese Frauen ertragen können, ihren selbstgefälligen Stolz, die Öde ihrer Beschäftigungen, die sich meistens darin erschöpften, daß sie stundenlang vor dem Spiegel saßen und sich die Wangen mit *solimán* bestrichen, jener Tünche aus Bleiweiß, auf die sie dann hemmungslos noch Rosa und Zinnoberrot auftrugen, so daß man sich fragen konnte, ob sie sich maskieren oder verschönern wollten. Die mit der schrillen Stimme gesegnete Hofdame, das absolute Muster höfisch gekünstelter Weiblichkeit, war noch einen Schritt weiter gegangen, indem sie ihre Lippen mit einer Wachsschicht überzogen hatte. Der intensive Rosenwasserduft war eine zusätzliche Komponente ihrer Erscheinung.
Manuela räusperte sich und verdrängte ihren Wunsch, diese hohle Weibsperson mit einer wohlgezielten Bemerkung abzufertigen. »Majestät, ich glaube nicht, daß der Zeitpunkt günstig ist für eine kritische Diskussion über die Weissagekraft der Tarotkarten. Ich möchte nur soviel sagen: Es handelt sich um das wohl älteste Kartenspiel überhaupt. Es arbeitet mit einer ganzen Welt von Symbolen, und was es uns auf esoterischem Weg sagen will, ist durch die Jahrhunderte überliefert worden und kann nicht so ohne weiteres in Zweifel gezogen werden.«

»Das älteste Kartenspiel der Welt, sagt Ihr?« meldete sich eine ironische Stimme. »Soweit ich allerdings weiß, meine Teuerste, gab es die Karten zur Zeit der Westgoten doch gar nicht?«
Der Einwand wurde mit erneutem beifälligem Glucksen quittiert.
»Doña Sessa, vor Eurer reichen Bildung kann ich mich nur verneigen. Trotzdem mögt Ihr wissen, daß es die Symbolik, welche das Wesen des Tarots ausmacht, schon seit Urzeiten gibt. Soweit man auch in der Geschichte und speziell im Studium jener Formen zurückgeht, in welchen der Menschengeist seine aus mühsamem Nachdenken erwachsenen Ideen faßt und zum Ausdruck bringt, immer stößt man auf das Verfahren, das darin besteht, daß bestimmten Gedanken bestimmte Figuren oder Farben zugeordnet werden.« Manuela unterbrach sich, während ihr Mund ein geziertes Lächeln andeutete. »Nehmen wir ein Beispiel. Wenn man Eure komplizierte Schminkkunst betrachtet, kann man sagen, daß Ihr auf Eure Weise ein lebendes Symbol darstellt.«
»Ich fürchte, ich kann Euch nicht ganz folgen. Ein lebendes Symbol? Aber wofür?«
Doña Sessa rutschte unruhig in ihrem Sessel herum und warf ihren Nachbarinnen hilfeheischende Blicke zu. Hatte sie durchschaut, daß Manuela sie lächerlich machte, oder hatte sie die Erklärung als Kompliment aufgefaßt?
Die Königin beschloß, weiterem Wortgeplänkel vorzubeugen, und sagte: »Kommen wir auf das Tarotspiel zurück. Doña Manuela, glaubt Ihr ehrlich, man könne aus den Karten die Zukunft lesen? Liegt die Zukunft nicht in der Hand Gottes und bei Ihm allein?«
»Selbstverständlich, Majestät. Dennoch möchte es scheinen, als gebe es Menschen, welche die Kunst beherrschen, die Symbole zu entschlüsseln. Haben sie diese erste Etappe hinter sich gebracht, gehen sie zur zweiten über, nämlich der Ausdeutung.«
Vom Ende des Raumes her ließ sich mit eintöniger Stimme der Galan vernehmen: »Doña Vivero, ist eine Deutung nicht vollkommen abhängig von den Gefühlen ihres Urhebers und des-

gleichen von seinen Kenntnissen zum Thema? Öffnet Eure Theorie nicht willkürlichem und abstrusem Gerede Tür und Tor?«
Auch die Frau neben ihm fühlte sich zu einer belustigten Bemerkung bemüßigt: »Falls somit eine von uns im Traum läutende Glocken erblickt, müßte sie sofort daraus ableiten, daß sie von einem Unfall oder ihr Haus von einem Brand bedroht ist. Das ist doch unsinnig, oder?«
Noch deutlicher wurde Doña Estepa, die älteste der Hofdamen: »Auf jeden Fall sind all diese Geschichten von Hellseherei ein Teufelswerk. Eigentlich dürften wir so etwas gar nicht erwähnen.«
Die Königin hatte sich erhoben. Überraschend brüsk verkündete sie: »Meine Damen, all das war ungemein lehrreich. Ihr könnt Euch zurückziehen.« Gleichzeitig sah sie Manuela an, und ihre Lippen formten kaum sichtbar das Wort »Warte«.
Kaum hatten die anderen Damen und der Höfling den Raum verlassen, winkte Isabel Manuela zu sich heran.
»Ich weiß, was du den Damen gegenüber empfindest«, sagte sie. »Zeige Nachsicht, das schafft auch dir inneren Frieden.«
»Ihr habt recht, Majestät. Aber wenn es die Nachsicht mit der menschlichen Dummheit zu tun bekommt, dann wird die Sache sehr mühsam.«
»Lies mir die Zukunft!«
Manuela sah sie verblüfft an.
»Hast du dein Tarotspiel hier?«
»Nein, Majestät, aber wenn Ihr mir einen Augenblick Zeit einräumt, kann ich ...«
»Sehr gut. Du findest mich in meinem Privatgemach. Dort werden wir auch nicht gestört werden.«
»Ihr wünscht es wirklich? Ich bin bei weitem nicht so kundig, wie man es mir nachsagt. Ihr lauft Gefahr, enttäuscht zu werden. Seid Ihr sicher, Majestät?«
Statt einer Antwort bewegte Isabel den Fächer vor dem Gesicht ihrer Freundin hin und her. »Geh ... Nun geh schon!«

In der Mitte des Schlafzimmers saßen sie an einem runden Intarsientischchen einander gegenüber.
»Und jetzt?« fragte die Königin. »Was muß ich jetzt tun?«
»Mischt die Karten und hebt mit der Linken ab!«
»Heißt das, daß die Rechte weniger geschickt in der Wahl der Glückskarten ist?«
»Natürlich nicht. Aber die linke Hand ist die des Herzens.«
Isabel verzog skeptisch das Gesicht und gehorchte trotzdem.
»Das wäre vollbracht«, verkündete sie, indem sie das Spiel mit dem Bild nach unten zurücklegte.
Manuela fächerte die Karten auf und sagte: »Wählt nun aufs Geratewohl zwölf sogenannte Arkana aus und legt sie zum Rad.«
Wieder fügte sich die Königin dem Wunsch ihrer Freundin.
»Warum diese Form?«
»Anscheinend besteht eine Beziehung zwischen Astrologie und Tarotspiel. Das Rad soll den Tierkreis darstellen. Ihr seht selbst, hier liegen zwölf Arkana beziehungsweise Geheimnisse für zwölf astrologische Zeichen.«
»Das mutet alles reichlich obskur an. Aber mache nur weiter!«
Manuela legte die Hand auf die Karte ganz links und schien zu zögern.
»Worauf wartest du?«
»Ich muß es noch einmal sagen: Ich bin nicht wirklich kundig. Auf keinen Fall dürft Ihr meine Äußerungen wortwörtlich nehmen. Es ist nur ein Spiel, Majestät. Nichts als ein Spiel.«
»Wenn nicht auch ich überzeugt wäre, daß es ein Spiel ist, dann hätte ich mich gar nicht darauf eingelassen. Vergißt du, daß ich ein Kind unserer Kirche bin? Wir wissen, was die Kirche von Wahrsagerei hält.«
Manuela drehte die erste Karte um. »Das Urteil ... Das 20. Große Arkanum. Zwischen der Sonne und der Welt, die Karten des Sieges sind, verweist uns das 20. Arkanum auf Ereignisse, die Gott uns durch den Engel der Apokalypse schickt. Seht den Engel! Ein weißer Nimbus umgibt ihn, in der Rechten hält er eine Trompete, welche den Gipfel eines öden Berges zu berühren scheint ...«

»Und das bedeutet?«
»Daß Dinge sich für Euch demnächst glücklich lösen werden, daß Ihr aber schicksalhafte Entscheidungen treffen müßt.«
Die Königin lachte kurz auf. »Schicksalhafte Entscheidungen? Habe ich seit dem Tag meiner Geburt anderes erlebt?«
»Ich weiß, Majestät. Aber hier handelt es sich um Entscheidungen, die unendlich schwerwiegender sind als alle, die Ihr in der Vergangenheit habt treffen müssen. Entscheidungen mit unvorstellbaren Folgen für Euch und damit für Spanien. Außerdem ... Seht her! Flügel und Hände des Engels sind fleischfarben. Was den Gedanken nahelegt, daß er aus dem gleichen Stoff ist wie die Menschen, daß er ihr Bruder ist und daß auch jeder Mensch die Flügel der Spiritualität erlangen kann, vorausgesetzt, er wahrt bei seinem Aufstieg Maß und Gleichgewicht. Die Botschaft ist klar.«
Isabel begnügte sich mit einer zweifelnden Miene.
Manuela deckte die zweite Karte auf. »Die Sonne ... Das Zeichen, welches großen Reichtum und Luxus ankündigt. Unter allen Arkana ist es sicher das rätselhafteste. Das Blatt, auf dem Gelb vorherrscht, symbolisiert Gold und reiche Ernte ...«
»Gold? Aber woher soll das kommen? Unsere Kassen sind leer!«
»Ich weiß es nicht. Es könnte sein, daß der Reichtum von außerhalb unseres Landes kommt.«
»Von Eroberungen jenseits der Grenzen?«
»Ich kann nicht mehr dazu sagen.«
»Und die Ernte?«
»Die soll vermutlich das Ende des Krieges andeuten.«
Die Königin wartete den Fortgang ab.
»Die Welt ...« verkündete Manuela mit dem Aufdecken der dritten Karte. »Die Welt, die man wahrscheinlich mit der Sonnenkarte zusammensehen muß.«
»Was heißt das nun wieder?«
»Die Welt beziehungsweise die Krone der Magier steht allgemein für Belohnung, Krönung des Wirkens, erfolgreiche Anstrengung, Erhebung, den Erfolg schlechthin.«
»Der Fall von Granada?«

Manuela kleidete ihre Bestätigung in eine Frage: »Kann man sich den Frieden anders vorstellen?«
Ohne weiteres Zögern deckte sie die vierte und fünfte Karte auf. Sie versuchte sich die Überraschung nicht anmerken zu lassen.
»Was ist los?«
Da Manuela noch immer nicht reagierte, ergriff die Königin die Initiative.
»Selbst ich, die nichts von dem Spiel versteht, kann beschreiben, was ich sehe.« Sie legte den Zeigefinger auf das eine Arkanum. »Der Papst.« Dann deutete sie auf das zuletzt aufgedeckte Blatt. »Der Teufel.«
Manuela nickte.
»Erschreckend! Was hat der Fürst der Finsternis hier zu suchen?«
»Er ist nichts als eine Symbolfigur. Sie bedeutet das Begehren des Menschen, koste es, was es wolle, seine Leidenschaften zu befriedigen. Sie steht für den Rückfall in Unordnung und Spaltung, also das Gegenteil von ordnender Beherrschung.«
»Das ist keine Antwort. Was hat er in diesem Spiel zu suchen? Was stellt er dar?«
»Besser sollte man sagen, *wen* stellt er dar?«
»Einen Menschen?«
»Gewiß einen Menschen. Einen Machtmenschen. Seine Seele ist schwarz. Ihr müßt Euch vor ihm hüten.«
»Aber wer soll es sein? Nennt einen Namen!«
Unwillkürlich mußte Manuela lächeln. »Das ist unmöglich. Das Spiel hat seine Grenzen.«
Isabel deutete mit spitzem Finger auf das Blatt, das den Papst zeigte. »Und er?«
»Er führt die Menschheit auf dem Weg des Fortschritts an. Er ist die Pflicht, die Sittlichkeit und das Gewissen. Er ist also die Gegenfigur des finsteren Mannes. Dennoch steht er Euch genauso nahe wie der andere. Er wird Euch beschützen. Er wird Euch erleuchten. Er ist in bezug auf das Licht, was sein Alter ego in bezug auf die Finsternis ist.«

Mit halbgeschlossenen Lidern saß die Königin da, als suchte sie angestrengt hinter den beiden Kartenbildern die Gesichter.
»Siehst du noch etwas anderes?« fragte sie.
Manuela hatte bereits die sechste Karte umgedreht. »Der Narr im fünften Haus ... Sonderbar.«
»Was wirst du mir jetzt wieder ankündigen?«
»Ich tue mich schwer, das Blatt zu deuten.«
»Du mußt aber!«
»Seht, Majestät, es gibt drei Arten von Narren: den, der alles hatte und der auf einen Schlag alles verliert, den, der nichts hatte und der plötzlich alles erwirbt, und schließlich den Verrückten, den Geisteskranken. Wenn ich es wagen sollte, würde ich sagen, die dritte Möglichkeit ist aus meiner Sicht die wahrscheinlichste.«
»Ein Wahnsinniger in meiner Familie?«
»Oder jemand, der es werden wird.«
Isabel blieb wie erstarrt sitzen, dann raffte sie die aufgedeckten Karten zusammen, mischte sie unter den Stapel und gab diesen an Manuela zurück.
»Nimm dein Spiel wieder an dich!« sagte sie. »Und wenn du einen Rat möchtest: Verbrenne es, oder wirf es in den Tajo! Es ist eine reichlich unfruchtbare Zerstreuung, mit Bildern das Schicksal deuten zu wollen. Eigentlich ist die Sache viel ernster: Wenn man sich in den Willen des Schöpfers einmischen will, dann öffnet man schon halb die Tür zur Hölle und zum Unheil. Der Beweis ist diese Teufelskarte. Ich habe sie nicht zufällig gezogen. Das müßtest du, der du mit Symbolen jonglierst, ja wissen. Glaube mir, das ist ein Zeichen! Befreie dich von diesen Karten! Befreie dich schnellstens von ihnen!« Ohne weiteren Kommentar erhob sie sich, drehte Manuela den Rücken zu, deutete auf einen Punkt in Nackenhöhe und befahl: »Bitte hilf mir den Knoten aufmachen.«

Die beiden Männer hockten am Boden vor dem Schreibtisch, neben sich eine detaillierte Karte von Spanien, ein Tintenfaß und eine Rohrfeder. Es war kurz vor drei Uhr nachmittags. Mit der lauen Luft drang dumpfer Lärm aus dem von Unruhe erfüllten Granada zu ihnen herauf.

Seit dem frühen Morgen wurde nicht mehr gekämpft. Die neuste Kunde besagte, daß der junge Boabdil seinen Vater schließlich doch besiegt hatte. Im ersten Tageslicht hatte der neue Sultan in der Kasba Einzug gehalten, nicht ohne vorher sämtliche Kriegsleute, die gegen ihn gestanden hatten, hinrichten zu lassen.

Ibn Sarrag rollte nervös das dünne Schreibrohr zwischen Daumen und Zeigefinger hin und her. »Versuchen wir noch einmal ganz von vorn anzufangen, wenn es recht ist. Hier ist der vollständige Text des ersten ›Palastes‹, nachdem wir Eure und meine Teilstücke zusammengefügt haben:

ERSTER HAUPTPALAST: VERHERRLICHT WIRD J.H.W.H. VON SEINER STÄTTE AUS: DER NAME IST IN 6. DA HABE ICH DEN FÜRSTEN DES GESICHTES BEFRAGT. ICH SAGTE ZU IHM: WIE IST DEIN NAME? ER GAB MIR ZUR ANTWORT: ICH HEISSE JÜNGLING. GEHÖRTE ER ZU DEN SCHLAFENDEN VON AL RAQUIM? ICH, DER ICH IHM BEGEGNET BIN, ICH HABE EINE ZEITLANG DARAN GEDACHT, IHN AZAZEL ZU NENNEN. ICH TÄUSCHTE MICH; SEIN FEHLER WAR NUR, UMGANG ZU PFLEGEN MIT MALIK UND ACHMEDAI UND ZU DER ZEIT ZU LEBEN, DA ICH OBEN AUF DEM SANFT ABFALLENDEN HÜGEL SCHREIBE, AUF DEN RUINEN DES HADES. AM FUSS DIESES HÜGELS SCHLÄFT JAWANS SOHN, UND SEIN TRAUM MÜNDET INS MEER UND MURMELT: ICH GLAUBE, DASS ES KEINEN GOTT GIBT AUSSER DEM, AN DEN DIE KINDER ISRAELS GLAUBEN. ICH GEHÖRE ZU DEN IHM ERGEBENEN.

Mit Tinte hatten sie die Wörter unterstrichen, die sie als mögliche Schlüsselstellen ansahen.

»So sind wir uns also einig über den Sinn von VERHERRLICHT WIRD J.H.W.H. VON SEINER STÄTTE AUS.«

»Ja«, sagte Samuel Ezra. »Der Satz kann eigentlich nur besagen:

›Gottes Herrlichkeit überstrahlt alles, und sie geht aus von dem Ort, an dem das saphirne Buch verborgen wartet.‹ Hingegen ist die Formulierung Der Name ist in 6 sehr problematisch. Im Prinzip müßte sie bedeuten, daß wir sechs Rätsel zu lösen haben, bevor wir an den fraglichen Ort gelangen. Dabei besitzen wir acht ›Paläste‹: sechs ›Hauptpaläste‹ und zwei ›Nebenpaläste‹. Das durchschaue ich nicht.«
Eine Handbewegung des Arabers zeigte, daß auch er resignierte. »Mir geht es genauso. Ich schlage vor, wir verschieben die Erklärung dieser zweideutigen Stelle erst einmal.«
»Ja, das meine ich auch.«
Ezra studierte wieder das Blatt und sagte: »Es gibt ein nicht ganz unwichtiges Detail: Die Zahl 6 könnte unter dem Aspekt graphischer Symbolik sechs in einen unsichtbaren Kreis eingeschriebene gleichseitige Dreiecke bedeuten. Ihr gestattet?«
Er ergriff die Rohrfeder, tauchte sie in die Tinte und zog zügig mehrere untereinander verbundene Linien.
»Das ergibt dann dies hier«, sagte er.

Ibn Sarrag legte die Stirn in Falten. »Natürlich. Der Schild Davids. Das Siegel Salomos.«
»Nach Eurem Gesichtsausdruck zu schließen, behagt Euch diese Deutung der Zahl 6 nicht sehr.«
»Es geht nicht darum, ob sie mir behagt oder nicht. Ich stelle lediglich fest, daß die Figur von zwei ineinander geschobenen gleichseitigen Dreiecken gebildet wird und daß die sechs anderen insofern nur die Folgeerscheinung sind.«
»Trotzdem solltet Ihr zugeben, daß sie da sind und das ganze Gebilde sechszackig ist.«
»Meinetwegen. Und? Wohin soll uns Eure Zeichnung führen?«
»Im Moment bin ich überfragt. Aber ich plädiere dafür, daß wir uns den Magen David als Anhaltspunkt merken. Jetzt sollten wir weitergehen: Da habe ich den Fürsten des Gesichtes befragt.

Wenn wir ein weiteres Mal – aber wie sollten wir anders verfahren? – den Bezug zu Henoch herstellen, dann führt uns der Ausdruck wie selbstverständlich zu dem Buch, das nach ihm benannt ist. Ich meine das hebräische Buch Henoch. Darin identifiziert sich der biblische Patriarch mit einer Himmelsgestalt des Beinamens ...«

»Fürst des Gesichts.«

»Richtig. Außerdem bezeichnet ›Fürst des Gesichts‹ in der talmudischen Literatur und in den Schriften der Mercaba den höchstrangigen Engel, den, der die Hebräer nach dem Zwischenfall mit dem Goldenen Kalb geleitet hat. Den Beleg liefert uns der ›Schemot‹, XIII,21.«

»Der ›Schemot‹?«

»Das Buch ›Exodus‹, wenn Euch das lieber ist. Folglich könnten wir den Fürsten des Gesichts als den Anführer sehen.«

»Damit mögt Ihr recht haben.«

Die Art, wie der alte Kabbalist sein Wissen entfaltete, beeindruckte den Scheich, sie ärgerte ihn aber auch.

Samuel fuhr fort: »Man muß ferner wissen, daß der Fürst des Gesichts in der Kabbala auch oft Prinz der Gesichter oder Jüngling genannt wird.«

Sarrag wurde ungeduldig. »Wie wäre es mit einer Zwischenbilanz?«

»Nicht schon jetzt. Untersuchen wir das Wort Jüngling. Auf hebräisch heißt Jüngling *na'ar*. Das bedeutet ursprünglich Diener, denn es wurde auf Tempeldiener angewandt.«

Nun ergriff Sarrag den zusammengefügten Text und führte die Auslegung weiter. »Erwähnt haben wir das Problem der SCHLAFENDEN VON AL RAQUIM. Wie schon dargelegt, gehört dieser Ausdruck in die sogenannte Höhlen-Sure. Ich habe noch einmal darüber nachgedacht. Die Wahl dieser Sure kommt mir inzwischen bedeutsamer vor als beim ersten Lesen. Mir scheint, Baruel wollte uns damit eine parallele Botschaft übermitteln.«

»Eine Botschaft?«

»Ich glaube, ja. Es ist nämlich so, daß die Höhle ein Ort der Wie-

dergeburt ist, ein Raum, worin man eingeschlossen wird, um dort zu reifen und sich zu erneuern. Der Koran sagt dazu folgendes: ›Du hättest die Sonne gesehen, wie diese sich bei ihrem Aufgang von der Höhle weg zur rechten Seite wandte und sie bei ihrem Untergang zur linken ließ: Sie aber befanden sich an einer geräumigen Stelle der Höhle.‹ Diese geräumige Stelle ist das Zentrum, wo die Verwandlung sich vollzieht, ist der Ort, an den die sieben Schläfer sich zurückgezogen hatten, ohne zu ahnen, daß sich hier ihr Leben bis hin zu einer relativen Unsterblichkeit verlängern würde. Als sie erwachten, hatten sie 309 Jahre geschlafen.«
Ezra streichelte nachdenklich seinen Bart. »Sehr interessant, aber Ihr spracht von einer Botschaft.«
»Sie ist im verborgenen Sinn der Sure enthalten: Wer sich darauf einläßt, in die Höhle vorzudringen, und gemeint ist die Höhle, die jeder in sich trägt, beziehungsweise jenes Dunkel, das hinter dem unendlichen Ozean der Seele wartet, der wird in einen Verwandlungsprozeß hineingezogen. Er steigt in den Ozean und stellt damit zwischen dem, was dieser Ozean in sich birgt, und dem eigenen Bewußtsein eine Verbindung her. Woraus sich eine Veränderung seines ganzen Wesens ergeben kann, und die kann schwerwiegende positive oder negative Folgen haben.«
Der Rabbiner hatte Sarrags Vortrag konzentriert zugehört. »Wenn ich recht verstehe«, sagte er, »könnte man daraus ableiten, daß wir am Ende unserer schweifenden Suche, sollten wir tatsächlich ans Ziel gelangen, nicht mehr sein werden, was wir heute sind. Und zwar, um Eure Worte aufzugreifen, in einem negativen oder in einem positiven Sinne.«
»Jedenfalls sollte man diese Hypothese ins Auge fassen.«
»Ihr seht meine zweiflerische Miene, aber ... bei diesem Kerl von Aben Baruel weiß man nie.«
Er zeigte auf die gemeinsam gefertigten Notizen: »Wollen wir weitermachen?«
»Wir waren stehengeblieben bei Azazel, Malik und Achmedai. Ganz unzweifelhaft bedeuten sie das dreifache Erscheinungsbild

des Dämons. Dieses Bild erhält durch das Wort ›Hades‹, Gott der Unterwelt, noch einen zusätzlichen Akzent.«
»So ist es. Und jetzt: Am Fuss dieses Hügels schläft Jawans Sohn. Den Namen findet man in der ›Genesis‹. Jawan wird dort als der Vater eines gewissen Tarsis erwähnt. Damit wird die Deutung allerdings noch komplizierter, denn im Buch ›Jonas‹ gibt es ebenfalls das Wort Tarsis, und dort bezeichnet es eine Stadt.« Er zitierte: »›Jonas ging nach Japho hinab und fand ein Schiff, das nach Tarsis fuhr, und er bezahlte das Fahrgeld und stieg ein, um mit ihnen nach Tarsis zu fahren, fort von dem Angesicht Jahwes.‹ Was das letzte Wort angeht, Ergebenen, so wissen wir dank Euch, daß es mit dem Islam und folglich mit unserer Zusammenarbeit zu tun hat.«
Sarrag wartete einen Augenblick, bevor er in leicht überdrüssigem Ton sagte: »Ich sehe nicht, daß wir viel weitergekommen wären.«
»Dieser Meinung bin ich nicht. Wenn wir die Analyse noch einmal angehen, dann ergibt sich aus den fünf Punkten immerhin die Andeutung eines Weges. Hört gut zu: Wir haben Rätsel zu lösen, und Aben Baruel gibt uns zu verstehen, daß wir einen Anführer dabei brauchen. Dieser Anführer wird ganz unzweideutig beschrieben: Er ist jung, und er ist ein Tempeldiener. Ich erinnere noch einmal an den Zusammenhang von Jüngling und *na'ar*. Da hier alles allegorisch-symbolisch ist, muß man letzteren Begriff ganzheitlich erfassen: ein Tempel, das kann eine Synagoge, eine Kirche, eine Moschee, ganz allgemein eine Kultstätte und in einem erweiterten Sinne jeder Ort sein, an dem zu Gott gebetet wird. Kurz gefaßt, der Anführer ist jung und lebt an einer Stätte des Gebets. Seid Ihr damit einverstanden?«
Der Scheich bejahte, gab aber zu bedenken: »Religiöse Kultstätten gibt es im Überfluß. Ihr habt sie ja gerade aufgezählt. Kirchen zu Tausenden, verschont gebliebene Synagogen, Moscheen mit sehr ungewisser Zukunft.«
»Ihr könntet noch die Mönchs- und Nonnenklöster hinzufügen.«

»Ein schönes Verwirrspiel!«
»Nicht, wenn wir die folgenden Hinweise beachten: Aben Baruel sagt nämlich, wo die religiöse Stätte sich befindet.«
Ibn Sarrag runzelte die Stirn. »Welche Hinweise? Die Dämonen? Die Hölle? Tarsis?«
»Ich weiß nicht, was die Dämonen und die Hölle hier sollen. Dafür sagt mir eine innere Stimme, daß die Lösung im Wort Tarsis liegt. Leider handeln wir uns damit zwei Möglichkeiten ein: Entweder sehen wir den Bezug auf ›Genesis‹ 10,4. Dann ist Tarsis der Name einer Gestalt. Oder wir legen uns auf Vers 1,3 im Buch ›Jonas‹ fest, und dann ist es wie gesagt eine Stadt.«
Die beiden Männer versanken in konzentriertes Schweigen, das nur von Zeit zu Zeit vom Rumpeln eines Karrens, dem Wiehern eines Pferdes oder den Rufen eines Straßenhändlers gestört wurde.
Ezra seufzte: »Diesmal glaube ich wirklich, daß wir in einer Sackgasse stecken.«
»Es muß doch einen versteckten Hinweis geben, irgendein Wort, das …«
Sarrag verstummte, das Auge plötzlich starr auf den Text gerichtet.
Verwundert fragte der Rabbiner: »Was gibt's?«
»Aber natürlich. Da steht es ja!« Der Araber zeigte auf das Wort »Ergebenen« und schrie beinahe: »Sure 10! Sie enthält den Schlüssel. Seht Ihr es nicht?«
Ezras Lippen deuteten ein zweifelndes Nein an.
»Ich war auf dem Holzweg, und Ihr habt gemeint, das Wort ›Ergebene‹ solle lediglich unsere Zusammenarbeit unterstreichen. Falsch! Wir lagen beide ganz falsch. Ich sagte doch, daß der Satz ›Ich glaube, daß es keinen Gott gibt außer den, an den die Kinder Israels glauben. Ich gehöre zu den ihm Ergebenen‹ aus Vers 90 der 10. Sure stammt, nicht wahr?«
»Ja. Und das war ein Irrtum?«
»Absolut keiner. Ich habe nur das Entscheidende vergessen. Kennt Ihr den Namen der 10. Sure?«

Der Rabbiner schüttelte den Kopf.
»Jonas!«
»Jonas?« wiederholte Ezra mechanisch.
»So daß jetzt jeder Zweifel unmöglich ist. Aben Baruel hat gleich zweimal auf Jonas angespielt, womit Tarsis keine Figur, sondern eine Stadt ist. Und zwar die im Buch ›Jonas‹ erwähnte, was sonst.«
»Gratulation, Scheich Ibn Sarrag! Jetzt habt Ihr mich beeindruckt.«
»Leider stecken wir trotzdem noch fest. Es gibt nämlich in ganz Spanien keine Stadt namens Tarsis.«
»Was macht das schon. Wenigstens wissen wir nun die Richtung, in der wir suchen müssen.«
Wieder kehrte Stille ein. Ezra zwirbelte seine Bartspitze. Sarrag erhob sich und ging im Zimmer auf und ab.
Das gedankenverlorene Schweigen hielt an, keiner der beiden sprach noch ein Wort. Plötzlich durchbohrte die näselnde Stimme eines Muezzin den Himmel über dem Albaicín. Sogleich zog der Scheich die Schuhe aus, entrollte einen kleinen Teppich und nahm mit dem Gesicht nach Mekka Aufstellung. Es war kurz vor vier Uhr nachmittags, und zweimal hatte er sich bereits zum Gebet niedergeworfen.
Diesmal beschränkte sich der Rabbiner nicht auf das Beobachten. Er senkte langsam die Hand in die Tasche seines Umhangs, zog ein Käppchen hervor und setzte es auf. Dann stand er ebenfalls auf, ging zur Mitte des Raums und wandte sich in einer etwas linkischen Bewegung in Richtung Jerusalem.
Während Sarrag die »Fatiha« rezitierte, stimmte er die »Mincha« an: Zwei Litaneien ertönten, der Sprache nach sehr verschieden, dem Inhalt nach jedoch sehr ähnlich.
»Im Namen Allahs, des Erbarmers, des Barmherzigen ...«
»Sein Name sei erhöht und geheiligt in der Welt ...«
»Lob sei Allah, dem Herrn der Welten ...«
»Die er geschaffen hat nach seinem Willen ...«
Welch paradoxe Einheit des Getrennten! Die Minuten vergin-

gen, und nach dem Ende der frommen Verrichtung kehrten die beiden Männer an ihren Platz zurück.
Wieder herrschte Schweigen, dann unterdrückte Ezra ein Gähnen und verkündete: »Wir werden jeder für sich nachdenken. Ich weiß nicht, was Ihr vorhabt, ich jedenfalls gehe nach Hause, um zu schlafen. Guter Rat kommt manchmal über Nacht.«
»Noch ist es Tag, jedenfalls noch eine Weile.«
»Mein Körper macht da keinen Unterschied mehr. Wir werden mit unserer Sitzung morgen fortfahren, am frühen Nachmittag, wenn es Euch recht ist. Vielleicht hat uns der Ewige bis dahin erleuchtet, was Tarsis anbelangt.« Er nahm die ihm gehörenden Schriftstücke an sich und machte, zur Tür hinkend, eine Abschiedsgeste. *»Schalom!«*
»*Salam*, Rabbi!«

Kapitel 5

Fürchtet euch und zittert.
Als stündet ihr am Rand eines Abgrunds.
Als ginget ihr auf dünnem Eis …

Gespräche des Konfuzius

Burgos

Gedankenverloren trat Fray Francisco Tomas de Torquemada zum Fenster, aus dem er auf die Stadt hinausschauen konnte. Der gewaltige Bau der Kathedrale erhob sich aus dem Häusergewirr von Burgos. Aber die herrlichste gotische Kirche von ganz Spanien hatte den Mönch noch nie zu Bewunderung hinreißen können. Er zog die weniger imposante, dafür feingliedrige Kirche San Nicolás entschieden vor.

In einiger Entfernung rechts erahnte man durch das Laubwerk die gemächlichen Windungen des Rio Arlanzón und noch weiter hinten das Kloster Las Huelgas. Plötzlich trat Fray Francisco die Äbtissin, protokollarisch die zweite Dame Spaniens nach der Königin, vors innere Auge. Unwillkürlich mußte er lächeln beim Gedanken an diese Nonne, deren sinnverwirrende Persönlichkeit zu der Nachrede geführt hatte, daß nur sie, wäre dem Papst die Heirat gestattet, dieser Ehre teilhaftig geworden wäre. Innozenz VIII. Sofort fühlte Torquemada die bewegende Erinnerung an den Papst aufsteigen. Verdankte er nicht dem Heiligen Vater seine Ernennung zum Großinquisitor für Kastilien, Aragon, León, Katalonien und Valencia? Weit und steil war der Weg gewesen, den der bescheidene Prior des Dominikanerkonvents Santa Cruz in Segovia zurückgelegt hatte. Mit der Hilfe Gottes, in Liebe zu Gott.

Gott … Macht über allen Mächten. Halt in den Stunden der Verzagtheit. Hoffnungslicht in der unendlichen Hoffnungslosigkeit der Menschen, Er, Er allein kannte und teilte den schrecklichen Schmerz, der am Herzen Seines Sohnes zehrte angesichts der Ruchlosigkeit, die dieses Jahrhundert beherrschte.

Häretiker aller Richtungen, verstockte Aufrufe der Rabbiner, Hetzreden aus dem Mund der Imams: Spaniens Leib war vom Krebsübel angefressen, und Gott wußte es. Gegen jene anonymen Stimmen, die sich in den Nächten von Sevilla, Córdoba oder Saragossa flüsternd erhoben, um seine heilige Mission der Reinigung zu verleumden – denn Fray Tomas war es bis ins Detail bekannt, all das gottlose Geraune –, gegen jene Stimmen sagte Gott ihm, was zu tun war. Einst beim Jüngsten Gericht, wenn endlich den Menschen die Augen aufgehen würden, da würden sie sehen, all jene, die jetzt Mißbilligung im Munde führten, welchen Platz der Herr Seinem Diener Fray Francisco Tomas de Torquemada vorbehalten hatte. Einen Platz zu seiner Rechten ohne jeden Zweifel.

Aber jetzt war nicht die Zeit für fromme Versenkung. Der Weg der Reinigung war noch lang, und schwer war Spaniens Kreuz zu tragen. Mit behenden Schritten war Torquemada wieder an seinen Schreibtisch gegangen. Vor ihm lag ausgebreitet das neue Edikt – das achte –, dessen Verkündung er vorbereitete. Es bezweckte die genaue Festlegung der Fälle, in denen eine Anzeige der Conversos zur Pflicht wurde, jener bekehrten Juden, die zwar der heiligen Kirche ihre Unterwerfung bekundet hatten, heimlich aber dem Glauben ihrer Väter treu blieben.

Wieder ging er den Text durch.

Artikel 1: Wenn er aus Respekt vor dem Gesetz des alten Bundes am Sabbat festhält, was als ausreichend bewiesen zu gelten hat, wenn er an diesem Tag ein Hemd und Kleidung trägt, die sauberer sind als gewöhnlich. Wenn er weiße Tischtücher auflegt und es am Vorabend unterläßt, ein Feuer zu entzünden.

Artikel 2: Wenn er aus dem Fleisch der Tiere, von denen er sich ernährt, Talg oder Fett entfernt, wenn er es ganz und gar ausbluten läßt und wenn er bestimmte Teile herausschneidet, beispielsweise den Ischiasnerv.

Artikel 3: Wenn er vor dem Schlachten des Tieres den Herrn lobpreist und wenn er die Klinge des Messers prüfend über den Daumennagel führt, um sicher zu sein, daß sie keinerlei Scharte aufweist, und wenn er danach das Blut mit Erde bedeckt.
Artikel 4: Wenn er Fleisch in der Karwoche und an Fasttagen zu sich nimmt.
Artikel 5: Wenn er bestimmte jüdische Gebete murmelt, indem er den Kopf abwechselnd senkt und hebt, wobei das Gesicht nach Osten der Klagemauer zugewendet ist.
Artikel 6: Wenn er seinen Sohn beschnitten hat oder hat beschneiden lassen.
Artikel 7: Wenn er ihm einen hebräischen Namen gegeben hat.
Artikel 8: Wenn er die Psalmen Davids rezitiert hat, ohne am Ende das »Gloria Patri« zu sagen.
Artikel 9: Wenn in der Sterbestunde eine Person der Klagemauer zugewandt liegt.
Tomas legte eine Pause ein, und nach kurzer Überlegung fügte er einen letzten Artikel an:
Artikel 10: Wenn er sagt, das Gesetz Moses' sei genauso gut für unsere Errettung wie das Gesetz Jesu Christi unseres Herrn.
Indem er sich bedachtsam bekreuzigte, betete er, das neue Edikt möge dazu beitragen, daß die Häretiker, ihre Anführer und alle Verräter am wahren Glauben von nun an besser erkannt und gefaßt würden.
Gleich morgen wollte er den Text der Suprema, dem Rat der Höchsten Inquisition, unterbreiten. Nachdem es gebilligt sein würde – kein Zweifel, dies würde geschehen –, würden die Distriktsgerichte Abschriften davon erhalten, und danach würde es an den Kommissaren und Familiares sein, davon Kenntnis zu nehmen.
Befriedigt griff er zu einem neuen Blatt von jenem Jativa-Papier, das er so schätzte, und nahm ein weiteres Projekt in Angriff. Es war von anderer Natur und zielte darauf, die »parahäretischen Vergehen« zu bestrafen. Mit ihm würde man künftig ohne Unterschied die gesamte Bevölkerung im Auge behalten, ein-

schließlich der sogenannten Altchristen – die Bezeichnung wurde auf jene angewendet, die nachweisen konnten, daß zu ihren Vorfahren weder Juden noch Muslime zählten oder daß unter ihren Nachkommen niemand neu zum Christentum übergetreten war. Fray Tomas sagte sich, daß sein neues Edikt, sollten an seinem persönlichen Sinn für Billigkeit und Gerechtigkeit Zweifel fortbestehen, diese endgültig ausräumen würde. Mit seiner krakeligen Handschrift legte er den ersten Fall nieder, der strenge Bestrafung verdiente:

»1. Unzucht.« Und er beeilte sich, in Klammern hinzuzufügen, daß die Auffassung, der Geschlechtsakt mit einer dazu willigen und unverheirateten Frau stelle keine Todsünde dar, strikt zurückzuweisen sei.

»2. Verstöße des Wortes, also häretische, anstößige, unschickliche Reden.« Nachdem er die Feder in das kleine gläserne Tintenfaß getaucht hatte, hielt er sie für einen Augenblick des Nachdenkens in der Luft, dann schrieb er mit um so festerer Hand weiter:

»3. Hexerei.« Bevor er den vierten Punkt niederschrieb, mußte er einen Anflug von Übelkeit verdrängen. Diese letzte Sünde war wohl von allen die scheußlichste.

»4. Homosexualität und folglich die über die Maßen schändliche Handlung, die damit einhergeht: Sodomie.« Bezüglich dieses Punktes machte ihm ein Detail erheblich zu schaffen. Es handelte sich um jene Bulle Clemens' VII., die den Inquisitoren ausdrücklich zur Vorschrift machte, hier nach den jahrhundertealten Gesetzen zu verfahren, die auf den verschiedenen Territorien der Krone Aragons bereits in Geltung waren. Diese Gesetze verlangten, daß den Sodomiten das Recht eingeräumt wurde, den Namen derer, die sie beschuldigten, zu erfahren und ihnen gegenübergestellt zu werden. Fray Torquemada hätte nur zu gern auf diese Zwangsklausel verzichtet, die seines Erachtens zu der Geheimhaltungsvorschrift in allen Rechtsfällen des Glaubens im Widerspruch stand. Nun, er würde eine Lösung finden. Wieder machte er eine Pause und starrte dabei abwesend auf das eindrucksvolle Bildnis an der Wand gegenüber. Es stellte Isabel und Fernando, die Herren über Spanien, dar. Ein Sonnenstrahl hatte den Weg in den Raum gefunden und zog eine makellose Diagonale von der Fensterecke hinunter zum Fuß der Täfelung. Die Farben des Porträts leuchteten noch intensiver. Die beiden Herrscher waren Seite an Seite zu sehen, hinter ihnen ihr jeweiliges Emblem: Das Joch der Macht gehörte zu Fernando, das Pfeilbündel der Gerechtigkeit zu Isabel. Die filigrandünne Überschrift lautete: *Tanto monta, monta tanto, Isabel como Fernando.* Was manche so deuteten: »Wert einander, einander wert sind Isabel und Fernando.« Ein Wahlspruch, der in Wirklichkeit ohne Sinn war, denn die genaue Formel lautete einfach nur *tanto monta* und galt lediglich für Fernando. Sie war ihm ein paar Jahre zuvor von dem Humanisten und Sprachforscher Antonio de Nebrija nahegebracht worden, einem Mitglied der jüdischen Elite, der seinen König gut kannte und sich an eine Begebenheit aus dem Leben Alexanders des Großen erinnerte. Alexander besuchte während seines Kriegszugs in Kleinasien eines Tages den Zeustempel von Gordion, in dem ein Joch mittels eines unentwirrbaren Knotens an der Wand befestigt hing. Ein Orakel besagte, derjenige, dem es gelinge, den Knoten zu lösen, werde zum Herrn über Asien werden. Alexander machte sich an die Aufgabe, aber nach ein paar erfolglosen Versuchen durchtrennte er den Knoten mit einem Schwertstreich, wobei er erklärte: »Das kommt auf das gleiche heraus.« Das also bedeutete das Joch, das fortan Fernandos Emblem wurde, zusammen mit dem Wahlspruch *tanto monta* – Es ist doch das gleiche, lösen oder durchschneiden. Eine Weltanschauung, die exakt zum Charakter des Königs paßte: Hindernisse umgehen, und wenn man sie auf dem geraden Weg nicht überwinden kann, dann mit brutaler Gewalt vorgehen, ohne sich von Schwierigkeiten aufhalten zu lassen.

Selbstverständlich konnte es eine vollkommene Gleichheit zwischen den beiden Monarchen nicht geben, und Tomas räumte ein, daß er der Königin den Vorzug geben mußte. Er wußte auch den Grund. Besser gesagt, er wußte, warum er Fernando weni-

ger schätzte. War der Asturier nicht von seiten seiner Mutter teilweise jüdischer Abstammung? Jude … *Judeo.*
Torquemadas Finger krampften sich um die Schreibtischkante. Würde das Wort ihn immer weiter verfolgen, bis ans Ende seiner Tage?
Wie immer in solchen Momenten kam ihm die Erinnerung an seinen Ururgroßvater, Salomon de Vincelar, Fruchthändler in Teruel. Auch er ein Jude. Juden seine Kinder Mose und Salomon, bis zu jenem gesegneten Tag im Jahre 1348, als Salomon beschloß, in die Reihen der heiligen Kirche einzutreten und den Namen Vincelar auszutauschen gegen Torquemada. Das kleine Dorf in der Umgebung von Palencia, wohin seine Familie gezogen war, hatte den neuen Familiennamen geliefert.
Torquemada warf einen Blick auf seine abgezehrten Hände. Er war fünfundsechzig, die Hände aber hätte man für die eines Hundertjährigen halten können. Der Gedanke an das unter der pergamentdünnen Haut fließende Blut rief die brennende Wunde wieder wach, immer noch dieselbe, die offengehalten wurde von der nie zu verdrängenden Sorge, im Verborgenen der Milliarden roten Kügelchen könnten Überbleibsel der Schande mitschwimmen. Er, Fray Francisco Tomas de Torquemada, Großinquisitor, könnte befleckt sein von der Erinnerung jüdischen Blutes.
Ein knappes Pochen an der Tür riß ihn aus seinen Gedanken. Ein kleingewachsener Mann unter einer Mönchskapuze trat ehrerbietig einige Schritte in den Raum.
»Seid willkommen, Fray Alvarez!«
Torquemadas Sekretär näherte sich dem Schreibtisch und präsentierte einige von zwei Kupferringen zusammengehaltene Blätter.
»Die Abrechnung des letzten Autodafés.«
»Dessen von Toledo?«
»Ja, Fray Tomas.«
Der Priester legte die Blätter vor Torquemada auf den Schreibtisch.

Kleidung der Büßer	*208 500 M.*
Podien, Sitze, Bänke	*147 250 M.*
Zusatzmaterial: San-Benitos, Stricke, Wachs, Kruzifix, Kerzen aus weißem Wachs, Spitzmützen	*93 062 M.*
Sonderzuwendungen für die drei Kompanien Soldaten, welche die Ordnung aufrechterhielten	*77 500 M.*
Verschiedene Dienstleistungen: Henker, Träger für die gehunfähigen Verurteilten, Musiker	*58 590 M.*
Mahlzeiten der Büßer und der Gehilfen des Gerichts	*57 970 M.*
Summe in Maravedí	*642 872 M.*

Torquemada schob die Schriftstücke ärgerlich von sich. »Ich finde weiterhin die Bekleidungskosten überhöht.«

»Was soll man machen? Seit der Oberste Rat entschieden hat, daß es nicht mehr angeht, die Büßer ohne Schuhe und in zerfetzten Kleidern zur Schau zu stellen, sind wir gehalten, für anständige Bekleidung Sorge zu tragen. Nach mehreren Monaten Einkerkerung sind die meisten vollkommen mittellos. Folglich fällt es uns zu, für ihre Bedürfnisse aufzukommen. Für das letzte Autodafé mußten wir mehreren Verurteilten Schuhe stellen, sechs Männer und ebenso viele Frauen einkleiden. Liefern mußten wir auch ...«

»Das genügt!« unterbrach Torquemada ihn schroff. »Ich weiß, daß wir diese Ausgaben übernehmen müssen, aber es ist dringend notwendig, sie zu senken. Nicht alle sind so großherzig wie die Marquesa von Estepa. Vor drei Monaten mußte ich mich persönlich bei Ihrer Majestät dafür einsetzen, daß sie von der Stadt Madrid die Finanzierung der Tribünen verlangt. Aber Ihr könnt Euch sicher vorstellen, daß ich nicht endlos in dieser Weise tätig werden kann. Genauso wie es undenkbar ist, daß wir mangels finanzieller Mittel die Autodafés reduzieren. Undenkbar!«

Fray Alvarez bemühte sich um eine äußerst betrübte Miene.

»Und die Liste«, fuhr Fray Tomas fort, »habt Ihr sie mitgebracht?«

»Ihr meint die der Verurteilten? Natürlich. Ihr habt sie in Händen. Es sind die drei letzten Blätter.«

Der Inquisitor vertiefte sich in das Schriftstück:
Maria de Rivera, 75 Jahre, geboren in Jaen und wohnhaft in Toledo, Witwe des Melchor de Torres. Häretikerin, vom Glauben abgefallen, praktizierte hartnäckig in Beachtung des Mosaischen Gesetzes den jüdischen Glauben, unbußfertig. Erdrosselt und anschließend verbrannt am 28. April 1487.
Catalina Pinedo, 50 Jahre, geboren in Madrid und wohnhaft in Berlanga, Frau des Manuel de la Pena (selbiger auf der Flucht und vom Heiligen Offizium wegen jüdischer Glaubenspraktiken gesucht), 1475 bereits ausgesöhnt. Hat tiefe Reue bekundet. Erdrosselt und anschließend verbrannt am 28. April 1487.
Bruder Josef Dias Pimienta, geboren in Segovia, Frater des Mercedarierordens, Steuerbeamter hohen Ranges. Nach Verlust aller Ämter wurde er der Justiz überstellt als hartnäckiger Jude, Übeltäter und weil er Häretikern Unterschlupf gewährte, als Beichtsimulant und Unbußfertiger, aber er bekehrte sich am Vorabend der Hinrichtung zu unserem heiligen Glauben.
Aben Baruel, 75 Jahre, geboren in Burgos, Leinwandhändler und wohnhaft in Toledo. 1478 bereits ausgesöhnt. Als rückfälliger Jude überführt, nicht geständig, unbußfertig, blieb verstockt bis nach Verlesung seines Urteils. Er wurde dem weltlichen Arm übergeben, gefesselt und verbrannt.
Tomas runzelte die Stirn.
»Aben Baruel … das ist merkwürdig. Seine Akte gibt an, daß er sich 1478 mit dem wahren Glauben ausgesöhnt hat.«
»Ja, das stimmt. Was stört Euch daran?«
»Ihr wißt doch, wenn diese Leute sich bekehren, dann beeilen sie sich, einen christlichen Familiennamen anzunehmen. Nun, hier ist das offensichtlich nicht der Fall gewesen.«
Fray Alvarez reagierte mit einer müden Handbewegung. »Was nur beweist, daß er innerlich die Bekehrung nie vollzogen hat und daß …« Er stockte: »Da fällt mir etwas ein. Ihr erlaubt?«
Er stand auf und nahm die Akten, die er dem Großinquisitor übergeben hatte, wieder an sich. In fiebriger Hast blätterte er sie durch, bis er plötzlich innehielt.

»Hier!« sagte er und legte das Blatt dem Inquisitor vor.
»Worum geht es?«
»Als die Familiares sich zum Haus dieses Aben Baruel begaben, haben sie die Räume durchsucht, um eventuelle Beweisstücke zur Untermauerung der Anklage zu sichern. Dabei sind sie auf dieses Dokument da gestoßen. Nehmt Euch die Zeit, es durchzulesen! Ihr werdet sehen, es ist reichlich merkwürdig.«
Dritter Hauptpalast: Verherrlicht wird J. H. W. H. von Seiner Stätte aus: Der Name ist in 4. Da öffnete er den Mund und sprach: Die Stunde wird kommen, da wird man den Drachen, den Teufel oder Satan, wie man ihn nennt, den Verführer der gesamten Welt hinabstürzen. Man wird ihn herabstürzen zur Erde, und seine Engel werden mit ihm herabgestürzt werden. Diesen Kainiter! Sein Name ist zugleich vielfach und eins: Der Name der Konkubine des Propheten. Der Name der Frau, von der der Gesandte sagte: »Es wird kein Sohn Adams geboren, ohne dass ein Dämon ihn im Augenblick seiner Geburt berührt: Es gab an Ausnahmen nur sie und ihren Sohn.« Und schliesslich der Name der Missgeburt, des Bussgewandwebers. Das Ganze ist leider kaum mehr wert als den Preis eines Sklaven: Denn es erinnert an den, der mit dem Kopf voran hätte hinabstürzen sollen, in der Mitte zerplatzend, die Gedärme hervorquellend. Am Ufer zwischen den beiden Dornen des Sa'dan – dem der Dschanna und dem der Hölle – habe ich die 3 gerettet. Sie ist am Fuss der Ambratränen, oberhalb des Herren, seiner Gattin und ihres Sohnes.
Und ganz unten auf der Seite der unterstrichene Name einer Stadt: *Burgos.*
»In meinem ganzen Leben habe ich keinen so wirren und unzusammenhängenden Text gelesen. Da sieht man wieder, in welchen Wahnvorstellungen diese Erzhäretiker leben. Was soll der ausgemachte Unsinn?« fragte Torquemada.
»Leider habe ich keine Ahnung. Unsere Leute haben mir lediglich berichtet, der Marrane habe äußerste Verstimmtheit erken-

nen lassen, nachdem man des Dokuments habhaft geworden war. Das ist alles.«

Der Inquisitor gab seinem Gegenüber das Blatt zurück. »Bewahrt es auf! Man kann nie wissen. Aber meiner Meinung nach ist es nicht mehr als der Ausdruck eines vom Bösen bewohnten Individuums. Wir beide wissen, wie verschlagen diese Kreaturen sind.«

»Blinde sind sie, lauter Blinde! Der Muselmane, der stur glaubt, daß Gott Araber sei. Der Marrane, der überzeugt ist, Gott sei Jude. Wann endlich werden sie begreifen, daß Gott nur Christ sein kann?«

»Nein«, versetzte Torquemada, »auch Ihr seid im Irrtum.«

Aus den Wangen seines Sekretärs wich plötzlich alles Blut. »Was ... was wollt Ihr damit sagen?«

Ein schiefes Lächeln trat auf die Lippen des Großinquisitors. Er flüsterte: »Gott ist Spanier, Fray Alvarez. Spanier.«

Granada

Scheich Ibn Sarrag packte Samuel Ezra am Kragen und schüttelte ihn mit solcher Wut, daß man befürchten mußte, der Rabbiner würde wie eine ausgerenkte Gliederpuppe zu Boden fallen.

»Hund von einem Juden! Ungläubiger! Fliegendreck! Deine Mutter hat mit einem Skorpion verkehrt, um dich hervorzubringen!«

Der völlig verdutzte Samuel versuchte zu reagieren. Er war vor Schreck wie gelähmt. Mit heraustretenden Augen und wie von Sinnen war der Araber kurz vorher bei ihm aufgetaucht.

Ein neuer, noch heftigerer Wutanfall, und der Rabbiner sah sich rückwärts gegen die Wand gestoßen.

»Ihr habt den Verstand verloren!«

»Dieb! Gottloser!«

»Dieb?«

»Ich erkenne nur wieder die wohlbekannte Heuchelei der Leute Eures Schlages. Sie sagen: ›wir vertrauen Euch‹, und wenn sie wieder unter sich sind, dann geifern sie vor Wut gegen dich!«

Ezra keuchte in einem bewußten Leierton: »Sure 3 ... Vers 119.«

»Schweigt!« Zum Himmel gewandt fuhr der Araber fort: »Und dann wagt er noch, das Heilige Buch zu zitieren!« Er packte Ezra und zwang ihn, sich hochzurappeln. »Ihr werdet mir jetzt auf der Stelle meine ›Paläste‹ zurückgeben!«

»Welche ›Paläste‹? Wovon redet Ihr?«

»Schluß mit dem hinterlistigen Getue, sonst, bei Allah, schneide ich Euch die Kehle durch, oder besser noch, ich zeige Euch bei den Häschern der Inquisition an. Ich verlange hier und jetzt jenen Teil des Plans, der von Rechts wegen mir gehört und den Ihr mir gestern abend entwendet habt!«

Ezra raffte seine schwachen Kräfte zu einem Protest zusammen: »Ihr seid krank! Nichts habe ich Euch weggenommen.«

»Lügner!«

»Ihr wollt behaupten, ich sei, nachdem ich gegangen war, in der Nacht zurückgekommen und hätte mich eingeschlichen, um ... Jetzt ist alles klar: Ihr seid nicht mehr bei Trost!«

»Ihr wollt also weiter leugnen?«

»Ja, Scheich Sarrag. Ich leugne. Ich habe mich nicht von zu Hause weggerührt. Glaubt es oder glaubt es nicht! Der Gedanke, Euch zu begaunern, ist mir noch keine Sekunde gekommen.«

»Spitzbube.«

»Nein! Gelenkrheumatismus.«

Verblüfft sah der Scheich den Rabbi an. »Und der Zusammenhang?«

»Laßt mich los! Dann werdet Ihr begreifen.«

Ibn Sarrag ließ von ihm ab.

Kaum befreit, zeigte Ezra seine Hände vor. »Schaut her ...«

Die Finger waren häßlich zusammengekrümmt. Vom Daumen bis zum kleinen Finger sah man nur grausam verformte Glieder. »Wie könnt Ihr mich mit diesen Händen auch nur einen Augenblick für fähig halten, eine Tür aufzubrechen oder irgend etwas zu durchwühlen. Ich habe die Nacht damit verbracht, mir die

Hände mit Eukalyptus und Balsam einzureiben, und mich vor Schmerzen gewunden.«
Das Argument mußte Eindruck gemacht haben, denn Sarrag war verstummt und musterte nun eingehend die verkrüppelten Finger des Rabbiners. Er schien mit sich zu kämpfen, dann endlich gab er sich geschlagen und fragte: »Wenn nicht Ihr, wer dann?«
Wütend brachte Ezra seine Kleider in Ordnung. »Da fragt Ihr mich zu viel.«
»Begreift Ihr denn nicht? Die Sache ist sehr ernst. Jemand ist von jetzt an im Besitz von Baruels ›Palästen‹.«
»Was habt Ihr nach meinem Weggehen getan? Antwortet!«
Der Scheich ließ sich auf den nächsten Stuhl fallen. »Ich habe mich weiter mit dem Manuskript beschäftigt, bis die Müdigkeit zu groß wurde. Aus Mißtrauen Euch gegenüber – ein, wie Ihr sicher nicht bestreiten wollt, natürliches Gefühl – habe ich beschlossen, es zu verstecken. Leider ist mir nichts Besseres eingefallen, als es hinter eine Buchreihe meines Bücherschrankes zu schieben.«
»Hochintelligent!«
»Ich bitte Euch, erspart mir Euren Sarkasmus.«
»Mein Sarkasmus wird es niemals mit Eurer Dummheit aufnehmen können. Euretwegen haben wir nicht mehr die geringste Chance, den blauen Stein zu finden. Ohne Eure Teile werden wir die Rätsel niemals lösen.« Wütend zischte er: »Aben, warum hast du einem aus *diesem* Volk Vertrauen geschenkt?«
»Nun reicht es aber! Ich bin bei weitem nicht so sorglos, wie Ihr anzunehmen scheint. Stellt Euch vor, am Tag, als Baruels Sohn mir die ›Paläste‹ überbracht hat, habe ich ihre Bedeutung sogleich voll erfaßt und habe eine Abschrift davon gefertigt. Diese Abschrift befindet sich immer noch in meinem Besitz mitsamt dem erklärenden Brief, der zu den Dokumenten gehört.«
Sofort malte sich Erleichterung auf dem Gesicht des Rabbiners.
»Gepriesen sei der Ewige!«
»Ihr seht, *dieses* Volk ist weniger geistesschwach, als es den Anschein hat.«

»Erklärt mir sehr genau, was Ihr, nachdem Ihr die ›Paläste‹ versteckt habt, gemacht habt.«
»Ich habe die Tür doppelt verschlossen und bin hinaufgegangen, mich schlafen legen. Heute morgen, nach dem Erwachen, galt mein erster Gang dem Manuskript. Es war weg!«
Ezra konnte sich ein spöttisches Lächeln nicht verkneifen.
»Euch amüsiert also dieser folgenschwere Vorgang!«
»Nein, was mich amüsiert, ist Eure Unfähigkeit, logische Schlüsse zu ziehen. Eure Tür war nicht beschädigt, kann ich mir vorstellen.«
»Stimmt.«
»Und Ihr habt gemeint, ich hätte, ohne die Tür aufzubrechen, in Euer Arbeitszimmer eindringen können. Dann hätte ich durch Zauberei den Schlüssel gefunden? Ich bin Rabbiner, Scheich Sarrag, nicht Magier.«
»Sehr schön. Nehmt meine Entschuldigung entgegen!«
»An Eurer Stelle würde ich den Schuldigen unter dem eigenen Dach suchen. Nur jemand aus Eurer nächsten Umgebung hat uns beobachten und hören können. Er allein hat Euch bespitzeln können, als Ihr das Manuskript versteckt habt, er allein hätte sich den Schlüssel zu Eurem Arbeitszimmer verschaffen können. Das ist eindeutig so.«
Nervös befingerte Sarrag seinen Bart. »Unmöglich. Ich bin ausschließlich von Menschen meines Vertrauens umgeben. Meine beiden Gattinnen, meine fünf Kinder. Und Soliman, mein Diener. Ich möchte Euch sofort sagen – falls Ihr an *ihn* denkt –, daß er über allen Verdacht erhaben ist und außerdem viel zu dumm, um auch nur ein Jota unseres Gesprächs zu verstehen.«
»Lesen und schreiben aber kann er?«
»Ja. Doch ich wiederhole, er kann es nicht gewesen sein. Seit fast fünf Jahren steht er in meinen Diensten. Er ist mir von einem befreundeten Kadi geschenkt worden.«
»Geschenkt?«
»Genau. Und er hat stets große Fügsamkeit gezeigt und sich absolut untadelig verhalten.«

»Verhört ihn trotzdem! Nur um ganz sicherzugehen.«
Voller Verdruß starrte der Scheich den Rabbiner an. »Ihr seid wirklich stur wie ein ...« Er besann sich und sprach das Schimpfwort nicht aus. »Na schön. Wir gehen jetzt zu mir nach Hause. Ihr werdet sehen, daß ich recht habe.«

Er hatte unrecht.
Als sie im Hause Ibn Sarrags anlangten, hatte Soliman Abu Taleb, der getreue Diener, der Mann, der fünf Jahre lang ein absolut untadeliges Verhalten gezeigt hatte, sich in Luft aufgelöst.

Kapitel 6

Ich bin Garcia de Paredes und außerdem ... Aber es genügt, wenn ich sage: Ich bin Spanier.
La Contienda de Garcia de Paredes

Als Ibn Sarrag vom Verrat seines getreuen Dieners erfahren hatte, war er zuerst in sprühenden Zorn geraten und danach in tiefste Niedergeschlagenheit verfallen.
»Hört zu«, sagte Ezra beschwichtigend, »deswegen geht die Welt nicht unter. Euer Soliman hat sich davongemacht. Aber denkt doch einmal nach! Womit ist er entflohen? Mit beschriebenen Blättern, deren Inhalt, das wißt Ihr, verstümmelt ist. Mit komplizierten Rätseltexten, aus denen etwas herauszulesen in ganz Spanien nur zwei Männer fähig sind. Ohne übertriebene Eitelkeit dürften wir beide wissen, wer diese Männer sind: Ihr und ich. Also beruhigt Euch! Versuchen wir lieber, die gerade begonnene Arbeit fortzusetzen!«
Der Araber machte eine heftige Bewegung. Er war noch immer mit seiner Frage beschäftigt: »Was ich einfach nicht begreife, ist das Motiv. Was hat den Kerl veranlaßt, diese Blätter zu entwenden? Wozu? Was hat er sich vorgestellt?«
»Ich nehme an, er hat uns belauscht und wahrscheinlich gemeint, ganz allein an das Saphirbuch herankommen zu können.«
»Aber was will er damit anfangen? Dieser Tölpel ist weder ein Gelehrter noch ein Theologe. Sein Leben lang hat er nicht das geringste Talent erkennen lassen, außer dem zum Dienen.«
»Ich weiß es auch nicht, Scheich Ibn Sarrag. Vielleicht hat er gemeint, es geht dabei um einen Wertgegenstand, den er zu Geld machen kann. Aber das ist kein Grund, Euch zu Tode zu ärgern. Etwas hat der Dieb nämlich nicht mitgenommen: Baruels Anlei-

tungsbrief. Und das ist die Hauptsache. Ohne dieses Dokument, da geht Ihr sicher mit mir konform, bleiben die ›Paläste‹ für jedermann tote Buchstaben, nutzloses Geschreibsel. Ihr könntet Euch doch nicht im Traum jemanden vorstellen, der diese verschlüsselten und noch dazu unvollständigen Texte entziffert, nicht wahr? Also, ich bitte Euch, bewahrt einen kühlen Kopf, und konzentrieren wir uns lieber auf das dringendste Problem – Tarsis!«
Ibn Sarrag schien den Vorschlag des Rabbiners überhört zu haben. Reglos saß er da und blickte ins Leere. Auf einmal sagte er: »Tarsis ist die semitische Transkription des Wortes Tartessos. Tartessos ist der alte Name für den Tinto. Ich habe es nachgeschlagen.«
Ezra starrte ihn mit offenem Mund an. Dann sagte er: »Den Tinto? Ihr meint wirklich den Fluß?«
Der Araber nickte bestätigend.
»Und Ihr seid Euch absolut sicher?«
»Ich sagte doch, ich habe es nachgeprüft.«
Samuel stieß einen Schrei aus, von dem halb Granada widerhallte. »Phantastisch, Scheich Ibn Sarrag! Ihr seid phantastisch!« Er stürzte zu einem Blatt Papier und begann wie wild Notizen zu machen. Nach einer Weile hob er den Kopf, zitternd vor Aufregung. »Hört zu! Wir sind nahe an einer Lösung.« Fiebrig, jedes Wort betonend, verkündete er: »Unser Anführer ist ein junger Mann. Dieser junge Mann lebt an einer Stätte des Gebets. Die Stätte des Gebets befindet sich auf einem Hügel. Der Hügel liegt nahe bei einer Stadt, an welcher der Tinto vorbeifließt. Oder wenn Euch das lieber ist – der Tartessos.«
Diesmal schien Sarrag aus seiner dumpfen Starre aufzuwachen. »Wie kommt Ihr zu dem Schluß, daß die Stätte des Gebets auf einem Hügel liegt?«
»Erinnert Euch an Baruels Text: UND ZU DER ZEIT ZU LEBEN, DA ICH OBEN AUF DEM SANFT ABFALLENDEN HÜGEL SCHREIBE, AUF DEN RUINEN DES HADES. AM FUSS DIESES HÜGELS SCHLÄFT JAWANS SOHN. Unser Anführer lebt *oben* auf einem Hügel, an dem *unten* der Tinto vorbeifließt.«

Er führte seinen Beweisgang zu Ende:
»Und sein Traum mündet ins Meer und murmelt. Folglich werden wir den Hügel da finden, wo der Fluß ins Meer mündet. Sonnenklar, oder?«
Schnell erhob sich der Scheich und holte eine Karte der spanischen Halbinsel. »Laßt uns einmal sehen ...«
Der Rabbiner trat neben ihn. Eine gewisse Zeit verging. Dann riefen sie beinahe im Chor: »Huelva!«
»In der Tat. Da ist die Mündung des Tinto. Die Entfernung bis dahin beträgt wohl mehr als fünfzig Meilen. Es ist schon beinahe die Grenze zu Portugal. Außerdem dürfte Euch bekannt sein, daß die gesamte Region Kriegsgebiet ist. Aus der Vega holen sich die kastilischen Truppen inzwischen, was und wann immer sie es wollen. Seit dem Fall von Alhama, das die Straße von Granada nach Malaga kontrollierte, ist Al Andalus nur noch ein riesiger Aufmarschplatz, wo maurische Heerhaufen und solche der königlichen Armee aufeinanderprallen oder einander umgehen.«
»Haben wir die Wahl?«
Der Scheich sagte eindringlich: »Es ist ein langer Weg, Ezra. Ich möchte Eure Ausdauer nicht unterschätzen, aber eine solche Reise ist strapaziöser, als Ihr es Euch vielleicht vorstellt. Wenn ich mich hingegen allein nach Huelva begäbe, dann könnte ich ...«
»Daß ich nicht lache! Kommt gar nicht in Frage. Zu zweit haben wir angefangen, zu zweit werden wir auch weitermachen.«
»Seid ehrlich! Fürchtet Ihr, ich würde Euch hintergehen?«
Die Fäuste in die Hüften gestemmt, stellte sich der Rabbiner vor ihn hin. »Jawohl! Ich antworte Euch ohne Zögern: Ja!«
»Aha, so ist das also ...« Der Scheich ging Richtung Tür.
»Wohin geht Ihr?«
»Von meinen Frauen und meinen Kindern Abschied nehmen.«

Eine glühende Sonne stach auf die Schädel der beiden Reiter hernieder, während ein Geruch von Asche bis zu den Wurzeln des Himmels aufstieg und den Duft des Thymians und der Orangenbäume hartnäckig überlagerte. Sarrag hatte recht behalten.

Vor sechs Tagen hatten sie Granada verlassen, und seither ritten sie über verbrannte Erde, vorbei an geplünderten Feldern, an verwüsteten Mühlen, Scheunen und Weilern. Zweimal bereits waren sie unvermittelt Zeuge von Scharmützeln geworden, und nur durch ein Wunder den Truppen beider Seiten entgangen. Denn – doppelte Gefahr – wenn es nicht die Muselmanen waren, die nach blitzschnellen Vorstößen Hirten und Vieh hinwegtrieben, dann waren es christliche Schwadrone, die plötzlich von irgendwoher auftauchten.

Auf verlassene Huertas waren kümmerliche, abwechselnd von Zwergeichen und Erdbeerbäumen bestandene Landstriche gefolgt, ab und zu hatten sie verschont gebliebene Olivenhaine durchquert, in denen die Erde rot aufleuchtete. In dieser kriegsbewegten Zeit erinnerte Al Andalus an einen Frauenleib: zuweilen blühend, offen dem Leben zugewandt, dann wieder in sich verkrümmt dem Tode anheimgegeben, und dennoch unveränderlich gesegnet mit der Kraft, Frucht zu tragen, Leben zu gebären.

Die beiden Männer waren soeben von Süden her in das Tal des Guadalquivir eingeritten. Hier schien es friedlich zuzugehen. Von einem Wagenzug abgesehen, der seine Ladung Weizen und Gerste wer weiß welchem Raubüberfall verdankte, begegneten sie vor allem jenen Leuten, die man auch sonst auf den Landstraßen Spaniens antraf: Hausierern, Wolle oder Wein befördernden Maultiertreibern, Wanderschäfern der Mesta, die mit ihren Herden auf den Weidepfaden unterwegs waren, Boten, die mit Nachrichten vom Hof einherjagten, oder auch Mönchen vom Gnadenorden, die im ganzen Land für den Loskauf von Gefangenen Spenden sammelten.

Leicht über sein rotbraunes Pferd gebeugt, in einen Leinenburnus gehüllt, auf dem Schädel ein purpurfarbenes Wollkäppchen, so ritt Chahir Ibn Sarrag voran. Dicke Schweißtropfen rannen ihm über das Gesicht. Einige Schritte hinter ihm kam Ezra. Er hielt sich sehr gerade und schien von der Strapaze und den endlosen Rammstößen der Sonne unbeeindruckt. Aus nur ihm bekannten Gründen hatte er eine besondere Ausstaffierung gewählt. Das grobe Stoffgewand, der schwarze, schmalkrempige Hut und die plumpen Halbstiefel gaben ihm das Aussehen eines Bauern.

»Na, wie ist es, Sarrag, haltet Ihr durch?«

»Achtet auf Euch selbst, Rabbi! Ich stehe unter Allahs Schutz.« Übergangslos sprach der Araber weiter: »Seit unserem Aufbruch geht mir ein Gedanke nicht mehr aus dem Kopf. Wir haben die wesentlichen Teile des ersten ›Palastes‹ entschlüsselt, aber es bleiben die merkwürdigen Zitate, wo es um die Hölle und die Dämonen geht.«

Samuel blinzelte in die Sonne und gab sich zuversichtlich: »Vergessen habe auch ich sie nicht. Aber wer weiß, vielleicht finden wir in Huelva die Erklärung ...«

»Oder die Hölle ...«

Der Scheich deutete auf einen Punkt geradeaus vor ihnen, etwas seitlich von der Landstraße.

»Eine Venta. Wir haben noch vier Wegstunden bis Sevilla. Ich schlage vor, wir rasten dort, bis die Sonne nicht mehr ganz so unbarmherzig sticht.«

Sie stachelten ihre Pferde zum Galopp an. Wenige Minuten später hielten sie vor einem wenig einladenden, schief gebauten und weiß gekalkten Haus. Ein Unterstand, der eine gewisse Ähnlichkeit mit einem Stall hatte, nahm die Pferde auf.

Ibn Sarrag wandte sich an einen kaum zehnjährigen Hilfspferdeknecht, der gerade ein Maultier striegelte. »Komm, Kleiner, kümmere dich um unsere Pferde!«

Der Junge gehorchte sofort.

In der Wirtsstube stank es nach ranzigem Öl. Ibn Sarrag und Ezra tauschten einen schicksalsergebenen Blick und ließen sich am erstbesten Tisch nieder.

»Was nehmt Ihr?« fragte der Araber.

»Welche Frage!« brummelte Samuel. »Ihr wißt doch, daß die Auswahl hier aus zwei Gerichten, einem Kanten Schwarzbrot und – einer gepfefferten Rechnung besteht.«

»Ezra, gebt zu, was das Essen angeht, so geht Ihr Euren Mitmenschen grundsätzlich auf die Nerven.« Ohne die Entgegnung des Rabbiners abzuwarten, winkte er dem Wirt.
Der pflanzte sich fettwanstig und mit strähnigem Schnauzbart vor ihnen auf. *»Buenos dias.«*
»Wir möchten essen«, sagte Ibn Sarrag.
»Omelett, Kichererbsen, Spiegeleier mit Speck, und wie jeden Freitag habe ich Kabeljau.«
»Sehr schön. Für mich weiße Bohnen und Linsen«, bestellte der Scheich.
»Einmal Kichererbsen. Und Ihr, Señor?«
»Ein Omelett. Aber ich möchte zuvor die Eier überprüfen.«
Der Wirt sah den Rabbi verdutzt an. »Meine Eier überprüfen? Aber sie sind von heute morgen. Einwandfrei!«
»Daran zweifle ich nicht. Trotzdem möchte ich sie überprüfen.«
Unter dem Tisch trat Ibn Sarrag nach Samuels Schienbein. »Laßt verdammt noch mal diese Farce«, flüsterte er gepreßt.
Der Rabbiner warf ihm einen bitterbösen Blick zu und setzte das Zwiegespräch fort. »Ist der Kabeljau frisch?«
»Señor«, sagte der Wirt ungeduldig, »ich sagte es schon: Hier ist alles von bester Qualität.«
»Also dann meinetwegen Kabeljau.«
»Falls Ihr Durst habt, ich habe ein Faß Jerez-Wein.«
»Nein, keinen Wein. Ein Krug Wasser hingegen wäre uns sehr recht.«
Der Wirt verneigte sich und eilte zur Küche.
»Ezra«, schimpfte der Araber, »wann werdet Ihr endlich mit diesem albernen Getue aufhören! Als wolltet Ihr um jeden Preis allen klarmachen, daß Ihr ein Jude seid.«
»Ich sehe nicht ein, inwiefern mein Wunsch, die Qualität von Eiern zu überprüfen, Euch so in Rage bringen kann!«
»Wie recht ich doch hatte, als ich sagte, Ihr seid eine Nervensäge. Seit wir aus Granada weggeritten sind, ist es jedesmal eine Anstrengung, für Euch etwas zu essen zu finden. Als reichte es nicht, daß wir ein Land im Kriegszustand durchqueren!« An den

Fingern zählte er auf: »Man schlägt Euch ein Omelett vor: Nein. Warum? Die Angst, eins der Eier könnte ein absolut winziges Blutströpfchen aufgewiesen haben. Man schlägt ein Fleischgericht vor: Wieder nein. Das Tier muß von einem rituellen Schlächter, eurem Schochet, getötet worden sein und außerdem noch eine hochkomplizierte Aufbereitung erfahren haben ...«
»Seid Ihr fertig?«
»Nein. Und es darf kein beliebiges Tier sein. Warum? Wegen einer Geschichte von gespaltenen Hufen und Wiederkäuern. Der Hase ist euch untersagt, weil er wiederkäut, aber keinen Spalthuf aufweist, das Schwein, weil es Spaltfüße hat, aber nicht wiederkäut. Das Pferd ...«
»Mein Wertester, zum Schwein darf ich sagen, daß Ihr da nicht hinter uns zurücksteht.«
»Stimmt. Aber neben dem Alkohol ist das mein einziges Verbot, während bei Euch sogar das Geschirr zu Sünde führen kann. Ihr braucht eins für Fleisch, ein anderes für Milcherzeugnisse. Ihr ...«
»Also, das ist ... das ist doch nicht zu fassen!« Ezra bohrte den Finger in Richtung Sarrag. »Und wenn zur Abwechslung ich Euch daran erinnern darf, daß es Euch beim Wasserlassen verboten ist, Euer Glied mit der rechten Hand zu halten? Daß es verboten ist, ein Bedürfnis mit dem Gesicht oder mit dem Rücken nach Mekka gewendet zu verrichten, daß Ihr Euch da gefälligst nach Osten oder Westen auszurichten habt? Wenn ich Euch ferner ins Gedächtnis rufen darf, daß Ihr in der Wüste zum Hinternabwischen immer nur eine ungerade Zahl von Steinen benutzen dürft.« Er atmete tief durch und schloß mit fester Stimme: »Scheich Ibn Sarrag, entweder Ihr beendet Eure stumpfsinnige Litanei, oder ich lasse Euch hier sitzen und reite allein weiter.«
Der Araber blickte zur Decke hinauf. »Warum, Allah? Warum hast du mein Schicksal mit dem dieses Individuums hier verbunden?«
Beide verschanzten sich mit verschränkten Armen in ihrer Ecke und begnügten sich damit, die Gäste zu beobachten.
Beinahe war es so, als stellten die Gestalten um sie herum, in

einem Spiegel zusammengefaßt, das Spanien des Jahres 1487 dar. Ibn Sarrags Blick verweilte bei einem Hidalgo, der in seine Halskrause aus gestärktem und geprägtem Weißleinen eingezwängt dasaß. Der Kopf sah aus wie eine auf Spitzen gebettete Wassermelone. Die Capa wirkte leicht abgeschabt, die Federn und Bänder am Hut hingen eher müde herab. Der Araber fragte sich, ob der Mann ein Hidalgo *de sangre* war, reinblütige Verkörperung des Adels, oder doch die bescheidene Variante, ein Hidalgo *de bragueta*, ein Edelmann aufgrund seines Hosenlatzes, der nur deshalb Steuerfreiheit genoß, weil er sieben Knaben gezeugt hatte. Wie auch immer, dachte der Scheich, sein Geschick ist nicht wirklich beneidenswert: Der Hidalgo hat nicht wie die Großen des Reiches über weitläufige Ländereien und zahlreiche Vasallen zu schalten und zu walten, die hohen Ämter und Kommandoposten sind nicht für ihn bestimmt. Trauriger noch: Bei den Hofintrigen spielt er keine Rolle. Sein einziges Kapital ist die Ehre. Die Ehre als das Familienerbe derer, die für den Glauben kämpften oder noch kämpfen. Bedauerlich für ihn, aber es gibt immer weniger Mauren auf spanischem Boden, und die Ehre macht sich folglich rar.

Am Nachbartisch hob sich wie vom öligbraunen Hintergrund eines Gemäldes die Gestalt eines Caballeros ab, der mit dem Degen am Gürtel leicht vornübergebeugt dasaß. Er trug über geschlitzten Hosen ein reinlich weißes Hemd mit gestärktem Kragen und verbreitete etwas weniger Tristesse.

Etwas weiter weg war ein Zigeunerpaar zu erkennen, beim Volk als Vagabunden, Unruhestifter, Lügner und Gauner verrufene Menschen.

Im Hintergrund saßen Mitglieder der Santa Hermandad und vermittelten einen völlig anderen Eindruck. Strenge und Disziplin standen ihnen ins Gesicht geschrieben. Diese halbmilitärische Polizeitruppe, die mehrmals neu gegründet worden war, hatte dank der energischen Veranlassung Isabels und Fernandos zu schlagkräftiger Form gefunden. Ihre Aufgabe war, für Ruhe und Ordnung in den Provinzen zu sorgen. Strafen wurden an Ort und

Stelle, ohne Verzug und mit abschreckender Härte vollzogen. Wer mehr als 5000 Maravedí gestohlen hatte, dem wurde der Fuß abgehackt, Gewaltverbrecher wurden notfalls auf dem flachen Land abgeurteilt, an den nächstbesten Baum gebunden und mit Pfeilen durchschossen. Manche sagten, dieses Vorgehen stelle das geringere Übel dar, vor der Einsetzung dieser Heiligen Bruderschaft habe im ganzen Land Unsicherheit geherrscht, Diebe hätten sich ungestraft an Besitztum aller Art vergriffen, Ernten und Häuser seien verbrannt worden, und die Justiz habe vollkommen unfähig gewirkt, Verbrecher einzufangen und zu bestrafen.

Der Scheich beugte sich vor, um die letzte Gestalt besser zu studieren: einen Mönch. War es nur seine Phantasie? Im Schimmer seiner Tonsur schien er jenes Spanien darzustellen, das Isabel und ihr Gemahl vom Tag ihrer Thronbesteigung an erstrebten. Ein geeintes, heiliges, katholisches und apostolisches Spanien. Ein Spanien, das einzig an die nahende Befreiung dachte, auf daß in absehbarer Zeit die Erinnerung an das Wort *mozárabe*, das den auf muselmanischem Gebiet lebenden Christen bezeichnete, vollkommen gelöscht würde, denn sobald Granada fiel, würde es kein muselmanisches Gebiet mehr geben. Genauso wie nie mehr das Wort *mudéjar* ausgesprochen werden sollte, das den auf christlichem Territorium lebenden Muslim bezeichnet, denn sobald Granada fiel, würde es keine Muslims mehr geben. Die Zeit eines Alfonso VI., der sich zum »Kaiser der drei Religionen« ausrufen ließ, diese Zeit war ein für allemal vorbei. Morgen würde der Ölbaum der Palme gleichen, der Hibiskus dem Zitronenbaum, alle Düfte würden vermischt werden, damit ein Duft, ein einziger, übrigblieb.

Sarrag schielte zu Ezra hinüber. Der Rabbi sah mürrisch und melancholisch zugleich aus. Offenkundig hatten seine Gedanken sich in ähnliche Richtung bewegt.

Sarrag öffnete den Mund, als habe er beschlossen, laut weiterzudenken. »Kennt Ihr die Legende um das Jusuf-Tor von Granada?«

»Irgendwann habe ich mal davon gehört, aber ich gestehe, daß ich mich kaum erinnere.«
»Es ist eines der Tore zur Alhambra. Es wurde vor mehr als einem Jahrhundert von dem damals regierenden Sultan Jusuf Abu el Haggag erbaut. Die Gläubigen erblicken auf dem Tor zwei Embleme.«
Ezra unterbrach ihn. »Wenn Ihr ›die Gläubigen‹ sagt, dann meint Ihr natürlich die Muslims.«
»Ja, selbstverständlich.« Nicht im mindesten beirrt, fuhr er fort: »An der Außenarkade des Tors findet sich eine Hand mit ausgestreckten, aber nicht gespreizten Fingern eingemeißelt, auf der inneren Bogenwölbung ist es ein Schlüssel. Ihr wißt es sicher, die Hand ist wie überall bei den Arabern dazu da, den bösen Blick abzuwehren. Der Schlüssel hingegen steht für die erste Sure, die ›Fatiha‹, die ›Eröffnung‹. Diese beiden Bedeutungen waren zu banal oder zu tief für die Leute von Granada, und sie hatten eine andere Erklärung parat: ›Wenn die Hand den Schlüssel nehmen wird, dann wird Granada erobert werden.‹ Ich weiß nicht, wie Ihr zu abergläubischen Vorstellungen steht, aber beim letzten Erdbeben ist die Hand dem Schlüssel näher gerückt – sie ist jetzt nur noch einen Zoll entfernt.«
Der Rabbiner runzelte die Stirn. »Stellt Euch vor, ich bin tatsächlich abergläubisch.«
»Auf jeden Fall ist es ein ungleicher Kampf. Auf der einen Seite steht eine perfekte Organisation, ein in Fernando und Isabel verkörperter unerschütterlicher politischer Wille, und auf der andern ein ganz kleines Emirat, umschwebt zwar vom Zauber der Vergangenheit, zu heroischen Aufschwüngen noch fähig, aber doch mehr und mehr von der Außenwelt abgeschnitten. Ein Jahr, zwei Jahre, fünf ... ich kenne die Stunde des Endes nicht, aber eines Tages werden wir sagen: Al Andalus, das war einmal.«
»Ich frage mich nur, was passiert mit den hier im Lande verbliebenen Arabern? Mit den Arabern und mit uns anderen, den Juden?«

Ibn Sarrag lächelte traurig. »Vermutlich gehen sie außer Landes – es sei denn, sie werden gute Christen.«
In diesem Moment kam der Wirt und setzte ihrem Gespräch ein vorläufiges Ende. »Hier, die Herren, Kichererbsen und Kabeljau. Und ein Krug kühles Wasser.«
Sie dankten mit einem Nicken. Aber sie wußten beide schon, daß ihnen der Appetit vergangen war.

Sie hatten sich genug Kraft zugetraut, um Sevilla vor der Dunkelheit zu erreichen, aber das Alter, die mangelnde Routine im Sattel und die wie flüssiges Metall herabtropfende Sonne hatten sich als stärker erwiesen. Seinen Stolz überwindend, hatte Sarrag sich als erster geschlagen gegeben.
Mitten in der andalusischen Landschaft, unter einem sternbesäten Himmel hatten sie ein notdürftiges Feuer angezündet und sich erschöpft und mit schmerzenden Gliedern ins Gras fallen lassen.
»Tut mir leid, Rabbi. Und wenn der blaue Stein nur noch eine Meile weg gewesen wäre, ich hätte es keine Minute länger auf dem Pferd ausgehalten.«
»Ihr braucht Euch nicht an die Brust zu schlagen, Sarrag! Denn wenn das Saphirbuch dort, einen Schritt weit weg, läge, ich könnte nicht einmal mehr den Arm nach ihm ausstrecken. Was kann man machen, man muß sich fügen und erkennen, wann die Jugend uns endgültig im Stich läßt.« Er verschränkte die Arme unter dem Nacken und fuhr wie im Selbstgespräch fort: »Dieser Körper, den wir besitzen – im Grunde ist er doch eine Last. Ich möchte hoffen, daß wir am Tag der Auferstehung diese Eingeweide, diese blöden Gedärme mit ihrem Rattenschwanz von einschlägigen Übeln loswerden. Am Tag der Auferstehung ...« sprach er selbst noch einmal nach. »*Inschallah*, wie es bei Euch heißt.«
Sarrag richtete sich halb auf, vom skeptischen Ton seines Gefährten überrascht. »Ich täusche mich wahrscheinlich, aber so recht scheint Ihr nicht daran zu glauben.«

»Ich glaube daran, mein Freund, ich glaube aus tiefster Seele daran. Was Ihr als Unterton herausgehört habt, hat mit Zweifel nichts zu tun, es war nur eine Art Heimweh. Ich bete jeden Tag zu Adonai, der Tag möge kommen. Schnell. Morgen.«
Ein leises Lachen erschütterte Sarrags Oberkörper. »Ich finde, Ihr habt es etwas eilig.«
»Ihr habt recht. So ist es.« Er stützte sich auf einen Ellenbogen und sprach mit unerwarteter Intensität: »Die Menschen sind verrückt. Die Menschen sind krank. Genau in dem Augenblick, da sie die Kindheit hinter sich lassen, ergreift der Wahnsinn von ihnen Besitz. Sie fangen an zu gestikulieren, sie machen Wind, sie laufen hinter Wolken her, hoffen in ihrer Umnachtung, sie könnten sie einfangen. Sie werden wie Kranke, denen man plötzlich das Opium entzogen hat.« Er ließ sich wieder zurückfallen und wiederholte: »Die Menschen sind verrückt.«
»Und wir, Rabbi Ezra, meint Ihr nicht, daß wir genauso verrückt sind? Schaut nur her! Was tun wir hier? Mitten in der Nacht irgendwo im hintersten Al Andalus? Ist das nicht bodenloser Leichtsinn? Dem Unbekannten entgegenstürzen und sich auf ein paar von einem Freund hinterlassene Seiten verlassen? Weil dieser Freund uns versichert hat, er habe eine sprechende Edelsteintafel entdeckt! Der absolute Gipfel der Irrationalität! Ein dubioser Stein als angeblicher Träger einer göttlichen Botschaft, von dem wir nichts, aber auch gar nichts wissen! Genauso wie wir nicht wissen, ob der uns teure Mensch nicht Opfer einer Sinnestäuschung geworden ist. Ist das Vernunft, Rabbi?«
»Scheich Ibn Sarrag, Ihr habt von Unvernunft, von Irrationalität gesprochen. Nicht erst seit Ptolemäus haben sich die Gelehrten abgemüht, den Lauf des Universums zu erklären. Sie haben ein ganzes Leben auf diese inbrünstige Suche verwendet und haben sich eines Tages zum Sterben niedergelegt, ohne die Erklärung gefunden zu haben. Oh, natürlich, ungezählte Theorien säumen die Geschichte, aber übriggeblieben ist nicht die kleinste Gewißheit. Nichts als Hypothesen. Wenn ich nun Eure Überlegung anwenden, also folgendermaßen argumentieren sollte:

Da es keine Erklärung gibt, sind die Dinge unvernünftig, illusorisch – wenn ich so reden würde, dann dürfte auch die Welt, die Natur, das Leben, der flimmernde Himmel, die Jahreszeiten, die Fähigkeit zu lieben keinen Existenzgrund haben, da sie alle unerklärt sind. Dabei sind wir durchaus lebendig. Die Erde existiert, und wir existieren. Wo ist dann das Irrationale? Wo beginnt es, wo endet es? Warum wäre unsere große Suche absurder als die elementare Tatsache, daß wir leben? Wenn Ihr es als gegeben hinnehmt, daß Ihr lebt, dann erklärt Ihr Euch damit bereit, ein Schachspiel mitzuspielen, bei dem die Bauern Trugbilder, Gefühle, flüchtige Anwandlungen sind. Nichts Wirkliches, außer in unserer Phantasie.«

»Oder in der Phantasie eines anderen. Jenseits unseres Ichs ...«

»Eine grandiose Wesenheit. Das Denken ...«

»Allahs?«

»Das Denken von Jod, He, Waw, He.«

Ein Windstoß fuhr durchs Laub.

»Also kehren wir in den Bereich des Rationalen zurück!« sagte Ibn Sarrag, wie um die traumverlorene Stimmung zu durchbrechen, in die sie redend versunken waren. »Wenn wir in Huelva sind, was tun wir, um diese Stätte des Gebets ausfindig zu machen?«

»Wir werden erst einmal den Hügel identifizieren.«

»Leicht gesagt. Und wenn es rund um die Stadt mehrere Hügel gibt?«

»Dann bezweifle ich sehr, daß man jeden oben mit einer Gebetsstätte bestückt hat. So, und jetzt ...« Er drehte sich auf die Seite und wandte dem Scheich den Rücken zu. »Gute Nacht, Sarrag! Morgen ist auch noch ein Tag.«

Der Araber antwortete nicht. Er sah noch einen Augenblick zu den Sternen hinauf, dann schloß er die Augen.

»Los, auf!«

Sarrag kam gar nicht dazu, die Wolldecke, in die er sich für die

Nacht eingewickelt hatte, von sich zu werfen. Ein Tritt in den Magen ließ ihn vor Schmerz aufschreien.
Dem Rabbiner neben ihm – sein fortgeschrittenes Alter mochte einen Rest Mitleid mobilisiert haben – wurde eine mildere Behandlung zuteil. Man zwang ihn zum Aufstehen, aber ohne übertriebene Gewaltanwendung.
Sie sahen sich von etwa zwanzig Bewaffneten umringt. Weder Ezra noch der Scheich hatten sie kommen hören. Ihre Gewandung ließ keinen Zweifel daran, daß es sich um nasridische Kriegsleute handelte.
»Was treibt ihr hier?« bellte einer von ihnen, dem man den Anführer ansah.
Der Araber hatte sich wieder gefaßt, mit erhobener Stirn und sehr beherrscht sagte er: »Ich weiß nicht, wer du bist, aber der Sinn für Ehre geht dir offenkundig ab. Benimmt sich so ein Araber seinem Bruder gegenüber?«
Die Antwort war, daß der Mann ihm eine schallende Ohrfeige versetzte. »Hundesohn! Was erlaubst du dir?« Er riß ein Krummschwert von geflammtem Stahl aus der Scheide und setzte es Sarrag an die Halsschlagader. »Schau deinem Tod ins Gesicht!« sagte er barsch.
»Aufhören!« protestierte Ezra. »Ihr habt kein Recht dazu!«
»Du kannst dich doch kaum auf den Beinen halten, alter Mann. Spar dir deinen Atem für das bißchen Leben, das dir bleibt!«
»Ihr habt keinerlei Grund, so vorzugehen. Wir haben uns nichts zuschulden kommen lassen.«
Die Klinge streifte die Wange des Rabbiners. Der zeigte keine Reaktion.
»Schluß jetzt mit dem Geschwätz! Sagt mir lieber, was ihr hier sucht und wohin ihr unterwegs seid.«
Ezra gab die Antwort: »Wir sind auf dem Weg nach Huelva.«
»Nach Huelva? Aus welchem Grund?«
»Weil wir gern reisen«, sagte der Scheich ironisch.
»Weil ihr gern reist«, wiederholte der Soldat. »Natürlich. Und woher kommt ihr?«

»Aus Granada.«
»Also seid Ihr schon eine hübsche Weile in der Gegend unterwegs.«
»So ist es.«
»Ohne festes Ziel?«
Ezra entgegnete ungeduldig: »Gerade haben wir es gesagt, wir reiten nach Huelva.«
»Gewiß, aber ihr habt nicht gesagt, warum. Seid ihr Kaufleute?«
»Nein«, antwortete Sarrag. »Gewöhnliche Reisende.«
Der Anführer deutete auf Ezras schwarzen Hut, danach auf die Halbstiefel.
»Du bist gekleidet wie ein Bauer.«
Der Rabbiner antwortete mit leichtem Zögern. »In der Tat. Ein solcher bin ich.«
»Ohne Karren, ohne irgendwelche Lebensmittel.« Der Befehl kam im Schnarrton: »Verhaftet sie!«
Sekunden später waren ihnen die Hände im Rücken gefesselt.
Sarrag versuchte es mit erneutem Protest: »Das ist doch unsinnig! Sagt uns wenigstens, was ihr uns vorwerft!«
»Stell dich nicht dümmer, als du bist! Du brauchst dich gar nicht zu verstellen, Brüderchen! Du weißt ganz genau, worum es geht. Gestern abend ist etwa eine Meile vom Dorf Alhendin entfernt ein Troß mit Lebensmitteln und Munition, der unterwegs zur belagerten Festung Montejicar war, von einem Trupp kastilischer Soldaten abgefangen worden. Dabei konnten die Christen unmöglich Bescheid wissen, daß ein solcher Zug sich dort bewegte. Man hat sie benachrichtigt. Man hat ihnen sogar Führerdienste geleistet. Wir haben die Bestätigung heute morgen erhalten: Es war das Werk von Verrätern.«
Verblüffung malte sich auf dem Gesicht des Scheichs. »Und diese Verräter ...«
»Zwei Araber: der erste ungefähr sechzig, mittelgroß, breiter Hals, dichter, graumelierter Bart, buschige Augenbrauen; der zweite älter, eckiges Gesicht, sehr groß, sehr mager.«
»Und wenn ich euch jetzt erzählte, daß mein Gefährte Jude ist?«

In den Augen des Kriegsmannes zeigte sich ein kurzes Aufflammen. »*Jehudi?*«
Sarrag nickte.
»Nun, dann wundert mich das nicht. Die haben den Verrat im Blut. Auf jeden Fall, Jude hin oder her, nehmen wir euch mit zurück nach Granada.«
Ezra warf Sarrag einen verzweifelten Blick zu. Das Ganze war ein Alptraum.
»Ich begreife das nicht«, rief der Scheich. »Warum nach Granada?«
»Um euch meinen Vorgesetzten zu übergeben und danach ...« Seine Hand zeichnete deutlich eine Schlinge in die Luft. »Aufgeknüpft werdet ihr, Bruder. Aufgeknüpft. Und sagt Allah Dank, denn wenn ich nicht Befehle hätte, hätte ich gleich hier kurzen Prozeß mit euch gemacht.«
Sarrag öffnete den Mund, um seinen Zorn hinauszuschreien, aber er kam nicht mehr dazu. Ein brutaler Schlag traf ihn im Nacken. Er brach zusammen und blieb reglos liegen.

Burgos

Fray Alvarez fragte sich, ob er nicht Opfer eines unglaublichen Täuschungsmanövers wurde. Die beschriebenen Seiten, die der junge Mann, ein Araber aus Granada, ihm gerade übergeben hatte, ähnelten erstaunlich dem im Haus jenes Marranen, dessen Namen ihm jetzt nicht einfiel, gefundenen Dokument. Wie hieß er noch? Barel, Barual ... Der gleiche hochtrabende Stil, die gleichen abgebrochenen Sätze, das gleiche Sammelsurium von biblischen Sinnbildern. Nur daß es jetzt nicht eine Seite war, sondern gleich ein Dutzend Blätter. Nervös strich Torquemadas Sekretär sich über die Tonsur und fragte: »Wie war noch gleich dein Name?«
»Soliman Abu Taleb.«
»Du behauptest, diese Schriftstücke im Studierzimmer deines Herrn gefunden zu haben?«
»Genau so war es.«

»Ich nehme an, du hast sie durchgelesen.«
Der junge Mann bejahte.
»Sehr schön. Dann hast du genau wie ich feststellen können, daß darin nichts Staatsgefährdendes zu finden ist. Es handelt sich um nicht mehr und nicht weniger als Humbug, zusammenhangloses Gefasel. Erkläre mir, inwiefern diese Blätter für das Heilige Offizium irgendwie von Interesse sein sollten.«
»Das habe ich schon gesagt: Sie haben mit der Sicherheit des Landes zu tun und mit der Eurer katholischen Glaubensbrüder. Wenn Ihr wie ich das Gespräch zwischen meinem Herrn und seinem jüdischen Besucher belauscht hättet, dann wärt Ihr zu dem gleichen Schluß gekommen: Es handelt sich um eine Verschwörung.«
Fray Alvarez lehnte sich bequem in seinem Sessel zurecht. »Wiederhole mir bitte so getreu wie möglich, was du vernommen hast!«
»Der Scheich hat gesagt: ›Wäre es der Fall, so seid Ihr Euch, denke ich, bewußt, daß wir es mit der phantastischsten, der gewaltigsten Errungenschaft der gesamten Menschheitsgeschichte zu tun hätten. Mit einem unendlich kostbaren Schatz. Mit dem Beweis für die Existenz Gottes!‹«
Der Priester fuhr zusammen, als hätte der Blitz in den Raum eingeschlagen. »Was?«
Der junge Mann wollte nochmals von vorn beginnen, aber der Priester befahl: »Nur den letzten Satz.«
»Der Beweis für die Existenz Gottes.«
»Genau das waren seine Worte? Bist du sicher?«
»Allah ist mein Zeuge. Ich schwöre es.«
Alvarez strich erneut über seine Tonsur. Die Geschichte hörte sich plötzlich ganz anders an, soviel durfte man sagen. Er atmete tief ein und forderte den Araber zum Weiterreden auf.
»Der Rabbiner hat sogleich erwidert: ›Ihr vergeßt eine banale Kleinigkeit: Über kurz oder lang käme es der Vernichtung des gesamten politisch-religiösen Systems gleich, das in Spanien seit Einführung der Inquisition herrscht.‹ Der Scheich hat daraufhin

gesagt: ›Ich sehe den Zusammenhang nicht recht.‹ Worauf der Jude versichert hat: ›Der wird Euch an jenem Tag klarwerden, an dem Ihr den Inhalt der Botschaft entdecken werdet.‹«
»Der Botschaft? Welcher Botschaft?«
Der arabische Besucher breitete hilflos die Arme aus. »Davon weiß ich nichts. Er hat lediglich das Wort ›Botschaft‹ gebraucht.«
»Und dann?«
»Leider konnte ich den Rest des Gespräches nicht mehr mithören. Die Gattin meines Herrn hat mich gerufen, und ich mußte bei häuslichen Arbeiten helfen. Doch bin ich noch ein-, zweimal am Arbeitszimmer vorbeigekommen und habe die Ohren gespitzt. Ein paar halbe Sätze habe ich mitbekommen, wo es um einen Plan ging und um einen mehrmals wiederkehrenden Namen: Aben Baruel.«
Aben Baruel! dachte Alvarez. Genauso hieß der Marrane. Demnach sagt der Araber die Wahrheit. Wenn wirklich eine Verschwörung dahintersteckte, dann hatte er unverzüglich die zuständige Behörde zu unterrichten. Seine lange Erfahrung riet ihm nichtsdestoweniger, allem und allen zu mißtrauen, selbst den Zuträgern. Wenn dieser junge Araber beispielsweise nur hier war, um Spuren zu verwischen, wenn er nur ein Bauer auf einem Schachbrett war, auf dem andere ihre hinterhältigen Züge taten, dann war es unbedingt notwendig, ihm erst einmal Sand in die Augen zu streuen. Alvarez beschloß, den anderen zu überlisten.
»Soliman«, begann er in übertrieben freundlichem Ton, »du sollst zunächst erfahren, daß wir dir für dein Handeln Dank wissen. Ich bin überzeugt, dich führt nichts als Pflichtgefühl hierher. Aber ...« Er zeigte auf die vor ihm liegenden Schriftstücke. »Ich sehe wirklich nicht, inwiefern diese Angelegenheit das Heilige Offizium betrifft.«
Der junge Mann sprang förmlich hoch. »Wie bitte?«
»Beruhige dich! Ganz offenkundig weißt du nichts von den Vorschriften, denen wir unterworfen sind. Ich gebe dir eine kurze Vorstellung. Der vorrangige Auftrag des Heiligen Offiziums ist

es, jene Judenchristen aufzuspüren, die dem Glauben ihrer Väter treu geblieben sind. Ich sage ausdrücklich: Es geht um die getauften Juden. Denn in den Köpfen der Leute herrscht diesbezüglich zuweilen Verwirrung. Wir verfolgen nicht die Juden, sondern einzig jene unter ihnen, die sich in den Schoß der Kirche haben aufnehmen lassen und dann nach der Taufe heimlich den Eid verraten, den sie geleistet haben. Ein anderer Aspekt unserer Mission ist es, daß wir die bestrafen, die gegen den Glauben oder die heilige Inquisition handeln oder reden. Dazu gehört unsere Vollmacht, bestimmte Schriften vor oder nach der Veröffentlichung zu verbieten und zu konfiszieren, welche die Seelen beflecken oder Verwirrung in die Gemüter tragen könnten. Schließlich müssen wir Sodomiten und Hexenmeister ergreifen und zur Rechenschaft ziehen. Nachdem das nun alles klar ist, sage mir doch, inwieweit dein Herr von dem einen oder anderen Anklagepunkt betroffen sein könnte!«

Der Diener sagte verzweifelt und in hämmerndem Tonfall: »*Die Vernichtung des gesamten politisch-religiösen Systems, das in Spanien seit Einführung der Inquisition herrscht!* Das hat er doch gesagt! Was wollt Ihr denn noch mehr?«

»Das ist nicht ausreichend. Unsere Gegner wollen es nicht wahrhaben, aber das Heilige Offizium betreibt keine blindwütige Verfolgung. Es gründet seine Arbeit auf Rechtsprinzipien. Meinst du, wir würden sonst den Angeklagten so viele Garantien einräumen? Zum Beispiel verlangen wir, daß die Zeugenaussagen von Personen, die außerhalb der Ermittlung stehen, bestätigt werden. Würden wir ihnen den Beistand eines Advokaten gewähren, wenn es uns tatsächlich an Gerechtigkeit mangelte?«

Fray Alvarez unterließ es geflissentlich hinzuzufügen, daß jene unabhängigen Drittpersonen Priester waren, fromme, rechtschaffene Diener der Kirche, denen es schwerfallen würde, sich gegen ihre Amtsbrüder zu stellen, und daß der Advokat von der Inquisition bestellt wurde.

In ruhigem Ton fuhr er fort: »Bevor du nun gehst, möchte ich gerne wissen, warum du unbedingt diesen Ibn Sarrag ans Mes-

ser liefern willst. Denn schließlich bist du wie er Muslim und Araber. Also, warum?«
Der Diener erwiderte erhobenen Hauptes: »Ich habe meine Gründe.«
»Geld?«
»Niemals!«
»Aber was dann?«
»Ich kann nur wiederholen: Ich habe meine Gründe. Was würde es Euch nützen, sie zu kennen?«
Der Priester versuchte nicht weiter in ihn zu dringen. »Nun gut. Vorläufig werden wir nichts unternehmen.«
Der junge Mann wollte einen Schwall von Protestworten loswerden, aber Alvarez gebot ihm mit energischer Handbewegung Schweigen. »Die Unterredung ist beendet.«
Wütend stand Soliman auf. »Das werdet Ihr bereuen. Ihr werdet schon sehen. Ihr werdet es bereuen, die Sache auf die leichte Schulter genommen zu haben.«
Die Tür fiel so heftig ins Schloß, daß die Holztäfelung erzitterte. Kaum war er allein, sprang der Priester aus seinem Sessel hoch und eilte zu einer kaum sichtbaren Tür. Zwei Dinge hatte er zu tun: erstens den Befehl zu geben, daß man den Araber im Auge behielt, zweitens so rasch wie möglich Fray Torquemada Bericht zu erstatten.

Kapitel 7

Ja, aber ein Jude macht sich unsichtbar und schafft sich Licht, indem er die Finger eines toten Kindes anzündet.
Victor Hugo: Torquemada, 3. Akt, Szene 4

Noch hing die Dämmerung um die Vorberge der Sierra Nevada, die in der Ferne wieder aufgetaucht waren, aber schon bald würde Finsternis sich in jeden Winkel der Landschaft schleichen und die Nacht den Sieg davontragen.
Sarrag preßte die Lippen zusammen. Er erinnerte sich nicht, beim Anblick jener Berge, welche die Nähe von Granada verrieten, jemals solch bitteren Groll empfunden zu haben. Noch zwei Tage höchstens, dann würden sie die Tore der Stadt erreicht haben. Nach wie vor waren seine Hände gefesselt, und vergeblich suchte der Scheich das Gefühl des Mißerfolgs zu überwinden, das seit ihrer Verhaftung an ihm nagte. Zu elementar war der Ingrimm, zu heftig das Aufbegehren. Wegen der Beschränktheit eines einzelnen Mannes war der kaum geträumte Traum jäh zerplatzt. Er versuchte eine leichte Rückwärtsdrehung auf seinem Pferd – der Reiter, der es hinter sich herzog, trabte wenige Schritte vor ihm dahin – und wandte sich an Ezra.
»Das Schicksal ist unvorhersehbar, Rabbi«, sagte er. Wir suchten nach dem Weg zum Himmel, und siehe da, wir sind unterwegs zur Hölle.«
»Und wer sind die Schuldigen? Araber! Eure Brüder! Wie gewöhnlich erweisen sie sich als Blinde, als Barbaren.«
Der Scheich brummte zurück: »Soweit ich weiß, sind es nicht meine Brüder, welche Scheiterhaufen errichten, um auf ihnen euch Juden zu rösten. Also redet kein dummes Zeug!«
»Oh, Ihr könnt euch durchaus messen mit den Christen. Ich nen-

ne nur die Almohaden, Eure sittenstrengen und stumpfsinnigen Berbervorfahren. Sie waren uns gegenüber kein bißchen duldsamer. Es gab eine Zeit, da stellten auch sie uns vor die Wahl zwischen Bekehrung und Tod.«
Sarrag spuckte aus. »Da zeigt sich wieder Eure Neigung, alle Menschen über einen Kamm zu scheren. Die Mehrheit der Muselmanen hat mit den Almohaden etwa soviel gemeinsam wie Ihr mit den Priestern der Inquisition.«
Er wollte weiterreden, als ein angstvoller Schrei und fast im selben Moment der hastige Befehl ertönte: »Alle Mann absteigen! Absteigen, sofort!«
Der Kriegsmann schrie weiter, da streifte schon ein Armbrustpfeil Sarrags Wange.
»Bindet uns los!« flehte er. Aber seine Stimme wurde vom Grollen einer Kanone übertönt. Aus dem Nirgendwo heranheulend, riß ein Geschoß zwei Reiter um und verwandelte sie in eine blutige, unkenntliche Masse.
»Die Ungläubigen!« brüllte ein Soldat.
Dann passierte alles sehr schnell. Fußsoldaten kamen auf die von Panik ergriffene Nasridenschwadron zu, waren ganz nahe. Ezra hatte keine Mühe, zwischen den Korkeichen die Uniformen der königlichen Armee zu erkennen. Und wer den Schrecken verbreitenden Ruf der spanischen Fußsoldaten kannte, der wußte auch, daß die Araber im Nu niedergemetzelt sein würden. Es hätte nicht einmal der Unterstützung durch die Artillerie bedurft. Jammervoll nur, schoß es dem Rabbiner durch den Kopf, daß Sarrag und er Opfer eines Kampfes sein würden, der sie nichts anging. In verzweifeltem Aufbegehren ließ er sich trotz seiner gefesselten Hände aus dem Sattel fallen. Mit dumpfem Aufschlag landete er auf dem Boden. Aus dem Augenwinkel hatte er noch bemerkt, daß der Scheich das gleiche tat. Ein neuer Kanonenschuß ertönte, die Pferde bäumten sich auf, und sekundenlang waren sie beide in Gefahr, von den Hufen zertreten zu werden.
»Im Namen des Barmherzigen, schneidet unsere Fesseln durch, macht uns los!« beschwor Sarrag jeden, der in Hörweite war.

Aber sein Flehen ging unter im dumpfen Kampfgetümmel, im Waffengeklirr und dem Zischen der Pfeile. Staubwolken umhüllten schattenhaft wirbelnde Gestalten. Es ging Mann gegen Mann. Man fiel besiegt zu Boden, oder man hieb und stach sich siegreich voran. Wie lange dauerte der gesamte Angriff? Lange genug, daß von den fünfundzwanzig Reitern der Nasridenschwadron kaum einer übrigblieb. Das Gemetzel war gründlich gewesen. Sarrag und Ezra hatten unbeweglich dagelegen, das Gesicht im Staub vergraben, so starr, daß man sie für tot gehalten und liegenlassen hatte.
Ringsum nur das Stöhnen der Verwundeten und Sterbenden, dann Geschrei und Marschtritte der königlichen Soldaten, die sich wieder formiert hatten und gen Westen abzogen. Weder Ezra noch Sarrag wagten, den Kopf zu heben. Da kamen plötzlich dumpfe Schritte auf sie zu.
Als begänne der Alptraum ein zweites Mal, hörten sie eine schneidende Stimme: »Ihr sollt mir büßen für meine Brüder ...«
Eine Hand packte Sarrag am Kragen und zwang ihn aufzustehen. Zuerst sah er nur den gezückten Dolch, dann das blutbefleckte Gesicht des arabischen Anführers. Durch welches Wunder war der Mann noch von dieser Welt? Der Scheich stammelte ein paar Worte, um ihn vielleicht doch noch zur Vernunft zu bringen, aber das hätte er sich sparen können, der andere hörte gar nicht zu. Mit fanatisch irrem Blick hielt er Sarrag am Kragen seines Burnus gepackt, riß und zerrte, bis plötzlich der Stoff nachgab und sein Opfer mit entblößtem Oberkörper dastand.
»Zur Hölle mir dir, wo die andern Ungläubigen warten!«
Als ohnmächtiger Zeuge wollte Ezra schreien, aber kein Ton entrang sich seiner Kehle.
Der Mann holte mit dem Dolch aus. Sarrag schloß die Augen und empfahl seine Seele dem Allmächtigen.
Da erstarrte die Klinge im Schwung, eine Haaresbreite vor der Halsschlagader.
Sarrag wartete. Der Tod wollte nicht kommen. Der Scheich wagte unter halboffenen Lidern einen Blick. Der Kriegsmann stand

noch da im schwindenden Licht, aber sein Gesichtsausdruck hatte sich verändert. Wilde Wut war der Verblüffung gewichen. Mit weitaufgerissenen Augen starrte er auf das silberne Medaillon, das auf Sarragს Brust hing.
»Halbmond und Schwert ... Woher hast du das?«
»Es hat mir schon immer gehört, so wie es meinem Vater gehört hat und vor ihm seinem Vater.«
»Weißt du, was es darstellt?«
»Natürlich. Es ist das Wahrzeichen der Bannu Sarrag.«
Mühsam brachte der Mann hervor: »Du willst damit sagen, du ...«
»Ich bin ein Bannu Sarrag. Mein Name ist Chahir, Chahir Ibn Sarrag.«
»Das ... das ist nicht möglich.« Der Soldat ließ seinen Dolch fallen, ergriff die Hände des Scheichs und führte sie an seine Lippen. »Wirst du mir jemals verzeihen?«
Der Scheich setzte eine überraschte Miene auf. »Erkläre dich näher ...«
»Ich gehöre zur Garde von Jussuf Ibn el Barr.«
Nun wurde alles klar: Jussuf Ibn el Barr war kein anderer als der Anführer der Partei der Bannu Sarrag, der Mann also, der ein paar Tage zuvor den neuen Sultan – Boabdil – auf den Thron von Granada gehoben hatte.
Der immer noch am Boden hockende Ezra hörte mit gespannter Aufmerksamkeit zu. Auch er wußte, wer Jussuf Ibn el Barr war, genauso wie er bestens Bescheid wußte über die Rolle, welche die Bannu Sarrag in den letzten Jahren gespielt hatten. Und er erinnerte sich an den Tag der ersten Begegnung mit dem Scheich, als sie auf der Terrasse seines Hauses auch dieses Thema gestreift hatten:
»Ihr müßt verstehen«, hatte der Scheich gesagt, »was man derzeit zerstört, ist der Garten Allahs. Der letzte arabische Traum in Al Andalus. Als wenn es nicht schon hoffnungslos genug wäre, den christlichen Königen zu widerstehen. Unsere eigenen Anführer müssen sich auch noch gegenseitig zerfleischen! ... Seit eine

christliche Gefangene – jene Isabel de Solis, die seit ihrer Bekehrung zum Islam Soraya heißt – in das Leben Sultan Abu el Hassans getreten ist, hat der Mann völlig den Verstand verloren ... Es ist so weit gekommen, daß er seine legitime Gattin Aischa verlassen hat, wozu gehört, daß er die Kinder der Christin Aischas Söhnen Abu Abd Allah Mohammed, den die Christen Boabdil nennen, und dessen Bruder Jussuf vorgezogen hat. Und weil sie spürte, daß der Thron ihrer eigenen Nachkommenschaft entglitt, hat Aischa eine Verschwörung gegen ihren Gatten angezettelt, mit allen bekannten Folgen ...«

In Wirklichkeit hatte alles etwa fünfzehn Jahre früher begonnen, als Sultan Abu el Hassan über Granada herrschte. Aus Furcht, die mächtige Sippe der Bannu Sarrag könnte ihn in seinem Herrscherglanz gefährden, beschloß er, deren wichtigste Vertreter beseitigen zu lassen. Die Überlebenden aber vergaßen die ruchlose Tat nie. Das Rad des Schicksals bleibt niemals stehen. Als Aischa den Entschluß faßte, Abu el Hassan zu stürzen, wer kam ihr da zu Hilfe? Wer waren ihre Parteigänger? Woher waren die Krieger aufgetaucht, die den Sultan besiegt und Boabdil auf den Thron gesetzt hatten? Es waren die aus den Gräben auferstandenen Bannu Sarrag.

Der Rabbiner wagte zu murmeln: »Könnt Ihr mir aufhelfen?«

Der Kriegsmann bückte sich nach seinem Dolch. Zuerst durchtrennte er die Handfesseln des Scheichs, dann befreite er Ezra und half ihm beim Aufstehen.

»Wirst du mir jemals verzeihen?« wiederholte er in echter Zerknirschung.

Sarrags ganze Antwort war die im neutralen Tonfall gesprochene Aufforderung: »Hilf uns, unsere Pferde wiederzufinden! Wir haben schon allzuviel Zeit verloren!«

Burgos

Francisco Torquemada bedeutete Fray Alvarez, er möge sich setzen. In seinem Blick lag ein fiebriges Leuchten, während der eine Mundwinkel immer wieder nervös zuckte und seine Finger

sich in unregelmäßigen Abständen verknoteten und wieder lösten. Beobachter hätten auf eine große Nervosität schließen können, wer aber die Persönlichkeit des Großinquisitors kannte, der wußte, es handelte sich nur um einen hohen Grad freudiger Erregung. Seit er die Schriftstücke kannte, die der arabische Diener übergeben hatte, und seit der Bezug zu jenen Aufzeichnungen hergestellt worden war, die man im Haus des Marranen namens Aben Baruel vorgefunden hatte, vermochte Torquemada nicht mehr still an seinem Schreibtisch zu sitzen. Endlich! Endlich würde alles, was er schon immer geahnt hatte, seine Bestätigung erfahren. Eine Verschwörung! Eine Verschwörung, in verbrecherischer Gemeinsamkeit in Gang gesetzt von den Juden und den Mohammedanern. Jetzt hatte er ihn endlich in der Hand, den unzweifelhaften Beweis, den er seinen hochmütigen Gegnern ins Gesicht schleudern würde. Jetzt mußten sie einsehen, daß diese ganzen unreinen Völkerschaften – Juden, Muselmanen, Zigeuner, Sodomiter – immer nur das eine und einzige Ziel verfolgt hatten: die Vernichtung des Katholizismus und die Vernichtung Spaniens. Gewiß stand sein Beweis noch auf schwachen Füßen, da er zur Stunde lediglich auf einigen bewußt unverständlich abgefaßten Manuskriptseiten beruhte sowie auf den Auslassungen eines arabischen Dieners, dessen Beweggründe niemand wirklich kannte. Aber für Torquemada waren Schwierigkeiten schon immer ein Ansporn gewesen.
Er lehnte sich im Sessel zurück und erkundigte sich: »Seid Ihr sicher, daß er es nicht vergessen hat?«
»Das ist unmöglich. Fray Menendez ist das Pflichtbewußtsein in Person.«
»Ihr sprecht wahr. Aber wie alle Gelehrten ist er gelegentlich zerstreut.«
»Sicherlich. Aber im gegenwärtigen Fall ist ihm zu sehr bewußt, daß die Sache wichtig ist. Außerdem glaube ich, daß sie ihn fasziniert. Ihr hättet seinen Gesichtsausdruck sehen sollen, als ich ihm die Dokumente überbrachte. Gleich beim ersten Lesen war

er vollkommen überwältigt. Er fing an, buchstäblich vor Vergnügen zu zappeln.«

Für Torquemada war das nichts Neues, er kannte Fray Menendez oder, wie er mit seinem richtigen Namen hieß, David Toledano. Der Rabbinersohn und -enkel hatte sich etwa vor zehn Jahren zum wahren Glauben bekehrt und war in den Orden der Predigerbrüder eingetreten. Der glänzend begabte Mann, der zeitweilig an der Universität Salamanca gelehrt hatte, bewahrte sich aus seiner jüdischen Frühzeit ein ausgeprägtes Interesse für die Kabbala. Wie zahlreiche scharfsinnige Geister seiner Art hatte er sich dem Studium jener angeblichen Zauberkraft gewidmet, die auf der Anordnung von Zahlen und Buchstaben beruht – Zahlen und Buchstaben, deren geheimnisvolle Macht über dem Schicksal des einzelnen waltet. Wenn auf der ganzen Iberischen Halbinsel ein Mann existierte, der die von Aben Baruel verfaßten Seiten zu enträtseln fähig war, dann konnte dies nur Pedro Menendez sein.

Torquemada wollte ein zweites Mal seiner Ungeduld Ausdruck geben, als an die Tür geklopft wurde.

»Herein!« rief er sofort.

Die Tür ging auf, und ein etwa sechzigjähriger Mann trat über die Schwelle. Er war klein, stämmig, hatte ein rundes Gesicht und wirkte in seiner zu weiten grobwollenen Kutte und den Sandalen ein wenig wie verkleidet. Ein Dutzend Blätter an die Brust pressend, durchquerte er mit hastigen Schritten den Raum und stand vor dem Arbeitstisch des Inquisitors.

Der wies ihm einen Stuhl an. »Nehmt Platz, Fray Menendez!«

Der kleinwüchsige, von seinem Gegenüber sichtlich beeindruckte Mönch gehorchte mit linkischen Bewegungen.

Er saß kaum, da fragte Torquemada schon: »Nun? Zu welchen Schlüssen seid Ihr gekommen?«

Der Dominikaner räusperte sich: »Wir haben es da mit einer sehr ungewöhnlichen, um nicht zu sagen einmaligen Angelegenheit zu tun.« Er hatte mit einer dünnen Stimme gesprochen, die gar nicht zu seinem Aussehen passen wollte. Da Alvarez und Torquemada schwiegen, fuhr er fort: »Ich habe die Schriftstücke, die Ihr mir anvertraut habt, mit größter Sorgfalt studiert. Es besteht kein Zweifel, daß es sich um ein Kryptogramm handelt.«

»So weit waren wir auch schon, Fray Menendez ...«

»Gewiß, gewiß. Aber hinter diesem Kryptogramm versteckt sich ein Plan, zusammengesetzt aus heiligen Formeln, die dem Neuen Testament, dem Alten Testament und dem Koran entnommen wurden. Ich möchte gleich dazusagen, daß der Verfasser der begabteste Kabbalist und Theologe der gesamten uns bekannten Welt gewesen sein muß. Was er da erdacht hat, ist wahrhaft außergewöhnlich, alle lobenden Worte reichen nicht aus, um ...«

Der Inquisitor bremste jäh den Schwung des Dominikaners: »Ich möchte Euch darauf aufmerksam machen, daß Ihr Eure Beredsamkeit auf einen Verschwörer und Glaubensfeind verwendet.«

Der kleine Mann geriet in helle Aufregung. »Nein, nein, Fray Torquemada. Ich sprach doch nur von dem Gelehrten. Von seinen Kenntnissen und ...«

»Ihr habt einen Plan erwähnt.«

»In der Tat. Ein Plan, der, wenn einmal entschlüsselt, jene, die in seinem Besitz sind, höchstwahrscheinlich zu einem Ort hinführt oder zu einem Gegenstand, was auf dasselbe hinausläuft. Allerdings sind ihnen bestimmte Etappen zur Auflage gemacht worden, bevor sie ans Ziel gelangen, oder anders gesagt, sie müssen mehrere Städte aufsuchen.«

»Wie seid Ihr zu diesem Schluß gelangt?«

»Nun, über das hier ...« Er suchte unter den Blättern, dann präsentierte er eines davon. Es war jenes, das bei der Verhaftung Aben Baruels beschlagnahmt worden war. »Seht her«, sagte er und legte seinen Zeigefinger unten auf die Seite. »Burgos ... Das ist auch schon die Erklärung. Die in diesem sogenannten ›Palast‹ enthaltenen Symbole sind lauter Teilinformationen, die, sobald sie aufgedeckt worden sind, eigentlich nur nach Burgos führen können.«

»Habt Ihr versucht, die Symbole zu entschlüsseln?«

Menendez sah plötzlich tief traurig drein. »Und wie ich es versucht habe! Seit Ihr mir diese Seiten übergeben habt, habe ich mich unaufhörlich mit ihnen beschäftigt. Einige Passagen habe ich enträtselt, die meisten aber blieben mir leider unverständlich.« Entschuldigend fügte er noch hinzu: »Es ist auch zu bedenken, daß Ihr mir nur eine sehr kurze Zeitspanne zugestanden habt.« Und er fuhr fort: »Seht diese Passage: Das Ganze ist leider kaum mehr wert als den Preis eines Sklaven: Denn es erinnert an den, der mit dem Kopf voran hätte herabstürzen sollen, in der Mitte zerplatzend, die Gedärme hervorquellend. Nach reiflicher Überlegung glaube ich die Figur, die sich hinter dieser Beschreibung verbirgt, identifiziert zu haben.«
Torquemada und Alvarez bekundeten Aufmerksamkeit.
»Das Ganze ist leider kaum mehr wert als den Preis eines Sklaven. Nach dem Mosaischen Gesetz war der Preis für einen Sklaven auf 30 Silberlinge oder 120 Denare festgesetzt. ›Was wollt ihr mir geben, dafür, daß ich ihn euch ausliefere? Und sie gaben ihm 30 Silbermünzen.‹« Er unterbrach sich und fragte: »Ihr ahnt schon, worauf der Verfasser hinauswill?«
Der Inquisitor sagte: »Es könnte sich um Judas handeln, nicht wahr?«
»Ganz richtig. Und wie um jeden Zweifel auszuschließen, fügt der Verfasser bestätigend an: Denn es erinnert an den, der mit dem Kopf voran hätte herabstürzen sollen, in der Mitte zerplatzend, die Gedärme hervorquellend. Das ist Vers 1,18 der Apostelgeschichte. Die Szene beschreibt, wie wir wissen ...«
Diesmal ergänzte Alvarez: »... den Selbstmord des Judas?«
»Genau!« sagte Menendez mit unverkennbarer Fröhlichkeit. »Habt Ihr jetzt erfaßt, wie diese ›Paläste‹ aufgebaut sind?«
»Ein ausgeklügelter Text«, räumte Torquemada ein. »Aber welche Beziehung besteht zwischen Judas und der Stadt Burgos?«
Sogleich zeigte Menendez wieder die traurige Miene. »Ich habe nicht die geringste Ahnung. Um sie zu finden, müßte man den gesamten ›Palast‹ entschlüsseln.«

Der Inquisitor ergriff das Blatt und schwenkte es vor Menendez hin und her. »Da ist auch noch dieser andere Satz. Dieser Satz, der wie bei einem Wechselgesang wiederkehrt: ›Verherrlicht wird J. H. W. H. von seiner Stätte aus: usw. Ich bin kein Kabbalist, aber nach meinem Eindruck ist das die Schlüsselstelle des gesamten Kryptogramms. Habt Ihr Euch damit näher befaßt?«
»Das habe ich. Und Ihr habt recht, wenn Ihr diesen Satz als Schlüsselstelle bezeichnet, denn dank ihm kennen wir die Zahl der Städte. Ihr erlaubt?« Er nahm Torquemada das Blatt aus den Händen und las laut vor: »VERHERRLICHT WIRD J. H. W. H. VON SEINER STÄTTE AUS: DER NAME IST IN 4. Da liegt für uns eine hochwichtige Information. ›Der Name ist in 4‹ bedeutet, daß vier Städte die Suchenden vom Zielort trennen. Das Wort ›Name‹ ...«
»J. H. W. H. Warum die Initialen?«
Der Kabbalist ließ Verlegenheit erkennen. »Dieses Tetragramm hat unmittelbar mit dem jüdischen Glauben zu tun.«
»Ja, und?«
»Bei den Anhängern des jüdischen Glaubens spricht man den Namen Gottes niemals aus, weil der Name in ihren Augen per definitionem unaussprechlich ist. Es scheint, als hätte man in der Frühzeit des Judentums und bis zwei oder drei Jahrhunderte vor der Herabkunft unseres Herrn Christus das Tetragramm gebraucht, wenn man den Schöpfer meinte. Später ersetzte man es durch Adonai oder durch Jab. Vor kurzem haben bestimmte Christen, welche die Bibel in ihrem Urtext lasen, den Namen zu Jehovah oder Jahwe vokalisiert und so gelesen. In Wirklichkeit aber geht das Tetragramm auf die Szene des brennenden Dornbuschs zurück. J. H. W. H. ist der Name, den Gott wählt, um sich Moses über die Formel *Ehyeh*, *acher*, *ehyeh* zu offenbaren. Was bedeutet: ›Ich bin, der ich bin‹, oder auch: ›Ich bin, was ich bin‹. In der talmudischen Zeit haben die Weisen die ihnen grundlegend erscheinende Frage debattiert: Welche von den Namen Gottes darf man niederschreiben, aussprechen oder, wenn sie bereits niedergeschrieben dastehen, wieder auslöschen? Schlußendlich legten sie fest, daß folgende sieben Namen geschrieben,

aber nicht gelöscht werden dürfen: El; Elohim; Ehyeh, acher, ehyeh; Adonai; J. H. W. H.; Tsevaot und Chaddai. Alle anderen Namen sind göttlich ...«

»Genug zu diesem Thema! Albernes Zeug! Abseitige Spekulationen!« Torquemada war urplötzlich aufgestanden und durchmaß mit nervösen Schritten den Raum. »Erstes Fazit: Wir stehen also angeblich vor einem Plan, einem in acht Etappen zerlegten Plan. Burgos wäre dann eine dieser Etappen. Die vierte.«

»Die fünfte«, stellte Menendez richtig. »Denn davor habt Ihr drei sogenannte ›Nebenpaläste‹ und einen ›Hauptpalast‹. Ich weiß nicht, was diese Bezeichnungen wirklich bedeuten, aber die Annahme erscheint logisch, daß vor Burgos vier Städte liegen.«

»Ihr habt sicher recht. Damit stellen sich jetzt zwei Fragen. Zu *was* oder zu *wem* führt dieser Reiseweg? Und warum hat Aben Baruel, der doch selbst Jude war, es für angebracht gehalten, einen Muslim in seine Sache hineinzuziehen? Denn wir haben noch die Aussage des Dieners eben jenes Muslims. Eine ausgesprochen bedrohliche Aussage. Insbesondere habe ich mir gemerkt: ›Die Vernichtung des gesamten politisch-religiösen Systems, das in Spanien seit Einführung der Inquisition herrscht.‹«

»Verzeiht, Fray Torquemada«, fiel in diesem Moment Alvarez ein. »Er hat doch angegeben, er habe einen der beiden Männer sagen hören: ›Wäre es der Fall, so seid Ihr Euch, denke ich, bewußt, daß wir es mit der phantastischsten, der gewaltigsten Errungenschaft der gesamten Menschheitsgeschichte zu tun hätten ... Mit dem Beweis für die Existenz Gottes!‹«

Der Inquisitor verzog den Mund zu einem geringschätzigen Lächeln. »Dazu möchte ich kein weiteres Wort verlieren. Das ist vollkommen lächerlich und das hinterbrachte Zitat sicherlich aus dem Zusammenhang gerissen. Nein. Es ist kein Zweifel mehr möglich: Wir stehen am Vorabend sehr ernster Ereignisse. Man sucht mit mir einstweilen nicht bekannten Mitteln Staat und Kirche aus den Angeln zu heben.« Er ging zu seinem Sessel zurück, setzte sich und verfiel in konzentriertes Schweigen. Seinen Besuchern kam es wie eine Ewigkeit vor, aber endlich raffte er sich doch zu einer Frage auf: »Fray Alvarez, wißt Ihr, wo sich die beiden Männer im Moment aufhalten?«

»Noch nicht, Fray Torquemada. Gemäß Eurer Anordnung und dank der Personenbeschreibung, die der arabische Diener mir geliefert hat, habe ich Leute auf ihre Spur gesetzt. Aber es dürfte einige Zeit vergehen, bis die Familiares sie aufspüren. Wir wissen bislang nur, daß sie Granada verlassen haben.«

»Findet sie! Findet sie! Aber gebt acht ...« Ab jetzt betonte er jedes Wort: »Ich will nicht, daß man sie verhaftet oder daß ihnen das Geringste zustößt. Habt Ihr mich verstanden?« Nachdrücklich wiederholte er: »Nicht das Geringste darf ihnen zustoßen!« Und er schloß: »Was mich betrifft, so weiß ich, was mir zu tun bleibt.«

Alvarez gab seinem Nachbarn ein diskretes Zeichen, daß die Audienz beendet war. Auf dem Weg zur Tür tauschten die beiden einen verstohlenen Blick. Offensichtlich ging ihnen die gleiche Frage im Kopf herum: Welche Absicht mochte der Großinquisitor verfolgen?

No me ha dejado – Sie hat mich nicht im Stich gelassen. Dieser Satz, den zweihundert Jahre zuvor König Alfonso el Sabio ausgesprochen hatte, nachdem ihm in seiner Auseinandersetzung mit dem eigenen Sohn Don Sancho die Stadt Sevilla die Treue gehalten hatte, dieser Satz schien immer noch nachzuhallen zwischen den mächtigen, von den Mauren errichteten Ringwällen. Sevilla lag da wie eine Blume, ruhig wie die Schiffe, die auf den Wassern des Guadalquivir dahinglitten. Der Tag ging zur Neige, aber um die Flußmündung herrschte weiterhin wimmelnde Geschäftigkeit. Auf dem linken Ufer des großen Flusses, zwischen der Torre del Oro und der Puerta Triana und über die Brücke der Barken hinausgreifend, stöhnte das Arenal unter der Last der gewaltig gestapelten Bohlen. In den Schuppen stauten sich bis vom Ende der Welt herbeigebrachte Schiffsladungen.

Zwei Reiter musterten die Kais, beobachteten diesen permanenten Jahrmarkt und dazu das Wechselspiel der Schiffe, die zu fernen Barbarenküsten ausliefen oder von den Flanken des Mittelmeers heimkehrten.
Maurische Galeerensklaven, schweißüberströmte Schauerleute, Mulattinnen, Wahrsagerinnen, Soldaten, Wasserträger, genuesische Reeder, holländische Kapitäne, venezianische Matrosen – hier war alles möglich, hier winkten Reichtum und Ruhm, trafen auf Elend und Schande.
Entlang der Ladestege lagerten Tuchballen aus Kastilien, Azulejos aus Triano, parfümierte Handschuhe aus Ocano oder Ciudad Real und Seidenstoffe aus Granada – alle zur Verschiffung bereit.
Ezra und sein Gefährte hatten das Arenal hinter sich gebracht und versuchten, sich einen Weg durch die buntscheckige Menge zu bahnen.
»Verflucht!« flüsterte der Scheich. »Im Leben habe ich nicht so viele Schwarzhäutige gesehen.«
Der Rabbiner warf ihm einen schrägen Blick zu. »Eigenartige Feststellung seitens eines Mannes von eher ... dunkler Hautfarbe.«
»Meine Haut ist möglicherweise dunkel, mein lieber Rabbi, aber sie ist nicht schwarz wie Ebenholz. Schaut Euch nur diese Leute an!«
»Meines Erachtens regt Euch ihre Farbe nur deshalb so auf, weil die Mauern um uns herum zu weiß sind. Aber ernsthaft gesprochen: Ihr wißt doch auch, daß es meistens Unglückliche sind, die man aus Guinea hergeholt hat, damit Europa mit Arbeitskräften versorgt ist. Sie könnten sehr gut zur Sippe Eures tiefergebenen Soliman gehören. Ihr wißt schon, ich meine den, der sich mitsamt einer Abschrift Eures Manuskripts verflüchtigt hat.«
»Verteidigt nur die Ungläubigen!«
»Aber nein, aber nein. Wenn ich erstaunt sein sollte, dann eher über die Pracht der Gewänder, die manche tragen. Seht nur!« Er deutete auf eine Gestalt in der Menge. »Dieser Mensch bricht ja fast zusammen unter lauter Stickereien, Seide und Etamin.«

Der Scheich brummelte nur: »Was soll da erstaunlich sein. Es ist eine Frau.«
Ezra unterließ jede weitere Bemerkung. Er schloß lediglich daraus, daß im Munde eines Arabers eine solche Feststellung mehr als vielsagend war.
Im Zentrum von Sevilla ging es deutlich ruhiger zu als im Arenal. Der Torre del Oro den Rücken wendend, steuerten die beiden Reiter langsam den Barrio de Santa Cruz an. Im Gewirr der Gassen diente als hoher Orientierungspunkt die Giralda, das zum Glockenturm umgewandelte ehemalige Minarett der almohadischen Moschee. Es war die Stunde des Gebets. Aber keine Stimme erhob sich, um die Gläubigen zur Andacht zu rufen.
»Ich bin hundemüde«, sagte Ezra. »Ich schlage vor, wir verbringen die Nacht in dieser Stadt.«
»Das wollte ich gerade selbst vorschlagen.« Der Araber stieg bereits aus dem Sattel.
»Wo wollt Ihr hin?«
»Dem Allerhöchsten dafür danken, daß ich noch im Diesseits verweilen darf.«
Ibn Sarrag führte seinen Fuchs in den Schatten eines Baumes, nahm den kleinen Seidenteppich vom Pferderücken und zog sich ins Gebüsch zurück.
Der Rabbiner folgte ihm mit müdem Blick, dann stieg auch er ab und beschloß, ein paar Schritte zu tun.
Ihm kam wieder in den Sinn, wie oft die Muslims hätten beten müssen – fünfzigmal am Tag! –, hätte es da nicht Moses gegeben, der die Glut des Propheten mäßigte. Ezra hatte recht. Eines der »Hadiths« erzählt, daß der Engel Gabriel Mohammed zur Begegnung mit seinem Gott mitgenommen habe, hin zum »Lotus der Grenze«, um den Ausdruck des Propheten selbst zu zitieren. Auf dem Rückweg habe er Moses getroffen, dem er nun anvertraute, daß der Ewige seinem Volk fünfzig Gebete am Tag vorgeschrieben habe. »Ich kenne die Menschen besser als du«, hatte Moses eingewandt. »Ich habe mich mit äußerster Energie der Lenkung der Söhne Israels gewidmet; nun, ich sage dir, diese Vorschrift

geht über die Kräfte deines Volkes. Geh also zurück zum Herrn und bitte ihn, die Zahl zu senken!« Mohammed folgte seinem Rat. Die Zahl wurde auf vierzig ermäßigt. Moses griff erneut ein und beschwor den Propheten, zum Allmächtigen zurückzukehren, um eine zweite Verringerung zu erreichen. Schließlich, nach einem Hin und Her, das die ganze Nacht dauerte, langte man bei den fünf Gebeten an. Dieses »Hadith« war wenig bekannt. Ezra hatte es zufällig beim Lesen einer philosophischen Schrift entdeckt, »Von den Prophezeiungen und von den Seelen«, deren Verfasser kein anderer war als der große persische Arzt Ali Ibn Sina. Aber wer kannte noch den Namen Ibn Sina?
Aus seinen Gedanken erwachend, stellte der Rabbiner fest, daß er vor dem Eingang zum Hof der Orangenbäume im Nordteil der Kathedrale angelangt war. Einige Leute plauderten in der Nähe eines Brunnens. Auf einer Steinbank im Schatten eines Hibiskusstrauches saß lesend ein Dominikanermönch. Einst hatten in diesem Innenhof die Muslims, bevor sie sich zum Gebet niederwarfen, ihre Waschungen vorgenommen.
Samuel Ezra zögerte einen Augenblick, er wußte nicht recht, ob er den Rückzug antreten sollte, als er sich in plötzlicher Eingebung auf den Geistlichen zuschreiten sah.
»Darf ich?« fragte er, auf die Bank deutend.
Der Mönch antwortete mit einem freundlichen Lächeln. »Aber natürlich.«
Er rückte ein wenig zur Seite und vertiefte sich wieder in seine Lektüre.
Erneut herrschte eine heitere, vom munteren Geplätscher des Brunnens untermalte Stille.
»Das Evangelium des heiligen Johannes«, sagte der Rabbiner leise. »Ein wunderschöner Text.«
»Gewiß das schönste unter den vier Evangelien. ›Das spirituelle Evangelium‹, um den Ausdruck des großen Clemens zu gebrauchen.«
»Ihr meint den Schüler des Paulus? Den, der im ›Brief an die Philipper‹ erwähnt wird?«

Der Priester sagte erstaunt: »Nein. Ich meinte Clemens von Alexandria.« Der Kommentar mußte den Mönch beeindruckt haben, denn nun musterte er Ezra neugierig. »Ihr scheint in den heiligen Schriften sehr bewandert zu sein. Wenige Leute haben von jenem Clemens gehört, auf den Ihr gerade angespielt habt. Man weiß nämlich nichts über diesen Mitarbeiter des heiligen Paulus, außer eben daß sein Name sich im ›Philipperbrief‹ findet. Ich gratuliere! Ihr seid möglicherweise Theologe?«
»O nein«, sagte der Rabbiner bescheiden, »sagen wir statt dessen, daß alles, was mit Religion zu tun hat, mich innerlich berührt und angeht.«
»Das ist auch gut so, mein Freund. Die Religion ist für den Menschen der sicherste Weg zur persönlichen Entfaltung und Entwicklung. Es gibt kein Heil außerhalb der Religion.«
Der Dominikaner unterstrich seine Worte mit einem weiträumigen Kreuzzeichen, wonach er murmelte: *»Dies dammandis aut absolvendis haereticus dictus ...«*
»... destinatus«, fiel Ezra ein, ohne jedoch den Satz zu Ende zu sprechen.
»Noch einmal Gratulation! So erkennt man die Kinder unserer heiligen Mutter Kirche.«
Auf Ezras bärtigem Gesicht erschien ein demütiges Lächeln. »Ihr seid aus Sevilla, Pater?«
»Nein, ich komme aus Huelva.«
»Man hat mir von einer Stätte des Gebets erzählt, die in Huelva liegen soll.«
»Eine ›Stätte des Gebets‹? Was meint Ihr damit?«
»Eine Synagoge, eine Kathedrale, eine Moschee, einen Konvent, ein Kloster. Ihr versteht?«
»Nicht so recht, nein.«
»Dann möchte ich die Frage anders stellen: Gibt es einen Hügel, der Huelva überragt?«
Der Priester dachte angestrengt nach, dann sagte er: »Also ich sehe keinen ... nein, nicht daß ich wüßte.«
»Ihr seid sicher?«

Diesmal kam die Antwort ohne Zögern. »Ja. Ich kenne die Stadt bestens. Wie auch anders, schließlich bin ich dort geboren.« Er wiederholte: »Nein, meines Wissens ist da kein Hügel.«
Der Rabbiner ließ nicht locker: »Dabei hat mir eine vertrauenswürdige Person das Gegenteil versichert. Sie hat sogar gesagt, diese Kultstätte befinde sich hoch oben auf einem Hügel nahe bei Huelva.«
»Unmöglich. Die Stadt liegt auf einer Halbinsel, und die ist eben wie ein Brett.«
»Es stimmt aber, daß der Tinto bei Huelva ins Meer mündet?«
»Genau. Aber ich sage es noch einmal: Es gibt keinen Hügel.«
Ezra überlegte kurz, dann stand er auf. »Ich muß mich verabschieden. Lebt wohl, Pater!«
»Tut mir leid, daß ich Euch keine andere Auskunft geben konnte. Gott sei mit Euch!«
Ezra drehte sich um und ging. Er hatte kaum die Schwelle des Orangenhofs hinter sich gelassen, da stand Sarrag vor ihm. »Aber wo seid Ihr denn hingegangen? Ich habe mir schon Sorgen gemacht.«
»Das war unnötig. Ich habe nur Erkundigungen eingezogen.«
»Und ...?«
Ezra hob die Arme und ließ sie dann resigniert wieder sinken. »Es sind keine günstigen Neuigkeiten. Es scheint ganz so, als gebe es bei Huelva keinen Hügel.«
»Was? Woher habt Ihr denn diese Information?«
»Von einem Mönch. Er war sich seiner Sache sehr sicher.«
Der Araber ließ seiner Nervosität freien Lauf. »Keinen Hügel? Dann hätten wir einen ganz falschen Weg gewählt! Unsere meisterhafte Deutung von Tarsis soll keinen Pfifferling wert sein? Der Herr der Welten möge mir meine Wut vergeben ... Aber er soll Aben Baruel für alles, was er uns antut, büßen lassen, jawohl, büßen lassen!« Mit hochrotem Gesicht fuhr er fort: »Sagt mir jetzt bloß nicht, daß wir umkehren müssen!«
»Ich weiß auch nicht, was wir tun sollen, ich weiß es einfach nicht. Vielleicht wäre es klüger, noch jemand anderen zu fragen.«

»Ihr wißt eben nichts! Tartessos ... Jonas ... der Jüngling, der Traum, der ins Meer mündet! Hirngespinste! Alles Schall und Rauch!«

»Señor!«

Die beiden Männer wandten sich in der gleichen schnellen Bewegung um.

Ezra erkannte den Dominikaner. »Ja, Pater?«

»Ich glaube, ich habe Euch in die Irre geführt. Ich habe noch einmal nachgedacht, und es gibt tatsächlich einen Hügel, einen Hügel – und oben auf dem Hügel ein Kloster. Nur liegen Hügel und Kloster nicht direkt bei Huelva, sondern auf halber Strecke nach dem Dorf Palos. Nach beiden Orten sind es von dort ungefähr zwei Meilen. Es handelt sich um das Franziskanerkloster La Rábida am linken Ufer des Tinto.«

»Ihr sagtet tatsächlich ›oben auf dem Hügel‹?« Ezra und Ibn Sarrag hatten die Frage in einem gemeinsamen Atemzug fast wie einen Schrei hervorgestoßen.

Leicht verwirrt bestätigte der Priester: »Ich kann sogar noch dazusagen, daß das besagte Kloster an der Stätte eines der Proserpina geweihten römischen Tempels errichtet worden ist.«

Der Araber und der Jude starrten einander verblüfft an: »Proserpina ...«

»Proserpina«, wiederholte der Rabbiner. »Tochter des Zeus und der Demeter, Göttin der Fruchtbarkeit und Gefährtin des – Hades.« Schwer atmend und wie berauscht von den wenigen bedeutungsschweren Worten verstummte er.

»Sein Fehler war nur, Umgang zu pflegen mit Malik und Achmedai«, rezitierte Ibn Sarrag, »und zu der Zeit zu leben, da ich oben auf dem sanft abfallenden Hügel schreibe, auf den Ruinen des Hades. Achmedai, Malik: die Dämonen und die Hölle ...«

Schweigend und mit erkennbarer Verwunderung beobachtete der Mönch die beiden.

Kapitel 8

Nicht weil die Dinge uns unerreichbar erscheinen, wagen wir nicht – weil wir nicht wagen, erscheinen sie uns unerreichbar.

Seneca

Toledo

Hoch unter dem Gewölbe der Kathedrale sandte die Orgel einen letzten feierlichen Akkord aus. Er durchlief das Schiff mit seinem Wald von Pfeilern und erstarb endlich im Chor. Der Gottesdienst ging zu Ende.

Der alte Erzbischof, die Haare so weiß wie das Schultertuch, wandte sich zu den Gläubigen um und erteilte ihnen mit müder, seidenwallender Geste – Albe, Stola und Meßgewand schienen ihn niederzuziehen – seinen Segen.

Unter der schwarzen Spitzenmantilla hervor, die ihre Haare bedeckte, warf Manuela Vivero einen heimlichen Blick hinüber zu dem Königspaar. Woran die beiden denken mochten? An die vor neun Jahren in dieser Stadt geborene Infantin Juana, die mit ihrem blaßrosa Atlaskleid und den Seidenschühchen aussah wie ein älterwerdendes Püppchen? Drang aus der Nacht der Zeiten eine Stimme an ihr Ohr, die Stimme von Rodrigo Diaz del Vivar, der sich vor vier Jahrhunderten den Titel eines Kaisers von Toledo angemaßt hatte? Störte es Isabel, daß Romanzendichter und Sänger des christlichen Spanien ausgerechnet diese Gestalt zum Helden erhoben hatten, zu El Cid, *el sidi*, dem Campéador, obwohl er doch Kirchen geplündert, Klöster gebrandschatzt und genauso viele Christen wie Mauren umgebracht hatte? Chimene, seine zärtliche Gattin, kannte sicherlich die Antwort. Aber Chimene war lange tot. Oder nahmen die Gedanken der Königin eine ganz andere, eine privatere Richtung? Vielleicht rief sie sich gerade die Ratschläge ihres Beichtvaters Hernando de Talavera, der in der Reihe hinter ihr kniete, ins Gedächtnis? Talavera, der sie dazu gebracht hatte, die Sünden ihres Gemahls auf sich zu nehmen und sich zu verpflichten, für die Erziehung und Mitgift der unehelichen Kinder Fernandos aus der Zeit vor ihrer Hochzeit zu sorgen, was den Unterhalt der Mütter, also der Mätressen des aragonesischen Königs einschloß. Nein. Im milden Halbdunkel der Kathedrale von Toledo war Isabel mit ihren Gedanken sicherlich bei Spanien. Spanien, das bald geeint sein würde. Spanien, das zurückfand zu seiner Ehre und zur Reinheit seines Blutes. Spanien, das sich im Namen Christi zu neuer Würde aufrichtete. Die junge Frau beobachtete Talavera verstohlen. Welch eigenartige Persönlichkeit! Sie erinnerte sich, am Tag des Autodafés bei dem hohen Geistlichen deutlich die Vorbehalte gegen diese »Kundgebung des Glaubens« gespürt zu haben. Nur hatte sie selbst ganz ähnlich empfunden und sich deswegen eingeredet, sie verwechsle die eigene Einstellung mit der des Priesters. Sie war sich im übrigen selbst ein wenig böse, wann immer sie an die Szene zurückdachte, nicht weil sie im letzten Moment Schwäche gezeigt hatte, sondern weil sie es nicht gewagt hatte, ihr Aufbegehren angesichts des grausamen Schauspiels Talavera gegenüber zum Ausdruck zu bringen (genausowenig wie sie es der Königin gegenüber gewagt hatte). Mut zeigen, darauf kam es an. Dabei besaß sie Mut, er schlummerte in ihr, wartete darauf, geweckt zu werden. Sie lebte, zweifellos, aber der Sinn dieses Lebens fehlte, fehlte grausam, war sie doch seit früher Kindheit wie besessen von der Gewißheit, daß alles, was ein Mensch nicht durch Taten beweist, buchstäblich nicht existiert.

Seit jeher hatte sie das Gefühl gekannt, in engen Fesseln zu leben, die ihr jedesmal nur weh taten, wenn sie versuchte, sie zu sprengen. Sich aus ihnen zu befreien, das war ihr unmöglich vorgekommen. Aber halten wir nicht die Dinge für unmöglich, weil wir nach einer Entschuldigung suchen? Und inzwischen ging das Leben dahin, floß es dahin wie die wirbelnden Wasser des Tajo,

inzwischen wurde sie älter, inzwischen rann die Sanduhr unerbittlich aus. Und dann eines Morgens …
Das »Gloria« ertönte, aber sie hörte nur die innere Stimme, die ihr aus ihrem Lieblingsbuch, dem »Ekklesiastes«, zuflüsterte: »Aber Jugend und Alter der schwarzen Haare sind nichts als Eitelkeit. Und entsinne dich deines Schöpfers in den Zeiten deiner Jugend, bevor die schlechten Zeiten kommen und die Jahre, von denen du sagen wirst: Sie gefallen mir nicht, und bevor Sonne und Licht, Mond und Sterne sich verfinstern; und bevor die Wolken nach dem Regen zurückkommen. An dem Tag, an dem die Hüter des Hauses zittern, an dem die starken Männer sich beugen, an dem die Frauen aufhören zu mahlen, weil der Tag vor den Fenstern sinkt und die Tür zur Straße hinaus geschlossen wird. Wenn die Stimme des Mühlsteins versiegt, wenn die Stimme des Vogels erlischt und wenn die Lieder verstummen, wenn man den Aufstieg zur Höhe fürchtet und wenn man auf seinem Weg von Schrecken befallen wird. Ehe der silberne Faden zerreißt, die goldene Lampe zerbricht, der Krug am Brunnen entzweigeht, die Winde im Schacht reißt, der Staub zur Erde zurückkehrt, wie er gekommen ist aus der Erde …«
Sie seufzte und versuchte sich auf das Gebet zu konzentrieren, und genau da gewahrte sie die Anwesenheit von Francisco Tomas de Torquemada. Er mußte sie schon eine Weile beobachtet haben, denn er grüßte sie mit einem leichten Kopfneigen, als habe er auf diese Gelegenheit nur gewartet.
Sie dachte an die Nachricht, die er ihr aus Burgos hatte zukommen lassen. Eine merkwürdige sibyllinische Notiz, die in eine Bitte mündete. Er werde bald in Toledo sein und wünsche, sie zu treffen. Es handle sich um eine dringende Angelegenheit. Nur diese knappen Worte, mehr nicht. Sie erinnerte sich, ihm vor sehr langer Zeit bei der Gräfin Bobadilla begegnet zu sein. Der Mann war ihr unsympathisch, um nicht zu sagen widerwärtig erschienen. Was konnte er nur von ihr wollen?
Sie erwiderte seinen Gruß und bemühte sich, nur noch an ihr Gebet zu denken.

Hoch auf dem Hügel über Huelva gelegen, von Schirmpinien umstanden, war das Kloster La Rábida eine jener Stätten, wo Gott fern vom Getöse der Welt Zuflucht findet. Kein Geräusch drang hierher, wo man Eitelkeit nannte, was manche Ruhm nennen mochten.

Am Eingangstor erhob sich ein großes eisernes Kreuz. Steingepflasterte Wege umrahmten prachtvolle Gärten, die dem Auge Erholung boten, ohne zu zerstreuen. Ein Kreuzgang verhieß friedvolle Ruhe.

Soeben hatte man Ibn Sarrag und Samuel Ezra ins Arbeitszimmer des Priors geführt. Der Raum roch nach Kerzenwachs. Die holzgetäfelten Wände atmeten Strenge und Sammlung. Fray Juan Perez forderte die beiden Männer auf, Platz zu nehmen. Ein hinter ihm unübersehbar angebrachtes Bildnis des heiligen Franziskus von Assisi erinnerte, sofern das nötig war, die Besucher an den Orden, dem die Mönche von La Rábida angehörten.

»Nun, meine Brüder, so seid Ihr also auf dem Wege nach Santiago de Compostela ...«

Fray Juan Perez hatte mit einer weich fließenden Stimme gesprochen, die zu seinem Aussehen nicht passen wollte. Die Gesichtshaut des etwa fünfzigjährigen Mannes war gelblich-trocken, die Kinnspitze verschwand unter einem graubraunen Ziegenbärtchen, und insgesamt machte er den Eindruck permanenten Leidens. Er trug die grobwollene graue Franziskanerkutte, dazu um die Taille den Hanfstrick, die nackten Füße steckten in Sandalen, und natürlich fehlte nicht die Tonsur.

Er fuhr fort: »Allerdings seid Ihr recht weit entfernt von dem Weg, welchen die Pilger, die in Andacht an der Grabstätte des heiligen Jakobus verweilen möchten, normalerweise wählen. Es liegen Hunderte von Meilen zwischen diesem Kloster hier und dem Puente La Reina, Burgos, León und den anderen Etappen.«

»Fray Perez, Euch muß ich ja nicht sagen, wie viele Wege zum Campo de Estrella führen.«

»Natürlich.« Er tat einen kurzen, hastigen Atemzug. »Darf ich es wagen, Euch nach den Beweggründen für eine so strapaziöse Pilgerfahrt zu fragen? *Peregrinatio provoto? Per commissione? Ex poenitentia? Devotionis causa?*«

Ibn Sarrag warf Ezra einen hilflosen Blick zu. Es war klar zu sehen, daß er von der Aufzählung kein Wort verstanden hatte. Zum Teufel, warum hatte er den Vorwand der Pilgerfahrt gebraucht?

Der Jude rettete die Situation: »Unser Unternehmen ist einzig und allein von dem Wunsch bestimmt, an den Ort zu gelangen, wo die sterbliche Hülle unseres Beschützers ruht, an den Ort, wo es möglich sein wird, ihm so nahe zu sein wie nirgends sonst. Außerdem« – er wies seine Hände vor – »schaut Euch diesen Jammer an. Ich hoffe, der Matamor wird sich dazu herablassen, meine Leiden zu lindern.«

»Der Matamor?« fragte der Franziskaner. »Ihr wißt natürlich, daß dieses Wort ›Maurentöter‹ bedeutet?«

»Aber selbstverständlich. Ist der heilige Jakobus nicht mehr als einmal den Christen zu Hilfe geeilt? War nicht er es, der vor siebenhundert Jahren auf einem weißen Streitroß unsere Brüder bei Cavagonda rettete, indem er unter den Mauren Verwirrung stiftete? Und war es nicht in einer späteren Zeit wiederum er, welcher König Ramiro I. gegen den Emir Abd el Rahman II. beistand?«

»Das stimmt. Ich gratuliere Euch dazu, daß Ihr das Leben dessen, der unser Land beschützt, so gut kennt!«

Ezra mimte Bescheidenheit.

Der Prior sprach weiter: »Um auf Euer Leiden zurückzukommen, gestattet mir die Bemerkung, daß nur selten Pilger sich an den heiligen Jakobus wenden, um die Heilung von einem Gebrechen oder bessere Gesundheit zu erbitten. Der Pilger muß im Gegenteil sehr gesund sein, um eine solche Strapaze auf sich zu nehmen. Auch wißt Ihr darüber hinaus höchstwahrscheinlich, daß von den zweiundzwanzig Wundern, die dem heiligen Jakobus zugeschrieben werden und die im Buch 2 des ›Codex Calixtinus‹ verzeichnet sind, nur drei mit einer Intervention des Heiligen zu tun haben, bei der es um die Heilung von Krankheiten ging.«

Ezra verlor mitnichten die Fassung. »Ist es untersagt zu hoffen?«

»O ja, die Hoffnung. Die Hoffnung und der Glaube.«

Ein Glöckchen bimmelte in die Stille hinein.

»Wir müssen Abschied voneinander nehmen, die Stunde des ›Angelus‹ ist gekommen.«

»Natürlich, Vater«, sagte Ibn Sarrag, während er zusammen mit Ezra aufstand. Er fügte hinzu: »Wir möchten Euer Entgegenkommen nicht ausnutzen, aber meint Ihr, daß es möglich wäre, die Nacht hier zu verbringen?«

»Meine Brüder, wißt Ihr denn nicht, daß das Recht auf Unterkunft zu La Rábida genauso gehört wie zu jedem anderen Ort des Gebets? Geht hin und sprecht in meinem Namen mit Bruder Orellana! Er wird Euch Eure Zellen anweisen.«

»Danke, Fray Perez. Wir möchten Euch unserer aufrichtigen Dankbarkeit versichern. Wir werden Eure Gastfreundschaft nicht mißbrauchen.«

Im Moment, als sie die Tür erreichten, drehte Ibn Sarrag sich noch einmal um und fragte leichthin: »Könnte es sein, daß Ihr hier in letzter Zeit einen unserer Brüder, der ebenfalls den Weg nach Santiago de Compostela antreten will, empfangen habt? Einen gewissen Baruel. Aben Baruel.«

Während er den Namen aussprach, beobachtete er scharf den Prior. Aber ihm wollte keine besondere Reaktion auffallen.

»Nein. Ich erinnere mich an niemanden mit diesem Namen.«

»Baruel. Und Ihr seid sicher?«

»Ganz sicher.«

Der Araber hielt es für klüger, nicht zu insistieren.

Fray Perez blieb nachdenklich zurück. Sie waren wahrhaftig merkwürdig, diese beiden Wallfahrer. Das lag nicht nur an ihrem Aussehen – vor allem der Mann mit der dunklen Haut mußte einem auffallen –, sondern auch daran, daß ihnen sämtliche Attribute des Pilgers fehlten: weder die aufgenähte Muschel noch der weite Mantel, noch die besondere Haartracht, noch das Skapulier und auch nicht der mit einem Halstuch umknüpfte grobe Wanderstock hatten sie ausgewiesen. Seltsam ...

Kaum waren sie draußen und schritten unter den Arkaden dahin, bemerkte Ezra: »Ihr hättet uns da ums Haar in eine ganz vertrackte Situation gebracht. Warum habt Ihr als Vorwand ausgerechnet die Wallfahrt gewählt?«

Der Araber zuckte mit den Achseln. »Das weiß ich auch nicht. Es war einfach das erste, was mir eingefallen ist. Ich hätte nicht gedacht, daß er mich derart mit Fragen überschütten würde. Ihr allerdings scheint besser über die Legenden um diesen Santiago informiert.«

»In der Tat, zu diesem Thema besitze ich einige Kenntnisse. Schließlich ist er der am höchsten verehrte Heilige Spaniens, oder?«

»Wenn allerdings meine schwache Erinnerung nicht trügt, dann soll dieser Apostel zur Zeit des Königs Herodes in Jerusalem durch das Richtschwert umgekommen sein. Wo ist der Bezug zur Iberischen Halbinsel?«

»Das kann ich auch nicht genau sagen. Angeblich hat Santiago das Land evangelisiert, und später soll dann ein wundersamer Stern die Stelle gewiesen haben, wo sein Leichnam ruhte. Dort, auf dem Campo de Estrella, wurde dann zur Erinnerung an das Ereignis eine Kirche errichtet. Dazu kommt noch eine Geschichte um irgendwelche Muscheln. Kurz gesagt, ich werde Euch wohl nicht in Erstaunen versetzen, wenn ich gestehe, daß ich mit diesen Phantasiegeschichten nichts anfangen kann. Sollte das Thema Euch interessieren, dann findet Ihr sicher jemanden, der Euch besser aufklären kann als ich.« Er deutete auf das Hauptgebäude des Klosters. »An Christen mangelt es nämlich in dieser Umgebung nicht, meint Ihr nicht auch?«

Der Araber brummelte zurück: »Wie wäre es, wir suchten erst einmal diesen Bruder Orellana auf?«

Die Sonne war untergegangen und der Abendwind umfächelte das Kloster. Das Meer, das man eine Stunde zuvor noch klar erblickt hatte, war nur noch ein blinder Spiegel. Von der Kapelle herüber war das »Komplet« zu hören, ein auf- und abschwellender Unisonogesang, in dem Frömmigkeit und – wer weiß – Einsamkeit zusammenflossen.

Im noch leeren Refektorium saßen Ezra und Sarrag nebeneinander und starrten sinnend in die knisternden Flammen des Kamins. Den einzigen Schmuck des Raumes bildete ein großes, von der Wand herabhängendes Kruzifix. Imposante rechteckige Tische standen von einem Ende des Saales zum anderen in zwei parallel ausgerichteten Reihen. Eine große Kerze brannte in der Nähe der Eingangstür.

»Weil ich gerade daran denke«, sagte der Rabbiner, »warum habt Ihr eigentlich dem Prior gegenüber den Namen Aben Baruel erwähnt?«

»Nun, einfach so, aufs Geratewohl. Ich dachte, vielleicht ist der Prior der Anführer, den wir suchen. Hätte ich es nicht tun sollen?«

»Meiner Meinung nach war es überflüssig. Dieser Fray Perez hat wahrlich nichts von einem Jüngling an sich.«

Mißmutig stimmte der Scheich zu. »Wie dem auch sei, wir werden bald Klarheit haben. Wenn wirklich ein sehr junger Mönch in diesem Kloster wohnt, dann werden wir ihn bei der Mahlzeit zu Gesicht bekommen.«

»Es sei denn, wir haben Pech, und er hat beschlossen, heute abend zu fasten.«

Im Kamin züngelten weiter die Flammen. Sekundenlang hätte man meinen können, sie tanzten im Rhythmus der Gebetsstimmen, die immer noch von der Kapelle herüberklangen.

»Wißt Ihr ...«, fing der Rabbiner wieder an.

Er vollendete seinen Satz nicht, denn soeben hatte ein Mann den Speisesaal betreten. Der Mann zögerte einen Moment, dann kam er mit schnellen, elastischen Schritten näher. Er war ziemlich groß und hatte ein langes, nicht unedles Gesicht. Die Adlernase zeichnete unter der Stirn einen harten Schatten. Die Augen waren von lebhaftem Blau. Was überraschen mochte, war das beinahe weiße Haar, denn der Mann war kaum älter als dreißig Jahre.

Höflich begrüßte er die beiden Fremden, dann bemerkte er lächelnd: »Wir sind etwas früh dran.«

Ezra und Ibn Sarrag erwiderten seinen Gruß. Beide hatten registriert, daß der Mann keine Kutte trug.

»Anscheinend«, so witzelte der Scheich, »mangelt es unseren Mägen an Frömmigkeit.«

Der Mann lachte und nahm an ihrem Tisch Platz. »Ihr seid auf der Durchreise hier in La Rábida?«

»Ja. Wir werden morgen weiterreisen ... Und Ihr?«

Ezras Tonfall verriet mehr als nur höfliches Interesse.

»Wir sind vorgestern aus Lissabon hier eingetroffen.«

»Wir?«

»Ich bin in Begleitung meines Sohnes Diego. Der arme Kleine hat die Überfahrt nicht allzu gut vertragen. Auch ich selbst war etwas mitgenommen.«

Drüben war der Gesang verstummt. Das Geräusch zahlreicher Schritte wurde vernehmbar, dazu das Rascheln von Kutten. Man erahnte, wie die Mönche sich in der eisigen Stille der Flure zerstreuten.

»Nun ist es soweit«, sagte der Mann. »Endlich bekommen wir etwas zwischen die Rippen.« Und bitter fügte er hinzu: »Nie hätte ich geglaubt, daß ich eines Tages um Nahrung würde bitten müssen.«

Er hatte »bitten« gesagt, aber es hatte geklungen wie »betteln«.

»Habt auch Ihr in Andacht vor dem Bild der wundertätigen Jungfrau verweilt? Es befindet sich in der Kapelle. Ich habe gleich nach meiner Ankunft zu ihr gebetet. Aus meinem tiefsten Innern heraus habe ich zu ihr gebetet, damit endlich Klarheit in mein Schicksal kommen möge, damit endlich die Dämonen der Hölle aufhören, sich meinem Traum zu widersetzen.«

DIE DÄMONEN? DER TRAUM?

Diesmal konnte der Rabbiner nicht an sich halten: »Solltet Ihr zufällig jemanden mit dem Namen Aben Baruel kennen?«
»Verzeihung, wie war der Name?«
»Aben Baruel.«
Der Mann schien nachzudenken. »Ein jüdischer Name ...«
Der Rabbiner nickte.
Worauf der andere mit vielsagender Miene und vorgerecktem Zeigefinger zitierte: »*No hay que fiar de judio romo, ni de hidalgo narigudo, narogordo, narilongo.* – Man soll sich weder auf den breitnasigen Juden noch auf den langnasigen Hidalgo verlassen ...«
Der Rabbiner biß die Zähne zusammen und dachte bei sich: Sollte dieser Kerl tatsächlich der verheißene Jüngling sein, ich würde ihn erwürgen, Baruel hin oder her.
Der Mann aber erkundigte sich: »Warum soll ich diesen Menschen kennen? Ist er Seefahrer? Kosmograph?«
Entmutigt sah Ezra zu Ibn Sarrag hinüber.
»Lassen wir es!« sagte der Araber, der gleichermaßen enttäuscht schien. Die Höflichkeit siegte jedoch, und er fragte: »Es scheint, daß Ihr Euch für die Seefahrt interessiert?«
»Ich bin Seefahrer, Señor! Und komme aus der bedeutendsten Schule, der von Genua.«
»Interessant.« Der Scheich schien mit den Gedanken bereits anderswo.
»Mit sechs Jahren hielt ich zum erstenmal ein Steuerruder. Mit sieben führte ich ein Segel bis ans äußerste Ende der großen Mole im Hafen von Genua. Eine Leistung! Seitdem habe ich sämtliche bekannten Meere befahren. Die griechischen Inseln, San Pietro, Sardinien, Sizilien, Tunis, Zypern, die Küsten von Guinea, die portugiesischen Kolonien, Madeira, die Färöer-Inseln, und sogar Thule habe ich auf diese Weise gesehen!«
Unwillkürlich ließ Ibn Sarrag ein leises, amüsiertes Lachen hören. »Und nun seid Ihr darauf angewiesen, um ... Nahrung zu bitten?«
»Sagt es ruhig mit aller Deutlichkeit. Betteln wäre der ange-

messene Ausdruck. Ja, ich bettle, da niemand die Reiche, die ich zu bieten habe, annehmen will.«

Er hatte plötzlich mit solcher Leidenschaft gesprochen, daß seine neuen Bekannten sich betroffen ansahen.

»Es wird der Tag kommen, an dem wir die Fesseln der Ozeane, die uns umgeben, sprengen werden. An jenem Tag wird sich uns ein Land ohne Ende auftun, und Thule wird nicht mehr das letzte Festland sein.«

»Ein Land ohne Ende?«

»Ja. Im Westen. Ich weiß es. Es genügt, Plinius, Plutarch, D'Ailly und Marco Polo zu lesen, um davon überzeugt zu sein. Kennt Ihr Toscanelli?« Er hatte die Frage in einem Atemzug angefügt. Die beiden Männer verneinten.

»Er ist vor drei Jahren gestorben. Er war mit Sicherheit der größte Kosmograph aller Zeiten. Daneben war er auch Arzt. Er lebte in Florenz. Toscanelli hat einen Brief geschrieben, den ich in meiner Zeit in Portugal in Händen gehalten habe. Dieser Brief war an den Kardinal Fernando Martinez gerichtet. Toscanelli selbst hat mir die Abschrift davon zukommen lassen. Ich kenne ihn auswendig.

Er räusperte sich und deklamierte: *Paolo, seines Zeichens Arzt, entbietet Fernando Martinez, Kanonikus in Lissabon, seinen Gruß. Große Freude bereitete es mir, zu hören, daß Du gesund seiest und Du mit Deinem König, dem großherzigsten und freigebigsten Fürsten, so vertrauten Umgang pflegst. Obzwar ich schon zu anderer Gelegenheit mit Dir über einen Seeweg nach den Gewürzländern gesprochen habe, der wesentlich kürzer ist als Euer Weg, der über Guinea führt, trat Dein durchlauchtigster König an mich mit dem Ersuchen heran, eine Erklärung oder, besser gesagt, eine Beweisführung zusammenzustellen, die diese Angelegenheit recht deutlich vor Augen führt und die auch den weniger Gebildeten die Möglichkeit an die Hand gibt, diesem Weg mit Verständnis folgen zu können. Obwohl ich mir bewußt bin, daß man diesen Beweis auch mit Hilfe eines Globus erbringen könnte, halte ich es dennoch im Interesse eines größeren Verständnisses für zweckmäßiger und einleuchtender, jenen Seeweg mit Hilfe einer Karte zu erläu-*

tern, wie man sie in der Schiffahrt verwendet. So habe ich Seiner Majestät eine von mir selbst gezeichnete Karte geschickt, auf der die Küsten Eures Landes, die Inseln, von denen aus Ihr Eure Fahrt nach dem Westen ohne jede Kursänderung antreten werdet, eingezeichnet sind.
Der Genueser holte kurz Atem und sagte noch einmal nachdrücklich: »Nach Westen ... Habt Ihr gehört, Señor? Nach Westen!«
Ezra unterdrückte ein Gähnen. Ibn Sarrag seinerseits begnügte sich mit einem zerstreuten Blinzeln.
Die ersten Mönche betraten das Refektorium.
»Gerettet«, flüsterte der Rabbiner seinem Gefährten ins Ohr.
Einer der Franziskaner kam auf den genuesischen Seefahrer zu.
»Guten Abend, mein Bruder. Geht es dem kleinen Diego besser?«
»Ja, Fray Marchena. Gott sei Lob und Dank!«
»Schön. Wir werden uns gleich nachher in der Bibliothek sehen.«
Dankbar bestätigte der Seefahrer die Verabredung, und nachdem der Priester sich entfernt hatte, erklärte er: »Das ist Pater Antonio Marchena, der Astronom des Klosters. Er immerhin weiß, daß ich recht habe, und er hat versprochen, mir zu helfen. Ich bin überzeugt, daß er es tun wird.« Er redete weiter, ohne zu bemerken, daß die beiden ihm nicht mehr zuhörten.
Der Araber wie der Jude starrten auf einen Mann, der sich soeben am Tisch gegenüber niedergelassen hatte. Grundsätzlich unterschied ihn nichts von den anderen Mönchen, aber er war blond und bei weitem der jüngste.
Fünfundzwanzig? Achtundzwanzig? Ein Engelsgesicht ...

Toledo, am gleichen Abend

»So stehen die Dinge«, schloß Francisco Tomas de Torquemada seinen Vortrag vor Isabel. »Ich habe Euch alles gesagt.«
Zustimmung heischend, drehte er sich zu Hernando de Talavera um. Aber dessen Miene blieb undurchdringlich.
Torquemada biß die Zähne zusammen. Seit je war ihm Talavera

unerträglich. Das fing an mit den Gerüchten über seine Herkunft. Angeblich war er der uneheliche Sproß des Grafen Oropesa und einer Jüdin aus Toledo. Also ein Bastard, was sonst! Und dann diese unklare Vergangenheit. Im Alter von nicht ganz dreißig Jahren war er, wie es hieß, in den Orden der Hieronymiten eingetreten und bald Prior des Pradoklosters geworden. Bald danach gab es nur noch Vermutungen über die Umstände, unter denen er zum Beichtvater Isabels avanciert war. Eines allerdings war sicher: Seine gegenwärtige Autorität war groß, sowohl politisch als auch in sämtlichen Finanzangelegenheiten. Seit langem war Tomas klar, mit wem er es zu tun hatte. Schon bei ihrer ersten kurzen Begegnung war Mißtrauen in ihm erwacht. Und er hatte recht daran getan, auf der Hut zu sein. Hatte Talavera nicht laut und deutlich seinen Widerstand gegen die Einführung der Inquisition bekundet? Hatte er nicht versucht, Isabel zur Rücknahme ihrer Entscheidung zu bewegen? Gott sei Dank war er gescheitert. Ein überraschender Mißerfolg, wenn man an den Einfluß dachte, den er auf die Königin unzweifelhaft ausübte. Jedermann in Spanien wußte, wie das erste Zusammentreffen zwischen Talavera und Isabel verlaufen war. Früher hatte die Königin neben einem Stuhl oder einer Bank gekniet, während ihr Beichtvater sie stehend anhörte. Als an jenem Tag Fray Hernando eintraf, mißachtete er diese Tradition und setzte sich. »Wir müssen beide niederknien«, hatte die Königin unverzüglich eingewendet. Talavera hatte mit dem für ihn typischen Gleichmut geantwortet: »Nein, Señora, ich muß sitzen und Eure Hoheit muß knien, denn hier ist das Tribunal Gottes, und ich bin hier in seinem Namen.« Worauf Isabel sich gefügt hatte.

Torquemada war überzeugt, daß sein Landsmann nicht begriff, in welcher entscheidenden Phase Spanien sich befand. Immer und immer wieder hatte Talavera den Kompromiß gesucht, hatte er schlichtend und beschwichtigend eingegriffen. Mit entwaffnender Naivität predigte er, daß die Bekehrung zum Christentum auf aufrichtiger Überzeugung beruhen müsse, nicht auf

Zwang. Wer so etwas sagte, kannte die jüdische Seele nicht. Und wenn es nur um die Juden gegangen wäre. Auch der Islam fand Gnade in Talaveras Augen. Er setzte seine persönliche Ehre daran, in gutem Einvernehmen mit der muselmanischen Geistlichkeit zu bleiben, und wachte darüber, daß die Moscheen anständig unterhalten wurden. Er hatte die Absurdität so weit getrieben, daß er verlangte, bestimmte Priester sollten – er selbst hatte es getan – Arabisch lernen, um diesen Teil der Bevölkerung, der kein Spanisch sprach, besser evangelisieren zu können. Nun hätte man dieses Vorgehen vielleicht lobenswert nennen dürfen, hätte es zu irgendwelchen konkreten Resultaten geführt. Aber bis zum heutigen Tag sah alles danach aus, daß Talaveras Politik sich als gescheitert erwies.

»Fray Torquemada«, sagte nun die Königin, »ich gehe davon aus, daß Ihr Euch Eurer Sache sicher seid. Es handelt sich also um eine Verschwörung.«

»Ich habe Eurer Majestät getreulich von der gesamten Angelegenheit berichtet. Eure Majestät allein sind Richter. Wenn Ihr mir jedoch gestatten wollt, meine Meinung zu äußern, so würde ich sagen, daß ich mir nicht nur meiner Sache sicher bin, sondern daß darüber hinaus die Zeit drängt.«

Talaveras Stimme erhob sich klangvoll und ruhig: »Fray Torquemada, auf die Gefahr hin, Euch begriffsstutzig zu erscheinen, ich verstehe immer noch nicht recht, wo hier von einem Komplott die Rede sein soll.« Er deutete auf die Schriftstücke, die auf dem Schreibtisch der Königin lagen. »Ein Wust von Worten ohne Zusammenhang und ohne jegliche Logik. Sätze, die von einem Diener hinterbracht wurden, welcher – diese Absicht ist Euch nicht entgangen – seinem Herrn zu schaden sucht. Ich kann diese Information noch so oft unter sämtlichen Aspekten überprüfen, ich sehe nirgends auch nur den Schatten einer Verschwörung gegen die Sicherheit des Staates, und noch weniger vermag ich eine Gefahr für die Kirche zu erkennen.«

Mit Mühe bewahrte Torquemada die Fassung. »Und dennoch kann ich Euch versichern, daß dies sehr wohl der Fall ist. Überlegt doch: Der Verfasser dieser Schriftstücke, die Ihr als Wust von Worten abtun wollt, war nicht irgendein hergelaufener Kerl. Um Fray Menendez zu zitieren, er war wahrscheinlich ›der begabteste Kabbalist und Theologe der ganzen uns bekannten Welt‹. Warum sollte ein Mann von diesem Format eine solche Art von Text als Zeitvertreib verfassen?«

»Nun, wahrscheinlich war es für ihn tatsächlich ein Spiel und ein geistiges Vergnügen.«

»Warum sollte er dann andere mit hineinziehen, noch dazu einen Araber?«

Talavera antwortete nicht.

»Wenn das alles bloßes Spiel sein sollte, warum haben dann der Araber und sein jüdischer Komplize plötzlich beschlossen, Granada zu verlassen und nach Sevilla zu reiten? Nach unseren letzten Informationen halten sie sich in der Umgebung von Huelva auf. Ich …«

Die Königin unterbrach ihn lebhaft: »Ihr habt also ihre Spur wiedergefunden?«

»Ja, Majestät.«

Talaveras Gesicht verzog sich in geheuchelter Bewunderung. »Da habt Ihr viel Glück gehabt.«

»Mit Glück hat das wenig zu tun, Fray Talavera. Solltet Ihr vergessen haben, daß das Heilige Offizium über ein ungemein dichtes Informantennetz verfügt? Seine große Beweglichkeit, der Zusammenhalt seiner Mitglieder und ihre Präsenz auf dem gesamten Territorium machen aus diesem Netz eine äußerst wirksame Waffe.«

»Gewiß doch, gewiß doch«, stimmte in bewußt pedantischem Tonfall der Beichtvater der Königin zu.

Diese ergriff wieder das Wort: »Etwas habe ich noch nicht verstanden, Fray Torquemada. Ihr seid überzeugt, daß diese Individuen dabei sind, gegen den Staat zu konspirieren, und Ihr wißt, wo sie sich aufhalten. Dann sagt mir, worauf Ihr noch wartet, und warum Ihr sie nicht verhaften laßt?«

»Ich glaube, Majestät, damit würden wir einen schwerwiegenden

Fehler begehen. Ich habe Euch erklärt, daß besagter Plan in acht Teile zerfällt, daß jeder dieser Teile zu einer Stadt führt und daß am Schluß ein endgültiger Zielort steht. Wenn wir diese Männer jetzt verhaften, werden wir niemals das Ende der Geschichte erfahren und niemals den Grund für die umständliche Reise.«

»Nun schön. Was schlagt Ihr also vor?«

»Zweierlei: Erstens, ihnen weiter folgen, sie nicht aus den Augen verlieren, alles, was sie tun, ausspähen, und sollte es dringend geboten sein, stets bereit sein, einzugreifen. Das zweite, was ich vorschlage, ist heiklerer Natur.«

»Wir hören, Fray Torquemada.«

»Nun, ich schlage vor, jemand auf sie anzusetzen, der unser absolutes Vertrauen genießt und dessen Auftrag lautet, ihnen so viele Informationen wie nur möglich zu entlocken. Auf diese Weise würden wir uns nicht auf unsicherem Terrain vorwärtstasten, sondern auf einem hell erleuchteten Weg vorwärtsschreiten.«

Die Königin nickte, sichtlich angetan. »Die Idee ist interessant. Aber ein massives Hindernis sehe ich. Warum sollten diese Männer bereit sein, einen Dritten bei sich zu dulden? Wenn sie wirklich eine Verschwörung gegen Spanien aushecken, dann ist es schwer vorstellbar, daß sie sich plötzlich mit einem Fremden belasten.«

»Eure Majestät sieht das ganz richtig. Sie hätten keinerlei Veranlassung, das zu tun. Es sei denn …« Er legte bewußt eine Pause ein, dann sagte er: »Es sei denn, dieser Dritte erscheint ihnen unentbehrlich.«

»Und durch welchen Kunstgriff wollt Ihr ihn unentbehrlich machen?«

»Ich weiß einen, dem sie nicht gewachsen sein werden. Ich kann ihn Euch in allen Einzelheiten erläutern. Und wenn Ihr es wünschen solltet, so kann ich …«

Hernando de Talavera unterbrach ihn schroff: »Wie auch immer Eure Waffe aussehen mag, wo werdet Ihr diesen Mann Eures Vertrauens finden, der so raffiniert ist, daß er keinerlei Argwohn erweckt? Denn wenn ich Euren Bericht richtig gelesen habe,

dann sind Eure Verschwörer in keiner Weise mit irgendwelchen vulgären Bandoleros zu vergleichen. Habt Ihr nicht gerade wörtlich versichert, der Verfasser dieser Papiere sei der ›begabteste Kabbalist und Theologe der ganzen uns bekannten Welt‹ gewesen? Dann können doch die, denen er seinen Plan anvertraut hat, auch nur Gelehrte, hochgebildete Geister sein. Wer sollte aber in der Lage sein, solchen etwas vorzumachen?«
Torquemada fixierte den Beichtvater der Königin mit ironischer Nachsicht. »Fray Talavera, habe ich je von einem Mann gesprochen? Nein, nicht daß ich wüßte.« Er wiederholte: »Ich habe nie von einem Mann gesprochen.«
»Aber dann …«
Statt zu antworten, deutete der Inquisitor auf den Sessel vor dem Schreibtisch der Königin. »Darf ich mich setzen, Majestät? Es könnte sein, daß meine Darlegungen ausführlicher werden.«

Kapitel 9

Auf Intuition beruhende Entdeckungen müssen stets von der Logik umgesetzt werden. Im gewöhnlichen Leben wie in der Wissenschaft ist die Intuition ein machtvolles, aber gefährliches Instrument der Erkenntnis. Es ist manchmal schwierig, Intuition und Illusion zu unterscheiden.

Alexis Carrel: Der Mensch,
das unbekannte Wesen, 4. Kap., 2

Vom Meer her war Wind aufgekommen. In leichten Sprüngen hatte er den Hügel erobert und umfing jetzt das Kloster mit einem salzig-kühlen Hauch.

Gemächlich schritten die drei Gestalten die Gartenwege entlang. Samuel Ezra und Ibn Sarrag hatten Rafael Vargas – so hieß der junge Mönch – in die Mitte genommen. Der Kontrast war frappierend, nicht nur, wenn man seine blonde Tonsur mit den schneeweißen Haaren des Rabbiners und dem kahlen Gelehrtenkopf des Scheichs verglich. Auch seine tiefblauen Augen stachen ab vom umschatteten Blick der beiden anderen und ebenso seine klaren Züge von ihren zerfurchten Gesichtern. Und noch mehr kontrastierte sein geschmeidiger, katzenhafter Gang mit Ezras steifbeinigem Schreiten und Sarrags unsicherem Geschlurfe.

»Merkwürdiger Kerl, dieser genuesische Seefahrer«, bemerkte der Scheich. »Findet Ihr nicht auch, Fray Vargas?«

»Vor allem ist er ein schlauer Fuchs. Nachdem er sein Projekt vergeblich Juan von Portugal und dann den Königen von England und Frankreich unterbreitet hat, sucht Señor Colón – so heißt er nämlich: Cristóbal Colón – jetzt dank der Vermittlung von Fray Marchena den Herzog von Medina Celi für seine Sache zu gewinnen, was heißt, daß dieser sie finanzieren soll.«

»Ihr müßt einräumen, er wirkt so enthusiastisch, daß man ihm den Erfolg zutrauen möchte. Dabei ist das Risiko gewaltig. Er will Schiffe ausrüsten, in unbekannte Fernen aufbrechen und das in einer Richtung, welche von den bedeutendsten Kosmographen für abwegig erklärt wird. Ein waghalsiges Unterfangen, fast ein Sprung ins Leere.«

Vargas blieb abrupt stehen. »Ein Sprung ins Leere? Daß ich nicht lache! Colón weiß ganz genau, wohin die Reise geht. Diesen Seeweg nach Indien weiß er jetzt schon auswendig bis ins letzte Detail. Ich habe es ja gerade gesagt, er ist ein Fuchs!«

»Ihr meint sicher die Karte, die ihm jener Toscanelli angeblich anvertraut hat?« fragte Ezra.

»Anvertraut? Nie im Leben! Er hat diese Karte aus der königlichen Bibliothek von Portugal mitgehen lassen! Aber letztlich ist sie ohne große Bedeutung.«

»Könnt Ihr nicht etwas deutlicher sein?«

»Das ist eine lange Geschichte. Vor etwa zehn Jahren fuhren die portugiesischen Schiffe regelmäßig zwischen Lissabon und der Küste von Guinea hin und her, wobei sie, um nicht von unserer Flotte gekapert zu werden, eine geheime Route benutzten. Dadurch mußten sie die Kapverdischen Inseln sehr weit westlich passieren und eine Zone durchqueren, in der ständig Stürme und Zyklone entstehen. Gerät eine Karavelle dort in ein solches Unwetter, hat sie keine Wahl mehr, sie muß mit stark gerafften Segeln Kurs nach Westen nehmen, vom Wind getrieben. Nach Westen, immer weiter nach Westen. Die Chancen für eine Rückkehr zum Ausgangspunkt sind äußerst gering, eigentlich gar nicht mehr vorhanden.«

Er legte eine kurze Pause ein und fuhr fort.

»Vor gut drei Jahren machte eine der Karavellen genau diese bittere Erfahrung. Wie ihre unglückseligen Vorgängerinnen fand sie sich rettungslos nach Westen abgetrieben. Nach Tagen hilfloser Fahrt tauchten am Horizont plötzlich Inseln auf. Der Besatzung blieb nichts übrig, als diese zu erkunden, bevor dann sehr rasch die Würmer, welche in tropischen Gewässern alle Schiffe

bedrohen, anfingen, den Schiffsboden zu zernagen. Das Schiff war gezwungen, wieder ostwärts zu segeln, und schließlich strandete es vor der Insel Madeira und ging unter. Einige Matrosen sprangen in ein Beiboot und erreichten mit Glück Porto Santo. Nun, wißt Ihr, wer zu diesem Zeitpunkt auf Madeira wohnte?«
Wieder legte der Mönch eine wohlkalkulierte Pause ein.
»Cristóbal Colón. Zwischen zwei Expeditionen wohnte er bei seinem Schwager, dem Gouverneur der Insel, und vertrat ihn, wenn er abwesend war, in seinem Amt. So war es auch an jenem Tag. Also war Colón es, der den Überlebenden Hilfe bot und sie mit dem Nötigsten versorgte. Unglücklicherweise starben alle an Erschöpfung, alle außer einem: einem portugiesischen Steuermann namens Alfonso Sanchez. Der erzählte später auf seinem Sterbelager noch, daß er auf einer am Rand eines Archipels gelegenen üppig bewachsenen Insel von einem Mann mit dunkelbrauner Haut gegen einigen Flitterkram Gold eingetauscht habe. Auf einer Insel, die seiner Überzeugung nach zu Indien gehörte. Kaum war der Steuermann verschieden, bemächtigte Colón sich seines Bordbuchs, und dieses Bordbuch war randvoll mit Skizzen von allen Merkzeichen an Land und mit Karten, welche die Flüsse, die Riffe und Ankerplätze sowie schließlich die Süßwasserstellen verzeichneten. Ich darf Euch versichern, daß jetzt, da ich zu Euch rede, diese Karten sich in seinen Händen befinden. Um es kurz zu machen, Colón ist sich so sicher zu entdecken, was er entdecken wird, als hätte er es wohlverwahrt und unter Verschluß in seinem Zimmer liegen.«
Mit skeptischer Miene hatte der Scheich zugehört. »Wie könnt Ihr derartige Dinge so geradewegs behaupten?«
»Weil ich diese Information von Fray Antonio Marchena persönlich habe, welchem der Genueser sich anvertraut hat. Anders hätte er seine Unterstützung nicht erhalten.« Er unterbrach sich einen Augenblick. »Sagt einmal, Señor Sarrag, ich könnte mir vorstellen, daß Ihr Euch mit mir nicht ausschließlich zu unterhalten wünscht, um das Schicksal des Señor Colón zu erörtern?«
Der Scheich tat einen tiefen Atemzug, bevor er im Ton dessen,

der den Schlüssel eines Geheimnisses ausliefert, sagte: »Aben Baruel …«
Der junge Mann erbebte. »Aben Baruel …«
»Ihr habt ihn gekannt!« rief Ezra.
Rafael antwortete nicht.
»Nun, so sagt schon!«
Die Antwort kam in neutralem Ton: »Und Ihr? Habt Ihr ihn gekannt?«
»Selbstverständlich!« sagte der Scheich mit mühsam beherrschter Ungeduld. »Sonst wären wir nicht hier.«
»Dann müßtet Ihr in der Lage sein, das auch zu beweisen.«
Ein stärkerer Windstoß fuhr durchs Gezweig. Rafael sagte mit erhobener Stimme. »Verherrlicht wird …«
Sofort wiederholten Ezra und Sarrag: »Verherrlicht wird J. H. W. H. von Seiner Stätte aus.«
»Da habe ich befragt?«
»Den Fürsten des Gesichtes.«
»Wie ist dein Name?«
»Er gab mir zur Antwort: Ich heisse Jüngling.«
Immer raschere Windstöße begleiteten den Wortwechsel, als würde das Dreigespann, das da in einer Geheimsprache redete, den Zorn der Elemente erregen. Und waren es überhaupt sie noch, die da sprachen? Oder war es jener dumpfe Schatten, der das Kruzifix am Klostereingang umhüllte? Oder war es nicht doch nur Sternengeraune?
Nachdem sie den Wortlaut des ersten »Palastes« rezitiert hatten, schloß Rafael: »So wärt also Ihr die Abgesandten des Aben Baruel. Er hatte mich vorgewarnt. Ich wußte, Ihr würdet eines Tages kommen.«
»Er hatte Euch vorgewarnt? Soll das heißen: mündlich vorgewarnt?«
Statt einer Antwort schlug der junge Franziskaner vor: »Gehen wir hinein! Dort läßt sich unsere Unterhaltung angenehmer fortsetzen.«

Wachsgeruch hing zwischen den hohen Wänden der Klosterbibliothek. Im schwachen Licht der Kerzen gewahrte man auf einem Chorpult ein aufgeschlagenes Exemplar der griechischen Fassung des »Canon de Muratori«. Ein äußerst seltener Band. In säuberlicher Ordnung standen die Bücher zu Hunderten auf den Regalen. Manche wirkten unter einer dünnen Staubschicht abgeschabt, andere schienen in besserem Zustand. Gelehrte Unordnung waltete im Nebeneinander von Verfassern und Themen, die »Widersprüche der Widersprüche« des Averroes und Senecas »Sextus Empiricus« rahmten den »Protagoras« oder den »Philoktet« ein. Ins Auge sprangen jene Indizes, welche die von den Inquisitionsgerichten gesäuberten oder verbotenen Werke aufführten.
Vargas nahm an einem der Studiertische Platz und forderte die beiden Männer auf, es ihm nachzutun.
»Wie wäre es nun«, begann Sarrag, »wenn Ihr uns Eure Verbindung zu Aben Baruel erläutern würdet?«
»Zuvor müßt Ihr allerdings begreifen, daß ich absolut nicht mehr weiß, als er mir von sich aus hat verraten wollen, so daß ich eigentlich von Euch Aufklärung erwarte.«
»Habt Ihr ihn hier im Kloster La Rábida kennengelernt?«
»Nein. Das war dann schon unsere zweite Begegnung. Die erste fand im vergangenen Herbst statt. Ich war unterwegs zu diesem Kloster hier und befand mich in Toledo. Als ich über die Plaza de Zocodover reiten wollte, kam ich plötzlich nicht mehr weiter. Der Platz war schwarz von Menschen. Ich erblickte ein Podium und eine Tribüne. Eine Stimme deklamierte, was ich als das Glaubensbekenntnis identifizierte. Ich war mitten in ein Autodafé geraten. Zum erstenmal in meinem Leben. Ich entschloß mich, abzusteigen und mich unter die Zuschauer zu mischen. Die Einzelheiten der Zeremonie möchte ich Euch ersparen, zumal sie Euch bestens bekannt sein dürften.«
Einen Augenblick beobachtete der Mönch seine beiden Zuhörer schweigend, dann fuhr er in seinem Bericht fort.
»Nachdem die Verfehlungen und die Urteile verlesen worden

waren, führte man das erste Opfer vor. Ich erinnere mich noch an den Namen: Leonor Maria Enriquez. In Haltung und Mimik wirkte sie wie eine reuige Sünderin. Man führte sie auf das Podium. Der Inquisitor fragte, ob sie etwas begehre. Sie gab zur Antwort: ›Erbarmen‹, worauf er sie zu ihrer Verfehlung befragte und sie sich merkwürdigerweise in Schweigen zurückzog. Er fragte mit mehr Nachdruck, beschwor sie, ihre Sünden einzugestehen. Vergebens, die Frau blieb hartnäckig stumm. Entmutigt erklärte daraufhin der Inquisitor: ›Das heilige Tribunal hat, um die Sache Gottes zu verteidigen, keine andere Wahl, als Euch dem Feuer zu übergeben.‹ Und da passierte es. Die geballte Faust zur Tribüne hingereckt, brüllte neben mir ein Mann: ›Seid verflucht, verflucht, verflucht!‹ Und dann auf hebräisch und noch lauter: *›Ha-Schem jiqqom damo!‹* Was, wie ich später erfahren habe, heißt: ›Möge der Ewige Rache nehmen für ihr Blut!‹ Blitzschnell sah sich der Mann gepackt. Verwünschungen, Beschimpfungen prasselten auf ihn nieder. Man riß und zerrte an seinen Kleidern. Es konnte nur Sekunden dauern, dann würde er unter den Schlägen niederstürzen und es wäre um ihn geschehen.«
Ein trauriges Lächeln umspielte die Lippen des jungen Mönchs. »Ich bin wahrlich kein Held. Und auf die Gefahr hin, Euch zu schockieren, ich erkenne durchaus gewisse Verdienste der heiligen Inquisition an. Aber in jenem Augenblick flüsterte mir eine innere Stimme zu: ›Tue etwas!‹ Der Gedanke war mir unerträglich, daß dieser Mann – so gotteslästerlich er sich auch benahm – Opfer der blinden Volkswut werden sollte. Also stürzte ich ihm zu Hilfe, gebrauchte meine Ellenbogen und schaffte es irgendwie – Gott weiß, auf welche Weise – ihn von der geifernden Menge hinwegzuzerren. Das war ohne Zweifel ein Wunder. Dieser Mann ...«
»... war Aben Baruel«, fiel ihm Ibn Sarrag ins Wort.
Rafael nickte.
»Und dann?«
»Ich brachte ihn zu sich nach Hause. Er blutete. Seine Wunden schienen mir nicht besorgniserregend, aber sein fortgeschritte-

nes Alter ließ mich doch um ihn fürchten. Deshalb beschloß ich auch, trotz seines Protests an seinem Lager zu wachen. Ich weiß noch, daß wir sehr viel geredet haben.«
»Wäre es indiskret, Euch nach dem Gegenstand Eurer Unterhaltung zu fragen?«
»Wir haben über alles geredet. Über ihn, mich, seinen und meinen Glauben, über das Leben und den Tod. Jene Art von ganz und gar offenem Zwiegespräch, die manchmal zwischen zwei Menschen zustande kommt, die alles voneinander trennt, die aber der Zufall zusammengebracht hat. Erst um Mitternacht war ich über seinen Zustand beruhigt und setzte meinen Weg fort. Ich hörte nichts mehr von Baruel, bis zu dem Tag, an dem er hier im Kloster erschien. Das war Mitte Januar.«
Rafael unterbrach sich einen Augenblick, tiefe Bewegung schien ihn zu überkommen. Er hatte die zerbrechliche Gestalt des Juden wieder klar vor Augen, sah wieder, wie er unter den Bogengängen des Kreuzgangs stand und sich dann auf einer der steinernen Bänke niederließ.

»Ja, Fray Rafael, ich weiß, Ihr wart auf meinen Besuch nicht gefaßt. Ich werde Euch zunächst ein Geständnis machen. Wenn ich beschlossen habe, Euch hier aufzusuchen, um ein Geheimnis mit Euch zu teilen, das größte, das fabelhafteste aller Geheimnisse, dann nicht, weil Ihr mir das Leben gerettet habt. Hättet Ihr es nicht getan, so hätte ein anderer es an Eurer Stelle getan. An jenem Tag in Toledo stand geschrieben, daß ich nicht sterben sollte. Noch nicht. Nicht bevor ich die mir zugewiesene Aufgabe erfüllt hätte.«
Der Jude schweigt. Er atmet schwer, ehe er fortfährt.
»Sobald ich jedoch die Schwelle dieses Klosters hinter mir gelassen, sobald ich Euch wieder verlassen habe, kann der Tod mich nach seinem Gutdünken in seine Netze einfangen. Er soll mir willkommen sein, ich werde Freude und vor allem Erleichterung empfinden.«
Rafael vermag nur schwer, seine Verwunderung zu verbergen angesichts dieser Haltung, die ihm in diesem Moment als krankhafte Todessehnsucht erscheint.

»Niemand kennt den Tag noch die Stunde«, antwortet er formelhaft. »Ihr werdet leben, solange es unserem Herrn gefällt.«

Ein rätselhaftes Lächeln erhellt das Antlitz des Juden. »Fray Rafael. Es liegt bereits im Ratschluß unseres Herrn, daß ich diese Welt verlassen soll. Und ich weiß ihm Dank dafür. Nie wird ein Mensch – die Patriarchen und Heiligen ausgenommen – so heiteren Sinnes, so fröhlich hinweggegangen sein. Aber kommen wir nun zur Hauptsache!«

Er läßt den Riemen einer Ledertasche von der Schulter gleiten und legt sie auf seine Knie.

»Ich sagte also schon, daß nicht Dankbarkeit mich zu dieser Reise bewegt hat. Es geht um etwas anderes. Von vornherein sollt Ihr wissen, daß ich jede wie auch immer geartete Äußerung von Zuneigung verabscheue. Meine arme Gattin – Gott habe sie selig! – hat unter diesem meinem Charakterzug wahrlich genug gelitten. Doch jegliches Herzensgesäusel ist mir zuwider. Für mich sagt die Hand, die sich auf eine fieberheiße Stirn legt, sagt das unterdrückte Schluchzen angesichts des geliebten Wesens, das da Schmerzen leidet, viel, viel mehr aus, als es alle Liebesschwüre und Freundschaftsversprechen tun. Schmachtende Worte hervorzubringen, dazu sind wir allesamt allemal fähig, aber ein Abgrund liegt zwischen Wünschen und Vollbringen. Nun werdet Ihr auch begreifen, wieviel Überwindung mich das Geständnis kostet, daß die Nacht, die Ihr an meinem Lager verbracht habt, sich für immer in meine Seele eingegraben hat.«

Aben Baruel lehnt sich streng aufgerichtet gegen die Mauer zurück. Sein Blick fixiert irgendeinen fernen Punkt.

»Manchmal ist ein ganzes Dasein nötig, damit ein Gefühl seine Tiefe gewinnt, damit man sich der Reichtümer, die im Herzen des andern beschlossen sind, bewußt wird. Und unsere Verblendung ist so hartnäckig, daß wir noch nicht einmal sicher sein können, je zu dieser Einsicht zu gelangen. Es passiert jedoch auch umgekehrt, daß wir ungeheuer schnell vorankommen. Das sind dann die ganz besonderen Begegnungen, die einzigartigen Stunden, wo zwei Blicke, zwei Herzschläge genügen, und alles ist gesagt. So ist es mit den Banden, die sich zwischen Euch und mir geschlungen haben. Ohne daß Ihr es wußtet, ohne daß ich es wußte.«

Rafael Vargas bleibt stumm. Nicht weil er, was der andere sagt, anzweifelt, sondern weil er damit übereinstimmt. Er teilt die Anschauung des Juden.

»Ich habe einen Sohn«, fängt Baruel erneut an zu sprechen. »Er ist in Eurem Alter. Als Ihr mich an jenem Abend in Toledo begleitet habt, hatte ich plötzlich das Gefühl, ein Kind mehr bei mir zu wissen.«

Bedächtig atmet er die besänftigende Luft im Kreuzgang ein und spricht weiter, jetzt allerdings in weniger schwermütigem Ton.

»Ein Ereignis ist eingetreten, das mein Dasein vollkommen erschüttert hat. In Wirklichkeit war es viel mehr als ein Ereignis. Ich habe den Pulsschlag des Universums gespürt. Ich habe das Unsichtbare erblickt. Ich bin in Berührung gekommen mit dem erhabenen Licht, und meine bis dahin verschlossenen Augen haben sich endlich aufgetan. Mehr kann ich Euch dazu leider nicht sagen.«

Er nimmt die Ledertasche und reicht sie Rafael.

»Nehmt sie! Ich vertraue sie Euch an. Ihr werdet von mir beschriebene Blätter darin finden. Ihr werdet davon nach Belieben Kenntnis nehmen. Allerdings warne ich Euch, Ihr werdet sehr rasch enttäuscht sein, denn Eure Talente, Eure Gelehrsamkeit, Euer theologisches Wissen mögen noch so groß sein, Ihr werdet nichts oder doch nur ganz, ganz wenig verstehen. Und das wenige wird Euch um so mehr in ärgerliche Ungeduld versetzen.«

»Señor Baruel, Ihr müßt mir unbedingt mehr dazu sagen.«

»Geduld! In ein paar Monaten werden zwei Männer bei Euch vorstellig werden.« Fast beiseite gesprochen fügt er hinzu: »Zwei Genies, wie Ihr sehen werdet. Wahre Quellen der Bildung und der Erkenntnis.«

»Warum sollten sie mit mir zusammentreffen wollen?«

Baruel tätschelt die Tasche. »Deswegen. Wegen des Manuskripts. Ich sage es Euch lieber gleich: Sie werden versuchen, es Euch abzunehmen. Bezeigt Ihnen schroffe Ablehnung. Ich ermächtige Euch lediglich, es Etappe für Etappe, ›Palast‹ für ›Palast‹ mit ihnen zu teilen.«

»Palast?« wiederholt Rafael, sichtlich aus der Fassung gebracht.

Aben gibt keine Antwort, streichelt nur die Tasche und murmelt: »Mein

Kind, Ihr werdet schon sehen! Alles ist da drin. Geduld. Ihr werdet es lesen und wissen, woran Ihr seid.«
Rafael Vargas reagiert unwillkürlich empört: »Ich möchte der Gefühle, die Ihr vorhin angesprochen habt, nicht unwürdig erscheinen, aber Ihr bringt mich da in eine wahrhaft zweideutige Situation. Ihr wollt mir nichts Genaueres sagen über das so bedeutsam erscheinende Ereignis, Ihr enthüllt mir nichts vom Inhalt des Schriftstücks und genausowenig von den Beweggründen der beiden Männer. Gebt zu, daß Ihr mir meine Aufgabe nicht gerade leichtmacht!«
»Habe ich Euch nicht schon zweimal gesagt: Geduld?«
»Ja, aber ...«
Baruel läßt ihn nicht weiterreden. »Vargas. Erinnert Euch. In jener Nacht in Toledo haben wir über die Herkunft Eures Namens gesprochen. Ihr habt es doch nicht vergessen?«
Nein, Rafael hat es nicht vergessen.
»Nun, ich erwarte von Euch keineswegs blinden, im Namen unserer unvermittelten Freundschaft zu schuldenden Gehorsam, ich erwarte, daß Ihr handelt wie Eure illustren Vorfahren, jene stolzen Ritter, die sich ausschließlich von ihrem edlen Pflichtgefühl leiten ließen, von ihrem Streben nach einem Ideal und von Ihrem Willen, sich selbst zu übertreffen. Ich kann Euch versprechen, daß Ihr, wenn Ihr bereit seid, mir zu vertrauen, die Gelegenheit haben werdet – vielleicht die einzige in Eurem ganzen Dasein –, diese drei Prinzipien voll und ganz zu leben und zu erleben.«
Der Mönch kann nicht sagen, warum etwas an diesem Mann ihn im Innersten aufwühlt. Jeder Vernünftige müßte sein Ersuchen zurückweisen. Rafael vermag sich nicht dazu durchzuringen. Schlimmer noch, er will eigentlich nur noch eines: einwilligen, sich einlassen auf dieses merkwürdige Verwirrspiel, dem Appell Folge leisten.
»Nun denn. Ihr könnt mir vertrauen. Ich werde Euren Willen in allen Punkten respektieren.«
Daraufhin streckt Baruel die Hand nach dem Kruzifix aus, das dem Mönch auf der Brust hängt, und hebt es leicht an. »Schwört auf das heilige Kreuz!«
Vargas zögert eine winzige Sekunde, bevor er sagt: »Ich schwöre es.«

Ein Schweigen folgte auf den Bericht des Mönches.
Auf Ibn Sarrags und Samuel Ezras Gesicht war Mißstimmung getreten. Keiner von beiden bekundete das Verlangen, die Unterhaltung fortzuführen, zu sehr fürchteten sie, daß ihre böse Vorahnung sich bestätigen würde. Ohne weitere Absprache und mit Bewegungen, die wie eingeübt schienen, holte jeder aus seinem Reisesack das jeweilige Manuskript und schlug die Seite des zweiten ›Palastes‹ auf.
Als der Rabbiner vorzulesen anfing, zitterte seine Stimme leicht: »Erster Nebenpalast: Verherrlicht wird J. H. W. H. von Seiner Stätte aus: Der Name ist in 6. Erinnere Dich an den Sohn der Witwe aus ...«
Der Scheich fiel mit genauso zitternder Stimme ein: »Es heisst, dass man auf seinem Grab ...«
Ezra löste ihn ab: »Ich habe nur einen einzigen Engel gekannt ...« »Von Jahwe auserwählten ...« Der Rabbiner unterbrach sich und schlug mit der Faust auf den Tisch.
»Nein«, rief er aus, »nein! Euer Text und der meine passen nicht mehr zueinander. Selbst zusammengefügt bleibt der Inhalt zusammenhanglos! Gebt mir Eure Seite!«
Sarrag fügte sich ohne viel Umstände.
»Ihr seht doch, daß der Satz Erinnere Dich an den Sohn der Witwe aus ... immer noch unvollständig ist! Die Verbindung zum nächsten: Es heisst, dass man auf seinem Grab ... ist bar jeder Logik. Schlimmer noch, so ist es höchstwahrscheinlich mit allen ›Palästen‹, die noch zu entziffern bleiben. Wollt Ihr es gleich nachprüfen?«
»Überflüssig.«
Niedergeschlagen verstummten sie.
»Señores«, rief nun Rafael, »wollt Ihr mir nicht eine Erklärung geben? Der Sinn für Deduktionen fehlt mir eigentlich nicht, aber von Euren seltsamen Verlautbarungen habe ich buchstäblich nichts verstanden.«
Als erster reagierte Sarrag: »Könntet Ihr die Blätter holen, die Aben Euch übergeben hat?«

»Sicher. Aber bringt das wirklich Nutzen? Ich weiß die Texte auswendig.«
»Alle?«
Der Mönch nickte bestätigend.
»Erstaunlich ... Trotzdem würden wir sie gerne sehen.«
Vargas hob warnend den Zeigefinger. »Einverstanden. Aber erwartet nicht, daß ich sie Euch ausliefere! Erinnert Euch: Ich habe einen Eid geleistet.«
Ezra ließ einen ärgerlichen Ausruf hören. »Auf Euer heiliges Kreuz, wir haben schon verstanden.«
In Vargas' Blick funkelte Empörung. »Wie könnt Ihr es wagen, in so abschätzigem Ton das Kruzifix zu erwähnen?«
»Weil auf mich Marterinstrumente überhaupt nicht anziehend wirken.«
»Und?«
»Weil ich Jude bin.«
Rafael wandte sich an Ibn Sarrag. »Und Ihr? Seid Ihr auch Jude?«
»Allah möge mich davor bewahren! Ich bin ein Sohn des Islam.«
Der junge Mann sah sie nacheinander prüfend an. Er wollte etwas sagen, hielt sich aber zurück und ging zur Tür.
»Rabbi Ezra, habe ich Euch nicht gesagt, Ihr hättet über Schlimmeres stolpern können als über einen Muselmanen?«
»Aber warum nur? Worauf ist Aben denn aus? Daß er uns beide aneinandergekettet hat, mag ja noch angehen ... Aber nun einen Dritten hineinziehen? Noch dazu einen Mönch! Ich frage mich, ob ich nicht das Ganze einfach seinlasse.«
»Nun, dann tut es doch!« Ohne große Hoffnung fügte er hinzu: »Unter der Bedingung, daß Ihr mir Euer Manuskript überlaßt.«
»Daß ich nicht lache!« ereiferte Ezra sich.
Vargas kam zurück. Er hielt mehrere beschriebene Blätter in der Hand. »Hier sind sie. Was ist nun Eure Absicht?«
Der Scheich fing an zu erklären: »Theoretisch müßtet Ihr einen Text mit der Überschrift ERSTER NEBENPALAST besitzen. Er müßte die Fortsetzung zum ERSTEN HAUPTPALAST bilden. Könnt Ihr das bestätigen?«

Der junge Mönch antwortete, ohne zu zögern: »Ganz genau. ERSTER NEBENPALAST ... Ich brauche wohl nicht zu sagen, daß ich diese Benennungen nicht durchschaue.«
»Das gilt auch für uns. Aber wir werden noch reichlich Zeit haben, uns mit dieser Frage zu befassen. Jetzt werde ich erst einmal die Sätze, die ich vor Augen habe, vorlesen, und Ihr bringt jeweils die Fortsetzung.«
Ohne weitere Anstalten begann Sarrag: »VERHERRLICHT WIRD J. H. W. H. VON SEINER STÄTTE AUS: DER NAME IST IN 6. ERINNERE DICH AN DEN SOHN DER WITWE AUS ...«
Rafael vervollständigte den Satz: »DEM STAMME NAPHTALI, DER DEN DREIFACHEN TOD STARB, ABER AUFERSTAND.«
»ES HEISST, DASS MAN AUF SEINEM GRAB ...«
»EINEN DORNZWEIG MIT BLÜTEN VON MILCH UND BLUT NIEDERLEGTE ...«
»ICH HABE NUR EINEN EINZIGEN ENGEL GEKANNT ...«
»ABER EINST ...«
Der Araber bedeutete Vargas, er möge innehalten. Sich zu Ezra wendend, sagte er: »Ich glaube, es ist kein Zweifel mehr möglich, nicht wahr?«
Der Rabbi schloß halb die Lider. »Adonai möge mir vergeben! Da stehen wir nun an den Pforten der Hölle.«
»Wollt Ihr mich nicht endlich aufklären?« Der Mönch ließ seine Verärgerung erkennen.
»Wir werden es tun«, beschwichtigte ihn Sarrag. »Oder vielmehr ...« Er bat den Rabbiner: »Könnt Ihr ihm den Brief geben, den Aben an Euch gerichtet hat? Er ist mehr wert als lange Erklärungen.«
Ezra fügte sich.
Sofort vertiefte sich Vargas in das Dokument. Während er Zeile für Zeile genau las, zeichneten sich nacheinander auf seinem Gesicht Unglaube, Verblüffung und zuletzt Erleichterung ab.
Der Jude fragte als erster. »Nun, was haltet Ihr davon?«
»Seltsam. Ich habe immer geglaubt, daß es ein solches ›Buch‹ tatsächlich geben kann. Es war nur so ein intuitiver Gedanke,

aber von Zeit zu Zeit kam er mir. Es hat in der Menschheitsgeschichte so viele übernatürliche Ereignisse gegeben. Ja, ich glaube, daß ein solches ›Buch‹ existiert.«
Der Scheich tauschte einen heimlichen Blick mit dem Rabbiner. Es war bereits klar, daß sie nicht mehr zwei waren, sondern drei. Er erhob sich und baute sich vor dem Mönch auf.
»Fray Rafael«, sagte er, »da Ihr schon immer daran geglaubt habt, was sollte Euch die Sache bringen, außer daß Ihr das Buch mit dem Finger berühren könnt? Im übrigen seid Ihr ein Mann des Glaubens. Braucht ein Mann des Glaubens Beweise?«
»Was versucht Ihr mir zu sagen, Señor?«
»Gehen wir das Problem aus einem anderen Blickwinkel an! Habt Ihr den geringsten Zweifel an der Existenz Gottes?«
»Nicht den geringsten.«
»Stellt Ihr Euch manchmal vor, und sei es nur für einen Augenblick, Euer Christus könne möglicherweise nicht der Sohn Gottes sein, sondern ein Prophet, so wie Moses oder Mohammed?«
»Das ist eine Möglichkeit, die ich mit allen Fasern meines Wesens zurückweise.«
Ein erleichtertes Lächeln kräuselte die Lippen des Scheichs.
»Dann sind wir ja einer Meinung! Euer Teilmanuskript ist Euch von keinerlei Nutzen. Also wäre es nur gerecht, es uns zu überlassen.«
»Es gibt zwei Punkte, die zu erwähnen Ihr unterlassen habt, Señor Sarrag: Erstens, ich habe Aben Baruel gegenüber geschworen, und Meineide verachte ich zutiefst. Zweitens, weder mein Glaube noch meine Zuversicht vermögen an meinem Wunsch, die Botschaft zu entdecken, etwas zu ändern. Im Gegenteil.«
Rafael streckte die Hand aus. »Ihr erlaubt?« Er griff nach Baruels Brief und zitierte: »›Ich habe manches gelesen. Keuchend, atemlos durchmaß ich die Wüsten und die fruchtbaren Täler, schwang mich empor zum nächtlichen Firmament, suchte verzweifelt, die Sterne zu zählen. Das Morgengrauen des schweifenden Wahns und den Abend der gelassenen Weisheit, ich habe sie beide kennengelernt. Aber nichts – hörst du, Samuel! – nichts

ähnelte auch nur entfernt dem Sinn der Botschaft, die mir gerade zuteil geworden war!‹ Was nur bedeuten kann, daß der Herr beschlossen hat, sich über uns an die Menschen zu wenden. Ihr werdet doch nicht meinen, daß ich mich Seinem allerhöchsten Willen entziehen werde? Ich sehe wohl, die Aussicht ist nicht nach Eurem Geschmack, Señores, doch weder Ihr noch ich können dagegen an: Wir sind aneinander gebunden wie die Finger einer Hand.«

Kapitel 10

»Woher kommt ihr?« fragt man die Aborigines.
»Wir kommen aus dem Traum.«

Rafael Vargas' Zelle sah aus wie alle Klosterzellen: ein Bett, ein Tischchen, ein Schemel, an der Wand ein Kruzifix, ein Betstuhl unter einer ovalen Fensteröffnung, durch die das Licht fiel.

Ibn Sarrag saß mit dem Rücken gegen die Tür gelehnt im Schneidersitz auf dem Fußboden. Der Franziskaner hatte den Schemel gewählt. Was Samuel Ezra betraf, so litt er an einem akuten Anfall von Arthritis und lag schmerzverkrümmt auf der Lagerstatt. Die verstreut abgelegten Blätter von Aben Baruels Manuskript schimmerten im ersten fahlen Licht des Morgens wie kleine Rechtecke von Schnee. Ein einziges lag zum Studieren bereitgelegt zwischen den drei Männern. Jeder hatte den anderen seinen Anteil Wörter anvertraut. Der zweite ›Palast‹ lag vollständig vor:

Erster Nebenpalast: Verherrlicht wird J. H. W. H. von Seiner Stätte aus: Der Name ist in 6. Erinnere Dich an den Sohn der Witwe aus dem Stamme Naphtali, der den dreifachen Tod starb, aber auferstand. Es heisst, dass man auf seinem Grab einen Dornzweig mit Blüten von Milch und Blut niederlegte. Ich habe nur einen einzigen Engel gekannt, aber einst auf dem von Jahwe auserwählten Berg waren sie neun. Es waren diese neun, die in der von Toren umringten Stadt Zuflucht suchten. Wollt Ihr die Zahl der Tore erhalten, so ist die Incantatio unentbehrlich. In dieser werdet Ihr Gebrauch machen von der Güte, dem Freund und dem Läuterer. Beginnen wird man damit, dass man den Läu-

terer von der Güte entfernt. Der Freund wird Teilung säen. Daraus wird sich das Gleichgewicht ergeben, das Sinnbild des Männlichen und des Weiblichen, des Geistes und der Materie. Anschliessend werdet Ihr den Freund dem Läuterer zugesellen, und Ihr werdet davon das Gleichgewicht wegnehmen. Die Wurzel dieses Ergebnisses muss ausgerissen werden. Und die Wurzel dieser Wurzel, welche Ihr mit dem Gleichgewicht multiplizieren werdet. Die Zahl wird vor Euren Augen erscheinen. Aber werdet Ihr weise genug sein, sie zu erkennen? Am Rande der Stadt, inmitten der Ebene von Schinear erhebt sich das blutige Bauwerk. Dort werdet Ihr die Zahl 3 finden.
»Verglichen mit diesem Text«, sagte der Scheich, »war der erste ›Palast‹ ein Kinderspiel. Aben wollte uns damit wohl auf den Geschmack bringen.«
Ezra gestikulierte heftig auf seinem Bett. »Ihr jammert nun schon zwei Stunden lang vor Euch hin, Scheich Ibn Sarrag! Es wäre hilfreicher, wenn Ihr uns sagtet, ob Ihr mit unserer bisherigen Rekonstruktionsarbeit einverstanden seid.«
»Das bin ich. Dennoch eine Frage: Warum ist hier die Überschrift plötzlich eine andere? Zweiter Nebenpalast? Inwiefern Neben?«
Ratloses Schweigen war die Antwort. Schließlich machte Ezra einen Vorschlag. »Wir sollten weitermachen. Es kann doch sein, daß sich die Antwort später ergibt.«
»Gut«, sagte Vargas, »ich rekapituliere zunächst die wichtigsten Formulierungen: 1. Sohn der Witwe aus dem Stamme Naphtali. 2. Der den dreifachen Tod starb, aber auferstand. 3. Dornzweig mit Blüten von Milch und Blut. 4. Ich habe nur einen einzigen Engel gekannt, aber einst auf dem von Jahwe auserwählten Berg waren es neun. 5. Die sogenannte Incantatio, also die Beschwörung oder Anrufung. Wir sind gezwungen«, fuhr der Mönch fort, »hier in unserer Niederschrift innezuhalten, denn das meiste, was folgt, hängt inhaltlich von diesem letzten Begriff ab. Auf den ersten Blick scheint es, als hätten wir

es hier mit einer Reihe mathematischer Operationen zu tun, als gründeten diese auf Symbolen, und als könnten wir diese Symbole nur deuten, wenn wir den Sinn des Wortes INCANTATIO finden. Kann einer von Euch sich denken, was es hier bedeutet?«
Sarrag und Ezra verneinten.
»Man käme sicher in eine Sackgasse, wollte man annehmen, daß es hier wörtlich gemeint ist und bedeutet: ›Gebrauch von Worten oder magischen Formeln, um einen Zauber oder irgendwelches Hexenwerk zu bewirken.‹ Man müßte unbedingt in anderer Richtung suchen.«
»Kann sein, muß aber nicht sein«, erwiderte der Rabbiner. »Unser Freund Baruel hat schon so viel Hinterlist gezeigt, daß bestimmte Begriffe möglicherweise wörtlich aufgefaßt werden müssen. Abgesehen davon gibt es einen Unterschied zum ersten ›Palast‹, man bekommt nämlich eine Andeutung des Ziels geliefert.«
Sarrag nickte, während Ezra fortfuhr.
»Es genügt nämlich, zunächst einmal die konkretesten, unzweideutigsten Wörter herauszulösen, die auch eine Art Kette bilden: ›Tor‹, ›Stadt‹, ›Rand‹, ›Ebene‹, ›Bauwerk‹, ›blutig‹. Wenn wir also eine ganz schlichte Überlegung anstellen, dann ergibt sich« – er sprach mit mehr Nachdruck –, »daß wir auf den Namen einer Stadt kommen müssen, und zwar einer Stadt mit relativ vielen Toren. Am Stadtrand beginnt eine Ebene, inmitten der Ebene erhebt sich ein Bauwerk. Und das Wort ›blutig‹ legt die Annahme nahe, daß dieses Bauwerk Zeuge düsterer Geschehnisse geworden ist.«
»Eines Mordes?« fragte Sarrag.
»Vielleicht ...«
»Was meint Ihr dazu, Fray Vargas?«
»Möglich, möglich...«, gab der Mönch nachdenklich zurück.
Der Araber und der Jude wechselten einen diskreten Blick. Seit dem Vorabend schon fragten sie sich, warum Baruel ihnen ausgerechnet diesen Mann aufgedrängt hatte. Ein Jüngelchen von achtundzwanzig Jahren. Sicher, er hatte gewisse Gedächtnislei-

stungen ahnen lassen, desgleichen eine recht anständige Kenntnis der Heiligen Schrift, aber nichts, was an ihrer beider Gelehrsamkeit auch nur im entferntesten heranreichte.
»Machen wir weiter!« schlug der Araber vor. Er wandte sich an den Rabbiner. »Ihr hattet doch eine Erklärung für den ersten Satz parat. Ich meine den Sohn der Witwe aus dem Stamme Naphtali.«
»Dieser Satz stammt aus dem ›Buch der Könige‹: ›Und Salomo sandte hin und ließ holen Hiram von Tyrus, den Sohn einer Witwe aus dem Stamm Naphtali.‹«
»Womit klar wäre, daß es sich um einen Handwerker handeln muß.«
»Einen hochtalentierten Bronzegießer«, fügte Ezra hinzu. »Er hat die prachtvollsten Schmuckelemente des Großen Tempels geschaffen.«
»Sehr gut. Und weiter?«
»Meines Erachtens müßten wir das Gemeinsame zwischen Salomo, dem Tempel, der Stadt Tyrus und dem Metall Bronze herausfinden.«
»Wahrscheinlich. Aber was nur kann einen König, einen Tempel, eine Stadt und ein Material miteinander verbinden, wenn man von dem Zusammenhang, den die biblische Geschichte selbst herstellt, absieht?«
Der Rabbiner und der Araber hoben die Schultern.
Unvermittelt ergriff Vargas das Blatt mit der gemeinsam erstellten Fassung des zweiten ›Palastes‹. »Señores, darf ich Euch einen anderen Standpunkt erläutern? Ich meine, Ihr befindet Euch im Irrtum. Sucht keinen logischen Zusammenhang zwischen Hiram, Salomo und dem Rest! Es gibt keinen. Hiram steht für sich selbst.«
Ezra wirkte überrascht.
»Doch«, bekräftigte der Mönch. »Alles liegt in ›Hiram‹ beschlossen. Ihr wißt ja, daß ich diese Texte schon Wochen in Besitz hatte, bevor Ihr sie erhieltet. Ich habe sie studiert und nach allen Richtungen gedeutet, und ich bin dabei zu Ergebnissen

gekommen. Damals hielt ich diese Ergebnisse naturgemäß für bizarr, hatte ich doch keine Ahnung von dem Ziel, das es zu erreichen gilt. Heute sehe ich die Dinge ein wenig anders.«

Der junge Mann löste sich von seinem Schemel und setzte sich zwischen die beiden Männer.

»Wenn Ihr im zweiten ›Palast‹ weiterlest, was findet Ihr?« Er legte den Finger auf eine Stelle und las laut: »ERINNERE DICH AN DEN SOHN DER WITWE AUS DEM STAMME NAPHTALI, DER DEN DREIFACHEN TOD STARB, ABER AUFERSTAND. ES HEISST, DASS MAN AUF SEINEM GRAB EINEN DORNZWEIG MIT BLÜTEN VON MILCH UND BLUT NIEDERLEGTE. In diesem Absatz finden wir zwei Informationen von grundlegender Bedeutung. Die erste hat mit dem DREIFACHEN TOD und der Auferstehung zu tun, die zweite mit dem DORNZWEIG MIT BLÜTEN VON MILCH UND BLUT. Ich bitte im voraus um Nachsicht, wenn ich jetzt etwas ausführlich werde, aber es geht nicht anders. Denkt man nach über jenen dreifachen Tod und bezieht Hiram von Tyrus ein, dann kommt man zu einer Legende, einer Legende, die allerdings genausogut eine geschichtliche Tatsache sein kann: Die Arbeiten am Tempel von Jerusalem waren nahezu vollendet, aber Hirams Gesellen waren nicht alle in die wundersamen Geheimnisse des Meisters eingeweiht worden. Drei von ihnen beschlossen, sie ihm zu entreißen. Jeder postierte sich an einer anderen Pforte des Tempels, und dann forderten sie Hiram auf, ihnen seine Geheimnisse preiszugeben. Der Meister floh von einer Pforte zur nächsten und antwortete einem jeden, mit Drohungen werde man nichts von ihm erreichen, und sie müßten den Zeitpunkt abwarten, den er bestimmen werde. Da schlugen sie ihn, der eine schlug ihn mit dem Lineal gegen den Hals, der zweite mit dem Winkeleisen gegen die linke Brustseite, der dritte mit dem Schlegel gegen die Stirn; dieser letzte Schlag brachte ihm den Tod. Danach befragten sie sich gegenseitig nach den Offenbarungen des Meisters. Als sie feststellten, daß keiner von ihnen etwas herausbekommen hatte, verfielen sie in Verzweiflung. Ihr Verbrechen war sinnlos gewesen. Da versteckten sie den Leichnam, verscharrten ihn nachts in einem Wäldchen und pflanzten auf seinem Grab einen Akazienzweig.«

Verwirrt und gespannt zugleich sahen der Rabbiner und der Araber einander an.

»Redet weiter!« bat Ezra.

»Natürlich bedeuten die drei Schläge der Legende den DREIFACHEN TOD. Der Hals meint den leiblichen Tod, die linke Brustseite den des Fühlens, die Stirn den geistigen. Was den Akazienzweig betrifft, so erinnert Euch nur! Die Bundeslade wurde aus Akazienholz gezimmert. Und merkwürdigerweise war auch Christi Dornenkrone aus diesem Holz. Die Hiram-Erzählung will uns, soviel ist klar, sagen, daß wir sterben müssen, um zur Unsterblichkeit geboren zu werden.« Er verstummte.

»Ist das alles?« erkundigte sich Ezra.

Der Mönch sah resigniert vor sich hin. »Leider ist das alles, ja. Jedenfalls vorläufig. Wir müssen die Verbindung zwischen der Hiram-Legende und dem folgenden Punkt herausfinden. Ich meine den Satz ICH HABE NUR EINEN EINZIGEN ENGEL GEKANNT, ABER EINST AUF DEM VON JAHWE AUSERWÄHLTEN BERG WAREN ES NEUN. Wer sind diese Engel? Warum einer, dann neun?«

Auf einmal ertönte von der Kapelle herüber kristallreiner Gesang. Die Stunde der »Laudes«.

Der Mönch entschuldigte sich: »Ich muß Euch verlassen. In einer halben Stunde machen wir weiter.«

Auf seinem Weg zur Tür hielt er inne und drehte sich mit Schwung zu den beiden Männern um.

»Ich denke immer noch an den DREIFACHEN TOD. Mir scheint, es ist hier wie bei jedem Tod, der Einweihung bedeutet, es geht um das Durchgangsstadium, bevor eine Wiedergeburt im leiblichen, seelischen und geistigen Sinne erfolgt. Wiedergeboren wird ein neuer Hiram. Man könnte vom Symbol nun zur Allegorie überleiten, indem man sich vorstellt, daß die drei Mörder für die Unwissenheit, den Fanatismus und den Neid stehen. Auf der Gegenseite dann Hirams Eigenschaften: Wissen, Duldsamkeit und Großmut. Ich frage mich, ob uns Aben Baruel über den

Umweg dieser Legende nicht eine Botschaft hat vermitteln wollen. Mißerfolg oder Erfolg unseres gesamten Unterfangens hängen davon ab, ob wir die Botschaft verstehen.« In seinen Zügen malte sich ein zweifelnder Ausdruck. »Wer weiß? Vielleicht werden auch wir sterben müssen, bevor wir wiedergeboren werden.«
Noch lange, nachdem er sich zurückgezogen hatte, blieben Ibn Sarrag und Ezra in brütendem Schweigen befangen. Beide schienen aufgewühlt durch das, was sie vernommen hatten. Die Frage war nicht völlig abwegig, ob am Ende die drei Begriffe Unwissenheit, Fanatismus und Neid auch auf sie selbst zutreffen mochten, und wenn ja, in welcher Verteilung ...
»Er ist achtundzwanzig Jahre alt«, sagte der Scheich leise und nachdenklich. »Wie wohl sein Leben vor dem Eintritt ins Kloster ausgesehen haben mag?«
»Merkwürdig, daß Ihr Euch damit befaßt. Ich war gerade mit der gleichen Frage beschäftigt. Man pflegt die Jugend als die Zeit zu bezeichnen, in der man Klugheit und Weisheit erlernt, und das Alter als die Zeit, in der man beides dann praktiziert. Bei dem jungen Mann hat man den Eindruck, daß er die Etappen übersprungen hat.«

Toledo, zur selben Stunde

An ihrem Betpult kniend, verharrte Isabel, Königin von Kastilien und Aragon, in Erwartung der Absolution noch einen Augenblick in Andacht. Fray Hernando de Talavera trat respektvoll einen Schritt zurück. Mit der Linken umschloß er das Kruzifix an seiner Brust, mit der anderen machte er das Kreuzzeichen: *»Ego te absolvo ...«*
Die Königin entfernte sich einige Schritte und ließ sich dicht an dem Stabwerkfenster in einen Sessel fallen. Sie trug einen der Nonnentracht entlehnten, nicht ganz knielangen und sehr weiten weißen *monjil* und ein ebenfalls weißes, bis zu den Knöcheln reichendes Kleid. Den Hals zwängte ein steifer, in Form eines Dreiecks weit vorstehender Kragen ein, der über der Brust zu einer Spitze zusammenlief. Ganz offensichtlich hatte sie noch

immer nicht der neuen Hofmode nachgegeben und verschmähte – in auffälligem Gegensatz zu ihren Hofdamen – weiterhin den Reformstil. Sie griff zu einem Seidentüchlein und schlang es um die Finger, eine Geste, die man seit langem an ihr kannte.

»Somit teilt Ihr nicht«, begann sie leise zu sprechen, »die Befürchtungen des Großinquisitors?«

»Nein, Majestät. Sie entbehren jeder Grundlage. Ich fürchte, Fray Torquemada hat sich ein weiteres Mal von seiner Leidenschaft mitreißen lassen.«

»Von seiner Leidenschaft? Solltet Ihr nicht eher sagen von seiner Vaterlandsliebe und von seinem Glauben an unsere heilige Kirche?«

Talavera blieb unbeirrt: »Von seiner Leidenschaft.«

»Und Ihr denkt nicht einen Augenblick, diese Verschwörung könnte all das in Gefahr bringen, wofür wir gekämpft haben und noch kämpfen?«

»Auf die Gefahr hin, Euch zu erzürnen, nein, ich glaube es nicht, Majestät. Meiner Meinung nach existiert dieses Komplott nur in der Phantasie von Fray Torquemada. Wie soll man an eine Verschwörung glauben, die auf ein Kryptogramm gegründet ist, das wiederum von der Heiligen Schrift ausgehen soll und hinter dem angeblich ein inzwischen toter Kabbalist steht? Ach, ich kann das einfach nicht ernst nehmen!« In sanftem Ton schloß er: »Selbstverständlich hoffe ich, mich nicht zu täuschen.«

Die Finger der Königin umkrampften das Taschentuch. »Ihr … hofft, Fray Talavera?«

Aus dem Blick des Priesters sprachen plötzlich Energie und Entschlossenheit. »Gehört es denn nicht zum Wesen des Glaubens, daß man hofft, obwohl die ganze Welt die Hoffnung für sinnlos erklären will? Aber da die Sache nun einmal in Gang gebracht worden ist, will ich nicht vergeblich versuchen, Euch zu überzeugen. Allein die Zukunft wird zeigen, auf wessen Seite die Wahrheit ist, auf meiner oder auf der Fray Torquemadas.« Ohne Pause und in beinah munterem Ton fuhr er fort: »Ich habe die ausgezeichnete Neuigkeit erfahren, unsere Truppen bereiten sich auf die Belagerung Málagas vor. Es sieht so aus, als könne die Stadt nicht lange standhalten.«

»Seine Majestät der König ist davon überzeugt. Man kann nur wünschen, daß der Sultan von Granada den Vertrag von Loja einhält und seinen muslimischen Brüdern nicht zu Hilfe eilt.«

»Wie seht Ihr die Sache?«

»Mein Eindruck ist, daß Boabdil den Vertrag buchstabengetreu einhalten wird. Ich bin davon um so mehr überzeugt, als er gerade erst dem Königreich Kastilien einen Pakt vorgeschlagen hat, der den Vertrag von Loja weiter festigen soll. Er soll bereit sein, Granada gegen bestimmte Zugeständnisse aufzugeben, wozu unter anderem die Freiheit für die Bewohner des Albaicín gehört, weiter in der Stadt zu wohnen, das Recht, ihre Moscheen zu behalten, sowie eine zehn Jahre währende Steuerfreiheit.«

Talavera zog die Brauen hoch. »Habe ich richtig gehört: ›Er soll bereit sein, Granada aufzugeben‹?«

»So ist es.«

»Bedeutet das eine kampflose Übergabe?«

»So lautet jedenfalls das Angebot, das er uns soeben gemacht hat.«

Der Stimme des Priesters war die Bewegung anzumerken: »Granada auf den Knien ... Das Ende einer siebenhundertjährigen Besetzung. Ich glaube, das wäre das bedeutendste Ereignis unserer Geschichte. Spanien endlich wieder vereinigt!«

»Ja, Fray Talavera. Sicherlich das bedeutendste Ereignis. Es wäre traurig, sollten wir es nie erleben.«

»Warum nicht? Die Entwicklung geht doch ganz in diese Richtung.«

Die Fingerknöchel wurden weiß, so fest umschloß Isabel das Taschentuch. »Das tut sie ... aber es kann vieles dazwischenkommen. Manchmal genügt ein Sandkorn, Fray Talavera, ein einziges Sandkorn.«

Über seine Notizen gebeugt, sagte Sarrag: »Fray Vargas, während Eurer Abwesenheit sind wir nicht untätig geblieben. Wir haben etwas entdeckt – eigentlich müßte ich sagen, Rabbi

Ezra hat etwas entdeckt: die Bedeutung des VON JAHWE AUSERWÄHLTEN BERGS.«
»Und die wäre?«
Der Rabbiner fiel ins Rezitieren: »›Denn Jahwe hat Sion auserwählt, diesen Sitz hat er für sich gewollt.‹ Sion oder der von Jahwe auserwählte Berg ist nichts anderes als die Stadt Davids, oder wenn Euch das lieber ist: Jerusalem. Noch genauer bedeutet Sion den Südvorsprung des östlichen Hügels zwischen Kedron und Tyropeon, also die Stelle, wo der Große Tempel errichtet wurde.«
»Bravo«, beglückwünschte ihn Vargas. »Euer Gedächtnis ist wirklich phänomenal, ich selbst wäre auf diesen Zusammenhang nie gekommen.«
»Ich danke Euch. Jedoch sind wir insgesamt kaum weiter.«
»Da irrt Ihr Euch«, sagte Vargas.
Seine Stimme klang mit einem Mal fiebrig. Er setzte sich zu den beiden.
»Doch«, sagte er, »diese Information ist entscheidend. Jetzt haben wir nämlich die Glieder einer logischen Kette vor uns. Denkt einen Moment nach! Hiram, ist das nicht der Tempel? Und der Tempel, ist das nicht Sion und Jerusalem?«
»Stellt Euch vor«, versetzte Ezra, »eben diese Assoziation ist sowohl dem Scheich als auch mir gekommen. Aber sie bringt uns keine Erleuchtung, was die mysteriösen Engel angeht.«
Plötzlich schien die ganze Zelle nur noch Dämmerung und Stille. Ein langer Moment verging. Die drei Männer sahen aus, als kämpften sie mit unsichtbaren Drachen.
Da stieß Vargas einen Freudenschrei aus: »Die Templer!«
»Die Templer?« fragten Ezra und Sarrag wie aus einem Munde.
»Natürlich! Wieso bin ich nicht früher darauf gekommen!«
Scheich Sarrag bemerkte mit leiser Ironie: »War das nicht die Handvoll Ritter, deren Herzensanliegen es vor ein paar hundert Jahren war, Sarazenenblut zu vergießen? Wenn ich mich recht erinnere, kostete das Unternehmen mehr als eine Million Menschenleben.«

»Das mag Euer Standpunkt sein«, erwiderte der Mönch. »Ich gedenke, hier keine polemische Diskussion zu entfachen, ich will lediglich an die Fakten erinnern. Am 15. Juli 1099 wird Jerusalem von den Kreuzrittern besetzt. Sofort eilen aus sämtlichen Weltgegenden Männer, Frauen und Kinder herbei, um die endlich befreiten heiligen Stätten zu besuchen. Ein Mann namens Hugo von Payens bewirkt, daß sich eine Gruppe von Kreuzfahrern zusammenschließt. Sie fassen den Entschluß, im Heiligen Land zu bleiben, um hier die Pilger zu beschützen und das Heilige Grab zu bewachen. Sie entscheiden sich dafür, nach den Regeln des heiligen Augustinus als reguläre Kanoniker zu leben. Später ändern sie ihre Benennung ›Arme Ritter Christi‹ in ›Ritter des Tempels‹ beziehungsweise ›Templer‹. Seht Ihr schon, worauf ich hinauswill?«

»Nicht so recht«, erwiderte Ezra.

»Dabei hätte ein so hervorragender Kabbalist, wie Ihr es seid, die Anspielung schon erfassen müssen. Wißt Ihr, wo die Templer zuallererst Quartier nahmen?«

Rafael erntete nur fragendes Schweigen.

»In der Umfriedung des Salomonischen Tempels.« Jedes Wort einzeln betonend wiederholte er: »In der Umfriedung des Salomonischen Tempels! Und weil die Stätte des ehemaligen Tempels zu ihrer Unterkunft wurde, tauften sie sich ›Templer‹. Seid Ihr jetzt soweit, daß Ihr den Zusammenhang mit Baruels Engeln seht?«

»Nur teilweise, denn definitiv kann man wohl kaum behaupten, daß sich zwischen jenen Engeln AUF DEM VON JAHWE AUSERWÄHLTEN BERG und den Tempelrittern ein Bezug herstellen läßt.«

Nicht ohne Ungeduld bestätigte Sarrag: »Er hat recht, Fray Rafael. Vielleicht findet Ihr mich jetzt ebenso begriffsstutzig, aber ich weiß immer noch nicht, was die Templer in unserer Überlegung zu suchen haben.«

Jetzt war Vargas' Geduld am Ende: »Also so etwas! Lest doch bloß Baruels Text!«

Er griff nach dem Blatt mit dem zweiten »Palast« und las laut

und deutlich vor: »Ich habe nur einen einzigen Engel gekannt, aber einst auf dem von Jahwe auserwählten Berg waren es neun. Es waren diese neun, die in der von Toren umringten Stadt Zuflucht suchten. Habe ich nicht gerade gesagt, daß die ersten Templer sich in der Umfriedung des ehemaligen Tempels niederließen?«
Sarrag nickte.
»Wißt Ihr, zu wie vielen die Männer des Hugo von Payens am Anfang waren?« Er machte bewußt eine Pause, um seiner Offenbarung Gewicht zu geben. »Neun! Neun Ritter. Auf dem von Jahwe auserwählten Berg waren es neun. Es waren diese neun, die in der von Toren umringten Stadt Zuflucht suchten. Ihr seht jetzt, daß der Bezug zu den Tempelrittern unbestreitbar existiert.«
Er wartete die Zustimmung nicht ab, sondern sprach weiter. »Nehmen wir noch einmal Baruels Erzählung her. Er sagt ganz klar: die in der von Toren umringten Stadt Zuflucht suchten. Ist das nicht logischerweise dann der Haupthinweis? Der, der uns zu unserem nächsten Ziel führen muß. Zu einer Stadt. Einer Stadt, welche Tempelrittern Schutz geboten hat und welche ein sehr charakteristisches Bauwerk sowie zahlreiche Tore aufzuweisen hat.«
»Ich beuge mich dieser Logik«, sagte Sarrag im Ton der Kapitulation. »Jedoch ...« Auf seiner Stirn erschienen Falten. Irgend etwas machte ihm zu schaffen. »Fray Rafael, an Eure Fähigkeit zu logischer Ableitung und an Euren Spürsinn will ich ja gerne glauben, auch meine ich, daß Baruels Text dem, der Augen hat zu sehen, die Wahrheit durchaus andeutet. Nichtdestotrotz ist mir die Schnelligkeit verdächtig, mit der Ihr Hiram, die Templer und die Engel verknüpft habt. Ganz so, als wüßtet Ihr wie dieser genuesische Seefahrer, dieser Cristóbal Colón, die Antwort schon im voraus.«
Zum erstenmal war dem jungen Mann ein Unbehagen anzumerken. »Ich habe Euch doch gesagt, daß ich geraume Zeit vor Euch dieses Dokument bereits studieren konnte.«

»Jetzt hört zu, Fray Rafael! Spielt doch ein ehrliches Spiel! Ihr wißt einfach zu viele Einzelheiten über die Welt der Templer. So wie Ihr davon spracht, hatte ich das Gefühl ...«

»... daß diese Welt mir vertraut ist?«

Sarrag nickte bestätigend.

In den Augen des Mönchs blitzte es auf. *Ich erwarte, daß Ihr handelt wie Eure illustren Vorfahren, jene stolzen Ritter, die sich ausschließlich von ihrem edlen Pflichtgefühl leiten ließen, von ihrem Streben nach einem Ideal und von ihrem Willen, sich selbst zu übertreffen. Ich kann Euch versprechen, daß Ihr, wenn Ihr bereit seid, mir zu vertrauen, die Gelegenheit haben werdet – vielleicht die einzige in Eurem ganzen Dasein –, diese drei Prinzipien voll und ganz zu leben und zu erleben.*

»Nun gut«, sagte er dann. »Ich werde Euch alles sagen. Schon 1128, nach dem Konzil von Troyes, beschlossen die Tempelritter, sich hierher, nach Spanien, zu begeben, um die christlichen Heere in ihrem Kampf gegen die Mauren zu unterstützen. In den folgenden Jahrhunderten schenkten ihnen verschiedene über spanische Lande regierende Monarchen sowie Fürsten, Grafen und Adelsherren aller Rangstufen zum Zeichen ihrer Dankbarkeit Kastelle und Burgen, Ländereien, manchmal ganze Dörfer. Gleichzeitig kamen zahlreiche Orden, die direkt auf das Vorbild der Tempelritter zurückgingen, zur Blüte in unserem Land. Da waren unter anderem der Orden von Alcantara, der von Calatrava, der von Montesa und vor allem ...« Er machte eine Pause. »... der Orden des Santiago de la Espada: Los fratres de Cáceres. Ihr Zusammenschluß erfolgte 1170 im vorübergehend wiedereroberten Cáceres und stand unter königlichem Schutz. Die Ordensmitglieder erhielten die Aufgabe, die Stadt gegen einen möglichen Angriff der Almohaden zu verteidigen und die Pilger, die nach Compostela unterwegs waren, zu beschützen. Im Jahre 1171 ermächtigte auf Bitte Fernandos II. von León der Erzbischof von Santiago die Brüder, sich Orden des Santiago de la Espada zu nennen, ein wahrhaft klangvoller Name, ist doch dieser Heilige der große Schirmherr der Reconquista. Vier Jahre

später erkannte Papst Alexander III. den neuen Orden offiziell an. Nun war dieser Orden – und das wird Euch zum Verständnis helfen – einer Regel unterworfen, die von der der Templer abgeleitet war.«
Sarrag und Ezra unterdrückten ein nervöses Erschauern.
»Ihr Wahrzeichen war auf weißem Grund ein rotes Schwertkreuz, das dem Kreuz nachgebildet war, welches die Brust der Ritter von Jerusalem schmückte. Eines der Gründungsmitglieder des Ordens hieß Lujan Vargas. Er war mein Ahnherr. Mein Großvater Miguel und mein Vater Pedro Vargas gehörten dem Orden an, und ich selbst auch, bevor ich bei den Franziskanern eintrat.«
Er schwieg einen Moment, dann sagte er noch: »Baruel wußte über meine Vergangenheit Bescheid. Im Text wird das auch deutlich.«
»Wo?«
Vargas zitierte: »Ich habe nur einen einzigen Engel gekannt.«
Weder Ezra noch Ibn Sarrag sagten ein Wort. Die Anspannung war von ihnen abgefallen. Sie mußten sich eingestehen: Sie waren mehr als nur angetan von diesem Jüngling.

Kapitel 11

Verhärte dein Herz, sei Araber!

Boileau: Satiren, 8

Mit einem Armvoll Bücher kam Rafael zurück und setzte sich zu Sarrag und Ezra.
»Hier«, sagte er und legte die Folianten auf dem Tisch ab, »ein Thesaurus in arabischer Sprache, ein kurzgefaßtes Lehrbuch der Mathematik, eine kleine Schrift über das Wirken der Tempelritter in Spanien, eine Karte der Iberischen Halbinsel. Und dies hier: ›Ta Symbola‹, ein mit nichts anderem vergleichbares Buch, worin der Verfasser, ein namenloser Narr, eine beeindruckende Menge von Riten mitsamt der entsprechenden Symbolik zusammengetragen hat.«
Der Mönch deutete in den Saal. »Von der Bibliothek in Salamanca einmal abgesehen, bezweifle ich sehr, daß man anderswo als hier im Rábida-Kloster derart kostbare Werke findet.«
»Reicht mir den Thesaurus herüber«, bat Sarrag. »Ich möchte zu gern wissen, was darinsteht.«
Der Mönch gab ihm das massive Buch und sagte: »Die größte Klippe stellt das Wort INCANTATIO dar. Baruel sagt ausdrücklich: WOLLT IHR DIE ZAHL DER TORE ERHALTEN, SO IST DIE INCANTATIO UNENTBEHRLICH. Ich befürchte stark, daß wir ohne diesen Schlüssel keinen Schritt weiterkommen.« Er beugte sich zu Sarrag hinüber. »Was meint Ihr dazu?«
Der Araber hatte sich in den Thesaurus vertieft und antwortete unwirsch: »Das ist kein Kryptogramm mehr, das ist ein Turm von Babel.«
Ezra lachte auf. »Ihr wißt gar nicht, wie recht ihr habt. Ein Turm von Babel.« Er deutete auf die vorletzte Zeile des ›Palastes‹.

»Inmitten der Ebene von Schinear. Schinear: ›Genesis‹ 11,1. ›Die ganze Erde hatte nur eine Sprache und gebrauchte die gleichen Worte. Als sie von Osten aufbrachen, fanden sie eine Ebene im Lande Schinear und ließen sich dort nieder.‹«

Sarrag rief: »Macht mir nicht weis, der Bibelvers sei Euch gerade erst eingefallen!«

»Natürlich nicht.«

»Folglich wußtet Ihr, daß es einen Zusammenhang gibt zwischen Schinear und dem Turmbau zu Babel.«

»Das fragt Ihr noch?«

Der Araber schien dem Ersticken nahe. »Und Ihr habt diese Information für Euch behalten?«

»Für mich war die Herkunft des Wortes sonnenklar. Ich dachte, das gelte auch für Euch.«

Sarrag betrachtete ihn argwöhnisch. »Sagt, Rabbi, könnte es sein, daß Ihr mit einem Alleingang liebäugelt?«

Der Jude warf ihm einen verachtungsschweren Blick zu. »Ihr seid mir wahrlich zu durchtrieben, Scheich Sarrag.«

Vargas beschloß einzugreifen: »Wie wäre es, wenn wir weitermachten, statt einander Bosheiten an den Kopf zu werfen?«

Daraufhin wurde der Jude noch ärgerlicher. »Weitermachen? Wie denn? An dem Wort Incantatio können wir uns noch lange die Zähne ausbeißen. Ich jedenfalls gehe jetzt.« Er stand auf und ging Richtung Tür.

»Wo wollt Ihr hin?« fragte Vargas.

»Ins Freie, Luft schnappen.«

Der Mönch gab sich einen Augenblick unentschlossen, dann stand auch er auf. »Kommt Ihr mit?« fragte er Sarrag. »Die Abendluft bringt uns vielleicht auf frischere Gedanken.«

Brummelnd lehnte der Araber ab und wandte sich wieder seiner Lektüre zu.

»Ihr tut unrecht daran«, meinte der Mönch, »man muß auch wieder Abstand zu den Dingen gewinnen können. Aber wie Ihr wollt ...«

Draußen saß der Rabbiner auf einer Steinbank. Der alte Mann massierte sich unter Grimassen die Finger.
»Ihr habt Schmerzen?«
Der Rabbiner bemühte sich um eine schicksalsergebene Miene. »Die Schmerzen sind mir längst zur Gewohnheit geworden.« Mit einem Hauch Selbstironie fügte er hinzu: »Wozu ist man schließlich Jude ...«
Vargas lehnte sich an einen Baum. »Merkwürdige Assoziation. Mir jedenfalls ist der Zusammenhang nicht klar.«
»Weil es keinen gibt. Ich überließ mich nur dem uralten Trieb meiner Glaubensbrüder und greinte über mein Schicksal.«
Vargas lächelte unwillkürlich. »Ich hätte nicht gedacht, daß Ihr so ironisch sein könnt.«
»Oh, freut Euch nicht zu früh! Das ist keine Dauereigenschaft. Nur an manchen Tagen bin ich so.« Er ließ seine Finger in Ruhe. »Sagt doch, was sucht ein junger, mit einer gewissen Intelligenz begabter Mann wie Ihr fern von der Welt in einem Kloster?«
»Er betet. Er versucht, seinem Schöpfer näherzukommen.«
Im Blick des Rabbiners glomm Argwohn auf. »Seid Ihr sicher, daß das der einzige Grund für Euer Hiersein ist? Seid Ihr Euch wirklich sicher? Ist kein weniger geistliches Motiv in Eure Berufung eingeflossen?«
Eine Sekunde schien es, als verschatte ein Gedanke Vargas' Gemüt, aber er fing sich sehr schnell. »Meine Antwort war ehrlich.«
»Findet Ihr dann nicht, daß diese Haltung überaus ichbezogen ist? Wenige Meilen von Eurer friedlichen Klause entfernt kämpfen, leiden und sterben Menschen. Ihr aber, Ihr sucht Geborgenheit hinter diesen Mauern. Wozu soll das gut sein?«
»Wenn Ihr, Rabbi Ezra, betet, wozu soll das dann gut sein?«
»Gewiß bete ich, aber ich stehe im Leben. Ich lebe nicht hinter Mauern. Von Euch und Euren Brüdern kann man das nicht sagen ... Findet Ihr nicht, daß da eine Art Vergeudung stattfindet?«
»Aus dem Munde eines Kabbalisten und Rabbiners ist das eine

sehr überraschende Frage. Solltet Ihr nicht wissen, daß Gott zwar die einen wegen ihrer Verdienste erhöht, die anderen jedoch wegen ihrer Bußfertigkeit? Wenn Tausende von Gläubigen über die Welt verstreut Buße tun, dann ist die Energie, die sie ausstrahlen, glühender als die Sonne. Sie vermag die in Kälte erstarrten Seelen zu erwärmen, die Schmerzen zu besänftigen und aus der Hoffnungslosigkeit herauszuhelfen.«

»Wie ist es Eurer Meinung nach, wenn Ihr am Fuß der Scheiterhaufen kniet, tragt Ihr dann auch dazu bei, die in Kälte erstarrten Seelen zu besänftigen? Denn stellt Euch vor, ich habe nicht vergessen, was Ihr bei unserer ersten Begegnung gesagt habt. Ich darf Euch zitieren: ›Auf die Gefahr hin, Euch zu schockieren, ich erkenne durchaus gewisse Verdienste der heiligen Inquisition an.‹«

»Genau. Und ich bleibe bei diesen Worten.«

»Was soll ich antworten, außer daß ich Euch bedaure?«

»Zuviel der Mühe. Jedenfalls werde ich nicht versuchen, Euch zu überzeugen. Ich stelle nur fest, daß Ihr eine betrübliche Unehrlichkeit an den Tag legt. Habt Ihr vergessen, daß ihr Juden wenn nicht die Erfinder, so doch mindestens die Vorläufer der Inquisition gewesen seid?«

Ein lautes Lachen war die Antwort.

»Aber ja doch, mein Teuerster. Erinnert Euch nur: ›Wenn du über eine deiner Städte, welche dir Jahwe, dein Gott, nun als Wohnplätze gibt, sagen hörst: Nichtswürdige Leute aus deiner Mitte gingen hin und haben die Bewohner ihrer Heimatstadt verführt und gesprochen: Auf, laßt uns anderen Göttern dienen – die ihr nicht kennt –, so sollst du Nachforschungen und Untersuchungen sowie genaues Verhör anstellen. Stellt sich dabei die Sache als sichere Wahrheit heraus, ist dieser Greuel wirklich in deiner Mitte geschehen, dann sollst du die Bewohner jener Stadt mit der Schärfe des Schwertes schlagen. Vollziehe an ihr und an allem, was in ihr ist, den Bann. Und alles, was in ihr erbeutet wird, sollst du auf ihrem Marktplatz zusammentragen und dann die Stadt samt allem, was in ihr erbeutet wird, als Ganzopfer für

Jahwe, deinen Gott, verbrennen. Sie soll für immer ein Trümmerhaufen bleiben, nie wieder darf sie aufgebaut werden.‹ Diese Worte, Ihr wißt es, entstammen der Thora, dem ›Deuteronomium‹ ...«

»13, 12 bis 17. O ja, ich weiß. Aber das hat mit unserer Diskussion nichts zu tun. Ihr lest aus den Worten heraus, was Euch in den Kram paßt. Man muß diese Verse aus ihrer Zeit heraus verstehen, und man darf sie vor allem nicht wortwörtlich nehmen.«

»Ganz klar, vor allem weil euch das zum Vorteil gereicht. Ich möchte des weiteren sagen, daß ihr Juden doch selbst die Ereignisse heraufbeschworen habt. Allzuoft habt ihr eine grandiose Unverschämtheit bewiesen, stets wart ihr gierig auf öffentliche Ämter. Clans und Cliquen habt ihr gebildet. Manche Conversos gingen in ihrem provozierenden Verhalten so weit, daß sie in den Kirchen die jüdische Religion lehrten. Der Hieronymitenprior Garcia Zapata feierte in der Kirche das jüdische Laubhüttenfest, und während der Messe sprach er statt der Wandlungsformeln blasphemische und frevlerische Worte. Das könnt Ihr nicht leugnen, das sind einfach Tatsachen. Ihr seid auf die Zerstörung des Katholizismus aus gewesen, ganz abgesehen davon, daß die große Mehrheit der Conversos heimtückisch für die eigene Sache tätig war, und das in sämtlichen Sparten der Staatsverwaltung und der Kirche. Ganz offen und regelmäßig verdammten sie die Lehre der Kirche und steckten damit die Masse der Gläubigen an. Die Entwicklung war so weit gediehen, daß die Existenz Spaniens auf dem Spiel stand. Eure Dominanz wurde unerträglich. Und Ihr seid Euch all dessen bewußt, Ben Ezra!«

Überraschenderweise antwortete der Rabbiner mit entwaffnender Gelassenheit und Beherrschung: »Ihr seid ein jugendlicher Heißsporn und ein Narr, Rafael Vargas. Und das sage ich mit einer gewissen Zuneigung. Beim Zuhören war mir, als hörte ich eine Rede, die so alt ist wie die Welt. Ich hätte auch sagen können, eine abgestandene Rede. Aber aus dem Munde der Jugend klingt sie doch erschütternd. Ich kenne diese Argumente auswendig. Ich weiß auch, daß Ihr mit der Behauptung schließen könntet, daß die Einrichtung der Inquisition eine Wohltat war, weil sie die ständigen Zusammenstöße zwischen den Religionsgemeinschaften beendet hat und weil sie schließlich bis zum heutigen Tag weniger Tote gekostet hat, als die Massaker zwischen Juden und Christen gekostet haben würden, wenn sie weitergeführt worden wären. Ich strecke die Waffen, Fray Vargas. Ich kämpfe nicht mit Kindern.«

Empfindlich getroffen, machte der Mönch eine blasierte Handbewegung.

Ruhig wie zuvor sprach Ezra weiter: »Im übrigen werde ich Euch, um zu beweisen, wie wenig nachtragend ich bin, ein Geheimnis verraten.« Er stand auf, trat zu dem Mönch und sagte leise: »Der Jude existiert nicht, Fray Vargas, er ist eine Erfindung des Menschen.«

»Und das soll heißen?«

»Daß man immer irgend jemandes Jude ist. Heute sind es die Leute meines Volkes. Morgen werden es die Araber sein. Übermorgen werden es die Zigeuner sein. Und wer weiß, irgendwann in der Zukunft die Kranken und die Alten. Jetzt bin ich dran und frische Euer Gedächtnis auf. Als ihr im römischen Kaiserreich als Sekte galtet, die Menschenopfer darbringt, die das Blut von Neugeborenen trinkt, als man euch zum Abschwören zwang und dazu, den Gottkaisern zu huldigen, als man euch im Dutzend aufgriff und in die Arenen warf, wart ihr da nicht elende ›Juden‹?« Einen Augenblick betrachtete er den Mönch, dann wiederholte er: »Vergeßt es nicht: Man ist immer irgend jemandes Jude ...«

Plötzlich erklang von der Tür her Ibn Sarrags Stimme: »Kommt, kommt schnell! Ich habe die INCANTATIO gefunden.«

Ezra und der Mönch eilten zu ihm.

»Seht her!« sagte der Scheich aufgeregt. »Seht nur her!«

Auf dem Tisch lag ein großes Blatt mit einer Tabelle:

»Hier seht Ihr, was die sogenannte ›Anrufung‹ oder ›Beschwörung‹ ist. Auf arabisch: *›Da'wa‹* Ich habe hier nur die ersten sieben Buchstaben übertragen. Es handelt sich um ein sehr gehei-

Nach dem Abjad (den vier ersten göttlichen Attributen) angeordnete Buchstaben des Alphabets mit der entsprechenden Zahl	A 1	B 2	C 3	D 4	E 5	F 6	G 7
Attribute Gottes	Allah	Baqi	Jamit	Dayyan	Hadi	Wali	Zaki
Attributzahl	66	113	114	65	20	46	37
Attributbedeutung	Gott	der Ewige	der Vereinende	der Zählende	der Anführer	der Freund	der Läuterer
Attributkategorie	schrecklich	freundlich	schrecklich und freundlich	schrecklich	freundlich	freundlich	gemischt
Eigenschaft, Laster oder Tugend des Buchstabens	Freundschaft	Liebe	Liebe	Feindschaft	Feindschaft	Liebe	Liebe
Elemente	Feuer	Luft	Wasser	Erde	Feuer	Luft	Wasser
Tierkreiszeichen	Widder	Zwillinge	Krebs	Stier	Widder	Zwillinge	Krebs
Planeten	Saturn	Jupiter	Mars	Sonne	Venus	Merkur	Mond
Geister	Qayyush	Danush	Nulush	Twayush	Puyush	Kapush	Ayush
Schutzengel	Israfil	Jebril	Kalka'il	Darda'il	Durba'il	Rafail	Tankafil

mes, in der islamischen Tradition aber als zulässig betrachtetes Verfahren. Wir wissen fast nichts darüber, wie man es anwendet, außer daß die Tabelle im Hinblick auf Bezüge angelegt wurde, die, wie angenommen wird, zwischen den göttlichen Attributen, den Zahlen, den vier Elementen, den sieben Planeten, den zwölf Tierkreiszeichen und den Buchstaben des Alphabets walten, wobei hier natürlich das arabische Alphabet gemeint ist, das ich der Klarheit wegen transkribiert habe. Man nimmt an, daß die eigentliche Beschwörungs- oder Anrufungssitzung darin besteht, daß in einer vorher festgelegten Reihenfolge Symbole rezitiert werden, also Buchstaben, Ziffern, Planeten und so weiter. Es gibt Milliarden von Kombinationsmöglichkeiten. Nur eine einzige davon hat angeblich die Kraft, dem Rezitierenden höchste Macht zu verleihen. Eine einzige kann ihn zur absoluten Erkenntnis führen.«

Rafael entschied sich für vorsichtige Skepsis: »Die ›höchste Macht‹?«

»Ja, die Überlieferung behauptet, daß demjenigen, dem es gelingen sollte, den sämtliche Symbole miteinander in Einklang bringenden Schlüssel zu finden, gleichsam göttliche Macht über das Universum zuteil wird.«

»Wirklich sehr merkwürdig«, murmelte Samuel Ezra gedankenverloren. »Da stehen wir plötzlich wieder dem Tetragrammaton gegenüber: Jod. He. Waw. He. ...«

Die beiden anderen sahen ihn verwundert an.

»Habt Ihr von einem Mann namens Abraham Abulafia gehört?« Ezra wartet die Antwort nicht ab. »Er wurde vor etwa zweihundert Jahren in Saragossa geboren. Er war einer der schöpferischsten Kabbalisten seiner Zeit. Man schreibt ihm auch höchst prophetisch und messianisch getönte Texte zu. Am interessantesten aber ist folgendes: Abulafia hat den größten Teil seines Daseins dem geweiht, was man als ›ekstatische Kabbala‹ bezeichnen könnte. Auch dabei handelt es sich um ein theosophisches System, welches an unsere INCANTATIO erinnert. Zweck des Systems ist es, den Menschen mit Gott ›in Verbindung zu setzen‹ und ihm so Einfluß auf den Weltlauf zu verschaffen. Im Laufe der Jahre hat Abulafia ein Prinzip entwickelt, das auf der Buchstabenumstellung beruht und ebenso auf dem Rezitieren der dem Allewigen zugeschriebenen Namen – weswegen ich auf das Tetragramm zu sprechen kam. Wenn wir die vier Lettern Jod, He, Waw, He hernähmen und sie untereinander umstellten, so kämen wir auf genau 1080 mögliche Kombinationen, wobei sämtliche Formen der Vokalgebung und Atmung, der Hand- und Kopfbewegungen mitgerechnet sind. Außerdem …«

Rafael unterbrach ihn mit einer Handbewegung: »Einen Moment, Rabbi. Inwieweit können solcherlei Übungen Gott näherbringen oder die Macht verleihen, auf den Weltlauf Einfluß zu nehmen?«

»Das Rezitieren der göttlichen Namen oder die Permutation der Buchstaben des Tetragramms führt, wenn sie in absoluter Einsamkeit und nach einem ganz speziellen Rhythmus immer wieder durchgeführt werden, den Rezitierenden unmerklich in eine Art prophetische Ekstase hinein. Nach einer Weile – den Grund kann man nicht angeben – kommt es plötzlich zu einer körperlichen Erschütterung, welche die Befreiung der Seele bewirkt. Diese untersteht nicht mehr der Bevormundung durch die Sinne, sie wird frei, und sie erreicht das Stadium der Erkenntnis. Das heißt, sie geht in Gott ein.«

Ezra machte eine Pause und sah die beiden anderen an.

»In Wirklichkeit werdet Ihr«, fuhr der Rabbiner dann fort, »wenn Ihr ein wenig nachdenkt, feststellen, daß zu allen Zeiten die Weisen und Heiligen, welche die Weltabgeschiedenheit wählten, eine außerordentliche Fähigkeit zur Konzentration auf alles, was sie taten und dachten, erlangten. Moses ist ein Beispiel, aber Jesus und Mohammed sind es gewiß auch. Für den gewöhnlichen Sterblichen, der nicht die angeborene Gabe besitzt, sich von der Realität zu lösen und mit dem Göttlichen in Verbindung zu treten, stellen das Rezitieren oder die INCANTATIO Hilfsmittel dar.«

Ein verwirrter Rafael hüllte sich in Schweigen. Lag nicht in die-

ser Zusammenschau von INCANTATIO und hebräischer Permutation des Tetragramms eine weitere Botschaft Aben Baruels verborgen?
Rafael wußte mehr oder weniger, welche Art Menschen ihm gegenübersaßen: Sarrag mit seinen Schlichen und seinem für den Mauren typischen Aufbrausen, dazu Ezra, der die Männern seines Alters zustehende Weisheit verkündete, dem man aber jederzeit zutrauen konnte, daß er auch schlimmste Bannflüche schleudern würde. Und er selbst, Rafael, was war er? Die Jugend? Die Impulsivität? Der Glaube noch im Reinzustand? Als Ezra ihn gefragt hatte, warum er in den Orden eingetreten war, da hatte er sich nur mit Mühe beherrscht. Hatte der alte Rabbiner einen sechsten Sinn? Vermochte er, in der Seele der anderen zu lesen? ›Ist ein weniger geistliches Motiv in Eure Berufung eingeflossen?‹ Warum diese Bemerkung?
Schleusen hatten sich zu öffnen begonnen, die schäumenden Fluten der Vergangenheit drängten herauf. Rißwunden der Erinnerung, kaum vernarbt, brachen auf. Wann endlich würde er sich ohne Schmerz die Worte ins Gedächtnis rufen können, die gesprochen worden waren, die verratenen Versprechen noch einmal hören, die Gesten noch einmal sehen können, von denen er geglaubt hatte, sie würden sie Tag für Tag stärker im Fleische zusammenbinden für alle Ewigkeit?
Ibn Sarrags Stimme holte ihn aus seiner Versenkung: »Nachdem die Beschwörungstabelle nun vorliegt, durchschauen wir einigermaßen, was Aben von uns erwartet. Er übergibt uns eine Reihe von Attributen, von denen jedes einer Zahl entspricht. Wenn wir uns den Anfang unseres Abschnitts wieder vornehmen, dann erhalten wir beispielsweise die GÜTE, den FREUND und den LÄUTERER‹. Die ›*Da'wa*‹-Tabelle ermöglicht uns, die Äquivalenz zwischen den Attributen und den Zahlen zu bestimmen. Die GÜTE ist gleich der Zahl 129, der FREUND ist gleich 46 und der LÄUTERER gleich 37. Damit ist klar, daß wir es mit einer Reihe von Rechenvorgängen zu tun haben. Entfernen bedeutet subtrahieren und zugesellen bedeutet addieren.«

»Macht nur allein weiter«, sagte der Rabbiner hastig. »Ich bin einfach zu müde.«
»Wie es Euch beliebt.«
»Folgen wir Schritt für Schritt Baruels Angaben. Er sagt BEGINNEN WIRD MAN DAMIT, DASS MAN DEN LÄUTERER VON DER GÜTE ENTFERNT. Das ergibt 129 minus 37 gleich 92. Anschließend: DER FREUND WIRD TEILUNG SÄEN. Folglich 92 dividiert durch 46 gleich 2.«
Rafael stellte fest: »Die Zahl des vollendeten GLEICHGEWICHTS: 2 – das Sinnbild des MÄNNLICHEN UND DES WEIBLICHEN, DES GEISTES UND DER MATERIE.«
»Die 2 könnte auch das Symbol der Teilung sein«, wandte Ezra ein. »Aber macht weiter!«
»ANSCHLIESSEND WERDET IHR DEN FREUND DEM LÄUTERER ZUGESELLEN, UND IHR WERDET DAVON DAS GLEICHGEWICHT WEGNEHMEN. Das ergibt 46 plus 37 gleich 83. Wir ziehen 2 davon ab. Resultat: 81. Baruel sagt nun, DIE WURZEL DIESES ERGEBNISSES MUSS AUSGERISSEN WERDEN. Ich nehme an, er will sagen, die Quadratwurzel ziehen: Was meint Ihr, Fray Rafael?«
»Das erscheint mir logisch.«
Nach kurzem Zögern verkündete Sarrag: »9.«
»Genau. UND DIE WURZEL DIESER WURZEL.«
»3.«
»WELCHE IHR MIT DEM GLEICHGEWICHT MULTIPLIZIEREN WERDET. Wobei klar ist, daß das Gleichgewicht die Ziffer 2 ist.« Rafael fuhr fort: »3 mal 2 gleich 6. Die Zahl der Tore der Tempelritterstadt!«
Plötzlich schlug er die kleine Schrift auf, die von den Templern in Spanien handelte, und blätterte in wilder Aufregung in ihr herum.
Nach einer ganzen Weile rief er mit Fanfarenstimme: »Jerez de los Caballeros! Verflucht, ich …« Er biß sich auf die Lippen, war plötzlich hochrot, bekreuzigte sich und fuhr ebenso fiebrig fort: »Die Stadt liegt auf den Ausläufern der Sierra Morena. Ihren Namen verdankt sie den Tempelrittern, die sie 1230 von den

Mauren zurückerobert haben. Sie besitzt Stadtmauern, sechs Tore sowie eine Burg namens Caballeros Templarios. Die Burg liegt am Stadtrand. Man findet dort den sogenannten Blutigen Turm, in dem jene Tempelritter niedergemetzelt wurden, die sich weigerten, die Stadt den besitzgierigen Adeligen zu übergeben.« Er zeigte Sarrag und Ezra die betreffende Seite.

»Die sechs Tore, die Burg am Rande der Stadt, das blutige Bauwerk! Aben Baruel ist ein Genie!«

»Sicherlich ein Genie, Rafael. Aber ein Genie mit äußerst krummen Hirnwindungen!«

Der Rabbiner hatte sich nun ebenfalls über das mit Notizen bedeckte Blatt gebeugt.

»Ich mag mich täuschen«, sagte er, »aber jetzt, da wir wissen, daß dieser Blutturm existiert, bin ich überzeugt, daß das durch die Zahl 3 dargestellte Element sich hoch oben auf besagtem Turm befindet.«

»Und worin besteht es Eurer Meinung nach?« fragte Rafael.

»Das zu sagen, mein Freund, bin ich außerstande. Ist es ein Gegenstand? Ein Hinweis? Sind es drei Gestalten? Wenn wir die Antwort wollen, müssen wir sie da drüben hinter dem Horizont suchen: in Jerez de los Caballeros. Außerdem ...« Jäh weiteten sich seine Pupillen, als habe er ein Gespenst erblickt.

»Was ist los mit Euch?« fragte Ibn Sarrag besorgt.

Der andere stammelte verstört: »Sechs Tore ... die Zahl 6. Das vollendete Gleichgewicht.«

Vorsichtig musterten ihn der Araber und der Mönch.

»Ja«, fing Ezra wieder an, »alles führt zurück zum Tetragramm und zum Siegel Salomos!«

»Könntet Ihr etwas deutlicher werden, Rabbi?«

»Ich erzählte gerade, daß in der jüdischen Mystik eine Entsprechung zur Incantatio existiert. Ich sprach von Abulafia und der Permutation der Lettern des Tetragramms. Jod, He, Waw, He. Auch diese Buchstaben besitzen einen Zahlenwert. Jod ist gleich 10. He ist gleich 5. Waw ist gleich 6. 10 plus 5 plus 6 plus 5 gleich 26., Wenn wir davon die 2 wegnehmen, die das Gleich-

GEWICHT darstellt, erhalten wir 6. Sechs gleichseitige Dreiecke, eingeschrieben in einen unsichtbaren Kreis. Er kritzelte die Figur aufs Blatt:

Ibn Sarrag seufzte: »Also so etwas! Das wird ja zur Obsession! Ihr interpretiert die Zahlen, wie es Euch paßt. Wenn Jerez de los Caballeros nur zwei oder drei Tore aufwiese, dann hätte ich Euch mehr oder weniger ungeschickt einen Halbmond hingezeichnet. Wenn es nun vier Tore hätte, dann hätte Rafael ein Kreuz gezeichnet. So, und jetzt gehe ich schlafen.« Im Aufstehen murrte er noch einmal: »Wirklich. Ihr interpretiert Euch die Ziffern nach Laune zurecht!«

Als er der Tür zustrebte, bemerkte er den dünnen, weißlichen Rauch, der sich rechts zwischen zwei Regalreihen langsam hervorkräuselte. Fast im selben Moment spürte er den beißenden Geruch des Feuers. Er drehte sich nach den Gefährten um. Sie hatten schon begriffen.

»Feuer«, stammelte Ezra.

»Schnell!« rief Vargas. »Die Manuskripte!«

Sarrag legte die Hand auf den Griff der schweren Eichentür. Er wollte sie öffnen. Die Tür bewegte sich nicht.

Er schrie auf: »Beim heiligen Namen des Propheten! Man hat uns eingesperrt!«

Kapitel 12

Ich beschwöre euch, ihr Töchter Jerusalems, findet ihr meinen Freund, so sagt ihm, daß ich vor Liebe krank bin.

Das Hohelied, 5,8

Ibn Sarrag rüttelte mit aller Kraft am Türgriff. Vergebens. Ohne viel Hoffnung rammte er die Schulter gegen die Türfüllung. Es gab ein dumpfes Geräusch, mehr tat sich nicht.

»Wir sind verloren!«

Er blickte zur Galerie des Saales hoch. Es war nicht mehr nur Rauch, was sich dort oben ausbreitete, sondern eine rötlich wabernde Lohe.

Vargas hatte sämtliche auf dem Tisch verstreuten Schriftstücke zusammengerafft und hielt sie gegen seinen Oberkörper gepreßt.

»Hört zu!« rief er. »Es gibt eine Geheimtür. Sie führt auf einen Durchgang, und über den gelangt man in den Kreuzgang. Wir müssen sie finden!«

»Finden? Ihr wißt also nicht, wo sie ist?«

»Nein. Aber ich weiß, daß es sie gibt, denn ich habe Fray Marchena sie oft erwähnen hören. Folgt mir!«

»Einen Augenblick!« rief der Rabbiner. »Ich will erst meine Paläste wiederhaben!«

Der Mönch sah ihn fassungslos an. Er fuchtelte mit dem Stoß Papier herum. »Seid unbesorgt! Ich habe nichts vergessen.«

Ezra kümmerte sich nicht um die Antwort, sondern stürzte sich auf Rafael.

»Her mit den Blättern, die mir gehören!«

»Sofort? Hier? Man müßte Sie erst sortieren. Seht Ihr nicht, daß der Brand sich rasch ausbreitet?«

»Der Brand ist mir völlig egal. Wenn ich im Feuer umkommen soll, dann werden Baruels Briefe mit mir zugrunde gehen.«
»Aber Ihr seid verrückt!«
»Her mit meinen Palästen!«
Sarrag mischte sich ein. »In diesem Fall, Fray Vargas, will auch ich die meinen an mich nehmen.«
Man hörte angstvolles Geschrei und von weit her das Bimmeln der Feuerglocke. Das Feuer breitete sich gefährlich schnell aus, gespenstisch roter Widerschein fiel auf die Wände, Bücher und die Gesichter der drei Männer.
»Auch gut.« Der Mönch kapitulierte. »Ich gebe sie Euch zurück ... Alles soll Euch gehören.« Er legte die Dokumente auf den Tisch. »Seht, wie Ihr damit zurechtkommt! Ich weiß meinen Text auswendig.«
»Ich weiß. Das beweist nur, wie sehr das Alter die geistigen Fähigkeiten ruiniert«, murrte Ezra. »Die Thora kann ich auswendig, aber ich bin unfähig gewesen, mir ein knappes Dutzend Seiten einzuprägen.«
Sarrag war wieder zu ihnen getreten. Unter Vargas' bestürzten Blicken machten sich die beiden Männer an die Aufteilung der ›Paläste‹ – wie zwei Geizhälse, die um Goldstücke schachern.
»Wenn Ihr darauf aus seid, Euch braten zu lassen«, zischte der Mönch, »dann ist das Euer gutes Recht. Ich für mein Teil suche jetzt nach dem Ausgang. Nur Mut, Señores!«
»Was?« heulte Sarrag auf. »Kommt nicht in Frage! Ihr wartet gefälligst auf uns!«
Der Mönch enteilte.
»Was habe ich vor einiger Zeit zu Euch gesagt?« schimpfte der Scheich. »Jetzt seht Ihr, daß es Schlimmeres gibt als einen Muslim!«
Ganz mit dem Sortieren beschäftigt, streckte Ezra seinem Partner lediglich eines der Blätter entgegen: »Hier, das gehört Euch. Ich ...« Der Satz ging in einem heftigen Hustenanfall unter. »Schnell, schnell, wir müssen raus hier!«

Sarrag antwortete nicht. Auch er spürte jetzt die Wirkung der giftigen Schwaden.
Über ihnen krachte mit scheußlichem Lärm ein Regal in sich zusammen, Funken und Asche sprühten nach allen Richtungen. Nicht wenige Funken fielen wie Sternschnuppen auf Ezras Kleidung und Bart, andere sprenkelten die Schriftstücke, die er in Händen hielt. Von Panik ergriffen, ließ er den Stoß fallen, schüttelte sich wie ein nasser Hund und klopfte sich mit grotesker Wildheit Oberkörper und Ärmel ab.
»Was tut Ihr da?« rief Sarrag angstvoll.
Er warf sich auf die am Boden verstreuten Blätter und raffte sie in fiebriger, dem Wahnsinn naher Hast zusammen.
»Gebt sie zurück!« brüllte Ezra aus Leibeskräften. »Diese Texte sind heilig! Der heilige Name des Ewigen steht darin geschrieben!«
»Ihr bekommt sie zurück, alter Narr! Aber erst wenn wir hier heraus sind!« Auch der Scheich schien plötzlich vom Ersticken bedroht und keuchte nur noch: »Kommt! Mir nach!«
Der Rabbiner taumelte, aschfahl im Gesicht. Er war der Ohnmacht ganz nah. Der Araber stopfte sich den Stapel Beschriebenes unter den Burnus, ergriff Ezra beim Arm und zog ihn mit sich fort.
»Wo wollt Ihr hin?«
»Der Ungläubige hat doch von einer Geheimtür gesprochen, oder nicht?«
Ohne den Rabbiner loszulassen, hastete er zwischen den Büchern entlang. Schon waren die Regalreihen kaum mehr zu erkennen. Das Knistern der Flammen wurde überlagert von einem diffusen Geräusch. Es war, als würde Sand gegen die Mauern peitschen.
»Wir werden bei lebendigem Leibe verbrennen …« stammelte Ezra. Sie waren vor der Rückwand des Saales angekommen. Rechts und links taten sich Quergänge auf.
Der Scheich zögerte einen Augenblick. »Allah verfluche alle Heuchler! Dieser Skorpion von einem Mönch hat uns getäuscht!«

Der Rabbiner schwankte gefährlich. Ohne Sarrags stützenden Arm wäre er in sich zusammengesunken.
»Versuchen wir es rechts«, schlug der Araber vor.
Überall zuckten Flammen aus dem rußigen Qualm. Der Scheich machte einen halben Schritt, aber seine Augen tränten so sehr, daß er völlig die Orientierung verlor.
»Hier durch!« ertönte plötzlich die Stimme von Rafael Vargas. »Hier durch! Links von Euch! Das Treppchen!«
Der Araber suchte den Mönch ausfindig zu machen. »Schurke!« war alles, was er herauskrächzte. »Ich sehe überhaupt nichts mehr!«
Er schüttelte den taumelnden Rabbiner. »Ezra! Verdammter Alter! Das ist der falsche Moment für solche Schwächeanfälle!« Er selbst fühlte, wie die Kräfte ihn verließen.
Wie durch einen Nebel drang erneut die Stimme des Mönchs: »Reißt Euch zusammen! Die Treppe! Links!«
Sarrag schoß der Gedanke durch den Kopf. Allein werde ich es vielleicht schaffen. Soll der Rabbi doch sehen, wo er bleibt! Schon wollte er Ezra loslassen, da sah er dessen Lider flattern wie die Flügel eines Schmetterlings in Todesangst.
»Nein. Ihr könnt mich nicht einfach so zurücklassen ... Nein!«
Der Araber kämpfte heftig mit sich. Von überall her krochen Flammen über den Fußboden auf sie zu. Da spürte er, wie Ezra ihm entrissen wurde.
Wie hatte Vargas den Weg zurück zu ihnen geschafft? Im Moment grenzte das an ein Wunder.
»Hierher! Kommt!« befahl der Mönch, nun seinerseits den Rabbiner stützend.
Sarrag reagierte scheinbar überhaupt nicht, dann endlich gehorchte er. Taumelnd, als erwachte er aus tiefer Lethargie, hastete er dem Mönch hinterher.

Die kühle Luft des Kreuzgangs traf ihre Gesichter mit schmerzender Heftigkeit.
Geschrei erfüllte die Dunkelheit. Schattengestalten machten sich

am Fuß des Klosterflügels, in dem die Bibliothek untergebracht war, zu schaffen oder liefen in allen Richtungen durcheinander. Immer noch stieg das scharfe Bimmeln der Feuerglocke zum Nachthimmel empor. Vargas bettete den bewußtlosen Rabbiner ins Gras und kniete neben ihm nieder. Ein paar Schritte entfernt ließ sich Sarrag einfach fallen.

»So nah war ich dem Tod noch nie!« preßte er zwischen zwei keuchenden Atemzügen hervor.

Der Mönch antwortete nicht. Mehrmals tätschelte er den Rabbiner kräftig die Wange. »Rabbi Ezra! Rabbi Ezra! Es ist vorbei. Ihr seid gerettet.«

Noch zwei- oder dreimal mußte er den Versuch wiederholen, dann endlich zeigte der alte Mann eine Reaktion. Nur mühsam bewegte er die Lippen: »Baruels ›Paläste‹ ...«

»Sind gerettet.«

»Und der Araber?«

Der Scheich selbst übernahm die Antwort. »Tut mir leid, wenn ich Euch enttäuschen muß. Allah ist groß. Ich bin noch von dieser Welt.«

Der Rabbiner stützte sich auf einen Ellenbogen hoch. »Scheich Ibn Sarrag, Ihr seid dem Feuer der Menschen entronnen, dem Feuer des Himmels werdet Ihr nicht entrinnen.«

»Das ist alles, was Euch als Dank einfällt? Wo ich Euch doch gerade das Leben gerettet habe!«

»Mir das Leben gerettet?«

Er nahm Vargas zum Zeugen. »Habt Ihr es gehört? Hättet Ihr nicht eingegriffen, er hätte mich glatt in den Flammen verschmoren lassen.«

»Hört auf mit einem derartigen Unsinn«, versetzte der Araber. »Zuallererst vergeßt Ihr, daß, sollte ich beinahe einen Mord begangen haben, dieser da« – sein Zeigefinger war auf Vargas gerichtet – »bereit war, deren zwei zu begehen. Die Opfer wären Ihr und ich gewesen.«

Verdacht flackerte in Ezras Blick auf, um sofort wieder zu verlöschen.

»Nein. Ich weiß, daß er lügt«, sagte er. »Ihr, Fray Rafael, habt uns das Leben gerettet. Adonai möge Euch segnen!«
Vargas wählte einen unbestimmten Gesichtsausdruck, so als habe sein Handeln keine weitere Bedeutung, und zeigte auf die immer noch lichterloh brennende Bibliothek.
»Fragt Ihr Euch eigentlich nicht, durch welchen Zauber der Brand entfacht worden ist? Auf welche Weise? Warum die Tür fest verschlossen war?«
Sarrag antwortete in ernstem Ton: »Ich habe mir die Frage in der Sekunde gestellt, als ich feststellen mußte, daß man uns eingeschlossen hat. Denn daran gibt es keinen Zweifel: Man hat uns absichtlich eingeschlossen.«
»Aber wer sollte unseren Tod wünschen?« fragte Ezra. »Und aus welchem Grund?«
Vargas drehte den beiden Männern den Rücken zu und beobachtete das panische Hin und Her seiner Klosterbrüder, die mit allerlei Behelfsmitteln das Feuer einzugrenzen versuchten.
»Die Bibliothek ist nicht mehr zu retten ...« sagte er.
»Ihr habt eine Frage aufgeworfen«, rief Ezra. »Habt Ihr wenigstens die Andeutung einer Antwort?«
Der Mönch antwortete, ohne sich umzudrehen: »Nicht die leiseste.«
»Dabei kann der, der versucht hat, uns umzubringen, nur einer aus dem Kloster sein. Einer Eurer Glaubensgenossen.«
»Nicht zwangsläufig. Ihr genießt Asylrecht; es gibt kein heiligeres Recht. Jeder beliebige von außen Gekommene hatte Zugang zum Bibliotheksflügel. Einmal den Schlüssel umgedreht, und die Sache war erledigt.«
»Ihr hattet den Schlüssel im Schloß steckenlassen ...«
»Natürlich. Warum hätte ich ihn abziehen sollen? Was hatten wir zu befürchten?«
»Dann heißt die Frage erst recht: Wer? Wer trachtete uns nach dem Leben?«
Sarrag korrigierte ihn: »Wer *trachtet* uns nach dem Leben? Zum gegenwärtigen Zeitpunkt weiß er, daß wir davongekommen sind.

Irgendwo lauert er im Dunkeln versteckt. Hier ...« Er zeigte auf ein Gebüsch, das als dunkler Fleck zu erahnen war. »Oder da drüben ...« Seine Hand deutete auf eine Baumgruppe. »Er belauert uns.«
»Gehen wir hinein«, schlug Vargas vor. »Morgen überlegen wir, was zu tun ist.«
»Wenn Ihr meine Ansicht wissen wollt«, sagte Sarrag, während er aus dem Gras aufstand, »so ist das Beste, was wir tun können, diese Stätte schleunigst zu verlassen und uns auf den Weg nach Jerez de los Caballeros zu machen. Hier im Kloster hält uns nichts mehr.«
»Ihr habt recht«, erwiderte Vargas. »Nur fürchte ich zu meinem Leidwesen, daß Ihr gezwungen seid, ohne mich aufzubrechen.«
»Was?« Der Rabbiner war plötzlich äußerst aufgeregt. »Der Zwischenfall hat Euch also so verschreckt, daß Ihr unsere große Sache einfach fahren laßt?«
»Ganz und gar nicht. Aber Ihr scheint zu vergessen, daß ich durch mein Ordensgelübde gebunden bin. Ein Kloster verläßt man nicht von einem Tag auf den anderen.«
»Redet mit Fray Perez! Erbittet seine Erlaubnis, Euch für einige Zeit zu entfernen!«
»Tatsächlich? Für wie lange? Und unter welchem Vorwand? Sollte ich ihm den wahren Beweggrund anvertrauen? Mit ihm über das Saphirbuch reden?«
»Ich glaube nicht, daß das wünschenswert wäre.«
»Ihr seht selbst, die Sache ist nicht so einfach.«
»Sagt ihm, einer Eurer nahen Angehörigen sei schwer erkrankt! Daß Eure Familie dringend nach Eurer Gegenwart verlange, oder sonst irgendwas. Ihr werdet schon einen Grund finden.«
»Ich werde darüber nachdenken. Vielleicht sollte ich erst einmal darüber schlafen. Wie wäre es, wir gingen hinein?«
In dem Augenblick, da sie im Sternenschimmer aufbrachen, duckte sich eine Gestalt hinter einen Busch. Eine Hand bog die Zweige beiseite.

Burgos, in der gleichen Nacht

Fray Alvarez rutschte in seinem Sessel hin und her, als säße er auf glühenden Kohlen. In seinem ganzen Leben hatte er sich noch nicht in einer so unangenehmen Lage befunden. Flehend blickte er zu Hernando de Talavera auf.

»Padre«, sagte er, »versucht mich doch zu verstehen! Worum Ihr mich bittet, ist äußerst heikel.«

»Ihr täuscht euch, ich bitte Euch um gar nichts. Ich fordere.«

»Aber das bedeutet Verrat am Vertrauen des Großinquisitors.«

»Noch ein Irrtum. Wie kommt Ihr darauf, daß Ihr etwas verraten sollt? Alles, was ich von Euch erwarte, ist, daß Ihr mir die gleichen Informationen übermittelt, die Fray Torquemada zugehen. Es erscheint mir legitim und, wie ich hinzufügen möchte, ganz natürlich, daß ich genauso wie der Inquisitor über die Ereignisse auf dem laufenden gehalten werde. Ihr müßt verstehen, daß es unklug, wenn nicht hochgefährlich wäre, diese Verschwörungsaffäre von einem einzigen Menschen, und sei er noch so befähigt, im Auge behalten zu lassen. Mit der Erfüllung der von mir genannten Aufgabe würdet Ihr einzig und allein Eure Pflicht tun. Nicht mehr und nicht weniger.« In einem kaum freundlicheren Ton fügte er hinzu: »Ihre Majestät wird Euch ungemein dankbar sein. Und ich selbstverständlich auch. Im anderen Falle ...« Er verstummte, aber sein Schweigen war so vielsagend wie die düstersten Drohungen.

Alvarez kam zu dem Schluß, daß ihm keine Wahl blieb. »Einverstanden«, sagte er beinahe tonlos. »Alles wird nach Eurem Willen geschehen.«

Talaveras Züge entspannten sich. Trotz des Barts erhellte ein Lächeln sein ganzes Gesicht. »Dann ist alles in Ordnung, Fray Alvarez. Etwas anderes habe ich von Euch auch nicht erwartet.« Sein Lächeln wurde noch freundlicher, als er abschließend sagte: »Und natürlich bleibt diese kleine Diskussion unter uns. Hat sie im übrigen überhaupt stattgefunden?«

Umgebung von Huelva, am nächsten Tag

Die Sonne stach wie mit Dolchen auf die Ebene herab. Eine gottverlassene Ebene, endlos ödes Wogen bis hin zum Horizont, keinerlei Hindernis, nicht ein Haus, und als einzige Bewegung drei Reiter auf der staubigen Straße. Eine Ebene, welche die wilde Sanftheit der Estremadura verriet, ihre unschuldsvolle Einsamkeit. Nur die Sonne kam hierher, sie ergoß sich als goldener Glast über das niedrige Dickicht der Zistrosensträucher, über die wenigen Korkeichen und über die nach Pfingstrosen duftenden Flanken der Hügel. In seinem Staubdunst erinnerte dieser Landstrich zu Füßen der Sierra Morena an ein großes, glückliches Tier, das irgendwo am Ende der Welt sich selbst überlassen vor sich hin atmet, fern von allem, frei von allem.

Sarrag wandte sich im Sattel um und erkundigte sich bei Vargas:

»Wie weit sind wir noch von Jerez de los Caballeros entfernt?«

»Wir könnten um Mitternacht dort eintreffen. Aber das wäre weder klug noch sinnvoll. Wir sollten lieber kurz vor Sonnenuntergang haltmachen; so können wir dann im Morgengrauen in der Stadt einreiten.«

»Eigentlich ist die Sache mit dem Prior doch ganz gut gelaufen. Er hat nicht allzu große Schwierigkeiten gemacht, bevor er Euch diesen Ausflug erlaubte.«

»Das stimmt, ich habe Euren Rat befolgt. Folglich habe ich gelogen.«

»Ihr habt eine familiäre Verpflichtung vorgeschützt?«

Vargas nickte. War die Antwort zu zurückhaltend ausgefallen? Jedenfalls ließ Ezra noch nicht locker. »Ihr seid jedenfalls sicher, daß ihr ihm den wahren Grund Eurer Reise nicht enthüllt habt?«

»Es gehört nicht zu meinen Gewohnheiten, daß ich mein Wort breche, Rabbi Ezra. Meine Weigerung, Euch Aben Baruels Schriftstücke anzuvertrauen, hätte Euch eigentlich davon bereits überzeugen müssen.«

Ezra gab sich zufrieden und schob seinen Verdacht auf die ihm angeborene Neigung zum Mißtrauen. »Wißt Ihr, wo wir gerade sind?« fragte er brüsk.

»Seltsame Frage!«
»Ich habe mich unklar ausgedrückt. Ich wollte sagen: Wißt Ihr, welches das Symbol dieser Gegend ist? Der östliche Flügel. Ich habe neulich die hübsche Beschreibung Spaniens durchgelesen, die sich ein arabischer Geograph namens Jussuf Ibn Taschfin ausgedacht hat. Er verglich die Iberische Halbinsel mit einem Adler, wobei Toledo der Kopf sein sollte, Calatrava der Schnabel, Jaen der Rumpf, Granada die Klauen, der Westen der rechte Flügel und der Osten der linke Flügel. Demnach sind wir auf dem östlichen Flügel unterwegs.«
»Ich wußte gar nicht, daß Ihr für Poesie empfänglich seid, Rabbi Ezra«, scherzte der Scheich.
»Dabei bin ich es durchaus. Ihr wärt noch mehr überrascht, wenn ich Euch sagte, daß unter allen Gestaltungsformen der Poesie die der arabischen Dichter mein Herz am meisten bewegt.«
Ibn Sarrag zog die Brauen hoch, als frage er sich, welche Falle sein Gesprächspartner ihm wohl stellt. Vorsichtig erkundigte er sich: »Ihr besitzt auf diesem Gebiet einige Kenntnisse?«
»Einige wenige. Ich schätze Dichter wie Abu Nawas oder El Mutanabi hoch, aber am liebsten ist mir Saadi.« Der Rabbiner hob an zu rezitieren:

»Wollt' sie sich endlich zu mir neigen,
Dem bangen Herz sich gnädig zeigen,
Das längst ihr heimlich untertan,
Wär' nur ihr Schatten mir zu eigen,
Ich schenkt' ihr aus der Städte Reigen
Wohl Samarkand und Isfahan.«

Zwischen Verblüffung und Neugier schwankend, nickte Sarrag. Ezra fuhr fort: »Es ist wahr, nichts kommt der arabischen oder persischen Dichtung gleich. Ganz unbestreitbar gehen eure Poeten mit der Metapher meisterlich um.«
»Es mag Euch überraschen«, fiel Vargas ein, »aber ich kann solchen Aneinanderreihungen von Reimen absolut nichts abgewin-

nen. Müßte ich die Dichtung definieren, so würde ich sagen, sie ist eine literarische Übung, bei der es darauf ankommt, vor dem Ende des Satzes eine neue Zeile zu machen.«
»Ihr überrascht mich nicht, Ihr betrübt mich nur.«
Sie hatten, jeder seinen Gedanken nachhängend, ungefähr fünf Meilen zurückgelegt, als Sarrag die Zügel straffte und sein Pferd neben das des Rabbiners brachte.
»Ihr wißt«, sagte er, »auch bei den Juden gibt es ein Gedicht. Ein Gedicht, das alle vom Herzen des Menschen erdachten Gedichte in sich vereinigt. Selbst die der begabtesten arabischen Dichter.« Mit gemessener Stimme hob er an:

»Ich schlafe, doch mein Herz ist wach,
Ich höre meinen Geliebten, der anklopft.
Tu mir auf, meine Schwester, meine Freundin,
Meine makellose Taube,
Denn voll von Tau ist mein Haupt,
Von Tropfen der Nacht meine Locken.
Ich habe mein Kleid ausgezogen,
Wie sollt' ich es wieder anlegen?
Ich habe mir die Füße gewaschen,
Was sollt' ich sie schmutzig machen?
Mein Geliebter streckte die Hand durch die Öffnung,
Und mein Innerstes bebte.
Ich erhob mich,
Meinem Geliebten aufzutun.
Und meine Hände tropften von Myrrhe,
Meine Finger von Myrrhe,
Die über den Griff des Riegels rann ...«

Nun war es an dem Rabbiner, seine Überraschung zu bekunden: »Die Verse 2 bis 5 der vierten Strophe des ›Hohelieds‹. Unglaublich ... Ich wußte, Ihr seid gelehrt, aber dennoch ...«
»Oh, laßt Euch nicht beeindrucken! Es sind die einzigen Verse, die ich im Gedächtnis behalten habe.«

»Merkwürdig«, sagte Vargas boshaft. »Ihr habt Euch das einzige Stück der Thora gemerkt, das an keiner Stelle von Gott, sondern immer nur von der Liebe redet.«
»Ist die Liebe nicht Ausfluß des Allerhöchsten? Vielleicht der unbegreiflichste?«
»Wäre sie eine Emanation Gottes«, erwiderte der Mönch, »so gewiß nicht die unbegreiflichste. Die Liebe ist ein gefährliches Gefühl. Man kann den Menschen, den es bewohnt, mit einem Wanderer vergleichen, welcher in die Sonne blickt. Was sieht er? Ein verschwimmendes Licht, zerfließende Umrisse, und sehr schnell verwischt sich die Wahrnehmung der Welt um ihn her hoffnungslos. Wenn er trotz allem dabei verharrt – und leider verharrt er dabei –, dann ist allem Leiden dieser Welt Tür und Tor geöffnet. Ich muß gestehen, daß ich für Kämpfe, die von vornherein ungleich sind, nichts übrig habe. Die Liebe gehört zu diesen Kämpfen.«
»Ihr sagt ungleich, Fray Vargas?«
»Natürlich. Ihr seht in die Sonne, aber die Sonne sieht Euch nicht, nie. Sie begnügt sich damit, Euch zu verbrennen.«
»Und wenn dem so wäre, es wäre unwichtig. Und würde Euer Herz auch zu Asche verbrennen, Ihr hättet wenigstens gelebt, anstatt nur Euer Dasein zu fristen. Wie dem auch sei, für einen so jungen Mann seid Ihr reichlich bitter in bezug auf die Liebe. Entweder habt Ihr das Gefühl nie gekannt – und das wäre doch recht betrüblich –, oder Ihr habt eine schmerzvolle Erfahrung hinter Euch, vielleicht die, zu sehr geliebt zu haben.«
Der Mönch wollte antworten, als Ezra plötzlich auf einen Punkt weit voraus zeigte und ausrief: »Dort! Schaut nur!«
Eingehüllt in eine dünne, goldgelbe Staubwolke, trabte ein Reiter auf sie zu.

Kapitel 13

Brennend vor Verlangen, sich zu Euch zu gesellen,
Ist meine Seele schon auf meinen Lippen.
Soll sie umkehren? Soll sie Euch entgegenfliegen?
Sagt, was befehlt Ihr?

Hafis

Manuela Vivero, ganz in Schwarz gekleidet, hob leicht das Kinn und drückte ihrer Stute die Sporen in die Flanke. Die drei waren schon dicht herangekommen. Manuela hatte keine Mühe mehr, sie zu unterscheiden. In der vorneweg reitenden untersetzten Gestalt erkannte sie schnell den Araber, der Burnus über den Stiefeln war Merkmal genug. Hinter ihm trabte ein deutlich älterer Mann mit langem, schlecht geschnittenem Bart und einer Kleidung, die an einen Bauern denken ließ. Er war von ebenso dunkler Gesichtsfarbe wie der Araber. Das war sicherlich der Jude. Dann mußte der dritte der Franziskanermönch sein, der das Komplott so völlig unerwartet um seine Person bereichert hatte. Seinetwegen wäre die minuziös vorbereitete Operation um ein Haar abgeblasen oder zumindest verschoben worden. Manuela konnte man erst in allerletzter Minute benachrichtigen und Fray Menendez, der kabbalistisch bewanderte Theologe und Mitarbeiter Torquemadas, sah sich gezwungen, seinen Plan ganz und gar umzustellen. Eine respektgebietende Leistung!

Prüfend sah Manuela dem Priester entgegen. Welcher Kontrast! Wäre er nicht so blond, wären seine Augen nicht so blau gewesen, man hätte ihn für den Sohn eines der beiden anderen halten können. Sie atmete tief ein, versuchte, ihr Herzklopfen unter Kontrolle zu halten, und brachte ihr Pferd quer zur Straßenmitte zum Stehen.

»Holla! Señora!« rief Ibn Sarrag und riß seinerseits schroff am Zügel. »Was ist mit Euch?«
Manuelas Blick verriet keine Gefühlsregung. Schweigend, sehr gerade aufgerichtet, verharrte sie im Sattel.
Verwundert fragte der Araber: »Señora ... Geht es Euch nicht gut? Seid Ihr in Schwierigkeiten?«
Ezra und Vargas hatten inzwischen aufgeschlossen. Schon zeigte der Mönch Ungeduld: »Würdet Ihr so freundlich sein, den Weg freizugeben? Wir haben es eilig.«
Erst jetzt gab Manuela Antwort: »Ich habe schon geglaubt, ich würde Euch niemals wiederfinden!« Sie wandte sich an Ezra und sagte: »Samuel Ben Ezra ... *Schalom!*«
Verdutzt sah der Jude zuerst Sarrag, dann Vargas an. »Ihr kennt meinen Namen?«
Sie vermied eine Antwort und sagte: »*Salam*, Scheich Ibn Sarrag!«
Sie fixierte nun den Mönch. Ihre Blicke trafen sich. Eine Sekunde lang waren sie zwei Gegner, die einander abschätzten. Merkwürdigerweise trug Vargas den gleichen beinahe hochmütigen Stolz zur Schau wie die unbekannte Reiterin.
»Ja, Señora, ich bin Rafael Vargas. Wie wäre es, wenn auch Ihr Euch vorstellt?«
»Wer ich bin, ist für Euch kaum von Belang. Ich heiße Manuela Vivero. Aber es gibt einen Namen, der Euch mehr interessieren dürfte: Aben Baruel.«
Am Horizont sank die Sonne langsam auf die gezackten Kämme der Sierra Morena herab, die Landschaft begann sich in blaßrosa und blaßlila Tönen zu färben.
Ezra räusperte sich. »Aben Baruel ...?«
»VERHERRLICHT WIRD J. H. W. H. VON SEINER STÄTTE AUS.«
Die Worte hatten harmlos geklungen, wie dahingesagt, und die Luft war plötzlich kühler geworden. Dem Rabbiner lief ein leiser Schauer den Rücken hinab.
»Wer seid Ihr also?«
»Habe ich es nicht gesagt? Manuela Vivero.«

»Hört, Señora, Ihr habt meine Frage genau verstanden!«
»Wenn man Eurem Freund Baruel glauben will, dann bin ich das ›vierte Element‹. Aber wie wäre es«, schlug sie dann vor, »wir stiegen erst einmal ab? Wir könnten unsere Unterhaltung bequemer fortsetzen.«
Der Scheich folgte der Aufforderung als erster. »Laßt uns abseits der Straße gehen«, sagte er mit angespannten Zügen.
Manuela sprang vom Pferd. Vargas und Ezra taten es ihr nach.
»Hier«, sagte Sarrag und deutete auf eine grasbewachsene Stelle. Kaum hatte er sich niedergesetzt, fuhr er fort: »Wir sind ganz Ohr. Warum sprecht Ihr von einem ›vierten Element‹?«
»Ich bin, was ich nach Baruels Willen sein soll. Ihm zufolge seid Ihr, Scheich Sarrag, das Feuer, Ihr, Samuel Ezra, die Luft, und Fray Vargas ist die Erde.« Betont schicksalsergeben schloß sie: »Also bin ich das Wasser.«
Sarrag und der Jude reagierten mit einem nervösen Auflachen.
»Seid Ihr nicht zunächst einmal Frau?« fragte der Scheich. »Etwas mehr Ernst scheint mir angebracht. Erzählt uns lieber von Baruel! Wie kommt es, daß Ihr ihn kennt?«
»Zuvor möchte ich ...«
»Jetzt reicht es, Señora!« Wütend hatte Vargas sich aufgerichtet. »Wir haben es Euch gerade gesagt: Laßt das Herumreden und spielt mit offenen Karten!«
»Wollt Ihr das wirklich?«
Sie ging zu ihrer Stute, machte eine Ledertasche los und kam zu ihrem Platz zurück. »Ihr habt verlangt, daß ich mit offenen Karten spiele, Padre. Also gut ...«
Sie hatte plötzlich ein Spiel Karten in der Hand, zog fünf davon heraus und legte sie nebeneinander auf das Gras.
»Der Eremit. Das Rad des Schicksals. Der Verliebte und der Gaukler ...«
Verblüfft sahen die drei Männer zu, wie sie die erste Karte hochhielt.
»Der Eremit. Das neunte der Großen Arkana im Tarot. Schaut

Euch die Zeichnung an. Ein weiser alter Mann, ein wenig gebeugt und auf einen Stab gestützt. Der Stab erinnert zugleich an die ewige Pilgerschaft und an die Ungerechtigkeit beziehungsweise die Irrtümer, welchen er begegnet. Er könnte für die Daseinsbedingungen des jüdischen Volkes stehen. Samuel Ben Ezra, Ihr seid der Eremit.«
Sie legte die Karte zurück und nahm eine zweite auf.
»Das Rad der Fortuna. Das zehnte Große Arkanum. Es versinnbildlicht die Wechselfälle des Geschicks, Glück und Unglück. Den Bezwinger Spaniens und den Besiegten. Wie das Feuer ist es ein Sonnensymbol, steht aber auch für Wankelmut – wahrscheinlich für den Eures Volkes, Scheich Ibn Sarrag.«
Sie ergriff die dritte Karte.
»Der Verliebte, Fray Vargas. Das sechste Große Arkanum. Es steht für die Lebensprüfung der Wahl, die auf den jungen Menschen am Scheideweg der Pubertät wartet. Bis dahin ging er auf einer einzigen Straße dahin, nun teilt sie sich in zwei.«
Sie hielt inne, blinzelte, als erwache sie aus einem Traum, und ihr Blick suchte den von Vargas. Der sah in eine andere Richtung. Daraufhin drehte sie die vierte Karte um.
»Der Gaukler. Er eröffnet das Spiel der zweiundzwanzig Hauptkarten des Tarot. In seltsamem Paradox ist er ein Zauberkünstler und Taschenspieler, einer, der mit Gesten und Worten eine Welt des Scheins erschafft. Ist er wirklich nur ein Täuschungskünstler und Schwindler, der sein Spiel mit uns treibt? Oder verbirgt sich unter seinen weißen Haaren – sie laufen in goldene Locken aus, so als stehe er außerhalb der Zeit – die tiefe Weisheit des Magiers und die Kenntnis der wesenhaften Geheimnisse? Er ist die Ziffer 1, der Ausgangspunkt. Mit einem Wort, er ist Aben Baruel.«
»Eins ist sicher«, zischte Vargas spöttisch. »Ihr habt keine Angst, Euch lächerlich zu machen. Ich schlage vor, wir setzen dieser Farce hier ein Ende und Ihr sagt uns statt dessen endlich und ohne Umschweife, in welcher Beziehung Ihr zu Baruel standet!«

Betont ruhig entnahm Manuela der ledernen Tasche ein beschriebenes Blatt.
»Das hier«, sagte sie, »glaube ich, bringt die Antwort auf Eure Fragen. Wollt Ihr lieber selbst davon Kenntnis nehmen, oder soll ich diesen Brief vorlesen?«
»Lest vor!«
»Toledo«, begann Manuela, »8. Februar 1487, *Schalom alechem* ... Ich ahne die Überraschung und den Unmut auf Euren Gesichtern. Wenn ich recht vermute, dann erreicht Euch dieser Brief (der letzte, das zu Eurer Beruhigung) in der Umgebung von Palos, einige Meilen vom Kloster La Rábida entfernt. Der Jüngling begleitet Euch. Ich möchte hoffen, daß Ihr trotz Eurer grimmigen Laune Doña Vivero einen freundlichen Empfang bereitet habt. Ihr sollt wissen, daß sie mir ebenso heilig ist wie Ihr, meine Freunde. Heilig aus doppeltem Grund. Erstens ist sie eine Frau. Der zweite Grund ist in der Zahl 4 enthalten. Ja, Samuel, mein Freund, ich weiß, Dein Verstand, der im Studium der Analogien längst zur Meisterschaft gelangt ist, hat den verborgenen Sinn dieser Zahl bereits erfaßt. Ist es nicht so?«
Manuela hielt inne, und der Rabbiner spürte die stumme Frage ihres Blicks.
Er brummelte: »Möglicherweise spielt Baruel auf das Tetragramm an: J. H. W. H.«
Sofort fiel Sarrag ein: »Ja, Ezra, doch möchte ich zu bedenken geben, daß die Zahl 4 genausogut die Addition der Buchstaben des Namens Gottes in seiner arabischen Schreibung meinen kann: *Alah*. Mit einem l, nicht mit zweien.« Er forderte Manuela auf fortzufahren.
»Selbstverständlich höre ich jetzt meinen Bruder, den edlen Nachfahren der Bannu Sarrag, wie er den Namen Allah ins Spiel bringt, während Samuel sicher das Tetragramm zitiert hat.« Die junge Frau mußte innerlich lächeln. In der Tat, Fray Menendez hatte hervorragende Arbeit geleistet. Sie las weiter.
»Vermutlich ist Euch das Detail entgangen, aber genaugenommen findet man in dem Tetragramm nur drei Lettern. Der Buch-

stabe He kommt zweimal vor, was nahelegt, daß die beiden He ein und dasselbe Symbol sind. Welches, das anzunehmen steht Euch frei. Das Wasser? Die Luft? Das Feuer? Die Erde? Drei Buchstaben – heißt das nicht indirekt, daß ein vierter fehlt, daß nur mit einem vierten die Einheit in der Ganzheit gegeben ist? Was wären die drei Himmelsrichtungen ohne die vierte? Die vier Pfeiler des Universums, fehlte deren einer? Die vier Mondphasen? Die vier Jahreszeiten, die vier Lettern des ersten aller Menschen, Adam? Ich könnte noch etliche andere Beispiele anführen. Aber ich will es mit der folgenden, in meinen Augen bedeutsamsten Parallele bewenden lassen. Hört aufmerksam zu! Nach der Tradition der Sufis stellt die Zahl 4 auch die Anzahl der Pforten dar, die der Adept des mystischen Weges durchschreiten muß. Jeder der vier Türen ist, in der nachstehenden Reihenfolge, eines der vier Elemente zugeordnet: Luft, Feuer, Wasser, Erde. An der ersten Tür befindet sich der Neuling, der nur das Buch – also die Religion nur dem Buchstaben nach – kennt, in der Luft, das heißt, er schwebt im Leeren. Er verbrennt sich, sobald er die Schwelle der Einweihung, gemeint ist die der zweiten Tür, überschreitet. Es ist die Pforte der Stimme, anders gesagt, der Verpflichtung auf die Disziplin des gewählten Ordens. Die dritte Tür öffnet dem Menschen die mystische Erkenntnis, er wird zum Gnostiker und entspricht dann dem Element Wasser. Wer schließlich Gott erreicht und in ihm als der einzigen Wirklichkeit aufgeht, durchschreitet die vierte und letzte Tür und tritt ein in das dichteste Element, die Erde. So ist es, meine Freunde. Laßt Euren Gedanken Raum! Vor Eurer Begegnung mit Doña Vivero besaßet Ihr nur drei Schlüssel. Nur die drei ersten, und das hatte seine Gründe, denn ihr habe ich den letzten anvertraut. Wenn Ihr die Intuition, das Denken und der Glaube seid, so ist sie das Fleisch. Sorgt, daß sie an Eurer Seite bleibt! Wenn die Stunde gekommen ist, wird sie Euch die Lettern zeigen, durch die Himmel und Erde geschaffen worden sind, die Lettern, durch die Meere und Ströme geschaffen worden sind.«

Manuela stolperte bei den Schlußworten des Briefs: »*Ha-Schem immachem* ...« Dann verlas sie die Unterschrift: »Aben Baruel.«
Ezra sagte energisch: »Zeigt mir den Brief!
Er riß Manuela das Schreiben aus den Händen, prüfte es aufmerksam und gab es an den Scheich weiter.
»Meine Hand«, sagte er dann, »möchte ich dafür nicht ins Feuer legen, aber es ist tatsächlich Aben Baruels Schrift.«
Der Araber studierte seinerseits das Dokument und wollte es an Rafael weiterreichen, der es aber schroff zurückwies.
»Señora«, fragte Sarrag ernst, »was genau wißt Ihr von der ganzen Sache?«
»Nichts weiß ich, oder doch äußerst wenig. Soviel habe ich verstanden, daß es sich um eine Reise handelt, die Euch zu einem Ort oder zu einem Gegenstand führen soll. Euer Weg folgt einem Plan, einem Kryptogramm genauer gesagt, das Ihr entziffern müßt und das aus acht Bausteinen beziehungsweise ›Palästen‹ besteht. Aus unerfindlichen Gründen hat Aben Baruel die Bruchstücke dieser ›Paläste‹ unter Euch dreien aufgeteilt, womit er Euch voneinander abhängig und gewissermaßen unzertrennlich gemacht hat. Was mich betrifft, so sind mir lediglich einige wenige beschriebene Blätter übergeben worden, darunter jener von Baruel erwähnte ›letzte Schlüssel‹, welcher aus einem knappen Dutzend Zeilen besteht, und ...«
Ezra unterbrach sie lebhaft: »Einem Dutzend Zeilen? Wo sind sie?«
»Ich habe sie vernichtet.«
»Vernichtet?«
»Ich darf Euch beruhigen. Sie sind sicher aufgehoben. Hier« – sie legte einen Finger an die Schläfe – »in meinem Gedächtnis.«
»Und der Inhalt? Wie lautet er?«
»Meine Instruktion lautet, daß ich ihn erst enthüllen darf, wenn Ihr die letzte Etappe des Weges erreicht haben werdet.«
»Aber das ist doch Wahnwitz!« rief der Scheich aus. Im selben Moment war er aufgesprungen, seine Stimme klang fiebrig: »Eine Frau! Das hatte uns gerade noch gefehlt! Nach dem Chri-

sten eine Frau!« Er tat einen Schritt auf Manuela zu. »In diesem Pseudobrief werden die Sufis genannt. Ich bin sicher, Ihr wißt gar nicht, um wen es sich dabei handelt.«

»Da täuscht Ihr Euch, Scheich Sarrag. Meine Bildung ist gewiß mit der Euren nicht zu vergleichen, aber eine dumme Gans bin ich nicht. Der Sufismus ist eine Philosophie, die der Religion des Herzens sowie den Werten der Kontemplation und Askese Vorrang einräumt. Die Bekleidung der Sufis, die wollene Kutte, wurde lange Zeit in bewußter Opposition zum Prunk der Vornehmen und Fürsten getragen. Man könnte den Sufismus als einen Weg der Einweihung und als eine Methode spiritueller Erhebung bezeichnen. Vor allem ist er – im Gegensatz zu einem oft von Gewalt getragenen Islam – ganz auf die Liebe gegründet.«

»Ihr macht es Euch sehr einfach, oder aber Ihr habt Eure Lektion schlecht gelernt.« Zu seinen Gefährten gewandt fragte der Scheich: »Und überhaupt, was beweist uns, daß dieses Schriftstück echt ist?«

Der Rabbiner meinte zögernd: »Immerhin haben wir Baruels Schrift erkannt ...« Zu Vargas gewandt, fuhr er fort: »Was ist los, mein Freund? Man hört Euch gar nicht mehr. Was meint Ihr?«

Scheinbar desinteressiert antwortete Vargas: »Nicht nur die Ähnlichkeit der Schrift ist verblüffend. Ich zitiere: ›Die Lettern ... durch die Himmel und Erde geschaffen worden sind, die Lettern, durch die Meere und Ströme geschaffen worden sind.‹ Dieser Passus stammt aus dem Buch ›Henoch‹ in seiner hebräischen Fassung. ›Henoch‹, der, wie Ihr wißt, der Ausgang von allem ist. Das macht uns zu schaffen, nicht wahr?«

»Somit schenkt Ihr dieser Frau Glauben?«

»Nicht nur schenke ich ihr keinen Glauben, sondern ich betone, daß ihre Erzählung das Hinterlistigste ist, was zu hören mir je vergönnt war. Ich glaube nicht ein Jota davon.« Im Ton eines Verhörs wandte er sich an Manuela: »Ihr habt es unterlassen, uns die Hauptsache zu berichten, Señora. Unter welchen Umständen habt Ihr Aben Baruel kennengelernt?«

»Ich bin mit ihm nie zusammengetroffen, Fray Vargas. Ich habe ihn einmal flüchtig gesehen. Das ist alles. Es war im April. Genau gesagt am 28. April. In Toledo.«

Manuelas Lider hatten sich gesenkt, ihr Herzschlag hatte sich beschleunigt. Sie glaubte eine laute Stimme zu hören: *Exurge Domine, judica causam tuam*! Und danach den Kaplan, der mit dem Verlesen der Urteile begann.

Warum hatte der Mann sie fasziniert?

Sie war noch genauso unfähig, die Erklärung zu finden wie an jenem Tag. Nein, es war nicht, wie sie im ersten Moment geglaubt hatte, die erschütternde Gelassenheit des alten Mannes, der da seinem Tod so bitter nahe war. Es war auch nicht das neugierige Interesse für die Worte, welche seine Lippen formten. Nein. Es war etwas anderes gewesen. Was? Der Zufall? War da plötzlich eine Brücke gewesen über einen Strom, der Menschen trennt, die nichts jemals hätte verbinden sollen? Als der Blick des Mannes den ihren gekreuzt und sie im Innersten aufgewühlt hatte, wie hätte sie sich da vorstellen können, daß ihr am heutigen Abend, hier in der dämmrigen, anstrengenden Ebene der Estremadura die Erinnerung wiederkommen würde, die Erinnerung an einen Greis in Toledo, die nun unauslöschlich zu ihrem Leben gehörte. *Aben Baruel, geboren in Burgos, Leinwandhändler und wohnhaft in Toledo …*

Als habe sie nur laut gedacht, so hatte sie den Bericht über jenen 28. April vorgebracht. Es war ihr kaum bewußt geworden, daß sie gesprochen hatte und die anderen zuhörten. Beinahe wäre sie heftig zusammengezuckt, so stark war die plötzliche Angst, sie könne sich verraten haben oder von Menendez' und Torquemadas Weisungen abgewichen sein.

»Señora«, seufzte Samuel Ezra. »Ich begreife gar nichts mehr. Wann hat Euch Baruel diesen an uns gerichteten Brief übergeben?«

»Am Tag nach seinem Tode wurde von einem Unbekannten in meinem Hause ein Etui aus Saffianleder abgegeben. Es enthielt die Schriftstücke, die ich Euch genannt habe, und ein an mich

persönlich gerichtetes Schreiben. Ich kann das Wesentliche daraus zitieren, wenn Ihr das wünscht.«
»Tut das!«
»Der Text war sinngemäß folgender: ›Doña Manuela, wenn Ihr von diesen Worten Kenntnis nehmen werdet, gehöre ich der Welt der Lebenden nicht mehr an. Seit vielen Wochen folge ich Euren Spuren und beobachte Euch. Ich kenne Euer Denken und Sinnen, die Art, wie Ihr Euch ausdrückt, wie Ihr Euch bewegt, Euer (zu seltenes) Lachen, Eure (auffällige) Schwermut; zuweilen begegne ich Euch in den winkligen Straßen unseres geliebten Toledo und auf dem Puente de Alcantara, wenn Ihr zu einem Eurer langen Ausritte aufbrecht. Ohne Anmaßung darf ich behaupten, jede Faser Eures Geistes zu kennen, und das gleiche gilt für Eure Seele. Eine gemeinsame Freundin, Doña Alba, spricht oft von Euch, von Eurem Hunger nach Erkenntnis, von Eurer Treue zu Spanien, von Eurem großen Interesse für die Literatur, sei sie arabisch, spanisch oder sefardisch. Ihr seid nicht verpflichtet, meinem Ersuchen stattzugeben. Wie sollte ich auch irgendwelchen Zwang ausüben können? Gerade habe ich Eure Seele erwähnt. Ich habe nur einen Wunsch: Möge sie es sein, die sich über diese Seiten beugt, und nicht nur Eure Augen. Wenn ich mich an Euch wende, dann weil der Zufall mir ein kleines Buch zugespielt hat. Eine Schrift, die Ihr besser kennt als jeder andere. Der Titel: „*Cathólica impugnación*“. Darf ich Euch meine Bewunderung gestehen angesichts des Muts, den Ihr mit der Abfassung dieses Textes bewiesen habt? Natürlich steht diese kleine Schrift heute auf dem Index der Inquisition, welcher die von anstößigen Stellen gereinigten oder ganz verbotenen Bücher aufführt. Aber ich weiß, und Ihr wißt es auch, daß der Tag kommt, an dem sie wieder ans Licht treten wird, der Finsternis entrissen, in welche die Unduldsamkeit der Menschen sie verbannt hat.‹«
Manuela verstummte.
»Und wovon handelt dieses angebliche Opusculum?« fragte Vargas scharf.
»Vom Bekehrungseifer, zu dem ich einen gewissen Standpunkt

vertrete. Ich werfe darin die Frage auf: So groß und so hehr unser Ideal auch sein mag, hat man das Recht, im Namen dieses Ideals seinem Nächsten den eigenen Glauben aufzuzwingen?«
»Ein sehr passendes Thema«, sagte Ezra ironisch. »Sagt uns, wie der Brief weitergeht! Ich kann mir vorstellen, daß er noch nicht zu Ende ist.«
»Auf den folgenden Seiten enthüllte mir Baruel Eure Existenz und die Reise, die zu unternehmen er Euch beauftragt hat. Er erklärte mir die entscheidende Rolle, die ich spielen sollte, und er schloß mit der Beschreibung Eurer Personen – sie war verblüffend wirklichkeitsgetreu, möchte ich anmerken –, wozu die Eingrenzung des Ortes kam, wo ich theoretisch auf Euch treffen mußte: das Kloster La Rábida. Das Datum allerdings war nur ungefähr angegeben, mit drei bis vier Tagen Spielraum war zu rechnen. Daher das verpaßte Treffen.«
»Welches verpaßte Treffen?«
»Als ich auf dem Rábida-Hügel eintraf, erfuhr ich vom Prior, Fray Juan Perez, daß Ihr schon aufgebrochen wart. Ich bin Euch im Galopp nachgeritten. Ich wählte eine nördliche Abkürzung über die Straße nach Aracena. Nach ein paar Meilen dachte ich entmutigt, ich würde Euch niemals finden, und beschloß, die Sache aufzugeben. Als unsere Wege sich dann gekreuzt haben, war ich auf dem Rückweg nach Huelva.«
Keiner der drei Männer hielt einen Kommentar für angebracht. Manuela hatte das unangenehme Gefühl, daß sie das Zünglein einer imaginären Waage in die Abendluft zeichneten. Sie sah die Waagschalen vor sich, wie sie sich abwechselnd senkten, je nachdem, ob einer in Gedanken für oder gegen sie sprach. Aber sie blieb innerlich gelassen. Sie hatte ihre letzte Karte noch nicht ausgespielt, ihren Trumpf.
Vargas ergriff als erster wieder das Wort. Seine Stimme klang, als wäre jeder Widerspruch zwecklos. »Señora Vivero, zu meinem Bedauern muß ich sagen, daß Ihr gescheitert seid. Eure Geschichte ist ein Märchen, eine aus den Fingern gesogene, ausgefallene Fabel. Dennoch kann ich mir eins nicht erklären: Wozu

das Ganze? Wer versteckt sich hinter Euch?« Er schwieg und wartete auf das Urteil seiner Gefährten.
Sarrag lieferte als erster die Bestätigung: »Ein Märchen, so fürchte in der Tat auch ich.«
»Wir sind alle drei derselben Meinung«, beeilte sich Ezra hinzuzufügen. »Der Bericht mag hübsch ausgedacht sein, er trägt aber den Makel einer geradezu kosmischen Unlogik.« Zu seinen Gefährten hinüberschielend, sprach er weiter: »Ihr wißt selbstverständlich, auf welche Unlogik ich anspiele?«
Vargas ließ sich nicht lange bitten und klärte Manuela auf: »Leider habt Ihr es mit drei Leuten zu tun, die eine Spur gewiefter sind als die Person, sei sie nun Mann oder Frau, die sich Euren Auftritt hier ausgedacht hat. Ich gebe zu, daß in Eurer Schilderung ein paar Details enthalten waren, die mich betroffen gemacht haben ... Ich muß sogar gestehen, daß ich, Verzeihung, daß wir drauf und dran waren, Euch zu glauben. Es tut mir leid für Euch, aber bei Eurer eindrucksvoll erklügelten Strategie ist etwas Entscheidendes außer acht gelassen worden: Aben Baruels Charakter. In der ganzen bekannten Welt würde man nicht noch einmal einen so sorgfältigen, so übergenauen, so streng logischen Menschen finden.«
Er ließ ein leises, von Sarkasmus getöntes Lachen hören.
»Wie das? Nun, da ist ein Mann, der uns auf den Weg schickt, damit wir« – er suchte nach dem passenden Ausdruck – »eine Aufgabe von allerhöchster Bedeutung vollbringen, ein Mann, der mit einer ans Wunderbare grenzenden Subtilität die Strecke im voraus festlegt, indem er unscheinbar Wegmarken setzt, der jeden unserer Schritte voraussieht und sogar unsere spontanen Reaktionen vorausahnt. Und derselbe Mann sollte plötzlich das Risiko eingehen, einer weiteren Person das anzuvertrauen, was Ihr als den ›letzten Schlüssel‹ bezeichnet habt – einen Schlüssel, ohne den unsere große Suche hoffnungslos zum Mißerfolg verdammt wäre –, und das, ohne vorher mit gewohnter Strenge den ganzen Tag festgelegt zu haben, an dem die Akteure aufeinandertreffen würden? Señora, seht Ihr denn nicht, wie albern das

ist? So genial Aben Baruel gewesen sein mag, eines konnte auch er nicht voraussehen: wie lange nämlich Ezra und Sarrag für die Entschlüsselung des ersten ›Palastes‹ brauchen würden, desjenigen, der sie zu mir führen sollte. Sie hätten vierundzwanzig Stunden brauchen können – und so war es tatsächlich –, aber genausogut vierundzwanzig Tage. Im letzteren Fall hättet Ihr uns niemals finden können, weder im Kloster La Rábida noch sonstwo. Und wegen eines derart zufallsabhängigen Treffens sollte alles in sich zusammenbrechen? Glaubt Ihr wirklich, unser Freund wäre ein so unbedachtes Risiko eingegangen?«

Der Franziskaner stützte in gespielter Betrübnis das Gesicht auf beide Hände.

»Unmöglich, Señora. Es tut mir wirklich leid für Euch, Ihr besitzt unbestreitbar Talent und, wenn ich nach Euren geschickten Antworten gehe, über eine Bildung, wie sie bei den Vertreterinnen Eures Geschlechts selten anzutreffen ist. Da fällt mir ein … Angeblich seid Ihr die Verfasserin einer kleinen Schrift, die von den Inquisitionsbehörden auf den Index gesetzt worden ist. Könntet Ihr uns erklären, durch welches Wunder Ihr Euch dann noch auf freiem Fuß befindet?«

»Täuscht Euch nur nicht! Ich wurde verhaftet und verhört. Man hat es wohl nicht für nötig befunden, mich auf den Scheiterhaufen zu schicken. Das ist alles.«

Es half nichts, aus Vargas' Miene sprachen Geringschätzung und radikale Skepsis.

Die Sonne war hinter dem Kamm der Sierra versunken. Bald würde Dunkelheit die Ebene überfluten.

»Mir kommt da noch eine Frage«, sagte Ezra. »Gestern abend hat man versucht, uns zu ermorden, indem man die Klosterbibliothek, in der wir uns getroffen hatten, in Brand gesteckt hat. Solltet Ihr zufällig mit den Anstiftern dieser Tat in Verbindung stehen?«

Zum ersten und einzigen Male verriet Manuelas Gesicht Angst.

»In keiner Weise. Ihr scheint zu glauben, daß ich mit irgendeinem dubiosen Auftrag gekommen bin. Wäre das der Fall, glaubt Ihr dann, man hätte eine solche Fälschungsgeschichte in Gang gesetzt und gleichzeitig versucht, Euch aus dem Wege zu räumen? *Das* wäre vollkommen unlogisch!«

Das Argument verfehlte seine Wirkung nicht, dennoch fuhr Ezra fort: »Da ist noch etwas anderes, was uns zu schaffen macht. Vor einiger Zeit wurde eine Abschrift der ›Paläste‹ vom Diener des Scheichs entwendet. Wir wissen nicht, ob er sie einer dritten Person zugänglich gemacht hat ...« Er bohrte seinen Blick in den der Frau, als wolle er in ihre Gedanken eindringen. »Der Schluß, daß diese dritte Person für unser Zusammentreffen gesorgt haben könnte ... liegt einigermaßen nahe.«

Die vier Gestalten zerflossen in der herabsinkenden Dunkelheit. Die Körper waren noch schemenhaft zu erkennen, die Gesichter und ihr Ausdruck so gut wie gar nicht mehr. Der Araber, der mit eingezogenem Kopf, übergeschlagener Kapuze und angezogenen Knien dasaß, erinnerte an einen dösenden Stier. Der Rabbiner ließ eher an einen waidwunden Hirsch denken, wie er so mit gebeugtem Rücken am Boden kauerte und sich unablässig die Finger massierte. Der Mönch hingegen saß gerade aufgerichtet, er schien sich in seine Kutte eingeschlossen zu haben wie in eine Festung. Seine Worte wirkten in Manuela als eisiges Frösteln nach. Sie hatte keine Wahl, sie mußte aufs Ganze gehen.

»Sehr schön«, begann sie mit ruhiger Stimme. »Dann muß ich Euch nur noch beweisen, wie unbegründet Euer Argwohn ist. Wie sehr Ihr auf dem Holzweg seid, um es salopp zu sagen.« Sie holte ein einzelnes Blatt aus ihrer Tasche. »Baruel ahnte wahrscheinlich, daß Ihr ablehnen würdet, mir zu glauben. Der ›Palast‹ hier ist der Beweis meiner Aufrichtigkeit: der vollständige ›Dritte Hauptpalast‹. Ich betone das Wort vollständig. Mitsamt der Lösung. Das Ganze, wie Ihr selbst feststellen mögt, in der Handschrift Eures Freundes.«

Sie hielt das beschriebene Blatt den drei völlig verblüfften Männern hin.

Vargas griff sofort danach und versuchte im letzten Dämmerlicht,

den Text zu lesen. Ezra und Sarrag beugten sich ebenso lebhaft über seine Schulter und lasen mit. Als sie geendet hatten, war ihr Unglaube der Bestürzung gewichen.
»Ihr habt von der Lösung gesprochen«, rief Ezra. »Wo ist sie? Ich sehe lediglich unten auf der Seite ein unleserlich gemachtes Wort.«
»Es handelt sich um den Namen einer Stadt. Ich habe ihn ausgestrichen.«
»Ausgestrichen? Warum?«
»Um Euch die Wahl zu lassen. Ich kenne diesen Namen. Baruel hat acht ›Paläste‹ erwähnt. Ich habe die Antwort zum dritten. An Euch ist es zu entscheiden, ob Ihr mich bis dahin bei Euch behalten wollt oder nicht. Danach« – sie machte eine vage Handbewegung – »wird es Euch freistehen, meine Gesellschaft bis zum Ende der Reise hinzunehmen oder nicht.«
Das Schweigen, das nun einsetzte, hatte etwas Bleiernes.
Endlich murmelte Ezra: »Es wird allmählich spät. Wir sollten die Sache überschlafen. Bleibt, Señora! Morgen werden wir einen Beschluß fassen.«
»Wie es Euch beliebt. Ich gehe mir eine Decke holen.« Schneidend setzte sie hinzu: »Sollte jemand die Ritterlichkeit aufbringen, ein Feuer zu machen, so wäre ich ihm dankbar. Mir ist kalt.«

Kapitel 14

Die Intelligenz ist gekennzeichnet durch die uneingegrenzte Macht, nach beliebigem Gesetz zu zersetzen und nach beliebigem System neu zusammenzusetzen.
Bergson: Schöpferische Entwicklung

Sie mußte verrückt sein. Worauf hatte sie sich da eingelassen? Was war das für ein Labyrinth, das zu betreten sie eingewilligt hatte? Aus Freundschaft? Um der Königin ihre Dankbarkeit zu bezeigen für die dem Bruder erwiesene Gunst? Aus Pflichtgefühl? Um der Herausforderung willen? Aus Liebe zu Spanien, ihrem Land? Oder – es fiel ihr schwer, sich die Möglichkeit einzugestehen – weil ihr Dasein bis dahin so glanzlos und so unfruchtbar gewesen war? Vielleicht hatten alle diese Gründe zusammengespielt, als sie Isabel und dem Großinquisitor ihre Zusage gemacht hatte.
Eingewickelt in ihre Decke, hielt sie die Augen geschlossen, um das Alleinsein noch mehr zu genießen. Sie erahnte, wie um sie herum die Nacht in letzter Anstrengung das Heraufziehen des neuen Tages zu verhindern suchte – nur zu bald würde über der Sierra Morena das Sonnengestirn seine Rechte wieder geltend machen. Seltsam, sie hatte weder Furcht noch Skrupel empfunden. Weder jetzt, während sie doch weiter in Ungewißheit schwebte, noch am Vorabend, als sie sich bemühte, auf die drei Männer überzeugend zu wirken. Was noch unerwarteter war: Auf das Fieber der ersten Sekunden war Gelassenheit gefolgt, ein wenig wie bei einem Schauspieler nach der erlösenden ersten Replik. Wie war das zu erklären? Nichts hatte sie bis zum heutigen Tag auf eine Prüfung solcher Art vorbereitet. Sie hatte eine ruhige, behütete Kindheit hinter sich gebracht, war aufgewachsen in der Windstille jener Häuser, in denen allzeit nur das Vor-

hersehbare eintritt. Sie hatte immer nur eine Seite der Welt betrachtet, hatte die andere allenfalls in ihrer Lektüre flüchtig erahnt. Warum also? Woher kam diese freudige Erregung angesichts einer doch hochgefährlichen Situation? Wahrscheinlich hatte sie zum erstenmal das Gefühl, lebendig zu sein.

Ein paar Schritte weiter hörte sie nun die anderen. Eine mit leiser Stimme geführte Diskussion schien im Gange zu sein.

Sie hatte alles auf eine Karte gesetzt. Entweder hatte sie Erfolg gehabt, und die drei Männer, von Zweifeln erfaßt, sahen sich gezwungen, ihr eine Chance zu geben, oder sie verharrten auf ihrer Position und sie, Manuela, hatte verspielt. Im letzteren Falle blieb ihr nichts übrig, als ihren Mißerfolg den sieben Familiares der Inquisition zur Kenntnis zu bringen, die von Torquemada beauftragt worden waren, ihr wie ihr eigener Schatten zu folgen und ihre persönliche Sicherheit zu gewährleisten. Sieben bis an die Zähne bewaffnete Männer unter dem Kommando eines vogelgesichtigen Individuums, jenes Garcia Mendoza, der in diesem Augenblick irgendwo unweit lauerte, bereit, auf ihren kleinsten Wink hin aus seinem Versteck hervorzubrechen und einzugreifen.

Bohrend hatte der Rabbiner nach den Ursachen des Brandes gefragt. Dabei hatten die Familiares und sie das Feuer in der Klosterbibliothek als ohnmächtige Zeugen miterlebt. Auch sie hatten sich nach der Ursache der Katastrophe gefragt. Fahrlässigkeit oder Absicht? Im letzteren Fall war mit dramatischen Konsequenzen zu rechnen, denn sollte noch jemand anderes den drei Männern auf der Spur sein, dann konnte dies den Plan der Inquisition jeden Moment über den Haufen werfen.

Der Rabbiner, eine eigenartige Figur. War es sein fortgeschrittenes Alter, waren es die schmerzhaft verkrüppelten Hände oder sein ewig gramvoller Gesichtsausdruck? Sie mußte sich eingestehen, daß der Mann eine gewisse Sympathie erweckte. Der Araber hingegen war eine kraftvolle, in sich ruhende Persönlichkeit. Äußerlich wie innerlich unangefochten, kein Mann der Finten und Umwege und keiner, der lähmende Stimmungen kennt.

Letztlich war es der Franziskaner, der sie beunruhigte. Welche Rolle mochte er in dem Ganzen spielen? War er nicht ein Sohn der Kirche, war er nicht katholisch und Spanier reinen Geblüts, das heißt Träger einer geheiligten Ehre – wie sie selbst, Manuela Vivero? Dennoch hatte er sich als ihr unnahbarster Gegner gezeigt. Hatte er nicht als erster ihren Bericht zerpflückt? Und mit welch zynischem Vergnügen! Falls er das gleiche Ziel wie sie verfolgte, falls auch er nur dabei war, um das Komplott aufzudecken, hätte er sich dann nicht stärker bedeckt halten sollen? Es gab nur eine Erklärung für sein Verhalten: Er war der gefährlichste und entschlossenste von den dreien.

Plötzlich wurde ihr bewußt, daß die Stimmen schon eine ganze Weile verstummt waren und um sie her Stille herrschte. Vorsichtig bewegte sie sich, öffnete die Augen und richtete sich langsam auf. Nach Mekka gewandt, kniete der Araber bloßfüßig auf einem kleinen Teppich, seine Stirn berührte den Boden. Ein Stück rechts von ihm stand, nach Jerusalem ausgerichtet, der Rabbiner. Auf dem Kopf trug er ein Käppchen, um die Schultern einen weißen Seidenschal, vor der Stirn und am linken Arm merkwürdige, aus schwarzem Leder gefertigte und durch ebenfalls schwarze Riemen festgehaltene kleine Schatullen von eckiger Form. Zwischen den beiden kniete Vargas und betete leise einen Rosenkranz.

Und wenn sie Verrückte waren, diese drei Gestalten?

Noch hingen Reste von Dunkelheit über dem Horizont, wichen nur langsam dem heraufdrängenden Tag, während hinter dem schroffen Gezähn der Sierra ein rötlicher Streifen den Himmel färbte und die Felswände im sanften Schimmer ahnbar wurden. Das Gebet der drei Männer dauerte an, bis die letzten Schatten sich aufgelöst hatten und die Sonne als blendender Kreis sichtbar wurde.

Sarrag kam als erster zu Manuela. »*Vamos!* Wir brechen auf.«

Sie fuhr zusammen. Ihr Herz pochte ihr plötzlich bis zum Hals. »Ohne mich ...«

»Ich habe gesagt: ›Wir‹ brechen auf. Los! Rollt Eure Decke zusammen!«
Stolz richtete sie sich auf. »Scheich Ibn Sarrag, ich bitte Euch, reserviert diesen rüden Ton für Eure Ehefrauen!«
In ebenso festem Ton rief sie zu dem Mönch hinüber, der bereits zu den Pferden unterwegs war: »Fray Vargas! Könnt Ihr mir eine Erklärung geben?«
»Der Scheich hat Euch schon geantwortet. Wir nehmen Euch mit.«
»Das ist für mich eher eine Folge als eine Erklärung.«
Der Mönch ließ einen ärgerlichen Ausruf hören und sagte: »Nun seid so gut und stellt Euch nicht länger dumm! Ihr wißt ganz genau, daß wir gar keine andere Wahl haben, als die Reise in Eurer Gesellschaft zu unternehmen. Falls nämlich die Chance von eins zu einer Million wirklich besteht, daß Ihr die Wahrheit gesagt habt, falls Aben Baruel Euch wirklich sein Vertrauen geschenkt hat, falls er Euch wirklich den angeblichen ›letzten Schlüssel‹ anvertraut hat, dann sind wir dazu verurteilt, Euch an unserer Seite zu dulden.« Bitter sah er sie an. »Für den Fall, daß Ihr Schach spielt: So etwas nennt man ein Patt.«
»Was bedeutet das?«
»Patt bedeutet jene Position des Königs, in der er zwar nicht schachmatt ist, aber sich nicht mehr bewegen kann, ohne daß ihm genau das passiert. Reicht die Erklärung für den Augenblick?«
»Ich gebe mich mit ihr zufrieden, Fray Vargas.«
Während sie auf dem Absatz kehrtmachte, sagte er drohend: »Hütet Euch dennoch! In unserem Falle hier könntet sehr leicht Ihr der König sein. Ihr habt behauptet, von Baruel die Lösung für den ›Dritten Palast‹ zu haben. Ich hoffe für Euch, daß diese Lösung richtig ist.«
Sie ließ keinerlei Besorgtheit erkennen. »Wir werden sehen, Fray Vargas. Ist die Zukunft nicht Gottes Sache?«
Noch im Sprechen löste sie wie nebenbei ihr schwarzes Haar, so daß es in Wellen auf Nacken und Schultern herunterfloß. Aus

der Fassung gebracht durch die eher unpassende Geste, runzelte der Mönch die Stirn. Er sah sie kurz an und ging zu seinem Pferd zurück.
Mit gleichgültiger Miene sah Manuela sich um. Die Familiares waren sicher nicht weit. Sehen konnte sie niemand, aber sie spürte ihre Anwesenheit. Die demonstrativ gelösten Haare waren das vereinbarte Zeichen, daß alles so ablief, wie von Menendez und Torquemada vorgesehen. Gut sichtbar wartete sie noch ein paar Augenblicke, um jeden Zweifel auszuräumen, dann ging auch sie zu den Pferden hinüber.
Nun war es an ihr, das Spiel richtig zu spielen. Alles lag noch vor ihr. Je schneller sie herausbringen würde, was diese Männer im Schilde führten, desto schneller würde man sie dorthin bringen, wo sie längst hingehörten: in die Tiefen eines Kerkers.

Es kam ihnen vor, als hätten sie noch nie solch intensives Sonnenlicht erlebt. Endlos, nur von Disteln und ein paar vereinzelten Erdbeerbäumen gekräuselt, lag die Ebene vor ihnen. Weit voraus zur Rechten und kaum erkennbar, ragte eine einsame Mühle als greller Fleck aus dem flimmernden Licht.
Ezra löste den ziegenledernen Wasserschlauch vom Sattel und reichte ihn der neben ihm reitenden Frau hinüber. Sie nahm ihn, trank in großen Schlucken und gab ihn zurück.
»Ich danke Euch. Unter all den *hijosdalgo* scheint ihr mir der höflichste. Ich weiß Euch wirklich Dank dafür.«
»Oh, darin liegt kein persönliches Verdienst. Es ist das Alter, Señora. Ich befinde mich in der Phase des Lebens, in der man beschließt, nicht mehr ganz so streng mit sich und den anderen zu sein. Was man für Weisheit hält, ist nur Müdigkeit.«
Sie lächelte und bemühte sich um einen ungezwungenen Tonfall: »Heute morgen habt Ihr mir gestattet, gemeinsam mit Euch aufzubrechen. Aber von Eurem Ziel habt Ihr nichts gesagt. Möchtet Ihr es mir nicht verraten?«
»Darin sehe ich kein Problem. Jerez de los Caballeros.«
»Ich nehme an, Ihr habt zuerst den Text entziffert, den Baruel

als ›Erster Nebenpalast‹ bezeichnet, und Euch dementsprechend für diese Stadt entschieden?«

»Wie hätte es anders sein sollen?«

Sie ließ einige Augenblicke verrinnen, dann sagte sie leichthin: »So viele ineinander verschachtelte und schwer durchschaubare Informationen, nur um eine Stadt anzugeben ...«

Ezra beschied sie mit einem rätselhaften Lächeln und widmete seine Aufmerksamkeit wieder dem Weg.

Es war ganz klar, daß sie ihm nicht mehr entlocken würde. Sie hielt es für klüger, das Thema zu wechseln. »Ich habe Euch während des Gebets beobachtet. Was stellen die kleinen viereckigen Ledertäschchen an Eurem Arm und Eurer Stirn dar?«

»Interessiert Euch das wirklich?«

»Natürlich.«

»Es sind sogenannte Tefillin. ›Und du wirst die göttlichen Worte als Zeichen an deiner Hand befestigen, und sie werden ein Schmuck zwischen deinen Augen sein.‹ Jedes der viereckigen Etuis enthält jene vier Stellen der Thora, an denen sie erwähnt sind.«

»Und es ist Vorschrift, daß Ihr sie während des Betens tragt?«

»Ja. Vom Tag unserer religiösen Volljährigkeit an sind wir gehalten, an allen Werktagen zum Morgengebet die Tefillin anzulegen. Eigentlich müßten wir sie den ganzen Tag über tragen. Aber in diesen schwierigen Zeiten gebietet die Vorsicht ...«

»Ich muß sagen, daß ich die Symbolik nicht recht erfasse.«

Er lächelte herablassend. »Wie solltet Ihr auch? Seid Ihr nicht eine Christin?«

»Ich bin vor allem Spanierin, Señor.«

Der bewußte Stolz, ja die Herausforderung in ihrer Antwort war unüberhörbar gewesen.

»Nun gut, die Tefillin sind äußeres Zeichen dafür, daß der Mensch im Wunsch nach absoluter Unterwerfung sein Herz, seine Gedanken und seinen Willen ganz auf den Schöpfer richtet. Daher ihr Platz am linken Arm, also nahe dem Herzen, und an der Stirn. Der Midrasch andererseits ...«

»Der Midrasch?«
Ein kleines Lachen schüttelte den Bart des Rabbiners. »Ich vergaß, wie unwissend die Gojim sind. Der Midrasch ist der rabbinische Thora-Kommentar. Er hat die Klärung verschiedener rechtlicher Fragen zum Ziel und will mittels Erzählungen, Gleichnissen und Legenden moralisch belehren.«
»Er stellt also eine Interpretation des göttlichen Gesetzes dar?«
»Wenn man so will. Da dieses Gesetz vieles ungesagt läßt und gleichsam lückenhaft klingt, bemühten sich schon die ersten Weisen, über den wörtlichen Sinn der Texte hinauszugelangen und die wesenhafte, die dahinter verborgene Bedeutung freizulegen. Es gibt übrigens nicht nur einen Midrasch, sondern drei: den alten, den mittleren und den späten Midrasch. Aber verlangt jetzt nicht von mir, sie Euch gründlich zu erklären. Das wäre viel zu mühsam und langweilig. Zumal zum Midrasch ja noch die Mischnah hinzukommt, das ›mündliche Gesetz‹, wenn Euch der Ausdruck lieber ist.«
Manuela bezeigte Erstaunen: »Das ›mündliche Gesetz‹? Ihr wollt sagen, ein von Gott in gesprochener Form übermitteltes Gesetz?«
»Das ›Buch der Priester‹ sagt folgendes: ›Dies sind die Satzungen und Rechte und Gesetze, die der Herr zwischen sich und den Kindern Israels aufgerichtet hat auf dem Berge Sinai durch die Hand des Mose.‹ Das heißt, daß vom Schöpfer in Wirklichkeit zwei Thoras gegeben wurden: Eine schriftliche und eine mündliche. Letztere besteht in einer mündlichen Erläuterung des geschriebenen Gesetzes. Was wiederum bedeutet, daß das geschriebene Gesetz nicht für sich allein bestehen kann. Ein Beispiel: Nehmen wir einen Vers, den man uns regelmäßig entgegenhält: ›Leben um Leben, Auge um Auge, Zahn um Zahn! Wer einem Menschen eine Verletzung antut, dem wird man sie selbst antun.‹ Das ist das geschriebene Gesetz. Das mündliche Gesetz nun zeigt uns, daß dieser Vers nicht wortwörtlich gelesen werden darf, denn es läßt sich kaum in Erfahrung bringen, ob die Folgen, die der Verlust eines Auges bei einem Menschen hat, den

Folgen gleichkommen, die der Verlust eines Auges beim anderen hat. Deshalb muß man den Text dahingehend deuten, daß er eigentlich einen finanziellen Ausgleich meint: Es geht um den *Wert* eines Auges zum Ausgleich für den Verlust eines Auges. Die Person, die die Verletzung zu verantworten hat, muß eine Entschädigung zahlen für das, was sie angerichtet hat. Der einzige Fall, in dem das Gesetz der Wiedervergeltung seine Anwendung finden kann, ist der des Mordes, denn er ist der einzige, wo die Rache von gleicher Art sein kann wie die Verfehlung. Habt Ihr verstanden, Señora?«

Sie wollte etwas sagen, aber Vargas kam ihr zuvor: »Ihr seid sicher nicht überrascht, wenn ich Euch sage, daß ich diesbezüglich der Haltung Christi den Vorzug gebe.« Mit leichtem Zügeldruck brachte er sein Pferd neben das des Rabbiners und fuhr fort: »Seine Worte jedenfalls sind unmißverständlich: ›Ihr habt gehört, daß gesagt ist: Aug um Aug und Zahn um Zahn. Ich aber sage euch: Widersteht dem Bösen nicht, sondern wer dich auf die rechte Wange schlägt, dem halte auch die andre hin, und dem, der dich vor Gericht bringen will und deinen Rock nehmen will, dem laß auch den Mantel. Und wer dich nötigt, eine Meile weit zu gehen, mit dem geh zwei. Dem, der dich bittet, gib, und wer bei dir borgen will, von dem wende dich nicht ab.‹ Ist diese Sprache nicht eindeutig die der Liebe und der Großmut? Ihr könnt unmöglich widerlegen, daß der christliche Glaube dies immer dem jüdischen Glauben voraus haben wird: Liebe und Großmut. Und auch die Duldsamkeit.«

Der Rabbiner beschleunigte zuerst die Gangart und brachte dann sein Pferd quer zur Straße zum Stehen. »Liebe und Großmut?«

»Zweifelt Ihr daran? Christi Leben selbst ist Zeugnis für diese Leitbegriffe. Ihr dürft nicht beleidigt sein, aber seine Lehre ist bei weitem barmherziger als jene, die man im ›Alten Testament‹ vorfindet.«

»Ihr habt recht, Fray Vargas, und Ihr vergeßt, noch andere Verse zu zitieren. Ich will es tun, aufs Geratewohl: ›Ihr seid das Licht der Welt. Euer Licht soll leuchten vor den Menschen, damit sie eure guten Werke sehen und euren Vater im Himmel dafür preisen!‹ Oder auch jenen: ›Liebet eure Feinde, betet für eure Verfolger! Denn wenn ihr die liebt, die euch lieben, welche Belohnung solltet ihr verdienen?‹ Oder auch: ›Richtet nicht, auf daß ihr nicht gerichtet werdet. Nur für die verlorenen Schafe des Hauses Israel bin ich gesandt worden. Wer unter euch ohne Sünde ist, der werfe den ersten Stein!‹« Der alte Mann war erschreckend blaß geworden. In dramatischer Pose schüttelte er die geballte Faust gen Himmel. »Hört Ihr, Bruder Torquemada? Und Ihr, meine Brüder Inquisitoren? Ihr seid das Licht der Welt! Das Licht der Welt! Ihr seid die Liebe und der Großmut! Schande über das infame Gesetz der Wiedervergeltung! Möget Ihr lange leben, Fray Torquemada, Ihr und Eure Nachfolger! Lange leben mögt Ihr ...« Mit keuchendem Atem sprach er weiter. »Ihr habt den schändlichsten, den gotteslästerlichsten Verrat der Menschheitsgeschichte begangen: Ihr hattet einen Propheten, ihr hattet einen Messias. Was habt ihr mit seiner Lehre gemacht? Er hat der Ehebrecherin vergeben; ihr habt sie gesteinigt. Er hat einer Dirne das Vorrecht gewährt, seine Auferstehung zu verkünden, jene Auferstehung, die das Fundament Eures Glaubens ist; ihr habt für diese Frauen nur Verachtung übrig, sofern ihr sie nicht auf einem Scheiterhaufen verbrennt. Er ist auf einem Esel in Jerusalem eingezogen, in Demut und Bescheidenheit; schaut ihr nur auf euren goldenen Zierat, auf eure Schätze und auf den Prunk, mit dem seine Nachfolger sich umgeben!« Seine Stimme begann zu zittern, während er noch einmal sagte: »Gesetzt den Fall, Ihr hättet recht, Fray Vargas, gesetzt den Fall, wir Juden gehörten einer barbarischen, engstirnigen und unduldsamen Religion an, nun, dann hätten wir immerhin eine Entschuldigung: Wir *warten* immer noch auf den Messias, während ihr ihn doch *gesehen* habt in Fleisch und Blut. Euer heiliger Thomas soll ihn sogar nach seiner Auferstehung mit dem Finger berührt haben. Und dieser Messias soll gestorben sein, um die Sünden der gesamten Menschheit abzubüßen. Dann sagt mir: Was habt ihr aus ihm gemacht? Sagt es mir, Vargas!«

Brüsk zog er sein Pferd herum und preschte in einer Staubwolke los, an Sarrag vorbei, einfach geradeaus.
»Mein Gott, er hat den Verstand verloren!« war alles, was Vargas verblüfft hervorbrachte.
»Eigentlich solltet Ihr wissen«, versetzte Manuela ohne Freundlichkeit, »daß zwar Demut die Pforten des Paradieses öffnet, Demütigung aber jene der Hölle.« Und sie galoppierte dem Rabbiner hinterher.
»Nun, mein Lieber«, bemerkte Sarrag, sich halb nach dem Mönch umdrehend, »eines kann man mit Gewißheit sagen: Unser jüdischer Freund ist ausgesprochen empfindlich.«
Vargas war noch zu verwirrt, um eine Antwort zu finden. Er wandte sich ab und sah starr in Richtung Horizont.
Die Lippen des Scheichs verzogen sich in einem gezwungenen Lächeln. »Ich kann mir vorstellen, daß für Euch auch der Islam nicht mehr wert ist als der Riemen an Eurer Sandale.«
»Ein solches Denken liegt mir fern. Sollte ich diesen Eindruck vermittelt haben, so bedauere ich das sehr.«
»Wie dem auch sei, wir können über die Juden denken, was wir wollen – und glaubt mir, sie stehen meinem Herzen nicht nah! –, eines müssen wir ihnen aber zugestehen: Im Unterschied zu euren Priestern und meinen Imams habe ich noch nie einen Rabbiner erlebt, der im Namen Abrahams oder Adonais zu den Waffen gegriffen hätte, um irgend jemanden zwangsweise zu bekehren. Sie haben niemals aus Bekehrungseifer Blut vergossen. Ich weiß nicht, ob die Kreuzfahrer oder Allahs Krieger das gleiche von sich sagen können.«
Der Franziskaner zog sich in ein anhaltendes Schweigen zurück, seine Gedanken irrten über die karge Ebene, verloren sich in den gemächlichen Windungen der Straße und streiften Manuela, die da vorne neben Ezra dahingaloppierte. Den ganzen Weg über sprach er kein Wort mehr, bis zu dem Augenblick, in dem auf den ersten Ausläufern der Sierra Morena ein weißer Fleck, nicht unähnlich einer dicken Schneeflocke, erkennbar wurde. Da verkündete er. »Jerez de los Caballeros.«

Toledo, zur gleichen Stunde

Hernando de Talavera befahl mit starker Stimme: »Ihr könnt eintreten, Señor Diaz!«

Die Türangeln knarrten aufdringlich, dann erschien auf der Schwelle ein etwa vierzigjähriger Mann von militärisch straffer Haltung.

»Tretet näher, nehmt Platz!«

Der Besucher gehorchte. An seiner seltsamen Ausstrahlung waren besonders die Augen schuld: Sie waren eisblau, so daß man meinen konnte, er sei blind.

»Alles läuft wie erwartet«, begann er mit fast tonloser Stimme. »Unsere Männer haben sie gefunden. Ich denke, daß sie zur Stunde nicht weit weg von Jerez de los Caballeros sein dürften.«

Der Beichtvater der Königin zeigte sich zufrieden. »So hat uns Fray Alvarez tatsächlich die Wahrheit gesagt.«

Der Mann legte die Stirn in Falten, als wolle er den Bogen seiner Brauen spannen. »Habt Ihr daran gezweifelt?«

»Und ob ich gezweifelt habe! Manchen Menschen wird der Wankelmut zur zweiten Natur. Ich fürchte sehr, daß Fray Alvarez zu dieser Kategorie gehört. Er ist ein Chamäleon, müßt Ihr wissen. Nach dem Vorbild seines Herrn, des Großinquisitors, ist er fähig, Gott und dem Staat zugleich zu dienen. Dem Staat und seinen persönlichen Interessen. Und dann wieder Gott. Deshalb war es mir wichtig, Euch auf die Spur der drei Männer zu setzen. Wie die Dinge auch stehen mögen, Ihr habt hervorragende Arbeit geleistet. Ab jetzt gilt es, ihnen nicht mehr von den Fersen zu weichen.«

»Ihr könnt Euch auf mich verlassen, Fray Talavera. Doch sollt Ihr wissen, daß die Aufgabe nicht einfach sein wird. Die Häscher der Inquisition sind dicht hinter ihnen her, so daß wir ein hohes Risiko eingehen. Jeden Augenblick können wir entdeckt werden.«

»Ich vertraue auf Euch. Ihr werdet es schaffen.« Er dachte kurz nach, dann erkundigte er sich weiter. »Und diese Frau ... Zieht sie noch mit ihnen?«

Diaz bejahte die Frage.
Talaveras Blick irrte einen Moment ins Leere. Er sah wieder Manuela Vivero am Tag des Autodafés auf der Plaza Zocodover neben sich sitzen. Angesichts ihrer Herkunft, ihres Standes und allein schon angesichts ihres Geschlechts hätte er sich niemals vorstellen können, daß sie sich erfolgreich diesen drei Männern zugesellen würde. Eine ganz außerordentliche Leistung.
Mit einem Hüsteln riß Diaz ihn aus seinen Gedanken.
»Demnächst werde ich mich wohl nach Salamanca begeben müssen«, führte Talavera die Unterredung fort. »Ihre Majestät hat mich mit dem Vorsitz einer Kommission beauftragt, die dort in den nächsten Tagen zusammentreten wird. Ich werde Euch zu gegebener Zeit benachrichtigen und Euch sagen, wo Ihr mich erreichen könnt. Ist zwischen uns alles klar?«
»Absolut klar. Ich muß nun wieder aufbrechen. Der Weg bis nach Jerez de los Caballeros ist weit.«
Talavera erlaubte dem Mann, sich zurückzuziehen. Kaum allein, erhob er sich und durchmaß in leicht gebeugter Haltung den Raum. Im Licht des anbrechenden Tages hatte sein Gesicht wieder das Wächserne, das die Magerkeit der Züge betonte.
Blitzartig trat ihm das feierlich strenge Antlitz Tomas de Torquemadas vor Augen. Er ertappte sich, wie er unwillkürlich die Fäuste ballte. Torquemada und sein verzehrender Wahn. Torquemada und seine Großsprecherei, sein ewiges Übertreiben. Ein vom Ehrgeiz zerfressener Charakter, besessen von dem einen Wunsch, im Goldenen Buch Spaniens seinen Namen zu hinterlassen – egal wie hoch der Preis dafür war. Aber das Schlimmste, das, was Talavera nicht mehr ertrug, war sein wachsender Einfluß auf die Königin. Dem Einhalt zu gebieten, wurde es höchste Zeit. Nun lieferte diese vermeintliche Verschwörung ihm die ersehnte Gelegenheit. Wenn die drei Männer unschuldig waren – Talavera war davon im Innersten überzeugt –, dann machte der Großinquisitor sich zum Narren. Waren sie aber schuldig, dann traute Talavera sich zu, Torquemada noch vor dem Ziel zu überholen. So und so standen sei-

ne Erfolgsaussichten günstig. Es war nur noch eine Frage von Wochen, womöglich von Tagen.

Die Tempelritterburg am Dorfrand warf den grauen Schatten ihrer Türme hinüber zu der östlich der Wassergräben gelegenen Kirche Santa Maria de la Encarnación. Da und dort sah man auf den Wehrgängen Bewaffnete. Eine lebhaft bunte Fahne flatterte im Wind. Etwas unterhalb der Burg verband eine kleine Paßhöhe zwei grünende Hügel. Auf einem bot die Stadt mit den sechs Toren der Sonne den Spiegel ihrer grellweißen Häuser dar, über denen in unregelmäßigem Zackenmuster die Türme aufragten, als wollten sie das Firmament zerkratzen.
»Was meint Ihr?« fragte Sarrag, sich im Sattel umdrehend. »Baruel spricht nicht von einer Burg, sondern lediglich von einem Turm. Erinnert Euch: AM RANDE DER STADT, INMITTEN DER EBENE VON SCHINEAR ERHEBT SICH DAS BLUTIGE BAUWERK. Also kann es sich nur um einen dieser Türme handeln. Ich zähle insgesamt sechs, welcher ist Eurer Meinung nach das BLUTIGE BAUWERK?«
Vargas antwortete: »Wir können es nur herausbringen, wenn wir danach fragen. Wartet hier auf mich.«
Er richtete sich in den Steigbügeln auf und galoppierte bis zum Eingang der Burg. Man sah, wie er einen Wachposten anrief. Der Wortwechsel zog sich eine Weile hin. Ein zweiter Mann tauchte unter dem Torbogen auf. Erneutes Palaver. Schließlich bedankte sich der Mönch mit einem Kopfnicken, drehte sich halb um und winkte die Gefährten herbei.
»Nun?« fragte Sarrag, während er sein Pferd vor dem Vargas' zum Stehen brachte.
»Es war eine mühsame Unterredung. Das Kastell untersteht momentan ausnahmsweise dem Schutz des Corregidors des hiesigen Bezirks. Graf Granina, der das Bauwerk in Besitz nehmen soll, wird für den Abend erwartet. Einstweilen habe ich eine kleine Gunst für uns durchgesetzt. Wir können die Türme, genauer gesagt einen einzigen Turm besichtigen: die Torre Sangrienta.«

»Den Blutturm?« verwunderte sich Sarrag. »Erklärt uns das näher!«
»Wißt Ihr, wie diese Burg heißt?« Der Mönch strich sacht über das kleine Holzkruzifix an seinem Hals. »Caballeros Templarios. Ich hatte also recht, als ich einen Bezug zwischen Hiram und den Tempelrittern mutmaßte.« Er betrachtete Manuela, und ein ironisches Zucken spielte um seinen Mundwinkel. »Ich habe mir erlaubt, dem Hauptmann zu sagen, daß die Vorfahren von Doña Vivero zu jenen Templern gehörten, die hier in einer Schlacht gegen die Mauren gefallen sind. Der Ort sei also von großer persönlicher Bedeutung für sie, und sie wünsche nichts mehr, als ihn einmal betreten zu dürfen, und sei es auch nur kurz.« Er hob scheinbar zu einer Entschuldigung an:
»Ich wage zu hoffen, daß Ihr mir die fromme Lüge nicht übelnehmt. Nachdem Ihr nun zu uns gehört, wäre es doch natürlich, daß Ihr Euch als nützlich erweist, nicht wahr?«
Sie bewahrte Schweigen und dachte im Innern, daß sie als erste applaudieren würde, sollte man diesen Renegaten demnächst in Eisen legen.
Er fuhr fort: »Laßt mich noch erzählen, wie es weiterging. Der Hauptmann hat geantwortet, es sei streng verboten, ins Innere des Bauwerks vorzudringen, ausnahmsweise aber gestatte er uns die Besichtigung eines Turms. Wörtlich sagte er: ›des symbolträchtigsten‹, der Torre Sangrienta!«
Vargas deutete auf den zweiten Turm, der den Nordflügel überragte. »Das ist er. Hat nicht Baruel die Angabe gemacht: AM RANDE DER STADT, INMITTEN DER EBENE VON SCHINEAR ERHEBT SICH DAS BLUTIGE BAUWERK? Wir dachten, es handle sich um den Ort irgendeiner Tragödie. Erinnert Euch, Rabbi, Ihr hattet gemeint, das Wort ›blutig‹ lege nahe, daß das Bauwerk Zeuge dramatischer Ereignisse gewesen ist. Der Blutturm.«
»Hat der Hauptmann gesagt, woher die Bezeichnung kommt?«
»Ja. Hier wurden die Tempelritter niedergemacht, die sich weigerten, den Adeligen der Region das Kastell zu überlassen. Das war um den Mai des Jahres 1312 herum.«

»Die Templer umgebracht von den Adelsherren?« fragte der Araber. »Aus welchen Beweggründen? Ich habe immer geglaubt, die Ritter hätten auf eurer Seite, auf der Seite der christlichen Könige Spaniens, gekämpft. Gegen uns, die Mauren.«
»Das stimmt auch. Aber es gab ein paar häßliche Versehen. Nach der Auflösung des Ordens durch das Konzil von Vienne im Jahre 1312 wurde beschlossen, daß sämtliche Güter der Templer auf einen Bruderorden, den der Johanniter, übergehen sollen. Aber es kam ganz anders. Nach der Anarchie, die auf den Tod Fernandos IV. folgte, beschlossen gewisse Granden, denen jedes Ehrgefühl abhanden gekommen war, die betreffenden Besitztümer an sich zu reißen. Dazu gehörte auch diese Burg. Als die Templer sie in Respektierung der Konzilsbeschlüsse für die Johanniter bewahren wollten, wurden sie ermordet. Die letzte Gruppe, die noch Widerstand leistete, hatte sich auf diesen Turm geflüchtet. Daher die Bezeichnung ...«
»Damit hätten wir wieder ein schönes Beispiel für die Ungerechtigkeit, die das Menschengeschlecht auszeichnet«, sagte Ezra ironisch. »Davon abgesehen, wie wäre es, wir machten uns auf und entdeckten endlich, was sich hinter der mysteriösen Zahl 3 verbirgt?«
Das Jagdfieber hatte sie ergriffen, und alle drei versäumten sie, Manuela zum Mitkommen aufzufordern.

Ezra spuckte aus, hustete sich die Seele aus dem Leib, schimpfte und ließ sich schließlich kraftlos gegen die runde Brüstungsmauer fallen.
»Nie mehr ...«, brachte er mühsam hervor, »nie mehr wird man mich mit so etwas drankriegen. Habt Ihr mitgezählt? Ich hab's getan. 272 Stufen ...«
»Ihr seid selbst schuld«, versetzte Vargas. »Niemand hat Euch gezwungen, uns zu folgen.«
»Er hat recht«, hieb der Araber in dieselbe Kerbe. »Was habt Ihr denn erwartet?« Er deutete auf den leeren Raum, der sie rings umgab. »Keine Geheimtür ... Keine andere Wahl, als wie-

der dort hinunterzusteigen, von wo wir heraufgekommen sind.«
Er trat zur Brüstung und beugte sich leicht vor. »Das sind mindestens hundert Ellen Höhe.«
»Wonach sollen wir Eurer Meinung nach suchen?« fragte der Mönch. »Nach einem Gegenstand? Nach einem Brief? Nach einem Zeichen?«
»Überlegen nützt nichts. Suchen müssen wir!«
Sarrag kauerte sich hin und fing an, den Boden zu untersuchen. Er fuhr langsam mit der Hand über die Steinplatten, tastete nach kleinsten Zwischenräumen, Unebenheiten oder einer Aufwölbung. Der Mönch tat es ihm nach, nur daß er sich von der Schwelle aus der Brüstungsmauer entlang bewegte. Er inspizierte die rechte Seite. Daraufhin nahm sich Ezra die linke Seite vor. Manuela war schon vor einer Weile nachgekommen, aber sie hatten sie nicht bemerkt, oder – was wahrscheinlicher war – ihre Gegenwart war ihnen gleichgültig. Sie lehnte in der Tür und beobachtete die drei neugierig.
Die Minuten vergingen. Plötzlich läuteten sämtliche Glocken der Stadt. Der metallische Klang stieg kraftvoll zum Himmelsblau empor und verharrte gleichsam, bevor er herniederfiel und sich in der stickigen Luft der steilen Gassen auflöste.
»Nichts!« schimpfte der Araber. »Nichts zu finden!«
»Wenn wir wenigstens wüßten, was wir suchen!« rief Ezra. Die Worte rhythmisch betonend, zitierte er: AM RANDE DER STADT, INMITTEN DER EBENE VON SCHINEAR ERHEBT SICH DAS BLUTIGE BAUWERK. DORT WERDET IHR DIE ZAHL 3 FINDEN. Hinter diesen Worten muß doch ein Hinweis versteckt sein!«
Diesen Moment wählte Manuela, um einen Schritt vorzutreten.
»Wenn Ihr gestattet. Habt Ihr nicht gerade die EBENE VON SCHINEAR zitiert?«
»Das habe ich ...«
»Schinear, ist das nicht das Land, in dem der Turm von Babel errichtet wurde?«
Die drei Männer starrten sie entgeistert an.
»Woher wißt Ihr das?«

»Wie jede wirklich gläubige Katholikin habe ich die Bibel gelesen. Wenn mich mein Gedächtnis nicht trügt, dann steht die Babel-Erzählung in der ›Genesis‹. Wo genau, weiß ich allerdings nicht.«

»Vers 9,1«, warf Ezra lässig ein.

»Der Satz, so scheint mir, spielt sehr klar auf das an, was ›unbegreiflich‹ ist.«

»Was meint Ihr damit?«

»Es stimmt doch, daß der Herr das Sprachengewirr der Menschen gestiftet hat, um sie in ihrem Ehrgeiz zu zügeln? ›Siehe, sie sind ein Volk und sprechen alle eine Sprache. Fortan wird für sie nichts mehr unausführbar sein.‹ Da beschloß Jahwe, daß die Sprache der einen für die anderen ›unbegreiflich‹ werden solle. Was bedeutet ›unbegreiflich‹? Es bezeichnet das, was man nicht greifen kann, oder auch, lateinisch *incomprehensibilis*, das, was man nicht erfassen kann. Irre ich mich?«

»Nein. Was versucht Ihr zu beweisen?«

»Das weiß ich in Wahrheit selbst nicht recht. Als ihr mir von Baruels Charakter berichtet habt, da habt Ihr seine extreme Vorliebe für Details hervorgehoben, habt von einer ans Wunderbare grenzenden Subtilität geredet. Also sage ich mir, daß die Chance groß ist, daß ...« Vargas hatte zunächst aufmerksam zugehört, jetzt aber hatte sich sein Gesicht wieder verfinstert: »Wir verlieren unsere Zeit! Suchen wir lieber weiter!«

»Wartet!« rief Sarrag. »Hört mir zu! Die Señora hat vielleicht nicht unrecht. Denkt nach! In dem Fall, der uns beschäftigt, was ist da unbegreiflich-ungreifbar, wenn nicht der Gegenstand, nach dem wir suchen? Was indirekt bedeuten könnte, daß er ›außer Reichweite‹ ist. Und wenn er ›außer Reichweite‹ ist, kann er nicht hier zu finden sein. Hier. In diesem Umkreis.«

»Ihr verheddert Euch!« sagte Rafael mißbilligend. »Baruel hat klar gesagt, wir würden den Gegenstand oben auf dem blutigen Bauwerk finden, nicht anderswo.«

»Ich habe nie das Gegenteil in Erwägung gezogen. Aber ich wiederhole ...«

»Señores!« Ezras Stimme klang wie ein Peitschenknall. Die beiden Männer wandten sich um.

Der Rabbiner sah drein wie ein Junge, der gerade alle gefoppt hat. Wie eine Siegesfahne schwenkte er hoch über dem Kopf ein Dreieck. Ein kleines erzenes Dreieck.

»Aber ... aber ...« stammelte der Scheich, »wo habt Ihr denn dieses Ding da gefunden?«

Ezra deutete auf die Außenwand der Brüstung. »Auf der andern Seite. Da, wo man nicht hinsieht. Draußen, außerhalb des Kreises. Es steckte in einer Fuge. Ich mußte mich nur hinabbeugen, um es herauszuholen.« Er sah Manuela mit spitzbübischem Lächeln an. »*Incomprehensibilis*. So lautet doch das lateinische Wort, nicht wahr?«

Kapitel 15

Vâyu (die Luft) hat das Weltall gewebt, indem es wie mit einem Faden diese Welt und die andere Welt und alle Wesen miteinander verbunden hat.

Brhadâranyaka Upanishad, 3, 7/2

Im Halbdunkel auf einem Schemel saß der Gitarrist und schlug heftige Akkorde an. Seine rechte Hand eilte in rollender Bewegung über die Saiten, die Finger der Linken wanderten das Griffbrett auf und ab, so entlockte er dem Instrument in bald abgehacktem, bald fließendem Rhythmus eine Folge von Schreien und Seufzern.

Ein Mann von unbestimmbarem Alter saß neben ihm, undurchdringliche Wehmut auf dem Gesicht, und begleitete den Musiker mit Händeklatschen. Weiter hinten hockte abwesenden Blickes vor einem Krug Wein eine weitere Gestalt.

Eigenartiges Gesicht, dachte Sarrag. Die tiefliegenden, dunklen Augen ließen die Stirn mit der langen Narbe noch niedriger erscheinen: ein wahrer Vogelkopf.

Von allen Ventas, mit denen sie bisher Bekanntschaft gemacht hatten, war diese sicherlich die elendste. Der von einem erlöschenden Feuer schwach erhellte Raum war nichts als ein Stück locker gepflasterter Erdboden zwischen gekalkten Wänden. Die Ausstattung beschränkte sich auf Bänke und ein paar Schemel, die als Tische herhalten mußten, sowie eine kreisrunde, von Heu überquellende Raufe, über die sich drei Maultiere mit breiter, fester Kruppe beugten. Bunt zusammengewürfelte Gegenstände hingen verstreut herum, dazu langhalsige Amphoren und Weinschläuche. Der Geruch von saurem Wein war es denn auch, der die gesamte Atmosphäre prägte.

Beim Anblick des in einer bräunlichen Ölsoße schwimmenden

Omelettes, das man ihm gerade serviert hatte, verzog Sarrag angeekelt das Gesicht. »Reconquista hin oder her, die Herbergen dieses Landes werden bleiben, was sie sind: Orte, an denen auch der widerstandsfähigste Magen Schaden leiden muß, es sei denn, man bringt sein Essen selbst mit. Ach, wo sind die von meinen Ehefrauen mit Liebe zubereiteten Gerichte ...«

»Etwas Positives gibt es immerhin«, sagte Ezra. »Heute nacht schlafen wir in richtigen Betten.«

»Betten nennt ihr das?« spöttelte der Scheich. »Sagt lieber Strohsäcke! Und überhaupt, die Zimmer! Ein halb eingesackter Fußboden und drunter der Hühnerstall, ein klapperndes Fenster, das man nicht schließen kann. Durch die Ritzen pfeift der Wind, und als Wiegenlied erklingt das Gegacker.«

»Hört auf, Euch zu beklagen, Sarrag«, erwiderte der Rabbi. »Wir können von Glück sagen, daß noch zwei Kammern frei waren. Sonst« – er deutete in den Gastraum – »hätten wir hier schlafen müssen, auf dem steinigen Fußboden, mit den Händen als Kopfkissen unter dem Nacken.« Er wandte sich zu Manuela: »Ich glaube nicht, daß Ihr das sehr geschätzt hättet, Señora.«

»Wenn ich anfangen wollte, sämtlichen Zwängen und Unbequemlichkeiten dieser Reise Bedeutung beizumessen, dann wäre ich schon wieder auf dem Heimweg.« Sie deutete auf das kleine Dreieck, das vor ihnen auf einem Schemel lag. »Ich möchte nicht ...«

Sie stockte. Für den Bruchteil einer Sekunde war ihr Blick dem des Mannes mit dem Vogelkopf begegnet. Mendoza. Wie unvorsichtig! Sie sah anderswohin und sandte ein Stoßgebet zum Himmel, daß ihre plötzliche Verwirrung unbemerkt bleiben möge.

»Was wolltet Ihr sagen, Señora?« fragte Sarrag.

»Ach ja, ich möchte nicht den Eindruck erwecken, ich mischte mich in Eure Angelegenheit ein, aber habt Ihr eine Erklärung für dieses auf dem Turm versteckte Dreieck gefunden?«

Ezra legte die Stirn in Falten. »Ich sehe eigentlich nur ein klassisches gleichseitiges Dreieck: drei Seiten, drei Ecken. Ihr wißt es wahrscheinlich nicht, aber nach der jüdischen Überlieferung symbolisiert das gleichseitige Dreieck den Allewigen. Denkt nur daran, wie das Siegel Salomos sich zusammensetzt!« Er bückte sich, schob ein paar Steine beiseite und zeichnete mit dem Zeigefinger die Umrisse in den Sand.

»Schon wieder!« grollte der Scheich. »Als wir in Granada waren und ich gerade erst Eure Bekanntschaft gemacht hatte, da kamt Ihr mir schon mit der Behauptung, die Zahl 6 könne unter dem Aspekt der graphischen Symbolik ›sechs in einen unsichtbaren Kreis eingeschriebene gleichseitige Dreiecke‹ bedeuten. Vor ein paar Tagen dann im Kloster La Rábida habt Ihr, während wir gerade von der *Da'wa* sprachen, plötzlich über Abulafia losgelegt und über die Wertigkeit der Buchstaben des Tetragramms. Dabei habt Ihr« – er verfiel in einen Leierton – ›sechs in einen unsichtbaren Kreis eingeschriebene gleichseitige Dreiecke‹ hingekritzelt.«
Vargas griff nach dem erzenen Dreieck und drehte es ein paarmal um seine Achse. »Mir wiederum kommt der Gedanke an Hirams dreifachen Tod ...«
Der Araber biß in einen Kanten Brot. Mechanisch wanderte sein Blick ein zweites Mal zu dem Gast mit dem merkwürdigen Vogelkopf hinüber. Der saß mit über der Brust verschränkten Armen da und sah aus, als schlafe er.
»Lauter Spekulationen, die uns nur nicht erklären, warum Baruel es für richtig befunden hat, uns quer durch die Estremadura hinter diesem Dreieck her zu jagen«, sagte der Scheich.
Die anderen schwiegen, und jeder hing seinen Gedanken nach. Manuela nutzte den Moment, um zu Mendoza hinüberzublicken. Er war inzwischen verschwunden. Sie nahm sich vor, ihn bei der ersten sich bietenden Gelegenheit wegen seines Leichtsinns zu rüffeln.
In ihrem Kopf tönte in ungeordneter Reihenfolge nach, was die drei Männer besprochen hatten: Tempelritter, ein blutiger Turm,

das Salomosiegel, ein Dreieck aus Erz. Welch heilloses Durcheinander von Informationen und Symbolen! So angestrengt sie auch nachdachte, der Sinn dieses rätselhaften Komplotts blieb ihr nach wie vor völlig dunkel. Sie ritten von Ort zu Ort, aber wozu? Was steckte dahinter?
Eine Bewegung nahe dem Schanktisch riß sie aus ihrem Nachdenken. Die Frau des Wirts war zu dem Gitarristen getreten. Sie war breithüftig und üppig, hatte große, zwischen Samtschwarz und Perlmutt schimmernde Augen, und ihre Haut war von jenem matten Sepiabraun, das für die Zigeuner so typisch ist. Ein Stirnband hielt ihre Haare zusammen, das Kleid betonte die volle Brust und weitete sich bis zu den Knöcheln hinab in einer Stufenfolge von rauschenden Unterröcken. Ein Blick des Einverständnisses, und der Musiker griff einen schroffen, heftigen Akkord, worauf die Frau anfing, sich zu bewegen. Zuerst war es nur ein gleichmäßiges Sich-Wiegen, ein verhaltenes Auf-der-Stelle-Treten, ein unauffälliges Kreisen der Hüften. Es dauerte nicht lange, dann wirkte dieser Körper, der die Fünfzig überschritten hatte, alterslos. Mit gestraffter Taille und durchgedrücktem Kreuz, die Hände über den schwarzen Haaren abgewinkelt, so drehte sie sich langsam um die eigene Achse.
Als habe er nur auf diesen Moment gewartet, erhob sich von einem Tisch ein Mann mit gegerbtem, zerfurchtem Gesicht. Den Oberkörper straff vorgewölbt, näherte er sich der Tänzerin. Er hatte etwas von einem Zentauren. Seine leise Anfeuerung beantwortete die Frau mit einer Serie fließender Hüftbewegungen. Alles gewann nun an Tempo. Der Mann klatschte in die Hände, die Hände wurden zu einem kraftvoll, regelmäßig schlagenden Herzen, und auf jeden Herzschlag reagierte die Tänzerin mit einem Vibrieren des ganzen Körpers. Ein Fluidum, aufgeladen mit Gewalt und Sinnlichkeit, war nun um sie, strömte aus nach allen Richtungen, während die Füße den Boden stampften. Hals und Kopf nach hinten geworfen, war die Frau zum Bug geworden, der die schäumende Woge durchpflügt, war sie der verkörperte Tanz. Rauh feuerte der Gitarrist sie an, das Auge sah nur

noch hartes Sich-Vorwerfen des Unterkörpers, glutvolle Bewegung, wildes Aufstampfen. Aber die Tänzerin steigerte sich noch, wurde immer schneller, ließ sich endgültig hineinreißen in rhythmisch gebändigte Liebesraserei, deren Grenzen nur sie allein kannte.
Gebannt verfolgte Manuela das Schauspiel. Erregung hatte ihre Wangen gerötet, die innere Spannung verklärte ihre Züge. Sinnlichkeit, Leidenschaft, Leben, Tod, Haß und Liebe. In ihrem Antlitz spiegelten sich alle Empfindungen der Welt.
Rafael Vargas, der in ihrer Nähe saß, hatte es sich nicht versagen können, sie zu beobachten. Er wußte nicht, warum, aber die Verwandlung der jungen Frau hatte in ihm eine unnennbare Verwirrung aufkommen lassen. Sie hatte alte Erinnerungen geweckt, Gefühle, die er längst verschüttet glaubte, so daß er sich Gewalt antun mußte, um endlich den Blick abzuwenden.
Inzwischen hatte Sarrag die rechte Hand an sein Ohr gelegt, und nun begann er langsam, fast jammernd Worte zu psalmodieren, die von Exil, vom Tod eines Sultans und von Liebe handelten. Sein Sprechgesang vermischte sich mit den Akkorden der Gitarre und den Stampfbewegungen des Tänzerpaars, und niemand hätte sagen können, wer hier wen anfeuerte.
Als plötzlich wieder Stille herrschte, hätte man schwören mögen, daß der Duft von Jasmin, Myrte und Ambra den abscheulichen Dunst in der Venta verdrängt hatte. Man brauchte nicht einmal die Augen zu schließen, um den Löwenhof der Alhambra mit seinem Brunnen und den Säulenreihen vor sich zu sehen, und dort, in der Raufe, über die die Maultiere gebeugt standen, lockte da nicht der Ziergarten von Lindaraja mit seinen Rosen, seinen Zitronenbäumen und seinem smaragdenen Grün?
»Hört, Scheich Ibn Sarrag«, ließ Ezra sich vernehmen, »ich wußte gar nichts von Euren Gesangstalenten. Was war denn das, was Ihr da zum besten gegeben habt?«
»Ein paar Vierzeiler, die Muquaddam Ibn Muâfa zugeschrieben werden, einem Dichter, den man auch den Blinden von Cabra nannte.«

»Es klang wunderbar. Ich habe mich oft gefragt, ob die Musik nicht das einzige Beispiel ist für das, was die Verständigung der Seelen hätte sein können, wäre nicht die Erfindung der Sprache dazwischengekommen. Meint Ihr nicht auch?« Die Frage hatte der Rabbiner an Vargas gerichtet. Der saß mit erhitzten Wangen da und sagte nur in gedämpftem Ton: »Mag sein.«
Ezra griff sich das Dreieck und hielt es gegen das Licht. »Es ist aus Erz, habt ihr das bemerkt?«
»Ich weiß, was Ihr gleich sagen werdet«, nahm ihm der Araber das Wort aus dem Mund. »Erz ist die Legierung von Zinn, Silber und Kupfer.«
»Es ist weit mehr als eine bloße Mischung von Metallen. Da es aus der Vermählung der Gegensätze hervorgeht, soll es vielleicht uns darstellen: drei Metalle, drei Menschen, die alles in Gegensatz zueinander bringt. Noch so ein versteckter Gruß unseres lieben Baruel. Gleichzeitig fällt mir ein Vers aus dem ›Buch Numeri‹ ein: ›Moses bildete aus Erz eine Schlange, die er auf dem Banner anbrachte, und wenn ein Mann von einer Schlange gebissen wurde, dann sah er auf zu der erzenen Schlange und ...«
»Ich bitte Euch, zählt nicht endlos die Eigenschaften dieses Metalls auf, und bemühen wir uns lieber herauszubringen, wozu es uns nützlich ist oder nützlich sein wird.«
»Das wäre meiner Ansicht nach verlorene Liebesmüh«, erwiderte Vargas. »Wir sollten zunächst die Fortsetzung des Kryptogramms entziffern, um unser nächstes Ziel zu entdecken. Vielleicht finden wir dabei einen Hinweis auf das Dreieck. Es steht sicher in einem bestimmten Bezug zu dem Buch aus ...« In letzter Sekunde hielt er inne. Sein Blick suchte den Manuelas. Sie schien in Gedanken verloren. Hastig schlug er vor: »Gehen wir weg von hier! Ein weniger öffentlicher Ort wäre geeigneter, wenn wir den nächsten ›Palast‹ angehen wollen. Am besten gehen wir auf unser Zimmer.«
Ezra fragte verwundert: »Warum sollen wir nicht hierbleiben?«
Vargas warf ihm einen wütenden Blick zu. »Ihr seid unglaublich leichtsinnig!« Er zeigte auf Manuela. »Wir wissen nichts über

diese Person. Wir mögen gezwungen sein, sie noch einige Zeit bei uns zu behalten, doch sehe ich keinen Grund, sie in unsere Arbeit einzuweihen.«

Der Rabbiner setzte zu einer Antwort an, aber Manuela kam ihm zuvor: »Seid unbesorgt, Padre. Ich habe nicht die geringste Absicht, Euch Eure Geheimnisse zu stehlen. Bis morgen früh, Señores!«

Ohne Vargas eines Blickes zu würdigen, ging sie zu der wurmstichigen Treppe, die zu den Schlafkammern hinaufführte.

Der Rabbiner sprach aus, was er dachte: »Es ist doch merkwürdig: ein Jude, ein Muselmane und zwei Christen. Und siehe da, jene beiden, die doch normalerweise gegen die anderen zusammenstehen sollten, kratzen sich gegenseitig die Augen aus. Erstaunlich ...«

Allmählich erfüllte samtene Dunkelheit die Venta, und die ersten Kerzen flackerten in ihren niedrigen Ständern. Halb ausgestreckt auf einer mehr als zweifelhaft aussehenden Wolldecke, musterte der Araber noch einmal das vor lauter Streichungen und Anmerkungen kaum mehr lesbare Blatt.

»Die Stadt Cáceres! Wahrhaftig zum erstenmal zeigt sich Baruel so mitfühlend, daß er uns gleich zum Auftakt den Namen unseres nächsten Etappenziels offenbart.« Er blickte zum Himmel und sagte: »Möge der Allerhöchste dich behüten, Aben.«

Er legte das Blatt auf den Boden zurück und machte sich erneut an das Studium des rekonstruierten Textes.

Zweiter Nebenpalast: Verherrlicht wird J. H. W. H. von Seiner Stätte aus: Der Name ist in 6. Warum der Überdruss, auszusprechen, was der Jüngling bereits weiss? Die Menschensöhne erwarteten dort die Stunde. Allah wird Sein Versprechen unverbrüchlich halten. Jenseits der Stadtmauern verläuft die Strasse, die nach Jabal el Nur führt. Dort, im Bauch der Steine, werdet Ihr jene Erblicken, die sich in Demut niederwerfen, jene, die in den Himmeln sind. Jene, die auf Erden wohnen. Die Sonne, den Mond, die Ster-

ne, die Berge, die Bäume, die Tiere. Sobald Ihr angelangt seid, hackt dem Dieb und der Diebin die Hände ab. Sind sie auch rot wie Purpur, sie sollen werden wie Wolle. Möge der Wiedehopf Euch geleiten!
Er wandte sich an den Mönch und verneigte sich. »Fray Vargas, Euch haben wir den Text zu verdanken.«
»Mir kommt gar kein besonderes Verdienst zu. Alles liegt in dem Satz beschlossen: Warum der Überdruss, auszusprechen, was der Jüngling bereits weiss? Nun, was weiß ich bereits? Erinnert Euch an den Satz Ich habe nur einen einzigen Engel gekannt. Baruel wußte um die Verbindung zwischen meiner Familie und mir einerseits und den Templern und dem Orden des Santiago de la Espada andererseits. Als wir uns kennengelernt haben, habe ich Euch gesagt, in welcher Stadt dieser Orden gegründet wurde. Für Baruel gab es keinen Zweifel, daß ich den Bezug herstellen würde.«
»Auf jeden Fall«, bemerkte der Rabbiner, »haben wir ein bedeutendes Stück Weg zurückgelegt.« Er nahm das Blatt wieder auf. »Wir haben uns sehr gründlich und in jedem Detail um die Auslegung bemüht. Wir wissen, worauf sich die einzelnen Elemente beziehen. Das Schlüsselwort ist unbestreitbar Jabal el Nur, auch ›Berg des Lichts‹ oder ›Berg Hira‹ genannt. Laut unserem Freund Sarrag befindet sich in diesem Berg nahe Mekka die Höhle, in die der Prophet sich zu frommer Meditation zurückzuziehen pflegte. Folglich ist klar, daß wir am Rand der Stadt – um Baruels Ausdruck zu gebrauchen: jenseits der Stadtmauern eine Erhebung, einen Hügel, einen Berg entdecken müßten, der mit jenem Jabal el Nur in einer bestimmten Verbindung steht. Möchte einer von Euch diese Schlußfolgerung anzweifeln?«
Die beiden anderen Männer verneinten.
Ezra unterdrückte ein Gähnen. »In diesem Fall mögt Ihr verzeihen, daß ich mich zurückziehe.« Während er sich auf dem Strohsack ausstreckte, sagte er noch: »Fray Vargas, erlaubt Ihr mir eine persönliche Bemerkung?«
»Nun?«

»Ich finde, Ihr geht sehr hart mit Doña Vivero um.« Er drehte sich auf die Seite und schloß die Augen.

Schroff unterbrach Manuela den Mann mit dem Vogelkopf. »Ich habe es Euch schon gesagt und wiederhole es noch einmal: Am meisten mißtraut mir der Priester.«

»Ein Mann der Kirche? Ein Christ, der einer Christin mißtraut? Das ist einfach unglaublich.« Mendoza fuhr sich mit der rauhen Hand über die tiefen Stirnfalten und erklärte nachdenklich: »Vielleicht hat er sich etwas vorzuwerfen?« Und übergangslos fragte er. »Ihr wißt immer noch nicht, was diese Individuen vorhaben?«

Manuela mußte ihre Ohnmacht eingestehen: »Vorläufig ist das alles noch zu wirr. Ein paar Brocken habe ich aufgeschnappt, aber viel ist nicht dran.«

Mendoza seufzte. »Gut. Es bleibt uns weiterhin nichts übrig, als auf Eurer Spur zu bleiben. Aber vergeßt auf keinen Fall, Doña Manuela, sobald Ihr das Geringste herausbekommen habt ...«

»Ja, Mendoza, ich weiß ... Ihr werdet dann sofort benachrichtigt. Etwas anderes: Hört auf, Euch am hellichten Tag zu zeigen. Sie sind nicht blind, das solltet Ihr wissen.«

Der Familiar schwieg. Er haßte den selbstsicheren Ton, in dem diese Frau sich ausdrückte. Wäre es nur auf ihn angekommen, er hätte ihr nachdrücklich klargemacht, daß sie nicht mehr war als eine Dienerin des Glaubens, keinen Deut mehr. Aber es war weder der geeignete Ort noch die Stunde. Irgendwann später vielleicht. Später.

Kapitel 16

Santiago, rette Spanien!

Cervantes: Don Quichotte

Als wäre sie geradewegs einer leuchtenden Buchmalerei entstiegen, so lag die Stadt der Ritter in der Mittagssonne. Mit greller Wucht traf das Licht auf die Mauern, verlieh dem Ocker der Fassaden und dem Grau des Pflasters schmerzhafte Intensität. Zwischen dem Arco de la Estrella und dem Arco del Cristo schmolz der Azur im von Treppen durchschnittenen Gewirr der Gassen.

Der knappe Schatten eines befestigten Turms fiel über die Schwelle eines herrschaftlichen Hauses. Eine kleine Kirche döste vor sich hin. Leise plätschernd stand ein Marmorbrunnen mit hellvioletter Maserung in der Mitte des Platzes. Die vier Reiter hatten ihn zu ihrem Rastplatz bestimmt. Der Araber und der Jude sanken sogleich auf die Stufen, die das Becken umgaben. Der Mönch stand gegen ein Mäuerchen gelehnt und studierte die Umgebung. Wenige Schritte entfernt beugte sich Manuela über den Brunnenrand, schöpfte mit vollen Händen Wasser und kühlte in wilder Freude Nacken und Unterarme. Als sie sich aufrichtete, übersäten feine Tropfen als zahllose winzige Lichtpunkte ihre Haut. Sie hatte ihre Haare zum Knoten nach hinten gebunden und hielt ihr Gesicht der einen Moment kühler wirkenden Luft entgegen. Das Blut pochte unter der Haut ihres entblößten Halses, und ein köstlich zweideutiges Gefühl hatte sich ihrer bemächtigt. Einige Wassertropfen waren in ihren nur ganz leicht abstehenden Halsausschnitt hinuntergeperlt. Sie war in diesem Augenblick schöner denn je, von einer Schönheit, die nur die Zärtlichkeit oder die Gewißheit, geliebt zu werden, verlei-

hen. Mochte der Vergleich auch zu weit gehen, Vargas war er soeben gekommen. Noch einen Augenblick sah er ihr zu, wie sie sich mit einem Taschentuch die Lider abtupfte, dann gesellte er sich zu dem Araber. Lange genug, zu lange hatte er diese Frau beobachtet.
»Nun, auf was für Gedanken kommt Ihr, wenn Ihr Euch hier umschaut?«
»Vorläufig sehe ich weder den JABAL EL NUR noch die auf den Jüngsten Tag wartenden MENSCHENSÖHNE, noch jene, die sich IN DEMUT NIEDERWERFEN, geschweige denn einen DIEB oder eine DIEBIN, und auch einen WIEDEHOPF kann ich nirgends erkennen.« Während er sprach, hatte jetzt auch er seine Hände in das Becken getaucht.
Vargas versuchte es noch einmal: »Ich schlage vor, daß wir uns auf die Suche nach einem konkreten Hinweis machen.«
»Wohin gedenkt Ihr zu gehen?« fragte der Rabbiner.
»Nur so aufs Geratewohl. Wir werden schon ein Zeichen finden, das uns weiterhilft.«
»Tut, was Euch gutscheint. Mir ist es auf jeden Fall zu schwül hier.« Er deutete auf die Kirche. »Ich warte da drinnen auf Euch. Ich brauche mehr Kühle.«
Verblüfft hob Sarrag sein triefendes Gesicht vom Brunnenrand. »Ihr meint das ernst?«
»Ja, warum nicht?«
»Ihr in einer Kirche?« fragte der Franziskaner.
»Ich in einer Kirche«, wiederholte Ezra ironisch, »und dazu an einem Samstag, dem Sabbat also. Sollte das Haus Eures Gottes einem vor der Hitze fliehenden Rabbiner verweigern, was Strauchdieben gewährt ist, die der Justiz zu entrinnen suchen?« Ohne weitere Umstände enteilte er mit großen Schritten.
»Eines sehe ich«, bemerkte Sarrag zu Vargas gewandt, »dieser Jude wird es nicht aufgeben, sich über Euch lustig zu machen.«
Vargas reagierte mit einem blasierten Seufzer. »Kommt Ihr?«
Der Araber nickte und sagte einladend zu Manuela: »Ihr auch, Señora?«

Die junge Frau lehnte ab: »Ich bin erschöpft. Ich bleibe hier. Jemand sollte auf die Pferde aufpassen.«
»Wie Ihr wollt!« Er folgte Vargas.

Manuela Vivero hatte sich im Schatten des Kirchenportals niedergelassen. Sie zog die Knie an die Brust und schloß die Augen. Sie fühlte sich leer und kraftlos. Auf die erste Euphorie war eine sowohl seelische als auch körperliche Müdigkeit gefolgt. Sie, die doch stets auf ein untadeliges Äußeres Wert gelegt hatte, fühlte, wie sie demnächst auf die Stufe einer Küchenmagd herabsinken würde. Sie führte nicht mehr als drei bescheidene Kleider, eine Mantilla und zwei Paar halbhohe Stiefel mit sich.
Im Moment begriff sie rein gar nichts von dieser ganzen Geschichte. Keiner der Männer wirkte wie ein Verschwörer, der sich der Vernichtung Spaniens oder dem Untergang der Christenheit verschrieben hätte. Noch keine einzige irgendwie verdächtige Bemerkung oder versteckte Drohung hatte sie vernommen. Aber vielleicht war das die glatte Außenseite? Als einziges, wenn auch äußerst schwaches Indiz mochte jene Anspielung auf ein Buch gelten, die Vargas in der Venta gemacht hatte … Sie hatte genau gehört, wie er, das Dreieck prüfend, gesagt hatte: »Es steht sicher in einem bestimmten Bezug zu dem Buch …« Um welches Buch ging es da? Warum war er sofort verlegen gewesen, als sei ihm eine ganz wesentliche Information entschlüpft? Sie mußte unbedingt versuchen, mehr darüber herauszubekommen.
Plötzlich wurde sie durch Hufgeklapper aufgeschreckt. Sie öffnete die Augen. Eine Gruppe von Reitern, einige davon bewaffnet, war plötzlich auf dem Platz erschienen. Ihr erster Gedanke war die Santa Hermandad, die nach einem Übeltäter fahndete. Sie sprangen ab. Es folgte ein kurzes Palaver, dann sah sie, wie einer ein Zeichen gab und mit raschem Schritt die Kirche betrat. Beunruhigt stand Manuela auf. Ohne daß sie den Grund hätte angeben können, stieg dumpfe Angst in ihr hoch. Die Minuten vergingen. Die Männer hatten sich ein paar Schritte zurückgezogen, ihre Waffen steckten noch in der Scheide. Ein paar Neu-

gierige hielten sich in furchtsamer Distanz. Ein Pferd wieherte. Dann hörte sie ein vereinzeltes Lachen. Da erschien der Mann, der im Kircheninnern verschwunden war, wieder unter dem Portal. Manuela hätte beinahe aufgeschrien. Er war nicht allein. Neben ihm ging Ezra. Sie wollte zu ihm eilen, aber ihr Instinkt flüsterte ihr zu, sich nicht zu rühren. Der Rabbiner machte keinen übermäßig besorgten Eindruck. Er sprach scheinbar ungezwungen mit einem der Reiter, und sie glaubte, ihn sogar lächeln zu sehen. Später, aber da hatten sie ihn schon mitgenommen, sollte sie begreifen, daß dieses vermeintliche Lächeln nur der Ausdruck betrübter Resignation gewesen war. Jetzt packte plötzlich einer der Bewaffneten die Handgelenke des Juden und band sie ihm im Rücken zusammen. Die Reiter stiegen wieder in den Sattel, bis auf zwei, die Ezra in die Mitte nahmen, und einen weiteren, der nun den dreien vorausging. Aus den wenigen Neugierigen war ein kleiner Volksauflauf geworden. Da und dort wurden dumpfe Bemerkungen laut. Hatte Manuela richtig gehört, hatte wirklich jemand gerufen: »Gotteslästerer! *marranos*!«?
Sie war wie vor den Kopf gestoßen. Ezra war soeben verhaftet worden, und zwar mit großer Wahrscheinlichkeit von den Häschern der Inquisition. Aber warum nur hatte das Heilige Offizium beschlossen, einzugreifen? Hatte am Ende Torquemadas Abgesandter auf eigene Faust gehandelt? Undenkbar!
Man hatte Samuel am Arm ergriffen und zerrte ihn nun die Gassen entlang. Manuela sagte sich, daß sie wenig anderes tun konnte, als in einigem Abstand den Bütteln zu folgen, in der Hoffnung, zufällig Vargas oder Sarrag zu begegnen.
Die Menge hatte sich zerstreut. Manuela war die einzige, die der Vierergruppe im Gewirr der Gäßchen noch folgte. Stellenweise waren diese so eng, daß kaum mehr ein Sonnenstrahl den Weg bis zum Boden fand. Immer wieder schnitten Treppen das gewundene Band des Pflasters, sie führten Gott weiß wo hinauf oder hinab. An Häusern aus grauem Stein gingen sie entlang, da und dort kreuzten sie den tadelnden oder verängstigten Blick eines Bewohners. Ein Platz kam in Sicht. Ein herrschaftliches Palais.

Der Zug ließ es hinter sich. Während Manuela das eindrucksvolle Portal aus massivem Eichenholz passierte, streifte ihr Blick eine Inschrift auf dem Türsturz: A QUI ESPERAN LOS GOLFINES EL DIA DEL JUICO – »Hier warten die Golfines auf das Gericht Gottes.«
Die vier Männer waren soeben an der Ecke des Platzes abgebogen. Das massige Gebäude, das sich dort erhob, beherrschte die gesamte Kulisse. Vor einem Gittertor standen Wachen. Ein kleiner, öder Hof war sichtbar. Die Büttel hatten haltgemacht, Manuela sah, wie einer eine Kapuze aus der Tasche zog. Ezra wollte zurückweichen, aber man stülpte ihm die Kapuze über und zog sie ihm fest auf die Schultern herunter. Wenn noch ein Rest von Ungewißheit bestanden hatte, so war er jetzt beseitigt: Ezra würde ins Gefängnis geworfen werden. Mit der Verhüllung seines Gesichts befolgte man eine der sakrosankten Vorschriften der Inquisition. Der Beschuldigte hatte anonym und unkenntlich zu bleiben. Nicht etwa aus humanitären Gründen, sondern weil die anderen Gefangenen den Neuankömmling zu keiner Zeit identifizieren sollten und umgekehrt. Geheimhaltung war das oberste Prinzip des Heiligen Offiziums. Das Gittertor tat sich auf. Die hagere Gestalt des Rabbiners verschwand im Dunkel.
Was war nur passiert? Sollte Ezra, während er in der Kirche war, ein Sakrileg begangen haben? Nein. Nicht er, auch wenn Manuela oft davon gehört hatte, daß bekehrte Juden sich in einer Kirche gotteslästerlich betrugen. Berüchtigte Beispiele waren Juan del Rio, der am Fuß der Altäre den jüdischen Glauben lehrte, oder jener Hieronymit, der zum gleichen Zweck den Beichtstuhl nutzte, oder auch jener Prior namens Garcia Zapata, der während der Messe statt der geheiligten Formeln Schmähworte vor sich hin sagte. Solch gemeiner Umtriebe durfte man aber Samuel nicht verdächtigen, dessen war sich Manuela vollkommen sicher.
»Doña Vivero ...«
Eine Hand hatte sich auf ihre Schulter gelegt. Sie fuhr herum und erkannte den Mann mit dem Vogelkopf. Der Inquisitionsbeamte legte einen Finger an die Lippen und forderte sie auf, ihm zu folgen.

An der ersten Ecke bog er ab. Ein Mauervorsprung bot Schatten, er nutzte ihn und flüsterte: »Kommt hierher, bleibt nicht da draußen! Man könnte uns sehen.«

Fiebrig aufgeregt fragte Manuela: »Wißt Ihr das Neueste? Der Rabbiner ist ...«

»Ja, ich weiß. Wir haben alles mit angesehn. Wir haben nichts damit zu tun. Die Amtsträger des Distriktes Cáceres haben aus eigener Initiative gehandelt.«

»Aber das ist unglaublich! Eine Verhaftung am hellichten Tag? Mit welchem Anklagegrund?«

»Da weiß ich nicht mehr als Ihr. Genausowenig weiß ich, ob vorher eine Ermittlung stattgefunden hat. Denn wie Euch sicher bekannt ist, lassen wir gerade bei der Voruntersuchung stets größte Sorgfalt walten. Blindlings verhaftet wird von uns niemand. Jeder Verhaftung gehen minuziöse Nachforschungen voraus. Wo blieben auch sonst Recht und Gerechtigkeit?«

Garcia Mendoza hatte gesprochen wie ein Totengräber, der vor einer mißratenen Grube steht.

Er redete weiter: »Doch werden wir sicher bald Klarheit haben. Ich besitze ein vom Großinquisitor persönlich unterzeichnetes Dokument, das mir eigentlich Zugang zur Akte verschaffen müßte. Geht inzwischen zurück zu Euren Freunden! Ich werde schon Wege finden, Euch auf dem laufenden zu halten.«

»Ich weiß nicht, wie Ihr das anzustellen gedenkt, vergeßt aber eines nicht: Wenn einer der drei Männer ausfallen sollte, ist Fray Torquemadas gesamter Plan zum Scheitern verurteilt.«

Garcia biß sich nervös auf die Lippen. In der Stimme der Frau hatte er weit mehr wahrgenommen als eine bloße Warnung. Seine Zukunft im Heiligen Offizium stand auf dem Spiel.

»Gehen wir besser auseinander«, lautete seine ganze Antwort. »Hier ist es zu riskant.«

Als sie den Platz wieder betrat, stürzten ihr Rafael Vargas und Ibn Sarrag entgegen.

»Wohin wart Ihr gegangen?« schimpfte der Mönch.

Sie kam nicht dazu, zu antworten.
»Ezra ist von der Inquisition verhaftet worden«, fuhr der Mönch fort. Er hatte die Neuigkeit mit einer rauhen Stimme verkündet, aus der sie Argwohn ihr gegenüber herauszuhören glaubte.
»Ich weiß Bescheid. Sie sind vorhin gekommen und haben ihn festgenommen.«
»In der Kirche? Das haben sie gewagt?«
»Nein. Ein Mann ist zu ihm hineingegangen. Ich nehme an, er hatte einen ausreichend plausiblen Vorwand, so daß Ezra ihm nichtsahnend gefolgt ist. Dann haben sie ihm Handfesseln angelegt und haben ihn ins Gefängnis verbracht.«
»Aber warum nur?« fragte Sarrag. »Hat er denn irgend etwas Ungehöriges getan oder gesagt?«
»Der Gedanke ist auch mir flüchtig gekommen. Aber haltet Ihr Ezra einer so törichten Handlung für fähig?«
Der Araber antwortete mit einem Gesichtsausdruck, der sagen sollte: ›Wer weiß das schon ...‹
Vargas stand neben ihm und sah die junge Frau mit prüfender Schärfe an. »Señora«, sagte er langsam, »seid Ihr sicher, daß Ihr mit der Sache nichts zu tun habt?«
»Wollt Ihr unterstellen, daß ich für Ezras Verhaftung verantwortlich bin?«
»Ich unterstelle gar nichts, ich stelle Überlegungen an, das ist alles.« Sein schroffer Ton traf sie schwer.
»Überlegungen stellt Ihr an, Fray Vargas? Aber auf welcher Grundlage? Was erlaubt Euch die Annahme, ich könnte zu einer solchen Handlung fähig sein?«
»Euer plötzliches Auftauchen, diese Einmischung, bei der so viele Fragen offengeblieben sind. Ihr allein wißt die Wahrheit, Señora.«
Diesmal hielt sie nicht mehr an sich: »Ich weiß nicht, was es ist, was auf dem Grunde Eurer Seele lastet, Fray Rafael, aber es muß etwas sehr Bitteres sein. Vom ersten Moment unserer Bekanntschaft an habt Ihr herabzuwürdigen gesucht, was ich bin.« Sie streckte die Hand aus, als schiebe sie einen Gegenstand von sich

weg. »Nein, ich meine nicht, was uns zu nahem Umgang zwingt. Was Ihr zu beschmutzen sucht, bin ich als Person, ist die Frau. Es ist die Frau, die Euch irritiert, Fray Vargas.«
Er brach in ein Gelächter aus, das man nur schwer einschätzen konnte. War er belustigt? Oder wollte er sich nur schützen?
Wie ein Jäger, der seine Beute nicht mehr entkommen läßt, zielte Manuela noch genauer mit ihren Worten: »Solltet Ihr in Eurer Vergangenheit so sehr gelitten haben, daß Ihr mißtrauisch gegenüber allen Frauen geworden seid? Hat eine von ihnen Euer Herz so grausam gezeichnet, daß Ihr sie nicht vergessen könnt?«
Der Pfeil hatte getroffen. Alles Blut war aus Rafaels Gesicht gewichen. Der Ausdruck unerträglichen Schmerzes ließ Manuela auf der Stelle ihre Worte bereuen. Der Mönch aber sagte nichts, sein Schweigen bedeutete Rückzug.
Sarrag entschloß sich, die Konfrontation zu beenden: »Ein Mensch ist in Lebensgefahr«, sagte er ernst. »Wenn er erst nicht mehr lebt, dann wird dies das Ende unserer Reise sein.«
»Gott wird nicht zulassen, daß wir scheitern.« Vargas hatte sich wieder gefaßt, und sein Ausruf verriet ebenso lebhafte wie unerwartete Zuversicht.
»*Inschallah*«, sagte Sarrag, »aber welche Lösung gibt es? Sollen wir das Gefängnis stürmen? Uns für Ezra verwenden? Aber bei wem? Ihr wißt genauso gut wie ich, wenn der Gefangene erst einmal im Kerker der Inquisition sitzt, fällt ein Vorhang, und jede Verbindung zur Außenwelt ist abgeschnitten.« Eindringlich setzte er hinzu: »Der Rabbiner wird sich fügen müssen.«
»Was wollt Ihr damit sagen?« fragte Manuela.
»Er muß uns die ›Paläste‹ herausgeben, die uns fehlen. Wenn er ablehnt, versündigt er sich gegen das Andenken Aben Baruels.«
Der Mönch wandte ein: »Gesetzt den Fall, er tritt sie uns ab – was ich bezweifle –, wie soll er das überhaupt anstellen? Ihr habt es gerade selbst gesagt: Ist der Beschuldigte einmal im Gefängnis, dann ist er hoffnungslos isoliert.«
»Ach, was weiß ich. Jedenfalls müssen wir einen Weg finden.«
Manuela wagte einen Vorschlag: »Morgen bei Tagesanbruch

könnte ich versuchen, mich für Ezras Tochter auszugeben, und wer weiß …«

»Vergeßt den Gedanken«, sagte Vargas. »Genausogut könnt Ihr versuchen, einen Felsen mit bloßen Fingern auszuhöhlen.«

Der Scheich ließ sich auf die Brunnenstufen niedersinken. »Welch ein Verlust! Nie werden wir es herausbekommen. Da sucht der Mensch seit Tausenden von Jahren nach dem großen, dem unwiderleglichen Beweis für …«

»Schweigt!«

Verdutzt ob der scharfen Reaktion, sah Sarrag den Mönch an. »Was ist in Euch gefahren? Ich …«

»Ich sage Euch, Ihr sollt schweigen! Es ist weder der passende Ort noch Zeitpunkt, um Euren Gemütszustand kundzutun. Wer weiß, welchen Mithörer wir haben.«

Manuela trat einen Schritt auf die beiden zu. An ihrer Schläfe pochte eine Ader.

»Dieser Mithörer«, sagte sie, »das bin ich, Scheich Sarrag. In der Tat, Ihr solltet besser schweigen. Ich könnte Euch sonst verhaften lassen, wie ich Samuel Ezra habe verhaften lassen.«

Es erfolgte keine Reaktion. Hoch über ihren Köpfen wurde sekundenlang ein kreisender Königsadler sichtbar, dann verschwand er zwischen den Türmen.

»Señora«, sagte Sarrag schließlich, »Ihr habt Euch erboten, die Tochter Ezras zu spielen. Die Chance, daß man Euch einen Besuch erlaubt, ist unwahrscheinlich, trotzdem mag es den Versuch wert sein. Wenn Ihr, wie ich leider befürchte, abgewiesen werdet, bleibt uns nur noch, unsere große Suche aufzugeben und den Rückweg anzutreten.«

Von jetzt an, dachte Manuela, liegt unser gemeinsames Schicksal in der Hand des Mannes mit dem Vogelkopf.

Kapitel 17

Rache! Tod! brüllte der Riese Rostabat. Wir sind hundert gegen einen. Töten wir diesen Ungläubigen!
Victor Hugo: Die Legende der Jahrhunderte, 15

Der Scheich saß im Schneidersitz auf dem nach Staub und Schweiß riechenden Strohsack und massierte sich sanft die Augenlider. Danach faltete er das Blatt zusammen, auf das er eine Reihe von Randbemerkungen gekritzelt hatte, und legte es neben sich. Zu seiner Rechten lehnte Rafael Vargas mit im Nacken verschränkten Händen an der Wand und fixierte die Zimmerdecke.

»Besteht irgendwelche Aussicht, daß die Señora Erfolg hat?« fragte Sarrag.

Mit skeptischer Miene antwortete der Mönch: »Das hängt ganz davon ab, zu welcher Art von Haft der Rabbiner verurteilt worden ist. Das Inquisitionsgericht verfügt über drei Gefängnisse in ein und demselben Gebäude: erstens über das sogenannte Familiares-Gefängnis, wo die gewöhnlichen Rechtsbrecher landen, zweitens über das sogenannte Mittlere Gefängnis, das aber nicht so strenge Bedingungen aufweist wie das dritte, das Geheime Gefängnis, das den Ketzern vorbehalten ist. Falls Ezra im letzteren eingekerkert worden ist – und alles deutet darauf hin –, dann wird man ihm keinerlei Kontakt mit der Außenwelt gestatten.«

»Glaubt Ihr, daß ihm die Folter droht?«

»Auch da ist eine klare Antwort unmöglich. Das hängt wiederum mit der Anklage zusammen. Wir wissen nicht, ob er nur unter Verdacht steht oder als überführt gilt. Sicher ist nur, daß Ezra, sollte er sich weigern, seine Verfehlung – was immer sie sei – zu gestehen, der Folter unterzogen wird. Ist doch der Oberste

Inquisitionsrat der Meinung, daß die Folter einem überführten, aber verstockten Ketzer die letzte Chance bietet, noch um Barmherzigkeit zu bitten.«

»Aber der Unglückliche ist siebzig Jahre alt! Sie werden doch einen Mann dieses Alters nicht einer so harten Prüfung unterziehen?«

»Das Alter ist ein Faktor, der sich zu seinen Gunsten auswirken könnte. Zusammen mit Krankheit, Wahnsinn und Schwangerschaft gehört es zu den Ausnahmegründen. Nichtsdestoweniger liegt die Entscheidung stets bei der Inquisition.«

»So daß letztlich seine einzige Chance, unnötigem Leiden zu entgehen, in einem Geständnis liegt.« Sarrag strich sich nervös durch den Bart. »An seiner Stelle hätte ich alles zugegeben. Diebstahl, Mord, Gotteslästerung. Ich habe gehört, die Qualen müssen schrecklich sein. In Granada hat mir einmal ein Arzt heimlich ein paar Einzelheiten mitgeteilt. Unter anderem erzählte er vom berüchtigten *sueño italiano*, dem ›italienischen Traum‹. Ihr wißt natürlich, was sich hinter einem derart poetischen Namen verbirgt?«

»Nur ungefähr. Ich nehme an, er ist nah verwandt mit seinem Pendant, dem ›spanischen Traum‹.«

»Beim ›italienischen Traum‹ wird das Opfer in einen innen mit scharfen Spitzen gespickten Schrank gesteckt, worin es stundenlang absolut reglos ausharren muß, wenn es sich nicht überall aufspießen will. Immerhin, wenn man diese Prozedur mit den glühenden Eisenspitzen vergleicht, mit denen anderen die Hoden traktiert werden, dann ist das in der Tat eher noch ein ›Traum‹.«

»Tut mir leid, Euch widersprechen zu müssen«, sagte der Mönch, »aber weder Eisen noch Feuer kommen zur Anwendung. Man begnügt sich mit Wasser und mit Stricken, im Extremfall kann es auch der Wippgalgen sein. Vor kurzem habe ich in der Klosterbibliothek eine dreizehn Seiten umfassende Abhandlung entdeckt, worin die Folterarten ganz klar abgegrenzt werden.«

Ironisch sagte der Araber: »Das Handbüchlein des Foltermeisters.«

»Nach dem, was ich gelesen habe, wird die Folter ausschließlich an den Gliedmaßen des Beschuldigten vollzogen. Dieser wird mit kreuzweise angebrachten Stricken an der Wand festgebunden, wobei Brust und Seiten als angeblich besonders schmerzempfindliche Partien am stärksten eingeschnürt werden. Die Arme …«

»Schluß mit diesen Beschreibungen, ich bitte sehr! Ich stelle mir Ezra in einer solchen Lage vor und mir wird speiübel. Wir haben auch die Möglichkeit erwähnt, daß er ziemlich rasch um Barmherzigkeit bittet. Was würde in einem solchen Fall passieren?«

»Wenn die Inquisitoren mit seinem Geständnis zufrieden sind, können sie ihn zur sogenannten Aussöhnung zulassen, was gegenüber den früheren Richtlinien eine erhebliche Milderung darstellt. Damals war festgelegt worden, daß einer, der unter der Folter gestanden hat, immer noch als überführt zu gelten hatte und die Überstellung an den weltlichen Arm damit nicht vermied. Wie dem auch sei, ich sagte ja gerade, solange wir nicht genau die Anklageschrift kennen, ergehen wir uns in bloßen Spekulationen.«

Der Scheich erhob sich. Er trug lediglich ein eng geschnittenes Hemd, das seinen Bauch hervortreten ließ, und eine ebenfalls enge Unterhose, die bis zu den Knien reichte. Er holte aus einer Ledertasche ein mehrfach gefaltetes Kleidungsstück und streifte es über. Zum erstenmal seit ihrem Aufbruch tauschte er seinen Burnus gegen eine Dschubba, ein weites Seidengewand mit breiten Ärmeln. Anschließend schlang er sich einen dünnen Schal um die Schultern und bedeckte seinen Schädel mit einem purpurfarbenen Käppchen.

»Ihr habt es gut, Ihr könnt etwas anderes anziehen«, bemerkte Rafael lächelnd. »Auch mit einer neuen Kutte bleibe ich unveränderlich.«

»Es liegt nur an Euch, ob Ihr Eure Tracht ausziehen wollt, Fray Vargas.«

»Und ob ich aus dem Orden austreten will, nicht wahr? Das wäre denn doch ein hoher Preis für ein bißchen Eitelkeit.«

Der Scheich blinzelte anzüglich. »Der Preis ist nie zu hoch für den, der eine schöne Frau erobern will.«
»Was meint Ihr damit?«
»Ach, laßt doch, spielt nicht den Harmlosen! Glaubt Ihr, ich habe Euer Verhalten nicht bemerkt? Gestern nachmittag am Brunnen habe ich sehr wohl mitbekommen, wie Ihr Doña Vivero mit Blicken verschlungen habt.«
Vargas' Gesicht verriet deutlich seinen Ärger: »Ihr redet dummes Zeug«, sagte er und war schon aufgestanden. »Außerdem – Ihr scheint Euch dessen allerdings nicht bewußt – ist diese Frau gefährlich.«
Und er begann sich seinerseits anzukleiden. Auch er trug eine schlichte Unterhose und ein ebenso schlichtes Hemd. Aber damit hörte die Gemeinsamkeit auf. Sein jugendlich-harmonischer Körper und seine straffe Muskulatur stachen ab von der wohlgenährten, ja fettleibigen Gestalt des Gefährten.
Dem schien das selbst aufzufallen, denn er trat neben Vargas und sagte: »Schaut Euch doch an und schaut mich an! Ach, wenn ich Euer Alter und Euer Aussehen hätte! Welche Vergeudung – ein so stattlicher junger Mann und dazu verurteilt, den Rest seines Daseins im Reich der Keuschheit zu verbringen!«
»Wir setzen nicht die gleichen Prioritäten, das ist alles.«
»Wer spricht von Prioritäten? Findet Ihr es natürlich, ein ganzes Leben lang den Körper um den elementarsten aller Genüsse zu bringen? *Majnun* – Narr! Wenn es der Wille des Schöpfers wäre, aus uns pflanzenhafte Kreaturen, Wesen ohne die Regung des Begehrens zu machen, hätte er uns dann in Fleisch und Blut erschaffen? Mit unseren Sinnen, dem Tastsinn, dem Gehör und den Augen? Ich will Euch nicht beleidigen, aber ich meine aufrichtig, daß Ihr und Eure Ordensbrüder doppelt gotteslästerlich dahinlebt. Einerseits kasteit ihr euch und handelt den natürlichen Trieben zuwider, die Allah euch verliehen hat, andererseits – und das ist noch schwerwiegender – bringt ihr die Frauen um eine Lust, die sie nur allzugern empfangen.« Er schwieg einen Augenblick, dann fragte er ein-

dringlich: »Habt Ihr schon einmal, nur ein einziges Mal, die Wonnen des Fleisches gekostet?«
»Und wenn meine Antwort ja lautet?«
»Dann ist doch nicht alles verloren! War es vor langer Zeit? Wart Ihr verliebt?«
»Hört zu, diese Diskussion ist ebenso unangebracht wie kindisch. Ihr habt Eure Theorien, ich habe die meinen. Da Ihr gerade von der Señora spracht, schlage ich vor, daß wir hingehen und an dem Platz auf sie warten.«
Der Araber sah Rafael voller Verdruß ins Gesicht. »Wie Ihr meint. Aber Ihr solltet darüber nachdenken! Die Frau ist ein Geschöpf Allahs: Es ist Sünde, ihr einfach zu entsagen.«
»Scheich Ibn Sarrag! Warum verzichtet Ihr auf die Ergänzung, daß sie auch die Ursache so mancher Übel ist? Wobei ich allerdings verstehe, warum Ihr die Frauen verteidigt.« Sein Spott wurde deutlicher: »War es nicht dank einer Frau, daß Spanien euch wie eine reife Frucht in den Schoß gefallen ist?«
»Wie meint Ihr das?«
»So kennt Ihr anscheinend eine der Hauptursachen dafür nicht, daß Eure Vorfahren in Spanien landeten. Zugunsten Eures Volkes muß ich in Rechnung stellen, daß es wahrscheinlich gar nicht mit der Absicht umgegangen war, in dieses Land einzufallen. Hätte eine Frau nicht von allem Anfang an eine wichtige Rolle gespielt, dann würdet ihr es euch nach wie vor in Afrika wohl sein lassen.«
»Erklärt mir das näher!«
»Das Ganze geschah vor ungefähr siebenhundert Jahren, zur Zeit, als die Westgoten über Spanien herrschten. Graf Julian, der Gouverneur von Ceuta, hatte eine Tochter namens Florinda. Gemäß dem Brauch der vornehmen iberischen Familien, die ihre Kinder an den Hof des Gotenkönigs schickten, auf daß sie sich dort im Fürstendienst oder Waffenhandwerk bildeten, sandte Julian seine Tochter nach Toledo, wo sie dem hochrangigen Gefolge im Palast eingegliedert wurde. Nun wollte es das Schicksal, daß Roderich, der Gotenkönig, für sie entbrannte. Eines Tages beobach-

tete der Herrscher von einem Turmfenster hoch über dem Tajo herab, wo er hinter einem Vorhang versteckt stand, die Mädchen beim Bade, und da erblickte er Florinda, wie sie und ihre Gespielinnen ihre Beine aneinander maßen. Ganz offenbar war sie es, die den niedlichsten Fuß, die zartesten Fesseln und das weißeste Bein aufzuweisen hatte. Roderich verliebte sich in die unvorsichtige Badende, und er verging sich an ihr. Die Unglückliche fand einen Weg, ihren Vater von der Entehrung in Kenntnis zu setzen. Voller Groll schwor dieser Rache. Eines Tages bat der König, der den Vorfall schon vergessen hatte, Graf Julian um Falken und Sperber für die Jagd auf junges Rotwild und bekam folgende Antwort: ›Ich werde Dir einen Raubvogel senden, wie Du ihn noch nie gesehen hast.‹ Das war die verschleierte Anspielung auf den berberischen Eroberer, den gegen das Reich seines Herrn loszuschicken Julian sich insgeheim vorgenommen hatte ...« Vargas schnürte sich den Hanfstrick fest, der ihm als Gürtel diente, ehe er fortfuhr: »Ihr wißt, wie es weiterging?«

»Ich weiß lediglich, daß unter der Führung eines freigelassenen Sklaven namens Tarik Ibn Malik fünfhundert Krieger über die Meerenge setzten. Was hatte das mit Florinda zu tun?«

»Einige Zeit zuvor hatte sich ein Beauftragter des Grafen Julian in Tanger bei Musa Ibn Nusair, dem Vorgesetzten Tariks, gemeldet und hatte ihm vor Augen geführt, wie leicht die Eroberung Spaniens für einen Heerführer sei, der sich in so günstiger Ausgangsposition befand. Er versprach ihm, daß die Mauren, sollten sie das Meer überqueren, um auf spanischem Boden zu landen, in der Person des Gouverneurs von Ceuta mitsamt seinen Truppen einen zuverlässigen Verbündeten finden würden. Tarik brachte daraufhin Cartagena in seine Gewalt, marschierte weiter, traf an einem Fluß auf Roderich und besiegte ihn. Die Schändung der schönen Florinda war gerächt.« Vargas schlüpfte in seine Sandalen und sagte mit dem Anflug eines Lächelns: »Seht Ihr jetzt, welche Katastrophen die Frauen – zugegeben indirekt – auszulösen fähig sind, jene Frauen, für die Ihr so energisch eintretet?«

Sarrag nickte mehrmals langsam, als sei ihm etwas aufgegangen. »Ich verstehe jetzt, was Doña Vivero andeuten wollte …«
Der Mönch reagierte verwundert.
»Ihr müßt mit einer Nachfahrin jener Florinda in engere Berührung gekommen sein. Aber statt die Eroberung Spaniens zu provozieren, hat diese wohl jede Bastion Eures Körpers und jeden Fluß Eurer Seele überrannt und überschritten … Welch ein Glück! Ich bin wieder beruhigt. Ihr seid also doch ein Mann von Fleisch und Blut.«

Rund um den Brunnen hatte sich unter freiem Himmel eine Feria etabliert: Schafzüchter, Bauern, Taglöhner, Wollhändler, Verkäufer von Rohseide oder von Handschuhen, die mit Ambra aus Ciudad Real parfümiert waren, Stände für Salz, Wein und Öl. Welch farbenfrohes Durcheinander, welch ein Stimmengewirr!
Vargas und Sarrag umgingen die Stände und setzten sich weiter rückwärts auf ein Mäuerchen, das den befestigten Turm umlief. Von hier aus überblickten sie den gesamten Platz. Eine Weile sahen sie schweigend dem Treiben der Menge zu.
»Der Jabal el Nur«, sagte Sarrag leise, »der Berg des Lichts. Der Satz aus dem dritten ›Palast‹ geht mir nicht aus dem Sinn: Jenseits der Stadtmauern verläuft die Strasse, die nach Jabal el Nur führt. Ich bin nach wie vor überzeugt, daß Baruel uns auf einen Gipfel, irgendeine Erhebung vielleicht, hinweisen will.«
»Dabei wußten die Leute, die wir gestern abend befragt haben, absolut nichts von einem angeblichen Berg mit dem Namensattribut ›Licht‹. Sogar der hier in der Gegend geborene Herbergswirt hat versichert, er habe noch nie von einem solchen Berg gehört.«
»Vielleicht können wir das Symbol nur mit Blick auf die nächsten Zeilen verstehen, die ja von der sogenannten Pilgerschafts-Sure inspiriert wurden: ›Hast du es nicht gesehen? Vor Gott werfen sie sich in Demut nieder, die in den Himmeln sind und die

auf der Erde wohnen, die Sonne, der Mond, die Sterne, die Berge, die Bäume, die Tiere und eine große Zahl von Menschen.‹«
»Wahrscheinlich habt Ihr recht. Der Zusammenhang existiert. Wie aber ihn erkennen? Einzig die Überschrift der Sure, ›Die Pilgerschaft‹, scheint mir eine unzweideutige Botschaft zu enthalten. Denn auch wir sind aus religiösen Gründen und in frommer Gesinnung unterwegs. Aber wozu uns das Gehirn zermartern? Wenn der Rabbiner nicht freigelassen wird, dann ist es völlig unwichtig, ob wir diesen Jabal el Nur finden oder nicht.«
Der Mönch unterbrach sich, und seine Gesichtszüge waren plötzlich angespannt.
»Was macht nur Doña Vivero? Hoffentlich ist nicht auch ihr etwas zugestoßen!«
Sarrag reagierte mit einem diskreten Lächeln, hütete sich aber, einen Kommentar abzugeben.
Um sie herum blieb die Menge in wogender Bewegung. Dort schwenkte ein Seidenhändler einen Schal, hier mühte sich ein Lederhändler gestikulierend, einen Käufer von der Qualität seiner Ware zu überzeugen. Gezänk, Begrüßungen, zwischen den Beinen der Erwachsenen wuselnde Kinder. Plötzlich verharrte Sarrags schweifender Blick. An einem Stand befühlte ein Mann eine Orange. Er war mittelgroß und wahrscheinlich um die Dreißig. Über seine Stirn zog sich eine lange Schnittnarbe.
»Eigenartig. Glaubt Ihr an schicksalhafte Zufälle?« Der Zeigefinger des Scheichs war unauffällig vorgestreckt. »Der Mann da drüben zwischen den beiden Bäuerinnen mit den bunten Röcken. Ich sehe ihn schon zum zweitenmal. Das erste Mal war es in Jerez de los Caballeros, in der Taverne mit dem Gitarrespieler.«
»Zwischen zwei Bäuerinnen, sagt Ihr? Ich sehe keinen …«
»Doch, doch!« beharrte Sarrag und reckte sich hoch. »Dort!«
Noch während er den Arm ausstreckte, mußte er feststellen, daß der Mann verschwunden war. »Dabei habe ich ihn eindeutig gesehen.« Er setzte sich wieder und brummte: »Ich frage mich, ob wir nicht verfolgt werden.«
»Ihr fragt Euch das, seid aber nicht überzeugt?«

»Moment. Wollt Ihr sagen ...?«
»Aber Scheich Sarrag! Wie könnt Ihr einen Augenblick daran zweifeln? Hat Euch der Brand in der Bibliothek denn nicht zu denken gegeben?«
»Ich wollte wahrscheinlich nicht an eine vorsätzliche Tat glauben. Aber wenn ich es jetzt bedenke, dann ist es klar. Und dieser Kerl ist der Beweis.« Er strich über seine faltige Wange und rief leise: »Solche Komplikationen haben uns gerade noch gefehlt! Wer kann uns denn schaden wollen? Wer? Und warum?« Er unterbrach sich, um mit erfreutem Staunen zu verkünden: »Ezra! Der Allerhöchste sei gepriesen, sie haben ihn freigelassen.«
In der Tat war der Jude soeben auf dem Platz aufgetaucht. Neben ihm ging Manuela. Beide sahen sich suchend um.
»Ich kann es nicht fassen. Wie hat sie das geschafft?«
In eher beherrschtem Ton sagte der Mönch: »Für jemand, der möglicherweise den ›italienischen Traum‹ erlebt hat, sieht unser Freund nicht allzu mitgenommen aus.«

Wenig später saßen sie zu viert um einen Tisch in der Venta. Vor dem Rabbiner stand eine Schale mit dampfend heißer Gemüsesuppe. Er führte sie an den Mund.
»Gegen eine andalusische *asida* kommt das da nicht an, aber nach einer Nacht im Gefängnis ist man nicht sehr anspruchsvoll.«
»So haben sie Euch also nicht nur die Freiheit zurückgegeben«, sagte Rafael, »sondern auch noch ihr Bedauern ausgedrückt. Das gehört eigentlich nicht zu den Gepflogenheiten der Inquisitionsbeamten.« Zu Manuela gewandt sagte er: »Letztlich ist Euch kaum Zeit geblieben, noch einzugreifen.«
»Im Gefängnis habe ich gebeten, einer der Richter möge mich empfangen. Selbstverständlich erntete ich schroffe Zurückweisung. Ich habe nicht aufgegeben. Gerade wollten sie mich mit Gewalt wieder hinausdrängen, da ist im Hof zwischen zwei Familiares Ezra erschienen.«
»Allah ist groß«, sagte Sarrag. Und er sprach weiter: »Aber sagt

doch, Rabbi ... Gerade habt Ihr versichert, den Grund für die Freilassung nicht zu kennen; wißt Ihr dann wenigstens, warum sie Euch verhaftet haben?«
Der Jude schüttelte den Kopf. »Ich habe keine Ahnung. Immerhin kann ich Euch sagen, und das mag überraschend klingen, daß die Zellen nicht so scheußlich sind, wie ich es mir vorgestellt hatte. Es sind keineswegs finstere, feuchte Kellerverliese. Auch von Ketten, Handfesseln oder Halseisen keine Spur. Überhaupt nichts von dieser Schreckensausstattung. Ich bekam eine helle Einzelzelle mit sauberen gekalkten Wänden, und die Möblierung bestand aus einer Schilfmatte, einem Besen und drei Tontöpfen. Gestern abend hat man mir zu meinem Erstaunen Reis mit einem Stück Hammelfleisch gebracht ....«
»Koscher natürlich«, sagte der Scheich ironisch.
Der andere überging die Bemerkung und sagte abschließend: »Deswegen ist es noch lange nicht so, daß einen nicht die nackte Angst packen würde. Die ganze Atmosphäre da drinnen ist obszön und häßlich. Besonders abstoßend fand ich es, beim Durchschreiten des Zellengangs einen Moment lang zwei Kinder sehen zu müssen. Zwar sind sie wahrscheinlich zusammen mit ihren Eltern eingesperrt, aber das ist ein armseliger Trost.«
Während der Rabbiner von seiner Haft berichtete, erlebte Manuela im Geist eine andere Szene wieder. Wenige Stunden zuvor hatte sie sich in der geheimen Hoffnung, der Mann mit dem Vogelkopf möge sie unterwegs abpassen, zum Gefängnis begeben. An einer Straßenecke war er tatsächlich aufgetaucht, unweit jenes Adelshauses, wo sie am Vortag die sonderbare Inschrift ›Hier warten die Golfines auf das Gericht Gottes‹ gelesen hatte. Torquemadas Abgesandter war außer sich gewesen. In knappen Worten hatte er ihr berichtet, daß Ezra Opfer einer Denunziation geworden war. Jemand hatte den Familiares zugetragen, daß in jener Kirche ein Jude laute Flüche von sich gebe. Wenn Mendoza verrückt vor Wut gewesen war, dann nicht wegen des Fehlgriffs als solchem, sondern wegen der Art, wie er zustande gekommen war. Hiermit bestätigte er die Bemerkungen von Var-

gas, daß die Inquisition niemals einen Verdächtigen ohne vorherige gründliche Ermittlung einkerkert. Und als Manuela sich verwundert zeigte, daß die Anschuldigung der Blasphemie reiche, um jemanden ins Gefängnis zu bringen, hatte Mendoza gesagt: »Señora, es gibt einen Erlaß, der gewissermaßen ein Verzeichnis der Handlungen und Worte darstellt, die jeder beliebige Bürger ausspähen kann, sei es von seinem Fenster oder von seiner Türschwelle aus, sei es am Stand des Metzgers oder Gemüsehändlers, sei es schließlich, daß er sein Ohr am Kamin des Nachbarn hat oder daß er ihn unangemeldet besucht. Es genügt, daß ein Informant von einer der verbotenen Handlungen oder Äußerungen berichtet, und die Untersuchung kommt in Gang.«
Sie hatte anschließend gefragt, wieso er, Mendoza, der doch ein Empfehlungsschreiben Torquemadas mitführe, die Identität des Denunzianten nicht herausbekommen habe. Die Antwort war eindeutig: Geheimhaltung. Immer wieder diese Geheimhaltung. Jeder Mitarbeiter der Inquisition, Arzt und Folterknecht eingeschlossen, war an diese absolute Vorschrift gebunden. Sämtliche Amtswalter des Heiligen Offiziums waren ihr verpflichtet. Und Mendoza hatte mit einem Schulterzucken geschlossen: *»A la Inquisicion, chiton, chiton!* – Über die Inquisition wird geschwiegen bis ins Grab!«
»Señora ...« Die Stimme des Mönchs holte Manuela an den Tisch zurück. »Señora, ich möchte Euch sagen ...« Er räusperte sich und senkte leicht den Blick. »Ihr seid vielleicht nicht direkt für die Freilassung unseres Gefährten verantwortlich, aber Ihr sollt wissen, daß wir Euch alle hier für Eure Hilfe dankbar sind. Danke!«
Er hatte das leise und zum erstenmal mit der ein wenig linkischen Zurückhaltung eines schüchternen Knaben gesagt.
Sie zuckte nervös. Ihre Lippen öffneten sich halb zu einer Antwort, aber die Worte kamen nicht.
»Großartig!« rief Ezra. »Wenigstens zu etwas ist meine Verhaftung nutze gewesen.« Er führte den Gedanken nicht weiter aus, sondern sagte: »Ich weiß nicht, ob einer von Euch mit unseren

Rätseln weitergekommen ist. Ich zumindest habe die schlaflosen Stunden genutzt, um die Sinnbilder unter sämtlichen Aspekten durchzugehen. Ich darf Euch verkünden, daß …« Er schwieg und sah sie der Reihe nach an, bevor er erklärte: »… daß ich unglücklicherweise nicht weiter bin als gestern.«

»Leider geht es uns nicht anders«, seufzte Sarrag. »Wir haben die Leute hier nach dem angeblichen ›Lichtberg‹ befragt. Wir haben nur negative Antworten bekommen. Anscheinend hat niemand von einer Anhöhe dieses Namens gehört. Was wir finden müssen, ist aber tatsächlich ein Berg.«

Mit etwas leiernder Stimme rezitierte Vargas: ZWEITER NEBENPALAST: VERHERRLICHT WIRD J. H. W. H. VON SEINER STÄTTE AUS: DER NAME IST IN 6. WARUM DER ÜBERDRUSS, AUSZUSPRECHEN, WAS DER JÜNGLING BEREITS WEISS? DIE MENSCHENSÖHNE ERWARTETEN DORT DIE STUNDE. ALLAH WIRD SEIN VERSPRECHEN UNVERBRÜCHLICH HALTEN. JENSEITS DER STADTMAUERN VERLÄUFT DIE STRASSE, DIE NACH JABAL EL NUR FÜHRT. DORT, IM BAUCH DER STEINE, WERDET IHR JENE ERBLICKEN, DIE SICH IN DEMUT NIEDERWERFEN, JENE, DIE IN DEN HIMMELN SIND, JENE, DIE AUF ERDEN WOHNEN, DIE SONNE, DEN MOND, DIE STERNE, DIE BERGE, DIE BÄUME, DIE TIERE. SOBALD IHR ANGELANGT SEID, HACKT DEM DIEB UND DER DIEBIN DIE HÄNDE AB! SIND SIE AUCH ROT WIE PURPUR, SIE SOLLEN WERDEN WIE WOLLE. MÖGE DER WIEDEHOPF EUCH GELEITEN!« Er machte die Geste des Aufzählens.

»Erstens: DIE MENSCHENSÖHNE. In der Bibel wie andernorts hat der Ausdruck, ob im Singular oder im Plural, zunächst die Bedeutung, an die man auf einer gehobenen Sprachebene gewöhnt ist: ›menschliches Wesen‹. Wir sind auch übereingekommen, daß in dieser redensartlichen Wendung dadurch, daß sie eine Art gemeinsames Erbe betont, eine gewisse Bescheidenheit mit anklingt: ›nicht mehr als ein Mensch‹. Es sieht also aus, als seien die Menschensöhne die Menschen ganz allgemein, das heißt Ihr und ich. Sind wir uns soweit einig?«

»Absolut«, bestätigte Ezra.

»Zweitens: DIE STUNDE. Laut Scheich Sarrag findet man das

Wort im Koran an vielen Stellen. Indirekt meint es das Jüngste Gericht. Stimmt das?«

Der Araber beeilte sich, das Zitat zu liefern: »»Sie werden dich nach der Stunde fragen. Sprich: Von ihr weiß allein Gott, und er allein wird sie zu ihrer Zeit bekanntmachen. Schwer wird sie lasten in den Himmeln und auf der Erde, und unversehens wird sie über euch kommen! Als der, der den Propheten befragte, nicht abließ und forderte: ›So tue mir ihre Anzeichen kund!‹, da zeigte sich Mohammed redebereit und antwortete: ›Das wird sein, wenn die Magd ihre Herrin gebären wird, wenn du die Hüter der Herden erblicken wirst, wie sie barfuß, nackt und elend sich immer höhere Bauten errichten lassen.‹«

Manuela wagte vorzubringen: »Wahrscheinlich sagt Ihr jetzt, ich mischte mich in etwas ein, was mich nichts angeht. Aber vielleicht könntet Ihr mir erklären, was der Prophet meint mit dem Satz: ›Das wird sein, wenn die Magd ihre Herrin gebären wird‹?«

»Er prophezeit, daß an jenem Tag die Frau, die eine Tochter zur Welt bringt, deren Sklavin werden wird, weil die Kinder der Endzeit ihren Eltern keine Achtung mehr zollen. Was den zweiten Teil der Antwort betrifft, so scheint er das Chaos im Zusammenleben und den schließlichen Triumph der seßhaften Lebensweise über die nomadische Lebensweise vorauszusagen, das heißt den Mord, den Kain an Abel begeht.«

Rafael sah sich veranlaßt einzugreifen: »Ich möchte in gar keiner Weise die Worte des Propheten Mohammed abschwächen, aber auch unser Herr Jesus Christus spricht von Zeichen, die dem Weltende vorangehen. Ich zitiere nur: ›Volk wird gegen Volk aufstehen, Königreich gegen Königreich‹ oder: ›Die Völker werden in Angst verharren.‹ Lauter Äußerungen, die denen nahestehen, welche von …«

Sarrag fiel ihm ins Wort: »Fray Vargas, versucht nur ja nicht, eine Schwachstelle zu finden oder Jesus gegen Mohammed, die Bibel gegen den Koran auszuspielen! Wißt Ihr, was der Prophet geantwortet hat, als man ihn fragte, wer den Kampf gegen den Antichrist kämpfen würde? Nun, er hatte die bemerkenswerte

Bescheidenheit zu antworten, daß einzig und allein Jesus triumphieren könne. Er sagte wörtlich: ›Ich schwöre bei dem, der meine Seele in Händen hält, es wird sehr rasch eintreten, daß der Sohn Marias als ein gerechter Schiedsrichter unter euch herabsteigen wird. Er wird die Kreuze zerbrechen, er wird die Schweine zu Tode bringen, er wird die Kopfsteuer abschaffen, und er wird solchen Überfluß an Reichtümern schaffen, daß niemand mehr davon will. So daß der irdischen Welt und allem, was sie aufweist, eine einzige demütige Niederwerfung vorgezogen werden wird.‹ Seid Ihr zufrieden?«

Rafael kapitulierte. »Kommen wir zum Thema zurück! Wir haben uns ganz auf den Ausdruck Jabal el Nur konzentriert, während wir immer noch nicht den Grund für den vorangehenden Satz gefunden haben: Die Menschensöhne erwarteten dort die Stunde. Ich frage mich, ob …«

»Wartet!« sagte plötzlich Manuela. »Ihr habt vorhin gesagt, im Koran bedeute die Stunde das Jüngste Gericht?«

»Ja, so ist es.«

Sie schien angestrengt in ihrem Gedächtnis zu suchen. »Gestern und auch heute morgen wieder, auf dem Weg zum Gefängnis, bin ich an einem Gebäude, wahrscheinlich einem Adelspalast, vorbeigekommen. Über dem Türsturz war im Stein eine Inschrift eingraviert. Im Moment kam mir deren Aussage nur merkwürdig vor, sonst nichts. Aber jetzt, nachdem ich Euch zugehört habe, muß ich einen Bezug zu die Stunde herstellen.«

»Und wie lautete besagte Inschrift?« fragte Vargas.

»›Hier warten die Golfines auf das Gericht Gottes!‹«

»In der Tat«, räumte Ezra ein, »diese Information ist nicht uninteressant. Aber was mag das Wort ›Golfines‹ bedeuten?«

Unverzüglich antwortete Vargas: »Es handelt sich um ein französisches Geschlecht, das sich in Cáceres niedergelassen hat, kurz bevor Philipp der Schöne den Templerorden verfolgte.«

»Ihr wollt sagen, es handelt sich …«

»… um ein Geschlecht von Tempelrittern. Ganz genau. Golfines muß abgeleitet sein von Golfand oder Holfand, ich weiß es nicht genau. Aber es kommt auch von *golfo*, und das bedeutet Spitzbube, Galgenvogel, Schuft. Ein Beiname, den die Leute von Cáceres aus mir unbekannten Gründen dieser Sippe angehängt haben.«

Sarrag stand ruckartig auf. »Worauf warten wir? Wir sollten keine Minute mehr vergeuden!« Er wandte sich an Manuela: »Würdet Ihr das herrschaftliche Haus wiederfinden?«

»Ich glaube schon.«

»Wartet!« rief der Mönch. »Wenn die Nachfahren dieser Familie noch dort residieren, dann ist es besser, daß ich allein bei ihnen vorstellig werde. Nur ich.«

»Warum?« fragte Ezra überrascht.

»Erinnert Euch, daß ich zu den Rittern des Ordens von Santiago de la Espada gehörte und daß der Orden hier in dieser Stadt gegründet worden ist. Zwischen den einzelnen Rittern, gleich welchem Orden sie angehören, bestehen brüderliche, ja heilige Bande. Folglich dürfte ich, sobald ich mich zu erkennen gebe, bessere Aussicht auf Unterstützung haben.«

»Ich verstehe immer noch nicht, warum Ihr unbedingt allein hingehen wollt.«

Vargas bemühte sich, seine Gereiztheit zu verbergen. »Ich wollte Eure empfindlichen Gemüter schonen, aber sei's drum. Wenn ich nach der Wortherkunft von ›Golfines‹, nämlich ›Schuft‹, gehe, dann haben die Leute, mit denen wir es zu tun bekommen, möglicherweise jeden Sinn für Ehre und Ritterlichkeit eingebüßt; wahrscheinlich zeigen sie sich mißtrauisch und sogar feindselig gegenüber einem Mauren, also jemandem, gegen den ihre Vorfahren stets gekämpft haben – gegen den sie selbst vielleicht immer noch kämpfen –, und gegenüber einem Juden, der in ihren Augen insoweit schuldig ist, als er vor siebenhundert Jahren mit den Eroberern Spaniens gemeinsame Sache gemacht hat.« Die nächsten Worte waren vor allem an Ezra gerichtet. »Ihr wißt ja wohl, daß Eure Landsleute die Araber und die Mauren mit offenen Armen empfangen und ihnen sogar geholfen haben, unsere Städte einzunehmen.«

Die Bemerkung brachte den Rabbiner nicht aus der Fassung. Er versetzte in gleichmütigem Ton: »Erlaubt mir zunächst den Hinweis, daß es zwar dem Scheich schwerfallen mag, seine Herkunft zu verbergen, daß jedoch mir mein Judentum keineswegs ins Gesicht geschrieben steht, soweit ich das beurteilen kann. Aber zurück zu der Behauptung. Es gibt diesbezüglich keine Gewißheit, aber erzählt werden diese Dinge in der Tat. Glaubt mir, sollten die Gerüchte sich eines Tages bestätigen, dann wäre ich der erste, die geschichtlichen Vorgänge zu beklagen. Die Anwesenheit der ersten Juden auf spanischem Boden reicht in graue Vorzeit zurück. Sie hätten sich eigentlich wie Söhne dieser spanischen Erde verhalten müssen, nicht wie irgendwelche Zugvögel, und hätten dieses Land mit ihrem Blut verteidigen müssen. Nichtsdestoweniger will ich Euch sagen, nachdem Ihr schon die Historie bemüht, daß diese Menschen möglicherweise mildernde Umstände geltend machen können. Darf ich Euch an gewisse Tatsachen erinnern: Unter Rekkeswinth hat man ihnen ihre religiösen Riten untersagt. Unter der Herrschaft Ervigs dekretierte das Konzil von Toledo 681 – das heißt dreißig Jahre vor der arabischen Invasion –, sie hätten binnen Jahresfrist ihrem Glauben abzuschwören. Widrigenfalls drohte Einziehung allen Besitzes und Verbannung. Nicht zu vergessen die hübsche Reihe von Leibesstrafen, die ein Festhalten am praktizierten Judentum zwischenzeitlich vorsah. Egica schließlich verurteilte die Sefardim zur Sklaverei wegen Konspiration mit dem Feind, wobei ihnen ihre Kinder wegzunehmen waren. Mit welchem Feind? Die Mauren saßen immer noch in Afrika und beabsichtigten mitnichten, in Spanien einzufallen. Wenn Euer Bruder zu Eurem Peiniger wird, ist es dann nicht legitim, daß Ihr das Eingreifen Eures Nachbarn wünscht? Ich behaupte hiermit gar nichts, Fray Vargas, ich stelle lediglich die Frage.« Er stieß einen müden Seufzer aus. »Nach dieser Klarstellung halte ich es in der Tat für besser, wenn Ihr Euch allein zur Behausung dieser Galgenvögel begebt. Wir werden unauffällig an der Straßenecke auf Euch warten.«

Kapitel 18

Unter den Dingen, die man überhaupt nicht weiß, sind solche, die man auf die Aussage anderer hin glaubt: Dies nennt sich Glauben. Es gibt solche, über die man sowohl vor als auch nach gründlicher Prüfung sein Urteil in der Schwebe läßt: Dies nennt sich Zweifel. Und wenn man im Zweifel mehr zur einen als zur anderen Seite hin neigt, ohne jedoch irgend etwas absolut festzulegen, dann nennt sich dies Meinung.

Bossuet: Traktat über die Gotteserkenntnis 1,14

Sie waren galoppiert, was das Zeug hielt. Nun lag in nordwestlicher Richtung Torremocha vor ihnen, das Stadttor mochte noch eine knappe Meile entfernt sein. Unmittelbar vor ihnen erhob sich die Flanke der Sierra wie eine von Riesenhand errichtete Mauer. Mehrere Klafter über ihren Köpfen zeichnete sich im bräunlichen Gestein eine Öffnung ab. Ein Pfad wand sich zur Höhe hinauf und endete auf einem steilen, von Felsbrocken übersäten und von spitzen Graten durchzogenen Abhang.

»Wir haben keine Wahl«, stellte Vargas fest. »Wir müssen unseren Weg zu Fuß fortsetzen.«

Die anderen zögerten nicht und stiegen vom Pferd.

»Auch müssen wir uns beeilen. In einer Stunde werden wir die Hand nicht mehr vor den Augen sehen. Weder unsere Öllampe noch die Fackeln werden dann noch von großem Nutzen sein.«

Ezra musterte einen Augenblick den Abhang, bevor er entmutigt verkündete: »Unmöglich. Das schaffe ich nicht. Selbst wenn ich mir Gewalt antäte, würde ich Euch nur am Vorwärtskommen hindern. Es ist wohl klüger, wenn ich hier unten warte.«

»Endlich werdet Ihr vernünftig«, bemerkte Sarrag. »Wir hatten Euch ja gewarnt. Trotzdem habt Ihr darauf bestanden, mitzukommen.« Und zu Manuela gewandt fügte er hinzu: »An Eurer Stelle, Señora, würde ich dem Rabbi Gesellschaft leisten. Dieser Aufstieg könnte gefährlich werden.«

»Ihr habt recht. Aber nicht die Gefahr schreckt mich« – sie wies ärgerlich auf ihr Kleid und ihre Schuhe –, »es ist meine Bekleidung, die für diese Art von Unternehmungen nicht gedacht ist.«

Sarrag nickte, während er prüfend den Berg in Augenschein nahm. »Wer hätte auf den Gedanken kommen sollen, daß Baruels Worte DORT IM BAUCH DER STEINE auf eine Höhle verweisen! Fray Vargas, wie war noch der Name, den man Euch genannt hat?«

»Die Höhle von Maltravieso.«

»Die Höhle von Maltravieso. Ohne Euren Templerbruder hätten wir lange suchen können nach der richtigen Bedeutung von BAUCH DER STEINE.«

»Dabei«, gab der Mönch zurück, »hätten wir eigentlich sofort daran denken müssen, als in Baruels Text vom JABAL EL NUR die Rede war. Wir haben uns darauf versteift, nach einem Berg zu suchen, wodurch für uns, weiß der Himmel warum, das andere Symbol in den Schatten getreten ist, nämlich die Höhle in eben jenem JABAL EL NUR, wohin der Prophet sich zur Meditation zurückgezogen hatte. So wenigstens habt Ihr uns belehrt, Scheich Sarrag. Wir hätten unbedingt darauf kommen müssen, zumal Baruel bereits in den ersten ›Palast‹ einen Hinweis hineingeschmuggelt hat, als er die SCHLAFENDEN VON AL RAQUIM zitierte, den Vers aus der sogenannten Höhlen-Sure.«

»Was soll man darauf antworten? Im nachhinein wird alles selbstverständlich, aber dem ist eben nicht so, solange man noch die Details studiert und gewissermaßen mit der Nase am Bild klebt.«

Manuela wagte eine Zwischenfrage. »Weil gerade von Bildern die Rede ist: Fray Vargas, schien Euch dieser Abkömmling der Golfines seiner Sache hinreichend sicher? Ich meine, als er von Abbildungen sprach, die Ihr auf den Wänden finden würdet.«

»Señor Hurtado hat in dieser Hinsicht keinen Zweifel bestehen lassen. Er gehört zu den ganz wenigen Menschen in der Gegend

hier, die von der Existenz des Ortes überhaupt wissen. Wir haben sehr viel Glück gehabt.«
»Glück?« wiederholte Ezra spöttisch. »Ihr versteigt Euch in der Wortwahl. In dieser ganzen Sache hat Baruel dem Glückszufall so gut wie keinen Platz gelassen. Es mag zwar ein Zufall gewesen sein, daß die Señora den anspielungsreichen Satz ›Hier warten die Golfines auf das Gericht Gottes‹ gefunden hat, aber früher oder später wären wir selbst über die Inschrift gestolpert. Ihr denkt doch wohl nicht im Traum daran, daß Baruel die STUNDE beziehungsweise das Jüngste Gericht zitiert hat, ohne überzeugt zu sein, daß von allen Einwohnern von Cáceres Señor Hurtado der geeignetste war, um uns den Hinweis auf die Höhle von Maltravieso zu liefern.«
»Da habt Ihr recht«, räumte Vargas ein. »Aben Baruel muß gewußt haben, daß dieser Mann tatsächlich meinen Vater gekannt hat. Denn kaum hatte ich den Namen Pedro Vargas ausgesprochen, da änderte sich sein zuerst schroff abweisender Gesichtsausdruck. Plötzlich wollte er mir nur noch behilflich sein, was mich ermutigt hat, immer weitere Fragen zu stellen, bis ich schließlich ganz von selbst den Passus aus dem ›Palast‹ zitierte, wo von jenen die Rede ist, DIE SICH IN DEMUT NIEDERWERFEN ... DIE SONNE, DEN MOND ... DIE TIERE. Kaum hatte er die Worte gehört, da sprach er auch schon von dieser Höhle, deren Wände angeblich mit Zeichnungen aus grauer Vorzeit bedeckt sind.«
»Schön«, sagte der Scheich, »dann überprüfen wir am besten gleich, ob dieser ... dieser ›Spitzbube‹ die Wahrheit gesagt hat. Kommt!«
Sie brachen auf, und sogleich ließ Ezra sich mit einem Seufzer zu Boden gleiten. »Eines ist sicher: Zu altern ist die schrecklichste aller Strafen. Unsere Kräfte verlassen uns, und damit erlischt auch nach und nach unsere Eitelkeit. Ihr habt Glück, Señora, daß Ihr noch jung seid. Nutzt es, genießt es, und seid Euch der vergehenden Zeit bewußt! Sie ist wie der Fluß, Señora, der unerbittlich dahinfließt und dessen Wasser niemals zur Quelle zurückkehren.«

Sie lächelte und hätte beinahe geantwortet, daß sie aus ganzem Herzen zustimme. Wie hätte er auch ahnen können, daß genau diese Angst, die Jahre unnütz dahingehen zu sehen, ein Grund dafür war, daß sie jetzt hier unter ihnen weilte.

Als habe er in ihren Gedanken gelesen, fuhr Ezra fort: »Señora, vor ein paar Tagen seid Ihr aus dem Nichts vor uns aufgetaucht und habt vehement Euer Anliegen vertreten. Und dennoch bleibt da eine Frage, die keiner von uns Euch bisher gestellt hat und die, ich gestehe es, die ganze Zeit schon in mir rumort.«

Er sah sie lange an.

»Nehmen wir einmal an, Ihr habt die Wahrheit gesagt und Baruel hat Euch aus irgendwelchen grundsätzlichen Erwägungen tatsächlich erwählt. Das heißt dann, ein Mann, von dem Ihr nichts wißt und der Eurem Herzen absolut fernsteht, dieser Mann erteilt Euch den Auftrag, drei Individuen, von denen Ihr desgleichen nichts, aber auch gar nichts wißt, irgendwo auf einer Landstraße in Spanien zu finden: drei Männer, denen Ihr dic Lösung eines Problems verraten sollt, mit dem sie in einer unbestimmten Zukunft konfrontiert sein werden. Reichlich sonderbar, ja sinnverwirrend, das müßt Ihr doch zugeben. Die Frage drängt sich auf: Warum habt Ihr Euch einverstanden erklärt?«

Manuela durchlief ein eiskalter Schauer. Sie war auf diese Frage gefaßt gewesen. Wer sie stellen würde und wann, das wußte sie nicht. Fray Menendez hatte sie beraten, und sie hatte sich eine Antwort zurechtgelegt. Sie wollte ihre Abneigung gegen die Inquisition geltend machen und vorbringen, daß diese Haltung, seit ihre angebliche kleine Schrift indiziert und sie selbst eingekerkert und den Richtern überstellt worden war, sich zu erbitterter Gegnerschaft gesteigert habe. Von der Rache an jenen wollte sie sprechen, die sie als denkende Frau geknebelt und gedemütigt hatten. Doch nun fiel ihre Antwort ganz anders aus.

»Und wenn ich Euch sagen würde, daß es die Langeweile war? Und wenn ich Euch sagen würde, daß dahinter nichts anderes stand als der gebieterische Wunsch, mich endlich nützlich zu fühlen, würdet Ihr mir dann glauben?«

»Stellt Euch vor, ich habe so etwas geahnt. Fragt mich jetzt nicht, woher diese Intuition kam, aber es war so. Sagen wir, das gehört zu den wenigen Vorteilen des Altwerdens.« Und im begütigenden Ton eines Lehrers fügte er hinzu: »Seid beruhigt, Señora! Ich weiß Euren Freimut zu schätzen.« Und fast maliziös: »Einmal ist keinmal.«
Erneut trat Schweigen ein. Vargas und Sarrag, die ihren steilen Aufstieg fortsetzten, waren immer noch, wenn auch undeutlich, zu hören.
»Ich frage mich, was sie da oben finden werden«, murmelte Manuela.
»Nicht mehr und nicht weniger als was zu finden ihnen durch den Willen Baruels bestimmt ist.«
»Wißt Ihr, woran mich als Nichteingeweihte das alles erinnert? An eine Schatzsuche.«
Er lachte sanft. »Ihr wißt gar nicht, wie recht Ihr habt, Señora. Es handelt sich tatsächlich um einen Schatz. Den märchenhaftesten, den phantastischsten, den sagenhaftesten aller Schätze.«
Zweifelnd sah sie ihn an. »Meint Ihr das ernst?«
»Ja, Señora. Ihr solltet daran nicht zweifeln.« Er deutete mit seinem gekrümmten Zeigefinger auf sie. »Und wenn der Tag gekommen ist, werdet Ihr uns den ›Schlüssel‹ übergeben, mit Hilfe dessen wir uns dann des Schatzes bemächtigen können. Denn diesen ›Schlüssel‹ habt Ihr doch, nicht wahr?«
Bevor sie antworten konnte, machte er eine unwillige Geste. »Ach, wie bin ich doch ungläubig! Dabei ist alles ganz klar. Ihr wäret sonst nicht so aufrichtig gewesen. Nein, ganz sicher besitzt Ihr ihn, diesen ›Schlüssel‹.« Er sah zum Berg hinauf und lauschte angestrengt. »Man hört sie nicht mehr. Sie müssen oben angekommen sein.«

Der Hang war noch steiler, als sie es sich vorgestellt hatten. Ein leichter, aber böiger Wind wehte, und der Docht unter der gläsernen Halbkugel der Öllampe flackerte immer wieder bedenklich. Nachtfalter umflatterten hektisch die Lichtquelle.

»Wartet!« sagte Sarrag eindringlich und blieb stehen. Er war schweißüberströmt, und seine Brust hob und senkte sich wie ein Blasebalg. »Wartet«, wiederholte er. »Habt Nachsicht mit dem Alter, Fray Vargas!«

»Unsinn, Scheich, Ihr seid nicht alt. Aber ich habe mir sagen lassen, daß die Leute von Granada zuviel essen. Bei all den gebackenen Marzipankuchen, dem Schmalz- oder dem mit Datteln gefüllten Ringgebäck und den sonstigen Leckereien, wie wollt Ihr Euch da Eure Spannkraft bewahren?«

»Mein Lieber, Ihr könnt getrost Kritik an der arabischen Küche üben, sie bleibt trotzdem weit besser als Eure Spiegeleier mit Speck, Eure ewigen *duelos y quebrantos* sowie Eure Sardinen und Rüben.«

»Fest steht, daß meine Ernährung mich hier oben nicht am Vorwärtskommen hindert.«

Als sie am Eingang der Höhle anlangten, war die Sonne gerade zwischen den Gipfeln der Sierra untergegangen.

Der Araber schnaufte schwer und sagte dann leicht besorgt: »Ich muß immer wieder an die verborgenen Symbole denken und an das, was Baruel uns hat übermitteln wollen. Ich meine die Erinnerungen bezüglich jener Höhle, die jeder von uns in seinem Innern trägt, und jene Dunkelheit, die hinter unserem Bewußtsein lauert. Ich denke auch an die Anspielung auf die SCHLAFENDEN VON AL RAQUIM, jene sieben rätselhaften Gestalten, die sich in eine Höhle zurückgezogen hatten, welche vielleicht mit der hier vergleichbar war, und die nicht ahnten, daß sie in ihr einschlafen und eine Verlängerung ihres Lebens erfahren würden.« Er hielt inne, bevor er leise weitersprach: »Ich hoffe nur, daß uns nicht das passiert, was ihnen passiert ist: Als sie erwachten, hatten sie 309 Jahre geschlafen.«

Der Mönch wagte als erster, das felsige Gewölbe zu betreten. Der Boden unter seinen Füßen war von angekohlten Knochen übersät. Ein wenig weiter unterschied er zugespitzte Pfähle und meinte zu erkennen, daß deren Spitzen im Feuer gehärtet worden waren. Er schritt mutig voran. Zu seiner Rechten lagen in einer natürlichen Grube verstreut Kugeln aus Ton um einen Stalagmiten herum, der vage an eine Tiergestalt erinnerte. Was hatte es mit diesen Kugeln auf sich? Und welchen Zweck hatte der Tropfstein erfüllt? Vielleicht hatten die menschlichen Wesen, die hier hausten, sich darin geübt, auf ein Ziel zu werfen. Oder aber es handelte sich um Spuren eines heiligen Rituals. Vargas hob die Öllampe und beleuchtete die Wände. Ein leiser Schrei des Erstaunens entfuhr ihm. »Schaut her! Schaut doch nur her!«

Der Anblick war atemberaubend. Bilder in den Hauptfarben Ocker und Weiß bedeckten den Fels; kauernde Gestalten, Jäger, die geschärfte Feuersteine schwangen, Tierköpfe, safrangelbe Sonnen, opalene Monde, rätselhafte Zeichen, und vor allem – vielleicht war das das Erstaunlichste – zwei rot gemalte Hände, die sich zwischen zwei menschlichen Figuren abhoben.

Der Araber brüllte beinahe: »Die Hände des Diebs und der Diebin! Baruels Worte: SOBALD IHR ANGELANGT SEID, HACKT DEM DIEB UND DER DIEBIN DIE HÄNDE AB! SIND SIE AUCH ROT WIE PURPUR, SIE SOLLEN WERDEN WIE WOLLE. Und da, schaut hin, der Vogel mit der Federhaube! Ein WIEDEHOPF!« Die Fortsetzung des Zitats klang wie Triumphgeschrei: MÖGE DER WIEDEHOPF EUCH GELEITEN!

Vargas hielt die Lampe, so nahe es ging, an die Wand. Zunächst konnte er nichts Besonderes entdecken, dann sah er im Spiel von Licht und Schatten eine schmale Öffnung in der Wand, die teilweise von einem langen, an einen Dattelpalmwedel erinnernden Blatt verdeckt wurde. Das Blatt war zwischen zwei gespreizten Händen plaziert worden.

»Federhaube ... HACKT DEM DIEB UND DER DIEBIN DIE HÄNDE AB!« Er befahl dem Araber: »Trennt das Blatt durch, Scheich Sarrag! Schnell! Oder nehmt es lieber weg!«

Der andere zögerte nicht lange.

Ein metallener Gegenstand wurde sichtbar, der kaum aus der Felswand hervorragte. Vargas wartete nicht, bis Sarrag ihn herausgeholt hatte, und verkündete: »Ein Dreieck! Ein zweites Dreieck aus Erz!«

Hernando de Talavera klappte den Bericht zu und sah nachdenklich auf das Vorsatzblatt: »Über den Plan einer Seeverbindung. Sache Cristóbal Colón.« Die Kommission, mit deren Vorsitz die Königin ihn betraut hatte und die über den Fall des genuesischen Seefahrers entscheiden sollte, bereitete ihm erhebliches Kopfzerbrechen.

War es tatsächlich möglich, Indien von Westen her zu erreichen, wie es der Mann behauptete, während doch alle Kosmographen diese Hypothese verwarfen? War Colón überhaupt genuesischer Abkunft? Die Informationen, welche die Ermittler zusammengetragen hatten, besagten, daß er an seine italienischen Landsleute ausschließlich auf spanisch, genauer gesagt auf kastilisch schrieb. Drei dem Bericht als Anhang beigegebene Briefe waren der Beweis. Der erste war an Nicolo Oderigo, den genuesischen Gesandten in Kastilien, gerichtet, der zweite an die San-Giorgio-Bank in Genua. Es gab noch einen dritten Brief, dessen Empfänger Padre Goricio war, ein italienischer Mönch und Vertrauensmann des Seefahrers. Auch diese Korrespondenz war in kastilischem Spanisch abgefaßt. Verwirrend war auch, daß er seinen Namen von Colombo in Colón geändert hatte. Was konnte ihn dazu veranlaßt haben? Colón stellte in keiner Weise die phonetische Umschrift eines italienischen Colombo ins Spanische dar. Also dann? Warum? Auf Seite neun des Talavera übergebenen Berichts stand ein Erklärungsversuch: Der Name des Seefahrers habe Colón oder Colom gelautet, bevor er zu Colombo geworden war, und er habe bei seiner Ankunft in Spanien lediglich die Rückverwandlung gewählt. Interessanterweise trugen zahlreiche jüdisch-katalanische Familien diesen Namen. Der Bericht erwähnte unter anderem Andreu Colom, der acht Jahre zuvor als Ketzer verbrannt worden war, Thomé Colom und seine Frau Leonor, ihren Sohn Juan Colom und ihre Schwiegertochter Aldonza, die alle von der Inquisition verfolgt worden waren, weil sie die Schwägerin Thomés nach jüdischem Ritual bestattet hatten. Alle diese Personen waren Conversos.

Noch etwas deutete darauf hin, daß der Mann kastilisch gesinnt war: Wollte man den Berichterstattern glauben, dann hatte er bei zwei Anlässen ganz klar ein antigenuesisches Verhalten gezeigt: das erste Mal, als er für den König René gekämpft hatte, zu einer Zeit, als dieser von den Genuesern als Feind angesehen wurde, und das zweite Mal, als er in der Schlacht von San Vincente schonungslos genuesische Schiffe angegriffen hatte.

Es gab nur eine Erklärung: Die Colombos waren spanische Juden, die sich in Genua niedergelassen hatten, aber den Traditionen ihrer Glaubensbrüder entsprechend der Sprache ihres Landes treu geblieben waren.

Wenn man allerdings die Kommentare des Priors von La Rábida, Fray Juan Perez, heranzog, dann war diese Theorie nicht mehr zu halten. Hatte Perez den Ermittlern gegenüber nicht behauptet, er habe den deutlichen Eindruck gehabt, daß der Mann aus einem »anderen Königreich, aus einem anderen Land kam und daß er eine fremde Sprache sprach«? Dazu kam die Aussage eines Dominikanermönchs, der sich lange mit dem Genueser unterhalten hatte. Der Mönch hatte erklärt: »Mir scheint, seine natürliche Sprache ist nicht das Kastilische, denn er erfaßt die Bedeutung der Worte und die Art, wie man hier redet, nur in unzulänglichem Grade.« Wo also lag die Wahrheit?

In Wirklichkeit verärgerte Talavera weniger die Diskussion über die Herkunft des Genuesers als dessen Vermessenheit und Eitelkeit. Beweis war seine ständige Bezugnahme auf eine Passage aus Senecas düsterer Tragödie »Medea«: *»Venient annis saecula seris quibus oceanis vincula rerum laxet: et ingens pateat tellus: Tiphysque novos Detegat orbes: nec sit terris Ultima Thyle.«* Ein Passus, den der Genueser folgendermaßen zu übersetzen sich gestattete: »Es wird eine Zeit kommen in den langen Jahren dieser Welt, da wird der Ozean die Bande, welche die Gesamtheit der Dinge zusammenhalten, lockern, und ein großer Teil des festen Landes wird sich öffnen und ein neuer Seefahrer wie der, der Jasons Führer war und der sich Typhis nannte, wird eine neue Welt entdecken. Dann wird Thule nicht mehr das letzte feste Land sein.« Eine

Übersetzung, die formal genau sein mochte, inhaltlich aber als sehr frei einzustufen war. Es bestand kein Zweifel, daß Colón sich mit Typhis gleichsetzte und so die antike Sage auf sich selbst ummünzte. Welche Hoffart! Welche Einbildung! Nun, wie dem auch sei, die Kommission würde zu einem Urteil kommen.

Es wurde an die Tür geklopft. Talavera räumte den Bericht zur Seite und forderte den Besucher zum Eintreten auf. Mit elastischem Schritt durchquerte Diaz den Raum.

Noch bevor er den Schreibtisch des Kirchenmannes erreicht hatte, fing er an zu sprechen: »Ich habe die Bestätigung erhalten. Sie haben Jerez de los Caballeros tatsächlich verlassen. Leider aber ist es uns nicht gelungen, ihre Spur wiederzufinden.«

Talavera war die Unzufriedenheit deutlich anzumerken. »Wie ist das passiert?«

»Nun, sie haben angeblich die Stadt bei Sonnenuntergang verlassen und die Richtung nach Torremocha eingeschlagen. Genau zu diesem Zeitpunkt müssen wir sie aus den Augen verloren haben.«

»Ärgerlich, sehr ärgerlich. Seid Ihr absolut sicher, daß Ihr fähige Leute zur Verfügung habt?«

»Ich verbürge mich uneingeschränkt für diese Männer. Unglücklicherweise hat es diesen Zwischenfall gegeben, den wir nicht vorausgesehen hatten.«

»Ihr meint die Verhaftung des Rabbiners?«

»Ich meine auch seine plötzliche Freilassung. Besonders durch diese wurden meine Leute überrumpelt. Außerdem ist unsere Aufgabe heikel genug. Nicht nur dürfen wir von denen nicht gesehen werden, die wir verfolgen, wir müssen auch Torquemadas Leuten aus dem Weg gehen, die ihnen ja ebenfalls dicht auf den Fersen sind.«

»Sie müssen wiedergefunden werden! Ich wiederhole: *müssen*!«

Diaz nickte, und sein Blick war eisiger denn je.

»Ich werde noch etwa vierzehn Tage in Salamanca bleiben«, ergriff Talavera wieder das Wort. »Zögert nicht, mit mir in Verbindung zu treten, sobald Ihr Neuigkeiten habt!« Und er fügte

hinzu: »Selbst dann, wenn ich gerade den Vorsitz der Kommission führen sollte. Kann ich mich auf Euch verlassen?«
Die Antwort kam mit monotoner, aber Entschlossenheit verratender Stimme: »Sie werden uns nicht entwischen.«
»Sehr gut. Ihr könnt Euch jetzt zurückziehen.«
Der Beichtvater der Königin kehrte an seinen Arbeitstisch zurück. Die Akte des Genuesers wartete.

Umgebung von Cáceres

Ezra unterdrückte ein Frösteln und zog sich die Zipfel der Decke über die Brust.
»Scheich Sarrag«, sagte er, »könntet Ihr nicht das Feuer ein wenig anfachen? Ich bin ganz steif vor Kälte.«
Unwillig erhob sich der Araber und warf einige Äste in die Flammen. Sogleich erhob sich ein Knistern, und lebhafter Feuerschein beleuchtete die vier Gestalten.
»Wenn ich es mir überlege«, sagte Vargas mit Blick auf die beiden am Boden liegenden Dreiecke aus Erz, »dann gibt es keine andere Schlußfolgerung als die, zu der wir bereits gelangt sind. Baruels Idee ist einfach: Er will uns zwingen, so viele Dreiecke zu finden, wie es Rätsel zu lösen gibt.«
»Wie viele? Sechs oder acht? Sie ist schon äußerst sonderbar, diese Einteilung in ›Hauptpaläste‹ und ›Nebenpaläste‹«, sagte der Scheich. »Immer noch kommen wir damit nicht zurecht. Und dann sagt Ihr, daß Baruel uns zwingen will, diese Dreiecke der Reihe nach einzusammeln. Warum nur?«
»Meiner Meinung nach«, erwiderte der Mönch, »fürchtet er, daß es uns gelingen könnte, das letzte Rätsel zu lösen, und daß wir uns dann um die anderen erst gar nicht bemühen. Wir hätten in der Tat kaum mehr einen Grund, Hunderte von Meilen durch das Land zu reiten. Wir könnten uns direkt an den Ort begeben, wo sich das ...« Wie schon in der Venta ließ er den Satz unvollendet, aber diesmal gab er seiner Verärgerung Ausdruck: »Señora, Ihr seid wahrhaftig ein Problem für uns.«
Sie reagierte mit einer hilflosen Geste: »Ich bin beschämt,

aber …« Sie deutete in die Finsternis hinaus. »Wo soll ich hingehen?«
Ezra schaltete sich ein: »Sagt, Fray Vargas, warum sagen wir ihr nicht einfach die Wahrheit?« Rasch schränkte er ein: »Zumindest einen Teil.«
»Was meint Ihr damit?«
»Enthüllen wir doch der Señora den Gegenstand unserer Suche!«
»Der Ritt war wohl zu strapaziös, Rabbi Ezra. Ihr habt den Verstand verloren.«
»Keineswegs, mein teurer Freund. Vielmehr versteht Ihr nicht, was ich wirklich meine.«
»Ich allerdings habe es verstanden«, sagte Sarrag. Und ohne Vargas' Zustimmung abzuwarten, sagte er zu Manuela: »Wir sind auf der Suche nach einem Buch.«
Vor Überraschung zuckte sie zusammen. »Nach einem Buch?«
»Ja. Nach einem Buch, Señora. Allerdings ist es ein seltsames Buch, ein sehr seltsames sogar. Aber ein Buch, mehr nicht. Ihr glaubt mir doch, nicht wahr?«
Das Verrückte war, daß Manuela ihm tatsächlich glaubte. Und nicht nur, weil Vargas bereits eine Anspielung auf dieses Buch gemacht hatte. Der Araber strahlte eine Aufrichtigkeit aus, die unmöglich Verstellung sein konnte. Mit einem angedeuteten Lächeln sah sie dem Rabbiner in die Augen. »Ein Schatz, Rabbi Ezra? Der märchenhafteste, phantastischste, sagenhafteste aller Schätze? Wenn ich bedenke, daß ich um ein Haar diese Aussage wörtlich genommen hätte.«
Der Jude begnügte sich mit einem Schulterzucken und sagte zu Vargas gewandt: »Ist nicht künftig alles einfacher? Ihr müßt Euch nicht mehr bei jedem zweiten Satz auf die Zunge beißen, und wir auch nicht mehr. Jetzt, da diese Sache geregelt ist, wäre es vielleicht angebracht, wenn wir uns wieder mit unseren Dreiecken beschäftigen.«
»Einverstanden«, sagte Sarrag. »Ihr meintet vorhin, Baruel habe diese Dreiecke im Land verteilt, weil er fürchtete, wir könnten

die Rätsel überspringen und sofort das letzte angehen, um es zu lösen.«

»So ist es.«

»Darf ich Euch eine Frage stellen?« wagte sich Manuela vor. »Warum beschränkt Ihr Euch nicht tatsächlich darauf, den letzten ›Palast‹ zu entschlüsseln? Der normalen Logik nach enthält er doch wohl den Namen des letzten Reiseziels.«

Ezra ließ ein müdes Lachen hören. »Weil nichts beweist, daß wir, sollten wir die vorhergehenden mißachten, nicht wertvolle Hinweise versäumen, die sich im nachhinein als unabdingbar für den erfolgreichen Abschluß erweisen. Außerdem verfolgt Baruel, wenn er uns so von Dreieck zu Dreieck führt, eine ganz bestimmte Idee. Meine Hand möchte ich dafür nichts ins Feuer legen, aber erstaunt wäre ich nicht, wenn uns der Zugang zu dem Buch verwehrt bliebe, solange wir nicht alle Dreiecke beisammen haben. Baruel hat nichts dem Zufall überlassen. Wir haben es oft genug wiederholt: Jedes seiner Schriftstücke, jede seiner Weisungen ist ein Steinchen mehr im großen Mosaik. Wenn wir uns auch nur eines dieser Steinchen freiwillig berauben, dann besteht akute Gefahr, daß wir uns in eine Sackgasse manövrieren.« Er wühlte nervös in seinem Bart, während er weitersprach: »Aus einstweilen unerfindlichen Gründen wünscht Baruel, daß wir jede einzelne Phase dieser Reise auch wirklich durchschreiten. Es wäre vergeblich, sich dem entziehen zu wollen.«

Das Schweigen wurde dichter, nur noch das leise Knistern des heruntergebrannten Feuers war zu hören. Hoch droben über dem seltsamen Quartett wölbte sich wie in leisem Zittern ein sternenprangender Himmel.

Wieder war Manuelas Stimme zu hören: »Ich muß an die Höhle von Maltravieso denken. Ich gestehe, daß ich den verborgenen Sinn des folgenden Satzes nicht erfaßt habe: SIND SIE AUCH ROT WIE PURPUR, SIE SOLLEN WERDEN WIE WOLLE. Und dann der WIEDEHOPF. Warum hat Baruel ausgerechnet diesen Vogel gewählt?«

Sofort versetzte Sarrag: »Ihr solltet die Antwort eigentlich kennen, Señora. Ihr selbst habt sie am Tag unseres Zusammentreffens formuliert.«

Die Frau runzelte die Stirn. »Ich? Wann soll das gewesen sein? Als ich die Tarotkarten anführte?«

Der Araber machte eine verneinende Handbewegung.

Sie versuchte es noch einmal: »Als es um die Elemente ging?«

»Nein, Señora.«

Sie dachte nach und berührte zerstreut ihr pechschwarzes Muttermal.

»Ihr sagtet«, half ihr der Scheich, »der Sufismus sei eine Philosophie, die der Religion des Herzens den absoluten Vorrang einräume. Ihr sagtet weiterhin: er stelle eine Reaktion auf den Luxus und die ausschweifende Lebensweise dar, die die Eroberungen mit sich gebracht hätten, und das typische ...«

»... Bekleidungsstück ist die wollene Kutte.«

»Seht Ihr«, sagte der Scheich, die Arme ausbreitend, »Ihr wart im Besitz der Antwort: SIE SOLLEN WERDEN WIE WOLLE. Eigentlich handelt es sich dabei um ein doppeltes Symbol. Das erste ist uns vom Rabbi enthüllt worden, und es steht in Bezug zur Thora: ›Wohlan, wir wollen miteinander rechten! sprach Jahwe. Sind eure Sünden auch wie Scharlach, sie sollen weiß werden wie Schnee; sind sie auch rot wie Purpur, sie wollen werden wie Wolle.‹«

»Isaias, 1,18«, sagte der in seine Decke gehüllte Ezra knapp. »Baruel hat ganz bewußt diesen Vers mit einem Vers aus dem Koran vermischt.« Er drehte sich nach dem Scheich um und fragte: »Wie lautet der noch?«

»›Hackt dem Dieb und der Diebin die Hände ab: das wird der Lohn sein für das, was sie begangen haben, und eine Strafe Gottes.‹ Aber Baruel ist nicht bei dieser Vereinigung der beiden heiligen Bücher stehengeblieben. Er hat noch etwas anderes dazugemischt, nämlich die Sicht, die andere Menschen möglicherweise von Allah haben, in unserem Fall die der Sufis. Von daher die Wolle. Diese weiße Wolle stellt für die Sufis das innere Licht dar, das *sirr*, das Grundrätsel, genauso wie die Farbe Rot das Blut, also das Leben darstellt. Wie ihr selbst feststellen könnt, ist die gesamte Symbolik unseres Auftrags hier präsent: das Verzeihen, die Strafe, das Geheimnis und vielleicht – in Gestalt der Sufis – eine andere Art und Weise, sich der göttlichen Welt zu nähern. All dies hat wiederum zu tun mit dem Jüngsten Gericht. Der Beweis ist der folgende Vers: ›Das ist der Tag, an dem die Menschen sein werden wie verstreute Schmetterlinge, an dem die Berge sein werden wie gekämmte Wolle!«

»Und der WIEDEHOPF?«

Sarrag rezitierte: »›Salomo musterte sämtliche Vögel, dann sprach er: Warum habe ich den Wiedehopf nicht gesehen? Sollte er tatsächlich fehlen? Ich werde ihn grausam bestrafen oder ich werde ihn töten, falls er nicht eine triftige Entschuldigung vorbringt.‹ Dieser Vers legt die Deutung nahe, daß der betreffende Vogel die Rolle des Kuriers zwischen Soliman oder, wenn Euch das lieber ist, Salomo und der Königin von Saba gespielt hat. In einem erweiterten Sinne könnte der WIEDEHOPF einen Boten der unsichtbaren Welt darstellen. Im vorliegenden Fall ist diese unsichtbare Welt nichts anderes als die Finsternis im Innern der Höhle von Maltravieso. Eine Anspielung, die wir leider nicht durchschaut haben, und zwar ganz und gar nicht. Wäre da nicht Fray Vargas und sein Templerfreund gewesen, dann würden wir wahrscheinlich immer noch hilflos im dunkeln tappen.«

Erneut ließ sich Ezra vernehmen: »Jetzt versteht Ihr auch, warum es purer Leichtsinn wäre, wollten wir versuchen, einzelne Etappen zu überspringen oder uns auf andere Weise an Baruels Anweisungen vorbeizumogeln. Sein Denken ist dafür viel zu komplex. Selbst die Worte, die auf den ersten Blick belanglos oder als syntaktische Füllsel erscheinen mögen, entpuppen sich später als bedeutsame Sinnträger. Ich bin sicher, wenn uns wirklich der unglückliche Einfall käme, direkt die letzte Etappe anzusteuern – ich unterstelle jetzt einmal, daß das möglich wäre –, dann würden wir dafür teuer bezahlen.« Und düster fügte er hinzu: »Vielleicht sogar mit unserem Leben.«

»Wahrscheinlich findet Ihr jetzt, daß ich Eure Höflichkeit am

heutigen Abend ausnütze«, sagte Manuela, »aber habt Ihr eine Idee, was unser nächstes Ziel sein wird?«
Wider Erwarten war es Vargas, der antwortete: »Nein. Es sind noch viel zu viele Punkte zu klären. Die einzige Gewißheit – und ich möchte sofort sagen, daß sie nicht viel bedeutet – stellt die Erwähnung einer mitten in einer Stadt gelegenen Kathedrale dar. Ich brauche euch wohl nicht zu sagen, wie sehr dieses Land von Kathedralen wimmelt.«
»Aha«, sagte Manuela leise und plötzlich sehr müde. »Merkwürdig, dieser Eindruck, daß man immer wieder am Anfang steht.«

Kapitel 19

Dieser Stein ist unter dir, wie um dir zu gehorchen. Er ist über dir, wie um über dich zu herrschen; also kommt er von dir. An deiner Seite ist er wie deinesgleichen.
Rosinus ad Sarrantamtam, in: Art. aurif. I. P.310

Das Feuer war zu einem Haufen Asche heruntergebrannt, und im Licht des inzwischen aufgestiegenen Mondes erschien die Sierra als silbriger Zackenrand.
Eingehüllt in eine dicke Wolldecke, tat Manuela ein paar Schritte, bevor sie sich auf eine kleine Sandböschung sinken ließ. Mehr als eine Stunde schon war sie wach, unfähig, in den Schlaf zurückzufinden. Sie versuchte ihre Gedanken zu ordnen.
Sie waren also auf der Suche nach einem Buch. Einem Buch, das irgendwo in einem Winkel des Landes verborgen ruhte. Drei Männer, die nichts gemein hatten als ihre imponierende Gelehrsamkeit. Wo blieb das von Torquemada gefürchtete Komplott? Hatte ein Buch, so kostbar es auch sein mochte, die Macht, Staat oder Kirche in den Grundfesten zu erschüttern? Allmählich kamen Manuela starke Zweifel. Und warum hatte sich dieser Marrane namens Aben Baruel solche unsägliche Mühe gegeben, ein hochkompliziertes Kryptogramm zu ersinnen, worin der Koran sich mit dem Neuen Testament, das Neue Testament sich mit dem Alten vermischte? War es nur ein Gedankenspiel, typisch für einen Gelehrten? Unmöglich.
Wozu sollte sie sich das Gehirn zermartern? Ein einziger Mensch besaß die Antwort auf ihre Fragen, und der war am 28. April auf einem Scheiterhaufen in Toledo gestorben.
Sie wollte gerade zu dem improvisierten Feldlager zurückkehren, als sich hinter ihr die Stimme von Vargas vernehmen ließ: »Ihr schlaft nicht?«

Überrascht drehte sie sich zu ihm um. Wie lange stand er wohl schon da?
Er entschuldigte sich: »Ich habe Euch erschreckt.«
Im Halbmond erriet sie, daß er den Blick senkte.
»Auch Ihr schlaft nicht. Ich nehme an, es kommt von diesen Rätselworten«, sagte sie.
»Unter anderem.«
»Man muß zugeben, daß die Aufgabe schwierig ist.«
»Schwierigkeiten sind immer relativ, denn sie hängen davon ab, wie stark wir etwas wollen«, erwiderte der Mönch.
Sie mußte sich anstrengen, um die Frage, die ihr auf den Nägeln brannte, in natürlichem Tonfall zu stellen: »Und Ihr? Was ist Euer Motiv? Was treibt Euch an? Wart Ihr ein Freund Baruels?«
»Wenn die Intensität des Gefühls mehr zählt als seine Dauer, dann war ich in der Tat ein Freund von Baruel.«
Die Antwort war nicht gerade klar. Aber Vargas mußte seine Gründe dafür haben.
Im Ton einer Feststellung sagte sie: »Wahrhaft paradox! Ihr, ein franziskanischer Priester, tut Euch zusammen mit einem Juden und einem Muslim!«
»Und diese Beziehung überrascht Euch.«
»Wenn ich ehrlich sein darf, ja.« Hastig fügte sie hinzu: »Nicht, daß ich die Verbindung an sich tadelnswert fände. Sie ist nur eigenartig, irgendwie unpassend, sonst nichts.«
Er überlegte einen Augenblick und deutete zu den Sternen hoch. »Schaut, wie unzählige es sind. Sie gehören zum selben Himmel, dennoch gleicht keiner dem anderen, und jeder ist Herr seines eigenen Universums. Genauso ist es mit den Menschen. Ist das eine Antwort?«
Sofort ließ er der Frage eine zweite, ernstere folgen.
»Señora. Wer seid Ihr? Ich meine, wer seid Ihr wirklich?«
Es lag kein versteckter Groll in seinem Ton. Es war zu spüren, daß er nur endgültig die Zweifel loszuwerden suchte, die ihn bedrängten, daß er der Spannung, die zwischen ihnen bestand, ein Ende bereiten wollte.

Sie lächelte gezwungen. »Sagen wir, ich bin einer jener Sterne, Fray Vargas.« Und spielerisch auftrumpfend: »Ist das eine Antwort?«

Er öffnete den Mund, aber sie sprach schon weiter.

»Ich werde versuchen zu schlafen«, sagte sie. »Der morgige Ritt droht lang zu werden. Gute Nacht!«

Er antwortete nicht.

Sie tat einen Schritt, da knickte ihr Fuß um. Sie verlor das Gleichgewicht und hatte keine Wahl, als sich am Arm des Franziskaners festzuhalten. Ungewollt drückte ihr Körper sich an den seinen, für den Bruchteil einer Sekunde wurden ihre schattenhaften Gestalten eins. Der Mönch reagierte höchst überraschend: Er sprang zurück und stieß sie heftig von sich.

»Nun, Fray Vargas, Ihr habt eine merkwürdige Art, den Leuten beizustehen.«

Er stammelte: »Es ... es tut mir leid.«

Sie hielt es für angebracht, klarzustellen: »Es war kein absichtliches Straucheln, das sollt Ihr wissen ...« Und sie verschwand in Richtung des Lagers.

Später, als ihre von Anspannung und Müdigkeit schwer gewordenen Lider sich schlossen, hatte sie das deutliche Gefühl, daß Vargas' Körper immer noch gegen den ihren geschmiegt war.

Der Tag war angebrochen. Man spürte bereits, daß er drückend heiß sein würde.

Ezra erwachte als letzter. Er sah schlecht aus, bleich, zerfurcht, mit tiefen, bläulichen Augenringen. Unsicheren Schritts gesellte er sich zu den anderen, die um das erloschene Feuer versammelt waren. Sarrag und Vargas erwiderten kaum seinen Morgengruß, so beschäftigt waren sie mit dem Entschlüsseln des neuen »Palastes«. Nur die ein wenig abseits sitzende Manuela registrierte mit Besorgnis das erschöpfte Aussehen des Rabbiners.

»Geht es Euch nicht gut?«

Ezra brummelte etwas und ließ sich zwischen dem Mönch und dem Scheich zu Boden sinken. »Nun, wie weit seid Ihr?«

»Ich glaube, wir sind ganz gut vorangekommen«, sagte Vargas. Und er streckte ihm ein Blatt hin. »Seht selbst!«

Vor Ezras schläfrigen Augen erschien der »Palast«, dessen Wortlaut sie am Vortag rekonstruiert hatten.

Zweiter Hauptpalast: Verherrlicht wird J. H. W. H. von Seiner Stätte aus. Der Name ist in 5. In ב hätte die Schechina bleiben können, wenn die Menschen nicht Verrat begangen hätten. Man hat mir die Masse anvertraut: 30 Ellen lang, 10 breit, 12 und eine halbe hoch. Aber man hat angemerkt, sie könne auch 30 Ellen hoch und 20 Ellen breit sein. Nahe von ב ist das Gebäude kein Pentagramm, obwohl es die Vereinigung der Ungleichen ist. Seine Mauern umschliessen die jungfräuliche oder befruchtete Materie, und sein majestätischer Schatten fällt auf den Pishon, den Gilhon, den Tigris und den Euphrat. Dort und in dieser Zahl kann man Theanos Gemahl wiederfinden. Möge sein Genius Euch inspirieren!

Der Mönch deutete auf die weiter unten angebrachten Anmerkungen: »Diesmal werdet Ihr feststellen, daß wir es mit einem sogenannten ›Hauptpalast‹ zu tun haben und daß sich die Zahl, welche die Anwesenheit des Namens angibt, geändert hat: Der Name ist in 5. Außerdem ist der hebräische Buchstabe ב seitenverkehrt. Das sagtet Ihr doch, Rabbi?«

»Absolut«, bestätigte Ezra und zeichnete etwas in den Sand. »Das ist, als hätte ich den Buchstaben B so geschrieben: ᗺ. Das hättet Ihr, sofern Ihr nicht mit Blindheit geschlagen seid, auf der Stelle gemerkt. Deswegen habe ich Euch gestern gesagt, daß Baruel mit diesem bewußten Fehler uns wohl auf einen Gegensatz aufmerksam machen wollte. ב wird Bet ausgesprochen und bedeutet ›Haus‹. Bethlehem, ›das Haus des Lebens‹.« Er wandte sich an den Scheich. »Im Arabischen übrigens auch.«

Sarrag nickte bestätigend.

»Nun, Bet beziehungsweise ›Haus‹ ist ein Begriff, der in seiner gewöhnlichen Bedeutung sagen will: Behausung, Wohnstätte. Aber er hat noch eine andere Bedeutung, nämlich Haus des Allewigen, also Kirche, Moschee oder Synagoge. Für welche der beiden Bedeutungen sollen wir uns entscheiden? Für die zweite, zweifelsohne. Wieso darf ich das behaupten? Wegen des Begriffs, der mit dem Satz einhergeht, ich meine das Wort SCHECHINA.« Er zitierte: »IN ב HÄTTE DIE SCHECHINA BLEIBEN KÖNNEN, WENN DIE MENSCHEN NICHT VERRAT BEGANGEN HÄTTEN. Die ›Anwesenheit des Allewigen in der Welt‹ bedeutet SCHECHINA. In der talmudischen Literatur bezeichnet der Ausdruck den Herrn, wenn dieser sich an einem bestimmten Ort manifestiert.« Ezra sagte mit besonderer Betonung: »Im Haus.«

Vargas gab seine Zustimmung und führte die Erklärung weiter: »Wir haben gefolgert, daß dieses ›Haus‹ nur eine Kirche sein kann.«

»Warum scheidet Ihr die beiden anderen Stätten des Gebets aus?« verwunderte sich Manuela. »Ich meine die Moschee und die Synagoge.«

Vargas setzte zu einer Antwort an, aber der Scheich kam ihm zuvor: »Doch, Señora, es ist schon richtig in diesem unserem Fall. Wenn wir den Satz WENN DIE MENSCHEN NICHT VERRAT BEGANGEN HÄTTEN richtig einbeziehen, dann wird klar, daß es sich nicht um eine Moschee handeln kann. Wäre der Text von jemand anderem als Baruel abgefaßt worden, hätte der Zweifel fortbestehen können. So aber ist es eindeutig. Baruel spricht von VERRAT. ›Verrat an Gott‹ ganz offensichtlich. Wer hätte in den Augen des Juden sich dessen schuldig machen können, wenn nicht die für die Inquisition Verantwortlichen, das heißt, die gegenwärtigen Herren der Kirche?«

Manuela wandte ein: »Mir scheint, Ihr verwechselt Verräter und Feind, Baruel sagt doch: WENN DIE MENSCHEN NICHT VERRAT BEGANGEN HÄTTEN. Ich will ja gern zugeben, daß die Kirche die Feindin der Conversos ist, aber wen sollte sie verraten haben?«

Ezra übernahm die Antwort: »Ganz einfach den Allewigen, Señora. Welchen Namen wir Ihm auch geben mögen, hat Er jemals Meuchelmord und Gewalt gelehrt? Heißt folglich der Verstoß gegen das, was Er uns gelehrt hat, nicht Verrat?«

Sie konnte die Logik seiner Überlegung nicht bestreiten.
Sarrag ergriff wieder das Wort: »Gerade hat Ezra den Gedanken des Gegensatzes erwähnt. Baruel hat den Buchstaben Bet ganz bewußt umgedreht. Genau damit macht er uns klar, daß dieses ›Haus‹ den Gegensatz zu einer Synagoge darstellt. Nachdem die Moschee bereits ausgeschieden ist – den Beweis werde ich gleich nachliefern –, was kann den Gegensatz zu einer Synagoge besser darstellen als eine Kirche?«
An Vargas gewandt, warf Manuela ein: »Wenn ich mich recht erinnere, sagtet Ihr gestern, die zu entdeckende Stadt besitze eine Kathedrale. Warum eine Kathedrale und nicht eine einfache Kirche?«
Sie erwartete, Vargas werde sie mit einem jener herb-schroffen Sätze abfertigen, an die sie sich inzwischen gewöhnt hatte. Wider Erwarten antwortete er jedoch in umgänglichem Ton: »Meine Gewißheit, daß es sich um eine Kathedrale handelt, ist auf die nachfolgende Passage gegründet. Schaut her!« Er legte ihr das Blatt vor. »Lest diese Stelle: MAN HAT MIR DIE MASSE ANVERTRAUT: 30 ELLEN LANG, 10 BREIT, 12 UND EINE HALBE HOCH. ABER MAN HAT ANGEMERKT, SIE KÖNNE AUCH 30 ELLEN HOCH UND 20 ELLEN BREIT SEIN. Damit haben wir eine Reihe von Zahlen, an der auf den ersten Blick nichts Besonderes ist. Die Zahlen haben jedoch einen Sinn. Und den hat uns unser Freund Ezra schon verraten. Die Zahlen 30, 10 und 12 ½ legen ihrerseits den Gedanken eines Gegensatzes nahe. Es ist nicht der gleiche wie der zwischen Synagoge und Kirche, es ist ein anderer, und er ist ausgeklügelter. Wir müssen nämlich diese Zahlen nur mal zwei nehmen, und wir erhalten die Maße eines Bauwerks.«
»Welches Bauwerks?«
Wie ein vom Eifer des Spiels gepacktes Kind hatte Manuela die Frage gestellt. Und so war es in der Tat. Seit sie sich an die Entschlüsselung des neuen »Palasts« gemacht hatten, ging sie wie im Rausch die labyrinthischen Wege des Denkens mit. Außerdem schien es, und das war vielleicht das Unerwartetste, als nähmen die drei Männer ihre Kommentare für etwas ganz Normales.

»Der Tempel des Salomo ist gemeint«, sagte Vargas.
»Was?«
Der Ausruf der jungen Frau wurde von Ezras promptem Zitieren übertönt: »›Der Tempel, den König Salomo für Jahwe erbaute, war 70 Ellen lang, 20 breit und 25 hoch.‹ Also: 60, 20 und 25, das heißt das Doppelte der von Baruel angeführten Zahlen.«
»Deswegen sind wir auch überzeugt, daß das gesuchte ›Haus‹ nicht eine Kirche, sondern eine Kathedrale ist. Denn nur eine Kathedrale kann mit einem so machtvollen Bau verglichen werden.«
Manuela sah aus, als müsse sie die geballte Information erst einmal verarbeiten, dann rief sie: »Ihr vergeßt die Stelle: ABER MAN HAT ANGEMERKT, SIE KÖNNE AUCH 30 ELLEN HOCH UND 20 ELLEN BREIT SEIN. Diese Zahlen sind andere. Wofür stehen sie?«
Nun war Sarrag an der Reihe: »Vorhin wirktet Ihr etwas überrascht, als ich sagte, der von Baruel beschworene Gegensatz könne sich nicht auf eine Moschee beziehen. Diese Zahlen aber sind der Beweis: 30 ELLEN HOCH UND 20 ELLEN BREIT.«
»Leider kann ich Euch nicht folgen.«
»Wißt Ihr, was die Kaaba ist?«
Sie verneinte.
Der Scheich holte zu einer Erklärung aus: »Die Kaaba ist für den Islam das, was für die jüdische Religion der Tempel Salomos und für die Christenheit das Heilige Grab ist. Sie ist ein würfelförmiger Bau, der sich im Mittelpunkt der Moschee von Mekka erhebt und dessen Ursprünge sich in der Menschheitsgeschichte verlieren. An ihrer Ostecke ist ein schwarzer Stein eingelassen. Die Maße der Kaaba sind …« Ein maliziöses Lächeln spielte um seinen Mund. »Nun, erratet Ihr es nicht?«
»Das wäre ja …«
»15 Ellen Höhe auf 10 Ellen Seitenlänge. Diesmal bekommt Ihr das Resultat nicht, indem Ihr Baruels Zahlen mit zwei multipliziert, sondern indem Ihr sie durch zwei teilt. Deshalb habe ich ja behauptet, daß den Gegensatz zu einer Synagoge nicht eine

Moschee darstellen kann, da letztere dank dieses Zahlenspiels mit dem Tempel Salomos auf eine Stufe gestellt wird.«

»Respekt!« sagte Manuela verblüfft. »Baruel mag ein Genie gewesen sein, was die symbolische Verschlüsselung angeht, aber Ihr steht ihm nicht nach, im Gegenteil! Ihr habt von einem schwarzen Stein gesprochen, der in die Ostecke der Kaaba eingelassen ist. Woher stammt er?«

»Nach der Überlieferung soll eine erste Kaaba von Adam nach seiner Vertreibung aus dem Paradies errichtet worden sein. Beweis ist eine Inschrift in syrischer Sprache, die man im Inneren des Bauwerks gefunden hat und die lautet: ›Ich bin Gott, der Herr über Bacca. Ich habe die Stadt an dem Tag geschaffen, an dem ich die Himmel und die Erde geschaffen habe, an dem Tag, an dem ich die Sonne und den Mond geformt habe, und ich habe um sie herum sieben unbezwingbare Engel aufgestellt. Wahrlich, sie wird bestehen, solange diese beiden Hügel Bestand haben, die gesegnete Quelle von Milch und Wasser für ihr Volk.‹ Später, nachdem die große Sintflut sie hinweggerissen hatte, wurde die Kaaba von Abraham und seinem Sohn Ismael wiederaufgebaut, und letzterer ist, wie Ihr wißt, der Ahnherr des arabischen Volkes. Vater und Sohn schlossen in die Südostecke des Bauwerks jenen Stein ein, den der Engel Gabriel gebracht hatte.«

Manuela machte große Augen. »Ihr wollt sagen, die heiligste Stätte des Islam wurde vom Stammvater des jüdischen Volkes und von dem der Araber erdacht und angelegt, und beiden kam ein Engel zu Hilfe?«

»Genau so war es.«

Diese Einsicht stürzte die junge Frau ganz offensichtlich in tiefe Verwirrung.

Vielleicht erriet der Rabbiner die Richtung ihrer Gedanken, jedenfalls hielt er eine Warnung für geboten: »Laßt Euch nicht in die Irre führen, Señora! Diese Parallelen sind nur abgeleitet, ich hätte beinahe gesagt, sie sind nur Ersatzvorstellungen, die von ein und derselben Religion inspiriert wurden. Nichts hätte existieren können, hätte es nicht Abraham gegeben. Es ist der Baum ...«

Vargas fuhr energisch dazwischen: »Man kann durchaus erwägen, daß dieser Baum eine Frucht getragen hat, nicht wahr?«

»Ihr meint das Christentum?«

»Genau. Wenn Ihr die Existenz des Baumes einräumt, könnt Ihr schlecht dessen Folgen leugnen. Im übrigen hat Christus niemals erklärt, er verwerfe oder verleugne die Religion Abrahams, ganz im Gegenteil, er hat sie in vielem zitiert und weitergegeben. ›Meinet nicht, ich sei gekommen, das Gesetz oder die Propheten ungültig zu machen! Ich bin nicht gekommen, ungültig zu machen, sondern zu erfüllen. Denn wahrlich, ich sage euch: Bis Himmel und Erde vergehen, wird nicht ein Jota oder Häkchen vom Gesetz vergehen, bis alles geschehen ist.‹«

Das Zitat war nicht geeignet, Ezra zu überzeugen. »Mein Lieber, das einzige, worin ich zustimme, ist, daß Euer Christus in der Tat nichts gebracht hat, was nicht in der Thora geschrieben stand.«

»Und natürlich hegt Ihr dieselbe Auffassung, was den Propheten Mohammed angeht?« Sarrag hatte im gleichen energischen Ton wie Vargas gesprochen.

Der Rabbiner gab sich betrübt. »Aber ich bitte Euch, Scheich Ibn Sarrag, erspart mir die Antwort! Denn wenn es *einen* Propheten gibt, den man als Plagiator bezeichnen könnte, dann doch gewiß diesen.«

»Mohammed ein Plagiator?« Sarrag war bleich geworden, die Blasphemie schien ihm zu stark.

Der Rabbiner nahm das gar nicht zur Kenntnis, er fuhr unbeirrt fort: »Das sieht doch jedes Kind. Was hat Mohammed denn anderes getan, als sich ein bißchen Inspiration bei Moses und Aaron geholt, viel bei Abraham, dazu eine Prise David, Noah, Goliath, Isaak, Elias und Jakob. Schließlich hat er als Krönung des Ganzen Jesus mit einem Schuß Maria und Engel Gabriel verrührt.«

Der Araber schnappte nach Luft. »Erschreckend! Schlimm!

Nichts wird jemals Eurer Einbildung und Arroganz etwas anhaben können!«
Der Scheich hatte gesprochen, ohne die Stimme zu erheben, aber seine verhaltene Wut verriet, wie ernst er es meinte. Es klang drohender, als wenn er losgebrüllt hätte. Er erhob sich und machte einen Schritt auf den Rabbiner zu, als wolle er ihm an die Gurgel gehen.
»Wißt Ihr, was der Prophet gesagt hat?« fragte er. »Wir glauben an Gott, an das, was uns offenbart worden ist, an das, was Abraham, Ismael, Isaak, Jakob und den Stämmen offenbart worden ist, an das, was Moses, Jesus, den Propheten von ihrem Herrn gegeben worden ist. Wir geben keinem von ihnen den Vorzug! Habt Ihr gehört, Samuel Ezra? *Keinem von ihnen!*«
Genau in diesem Moment war plötzlich ein kaum wahrnehmbares Zischen in der Luft. Wie vom Himmel herunter geschleudert, bohrte sich ein Dolch in Sarrags linken Arm.
Manuela stieß einen Schreckensschrei aus.
Der Araber sah die ersten Blutstropfen hervorperlen. Beinahe stumpfsinnig blickte er zuerst auf seine Wunde, dann auf den Rabbiner. Der saß starr mit gefalteten Händen da und sah ihn verständnislos an.
»Dort drüben!« schrie Rafael Vargas. »Dort drüben flieht ein Mann!«

Kapitel 20

Man kann einen gerissenen Faden wieder zusammenknüpfen, aber in der Mitte wird immer ein Knoten sein.
Persisches Sprichwort

Vargas war dem Flüchtenden nachgestürzt. Der lief wie ein Wiesel durch das dichte Buschwerk. Einmal schaute er sich um, und als hätte er auf seinen Fersen nicht einen Mönch, sondern den Teufel in Person erblickt, verdoppelte er das Tempo. Rennend sagte Vargas sich, daß dieser Mann unglaublich dumm sein mußte, sonst hätte er sich nicht einfach so und ohne den Schutz der Dunkelheit an sie herangewagt. Jetzt hatte der Verfolgte einen kleinen Hügel, wahrscheinlich auf zehn Meilen in der Runde den einzigen, erreicht. Schon war er oben und verschwand hinter dem Gegenhang. Vargas erkletterte seinerseits die Höhe, zögerte aber, oben angekommen, einen Moment. Der Mann schien sich in Luft aufgelöst zu haben. Da, eine Sekunde lang, sah er ihn, wie er einem Stechpalmenwäldchen zustrebte. Der Franziskaner jagte den Abhang hinunter, strauchelte, fing sich gerade noch und hastete weiter, dem Wäldchen zu, das den Mann verschluckt hatte.

Er hatte seine Beute unterschätzt. Kaum war er in dem Gesträuch, da hatte er es plötzlich mit zwei weiteren Männern zu tun. Der eine, ein baumlanger, ebenholzschwarzer Neger, versperrte ihm den Weg. Den anderen sah Vargas zwar nicht, aber er spürte seine Gegenwart. Alles, woran er sich später erinnern konnte, waren ein sausendes Geräusch und ein dumpfer Schlag in den Nacken. Danach nichts mehr. Der Sturz in einen tiefen Abgrund.

Als er das Bewußtsein wiedererlangte, fand er sich allein. Die beiden Männer waren wie vom Erdboden verschluckt. Kein Geräusch war zu hören, außer dem Echo einer Stimme. Manuela rief von weit her seinen Namen. Der stechende Schmerz in seinem Schädel ließ ihn das Gesicht verziehen. Wie zum Teufel hatten diese beiden so blitzschnell auftauchen und wieder verschwinden können?

»Seid Ihr verletzt?« Manuela war bei ihm angelangt. Atemlos, voll aufgeregter Besorgnis.

Vargas beruhigte sie: »Alles in Ordnung. Und was ist mit dem Scheich?«

»Gott sei Dank ist die Wunde nicht so tief, wie es zunächst aussah. Die Klinge wurde wohl aus zu großer Entfernung geschleudert.«

»Kommt mit, kehren wir zum Lagerplatz zurück!« Im Gehen sagte er leise: »Ihr seid wohl der Auffassung, daß man ihn allein im Visier hatte.«

»Sarrag jedenfalls ist davon überzeugt. Außerdem versichert er, er kenne den Angreifer. Es sei sein ehemaliger Diener, ein Araber namens Abu Taleb.«

»Das kann durchaus wahr sein. Erst gestern in Cáceres, als wir auf Euch warteten, haben wir diesbezüglich ein paar Worte gewechselt. Er hat flüchtig einen Mann in der Menge gesehen, der ihm bekannt vorkam.«

»Meinen Sie nicht, er hätte ihn sofort erkannt, wenn es tatsächlich sein Diener gewesen wäre?«

»Wenn ich nach dem gehe, was mir gerade widerfahren ist« – er rieb sich vorsichtig den Nacken –, »dann hat Sarrag nicht seinen Diener bei der Feria gesehen, sondern einen seiner Komplizen. Er hat mindestens noch zwei Männer dabei. Ich hatte leider das Vergnügen, einem der beiden sehr nahe zu kommen, einem Neger.«

»Am Tag unserer Begegnung hat Ezra das Feuer in der Bibliothek des Klosters Rábida erwähnt. Dann wäre also dieser Abu Taleb der Brandstifter gewesen?«

»Das ist sonnenklar.«

»Aber warum diese tollwütige Besessenheit, seinem Herrn nach dem Leben zu trachten?«
Rafael Vargas sagte mit matter Ironie: »Sicher geht es um nicht ausgezahlen Lohn ...« Und fester ausschreitend, sagte er: »Auf jeden Fall werde ich Sarrag gleich diese Frage stellen.«

Der Araber protestierte vehement: »Ich wiederhole, daß ich keine Ahnung habe, warum. Solange er in meinem Dienst stand, habe ich mich ausgesprochen fürsorglich gezeigt. Es hat noch nie zu meinen Gepflogenheiten gehört, meine Leute zu schikanieren oder gar zu quälen. Eine giftige Schlange war er!«
»Aber irgendwo«, versuchte es Vargas, »muß es doch eine Erklärung geben. Denkt nach! Versucht wenigstens herauszufinden, was ihn dazu gebracht haben kann, Baruels ›Paläste‹ zu entwenden?«
Der Scheich blickte kurz auf den behelfsmäßigen Verband, den man ihm angelegt hatte, und sagte voll Überdruß: »Wie oft soll ich es Euch noch sagen? Ich habe keine Ahnung. Absolut keine Ahnung.«
»Inzwischen«, bemerkte Manuela, »haben wir jedenfalls einen Mörder auf den Fersen. Alles deutet darauf hin, daß er nicht lockerlassen und es noch einmal probieren wird, sich an Ibn Sarrag zu rächen.« Im selben Atemzug dachte sie: Der Mann mit dem Vogelkopf! Ich muß ihn unverzüglich benachrichtigen. Dieser entlaufene Diener droht das gesamte Unternehmen zu gefährden.
»Erlaubt, daß ich etwas richtigstelle«, mischte sich Ezra ein. »Nicht Sarrag allein ist in Gefahr. Man hat es auf uns alle abgesehen.«
»Ihr übertreibt«, protestierte Vargas. »Sie hätten mich vorhin töten können. Dennoch haben sie sich damit begnügt, mich niederzuschlagen.«
»Wenn Ihr meine Meinung hören wollt, so habt Ihr gehöriges Glück gehabt. Bei mir haben sie nicht lange gefackelt und mich ins Gefängnis geworfen.«

»Ihr wollt damit sagen ...«
»Aber natürlich! Ich bin bestimmt nicht zufällig verhaftet worden, etwa weil irgendein gewöhnlicher Fanatiker auf meiner Stirn das Zeichen des auserwählten Volkes erkannt hätte. Wenn dieser Taleb, um an seinen ehemaligen Herrn heranzukommen, uns aus dem Wege räumen muß, glaubt mir, er wird es ohne Skrupel tun. Denkt nur zurück an den Brand im Rábida-Kloster!«
Lastendes Schweigen trat ein. Von jetzt an würden sie mit der Angst leben müssen – Tag und Nacht, wohin sie auch gingen, was immer sie taten.
Sarrag, der als erster die Fassung zurückgewann, verkündete mit fester Stimme: »Hier mein Vorschlag: Sobald wir unser nächstes Ziel erreicht haben, kaufen wir Waffen, und dann versuchen wir, dem Wüterich eine Falle zu stellen.«
»Waffen?« rief Ezra aus. »Ich bin unfähig, Blut zu vergießen.«
»Nur keine Bange, Ihr werdet es lernen!«
»Du sollst nicht töten!« Auch Vargas sprach mit fester Stimme. »Ich bin der gleichen Auffassung wie der Rabbiner. Ihr, Sarrag, könnt nach Eurem Gutdünken handeln.«
»Und Ihr laßt Euch lieber ohne Gegenwehr ermorden?«
»Die Fäuste werden genügen.«
»Eine bloße Faust gegen ein Kurzschwert? *Das* Schauspiel möchte ich erleben! Und Ihr, Señora? Schließt Ihr Euch den beiden an?«
Manuela Vivero antwortete nicht. Ihre Sorgen waren im Moment ganz anderer Art. Ihr war vollkommen unklar, warum Soliman Abu Taleb mit aller Macht seinen ehemaligen Herrn umzubringen versuchte. Schließlich hatte ihn Torquemada doch reichlich entlohnt für die gelieferten Informationen. Warum dann also? Mendoza ... Warum war er nicht eingeschritten und hatte den Überfall verhindert?

Salamanca

Heftiger Zorn packte Talavera. »Ihr spielt kein ehrliches Spiel, Fray Alvarez! Muß ich Euch daran erinnern, daß wir eine Ver-

einbarung getroffen haben? Muß ich Euch an den Inhalt erinnern?«
Torquemadas Sekretär erwiderte in kläglichem Ton: »Padre, ich habe Euch über alles auf dem laufenden gehalten, was mir zugänglich war. Ihr müßt mir glauben!«
»Lüge! Ihr solltet mich Tag für Tag über alles, auch die geringsten Vorfälle, informieren, aber seit Eurer letzten Botschaft kam nichts mehr. Nichts!«
Was Alvarez dagegensetzte, klang sehr verlegen: »Ich konnte Euch doch keine nichtexistenten Tatsachen berichten. Wir haben bis zum heutigen Tag noch nicht das Ziel entdeckt, das diese Individuen verfolgen. Nicht den Schatten eines Hinweises.«
»Unglaublich! Was macht denn dann Doña Vivero?«
Alvarez wischte sich die Schweißperlen von der Stirn. »Aufrichtig gesagt, ich bin unfähig, Euch eine Antwort zu geben. Ich gehe davon aus, daß sie ihr Bestes tut. Aber was soll man machen, sie hat es mit einem starken Gegner zu tun.«
Forschende Blicke und beredtes Schweigen waren alles, was Talavera dem Sekretär zuteil werden ließ. Dann plötzlich fragte er: »Wo sind sie jetzt?«
»Den letzten Nachrichten zufolge müßten sie in der Gegend von Cáceres sein.«
»Das ist alles?«
»Mehr weiß man nicht. Glaubt mir!«
Talavera atmete tief ein und starrte geradeaus auf die Wand. Er hatte recht daran getan, diesem Schwächling da mit taktischen Drohungen Angst einzujagen, daß er zitterte.
In der Gegend von Cáceres … Diaz mußte sofort benachrichtigt werden.

Umgebung von Cáceres

Ezra hatte Schüttelfrost. Obwohl sie ihn in zwei Decken gewickelt hatten, kam sein Körper keineswegs zur Ruhe. Manuela beugte sich über ihn und wischte ihm die schweißnasse Stirn ab.

»Das hat uns gerade noch gefehlt!« schimpfte Sarrag. »Als reiche der Krüppel, zu dem ich geworden bin, noch nicht zu unserem Pech! Wenn Ihr meine Meinung hören wollt, es ist am besten, wir reiten zurück zu dieser Schenke in Cáceres.«
»Kommt nicht in Frage!« sagte Ezra. »Weiterreiten müssen wir!«
»Wer redet denn von Verzicht und Aufhören? Ihr braucht ganz einfach Pflege. Ihr müßt Euch an einem geschützten Ort erst einmal ausruhen.«
»Bald wird die Sonne die Ebene bis zur Weißglut erhitzen, dann geht es Euch noch wesentlich schlechter als jetzt«, gab Manuela zu bedenken.
»Ihr irrt Euch. Die Sonne verstärkt die Schweißabsonderung und damit fließt auch die Krankheit besser aus dem Körper heraus. Im übrigen geht es um meine und nicht um eure Krankheit. Vorwärts!«
Sarrag gab zu bedenken: »Wenn wir doch wenigstens ein paar Heilpflanzen fänden, dann könnten wir ihm einen Absud zu trinken geben. Selbst Rosen würden schon nützlich sein. Gestampft und mit Henna vermischt, ergeben sie eine geradezu wundertätige Salbe.«
»Nicht Rosen sollt Ihr finden«, brummte der Rabbiner, »sondern den Namen unseres nächsten Bestimmungsortes. Je eher wir ihn erreichen, desto besser.«
»Ihr habt recht«, räumte der Araber ein. »Bringen wir das Entschlüsseln dieser verfluchten Rätsel hinter uns!« Und er zitierte: »Nahe von כ ist das Gebäude kein Pentagramm, obwohl es die Vereinigung der Ungleichen ist. Fray Vargas, Ihr sagtet doch, im Altertum sei diese Fünfeckfigur das Symbol des Wissens gewesen.«
»Ganz genau. Für die Alten war das Pentagramm eine Figur der Erkenntnis. Es stellte einen der Schlüssel zur Wissenschaft von den geheimen Dingen dar. Bestimmte Magier haben es verwendet und verwenden es heute noch, um ihre Macht auszuüben.«
Sarrag richtete sich ein wenig auf. »Zwei Richtungen erkenne

ich, die wir verfolgen sollten: erstens die Idee der Macht und der Erkenntnis, für die diese geometrische Figur steht, und zweitens die Idee eines Zusammenschlusses von Elementen unterschiedlicher Kraft: DIE VEREINIGUNG DER UNGLEICHEN.«
Die drei Männer versanken in konzentriertes Schweigen, während Manuela von Zeit zu Zeit besorgte Blicke in die Runde warf. Jeden Moment rechnete sie damit, daß der arabische Diener oder seine Komplizen auftauchen könnten, bereit, sie in Stücke zu hauen. Sie war sogar erstaunt, daß sie es noch nicht versucht hatten. Wer – außer Vargas – wäre in der Lage, ihnen entgegenzutreten? Sarrag konnte den einen Arm nicht gebrauchen, der Rabbiner hielt sich mit knapper Mühe auf den Beinen.
»Ich glaube, die Antwort findet sich im nächsten Satz«, erklärte Vargas plötzlich. »SEINE MAUERN UMSCHLIESSEN DIE JUNGFRÄULICHE ODER BEFRUCHTETE MATERIE, UND SEIN MAJESTÄTISCHER SCHATTEN FÄLLT AUF DEN PISHON, DEN GILHON, DEN TIGRIS UND DEN EUPHRAT. Wenn wir eingrenzen könnten, was die MATERIE sein soll, hätten wir ein weiteres Indiz.«
Sarrag übte sich in lautem Denken: »Jungfräulich oder befruchtet … Und wenn eine Frau gemeint ist?«
Manuela mußte unwillkürlich lachen. »Glaubt Ihr, eine Frau ist eine Materie?«
»Alles hängt davon ab, wie Baruel den Begriff verwendet. Was ist Materie, wenn nicht eine Substanz, und die kann fest, widerstandsfähig, teilbar oder beweglich sein.«
»Ist ein lebendes Wesen eine teilbare Substanz?«
»Warum nicht? Das einzige Problem besteht darin, daß es, wenn geteilt, nicht mehr von dieser Welt wäre.«
Vargas erlaubte sich einige Augenblicke des Nachdenkens, bevor er sich an die Gefährten wandte: »Ich habe nicht den Eindruck, daß im vorliegenden Fall MATERIE auf etwas anderes angewendet werden darf als auf ein Element der Natur oder ein vom Menschen hergestelltes Element. Aber wir werden dieser Detailfrage später nachgehen. Nehmen wir lieber die Fortsetzung: UND SEIN MAJESTÄTISCHER SCHATTEN FÄLLT AUF DEN PISHON, DEN GILHON,

DEN TIGRIS UND DEN EUPHRAT. Hier ist kein Zweifel möglich. Es sind die Namen der vier Flüsse, die von jenem abgeleitet werden, der durch den Garten Eden floß. ›Ein Fluß kam aus Eden, um den Garten zu bewässern, und von dort an teilte er sich, um vier Arme zu bilden.‹«

»Wo ist die Analogie zwischen diesen Flüssen, dem PENTAGRAMM und einer JUNGFRÄULICHEN ODER BEFRUCHTETEN MATERIE?«

»Es gibt sie. Nur liegt es wieder an uns, sie zu finden. Jedoch frage ich mich, ob Baruel uns nicht eher auf das indirekt gemeinte Bild aufmerksam machen will.«

»Auf welches?« fragte Sarrag sofort.

»Ganz einfach auf den Garten Eden.«

»Das ist tatsächlich denkbar.«

Ezra warf nun ein: »Es bleibt eine Passage, die Ihr der Beachtung nicht für wert befunden habt und die trotzdem in engem Zusammenhang mit Eden steht: SEIN MAJESTÄTISCHER SCHATTEN FÄLLT... Ich bin überzeugt, daß dieser SCHATTEN nur den eines Baumes meinen kann, ich rede vom Baum des Lebens.«

»Vom Baum des Lebens?« wiederholte Vargas zweifelnd.

»Genau. Wird er nicht auch Baum der Erkenntnis genannt?«

»Ihr habt unter Umständen recht. Bleibt aber, den Grund herauszufinden, warum Baruel uns auf diese Fährte bringen will.«

Sie schwiegen und lauschten einen Augenblick dem Säuseln des Windes im Gesträuch.

»Ich glaube, ich habe es ...« verkündete plötzlich Manuela. »Das Gebäude in der Nähe der Kathedrale ist wahrscheinlich eine Stätte, an der gelehrt wird.«

Sie blieben stumm.

Sie machte sich an die nähere Erklärung: »Daher die JUNGFRÄULICHE ODER BEFRUCHTETE MATERIE. Mich, die ich immer leidenschaftlich gern gelesen habe, erinnert das an Bücher. Jungfräulich, das sind die leeren Seiten, voller Schriftzeichen heißt, sie sind fruchtbar gemacht.« Sie zählte auf: »Die Erkenntnis, die Geheimwissenschaft. Die Bücher – fällt Euch nicht auf, daß Baruel auf Elemente Nachdruck legt, die alle mit Wissen zu tun haben? Es erscheint logisch, daß dieses Bauwerk, das KEIN PENTAGRAMM ist und das nahe der Kathedrale steht, eine Schule ist oder …«

»Eine Universität!« unterbrach sie Vargas, der nun seinerseits von fiebernder Begeisterung erfaßt wurde. »Was den Ausdruck VEREINIGUNG DER UNGLEICHEN angeht, so paßt er sehr gut auf die begabten und die weniger begabten Studenten.« Triumphierend hob er die Arme. »Salamanca! Die Stadt Salamanca und ihre Universität! Spaniens erlauchte Stätte der Erkenntnis und der Bildung!«

Der Araber betrachtete Manuela nicht ohne Bewunderung. »Der Allerhöchste sei gepriesen für die Talente, die Er Euch gewährt hat, Doña Vivero!« Und er rief: »Rabbi, wir reiten nach Salamanca! Der Stadt der Ärzte und des Wissens! Dort finden wir Hilfe für Euch. Seid Ihr froh?«

Seine Frage blieb ohne Echo. Ezra schlief tief und fest.

Kapitel 21

Wer mit Traum und Wahn beginnt, weiß sehr wohl, wohin er geht: zum Wahn und zum Traum. Aber das Nachdenken schleudert uns ins Abenteuer.

Jean Paulhan: Entretien sur des faits divers

Sie brauchten sechs Tage, um die Strecke zwischen Cáceres und Salamanca zurückzulegen, drei Tage mehr, als normalerweise nötig waren. Kaum befanden sie sich eine Stunde auf dem Weg, da verlor der Rabbi das Bewußtsein und fiel vom Pferd. Als er aus seiner Ohnmacht erwachte, war er so schwach, daß er nicht mehr in den Sattel kam.

Man bettete ihn am Fuß eines Baumes und wartete geduldig, daß seine Kräfte zurückkehrten. Nach kurzer Zeit hörten sie plötzlich, wie er – hohlen Blicks und unansprechbar – die Worte murmelte: »Ich bekenne vor Dir, o Gott, Du mein Gott und Gott meiner Vorfahren, daß meine Genesung und mein Tod ganz in Deiner Hand liegen.«

»Was redet er da für unverständliches Zeug?« rief Sarrag.

Weder Vargas noch Manuela antworteten.

Ezra betete weiter: »Möge es Dein Wille sein, mich vollständig genesen zu lassen. Wenn ich sterbe, möge mein Tod die Buße sein für die Sünden, die ich vor Deinem Angesicht begangen habe.«

»Er spricht im Fieberwahn«, befand der Scheich. Aber sein gewollt ironischer Ton konnte die Sorge nicht verbergen, die sich seiner bemächtigte.

»Höre, Israel, der Ewige ist unser Gott, der Ewige ist einzig.«

Sarrag kniete neben dem Kranken nieder und herrschte ihn an: »Samuel Ezra, meint Ihr wirklich, das sei der Moment, um Euch Beschwörungen hinzugeben?«

Der Rabbiner öffnete ein Auge halb und entgegnete schwach: »Einen anderen Namen ... Nennt mich mit einem anderen Namen ...«
Nun trat Vargas näher.
»Mit einem anderen Namen?« fragte der Scheich.
Der Mönch flüsterte dem Araber ins Ohr: »Das ist das Fieber.«
»Ich ... ich ... beschwöre Euch«, stöhnte Ezra.
Sie tauschten ratlose Blicke.
»Dabei ist es ganz klar«, sagte Manuela, »er will, daß man ihn anders nennt.«
»Das ist doch lächerlich. Wozu denn?«
»Ich habe keine Ahnung. Aber was setzt Ihr aufs Spiel, wenn Ihr es tut?«
»Das ist wirklich Euer Wunsch?« fragte der Franziskaner.
Ein Blinzeln des Kranken war die Bestätigung.
Vargas zögerte.
»An Namen wird es doch kaum fehlen«, sagte Ibn Sarrag ungeduldig. »Abd Allah, Mohammed, Tarek ...«
Sein Gefährte gebot ihm mit einer Handbewegung Schweigen.
»Von jetzt an«, sagte er, während er sich mit einer gewissen Feierlichkeit neben dem Rabbiner hinkniete, »ist Rafael dein Name.«
Ezra schien sein Einverständnis andeuten zu wollen.
»Aber Ihr gebt ihm da Euren eigenen Namen!« verwunderte sich Sarrag.
»Was macht das schon. Er ist mir eben als erster eingefallen.«
Einige Zeit verging. Der Rabbiner blieb in tiefer Lethargie gefangen. Erst als die Sonne im Zenit stand, bewegte er sich und schlug die Augen auf.
»Fühlt Ihr Euch besser?« erkundigte sich Manuela.
Er brachte die Kraft für ein Lächeln auf. »Ja.«
»Sehr gut«, sagte der Scheich, »Ihr habt uns nämlich ganz schön Angst eingejagt. Ich sah uns schon gezwungen, bei dieser Hitze Euer Grab auszuheben. Allah sei gepriesen!«
»Könnt Ihr mir helfen, daß ich sitzen kann?«

Der Araber faßte ihn an den Schultern und bettete ihn mit dem Rücken gegen den Baum. »Ihr erholt Euch schnell, das sieht man. Man möchte glauben, daß der bloße Namenswechsel Euch gesund gemacht hat. Ach ja, der Name … Was sollte das eigentlich?«

Ezra antwortete mit würdevollem Ernst: »Vielleicht findet Ihr die Aussage kindisch, aber im Talmud steht, wer seinen Namen wechselt, wechselt auch das Schicksal.« Er sah Vargas an, und auf seinem Gesicht erschien ein dankbares Lächeln. »Ihr hättet keine bessere Wahl treffen können. Wißt Ihr, was Rafael bedeutet?«

Der Mönch gestand ein, daß er es nicht wußte.

»Der Ewige heilt.«

»In der Tat, auch bei langem Überlegen hätte ich keinen angemesseneren Namen finden können. Gibt Euch der neue Name genug Kraft, daß Ihr wieder aufs Pferd steigen könnt?«

Ezra verneinte.

»Wir können aber hier nicht unbegrenzt verweilen. Wir müssen unbedingt vor Einbruch der Dunkelheit das nächste Dorf erreichen«, sagte der Mönch.

»Ich nehme ihn hinter mir aufs Pferd«, schlug der Scheich vor. »Das ist die einzige praktikable Lösung.« Er streckte dem Rabbiner die Arme hin. »Kommt! Wir stützen Euch.«

Der Rabbiner zog eine Grimasse. »Wenn es nach mir ginge …«

»Schon recht, aber wir sind es, die hier entscheiden. Kommt!«

Sie ritten weiter. Allerdings war offenkundig, daß die Umwandlung des Vornamens Samuel in »Der Ewige heilt« nicht genügt hatte, um das Übel zu vertreiben. Es dauerte nicht lange, und sie mußten erneut haltmachen. Ezra war übel, er zitterte und vermochte sich nicht auf Sarrags Pferd zu halten. Man bettete ihn am Ufer des Tajo ins Gras. Der Scheich nahm sich das Schultertuch ab und tauchte es ins kühle Wasser. So gut es ging, wickelte er den Rabbiner in das Tuch, dann legte er ihn in die Sonne. Nach Meinung Sarrags würde die Verdunstung den Körper abkühlen und damit das Fieber senken. Er hatte nicht unrecht.

Zwei Stunden später fühlte sich der Rabbiner imstande, die Reise fortzusetzen.
Auf die bis dahin kahle und vollkommen trockene Landschaft folgte jetzt das fruchtbare Grün der Vega. Am Fuß der Sierra de Gredos ritten sie plötzlich durch Orangen- und Feigenhaine sowie grüne Eichenwälder, wo sich Schweineherden ihren Weg bahnten. War es der Anblick dieser vielgeschmähten und übel beleumundeten Säugetiere, der Ezra nicht bekam? Jedenfalls kippte er ein drittes Mal vom Pferd. Aber diesmal kam ihnen die Vorsehung in Gestalt kleiner, rötlich-brauner Früchte zu Hilfe, die entfernt an die Fruchtstände der Passionsblume erinnerten und nach Angaben des Scheichs eine heilende Wirkung hatten. Er überging Ezras Protest und zwang ihn, eine Handvoll davon hinunterzuschlucken, bevor er selbst einige zerdrückte und seine Wunde damit bestrich.
Bloßer zeitlicher Zufall oder reale Wirkung der Früchte? Ezras Schüttelfrost verlor sich und seine Wangen zeigten wieder ein wenig Farbe. Nach einer Ruhenacht sattelten sie erneut die Pferde und erreichten gegen Tagesende den Bejar-Paß und die kleine, in ihre maurischen Befestigungsanlagen eingezwängte Stadt gleichen Namens – ein Stückchen vom Paradies inmitten der Hölle. Hier wollten sie verweilen, bis Ezra wieder zu Kräften gekommen war.
Drei Tage später um die Mittagszeit, als die Sonne erbarmungslos auf die Ebene herabbrannte und die Glocken der Kathedrale dröhnend läuteten, passierten sie die Stadtmauer von Salamanca. Sie waren in der Stadt angelangt, hatten aber Mühe, eine Unterkunft zu finden. Die meisten Herbergen waren von Studenten belegt, die von überall her aus Spanien und ganz Europa hierher kamen.
Schließlich fanden sie unweit des Frauenklosters Las Dueñas zwischen der Calle de San Pablo und der Casa de Abrantes eine Venta. Kaum hatten sie ihre Kammern bezogen, begab sich Vargas auf die Suche nach Doktor Miguel Vallat, der nach Auskunft des Wirts zu den hervorragendsten Ärzten der Stadt zählte. Doktor

Vallat tastete und hörte Ezra ab, besah prüfend den Urin und verordnete eine derart ausgefallene Therapie, daß die Reisenden einstimmig befanden, Miguel Vallat hätte niemals in den ärztlichen Stand aufgenommen werden dürfen. Dementsprechend setzten sich Vargas und Sarrag – mit Ezras Einverständnis – über die Behandlungsempfehlungen hinweg, und achtundvierzig Stunden später befand sich der alte Rabbiner auf dem Weg der Besserung.

In dieser Nacht, der vierten seit ihrer Ankunft in Salamanca, saßen der Mönch, Ezra und Manuela am Tisch, und Vargas ergriff seinen Weinpokal und trank Samuel Ezra zu. »*Le-Chaim*, Rabbi, auf das Leben! Ich kenne nur diesen einen hebräischen Ausdruck, aber nie hätte ich gedacht, daß er mir so sehr zupaß kommen würde.«

»*Le-Chaim*, mein Freund! Und ich hätte nie gedacht, daß ich so sehr am Leben hängen würde. Wenn ich daran denke, daß ich erst kürzlich dem Scheich gegenüber zu sagen wagte, ich würde die Stunde meines Todes mit Freude begrüßen ... Jetzt schäme ich mich dafür.«

Er war noch sehr bleich und noch mehr abgemagert, aber in seinen Augen wohnte wieder der alte Glanz. Er richtete sich vorsichtig auf seiner Lagerstatt auf und wandte sich in leicht sarkastischem Ton an Manuela: »Ihr seht, der leiseste Windstoß streckt die Männer nieder, während ihr, die vermeintlich so zerbrechlichen Geschöpfe, eisern und unantastbar stehen bleibt.«

»Eisern und unantastbar?« wiederholte Manuela. »Starke Worte. Vielleicht haben wir tatsächlich euch gegenüber den Vorteil, daß wir körperlich widerstandsfähiger sind, aber jede Medaille hat ihre Kehrseite. Das Herz nämlich ist um so weniger solide konstruiert. Unser Herz ist weit verwundbarer als das der Männer.«

Ezra wollte etwas entgegnen, als die Tür aufgestoßen wurde und Ibn Sarrag hereinstürmte. Er sah aufgewühlt aus, ganz als habe er eine wichtige Entdeckung gemacht.

Schon hatte er sich breitbeinig vor dem Rabbiner aufgebaut und stemmte die Fäuste in die Hüften. »Ich rate Euch, unverzüglich wieder auf die Füße zu kommen, Rabbi Ezra. Zumindest wenn Euch immer noch etwas daran liegt, daß wir dieses Abenteuer zu seinem Ende bringen.«

»Was habt Ihr gefunden?«

»Pythagoras!« Da die anderen ihn fragend ansahen, holte er zu einer Erklärung aus: »Von jetzt an ist klar, daß alles in diesem Pentagramm beschlossen liegt. Es hat uns hierher geführt. Es wird uns zu dem dritten Dreieck führen. Fray Vargas hat uns erklärt, daß die Figur für die Erkenntnis steht und den Schlüssel zur Geheimwissenschaft darstellt. Er hatte recht. Aber dahinter steckt noch mehr. Das Pentagramm ist nicht einfach eine geometrische Figur. Es ist auch aufs engste mit dem griechischen Philosophen und Mathematiker Pythagoras verbunden.«

Er setzte sich, ehe er mit seinen Erläuterungen fortfuhr.

»Ich nehme an, jeder unter uns weiß, wer Pythagoras war, dennoch gestattet mir, daß ich kurz auf diese Gestalt zurückkomme. Ihr werdet sehen, daß das nicht überflüssig ist. Sein Name, der an sich schon eine Seltsamkeit darstellt, setzt sich aus zwei Sanskritwörtern zusammen: *pita*, Haus, Versammlungsort, das von *pit*, versammeln, herkommt, und *guru*, spiritueller Vater oder Führer, derjenige, welcher Weisung zuteil werden läßt, wobei dieses Wort wiederum von *gri*, äußern, sagen, herkommt. Pythagoras bedeutet also im eigentlichen Sinn der Meister der Versammlung, der Herr der Schule. Über den Menschen weiß man nicht viel, außer daß er vor mehr als zweitausend Jahren auf der Insel Samos geboren wurde, daß er gemäß dem Willen seines Vaters Mnesarchos zunächst Bildhauer war, später Athlet. Dann wurde er Schüler des Pherekydes und wandte sich der Philosophie zu. Nach langen Reisen, die ihn nach Ägypten, Babylon und Indien führten, gründete er im italischen Kroton, genauer gesagt im heutigen Kalabrien, eine berühmte Schule, die den Namen ›Italische Schule‹ erhielt. Eigentlich ähnelte diese eher einer Sekte als einem Zusammenschluß von Studenten. Eines der Leitprinzipien war die Askese, und großen Einfluß hatte die orphische Religion. Die Schüler mußten ein Schweigenoviziat ableisten, das je nach Veranlagung des einzelnen zwei oder fünf Jahre dauerte. Was gelehrt wurde, hatte viel mit Einweihung und Geheimwissen zu tun. Pythagoras pflegte bevorzugt die Mathematik, die Astronomie und – was weniger bekannt ist – die Musik. Die ihm zugeschriebenen Entdeckungen gehen wahrscheinlich auf die gesamte Gemeinschaft zurück, deren Meister und Hauptinspirator er war. Man verdankt ihm unter anderem das heute sogenannte Einmaleins, das Dezimalsystem und den Lehrsatz vom Quadrat über der Hypotenuse, den Euklid später aufgegriffen hat. Inwiefern, werdet Ihr nun sagen, sollte uns dieser Mann interessieren? Und wo soll die Verbindung zu Baruel und unserer Suche sein? Ich glaube, die Antwort zu kennen. Wißt Ihr, welches Erkennungszeichen die Pythagoräer untereinander benutzten?« Er atmete tief ein: »Das PENTAGRAMM!«

»Das ist in der Tat interessant«, räumte Vargas ein, »aber …«

»Wartet!« Kraftvoll deklamierte Sarrag: »›Alles ist Zahl!‹ So lautete der Wahlspruch des Pythagoras. Es war auch sein Dogma. Er sah in der Mathematik das Prinzip aller Dinge, das Gesetz des Universums, so daß er schließlich eine regelrechte arithmetische Theologie ausarbeitete, eine Wissenschaft von den mystischen Eigenschaften der Zahlen. Auch bei Baruel ist alles Zahl, das könnt Ihr nicht bestreiten. Jedes einzelne seiner Rätsel ist vom pythagoräischen Denken inspiriert. Man muß sich nur einmal all diese Anspielungen auf das Leben und auf den Tod ansehen. Die Maße des Salomonischen Tempels, die der Kaaba, die Dreiecke, die Ziffer 3. Um auf den uns gerade vorliegenden ›Palast‹ zurückzukommen, so finden wir darin eine Stelle, die dieses Vorgehen in allen Punkten belegt. Ich zitiere: DORT UND IN DIESER ZAHL KANN MAN THEANOS GEMAHL WIEDERFINDEN.« Seine Augen schienen zu frohlocken. »Hatte ich nicht recht?«

Allgemeine Sprachlosigkeit war das einzige Echo.

»Theano!« rief er mit hörbarer Ungeduld. »Theano, das war der

Name der von Pythagoras in Kroton gegründeten Schule. Er wählte ihn zur Erinnerung an die Frau, die seine Gattin und seine Schülerin gewesen war.«

Ezra und Vargas wechselten einen kurzen Blick.

»Na also«, sagte der Rabbiner und richtete sich auf. »Es scheint, daß die von Gelehrsamkeit geschwängerte Luft von Salamanca Euch bestens bekommt. Hat Euer kleiner Ausflug in die Stadt Euch so grandios inspiriert?«

»Es waren eher die Studenten und ihr Wissen. Ich habe mir gesagt, wenn schon Baruel so überdeutlich auf die Universität hinweist, dann habe ich dort auch einige Aussicht, etwas in Erfahrung zu bringen. Und ich habe mich nicht getäuscht.«

»Wie ist es dann?« begann Manuela, die sich bis dahin mit andächtigem Zuhören begnügt hatte. »Wohin führen Pythagoras und seine Zahlen?«

Sarrag lachte. »Doña Vivero, Ihr habt wirklich das Talent, Fragen zu stellen, auf die Ihr selbst die Antwort wißt. Habt nicht Ihr die Bücher mit der jungfräulichen oder befruchteten Materie verglichen?«

»Das habe ich, ja.«

»Also werden wir uns ganz selbstverständlich auf Eure Definition stützen: Dort und in dieser Zahl kann man Theanos Gemahl wiederfinden. Durchschaut Ihr schon halbwegs die Anspielung?«

Sie schüttelte den Kopf.

»Aber Señora, Ihr seid doch sonst so brillant. Seht Ihr es wirklich nicht?«

»Nein«, sagte sie ganz ratlos.

»Auch gut. Kommt, der Augenschein wird Euch helfen!« Er legte seine Hand auf Vargas' Arm. »Ihr, Fray Rafael, habt es doch wohl erraten?«

»Ich glaube schon.« Und der Mönch ging mit den Worten zur Tür: »Gehen wir hin zu Theanos Gemahl!«

Sarrag und Manuela machten Anstalten, ihm zu folgen, da ertönte in ihrem Rücken eine wütende Stimme: »He, halt! Ihr vergeßt

die Hauptsache!« Der Rabbi war aufgestanden und schlüpfte gerade in die Halbstiefel.
»Und was soll die Hauptsache sein, Rabbi?«
»Ich, Scheich Ibn Sarrag. Ich!«

Die halbdunkle, im ersten Obergeschoß der Universität hinter einer Eisentür gelegene riesige Bibliothek erinnerte an den Bauch Leviathans. Von den massiven Eichenholzregalen ging ein dünner Geruch nach Leder und alten Manuskripten aus. Gefäß des schöpferischen Menschengeistes ebenso wie seiner schlimmsten Verirrungen, Speicher der Wissenschaften und Künste, ausgebreitete Weltkarten, dicht nebeneinander *Mare nostrum* und Meer der Finsternis, Tabellen zur Tagundnachtgleiche, mehr als 160000 Bände, mehr als 3000 Handschriften. Das gesamte Wissen der Welt, soweit sie bekannt war, hier zwischen den ockergetünchten Wänden stand es versammelt.
Manuela unterdrückte einen Ausruf der Bewunderung.
Sarrag flüsterte: »DIE JUNGFRÄULICHE ODER BEFRUCHTETE MATERIE, Señora, versteht Ihr jetzt?«
So diskret wie möglich und so respektvoll, als wären sie in ein Heiligtum eingedrungen, schritten sie zwischen den Regalreihen voran.
»Wo führt Ihr uns hin?« fragte Ezra nervös.
Der Araber legte den Finger an die Lippen. »Pst, habt Vertrauen!«
Die reglos in ihre Lektüre vertieften Studenten, die man da und dort gewahrte, wirkten im Halbdunkel wie strenge Marmorstatuen. Wohl waren die meisten Spanier, aber es blieb eine stattliche Zahl von Studenten aus aller Herren Länder, die sich in dieser Stadt dem Studium der vier Disziplinen widmeten: der schönen Künste, des Rechts, der Medizin und der Theologie. Wie viele waren es? 10000? 15000? Auf jeden Fall waren sie weit zahlreicher als an den anderen drei Universitäten, die mit Salamanca im Wettstreit lagen: Oxford, Bologna und Paris.
Sarrag deutete auf eine hochaufragende Regalreihe. »Hier ist es«,

sagte er im Ton dessen, der ein Geheimnis zu enthüllen hat. »Fray Vargas, würdet Ihr mir bitte die Leiter, die sich seitlich von Euch befindet, herüberbringen?«

Der Mönch gehorchte.

Der Scheich stieg die Sprossen empor, bis er an eine Reihe von Folianten heranreichte, die sich durch den altgoldenen Schnitt von den anderen abhoben. Man hörte seinen verhaltenen Siegesruf, als er nach einem der Bände griff. Er kletterte wieder herunter, um unverzüglich und mit fiebernder Hand das Buch zu untersuchen. Einem Lesezeichen gleich ragte ein eingelegtes Blatt aus dem Buch.

Der Scheich öffnete es an dieser Stelle vorsichtig.

»Und?« fragte Ezra voller Ungeduld. »Bekommen wir nun endlich eine Erklärung?«

Ohne zu antworten, übergab der Scheich das Werk dem Mönch. Rafael nahm das Einzelblatt, faltete es vorsichtig auseinander, und prompt erschien auf seinem Gesicht ein Ausdruck der Verwirrung.

»Und?« wiederholte der Rabbiner. Seine Stimme klang schärfer, was ihm zornvolle Blicke einzelner Studenten einbrachte.

Endlich entschloß sich der Scheich zum Reden. »Da«, sagte er mürrisch.

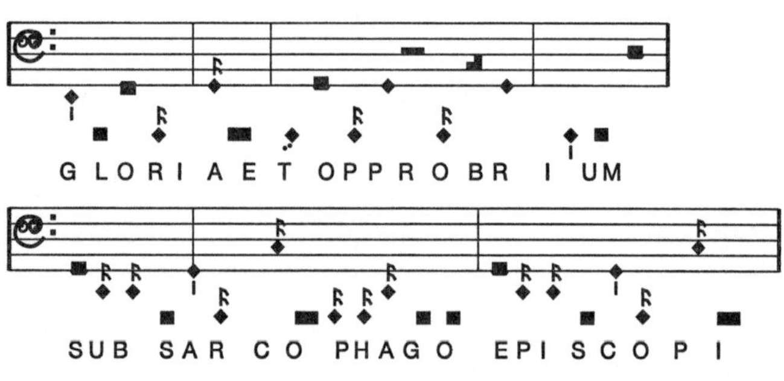

»Ich glaube, ich träume!« rief ganz entgeistert Ezra. »Was ist denn das?«
»Auf den ersten Blick«, sagte Vargas, »sind das zwei Zeilen musikalische Notenschrift mit dem Text: ›Ruhm und Schande unter dem Sarkophag des Bischofs‹.«
»Ja, natürlich, das sehe ich auch. Aber wie ist Sarrag darauf gekommen, daß diese zwei Zeilen sich hier befinden?«
»Ich erzähle Euch alles, aber zunächst schlage ich vor, daß wir das Buch an seinen Platz zurückstellen und hinausgehen, um nicht noch mehr aufzufallen.«
Sie verließen die Bibliothek. Draußen erstreckte sich zwischen den Universitätsgebäuden der grüne Rasen des Gartens. Sie gingen ein paar Schritte und ließen sich dann im Schatten eines leuchtend rot blühenden Hibiskusstrauches nieder.
»Wir hören. Sagt uns zunächst etwas zu dem Buch! Wenn ich den Titel auf dem Einband richtig gelesen habe, dann war es ein Werk des Pythagoras.«
»›Die Musik der Sphären‹. Genauso ist es. Es ist übrigens das einzige bekannte Werk des Griechen. Er hat uns keine einzige andere Schrift hinterlassen. Wären nicht seine Schüler gewesen sowie Euklids Arbeiten zu dem berühmten Lehrsatz, dann könnte man bezüglich der von ihm angestellten Forschungen grundsätzliche Vorbehalte hegen. Einer der Universitätslehrer, den ich ausführlich zu Pythagoras befragt habe, hat mir diese Information gegeben und mich auf dieses Werk hier in der Bibliothek hingewiesen. Sofort war ich überzeugt, daß wir darin einen neuen Hinweis entdecken würden.«
»Warum haben wir uns dann nicht die Zeit genommen«, verwunderte sich Manuela, »diese ›Musik der Sphären‹ durchzugehen?«
»Weil wir ohnehin alles gefunden haben, wovon Baruel wollte, daß wir es finden.«
Er zitierte:
»Dort und in dieser Zahl kann man Theanos Gemahl wiederfinden.«

Meiner Meinung nach meint DORT ›in der Bibliothek dort‹. Und IN DIESER ZAHL verweist auf die Seitenzahl, wo das Notenblatt eingelegt war.«

»Und das heißt?«

»Seite vier. Vier, für die vier Flüsse, die im Text des ›Palastes‹ genannt werden: PISHON, GILHON, TIGRIS und EUPHRAT.«

»Obwohl mich das Eingeständnis auch ein wenig betrübt«, sagte Ezra, »aber diesmal habt Ihr Euer Talent zur Deduktion eindrucksvoll bewiesen.«

Sarrag zeigte sich verwundert: »Und warum die Betrübnis?«

Der Rabbiner zeigte eine gespielt gekränkte Miene. »Was soll ich machen, ich ertrage den Gedanken, nicht unentbehrlich zu sein, nur sehr mühsam.«

Während des Wortgeplänkels hatte Vargas aufmerksam das Blatt mit den beiden Notenzeilen studiert. Sein ärgerlicher Gesichtsausdruck ließ allerdings darauf schließen, daß er zu keinem Ergebnis kam. Halbherzig fragte er in die Runde: »Kann zufällig jemand die Noten lesen?«

»Ein bißchen Ahnung habe ich«, sagte Manuela zögernd.

Der Franziskaner reichte ihr das Notenblatt. »Könnt Ihr uns sagen, ob Ihr etwas Besonderes wahrnehmt?«

Die junge Frau sah eine Weile auf die Notenfolge und antwortete dann: »Nichts, leider. Nichts, außer daß die Melodie banal, um nicht zu sagen primitiv ist.« Halblaut summte sie die Töne vor sich hin, ein langsamer und düsterer Sprechgesang, der in dumpfe Tiefen hinabzusteigen schien.

»Baruel der Kabbalist war wohl auch ein verdienter Musiker«, spöttelte Ezra. »Ich verstehe wirklich nicht, inwiefern uns diese finstere Melodie den Hinweis bringen könnte, wo das dritte Dreieck versteckt liegt. Was soll man außerdem mit dem Text unter den Noten anfangen? ›Ruhm und Schande, unter dem Sarkophag des Bischofs‹. Welcher Ruhm? Welche Schande? Welcher Bischof? Zwar erinnere ich mich sehr wohl, daß bestimmte Kabbalisten, so zum Beispiel Abulafia, wiederholt versucht haben, die Musik als Hilfsmittel zu nutzen, um in den Zustand prophetischer Ekstase zu gelangen; ich wage aber nicht zu glauben, daß Baruel uns hier in die gleiche Richtung schicken will. Das wäre nämlich der reine Wahnsinn.«

»Die Musik?« fragte Vargas interessiert. »Ein Hilfsmittel, um zur prophetischen Ekstase zu gelangen?«

»Das Prinzip ist so kompliziert, daß ich Euch nur schlecht erklären könnte, was ich selbst nur mit größter Mühe verstanden habe. Nach Abraham Abulafia und anderen Kabbalisten besteht angeblich eine enge Beziehung zwischen einer bestimmten musikalischen Wissenschaft – die inzwischen anscheinend verlorengegangen ist – und der Prophetengabe. In Erzählungen wie dem ›*Sod ha-Schalschelet*‹ wird die Musik als eine Disziplin beschrieben, deren Gesetze einst den Hohepriestern bekannt waren. Sie vermag zur mystischen Vereinigung zu führen, und sie steht in direkter Beziehung zu der Art und Weise, wie das Tetragramm des Gottesnamens ausgesprochen wird. Es scheint, daß diese verborgene Wissenschaft sich dennoch im Kreis um Abraham Abulafia erhalten hat, da dieser sehr klar die Technik darlegt, die darin besteht, daß die Schriftzeichen in bestimmter Weise kombiniert und dann rezitiert werden. Des öfteren vergleicht er den menschlichen Körper mit einem Musikinstrument, denn, so sagt er, dieser enthält Höhlungen und Resonanzräume, die einen Ton hervorbringen können, sobald der Atem durchstreicht. Die mit dem Gesang verbundenen Worte, die der Mensch hervorbringt oder zurückhält, verweisen auf die Anwesenheit des Göttlichen, auf die Bewegung des Heiligen Geistes, der den Körper durchdringt und wieder aus ihm herausfährt, wobei er bei dem, der zur Beherrschung dieses Vorgangs gelangt, die Fähigkeit erzeugt, die Zukunft zu lesen.«

Mechanisch rieb er sich die Hände, dann fuhr er fort.

»Ja, ich weiß, das ist alles reichlich hermetisch. Laßt mich mit der einschlägigen Aussage von Rabbi Isaia ben Joseph schließen. Sinngemäß lautet sie wie folgt: ›Wisse, daß der Prophet, der zu prophezeien wünscht, sich zunächst eine festgelegte Zeit lang in die Einsamkeit begeben und die Waschungen vornehmen muß.

Danach wird er an den Ort zurückkehren, der ihm geeignet erscheint, und wird Musiker für verschiedene Instrumente zusammenrufen, die für ihn spielen und geistliche Gesänge singen, und er wird sich über jene Stellen eines Buches beugen, die dem Verständnis Schwierigkeiten bereiten.‹«

Ezra verstummte. Ein rätselhaftes Lächeln erschien auf seinen Lippen.

»Wir brauchen nur noch die Musiker zusammenzurufen!«

Um sie herum liefen die Studenten in alle Richtungen durcheinander, sie hatten heitere oder vom Ernst des Studiums geprägte Mienen, aber kaum einer beachtete die vier Diskutanten. Deren heilige Suche, deren Wirrnisse und Mühen waren der Welt herzlich gleichgültig. Über den Häusern aus rötlichem Stein vibrierte der Sonnenglast, übergoß Zinnen und Giebel, die vom Wald der Türme überragt wurden.

»Hola! Señores! Cómo estan ustedes?«

Die freundliche Anrede riß sie aus der Lethargie, die sie sacht überkommen wollte. Ein ziemlich hochgewachsener Mann mit schlohweißem Haar und Adlernase stand plötzlich vor ihnen.

»Erkennt Ihr mich denn nicht?«

Als erster reagierte Vargas. »Doch, natürlich ... Ihr seid der genuesische Seefahrer, den wir in La Rábida begrüßt haben. Was treibt Ihr hier?«

Der Mann ließ die Schultern hängen, sein Blick verdüsterte sich. »Eine Kommission von Fachleuten soll sich in wenigen Minuten versammeln, dort« – er zeigte auf ein Gebäude zur Rechten – »im Kloster San Esteban, um zu entscheiden, ob mein Plan Unterstützung verdient.«

Vargas stellte Manuela den Seefahrer vor. »Señor Cristóbal Colón. Señora Vivero. Señor Colón hat die Absicht, nach Westen zu segeln, zu jenem Land, wo die Gewürze wachsen. Er hofft, daß Ihre Majestät die Expedition finanzieren wird.«

Manuela strich mechanisch über ihr Muttermal. »Nach Westen, Señor? Und Ihr hofft wirklich, dort auf Festland zu treffen?«

»Genau. Ich werde es beweisen.«

Mit einem angedeuteten Lächeln bemerkte Vargas: »Ihr scheint Euch da sehr sicher zu sein.«
»Wie denn auch nicht? Ist die Erde nicht rund?«
»Sie ist es in der Tat. Aber Ihr müßt auch wissen, daß diese Überzeugung nur von einer Handvoll Gelehrter geteilt wird und daß selbst diese unfähig sind, anzugeben, wie groß die Kugel ist, da niemand sie je umrundet hat. Die Umrisse der Kontinente und der Ozeane bleiben im dunkeln. Die Westküste Guineas ist nur vage bekannt. Asien erstreckt sich ostwärts über unbekannte Entfernungen. Der Verlauf seiner Küsten bleibt ein Rätsel. Und ...«
Sarrag unterbrach den Mönch: »Erlaubt mir, etwas richtigzustellen, Fray Vargas. Ein Rätsel bleibt der Verlauf der Küsten für die Europäer, nicht aber für die arabischen Reisenden. Und Aristoteles selbst hatte vor fast 1800 Jahren schon darauf geschlossen, daß man, wenn man nach Westen segelt, zwangsläufig den Osten erreichen muß.«
»Das will ich nicht bestreiten, aber wo sind die Karten, wo sind die Beweise? Das Problem, vor dem Señor Colón steht, ist sehr einfach: Daß eine direkte Seeroute zwischen Westeuropa und Ostasien besteht, erscheint logisch, da die Erde schließlich rund ist. Aber welche Entfernung muß ein Schiff zurücklegen, bevor es wieder Festland erreicht? 1000 Seemeilen? 10000? 20000? Ich wiederhole also meine Frage: Señor Colón, woher habt Ihr die Gewißheit, daß die Meeresüberquerung im Bereich des Möglichen liegt?«
»Weil ich weiß, daß die Entfernung bis zum äußersten Rand Indiens nicht über 977 Seemeilen hinausgeht. Das sind etwa dreißig Tage Überfahrt, was wiederum für eine gutgerüstete und sorgfältig verproviantierte Karavelle durchaus machbar ist.«
Vargas antwortete wie im Selbstgespräch: »Das ist genau, was ich dachte ...«
»Was meint Ihr damit?«
Der Mönch warf ihm einen bewußt geheimnisvollen Blick zu.
Colón aber gab sich nicht zufrieden: »Was wollt Ihr da andeuten oder unterstellen?«

»Gerüchte ...«
»Was unterstellt Ihr?« fragte der Genuese energisch.
»Sagen wir es einmal so: Wäret Ihr einzig von Neugier und Abenteuerlust getrieben, dann hättet Ihr keine Mühe, ein Schiff zu finden und in den Sonnenuntergang hineinzusegeln. Wenn Ihr hingegen die Absicht hegt, die Ländereien, die Ihr zu erreichen gedenkt, zu kontrollieren und auszubeuten, dann braucht Ihr die Unterstützung eines Herrschers. Was wiederum bestätigt, daß Ihr Eurer Sache sehr sicher seid.«
»Was erzählt man noch?«
»Daß Ihr angeblich ein Bordbuch besitzt, das voll ist mit Zeichnungen aller möglichen Landmarken. Außerdem habt Ihr Karten, die Riffe und Ankerplätze zeigen; sie sollen einem portugiesischen Seefahrer entwendet worden sein. Ihr scheint auch eine Seekarte zu besitzen, die vor rund fünfzehn Jahren von Toscanelli angefertigt wurde und die Ihr wohl während Eures Aufenthalts in Portugal aus der Königlichen Bibliothek mitgehen habt lassen.«
»Hand aufs Herz, glaubt Ihr wirklich an das, was Ihr da sagt?«
»Ich werde mich hüten, irgend etwas zu behaupten.«
»Nur zu«, rief Colón, »sagt nur frei heraus, was Ihr denkt!«
Vargas wollte Fray Marchena nicht verraten, von dem er alles wußte. »Sagen wir einmal, es hat gewisse Indiskretionen gegeben ...«
Der Genuese studierte sein Gegenüber einen Augenblick, dann sagte er: »Wenn das, was Ihr vorbringt, wahr ist, dann erklärt mir doch, warum ich, statt mich krummzulegen, um Ihre Majestät und ihre Experten wissenschaftlich zu überzeugen, nicht einfach hingehe und die Beweise auf den Tisch lege, die ich angeblich besitze?«
»Aus zwei Gründen. Erstens: Wenn Ihr so vorgingt, dann könntet Ihr nach aller Logik keinen Augenblick erwarten, daß der Hof sich Euren außergewöhnlichen Forderungen anbequemt. Ich kann mir schlecht vorstellen, daß Ihre Majestät Euch zum Austausch für Schriftstücke, und seien sie noch so wertvoll, folgen-

des verleiht oder zuspricht: den Titel eines Admirals von Kastilien, den des Vizekönigs und Gouverneurs über alle von Euch entdeckten Landstriche, die Kontrolle über Verwaltung und Rechtsprechung in diesen Territorien, ein Zehntel des zu entdeckenden Goldes beziehungsweise sonstiger Schätze, ein Achtel der Handelsgewinne und Vollmacht, jeglichen Handelsstreit zu entscheiden. Bestenfalls würde man Euch eine gewisse Geldsumme schenken, schlechtestenfalls würde man schlicht und einfach unter Androhung schwerer Strafe die Herausgabe Eurer Dokumente verlangen. Liege ich da einigermaßen richtig?«
Der Genuese wartete noch mit seiner Antwort und sagte statt dessen: »Ihr habt von zwei Gründen gesprochen.«
»Der zweite ist noch viel zwingender. Es ist der Tod. Ihr versteht, worauf ich anspiele, nicht wahr?«
Wieder keine Antwort. Dafür brach Manuela das Schweigen: »Warum der Tod?«
»Weil sämtliche Fahrtberichte der Kapitäne als Staatsgeheimnisse betrachtet werden. Eine die Seefahrt betreffende Information weiterzugeben oder an sich zu bringen ist gleichbedeutend mit dem Risiko der Todesstrafe. Vor ein paar Jahren flohen ein Kapitän und zwei Matrosen aus Portugal nach Kastilien, um Ihrer Majestät ihre Dienste anzubieten. Sie wurden verhaftet und auf der Stelle hingerichtet. Der Leichnam des Kapitäns wurde nach Lissabon zurückgebracht und gevierteilt; die Stücke wurden an den vier Stadttoren zur Schau gestellt. Nun stammen aber – oder stammen angeblich – die in Señor Colóns Besitz befindlichen Dokumente von einem toten portugiesischen Seefahrer, der auf einem gleichfalls portugiesischen Schiff zur See fuhr. Dem Recht nach sind sie also portugiesisches Eigentum, von Toscanellis Karte ganz zu schweigen. Was soll ich noch mehr dazu sagen?«
Die Züge des Genuesen waren plötzlich schlaff geworden, als hätte sich ein Abgrund vor ihm aufgetan.
Leicht verlegen fügte Vargas noch hinzu: »Wenn ich Euch beleidigt haben sollte, ich …«
»Nein«, unterbrach ihn Colón, »um Beleidigung geht es hier

nicht.« Er war blaß geworden, seine Lippen zitterten. »Was mir Kummer macht, ist der lächerliche Charakter der ganzen Sache.«
»Wie meint Ihr das?« fragte jetzt Ezra.
»Stellt Euch vor, Eure ... Indiskretionen seien nicht völlig unbegründet. Stellt Euch vor, ich besäße tatsächlich die berüchtigten Schriftstücke und könnte sie aus den von Eurem Freund angeführten Gründen nicht aus ihrem Versteck hervorholen. Wenn dem so ist, wird man nicht lediglich mich als Person zu zerbrechen suchen, sondern die Wahrheit, und zwar im Namen des Obskurantismus, der Verblendung und der Unduldsamkeit. Die, die sich anschicken, mich abzuurteilen, sind die gleichen, die zur Zeit jeden bedrohen, der das Unglück hat, das astronomische System des Ptolemäus zu kritisieren oder, schlimmer noch, zu erklären, die Erde kreise um die Sonne und nicht umgekehrt. Noch weiht man sie nicht unverblümt der Hölle, aber lang wird es nicht mehr dauern bis dahin. Und genau diese Kreaturen werden mit dem Finger auf mich zeigen, auf mich, einen glühenden Christen, einen Katholiken, einen Verteidiger des Glaubens.«
»Was kann man machen«, sagte Ezra spöttisch, »das ist eben die Kirche. Ist man erst mal auf ihrem Territorium, dann bestimmt *sie* das Tempo der Durchquerung.«
Vargas' Züge verhärteten sich. »Ihr laßt aber keine Gelegenheit aus! Aus dem Munde eines Menschen, der derart intolerant gegenüber den anderen Religionen ist, mutet solche Kritik zumindest deplaziert, eigentlich nur grotesk an.«
»Wenn es so ist, warum geht Ihr dann nicht hin und unterstützt Señor Colón vor der Kommission? Warum habt Ihr nicht den Mut, die Wissenschaft gegen Dummheit und Starrsinn zu verteidigen?«
»Das ist wahr!« rief der Genuese. »Kommt doch mit! Ich würde Euch als Zeugen aufrufen lassen. Denn von Antonio Marchena, von Eurem Prior, und Fray Diego de Deza, dem Superior des Klosters San Esteban, abgesehen, habe ich nicht gerade viele auf meiner Seite.«

»Das ist abwegig. Ich habe keine Ahnung von Astronomie, genausowenig von Navigation.«
»Ich habe es Euch schon gesagt: Zwar sind in der Kommission hervorragende Gelehrte der Universität, die Mehrheit meiner Verächter sind aber Mitglieder des Klerus. Und diese werden den Ausschlag geben. Sie haben die ganze Macht. Logik und Vernunft stehen gegen die Heilige Schrift! Laßt Euch das gesagt sein, wegen der Hartnäckigkeit dieser Männer ist die Wissenschaft weiterhin ein Zweig der Theologie, und sie findet sich dabei eingezwängt wie eine Nuß in ihrer Schale! Zu hoffen, daß die Nuß eines Tages die Schale aufsprengen wird, ist in sich schon eine Gotteslästerung. Begleitet mich, ich beschwöre Euch!«
»Versucht es nicht länger!« rief Ezra. »Er hört nicht auf Euch.«
»Was wißt denn Ihr davon?« protestierte Manuela. Sie sah Vargas an und sagte: »Wäre das nicht *die* Gelegenheit, ein wenig Licht in eine Welt zu bringen, von der wir beide wissen, daß sie voller Dunkelheit ist?«
Der Franziskaner senkte die Lider und sagte nichts.
»Schade.« Der Genuese kapitulierte. »Eine Stimme mehr gegen das Gebell der Meute wäre schön gewesen. Schade. Mir bleibt nur noch, zum Herrn zu beten. Er allein wird entscheiden, ob ich aus dieser Prüfung durch die Tür des Ruhms oder die der Schande hervorgehen werde.« Er verneigte sich. »Ich muß Euch nun verlassen. Meine Richter warten. Ich habe mich sehr gefreut, Euch wiederzusehen.«
»Wartet, bitte!« rief Samuel Ezra. »Ihr habt die Begriffe Ruhm und Schande gebraucht. Sollte das ein Zufall sein?«
»Nicht wirklich.«
»Warum denn?«
»Eine alte Tradition steckt dahinter.«
Der Rabbiner sagte noch um einen Grad dringlicher: »Erzählt, Señor!«
»Unmittelbar neben der Kathedrale liegt ein Kreuzgang mit der Kapelle Santa Bárbara. Dorthin kommen am Tag vor dem Examen die Studenten, um ein letztes Mal ihren Stoff durchzu-

gehen. Die ganze Nacht schließen sie sich dort mit ihren Büchern ein, und ihre Füße legen sie dabei auf das Grab eines Bischofs, auf daß es ihnen Glück bringe. Am nächsten Tag dürfen sie, wenn sie bestanden haben, mit allen Ehren, die ihrem neuen Status gebühren, durch das Haupttor der Universität, die Tür des Ruhms, hinaustreten, wo dann die Professoren und Jahrgangskameraden warten, um ihnen zu gratulieren. Geht das Examen jedoch schief, dann müssen sie durch die Pforte des Kreuzgangs, die Tür der Schande, hinausschleichen, namenlos und von niemandem beachtet. Vielleicht werde ich bald diese Tür durchschreiten«, murmelte er niedergeschlagen. »*Adios amigos!*«

Weder Vargas noch Ezra, noch Manuela und der Scheich erwiderten seinen Abschiedsgruß. Sie starrten auf einen unsichtbaren Punkt jenseits des Mäuerchens, hinter dem sich die Bárbara-Kapelle befand. Alle vier dachten sie an die beiden Notenzeilen und die zugehörigen Worte: »Ruhm und Schande unter dem Sarkophag des Bischofs.«

Kapitel 22

Der souveräne Umgang mit diesem Geheimnis führt zum Symbol: Stückchen für Stückchen einen Gegenstand vergegenwärtigen, um eine Stimmung zu zeigen, oder umgekehrt einen Gegenstand auswählen und daraus durch eine Reihe von Entschlüsselungsschritten eine Stimmung hervorgehen lassen.

Stéphane Mallarmé: Vermischte Prosa

Am Fuß des Sarkophags lag Vargas mehr flach auf dem Bauch, als daß er kniete; er streckte den Arm weit aus, dann hielt er das dritte erzene Dreieck in der Hand.

»Es war also tatsächlich da«, seufzte Ezra. »Wenn wir nun schon wüßten, wozu uns diese Gegenstände dienen sollen!«

»Laßt uns auf Baruel vertrauen!« versetzte der Mönch, während er sich aufrichtete. »Er hat ihnen bestimmt eine Rolle zugewiesen, die uns zu gegebener Zeit klarwerden wird.«

Die Kapelle lag verlassen da. Ein schwacher Duft von Weihrauch und Wachs umschwebte die Dutzende von brennenden Kerzen, die zu beiden Seiten des Hauptaltars auf den dreieckigen Eisenkandelabern aufgesteckt waren. Von Zeit zu Zeit trat im flackernden Leuchten das hölzerne Retabel ein wenig mehr hervor, und über engelsgleiche Gesichter huschten gespenstische Farbschatten.

»Und jetzt?« fragte Sarrag. »Was schlagt Ihr vor?«

»Daß wir uns unverzüglich mit dem nächsten ›Palast‹ befassen«, erwiderte der Rabbiner, »und daß wir unseren Weg fortsetzen.«

Vargas klopfte sich den Staub von der Kutte und trat zu den beiden Männern. »Ihr werdet ohne mich anfangen müssen«, verkündete er gelassen.

»Wie das?« rief Ezra aus. »Ihr wißt doch genau, daß das unmöglich ist. Eure Bruchstücke ...«

»Nur keine Angst! Ich überlasse sie Euch. Ihr werdet sie mit den anderen, wie es sich gehört, kombinieren. Ich hoffe, Ihr erweist Euch des Vertrauens würdig, das ich in Euch setze.«
Er zitierte seinen Text aus dem Gedächtnis, so oft, bis sich die beiden anderen jeden einzelnen Satz verläßlich eingeprägt hatten. Dann enteilte er in Richtung des Vorplatzes.
Sarrag rief ihm empört nach: »Könnt Ihr uns wenigstens verraten, warum Ihr uns so plötzlich hier stehen laßt?«
»Wegen des weiten, weiten Meers ...« Und da ihn seine drei Gefährten zweifelnd musterten, wurde er doch etwas genauer: »Ich werde versuchen, meinen Glaubensbrüdern zu erklären, daß sich der Garten Eden vielleicht *auch* im Westen befindet.«
Er hatte den Ausgang fast erreicht, da sprang Manuela auf und stürzte ihm nach. »Ich komme mit, Fray Vargas! Zwei sind nicht zu viel, wenn Licht in die Finsternis gebracht werden soll!«

Manuela und Vargas drückten die schwere Tür auf. Zuerst unterschieden sie nur den großen, hufeisenförmigen Tisch und im schwachen Widerschein der Kerzen undeutliche Umrisse von Mönchskutten und Soutanen. Sie schritten vor und gewahrten nun deutlicher einzelne Gestalten in den Sesseln, die entlang der Wand aufgereiht waren. Manche der Männer beobachteten unter schläfrigen Lidern den Raum, schienen zu schlummern, das Kinn auf die Faust gestützt; andere hielten sich betont aufrecht und blickten streng und starr geradeaus. Nur wenige hatten Vargas' und Manuelas Ankunft bemerkt, die meisten hörten mit würdigem Ernst einem geistlichen Redner zu, der seinen Platz dem Tisch gegenüber hatte. Das ungleiche Paar schritt behutsam weiter, bis eine Flüsterstimme sagte: »Hierher ... hierher nach rechts!«
Im Halbdunkel erspähten sie Colón, der auf die beiden noch freien Stühle neben sich wies.
Vargas nahm Platz. Manuela wollte es ihm nachtun, da durchfuhr sie ein eiskalter Schrecken. Der Mann, der die Sitzung leitete, sah aufmerksam zu ihr herüber. Fray Hernando de Talavera.

Hier? Er hatte sie offenkundig nicht aus den Augen gelassen, seit sie den Saal betreten hatten. Sie ließ sich neben Vargas auf ihren Sitz fallen. Sich jetzt rasch zurückzuziehen wäre sinnlos gewesen, so jäh versagten die Beine ihr den Dienst.

Hernando de Talavera seinerseits fragte sich, ob er das Opfer einer Halluzination geworden war. Nein, kein Zweifel, die Frau an der Seite des Genuesen war Doña Vivero. Welche sonderbare Fügung des Schicksals! Wie war so etwas möglich? Der Mönch neben ihr konnte nur der Franziskaner Rafael Vargas sein. Dann waren auch der Jude und der Araber sicher nicht weit. Gefahndet wurde nach ihnen in der Umgebung von Cáceres, und dabei waren sie hier in Salamanca. Unglaublich! Um keinen Preis durfte die Frau merken, daß er sie erkannt hatte. Mühsam zwang er sich, dem Priester und seinem hemmungslos theatralischen Plädoyer zuzuhören. Es war ein Dominikaner mit abgezehrtem, von einem Bart umkräuselten Gesicht.

»Was ist er letztlich, dieser Mann? Kein Landeskind, kein Untertan unserer Erlauchten Majestäten, sondern ein Ausländer aus Genua und von zweifelhafter Abstammung, ein Mann aus der Hefe des Volkes wahrscheinlich, aus der zu allen Zeiten der Pesthauch der Ungläubigkeit emporgestiegen ist.«

Eine Stimme protestierte, es war die von Diego de Deza: »Fray Oviedo, Eure Kritik ist beleidigend! Was soll diese Anspielung auf die bescheidene Herkunft Señor Colóns? Ist nicht unser Heiland aus einem Stall hervorgetreten, um der Welt das Licht zu bringen?«

»Gewiß doch. Aber unsere heilige Kirche hat allen Grund, diesem neuen Messias zu mißtrauen, der eine Bresche in die Mauern unseres Universums schlagen will, unseres Universums, das in mehr als tausend Jahren von den Evangelisten, den Mittlern unseres Herrn Christus, und nach ihnen von den Kirchenvätern und den Theologen errichtet worden ist. Die Hand soll verdorren, die den ersten Axthieb führt!« Die dürre Gestalt sank ins Dunkel zurück.

Colón hatte die Faust geballt.

»Auf diesem Terrain dürft Ihr den Kampf nicht austragen!« flüsterte ihm Vargas ins Ohr. »Ihr würdet ihnen glatt in die Falle gehen.«

Der Seefahrer verzichtete auf eine Antwort.

Diego de Deza hatte sich erneut zu Wort gemeldet und rief mit ruhiger Stimme, die sich wohltuend vom giftigen Groll seines Kollegen abhob: »Señor Colón weilt unter uns. Er ist bereit, auf alle Fragen zu antworten. Nur sollten sie auch gestellt werden!«

»Das werden sie!« versetzte ein etwa sechzigjähriger Teilnehmer der Runde. Am Barett und der funkelnden Brustkette erkannten alle den Rektor der Universität.

»Zunächst einmal sollt Ihr wissen«, begann er, »daß die Fragen zu zahlreich und zu vielschichtig sind, als daß wir sie in einer einzigen Sitzung ausreichend vertiefen könnten. Señor Colón wird sich die kommenden Wochen hindurch zu unserer Verfügung halten müssen.«

Talavera wandte sich an Colón: »Können wir mit Eurer Anwesenheit rechnen, Señor?«

Der Genuese antwortete mit fester Stimme: »So lange, wie es nötig sein wird.«

Der Beichtvater der Königin warf unwillkürlich einen Blick auf Manuela, bevor er den Rektor aufforderte, fortzufahren.

»Ich werde gleich zur Sache kommen, und ich werde, so seltsam Euch das vorkommen mag, im Sinne von Señor Colón sprechen. Beladen wir ein Schiff und fahren wir gen Westen!«

Ein Raunen erhob sich in der Zuhörerschaft. Unbeirrt sprach der Rektor weiter.

»Ich glaube, jedem hier ist bekannt, daß ich mein ganzes Leben der Aufgabe gewidmet habe, das System des Ptolemäus zu vertiefen und zu erweitern, das viele Jahrhunderte alt ist und nichtsdestoweniger heute noch Gültigkeit hat. Nun, nach seiner Auffassung wird der Umfang der Erdkugel am Äquator je zur Hälfte von Landmassen und von Meeren ausgefüllt. Folglich nehmen die Landmasse Europas und Asiens 180 der 360 Längengrade ein, welche diesen Umfang bilden. Was wiederum bedeutet, daß ein

Schiff, um Indien zu erreichen, eine Entfernung von 3375 Seemeilen zurücklegen müßte. Die Vorräte an Lebensmitteln und Süßwasser, die eine Karavelle mitnimmt, reichen jedoch nicht ewig: Etwa nach dem 30. Tag lauert auf die Besatzung unausweichlich der Tod. Also?« Skandierend wiederholte er: »3375 Seemeilen! Die Frage lautet: Gibt es eine Karavelle, die Proviant und Wasser für eine so lange Zeitspanne mitführen kann? Könnte Señor Colón zu diesem Punkt Stellung beziehen?«
»Seht Ihr«, flüsterte Vargas, »genau der schwache Punkt, den wir vor einer Weile erörtert haben. Nun seid Ihr dran. Wohlan denn!«
Colón erhob sich ein wenig schwerfällig. »Eure Frage ist durchaus berechtigt. Kein Schiff unseres Jahrhunderts könnte eine solche Reise hinter sich bringen. Wahrscheinlich ist das der Grund, warum es bis heute niemand versucht hat. Nur ist da ein Detail. Die zurückzulegende Entfernung beträgt nicht 3375 Seemeilen, sondern nur 977 Seemeilen – und noch weniger, wenn man zum Ausgangspunkt die Glücklichen Inseln nimmt.«
Bewegung erfaßte Teile des Auditoriums, spöttisches Gelächter wurde laut.
Der Rektor bewahrte seine Gelassenheit und fragte: »Seid Ihr imstande, Eure Behauptung zu beweisen?«
»Ja. Zu Eurer Verfügung halte ich einen Abriß der Geographie mit dem Titel ›*Imago mundi*‹, der vor einem halben Jahrhundert« – er legte eine kurze Pause ein – »von einem Mann der Kirche, dem Kardinal Pierre d'Ailly, verfaßt worden ist. Darin wird versichert, daß man Asien erreichen kann, indem man nach Westen segelt. In seinem Büchlein erwähnt d'Ailly auch den griechischen Geographen Marinos von Tyrus aus dem 2. Jahrhundert, der sich auf die Fortbewegungsgeschwindigkeit eines Kamels stützt und damit Asien im Vergleich zur Schätzung des Ptolemäus um mehrere hundert Meilen verlängert. Das nun beweist, daß dieser Weltteil 225 Längengrade einnimmt und folglich nur 135 Grade zu überquerender Meeresfläche übrigbleiben, wenn man Indien erreichen will. Von den Glücklichen Inseln aus gerechnet 68 Grade.«

»Welcher Entfernung entspricht für Euch ein Längengrad?«
»In vollkommener Übereinstimmung mit den meisten ihrer Kollegen in Europa stützen sich unsere Experten auf die Zahlenwerte, die der ägyptische Geograph Al Farghani vor mehr als vier Jahrhunderten festgelegt hat. Er hat unwiderleglich dargetan, daß am Äquator ein Grad genau 56 2/3 Meilen entspricht. Da Al Farghani die arabische Meile hintangesetzt und mit der italienischen Meile gerechnet hat, erhalten wir eine Entfernung von …«
Der Rektor fiel Colón erregt ins Wort: »Das ist unglaublich! Woher wollt Ihr wissen, daß der Ägypter die arabische Meile zugunsten der italienischen verschmäht hat?«
»Davon bin ich überzeugt.«
»Überzeugt? Ist das alles, was Euch dazu einfällt? Ihr wißt doch wohl, daß die italienische Meile um mehr als vier Wegstunden kürzer ist! Indem Ihr sie zugrunde legt, reduziert Ihr schlicht und einfach die Welt auf ein Viertel ihrer wirklichen Größe!«
»Genau«, entgegnete Colón, der durch den Einwand nicht im mindesten verunsichert schien, »denn ich schöpfe meine Überzeugungen aus der Heiligen Schrift.«
Empörtes Stimmengewirr erhob sich, und nur mit seiner ganzen Autorität konnte Talavera die Ruhe wiederherstellen. Er forderte den Genuesen auf, sich näher zu erklären.
»Es handelt sich um das zweite Buch Esra, auch als Buch Nehemia bekannt, wo geschrieben steht, daß der Herr aus diesem Umfang sechs Teile Land auf einen Teil Wasser gemacht hat. Wenn man diesen Hinweis berücksichtigt, dann beträgt die Entfernung zwischen Ost und West nicht mehr 3375, sondern nur 977 Seemeilen. Und deshalb behaupte ich, daß die Meeresüberfahrt im Bereich des uns Möglichen liegt.«
Der Rektor hatte keine Zeit, seiner Widerrede Ausdruck zu verleihen, denn ein sehr alter Mann hatte sich erhoben.
»Ketzerei!« rief er. »Wie könnt Ihr es wagen, ein weltliches Unterfangen, das wohl nur Euren persönlichen Stolz befriedigen soll, mit der geistlichen Welt zu verknüpfen?«
Der Genuese öffnete den Mund, um zu protestieren.

Aber der Greis rief mit verdoppeltem Ingrimm: »Zwei Wahrheiten können einander niemals widersprechen, also müssen die Wahrheiten der Astronomie mit denen der Theologie in Einklang zu bringen sein!« Er wandte sich an das Auditorium. »Señor Colón hat uns soeben bewiesen, daß er nichts anderes ist als ein zügelloser Freidenker, wie sie sich zu allen Zeiten, in allen Wissenschaften und sogar in unserer hochheiligen Kirche finden.«
Er verließ seinen Platz und trippelte zur Mitte des Saales.
»Brüder in Christus! Die Wissenschaft ist Menschensache, aber der Glaube ist Gottessache. Die Wissenschaft irrt sich, wenn sie der Heiligen Schrift widerspricht, denn diese allein besitzt die Wahrheit. Die Worte unserer Evangelisten und unserer Heiligen haben die Heiden der Alten Welt besiegt. Noch heute tragen die Kinder Christi das Kreuz gegen den Islam und seine vom Blut Spaniens geröteten Standarten. Was sagt unser größter Philosoph und Kirchenvater, der heilige Augustinus? Er stuft den Glauben an die angeblichen Antipoden als Ketzerei ein, denn in diesen fernen Zonen würden ja dann Menschen leben, die nicht von Adam abstammen. Nun lehrt aber die Schrift, daß wir von demselben einzigen Paar abstammen. Möchte Señor Colón uns weismachen, daß eine zweite Arche Noah gen Westen gesegelt ist? Davon sagt die Schrift nichts. Man sagt uns, die Welt sei kugelförmig. Absurd! Wird das Bild der Erde im Alten Testament nicht so klar gezeichnet, daß daran nichts mehr zu deuteln ist? Der Himmel, so steht es doch in den Psalmen, ist ausgespannt wie eine Tierhaut, ähnlich dem Dach eines Zeltes. Hat man jemals ein Zelt über einer Kugel ausgespannt? Ebenso vergleicht der heilige Paulus in seinem Brief an die Hebräer den Himmel mit einem über der Erde entfalteten Tabernakel; demnach ist diese nie etwas anderes gewesen und kann nie etwas anderes sein als eine plane, wenn auch unregelmäßige Fläche.«
Der Greis schwieg und zeigte mit dem Finger auf den Genuesen. »Häresie!«
Manuela drehte sich lebhaft zu Vargas um, aber sein Stuhl war leer. Fast gleichzeitig vernahm sie seine Stimme.

»Erlaubt mir, daß ich mich zu Wort melde. Ich bin weder Astronom noch Kosmograph. Ich heiße Rafael Vargas und bin Franziskanermönch im Kloster La Rábida. Bevor ich Euch den Grund meiner Wortmeldung offenbare, möchte ich gern folgendes sagen: Ich habe mich mit Señor Colón unterhalten. Ich weiß um die Lücken, die seine Argumentation aufweist. Die Zukunft wird uns sagen, ob er recht hat oder unrecht. Was hingegen die Rundheit der Erde angeht« – er wandte sich temperamentvoll seinem greisen Vorredner zu –, »so gestattet, daß ich, obwohl kein Kosmograph, Euch ein paar schlichte Eindrücke wiedergebe, an denen nichts Gelehrtes oder Hermetisches ist: Ich habe so manche Landstriche durchquert, und stets sah ich zuerst die Spitzen der Berge über dem Horizont aufragen. Ich bin auf Schiffen gesegelt und habe beobachtet, daß ganz zuletzt nur noch die Spitze der Masten über dem Meeresspiegel zu sehen ist. Meine Feststellung ist sicherlich die eines Kindes, nicht die eines Mannes der Wissenschaft. Aber sie läßt sich nicht einfach abtun. Mag es heute noch ein paar Ungläubige geben, die darin nur ein Märchen sehen, morgen wird diese Feststellung sich bei allen als eine Wahrheit durchsetzen.«

Eine Woge des Protests schäumte zu dem dunklen Gewölbe empor.

Talavera gebot Schweigen, indem er mehrmals mit einem Elfenbeinhämmerchen auf den Tisch schlug, und forderte den Franziskaner auf weiterzusprechen.

»Damit komme ich zum eigentlichen Grund meiner Anwesenheit. Die Kirche kann sich nicht endlos weiter auf die Überlegung stützen, die gerade mein Bruder vorgebracht hat. Er hat gesagt: ›Die Wissenschaft ist Menschensache, aber der Glaube ist Gottessache.‹ Er hat auch gesagt: ›Die Wissenschaft irrt sich, wenn sie der Heiligen Schrift widerspricht, denn diese allein besitzt die Wahrheit.‹ Solltet Ihr die Worte unseres Herrn vergessen haben: ›Ihr seid das Licht der Welt‹? Wenn die Kirche sich darauf versteift, sich im Despotismus einzuschließen, dann wird sie der Welt nicht das Licht bringen, sondern die Finsternis, nicht die Hoffnung, sondern die Verzweiflung. Wird sie dann nicht jenen gleichen, die der Redner vorhin beschrieben hat, jenen, die lieber andere zugrunde gehen lassen, als beizeiten ihren Irrtum einzugestehen? Ihr werdet in der Heiligen Schrift vergeblich Worte suchen, die dem menschlichen Wissen Zwangsgrenzen setzen. Es gibt solche Worte nicht.«

Vargas strich sich sacht über die Stirn, als wäre er plötzlich wie benommen. Tiefe innere Erregung hatte ihn übermannt und über die Schranken hinausgerissen, die er sich selbst für seinen Auftritt vor dem Tribunal gesetzt hatte. Egal, nun gab es kein Zurück mehr.

»Verurteilt den Mann aus Genua, wenn Ihr meint, daß seine Beweise Hirngespinste sind. Aber ich flehe Euch an, wenn eine Chance besteht, daß er recht hat, dann verbrennt nicht diese Träume in der Hölle, denn diese Hölle, die habt dann Ihr ganz und gar selbst fabriziert!«

Er verstummte. Im Saal war eine eindrucksvolle Spannung entstanden. Im Halbdunkel erahnte man die meist sehr ernsten, manchmal zornroten Gesichter, die dem Mönch zugewandt waren. Wahrscheinlich war es der Greis, der, sich bekreuzigend, als erster den Entsetzensschrei getan hatte. Eine Verwirrung folgte, wie sie dieser Ort, wo sonst Strenge und Disziplin regierten, selten erlebt hatte. Talavera brauchte einige Zeit, bis er reagierte. Während der ganzen Zeit, die der Franziskaner geredet hatte, hatte er ein aus den Tiefen seiner Erinnerung aufsteigendes Gefühl gespürt, etwas wie die Lauterkeit seiner früheren Jahre, als er, der Klosternovize, sich eine Welt, ob nun kugelförmig oder nicht, erdacht hatte, in der Toleranz und Verzeihen regierten. Und er fragte sich, welche Rolle dieser Mönch in der ganzen Sache mit diesem geheimnisvollen Buch spielen mochte und was ihn mit Aben Baruel verband.

Talavera ließ seine Augen durch den Saal schweifen. Manuela war verschwunden. Vargas stand neben dem Genuesen, aber ein weiterer Mann war zu ihnen getreten. Groß, hager, mit weißem Bart. Konnte das der zweite im Bunde sein, der Jude namens Samuel

Ezra? Der Beichtvater der Königin konnte nicht hören, was sie sprachen, er sah nur ihre Lippenbewegungen. Wie dem auch sein mochte, Talavera dankte dem Herrn, daß Er ihm erlaubt hatte, die Spur der Männer wiederzufinden. Vielleicht war das ein Zeichen. Jetzt galt es, Diaz zu benachrichtigen.
Mit fester Hand hob er den Elfenbeinhammer und schlug einmal kurz auf den Tisch. »Die Sitzung ist geschlossen. Wir werden die Diskussion morgen zur selben Zeit fortführen.«

Mit schnellem Schritt ging Manuela das Gäßchen entlang. Von Zeit zu Zeit warf sie einen Blick über die Schulter zurück. Hatte Talavera sie erkannt? Wenn ja, dann hatte er sich nichts anmerken lassen. Sie suchte sich mit dem Gedanken zu beschwichtigen, daß er vermutlich zu sehr auf die Debatte konzentriert gewesen war, um sie in dem dämmrigen Licht zu identifizieren. Auf jeden Fall hatte sie das Risiko nicht eingehen wollen, dort noch eine Sekunde länger zu verweilen.
Sie ging noch schneller, bis sie, auf der Plaza de Anaya angelangt, plötzlich ihren Namen rufen hörte.
»Doña Vivero!«
Das Herz in ihrer Brust tat einen Sprung, sie wagte nicht, sich umzudrehen. Und wenn es Talavera war? Sie erstarrte in einer schicksalsergebenen Haltung. Schon hörte sie hinter sich Schritte.
»Doña Vivero!« rief die Stimme erneut.
Sie entschloß sich zu einer heftigen Kehrtwendung. Sogleich erlosch ihre Angst.
»Mendoza«, murmelte sie in einem Seufzer der Erleichterung. »Endlich!«

Im gleichen Augenblick verließen Vargas und Ezra den Saal, wo der Tumult sich noch nicht gelegt hatte.
»Wie lange wart Ihr schon zugegen, Rabbi Ezra?«
»Lange genug, um nichts von Eurem Auftritt zu versäumen.«
»Aber welcher Teufel hat Euch geritten? Warum seid Ihr uns

gefolgt?« Mit hochgezogenen Brauen blieb Vargas stehen. »Ich verstehe schon. Ihr dachtet, ich würde meinen Worten keine Taten folgen lassen.«
»Ganz und gar nicht. Ich habe nur noch nie einen Christen in der Löwengrube erlebt. Da dachte ich mir, das ist *die* Gelegenheit.«
Vargas reagierte mit einem halben Lächeln und sah sich um. »Aber wo ist denn Doña Vivero?«
»Ich habe sie hinausschlüpfen sehen, als Ihr gerade mit Eurer Rede zu Ende wart. Wahrscheinlich ist sie zu Sarrag in die Kapelle zurückgegangen.«
Im Blick des Mönchs flackerte Besorgnis auf. »Das ist eigenartig ... Sie hätte auf uns warten können.«
Im Reden hatten sie die Richtung nach der Universität eingeschlagen.
Ezra setzte neu an: »Wenn ich bedenke, daß immer noch Leute bezweifeln, daß die Erde rund ist – einfach nicht zu fassen! Wenn ich diesen alten Hexenmeister nicht selbst gehört hätte, ich hätte es nie geglaubt. Und dann dieser Rektor! Welcher Kleinmut! Könntet Ihr mir irgendwann einmal erklären, warum bestimmte Menschen nichts als Leisetreter und Duckmäuser sind? Nie wagen sie etwas, weder im Guten noch im Schlechten. Wie kann das sein? Da trägt einer Kette und Barett und ist der Wissenschaft verpflichtet, und dann tut er nichts, um dem Gewäsch dieses Priesters Einhalt zu gebieten!«
»Ich finde, Ihr geht etwas hart mit Euren Nächsten um, Rabbi Ezra. Der Rektor hat getan, was er konnte. Er hat Colón nur auf dem Terrain der Wissenschaften, nicht auf dem der Theologie angegriffen.«
Ezra begehrte auf: »Sicherlich, aber in bestimmten Fällen hat das Fehlen einer Reaktion und das schweigende Gewährenlassen einen Namen: Kom-pli-zen-tum!« Seine Stimme war lauter geworden, er sprach mit schmerzlicher Wildheit, als wolle er der ganzen Erde seine Auflehnung entgegenschreien. »Adonai ist mein Zeuge! Der Mensch ist feige. Feige aus Anpassung.«

Das Wort allein brachte ihn noch mehr in Rage.
»Alle schön straff ausgerichtet! Voller Respekt für die Gesetze, voller Respekt für Bräuche, Meinung und Meinungen. Es wird ein Tag kommen, sage ich Euch, und er ist nicht mehr fern, da wird man Männer und Frauen aus dem einzigen Grund in den Kerker werfen, weil sie anders sind, und man wird ihnen auf die Haut schreiben: Verbannt wegen Nichtangepaßtheit.«
Wie von Fassungslosigkeit betäubt, hielt er inne.
»Das Hauptverbrechen des Menschen ist sein angeborenes Bedürfnis, in der bestehenden Ordnung aufzugehen, während doch nie etwas Großes anders als durch Infragestellen der Ordnung und der bestehenden Einrichtungen vollbracht worden ist. Nehmt doch nur das Beispiel Eures Christus! Was sagt er? ›Glaubet nicht, ich sei gekommen, Frieden auf die Erde zu bringen. Ich bin nicht gekommen, Frieden zu bringen, sondern das Schwert. Denn ich bin gekommen, den Menschen zu entzweien mit seinem Vater und die Tochter mit der Mutter und die Schwiegertochter mit ihrer Schwiegermutter. Und die Feinde des Menschen werden seine eigenen Hausgenossen sein.‹« Seine Lippen zitterten, während er die Worte hervorhämmerte: »›Und die Feinde des Menschen werden seine eigenen Hausgenossen sein!‹ Seid Ihr Euch im klaren über die wahre Bedeutung dieses Satzes? Die Seinen, die von seinem eigenen Fleische sind! Weil man eines Morgens als ein Andersartiger aufwacht. Weil ein Kind plötzlich den Wunsch äußert, Dichter zu werden, in einer Welt, in der die Poesie ein Makel ist. Weil ein Mann, der sein ganzes Leben in Sklaverei erzogen wurde, eines Tages wagt, seine Weigerung herauszuschreien. Weil ein Greis schwört, Schönheit und Toleranz erblickt zu haben, wo seine Umgebung immer nur Häßlichkeit und Sünde sieht.« Er streckte seine Faust zum Himmel und schrie: »Der Ewige speie sie aus, die bestehende Ordnung!«
»Aber was ist denn los mit Euch, Samuel Ezra? Sind das etwa die Nachwirkungen des Fiebers? Wie es aussieht, berührt Euch doch das Schicksal des Señor Colón nicht besonders.«
»Nein, aber *mein* Schicksal! Begreift Ihr denn nicht? Ihr habt mir

eine Lebenslektion erteilt, Rafael Vargas. Ich habe Euch zugehört, und dabei ist mir meine eigene Mittelmäßigkeit, meine Borniertheit bewußt geworden. Als hätte sich ein Vorhang gelüftet, als wäre ein Sonnenstrahl in die Dunkelheit meiner falschen Gewißheiten gedrungen. Und plötzlich habe ich es begriffen: Nichts ist ein für allemal sicher, nichts ist endgültig. Wenn man in der eigenen Überzeugung mit der Begründung festwurzelt, daß es die der Menge ist, dann lebt man eingewickelt in ein Leichentuch. Dann lebt man starr und reglos. Dann schläft man bei den Toten.«
Mit aufrichtiger Rührung ergriff der Rabbiner die Hand des Franziskaners und drückte sie.
»Doña Vivero hatte recht, als sie Euch vorschlug, Ihr solltet ein klein wenig Licht in ein Universum voller Nacht bringen ... Danke!«

Garcia Mendoza, der Mann mit dem Vogelkopf, berührte leicht die Narbe auf seiner Stirn und sagte mißgelaunt: »Es ist nicht leicht, Euch gefahrlos zu sprechen. Wie steht es um die Verwundung des Arabers?«
»Sie heilt gerade ab. Und? Habt Ihr die gemeinen Individuen, die uns überfallen haben, aufspüren können?«
»Noch nicht. Jedoch darf ich Euch versichern, daß sie uns bei einem neuerlichen Versuch nicht durch die Lappen gehen werden. Ich glaube auch, unseren Informanten, den Diener des Scheichs, erkannt zu haben. Könnt Ihr Euch vorstellen, was ihn zu solcher Tat treibt?«
»Ich habe keine Ahnung und der Scheich auch nicht.« Im Sprechen richtete sich Manuela ihren Haarknoten. »Wie kommt es, daß Ihr nicht eingegriffen habt, Señor Mendoza? Solltet Ihr uns nicht überallhin folgen?«
»Alles ist viel zu schnell gegangen. Die Männer waren uns zwar aufgefallen, aber wir konnten niemals darauf kommen, was sie im Schilde führten. Nach dem Überfall haben wir uns an die Verfolgung gemacht, aber sie waren nicht zu fassen.«

Manuelas Pupillen verengten sich, bis sie nur noch wie zwei winzige schwarze Löcher aussahen.
»Ihr habt zugelassen«, sagte sie, »daß die Klosterbibliothek in Brand gesteckt wurde. Anschließend, in Cáceres, wart Ihr unfähig, die Verhaftung des Rabbiners zu verhindern. Schließlich wart Ihr nicht nur außerstande, einem Überfall zuvorzukommen, der um ein Haar die Katastrophe bedeutet hätte, sondern auch noch unfähig, der Täter habhaft zu werden.«
Der Mann mit dem Vogelkopf preßte die Kiefer zusammen, hin- und hergerissen zwischen dem unbändigen Wunsch, eine schneidende Antwort zu erteilen, und Furcht. Letzteres Gefühl behielt die Oberhand.
»Ihr habt recht, Doña Vivero«, sagte er unterwürfig. »Ich garantiere Euch, daß derartige Irrtümer nicht mehr vorkommen werden. Ich verspreche es Euch.«
»Ich hoffe, Ihr haltet Euer Versprechen. Einstweilen werdet Ihr folgende Information weitergeben. Nach allem, was ich in Erfahrung bringen konnte, sind diese Männer auf der Suche nach einem Buch.«
Mendoza machte große Augen.
»Doch«, sagte Manuela, »sie suchen ein Buch. Man kann daraus schließen, daß dessen Inhalt von unschätzbarem Wert sein muß. Informiert baldmöglichst den Großinquisitor!«
»Ein Buch«, wiederholte der Mann mit dem Vogelkopf. Die Enthüllung ging über sein Fassungsvermögen. »Und glaubt Ihr, es wird Euch gelingen zu entdecken, wovon es handelt?«
Sie öffnete die Lippen, um zu erwidern, aber die Antwort blieb ihr in der Kehle stecken. Sie sah Ezra und Vargas kommen.
Sofort nahm sie eine Höflichkeitspose ein und sagte laut: »Es tut mir leid, Señor. Ich kenne die Plaza San Vincente nicht.«
Mendoza war verblüfft, dann sah er sie den Näherkommenden zuwinken und begriff. Er dankte und entfernte sich.
»Was tut Ihr hier?« verwunderte sich Vargas. »Warum habt Ihr nicht auf mich gewartet?«

»Ich war am Ersticken in diesem Saal. Ich mußte unbedingt nach draußen.«
Sie hatte so ungezwungen wie möglich geantwortet, dennoch verriet ihre Stimme eine gewisse Anspannung. Der Mönch blickte dem Vogelköpfigen nach, der mit großen Schritten enteilte.
»Was wollte diese Person?« fragte er.
»Eine Auskunft. Er suchte die Plaza San Vincente.«
Vargas nickte flüchtig. Es war klar, daß sein schlummerndes Mißtrauen nun wiedererwacht war. Glücklicherweise befanden sie sich an der Schwelle des dritten ›Palastes‹, desjenigen, zu dem sie die Lösung besaß. Plötzlich schoß ihr ein banger Gedanke durch den Kopf: Und wenn Baruel sich anders entschlossen hatte? Wenn er zuerst Burgos gewählt und dann doch noch den ›Palast‹ abgeändert hatte? Wenn der Entwurf, den Torquemadas Agenten beschlagnahmt hatten, nur eine erste Skizze gewesen war und nicht jener Fassung entsprach, die Vargas und seine Gefährten erhalten hatten?
Sie stand mit dem Rücken zur Wand.

Kapitel 23

Nichts ist so gefährlich wie ein ahnungsloser Freund; besser wäre ein kluger Feind.

La Fontaine

Über dem verlassenen Kreuzgang der Santa-Bárbara-Kapelle läutete die Glocke melancholisch zum »Angelus«.

Die drei Männer hatten sich neben Manuela auf dem Rasen niedergelassen. Ezra ergriff als erster das Wort.

»Also, Señora, ich glaube, nun schlägt die Stunde der Wahrheit. Wir haben uns mit dem dritten ›Hauptpalast‹ auseinanderzusetzen, zu dem Ihr nach eigener Behauptung den Schlüssel besitzt. Was habt Ihr uns zu sagen?«

Der jungen Frau schlug das Herz bis zum Halse. Zum erstenmal seit Beginn dieses Abenteuers spürte sie Angst.

Höflich schlug Ezra vor: »Möchtet Ihr, daß ich zur allgemeinen Erinnerung den Text noch einmal vorlese?«

Sie bejahte. Immerhin bedeutete das eine halbe Minute Aufschub. Betont ruhig und deutlich las der Rabbiner vor:

DRITTER HAUPTPALAST: VERHERRLICHT WIRD J. H. W. H. VON SEINER STÄTTE AUS: DER NAME IST IN 4. DA ÖFFNETE ER DEN MUND UND SPRACH: DIE STUNDE WIRD KOMMEN, DA WIRD MAN DEN DRACHEN, DEN TEUFEL ODER SATAN WIE MAN IHN NENNT, DEN VERFÜHRER DER GESAMTEN WELT, HINABSTÜRZEN. MAN WIRD IHN HINABSTÜRZEN ZUR ERDE, UND SEINE ENGEL WERDEN MIT IHM HINABGESTÜRZT WERDEN. DIESEN KAINITER! SEIN NAME IST ZUGLEICH VIELFACH UND EINS: DER NAME DER KONKUBINE DES PROPHETEN. DER NAME DER FRAU, VON DER DER GESANDTE SAGTE: »ES WIRD KEIN SOHN ADAMS GEBOREN, OHNE DASS EIN DÄMON ihn im Augenblick seiner Geburt berührt: Es gab an Ausnahmen nur sie und ihren Sohn.« Und schließlich der Name der Mißgeburt, des Bußgewandwebers. Das Ganze ist leider kaum mehr wert als den Preis eines Sklaven: Denn es erinnert an den, der mit dem Kopf voran hätte hinabstürzen sollen, in der Mitte zerplatzend, die Gedärme hervorquellend. Am Ufer zwischen den beiden Dornen des Sa'dan – dem der Dschanna und dem der Hölle – habe ich die 3 gerettet. Sie ist am Fuss der Ambratränen, oberhalb des Herrn, seiner Gattin und ihres Sohnes.

Manuela faßte sich ein Herz und sagte: »Burgos.«

»War das der Name ganz unten auf der Seite, den Ihr unlesbar gemacht habt?«

»Genauso war es.«

Ezra sah so skeptisch drein, daß die junge Frau voll innerer Panik ausrief: »Was ist los? Ihr glaubt mir nicht? Dabei kann ich Euch versichern, daß ...«

»Beruhigt Euch, Señora! Es geht gar nicht darum, ob ich Euch glaube oder nicht. Nur, daß wir unsere nächste Etappe kennen, bringt noch nicht die Lösung.« Er wandte sich an die beiden Gefährten: »Ich nehme an, Ihr ahnt, warum.«

»Natürlich«, antwortete Vargas. »Die Stadt mag nämlich Burgos sein, aber deswegen wissen wir noch lange nicht, wo das vierte Dreieck verborgen liegt.« Er fragte Manuela: »Ihr habt nicht zufällig noch weitere Informationen, die uns helfen könnten?«

»Leider nein. Ich habe Euch alles anvertraut, was ich weiß.«

»Also bleibt uns gar nichts anderes übrig, als den Palast zu entschlüsseln.« Das war der Moment für Sarrag. »Nicht, daß ich Doña Vivero Kummer bereiten möchte, aber ich glaube nicht, daß es sich um Burgos handelt.«

Manuela erbleichte. Ihr war, als stehe sie am Rande eines Abgrunds. »Wie kommt Ihr zu einer so selbstsicheren Behauptung?«

»Das werde ich Euch sagen. Wie Ihr selbst feststellen könnt, ist diesmal die Art des Hinweises ganz anders. Bisher wurden wir von Baruel zu Baudenkmälern oder besonderen Landschaftsmerkmalen geführt, jetzt stellt er eine Gestalt in den Vordergrund. Eine zumindest unheilvolle Gestalt, da er sie als Drachen, als Teufel, als den Satan oder auch als Kainiter bezeichnet. Und dann fügt er noch an: Sie sei kaum mehr wert als den Preis eines Sklaven. Ein paar Zeilen weiter will Baruel uns die Identität dieser Gestalt durchschaubar machen. Dazu lieferte er uns mehrere Angaben und sagte schon weiter oben warnend, der Name sei vielfach und eins.« Er legte eine Pause ein. »Sieht einer von Euch bereits, woraus der Name gebildet sein könnte? Ihr vielleicht, Señora?«

Sie schüttelte den Kopf.

Vargas schlug vor: »Auf den ersten Blick ist es ein zusammengesetzter Name. Bestandteil eins ist der Name der Konkubine des Propheten, Element zwei der einer Frau, von der der Gesandte sagte: Es wird kein Sohn Adams geboren, ohne dass ein Dämon ihn im Augenblick seiner Geburt berührt: Es gab an Ausnahmen nur sie und ihren Sohn. Ganz zu schweigen von der Erwähnung der Missgeburt.«

»Das stimmt genau. Ich möchte Euch nur nebenbei daran erinnern, daß Gesandter oder ›Gesandter Allahs‹ der Beiname ist, den Mohammed sich selbst gegeben hat. Mohammed legte sehr viel Wert auf die Gesellschaft des weiblichen Geschlechts, und seine Konkubinen waren durchaus zahlreich. Deswegen habe ich gar nicht erst versucht, sie durchzumustern. Ich hielt es für sinnvoller, über die anschließende Stelle nachzudenken, wo auf die andere Frau angespielt wird, ich zitiere: Es gab an Ausnahmen nur sie und ihren Sohn.«

Mechanisch zog er sich das Schultertuch zurecht, um weiter auszuholen.

»Beim ersten Lesen habe ich noch gemeint, wir hätten es mit einer Sure zu tun, aber mein Irrtum währte nicht lange. Es handelt sich nicht um einen Koranvers, sondern um Worte, die von einem der Schüler des Propheten in den ›Hadiths‹ überliefert

worden sind. Damit wird klar, daß die FRAU keine andere ist als Maria.«
»Maria? Die Mutter Christi?«
»So ist es.«
»Was bedeuten würde, daß auch die Konkubine des Propheten Maria hieß.«
»Ja. Ich habe es gerade dargelegt. Mohammed – sein Andenken sei gepriesen! – besaß viele Gefährtinnen. An seiner Seite gab es beispielsweise eine Jüdin namens Safiyya Huyay und eine Koptin, von deren Schönheit er hingerissen war. Und letztere interessiert uns. Sie hieß in der Tat Maria. So bestätigt das erste Indiz das zweite.«
Der Rabbiner sagte skeptisch: »Bis jetzt stimmen die Dinge einigermaßen zusammen. Aber dann?«
»Schaut Euch an, was im Text folgt! AM UFER ZWISCHEN DEN BEIDEN DORNEN DES SA'DAN – DEM DER DSCHANNA UND DEM DER HÖLLE – HABE ICH DIE 3 GERETTET.«
»Und was sind die DSCHANNA und der SA'DAN?«
»Die *dschanna* ist ein Wort, das im Koran oft im Plural verwendet wird und ›Garten‹ bedeutet. Auf das zukünftige Leben angewendet, hat es die Bedeutung ›Paradies‹. Das *sa'dan* ist ein Gewächs mit starken Dornen, das man auf der Arabischen Halbinsel findet und das von den Kamelen gern gefressen wird. ›An der Brücke werden Haken sein wie Dornen am Sa'dan.‹ Ich mache darauf aufmerksam, daß das Wort ›Brücke‹ an dieser Stelle noch einmal vorkommt und daß damit die sogenannte Brücke von Sirât mitgemeint ist, die – ich zitiere wieder die ›Hadiths‹ – ›über die Hölle hinweg den Zugang zum Paradies eröffnet‹. Folglich müssen wir uns insbesondere diesen Hinweis merken.«
»Wenn ich richtig verstanden habe«, sagte Ezra, »dann habt Ihr einen Vornamen, nämlich Maria, und eine Brücke als Teilergebnis fixiert.«
»Irrtum. Nicht eine, sondern zwei Brücken!«
Er deutete auf die Stelle. »ZWISCHEN DEN BEIDEN ... HABE ICH DIE

3 GERETTET. Zwischen zwei was – wenn nicht zwischen zwei Brücken? Nachdem ich den Gelehrten, der mir schon bei Pythagoras behilflich war, befragt und diverse Landkarten studiert habe, kann ich sagen, daß nur ein einziges Kloster auf unserer ganzen Halbinsel existiert, welches den Namen Marias trägt: das Kloster Santa Maria de Huerta. Es liegt in der Provinz Sória, einige Meilen von Medina Celi entfernt.«

»Ihr geht viel zu schnell vor!« sagte Ezra vorwurfsvoll. »Daß Ihr Eure Hypothese allein auf den Vornamen Maria gründen wollt, erscheint mir zumindest gewagt.«

Manuela, deren Nerven längst bloßlagen, hätte ihre Dankbarkeit für Ezra am liebsten herausgeschrien. Dieser ›Palast‹ mußte auf Burgos hinauslaufen, er *mußte!*

Der Araber zog die Brauen zusammen. »Seid nicht überkritisch und laßt mich wenigstens meine Argumente zu Ende führen! Baruels Text läßt auf zwei Brücken schließen. Nun, an dieser Stelle überwölben zwei Brücken den Duero. Wißt Ihr, wie die beiden im Volksmund heißen? *Infierno* und *paraíso*, Inferno und Paradies: HÖLLE und DSCHANNA.«

Vargas überlegte kurz, bevor er seine Entgegnung formulierte. »Ihr habt da eindrucksvolle Arbeit geleistet. Aber muß ich Euch wirklich sagen, daß sie unvollständig ist?«

Manuela atmete erleichtert auf.

Mißmutig gab der Araber zu: »Ich weiß. Die MISSGEBURT, der BUSSGEWANDWEBER. Wer ist das? DAS GANZE IST LEIDER KAUM MEHR WERT ALS DEN PREIS EINES SKLAVEN. Warum? Und wer ist schließlich dieser HERR, wer seine GATTIN, sein SOHN?«

Ezra seufzte mit verkrampften Zügen, ein Zeichen dafür, daß seine Gelenkschmerzen ihn heftig quälten.

Einen Moment wurde schattenhaft eine Katze zwischen den Säulen sichtbar. Anmutig durchquerte sie die Galerie und war ebenso plötzlich wieder verschwunden. Die Stimme eines Wasserträgers ertönte unter dem dämmernden Himmel. Über dem Kreuzgang schien die Zeit stillzustehen.

»Die MISSGEBURT ...« murmelte Vargas gedankenvoll. »Baruel

sagt, der Name der Gestalt sei VIELFACH UND EINS. Ihr habt einen der Bestandteile herausbekommen: Maria. Es ist aber klar, daß sich der andere hinter der MISSGEBURT versteckt. Wir wissen, daß Ziegenhaar den gewebten Stoff liefert, um den es geht. Aber was kann nur die MISSGEBURT bedeuten?«
Plötzlich hörte man, wie Ezra mit monotoner Stimme vor sich hin sagte: »*Abortare* ... totgeborenes Kind. *Abortivus*, vom Supinum von *abortare*, unfertiges Wesen oder Pflanze ... Im weiteren Sinne kümmerlich, schmächtig, schwächlich .... Zwergenhaft ... *nanus*, *nanos* ...«
»Ich bitte Euch, Rabbi, Ihr werdet doch nicht sämtliche lateinischen und sonstigen Synonyme zum Wort MISSGEBURT aufzählen wollen!« protestierte der Mönch.
Sarrag erhob sich mißlaunig. »Ich muß mir die Beine vertreten.«
»Ich glaube, wir stecken fest«, erklärte Manuela und blickte dem Araber nach.
Sie erhielt keine Antwort. Vargas schien in Nachdenken versunken, Ezra lag auf dem Rücken ausgestreckt und krampfte über der Brust die Hände zusammen.
Die Stimmen, die gerade noch das »Angelus« gesungen hatten, waren verstummt, ohne daß es einem der drei ins Bewußtsein gedrungen wäre. Wieder erfüllte unendliche Wehmut die Abendluft. Und genau da ertönte ein dumpfer Schrei, mehr ein Keuchen als ein Klagelaut. Manuela spürte, wie ihr das Blut in den Adern gefror. Vargas und Ezra hatten sich in derselben Sekunde aufgerichtet.
»Was ... ist los?« stammelte der Rabbiner.
»Sarrag!« Rafael war schon in die Richtung losgestürzt, aus der der Schrei gekommen war.
»Gebt acht!« Manuela war wie festgenagelt, sie sah nur, daß der Mönch zur Westgalerie rannte. »Gebt acht!« rief sie erneut. Diesmal klang ihre Warnung wie eine Wehklage.
Zwischen den Säulen waren Gestalten aufgetaucht. Zuerst Sarrag, offensichtlich in bedrängter Lage. Dann ein Mönch in Kutte und Kapuze, der mit eingezogenem Kopf auf ihn losging, ein

Kurzschwert in der Hand. Schließlich eine dritte Gestalt, die sehr rasch heranlief, um Vargas den Weg abzuschneiden.
»Einen Schritt weiter, und du bist tot!«
Der Franziskaner erkannte sofort den Neger, der ihn in dem Wäldchen nahe Salamanca überfallen hatte. Auch in seiner Hand blitzte eine Waffe auf.
»Ihr seid wahnsinnig! Warum tut Ihr das?« rief Vargas.
»Das ist nicht deine Sache, Christ!« In noch barscherem Ton fügte er hinzu: »Einen Schritt weiter, und du bist tot!«
Manuela hatte ihren Schrecken überwunden und war dem Franziskaner nachgeeilt. Ihre weibliche Zurückhaltung verflog, sie klammerte sich verzweifelt an seinen Arm.
»Vargas!« flehte sie. »Tut, was er sagt!«
»Die Frau hat recht!« bellte der Neger. »Misch dich hier nicht ein!« Um seine Entschlossenheit zu bekräftigen, tat er einen Schritt nach vorn und hob drohend den Dolch in Augenhöhe.
Das Drama im Hintergrund spitzte sich zu. Der vermeintliche Mönch hatte zum tödlichen Hieb ausgeholt. Ein Aufblitzen, und das Kurzschwert sauste auf Sarrags Brust herunter. Doch der zeigte für einen Mann von seiner Körperfülle und seinem Alter ungeahnte Reaktionsschnelligkeit, sprang zurück und entging dem Hieb um Haaresbreite. Im selben Moment hatte er aus seiner Dschellaba eine Klinge von bläulichem Stahl hervorgezogen – einen der gefürchteten arabischen Krummdolche mit geflügeltem Knauf.
»Komm nur her, Soliman!« rief er. »Räudiger Hund! Komm nur näher! Ich habe schon auf dich gewartet ...«
Weder Manuela noch Vargas sahen überrascht aus. Von der ersten Sekunde an war ihnen klar gewesen, um wen es sich bei dem jungen Mann handelte: den Mörder aus dem Schatten, der an allen ihren Übeln schuld war.
Soliman Abu Taleb erstarrte, wahrscheinlich beeindruckte ihn die Waffe des Scheichs, von der er wußte, daß sie einen Harnisch wie Papier durchbohren konnte. Wuterfüllt riß er sich die Kapuze,

die sein Gesicht halb verdeckte, herunter und schleuderte sie zu Boden.
»Du wirst bezahlen!« rief er. »Und zwar hier im Zweikampf. Im Unterschied zu den Bannu Sarrag sind die Segries keine Feiglinge!«
»Ich begreife nichts von deinem Gewäsch. Aber ...«
Der Satz blieb unvollendet. Der junge Mann hatte angefangen, Sarrag wie ein Raubtier zu umschleichen. Sein ganzer Körper verriet Haß und Bereitschaft zum Töten.
Beide Gegner bewegten sich nun im Kreis, man sah nur noch eine rasche Abfolge von keuchend vollführten Finten und Paraden, von Ausfallschritten, die den tödlichen Stoß ermöglichen sollten. Ein Vorzucken, ein blitzschnelles Ineinander der Körper, schon waren sie wieder auf Distanz.
Soliman zielte zuerst, seine Klinge traf in sausendem Halbkreis Sarrags Stirn. Sofort floß das Blut in Strömen über die Lider herunter und nahm dem Scheich die Sicht. So unerwartet kraftvoll er sich Sekunden zuvor noch gezeigt hatte, so deutlich war nun auch, daß diese Kraft rapide schwand.
Der längst ebenfalls herbeigeeilte Ezra preßte angstvoll die Worte hervor: »Ein ungleicher Kampf ... Der Frühling gegen das sinkende Jahr.«
Gab ihm Sarrags Gegner recht? Er drehte sich zunächst ab, zielte dann jedoch mit dem Fuß auf Sarrags Oberkörper und traf ihn mit voller Wucht. Der Scheich wankte, der Krummdolch entfiel ihm. Aus den Augen des jungen Mannes sprach jubelnde Mordlust.
»Jetzt wirst du mir verrecken!« fauchte er, während er mit der Ferse den Dolch ins Gebüsch schleuderte.
Da zögerte Vargas nicht länger. Er warf sich auf den Neger, der ihm nach wie vor den Weg versperrte. Der Mann reagierte zu spät, Vargas umgriff sein Handgelenk und verdrehte es mit aller Kraft. Aber die Waffe fiel nicht, der Neger hielt stand. Der Mönch verstärkte noch einmal den Druck und stieß gleichzeitig dem Mann das rechte Knie in Leiste und Magen, noch einmal,

immer wieder. In äußerster Wut heulte der Neger auf. Aber er gab nicht nach. Vargas wechselte die Taktik. Einen Augenblick hielt er völlig inne, dann riß er heftig am Vorderarm seines Gegners, als wollte er sich dessen Dolch in den Bauch rammen. Die Spitze bohrte sich in die Kutte, da wirbelte der Mönch herum, bog den Dolch um, drückte das Handgelenk des Negers schräg nach oben: Fast sofort spürte er, wie der Körper des Mannes wankte, wie er ihn zuerst nach hinten, dann mit sich zum Boden nieder ziehen konnte.

Manuela ließ einen erstickten Schrei hören.

Vargas kam wieder hoch. Der Neger blieb keuchend am Boden liegen. An seiner linken Seite zeigte sich ein roter, kreisrunder Fleck, der schnell größer wurde. Vollkommen starr sah Vargas zu, wie der Tod, den er selbst geschickt hatte, die Herrschaft antrat. Hätte ihn nicht ein Schrei aus seiner Lähmung gerissen, er wäre bei dem Sterbenden niedergekniet.

Hinten im Schatten der Säulen hatte sich wie durch ein Wunder das Glück gewendet. Dem Scheich war es gelungen, seinem Diener das Kurzschwert zu entreißen. Jetzt war er es, der ihn in seiner Gewalt hatte. Er hielt Solimans Hals von hinten umklammert, hatte ihm die Klinge an die Kehle gedrückt und setzte zum Durchschneiden der Schlagader an.

»Nein«, schrie Vargas, »tut das nicht!« Er stürzte auf die beiden los, umschlang in wütender Verzweiflung den Scheich und riß ihn von seinem Gegner weg.

»Laßt mich los!« beschwor ihn Sarrag. »Dieser Ungläubige wird uns entwischen!«

Der junge Diener jedoch machte nicht den Eindruck, als wolle er die Gelegenheit nutzen. Sein Blick war auf einmal dunkel verschleiert. Die ungeheure Wut schien verflogen zu sein und einer unermeßlichen Traurigkeit Platz gemacht zu haben. Er wirkte wie ein Kind, das nicht mehr aus noch ein weiß.

»Beruhige dich! Ich werde nicht fliehen. Ich bin ein Segries. Ich ziehe den Tod der Schande vor. Natürlich kann ein Bannu Sarrag diese Sprache nicht verstehen.«

»Nichtswürdiger! Ein Bannu Sarrag besitzt genausoviel Ehrgefühl wie irgend jemand sonst auf der Welt!«
Ein bitteres Lächeln umspielte die Lippen des jungen Mannes. »Ausgerechnet du redest so? Während die Deinen doch nicht gezögert haben, wehrlose Unschuldige abzuschlachten ...«
Sarrag legte die Stirn in Falten. Auf alle möglichen Antworten war er gefaßt gewesen, nur nicht auf diese. »Wovon redest du? Von welchen Unschuldigen?«
»Kommt zur Feigheit nun noch Verstellung und Betrug?«
»Schluß mit den Beschimpfungen! Sage, was du auf dem Herzen hast, oder schweige für immer!«
Vargas beschloß einzugreifen. »Hör mir zu! Durch deine Schuld habe ich einen Menschen getötet. Es steht dir frei, dem Scheich eine Antwort zu verweigern, aber ich, hörst du, ich verlange eine Erklärung!«
Nach kurzem Zögern raffte Soliman Abu Taleb sich hoch und erklärte mit gelassener Arroganz: »Ich bin ein Segries ...«
Zum drittenmal sagte er das. Der Franziskaner strengte sein Gedächtnis an. Seit Jahren machten die in Spanien alteingesessenen Segries und die aus Nordafrika gekommenen Bannu Sarrag einander die Macht über Granada streitig. Parallel dazu fand man in den jeweiligen Clans Söhne, die ihren Vater vom Thron stürzten, Brüder, die den Bruder ermordeten, Haremsrivalitäten und ganz allgemein das Prinzip, daß jeder für sich agierte und Krieg auf eigene Faust führte. Erst kürzlich haben diese Bruderzwiste den Sultan Boabdil auf den Thron von Granada gebracht.
»Es war vor neun Jahren«, fuhr Soliman fort, »wir lebten damals auf einem Bauernhof unweit von Fez. Eines Morgens, als ich mich auf dem Felde befand, überfielen urplötzlich Männer aus dem Stamm der Bannu Sarrag unser Anwesen. Sie verwüsteten alles. Mein Vater und mein Bruder versuchten Widerstand zu leisten, vergeblich, man schnitt ihnen die Kehle durch. Meine Schwester und meine Mutter wurden vergewaltigt, der Hof angezündet. Der aufsteigende Rauch alarmierte mich, ich eilte heim, aber zu spät. Was hätte ich auch mit bloßen Händen gegen die-

se Barbaren ausrichten können? Die für das Massaker verantwortlichen Anführer waren schon wieder weg, es blieben nur ein paar Männer, die den Auftrag hatten, unser Vieh wegzutreiben. Kaum hatten sie mich erblickt, stürzten sie sich auf mich, entschlossen, mir das Schicksal meines Vaters und meines Bruders zuteil werden zu lassen. Doch im letzten Moment besannen sie sich anders und nahmen mich mit nach Fez. Zuerst begriff ich nicht, warum sie mich am Leben gelassen hatten, dann unterwegs, als ich sie palavern hörte, wurde mir die Sache klar: Ich war damals erst achtzehn Jahre alt, war gesund und hatte noch alle Zähne. Auf dem Sklavenmarkt war ich Gold wert. Von Fez verschleppte man mich nach Ceuta, von Ceuta nach Cádiz und schließlich nach Granada. Dort wurde ich dann an einen Kadi verkauft ...«

»Er hieß Ibrahim el Sabi. Er war mein Freund.«

Der Diener überging die Worte des Scheichs und fuhr fort: »Ich muß zugeben, er war ein guter Herr und hatte Achtung vor der Würde eines Menschen. Er brachte mir Lesen und Schreiben bei. Ich blieb etwa zwei Jahre in seinem Dienst, bis zu dem Tag, an dem er – wahrscheinlich ahnte er das nahe Ende von Al Andalus voraus – beschloß, in den Maghreb zurückzukehren.«

»Und eine Woche vor seinem Abschied hat er dich mir geschenkt.«

Der junge Mann betonte erneut seine geringschätzige Haltung, bemerkte aber immerhin: »Er wußte nicht, daß er mich einem Mörder übergab.«

Der Scheich protestierte: »Weil bestimmte Bannu Sarrag sich wie Ungläubige benommen haben, haben noch lange nicht alle Blut an den Händen. Im übrigen wußtest du ganz genau, daß ich aus diesem Stamm herkam. Und du hast dir dieses Wissen fünf volle Jahre lang nicht anmerken lassen.«

»Ich wußte in der Tat, wem el Sabi mich abzutreten beschlossen hatte. Aber ich hatte kaum eine Wahl. Ihr werdet außerdem erstaunt sein, aber trotz der Narbe an meinem Herzen dachte auch ich, daß nicht alle Bannu Sarrag für das Verbrechen ihrer

Brüder verantwortlich gemacht werden können. Zum Beweis frage ich, ob ich jemals irgend etwas gegen Euch oder Eure Angehörigen unternommen habe? Habe ich je versucht, Euch zu schaden?«

Aus der Fassung gebracht, schüttelte der Scheich den Kopf. »Aber dann …«

»Erinnert Ihr Euch an den Tag, an dem der Jude Euch aufgesucht hat?«

»Natürlich.«

Ezra verdoppelte plötzlich seine Aufmerksamkeit.

»Der Tag zuvor war ein Freitag. Ich befand mich gerade in der Moschee, wo ich die Waschungen vornahm, bevor ich das Gebet verrichten würde. Ein Mann fortgeschrittenen Alters neben mir tat das gleiche. Ich bemerkte, daß er mich unablässig anstarrte. Schließlich stellte er sich vor. Es war ein Hirte meines Vaters, der dem Massaker entkommen war. Er hatte das Bedürfnis, mir von meiner Familie und den glücklichen Zeiten zu erzählen, berichtete mir aber auch ausführlich von jenem schrecklichen Tag. Zu Tränen bewegt, hörte ich ihm zu. Er offenbarte mir einen Namen – den des Anführers des Reitertrupps.«

Er verstummte. Seine Faust ballte sich.

»Ahmed Ibn Sarrag«, sagte er dann.

Der Scheich wurde blaß. »Ahmed? Aber das ist mein Bruder …« stammelte er hilflos. »Mein Bruder …«

»Ihr sagt es.«

»Das ist nicht möglich …«

Der junge Mann maß seinen ehemaligen Herrn mit Blicken. »Ob Ihr Bescheid gewußt habt oder nicht, das spielt für mich keine Rolle!«

Vargas beschloß, das Wort zu ergreifen. »Ich verstehe deinen Schmerz, aber im Namen des Herrn da droben, überlege doch einen Augenblick! Sagtest du nicht selbst gerade: ›Auch ich dachte, daß nicht alle Bannu Sarrag für das Verbrechen ihrer Brüder verantwortlich gemacht werden können‹?«

»Christ, ich weiß, daß in Eurer Bibel geschrieben steht: ›Wenn

man dich auf die rechte Wange schlägt, so halte die linke Wange hin.‹ Nein. Die Segries waren niemals feige! Daß ich für diesen Mann hier Arbeit tat, war bereits ein Zeichen von Seelengröße. Aber an dem Tag, als ich von seinen Blutsbanden zum Mörder meiner Eltern erfuhr, da …« Er deutete mit dem Finger auf Sarrag. »Bruder für Bruder!«
Der Scheich änderte plötzlich seine Haltung und hob herausfordernd die Stirn. »Warum hast du dann gewartet? Du hättest mich in Granada töten können. Noch am selben Abend.«
»Das stimmt. Aber dein Tod hätte mir nicht genügt. Was ich wollte, war der Untergang deiner ganzen Familie.«
»Und darum hast du die Schriftstücke entwendet?«
Soliman nickte.
»Augenblick!« mischte sich Ezra ein. »Ich begreife nicht, inwiefern der Diebstahl der Dokumente zum Untergang der Familie des Scheichs hätte führen sollen?«
»Dabei müßt Ihr die Antwort besser kennen als alle anderen.«
»Aha, die Inquisition. Du hast dir gedacht, wenn du uns anzeigst, dann führt das Heilige Offizium jenes Verbrechen, das du plantest, viel wirksamer aus … Und an wen hast du dich gewandt? Hat man dich überhaupt empfangen?«
Manuela, die sich bis dahin mit Zuhören begnügt hatte, spürte, wie es ihr kalt den Rücken herunterlief.
»Ja«, antwortete Soliman. »Beim erstenmal wurde ich zwar abgewimmelt. Man hat mich nicht ernst genommen. Aber beim zweitenmal sind dann die Familiares selbst zu mir gekommen.«
»In welcher Absicht?«
»Sie wollten, daß ich ihnen eine genaue Beschreibung von Euch gebe. Aus mir unbekannten Gründen waren sie zu einer anderen Meinung gekommen und hatten beschlossen, Euch verhaften zu lassen. Dessen wollte ich allerdings ganz sicher sein. Also bin ich Euch gefolgt. Ich brauchte nicht lange, um herauszufinden, daß die Leute der Inquisition mich belogen hatten. Ihr wart immer noch auf freiem Fuß.«
»Und im Kloster La Rábida haben deine Komplizen und du dann

beschlossen zu handeln. Daher der Brand.« Als führe er laut einen Gedanken weiter, fügte der Scheich hinzu: »Sie wollten unsere genaue Beschreibung. Dennoch haben sie uns nicht verhaftet.« Er warf einen Blick in die Runde. »Und wenn sie die ganze Zeit über um uns herum gewesen sind?«
Manuela war sich sicher, daß diese Worte für sie bestimmt waren. Sie schob die Finger in ihr Haar und stellte voller Panik fest, daß sie das Zittern der Hand nicht unter Kontrolle brachte.
Lange rosa- und lilafarbene Streifen begannen den Himmel zu tönen, die Abenddämmerung kündigte sich an.
Samuel Ezra murmelte müde: »Bald wird es dunkel sein. Was wollen wir beschließen? Sollen wir diesen Mann der Santa Hermandad übergeben?«
»Kommt nicht in Frage!« Sarrags Antwort war prompt und fest. Er trat auf den Diener zu. »Geh, Soliman vom Stamm der Segries! Geh weit weg von hier! Möge der Allerhöchste dich geleiten und möge er deine Wunden verbinden!«
Er tat noch einen Schritt vorwärts, und dann, in einer Bewegung, die keiner erwartet hatte, beugte er ein Knie, ergriff die Hand des jungen Mannes und führte sie an seine Lippen. »Ich fordere Barmherzigkeit für meinen Bruder.«
Der Diener antwortete nicht. Sein Kinn blieb hochgereckt, aber Tränen und Vergebung schienen in seinen Augen auf.

Kapitel 24

Liebkosung und Mord zögern in ihren Händen.
Paul Valéry: Fragments du Narcisse

Als Manuela die Kapelle Santa Bárbara betrat, sah sie zunächst nur die drei Studenten, die zu Füßen der Statue des heiligen Jakobus beteten. Erst nachdem ihre Augen sich an das Halbdunkel gewöhnt hatten, entdeckte sie den knienden Rafael Vargas. Das Gesicht in die Hände vergraben, die Schultern eingefallen – in seiner ganzen Haltung drückte der Mönch stille Verzweiflung aus. Sie versagte es sich, seine Andacht zu stören, kniete ihrerseits nieder und wartete.

Seit dem Tage, an dem sie ihn zur Kommission in Sachen Cristóbal Colón begleitet hatte, spürte sie immer mehr das Gefühl hilfloser Ohnmacht, als sei Rafael Vargas nicht mehr der, der er gewesen war.

Was geschah nur mit ihr? Konnte es sein, daß über Nacht ihr bis dahin so regelmäßiger Herzschlag sich verwandelt hatte in ein unruhiges Pochen. Was war denn Außerordentliches geschehen, daß binnen Stunden die Welt sich so sehr verändert hatte, daß sie nichts mehr wiedererkannte von dem, was ihr gestern noch unverrückbar erschienen war. Ganz neue Wertvorstellungen hatten heimlich Wurzeln geschlagen in den verborgenen Falten ihres Gehirns, genau dort, wo sie sich für unverwundbar gehalten hatte, dort, wo der alterworbene Begriffsschatz von Gut und Böse, die in langer Kindheit übernommenen und gefestigten Lebensregeln im Schutz uneinnehmbarer Mauern geruht hatten. Es fiel ihr schwer, die Empfindungen zu benennen, die sich ihrer bemächtigt hatten, und genausowenig begriff sie, wohin sie sich gezogen fühlte.

»Was tut Ihr hier?« Vargas stand plötzlich neben ihr, und seine Züge verrieten die Hoffnungslosigkeit, die sie zu erkennen geglaubt hatte, als er betete.
»Ich ...« Sie brachte kein weiteres Wort hervor, biß sich auf die Lippen und verwünschte sich in Gedanken selbst. Verrückt ... Sie wurde verrückt. »Ich mache mir Sorgen. Gestern abend saht Ihr schrecklich gequält aus.«
Er begnügte sich mit einem nachdenklichen Kopfnicken. »Kommt«, sagte er dann, »gehen wir nach draußen!«
Nachdem sie den Vorplatz überquert hatten, deutete er auf die nächste Steinbank und ließ sich darauf niederfallen.
Sofort war sie wieder besorgt: »Ihr möchtet lieber für Euch sein?«
Er verneinte und forderte sie auf, sich neben ihn zu setzen. »Wo sind Sarrag und Ezra?« fragte er nach einer Weile.
»Als ich sie verlassen habe, hielten sie sich im Garten der Universität auf. Aber wahrscheinlich sind sie nicht mehr dort; sie hatten die Absicht, in die Bibliothek zu gehen.«
»Um herauszufinden, was mit der MISSGEBURT gemeint ist ...«
»Ja.«
Plötzlich erschien gestikulierend und lachend ein Grüppchen von Studenten auf der Rasenfläche. Einen Augenblick lang hallte der Kreuzgang von der Sorglosigkeit der Jugend wider, bevor die Studenten an dem Paar vorbei durch eine Türe verschwanden, die auf die Gasse hinausführte.
»Ich habe einen Menschen umgebracht.«
Der Satz fiel in der wieder eingekehrten Stille wie ein Fallbeil.
»Das war kein Mord. Ihr habt es getan, um einen anderen Menschen aus unmittelbarer Gefahr zu retten.«
»Wie würdet Ihr dann eine Tat bezeichnen, mit der man den Tod seines Nächsten verursacht?«
»Ich meine, daß die Frage falsch gestellt ist. Es ist ein Unterschied, ob man sich verteidigt oder ob man bewußt die Vernichtung des anderen will.«
»Trotzdem habe ich jemandem das Leben genommen.«

»Nun gut. Sehen wir uns die Sache unter anderem Aspekt an! Wäre Sarrag durch Euer Verschulden, ich meine durch Euer Nichteingreifen, zu Tode gekommen, wärt Ihr dann nicht ganz genauso schuldig geworden?«
»Ich weiß nicht mehr, was ich dazu sagen soll!« Er sprach mit einer so leisen Stimme weiter, daß es ihr vorkam, als höre sie ihn nicht, sondern errate seine Gedanken. »Mein Gott ... Herr im Himmel ... Warum? Warum diese Taten, die uns entgleiten? Zu früh, zu spät. Die Scheidewege, an denen man sich verirrt. Herr, warum?«
»Wir sind nur arme, in unserem Fleisch gefangene Sterbliche, Fray Vargas. Wir sind keine kleinen Götter.«
»Das sagt Ihr? Ihr, die Ihr immer den Eindruck macht, als wäret Ihr über alles erhaben?«
Sie warf den Kopf in den Nacken, als würde sie im nächsten Moment in Gelächter ausbrechen. »Ich muß schon sagen, ich wirke anscheinend nach außen sehr sonderbar. Warum aber soll ich letztlich anders sein als die anderen?«
Es sah aus, als habe er die Frage nicht recht begriffen.
»Ja, worin sollte ich anders sein? Die meisten Menschen, mit denen wir in Berührung kommen, tun sich unendlich schwer, überhaupt« – sie suchte nach einem Ausdruck – »in Fleisch und Blut zu existieren, wirklich dazusein. Wir bieten eine Außenseite, aber es ist wirklich nur eine Außenseite, ein Spiegel, hinter dem sich der andere Teil unseres Wesens verbirgt. Nur die großen Weisen, jene, die aus sich selbst heraus existieren, treten ohne Schutzpanzer, ohne Maske auf, machen keine Zugeständnisse und haben keine Furcht, offen zur Schau zu tragen, was sie innerlich sind. Der Rest der Welt ist dazu viel zu ängstlich. Man mißtraut allem und vor allem dem anderen. Man möchte die Arme ausbreiten, und man begnügt sich damit, Almosen zu geben. An einem Tag ertappt man uns in flagranti, wie uns jeglicher Wagemut fehlt, am anderen Tag, wie wir jegliches Maß vermissen lassen und in Tollkühnheit verfallen. Der Weg zu sich selbst ist lang, Fray Vargas. Findet Ihr nicht auch?«

»Was ich meine, ist, daß es Taten gibt, die man nicht rückgängig machen kann. Die Tat, die ich begangen habe, zählt dazu.«
»Ihr seid also größer als Petrus? Was hätte er Eurer Meinung nach tun sollen, als er vor dem Hahnenschrei dreimal den Herrn verleugnet hat? Aus seinem Dienst flüchten? Sich ganz in sich selbst zurückziehen? Bis ans Ende seiner Tage in Sack und Asche gehen?«
»Ihr scheint nicht zu begreifen. Ich habe einen Mann umgebracht!«
»Das geschah ohne Absicht. Es war Notwehr!« Ohne es zu merken, hatte sie die Stimme lauter erhoben als Vargas, und sie sprach mit gleicher Intensität weiter. »Woher nur habt Ihr dieses Bedürfnis, Euch ständig selbst zu geißeln? Euch in Euren Mauern zu verkriechen, unter dem Vorwand, daß Euch das Hindernis unüberwindlich erscheint?«
»Was sagt Ihr da?«
»Die Wahrheit. Tief in Eurem Inneren wißt Ihr sehr wohl, daß Ihr keineswegs kaltblütig einen Mord begangen habt, als Ihr diesen Mann tötetet. Dennoch sitzt Ihr da und wollt Euch unbedingt vom Gegenteil überzeugen.«
Sie hatte sich von ihrem Wunsch hinreißen lassen, ihn um jeden Preis aus seinen morbiden Grübeleien herauszuholen, und plötzlich fiel ihr ein, daß er sie als schroff und hart empfinden mußte.
»Verzeiht mir«, sagte sie, »ich wollte Euch nicht weh tun. Ich ...«
»Nein. Entschuldigt Euch nicht! Es ist etwas Wahres an dem, was Ihr soeben gesagt habt.«
Vom Garten der Universität herüber hörte man die hellen Stimmen der Studenten.
Er sprach weiter: »Was wollt Ihr, wahrscheinlich fehlt es mir eben an Demut, und vielleicht glaube ich nicht mehr an das Glück.«
Manuela reagierte mit einem schwachen Lächeln. »Merkwürdig, daß Ihr das sagt. Ich glaube, ich war fünfzehn oder sechzehn, als ich meinen Vater gefragt habe, worin das Glück bestehe. Wißt Ihr, was

er mir zur Antwort gab? ›Wir müssen unsere Träume im Gedächtnis behalten wie der Seefahrer, der unverwandt zu den Sternen aufblickt. Und außerdem müssen wir in jeder Stunde unseres Lebens alles tun, was in unserer Macht steht, um uns diesen Träumen anzunähern; denn nichts ist schlimmer als Resignation.‹«
»Das ist sehr interessant, aber es fehlt etwas.«
»Wieso?«
»Weil es Augenblicke gibt, da kann Resignation sich als größter Beweis von Liebe erweisen.«
»Wahrscheinlich seid Ihr deswegen in den Orden eingetreten, aus … Resignation?«
Seine Antwort kam schnell, und er blickte sie dabei nicht an. »Da täuscht Ihr Euch. Ich bin aus Liebe zu Christus eingetreten, geleitet von meinem Glauben an Ihn, den Herrn. Inspiriert von Seinem Leben, Seinem Sterben und Seiner Auferstehung.«
Er hatte soviel Aufrichtigkeit wie möglich in seine Stimme gelegt, aber er spürte genau, daß er sie keineswegs überzeugte.
»Schön«, fuhr er fort, »da Ihr zu zweifeln scheint, sagt mir doch, aus welchem anderen Motiv sollte ich beschlossen haben, mich hinter die Mauern eines Klosters zu verbannen?«
Sie sagte zunächst nichts. In Gedanken war sie wieder bei der Szene am Brunnen in Cáceres, als sie ihn hart angegangen und gnadenlos in die Enge getrieben hatte. Sie hatte immer um die Macht der Worte gewußt und wie schnell sie das Herz bloßlegen können, aber bis zum heutigen Tag war ihr dieses Wissen noch nie so eindringlich bestätigt worden.
»Ich glaube Euch«, sagte sie dann sanft. »Ihr müßt mich nicht zu überzeugen suchen.«
»Was … was sagt Ihr?«
Sie wiederholte wörtlich ihre Zusicherung.
Er war verwirrt, sah sie argwöhnisch an und suchte in ihren zustimmenden Worten eine feindselige Absicht zu erspüren. Die heitere Gelassenheit, die von ihr ausging, schien ihn schließlich zu beschwichtigen, denn ganz plötzlich fiel die Anspannung von ihm ab, die ihn die ganze Zeit beherrscht hatte.

Die Sonne war weitergerückt und sandte ihre Pfeile auf den Platz herab, an dem sie saßen. Schweiß schimmerte auf Vargas' Gesicht, sanfte Feuchte trat auf seine Lippen, als leuchte eine rote Frucht im metallischen Mittagslicht.

Manuela verließ die Bank. Die Hitze wurde unerträglich.

»Laßt uns zurück zu unseren Freunden gehen«, sagte sie mit unsicherer Stimme. »Vielleicht haben sie etwas herausgebracht.«

»Es eilt nicht, sie haben sicher nichts gefunden. Ich weiß, wer die MISSGEBURT ist.«

»Ihr wißt es?«

»Vorhin, als ich in Nachdenken versunken war, fiel mein Blick auf die Statue des heiligen Jakobus. Ganz von selbst kam ich auf die Apostel, ihre Hingabe, ihren Auftrag, all die Hindernisse, die sie zu überwinden hatten. Ich habe mich auch gefragt, warum Christus unser Herr Sein Auge auf bestimmte Menschen wirft und auf andere nicht? Warum auf Petrus? Warum auf Johannes? Warum auf uns? Ja, ich sage ganz bewußt *uns*. Denn hat Gottes Finger etwa nicht auf uns gezeigt? Genau da ist mir dann die Metapher von der MISSGEBURT wieder eingefallen.«

Er blieb stehen, blickte einen Moment zum Himmel hinauf.

»Es ist der Beiname, den Paulus von Tarsos sich gegeben hat, als er zu den Korinthern sprach. Man findet das Zitat in der ›Apostelgeschichte‹: ›Danach ist er Jakobus erschienen, und dann allen Aposteln. Und ganz zuletzt ist er auch mir erschienen, der Mißgeburt.‹ Das war seine Art zu erklären, daß er der geringste der Apostel sei. Der kleinste. Mit einem Wort: die MISSGEBURT. Zusätzliche Bestätigung: Bevor er von Christus berufen wurde, war Paulus Zeltmacher. Er webte Stoff aus Ziegenhaar, also dem Stoff, aus dem auch Bußgewänder sind.«

»Bravo!« Manuelas Handflächen simulierten Beifall.

»Es ist noch nicht zu Ende. Nachdem klar war, daß Baruel uns zu den Aposteln hinüberlenkte, habe ich mir gesagt, daß höchstwahrscheinlich der Satz DAS GANZE IST LEIDER KAUM MEHR WERT ALS DEN PREIS EINES SKLAVEN mit einem weiteren Jünger Christi zu tun hat. Ich brauchte dann auch nicht lange zu suchen. Es konnte sich nur um Judas handeln. Aus zwei Gründen. Der erste: Der festgesetzte Preis für das Leben eines Sklaven war 30 Silberlinge oder 120 Denare. Wie sollte ich da nicht einen Zusammenhang sehen mit dem Vers: ›Was wollt ihr mir geben, daß ich ihn euch ausliefere? Diese aber händigten ihm dreißig Silbermünzen aus.‹ Der zweite Grund ist noch zwingender: DENN ES ERINNERT AN DEN, DER MIT DEM KOPF VORAN HÄTTE HINABSTÜRZEN SOLLEN, IN DER MITTE ZERPLATZEND, DIE GEDÄRME HERVORQUELLEND. Dahinter steckt eine zweite Passage aus der Apostelgeschichte, und sie beschreibt ganz einfach den Selbstmord des Judas.«

»Und Eure Schlußfolgerung?«

Vargas' Gesicht drückte Kummer aus. »Ich habe keine zu bieten.«

»Was heißt, das wir immer noch nicht sicher sind, ob Burgos die nächste Stadt sein wird.«

»Warum sollten wir es bezweifeln? Habt Ihr es nicht gesagt?«

Sie sah ihn, leicht aus der Fassung geraten, an. »Ihr glaubt mir?«

Ohne zu zögern, antwortete er: »Ja. Und mir schwant, daß Paulus und Judas diese Überzeugung festigen werden.«

»Euer Wort in Gottes Ohr! Kommt, gehen wir zu unseren Freunden!«

Sie tat einen Schritt in Richtung des Ausgangs der Gartenanlage, als hinter ihr Vargas' Stimme ertönte. »Wartet!«

Sie wandte sich um, stummes Fragen im Blick.

»Ich habe Euch belogen. Ich glaube an Jesus Christus unsern Herrn, an Seine Passion, Seine Auferstehung und an meine Aufgabe, Zeuge dieser Wahrheit zu sein, aber mein Eintritt in den Orden erfolgte nicht ohne Resignation.«

»Paulus und Judas …«, überlegte der Araber laut. »Paulus, Maria und Judas. Ich erkenne an, daß Ihr glänzenden Scharfsinn bewiesen habt, Fray Vargas. Aber wir sind deswegen keinen Schritt weiter.«

»Seid nicht böswillig, Scheich Sarrag!« kritisierte ihn Ezra. »Was er entdeckt hat, ist von erstrangiger Bedeutung. Rümpft also nicht die Nase, sondern laßt uns lieber, von diesen neuen Elementen ausgehend, überlegen! Baruel liefert uns genaue Hinweise zur Persönlichkeit dieser rätselhaften Figur, dieser MISSGEBURT, deren NAME IST ZUGLEICH VIELFACH UND EINS. Dieser Paulus Maria Judas.« An seinen von der Arthritis verformten Fingern begann er abzuzählen: »Erstens vergleicht er ihn mit einem DRACHEN und mit dem TEUFEL. Zweitens bezeichnet er ihn als Sohn des Kain, was indirekt besagen könnte, daß er ihn als einen Mörder betrachtet. Drittens vergleicht er ihn mit Judas, also mit einem Verräter.«

»Ein unheilvolles Individuum«, warf Manuela ein. »Baruel hatte ihn nicht gerade in sein Herz geschlossen, möchte man meinen.«

»Ein Mörder«, sagte Sarrag. »Aber wer wäre dann sein Opfer gewesen? Ein Verräter? Aber wen hätte er verraten?«

Plötzlich faßte sich Ezra an die Stirn.

»Was ist los mit Euch, Rabbi?« fragte Manuela besorgt. Mit wenigen Schritten war sie bei ihm.

Er stammelte: »Salomon ... Salomon ha-Levi.«

»Was sagt er?« fragte Sarrag.

»Der Henker von Burgos.«

»Erklärt Euch näher!« bat Vargas.

»Vor nicht ganz einem Jahrhundert, zu der Zeit, als die Bekehrungen zum Christentum gar nicht mehr zu zählen waren, entschied sich auch ein Rabbiner namens Salomon ha-Levi für die Religion Christi. Der Vorgang an sich wäre nichts Besonderes gewesen, wäre dieser Renegat nicht in der Folge Priester geworden, der aufgrund des Eifers, mit dem er die Verfolgung und das Massakrieren seiner ehemaligen Brüder betrieb, in den Rang eines Bischofs erhoben wurde, und zwar in Burgos, seiner Heimatstadt. Danach gehörte er dem Regentschaftsrat von Kastilien an, und seine Rachsucht gegenüber den Marranen, aber genauso gegenüber den Juden, die dem Glauben der Väter treu blieben, steigerte sich von da an zu unvorstellbarer Grausamkeit. Später folgte ihm sein Sohn in der Bischofswürde nach, und er nahm zusammen mit anderen spanischen Delegierten am großen

Konzil von Basel teil, wo er als Anstifter zu den gehässigsten antijüdischen Dekreten auftrat. Bei seiner Bekehrung zum Christentum hat Salomon ha-Levi eine neue Identität angenommen. Er nannte sich jetzt ...« Er hielt den Atem an, als sei ihm bereits das Aussprechen des Namens unerträglich. »Pablo de Santa Maria.«

»In der Tat«, stimmte Vargas zu, »das könnte unser Mann sein. In seinem Namen, ZUGLEICH VIELFACH UND EINS, finden wir Paulus, auf spanisch Pablo, wieder und Saulus, den BUSSGEWANDWEBER, der sich MISSGEBURT nannte. Dann den Namen von Christi Mutter, bestätigt durch die KONKUBINE DES PROPHETEN: Maria. Die Tatsache, daß er aus Burgos stammte und zum Verräter am jüdischen Glauben wurde, sollte endgültig der Hinweis sein, daß die Señora die Wahrheit gesprochen hat. Burgos ist unser nächstes Ziel.«

Die junge Frau tat einen Freudenruf. »Nun seht Ihr, daß ich recht hatte!«

Sarrag räumte ein: »Dem müssen wir uns zustimmend fügen.« Und zu Ezra gewandt setzte er hinzu: »Indem er diesen Mann zitiert, gibt Baruel letztendlich zu, daß Juden Juden gefoltert haben.«

Der Rabbiner wurde von einem leisen, zynischen Lachen geschüttelt. »Mein Lieber, endlich seht Ihr die Welt, wie sie ist! Eigennutz und Macht sind für den Menschen, was für die Sonnenblume die Sonnenstrahlen sind. Und die Muselmanen, die sich unter dem Himmel von Granada zerfleischen? Und der Verrat des Boabdil, dem man die Bereitschaft nachsagt, kampflos zu kapitulieren?« Mit einem schiefen Lächeln sagte er zu Vargas: »Auch ihr habt mit Judas euren Pablo de Santa Maria gehabt, nicht wahr?«

»Ja. Obwohl ich mich an manchen Tagen gefragt habe, ob es nicht Liebe war, was diesen Jünger in den Abgrund gezogen hat. Damit Christi Voraussagung Wirklichkeit wurde, mußte da nicht einer sein, der die Rolle des Verräters spielte? Ohne Verrat kein Kreuzestod, keine Auferstehung. Nun, was sagt Jesus beim letzten Abendmahl zu Judas? ›Was du zu tun hast, tue es rasch!‹ Diese Aufforderung kann tausendfach verschieden gedeutet werden, da der Herr ja, kaum ist Ischariot gegangen, hinzufügt: ›Nun ist der Menschensohn verherrlicht worden.‹ Stellt Euch vor, es wäre seine unermeßliche Liebe zu Christus gewesen, eine wahnsinnige, maßlose Liebe, die Judas gezwungen hatte, in die Haut des abscheulichen Wesens zu schlüpfen, zu dem er geworden ist, zu der Gestalt, die bis ans Ende der Zeiten verflucht sein wird? Und wenn er tatsächlich nur auf Veranlassung Christi gehandelt hätte, der ihm die Aufgabe zuwies, der erhabenen Sache zu dienen?«

»Verblüffende Theorie«, bemerkte Ezra lächelnd. »Sie würde bedeuten, daß dieser Mann vom Gedanken der Resignation und des Opfers beherrscht gewesen sein muß.«

Der Mönch antwortete nicht. Während seiner gesamten Darlegung hatte er Manuela ins Auge geblickt, und auch jetzt vermochte er sich nicht abzuwenden.

Sarrag erhob sich und erklärte, indem er seine Dschellaba abklopfte: »Burgos. Die Stadt liegt sechs Tage entfernt von hier. Ein langer Ritt, der uns bevorsteht.«

Weder Manuela noch Rafael schienen seine Worte vernommen zu haben.

Kapitel 25

Lieben, das heißt leben von und sterben an einer höllischen Wette auf das, was sich in der Seele des anderen abspielt.

Paul Valéry: Eros, Cahiers

Als sie sich am nächsten Morgen auf den Weg machten, waren die Hitzegrade gewaltig gestiegen. Im Galopp überquerten sie auf dem Puente Romano den Tormes und bogen nach Norden ab. Die Mauern von Salamanca blieben zurück, aber keiner von ihnen war auf den Anblick gefaßt, der sie, nur eine Meile von der Stadt entfernt, erwartete. Sie hatten gerade die Straße nach Valladolid erreicht, da sahen sie zwei Männer, die mit ausgebreiteten Armen auf der Böschung lagen, zwei vielfach durchbohrte, entstellte Körper. Sie hatten keine Mühe, Soliman Abu Taleb und seinen Komplizen zu erkennen. Sarrag stieg als erster ab und eilte zu seinem ehemaligen Diener. Der lag reglos da, die Pupillen vom Grauen geweitet.

»Beim heiligen Namen des Propheten! Wer hat das vollbracht?« rief der Scheich. »Wer? Warum?«

Vargas beugte sich über die Leichen.

»Grauenhaft«, sagte Sarrag. »Man hat den Eindruck, die Mörder haben mit bösartigem Vergnügen diese Unglücklichen zuerst gequält, bevor sie ihnen schließlich den Tod gaben. Schaut euch nur die gebrochenen Handgelenke und die zertrümmerten Schienbeine an! Haltet ihr die Santa Hermandad einer solch blutigen Tat für fähig?«

»Nein«, antwortete Vargas, ohne zu zögern. »Diese Sicherheitstruppe macht nur allzuoft kurzen Prozeß, aber sie foltert nicht.«

»Also wer dann? Und warum?«

»Ich habe absolut keine Ahnung.«
Der Scheich, der sich neben dem jungen Mann niedergekniet hatte, seufzte. »Ich habe ihn am Leben gelassen, aber dort oben stand, daß der Tod ihn einholen würde.«
Manuela war nicht vom Pferd abgestiegen. Weiß wie eine Statue beobachtete sie mit zusammengebissenen Zähnen die Szene. Sie war der gleichen Meinung wie Vargas: die Santa Hermandad hatte mit diesem grausamen Mord nichts zu tun. Das konnte nur der Mann mit dem Vogelkopf gewesen sein. Sie blickte in die Runde, ohne sich Illusionen zu machen. Mendoza und seine Schergen mußten sich längst in Sicherheit gebracht haben. Sie konnte ihn sich lebhaft vorstellen, wie er triumphierend in seinem Versteck kauerte. Wilder Haß stieg plötzlich in ihr hoch. Wehe, wenn Torquemada seinen Agenten dafür nicht zur Rechenschaft zog. Sie selbst, das schwor sie sich, würde ihn töten. Mit eigener Hand.

An den folgenden Tagen ritten sie unter einer Hitzeglocke dahin. Immer öfter waren sie, wollten sie einer Ohnmacht entgehen, zum Halten gezwungen. Aber kaum stiegen sie wieder in den Sattel, versengte ein feiner, glutheißer Hauch ihre Gesichter.
»Der Atem des Teufels«, hatte Sarrag bemerkt und erklärt, daß eines Tages am Anfang aller Zeiten der Höllenfürst sich beim Herrn mit den Worten beklagt hatte: »Herr, tut etwas dagegen, ich zehre mich selbst auf.« Und der Herr erlaubte ihm daraufhin, zweimal einen Atemzug zu tun: den einen im Winter, den anderen im Sommer. Genau zu diesen Zeiten empfinden wir den schlimmsten Frost und die schlimmste Hitze.
Manuela wagte nicht mehr, dem Blick von Rafael Vargas zu begegnen. Am Ende des Tages, wenn es Zeit wurde, einen Lagerplatz zu suchen, wählte sie jedesmal die Flucht. Der Gedanke, in seiner Nähe ruhen zu sollen, versetzte sie unweigerlich in Panik. Wenn er das Wort an sie richtete, beschränkte sie das Gespräch auf ein kurzes, oberflächliches Geplauder. Seit sie Salamanca verlassen hatten, fühlte sie sich in ihrer Rolle als Spitzel von Tag zu

Tag unwohler. Was war nur mit ihr los? Hatten die Gefühle, die sie für Vargas empfand, die Entschlossenheit der ersten Tage ins Wanken gebracht? Höchstwahrscheinlich war dem so.
All die Jahre hindurch hatte sie es abgelehnt, einen Mann in ihrer Nähe zu dulden – gewiß auch aus übertriebener Scham und Zurückhaltung, aber vor allem, weil sie unabhängig sein wollte. Der Gedanke, ihr Herz könnte auf Gnade oder Ungnade einem Mann ausgeliefert sein, so bewundernswert dieser Mann auch sein mochte, war ihr immer unerträglich gewesen. Noch unerklärlicher und verwirrender erschien ihr – sie wagte kaum, es sich einzugestehen – dieses heftige, unwiderstehliche Verlangen, das sie nach Vargas empfand. Wenn er ging oder wenn er sprach, die Art, wie er Hände oder Lippen bewegte und wie er sie ansah, alles rief die Sinnlichkeit in ihr wach, und vor dem Einschlafen suchten sie Visionen von schamlos ineinander verschlungenen Körpern heim und verfolgten sie bis in ihre Träume. Es erinnerte sie an vor langer Zeit gekannte Gefühle. Sie mußte damals sechzehn Jahre alt gewesen sein. Ein Freund ihres Vaters, ein Mann von etwa vierzig Jahren, hatte sie fasziniert. Sie, die in der Auffassung erzogen worden war, daß die Dinge des Fleisches Sünde seien, hatte sich plötzlich gehenlassen und davon geträumt, sich über alle Verbote hinwegzusetzen. Ganze Nächte hindurch hatten Bilder in ihrem Kopf ihr Unwesen getrieben, hatten zugleich verschwommene und dichte Empfindungen in ihr erregt, die in den Geheimnissen ihres Körpers ihre Quelle hatten. Später begriff sie, daß nicht der Mann sie fasziniert hatte, sondern das Rätsel der Liebe. Und nun waren die gleichen verwirrenden Gefühle wieder da, nur hundertmal intensiver.
Nein, sie hatte den Verstand verloren. Rafael Vargas war Mönch und Priester. Er gehörte Gott. Außerdem war da ihr Auftrag, an den hatte sie sich zu halten. Nur noch an ihre Pflicht durfte sie denken, an nichts anderes mehr.

Am Nachmittag des siebten Tages tauchten am Horizont die Befestigungsanlagen von Burgos auf. Die Hauptstadt der verei-

nigten Königreiche von Kastilien und León glänzte in der Junisonne wie ein Diadem.
Als sie nur noch zwei Meilen von den Stadtmauern entfernt waren, baten Ezra und Sarrag um eine Pause. Sie waren mit ihren Kräften am Ende.
»Wenn es Baruels Absicht war, uns sterben zu lassen«, seufzte der Rabbiner, während er unter einem Olivenbaum zu Boden sackte, »dann hat er es beinahe geschafft.«
»Ihr könnt ganz ruhig sein«, setzte der Araber noch eins drauf, »Ihr werdet Euch nicht als einziger von dieser Welt verabschieden. Ich werde Euch begleiten.«
»Welcher Tag ist heute?«
»Freitag.«
»Schluß. Kein Wort mehr! Euretwegen haben wir wertvolle Zeit verloren. Seit unserem Aufbruch in Granada habt Ihr uns jeden Freitag zur Stunde der Abenddämmerung, ob es nun regnete oder stürmte, gezwungen, vom Pferd zu steigen und an Ort und Stelle zu kampieren, bis der nächste Abend kam. Glaubt mir, wenn Ihr einmal Euren Sabbat versäumt hättet, der Schöpfer wäre Euch angesichts der besonderen Umstände nicht böse gewesen, weder in dieser Welt noch in der anderen.«
»Mein Lieber, laßt Euch gesagt sein, daß einzig eine Situation unmittelbarer Lebensgefahr die Nichteinhaltung des Sabbats rechtfertigen kann, und auch dann ist es noch eine ernste Sache. Viel schlimmer ist übrigens, daß jetzt die Stunde des Gebets ist, ich aber restlos erschöpft bin. Ich schäme mich, es eingestehen zu müssen, aber ich fühle mich außerstande, dem Ewigen meine Hingabe und Ergebenheit zu bekunden.«
Sarrag fing plötzlich an zu lachen. »Und Satan hat gefurzt.«
Die andern starrten ihn mit offenem Munde an.
»Was habt Ihr da gerade gesagt?« fragte der Mönch.
Unbeeindruckt wiederholte der Scheich: »Satan hat gefurzt. Wenn er die hartnäckige Weigerung des Teufels, sich dem Wort Allahs zu unterwerfen, veranschaulichen wollte, dann pflegte Mohammed dies mit folgendem Kommentar zu tun: ›Wenn man

euch zum Gebet ruft, dann wendet Satan euch den Rücken und läßt einen Furz fahren, um diesen Ruf nicht hören zu müssen.‹«
Und er schloß: »Darum habe ich gesagt: Und Satan hat gefurzt.«
Manuela und Vargas mußten zum großen Mißvergnügen des Scheichs laut auflachen.

»All das ist ja sehr lehrreich«, sagte Samuel Ezra, »aber ich möchte Euch darauf aufmerksam machen, daß wir zwar vor den Toren von Burgos lagern, aber deswegen noch lange nicht die Hand auf das vierte Dreieck gelegt haben.«

Der Araber versetzte: »Haltet Ihr so wenig von den Informationen, die ich entziffert habe?«

»Ihr meint sicher die Brücken.«

»Selbstverständlich. Ich bin überzeugt, daß wir am Rio Arlanzón auf sie stoßen werden: auf die Brücke der Hölle und auf die des Paradieses.«

Manuela erkundigte sich: »Habt Ihr Euch jemals gefragt, warum Baruel ausgerechnet dieses Versteck und kein anderes gewählt hat?«

»Darauf kommt es nicht an«, erwiderte Sarrag. »Ob hier oder dort …«

»Jetzt überrascht Ihr mich. Habt Ihr nicht immer versichert, Aben Baruel lasse der Improvisation nicht den geringsten Raum? Unterbrecht mich bitte, wenn ich jetzt etwas Falsches sage: Das erste Dreieck befand sich oben auf einem Turm, dem Blutturm. Der war das Symbol der Templer, der Gewalt und der Intoleranz. Das zweite fand sich in der Höhle von Maltravieso. Ihr, Scheich Sarrag, habt uns erklärt, wie bedeutungsschwer diese Ortswahl war. Ich möchte nur an die Höhle, die jeder in sich selbst birgt, erinnern. Das dritte Dreieck haben wir unter dem Sarkophag des Bischofs in Salamanca gefunden. Was Euer Freund Euch damit hat nahebringen wollen, ist das allem Obskurantismus entgegengesetzte Bild des Wissens und der Erkenntnis. Meint Ihr nicht auch?«

Die drei Männer sahen sich an. Die Argumente der jungen Frau klangen schlüssig. Das Mißtrauen ihr gegenüber hatte sich weitgehend gelegt, seit sie so offen mit ihnen gesprochen hatte. Sie fanden es inzwischen normal, daß sie an ihren Diskussionen teilnahm.

»Da Ihr schon so brillante Schlußfolgerungen präsentiert«, fragte Vargas mit einem Lächeln, »hättet Ihr dann eventuell eine Ahnung dessen, was auf uns wartet?«

»Ich glaube schon. Wenn das Dreieck wirklich dort ist, wo Ihr es zu finden hofft, dann ist auch diesmal die Botschaft klar. Was ist eine Brücke anderes als eine Konstruktion, die es erlaubt, von einem Ufer zum anderen und in einem weiteren Sinne von einem geistigen oder philosophischen Zustand in einen anderen zu gelangen. Ich erinnere mich, eines Tages gelesen zu haben, daß die meisten Reisen, deren Zweck eine Initiation ist, durch dieses Symbol dargestellt werden. Außerdem hatte der Verfasser einen Zusammenhang mit dem Regenbogen hergestellt, der ja auch eine Art Brücke sei, welche Zeus zwischen den beiden Welten ausspannt.«

»Aber die Señora hat recht!« rief Sarrag aus. Er schlug sich gegen die Stirn und sagte hastig: »Wieso habe ich nur nicht daran gedacht? Erinnert Euch an den Text: AM UFER ZWISCHEN DEN BEIDEN DORNEN DES SA'DAN – DEM DER DSCHANNA UND DEM DER HÖLLE ... Hatte ich euch nicht erklärt, daß es ein ›Hadith‹ gibt, das von der Brücke von Sirât spricht? Diese führt über die Hölle hinweg ins Paradies. Ein anderer Passus sagt noch genauer, daß diese Brücke dünner sein wird als ein Haar und ihr Grat schärfer als eine Säbelschneide.« Er zitierte: »›Nur die Erwählten werden sie überqueren, die Verdammten werden abrutschen oder von den Haken des Sa'dan erfaßt werden, bevor sie das Paradies erreichen, und sie werden in die Hölle hinabgestürzt werden!‹ Mohammed macht deutlich, daß bestimmte Menschen die Brücke in hundert Jahren, andere in tausend Jahren überqueren werden, je nach der Reinheit ihres Lebens, und er schließt: ›Keiner von denen, die den Allerhöchsten gesehen haben, läuft Gefahr, in die Hölle hinabzustürzen.‹ Meiner Meinung nach bestätigt das alles die von Doña Vivero vorgebrachte These.«

»Wahrscheinlich ist es so«, gab Ezra zu. »Aber der philosophische Aspekt ist nicht alles, wir dürfen nicht aus den Augen verlieren, daß uns der letzte Satz dieses ›Palastes‹ zu erhellen bleibt: SIE IST AM FUSS DER AMBRATRÄNEN, OBERHALB DES HERREN, SEINER GATTIN UND IHRES SOHNES. Zugegebenermaßen ist keiner von uns in der Lage, diesen Satz auch nur andeutungsweise zu erklären, und außerdem gibt es sicher mehr als zwei Brücken über den Rio Arlanzón.«

»Wahrscheinlich werden wir die Dinge klarer sehen, wenn wir erst einmal an Ort und Stelle, also in Burgos sind. Erinnert Euch nur, wie es mit dem Gericht Gottes und den Golfines gewesen ist!« Fromm fügte er hinzu: *»Inschallah!«*

Rafael Vargas sagte wie geistesabwesend: »*Inschallah*, wie Ihr zu sagen pflegt. Hoffen wir vor allem, daß wir alle einst, wenn die Stunde kommt, da wir über die Brücke gehen müssen, des Allerhöchsten ansichtig werden.«

Toledo

Die Königin griff nach dem Fächer, der auf dem kleinen Intarsientisch lag, und preßte ihn ungeöffnet zwischen den Fingern. Die Nachricht, die ihr der Großinquisitor soeben überbracht hatte, war nicht geeignet, ihre Nervosität zu mindern.

»Letztendlich«, so begann sie in bitterem Ton, »frage ich mich, ob diese Verschwörungsgeschichte anderswo als in Eurem Kopf existiert. Eine Möglichkeit, die ja bereits – daran möchte ich Euch erinnern – von unserem Freund Hernando de Talavera in Erwägung gezogen worden ist. Tage und Tage sind vergangen, und nichts ist geschehen. Doña Vivero hat uns immer noch nicht den geringsten Beweis, nicht den Schatten eines Indizes geliefert, womit sich Eure Befürchtungen untermauern ließen.«

Torquemada biß sich auf die Lippen. Wie hätte er ihr auch die Information preisgeben können, die sein Agent ihm wenige Tage zuvor übermittelt hatte: ein Buch. Diese Männer waren auf der Suche nach einem Buch! Es war beinahe zum Lachen. Bekäme die Königin Kenntnis davon, dann würde sie zweifellos die ganze

Aktion abblasen. Die Konsequenzen waren nicht auszudenken. Die Glaubwürdigkeit des Inquisitors, sein Einfluß auf das Königreich würden sehr darunter leiden, ganz zu schweigen von den Vorteilen, die Leute wie Talavera aus seinem Sturz in die Ungnade ziehen würden. Dennoch war er sich sicher, recht zu haben. Wenn das Buch tatsächlich existierte, dann mußte es einen Text von allerhöchster Bedeutung enthalten. Er dachte wieder an die von Mendoza überbrachten Worte Doña Viveros: »Man kann daraus schließen, daß sein Inhalt von unschätzbarem Wert sein muß.« Das sah sie sicher richtig. Also kam es nun darauf an, Zeit zu gewinnen.

So gelassen wie möglich fing er an, zu erklären: »Majestät, der Schein trügt. Alles deutet darauf hin, daß diese Männer einen Weg zurücklegen, der im vorhinein genauestens festgelegt wurde. Zuerst Huelva und das Kloster La Rábida. Dann Jerez de los Caballeros, Cáceres und Salamanca. Nach dem letzten Stand unserer Erkenntnisse sind sie nun unterwegs nach Valladolid oder Burgos.«

Die Königin zeigte keine Gemütsregung, aber sie klappte brüsk ihren Fächer auf. »Wenn ich recht verstehe, haben diese Leute beschlossen, Spanien zu besichtigen. Heute Valladolid, morgen Madrid und wer weiß welche Stadt übermorgen. Was soll dieses Herumreisen, welchen Sinn seht Ihr darin?«

Torquemada strich über das Kreuz, das seine Brust zierte. »Mir deucht, ich hätte Eurer Majestät erklärt, daß diese ganze Sache auf einem verschlüsselten Plan beruht. Wir wissen, daß dieser Plan aus sogenannten ›Palästen‹ beziehungsweise Rätseln zusammengesetzt ist und daß jedes Rätsel einem Etappenziel entspricht.«

»Ihr habt auf meine Frage nicht geantwortet: Warum schickt der Urheber des Ganzen seine Akteure ständig weiter, von einer Stadt zur anderen?«

»Wir wissen es noch nicht. Aber ich darf versichern, daß wir einer Lösung nahe sind.«

Die Königin schob ihren Fächer zusammen. »Woher habt Ihr diese Gewißheit?«

»Nun, wir haben insgesamt acht ›Rätsel‹ gezählt. Im Moment geht es um das Ziel Valladolid oder Burgos. Wenn wir davon absehen, bleiben nur noch drei Etappen zurückzulegen.«
»Seid Ihr sicher, daß das Kryptogramm nicht eine Falle enthält?«
Torquemada zog die Brauen hoch. »Welche Art von Falle, Majestät?«
»Eine neunte Stadt, eine Sackgasse, ein anderes Land. Irgend etwas, ich weiß es auch nicht.« Der Ton ihrer Stimme war um einiges lauter geworden, ein Zeichen mühsam beherrschter Verärgerung.
»Ich glaube nicht. Der Plan ist zu konsequent, als daß es plötzlich nicht mehr weitergehen sollte. Was die Möglichkeit einer Stadt außerhalb unserer Grenzen betrifft, so erscheint sie mir nicht recht plausibel.«
Einen Moment lang tätschelte Isabel mit dem zusammengelegten Fächer die Innenseite ihrer Hand. »Habt Ihr Neuigkeiten von Doña Vivero?«
Der Inquisitor räusperte sich, bevor er antwortete: »Es geht ihr gut.«
»Ist das alles?«
Torquemada blinzelte nervös. »Verzeihung, Majestät?«
»Wochenlang reist sie nun unter Gefahren, unter schlimmsten Verhältnissen, in der absolutesten Unbequemlichkeit, die man sich für eine Frau nur ausdenken kann. Warum? Weil sie meinem Ersuchen hat stattgeben wollen, im Namen unserer Freundschaft, Spanien zuliebe. Sie hat sich geopfert, und alles, was Ihr mir zu sagen habt, ist: ›Es geht ihr gut.‹«
Der Blick des Großinquisitors verfinsterte sich gefährlich. Es war Zeit, das Gleichgewicht wiederherzustellen. Die konziliante und demütige Haltung, die er bis dahin an den Tag gelegt hatte, verwandelte sich in eisige, an Unbotmäßigkeit grenzende Strenge. Seine Stimme klang unversöhnlich. »Majestät, Ihr seid die Königin, ich bin die Kirche. Ihr repräsentiert die zeitliche Macht, ich stehe für Gott. Eure Sorgen sind von dieser Welt, meine gelten den Seelen. Was ist Manuela Viveros Opfer verglichen mit dem

Martyrium unseres Herrn, was sind ein paar unbequem verbrachte Nächte verglichen mit dem Blut, das unsere Brüder, das die getreuen Verteidiger des Glaubens an den Toren von Jerusalem vergossen haben?«

Und da Isabel ruhig schwieg, ging er noch einen Schritt weiter. »Es stimmt. Ich verbreite mich nicht über das Schicksal Doña Viveros. Es ist nun einmal so, das Herz blutet mir nicht, wenn ich an ihr Geschick denke. Aus meinen Adern weicht das Blut, wenn es um Leiden geht, das in ganz anderem Grade heldenhaft ist.«

Er erhob sich und stand einen Augenblick beinahe drohend über der Gestalt der Königin.

»Erlaubt, daß ich mich zurückziehe, Majestät.«

Während ein Sonnenstrahl, der durch ein kleines vergittertes Fenster einfiel, Licht spendete, saßen die drei Männer über eine primitive Karte gebeugt, die das Vereinigte Königreich von Kastilien und León zeigte.

Wohl waren die Brücken – sie waren fünf an der Zahl – relativ klar eingezeichnet, dafür fand man keinerlei Namen, der einem *infierno* oder einem *paraiso* entsprochen hätte.

Vargas zeigte seine Enttäuschung, indem er mit der flachen Hand auf den Tisch schlug. »Ich sehe einfach nicht, wo wir die falsche Richtung eingeschlagen haben sollen.«

»Und wenn ich doch recht gehabt hätte?« rief der Scheich. »Wenn unser Ziel tatsächlich der Konvent Santa Maria de Huerta wäre?«

»Ach laßt! Seid lieber gerecht! Ihr wißt doch genau, daß wir einen Doppelnamen brauchen. Pablo und María. Ihr hattet nur den zweiten gefunden.«

»Mag sein. Aber ich hatte immerhin zwei Brücken zu bieten.«

»Hört zu!« begann der Mönch, dem man anmerkte, daß er mit seiner Geduld am Ende war. »Entweder ...«

»Schweigt still!« befahl Ezra. »Ihr geht mir beide mit Eurem Gerede auf die Nerven. Ich kann überhaupt nicht mehr nachdenken. Wenn Ihr meine Meinung hören wollt, dann suchen wir hartnäckig in der falschen Richtung. Warum zum Teufel krallen wir uns so sehr an diese beiden Wörtern ›Hölle‹ und ›Paradies‹? Das frage ich Euch!«

»Aber wegen des ›Hadiths‹ natürlich! Im Text heißt es sehr deutlich: AM UFER, ZWISCHEN DEN BEIDEN DORNEN DES SA'DAN, DEM DER DSCHANNA UND DEM DER HÖLLE. Also besteht ein Zusammenhang mit der Brücke von Sirât, die gemäß des ›Hadiths‹ den Zugang zum Paradies darstellt, wobei der Weg über die Hölle hinweg führt.«

Ezra ließ sich auf die nächste Bank fallen. »Wir brauchen unbedingt ein wenig Abstand. Nehmen wir einmal an, Baruel hat die Begriffe ›Hölle‹ und ›Paradies‹ nur eingesetzt, um uns zu dem Bild von der Brücke hinzuführen.«

»Meinetwegen«, sagte Sarrag. »Aber dann?«

»Dann bleibt uns nur noch der letzte Satz des ›Palastes‹: SIE IST AM FUSS DER AMBRATRÄNEN, OBERHALB DES HERREN, SEINER GATTIN UND IHRES SOHNES. Gebt zu, daß Baruel genau hier, und zwar völlig unzweideutig, den allerletzten Hinweis plaziert hat, den, der uns zu dem Dreieck führen muß. AMBRATRÄNEN ist eine allzu verschwommene Metapher, als daß wir zum gegenwärtigen Zeitpunkt ihren verborgenen Sinn erfassen könnten. Dafür erscheint das Wort HERR zugänglicher. HERR, das kann auch den Edelmann, die hochgestellte Persönlichkeit, also eine Rangbezeichnung meinen.«

Der Mönch reagierte mit einem Lächeln. »Ihr erwartet hoffentlich nicht, daß wir ein Verzeichnis sämtlicher Adligen Spaniens durchprüfen?«

»Ich bin alt, Fray Vargas, aber senil bin ich deswegen noch lange nicht. Gewiß werden wir uns nicht mit sämtlichen adligen Herrn in ganz Spanien befassen. Aber wir sollten feststellen, welche dieser Herren die Stadt, in der wir uns befinden, geprägt haben.«

Dem Mönch war ohnehin anzumerken, was er von dieser Fleißaufgabe hielt, dennoch sagte er: »Die reine Narrheit.«

»Sehr schön. Und warum schlagt Ihr dann nicht, statt meinen Plan zu kritisieren, eine bessere Lösung vor?«
Ein langes Schweigen trat ein, das auch von den Straßengeräuschen kaum überlagert wurde.
»Ich glaube nicht, daß wir diese Arbeit auf uns nehmen müssen«, sagte plötzlich Sarrag. Er überlegte noch einen Moment, dann wurde er deutlicher. »Wißt Ihr, wie man für ›adliger Herr‹ auf arabisch sagt?«
Er erhielt keine Antwort.
»*Sidi*. Dieses Wort erinnert Euch an nichts?«
Er hatte noch nicht zu Ende gesprochen, da stieß Vargas einen Siegesschrei aus.

Kapitel 26

Da Cid in ihrer Sprache gleichbedeutend ist mit Herr,
will ich dir gerne diesen Ehrentitel gönnen.
Corneille: Der Cid, 5. Akt, Szene 3

Die drei Männer betrachteten die Brücke, als handle es sich um das schönste Bauwerk der ganzen Halbinsel, wenn nicht des Erdenrunds. Dabei hatte sie wenig Besonderes aufzuweisen, wenn man von den acht Statuen absah, die sich links und rechts auf den Steingeländern erhoben. Es waren die des Edelmannes Rodrigo Díaz de Vivar, bekannt unter dem Namen El Cid Campéador, seiner Gemahlin Doña Jimena, ihres Sohnes sowie fünf weiterer Personen minderen Ranges. Als sie nach dem Weg fragten, erfuhren sie, der kürzeste Weg zum Flußufer führe zuerst über den Paséo de Espolón und danach durch die Befestigungsanlagen über den Arco de Santa María. So also schloß sich der Kreis der Symbole: Pablo de Santa María, mit dem Namen ZUGLEICH VIELFACH UND EINS, geboren in Burgos, sowie DES HERREN, SEINER GATTIN UND IHRES SOHNS.

Sie waren bei der Statue des Cid angelangt und musterten sie neugierig und freudig erregt.

Vargas ließ die Hand über das aus dem Stein gemeißelte Schwert des Ritters gleiten. »Welch zwielichtige Persönlichkeit! Er hat genausoviel Christenblut wie Muselmanenblut vergossen. Söldner oder Patriot? Ich weiß es nicht. Wahrscheinlich beides.«

»Liegt er in Burgos begraben?« fragte Sarrag.

»Ein paar Meilen von hier, im Benediktinerkloster San Pedro de Cardeña. Man erzählt, daß seinem letzten Willen gemäß sein Pferd an seiner Seite begraben wurde.«

»Auf jeden Fall kann ich Euch versichern«, fügte Ezra an, »daß dieser Adelsherr es faustdick hinter den Ohren gehabt haben muß. Als er auf Befehl des Königs Alfonso VI. in die Verbannung gehen mußte, lieh er sich bei einem jüdischen Wucherer Geld, wobei er ihm als Pfand eine kleine Truhe überließ, die angeblich mit Gold gefüllt war. Wißt Ihr, was wirklich in diesem wohlversperrten Kästchen war? Sand, nichts als Sand. Als der Wucherer das merkte, war es zu spät.«

»Recht geschehen«, meinte der Scheich beifällig. »Das wird euch Juden lehren, Geld gegen Zinsen auszuleihen, wo doch eure Gesetze dies strikt untersagen.«

»Irrtum, mein Lieber. Unsere Vorschriften untersagen lediglich den Wucher zwischen uns Juden. Ein Jude darf einem anderen Juden kein Geld gegen Zinsen leihen. Dafür ist es ihm in keiner Weise untersagt, dies bei anderen zu tun. Ihr seht, wieder so eine falsche Interpretation der Gesetze.«

»Welcher Feinsinn!« spöttelte Sarrag. »Eure Zunge wird wohl eher verdorren als zuzugeben, daß ihr in diese Gesetze hineinlest, was euch gerade paßt!«

»Glaubt doch, was Ihr wollt! Ich für mein Teil mache mich lieber auf die Suche nach dem Dreieck, als mich auf nutzlose Dispute einzulassen.«

Der Rabbi trat an das Brückengeländer und spähte die Ufer entlang, zwischen denen die ruhigen Wasser des Arlanzón dahinglitten.

»Seht nur!« sagte er und streckte den Arm in Richtung der nächsten flußaufwärts gelegenen Brücke aus. »Das ist bestimmt die, die bei Baruel erwähnt ist. Am Ufer zwischen den beiden Dornen des Sa'dan ... habe ich die 3 gerettet.«

»Das ist durchaus wahrscheinlich«, räumte der Franziskaner ein. »Der Text ist ziemlich genau: oberhalb des Herrn, seiner Gattin und ihres Sohnes. Wenn wir uns also jetzt so stellen, als wollten wir flußaufwärts gehen, dann muß der Gegenstand sich entweder hier« – er deutete nacheinander auf das rechte und das linke Ufer – »oder dort drüben befinden. Wir sollten ...«

Vargas ließ einen holzbeladenen Karren vorbeirumpeln, dann vollendete er seinen Satz.
»Wir sollten uns aufteilen und die Uferböschungen absuchen.«
»Und zwar unverzüglich«, stimmte Ezra zu. »Ihr und Sarrag begeht das rechte Ufer, ich übernehme das linke.«
Kurz darauf schritten der Mönch und der Scheich rechts vom Fluß das Ufer entlang, während Ezra auf der linken Uferseite flußaufwärts die Suche aufnahm.
Er war es, der die Trauerweide entdeckte.
Der Baum beugte sich mit seinen lang herabhängenden Zweigen über das Wasser, als wolle er aus seinem Spiegelbild Trost schöpfen. Am Fuss der Ambratränen ... Eine Trauerweide. Diesmal, so dachte der Rabbiner, legt Baruel einen sehr eigenartigen Humor an den Tag. Er musterte angespannt das Gelände, aber er sah nichts. Er richtete sich auf, machte langsam einige Schritte und untersuchte den Stamm. Vier Buchstaben, ungeschickt in die Rinde eingeschnitzt, waren zu erkennen: J. H. W. H. Und am Boden, genau unter diesen Buchstaben ein kleiner Erdhügel, der ganz offensichtlich nicht natürlichen Ursprungs war. Ezra kniete sich hin und begann fieberhaft mit den Fingern zu graben.
Sofort ertönten von jenseits des Flusses die Stimmen von Vargas und Sarrag: »Heh, Rabbi, habt Ihr etwas gefunden?«
Ezra war zu beschäftigt, um zu antworten. Seine Hände schoben hastig die Erde beiseite, gruben tiefer.
Am anderen Ufer vergingen die Gefährten vor Ungeduld. »Und?«
Eine halbe Minute verstrich. Ezra richtete sich auf. In der Hand hielt er das vierte Dreieck aus Erz.

Am späten Abend entlud sich über der Hauptstadt des Königreiches Kastilien ein Gewitter, wie man es in dieser Jahreszeit noch nie erlebt hatte. Wolken waren aufgezogen, während die Sonne langsam hinter den Hügeln versank. Als sie vom Horizont endgültig verschluckt worden war, hielt die Stadt den Atem an.

Zuerst war nur ein fernes Grollen zu hören, das aber rasch näher kam und sich zu betäubendem Donner steigerte. Wer draußen zu tun hatte, suchte eilends im Hause Zuflucht. Der sonst von Menschen wimmelnde Platz vor der Kathedrale war mit einem Mal gähnend leer. Verkäufer, Wasserträger und Marktschreier nahmen in den Seitenstraßen Zuflucht, und bald war außer ein paar verwegenen Katzen kein lebendes Wesen mehr auf der Straße zu erblicken. Ein Blitz durchzuckte den Himmel, genau über dem Frauenkloster Las Huelgas. Der gelbliche Lichtschein erleuchtete für den Bruchteil einer Sekunde das Refektorium, in das die vier Gefährten sich geflüchtet hatten. Am Kopfende des Tisches saß Manuela, sie hatte sich einen Schal um die Schultern geworfen und unterdrückte einen Kälteschauer.
»Ist Euch kalt?« erkundigte sich Vargas.
Sie bemühte sich um einen unbeschwerten Ton: »Nein, nein. Es ist alles in Ordnung.«
»Gewitter haben es in sich«, erklärte Sarrag. »Irgendwie ist immer etwas vom Jüngsten Gericht in diesem Donnergrollen. Also von einem Ereignis, das die Frauen fürchten müssen.«
Er lachte, aber sein Lachen klang unecht. Ähnlich wie seinen Gefährten waren auch ihm Überdruß und Müdigkeit anzumerken. Es folgte ein noch heftigerer Blitz, und dann brach die Sintflut hernieder.
»Wir können von Glück sagen«, bemerkte Ezra, »daß die Nonnen uns ihre Gastfreundschaft gewährt haben – dank Euch, Vargas.« Das Prasseln des Regens klang inzwischen gleichmäßig, aber immer wieder schob sich rollender Donner dazwischen. Ezras Finger trommelten auf dem Tisch, dann fragte er: »Übrigens, meintet Ihr das vorhin wirklich ernst, als Ihr von jener Äbtissin spracht, jener *Señora de horca y cuchillo*, die vor zweihundert Jahren dem Kloster vorstand? Hatte sie tatsächlich Gewalt über Leben und Tod in fünfzig oder mehr Landedelsitzen?«
»Die Dame vom Galgen und vom Messer. Ja, Rabbi, das stimmt. Ich habe Euch ja schon erklärt, daß nur Damen von sehr hohem Stand in Las Huelgas als Nonnen eintreten konnten und daß sie

selbstverständlich außerordentliche Privilegien genossen. Daher die Machtfülle dieser Äbtissin.«
»Das ist verrückt. Ich möchte weder beleidigen noch provozieren, aber sagt mir doch bitte, was Gott mit solchen Verhältnissen noch zu schaffen hat?«
Der Franziskaner wich einer Antwort aus. Statt dessen zog er die beiden Blätter, die auf dem Tisch lagen und den Gesamttext des fünften ›Palastes‹ darstellten, zu sich heran. Der nächste Blitz zuckte so nahe herunter, daß der Donner die Mauern des Refektoriums erzittern ließ.
»Wer weiß«, murmelte Ezra, »vielleicht erleben wir wirklich die Stunde des Jüngsten Gerichts. Mit dem Vorteil immerhin, daß wir unseren Geist umgeben von heiligmäßigen Frauen aufgeben werden.«
Er hatte den letzten Satz im scherzhaften Ton gesprochen, aber niemand schien zu reagieren. Da hieb er mit der Faust auf den Tisch.
»Was ist mit uns los?« rief er. »Es bleiben uns nur noch zwei Etappen. Wir haben das vierte Dreieck gefunden, und statt uns zu freuen, sitzen wir traurig herum wie nach einer Beerdigung.«
Vargas studierte eher nachlässig seinen fünften ›Palast‹. Der Scheich hatte eine Sebha, eine Gebetskette, hervorgezogen, die er am Morgen einem syrischen Straßenhändler abgekauft hatte, und ließ die Achatperlen langsam durch die Finger gleiten. Und Manuela saß ebenso nervös wie starr am anderen Ende des Tisches.
Der Araber entschloß sich zu einer Antwort: »Was sucht Ihr eigentlich zu begreifen, Rabbi? Vielleicht geht uns einfach der Atem aus.« Mit einer schnellen Bewegung wickelte er die Gebetskette um seinen Zeigefinger. »Ihr habt von einer nahen Lösung gesprochen. Sollte nicht die Stunde gekommen sein, uns wieder an den eigentlichen Sinn unserer Reise zu erinnern? Unser Geist ist nur noch mit dem Entschlüsseln von Rätseln beschäftigt. Besteht nicht Gefahr, daß er sich von unserer wahren Berufung ablenken läßt? Vielleicht ist es wie mit dem Regen

da draußen, der den Staub von allem wegwäscht, vielleicht ist die Realität gerade dabei, einem jeden von uns den Grund seines Hierseins wieder sichtbar zu machen.«

»Merkwürdig«, sagte Vargas, »bisher hatte ich des öfteren den Eindruck, daß unsere Meinungsverschiedenheiten sich doch ein wenig abgeschwächt haben. Nun werde ich plötzlich gewahr, indem ich euch so zuhöre, daß das ganze Bild sich verändert hat. Es ist wie bei einem Theaterstück, dessen Schauspieler sich in eine andere Rolle hineinverirrt haben als die, die ihnen zugewiesen war, bis endlich der Spielleiter dieses Abgleiten bemerkt und sie zur Realität zurückführt.«

»Zur Realität, Fray Vargas?« warf Manuela ein. »Und wo liegt für Euch die Realität? Im Aufgeben der Rolle oder im Wiederaufnehmen?«

»Wie soll man das wissen?«

»Ich werde Euch die Antwort geben«, sagte Ezra. »Ob Traum oder Wirklichkeit, auf die Treue zu sich selbst kommt es an. Ihr habt recht, wenn Ihr sagt, daß unsere Meinungen nicht mehr so hart aufeinanderprallen. Dennoch bleiben unsere Überzeugungen unverändert. Die Ereignisse mögen dies verdeckt haben, dennoch sind die Überzeugungen da, sie bleiben in uns gegenwärtig. Seien wir aufrichtig. Ich bin Jude und werde es bis zu meinem letzten Atemzug bleiben. Ihr seid Christ, und nichts wird Euren Glauben an Jesus Christus in Frage stellen. Sarrag ist ein Kind des Islam, ein Schüler jenes Mannes, der sich selbst als das Siegel des Propheten bezeichnet hat. Um Eure Metapher aufzugreifen: Nicht der Spielleiter führt die Schauspieler zum originalen Text zurück, sondern die Tatsache, daß das heilige Buch so nahe ist. Das ›Buch‹ bringt sich uns heute abend in Erinnerung, und mit ihm kommt bei jedem von uns die Angst zurück – wir haben sie vorübergehend vergessen –, es könne womöglich die Botschaft nicht enthalten, die ihn in seinem jeweiligen Glauben bestätigen soll.«

Manuela konnte sich eine Anmerkung nicht versagen. »Seltsam, Ihr erörtert gerade Eure Meinungs- und Glaubensunterschiede, und Ihr scheint sie auch zu bedauern. Warum entschließt Ihr

Euch dann nicht zu wechselseitigem Vertrauen? Kurz gesagt, warum tauscht Ihr nicht einfach die Textbruchstücke, die jeder in seinem Besitz hat, aus?«

»Ich kann Euch nicht ganz folgen, Señora«, versetzte Sarrag. »Warum sollten wir?«

»Habt Ihr schon vergessen, daß Euch Rabbi Ezra vor wenigen Tagen beinahe für immer verlassen hätte? Ich sehe noch Eure Verzweiflung bei dem Gedanken, Ihr könntet von da an außerstande sein, das Ziel noch zu erreichen. Ihr sagtet doch, ein Mann sei in Lebensgefahr. Sollte er nicht mehr sein, dann sei dies das Ende unserer Reise. Oder: Der Rabbiner müsse die Auszüge aus den ›Palästen‹, die uns fehlen, herausgeben. Wenn nicht, so würde er sich gegen das Andenken Aben Baruels versündigen. Stellt Euch nur einen Moment vor, daß es beim nächstenmal nicht mehr so glücklich ausgeht, daß einer von Euch tatsächlich und endgültig Abschied nehmen muß. Dann wäre dieses Buch, das Euch so sehr am Herzen liegt, für immer verloren. Versteht Ihr jetzt meinen Vorschlag?«

Sofort kam Sarrags Antwort: »In der Tat ein trefflicher Vorschlag.« Sein Gesicht wirkte auf einmal verschmitzt. »Und wie wäre es, wenn Ihr mit gutem Beispiel vorangehen würdet, Doña Vivero? Besitzt nicht Ihr den letzten ›Schlüssel‹? Ihr braucht ihn uns nur anzuvertrauen.«

Sie war Opfer ihrer Logik und Spontaneität geworden. Unsicher sagte sie: »Gebt zu, daß dieser ›Schlüssel‹ völlig uninteressant ist, solange der Gesamttext nicht zusammengefügt werden kann. Tut das, fügt Eure ›Paläste‹ zusammen, und ich werde Euch den ›Schlüssel‹ übergeben.«

Ihr Schicksal stand auf Messers Schneide. Ahnte es Vargas? Oder hielt er die ganze Diskussion für sinnlos? Jedenfalls war er es, der plötzlich den Druck lockerte.

»Überlassen wir die Sache der Zukunft!« sagte er. »Das Saphirbuch ist schließlich das Wort Gottes, und so wird auch Gott entscheiden, ob wir seiner würdig sind oder nicht.«

Manuela erzitterte innerlich. Hatte Vargas wirklich gesagt: »das

Saphirbuch«? Sofort sagte sie: »Ein Buch aus Saphir? Das Buch, nach dem Ihr sucht, wäre demnach aus Edelstein?«
Die Wangen des Franziskaners färbten sich dunkelrot.
»Ihr antwortet nicht?«
Ezra sprang für ihn ein. »Doch, dem könnte so sein, Señora.«
»Und das würde dann seinen Wert erklären?«
Zum zweitenmal blieb ihre Frage ohne Antwort, und wieder erhellte ein Blitz den Saal.
»Mehr erzählt Ihr mir nicht ...« Sie hatte im Ton der Feststellung, nicht der Frage gesprochen. Im nächsten Moment stand sie vom Tisch auf und verkündete mit tonloser Stimme: »Ich verlasse Euch, Señores. Es ist traurig. Ich habe geglaubt, Euer Vertrauen erworben zu haben. Nun ist es offenkundig, daß ich mich getäuscht habe.«
Sarrag starrte geradeaus auf die Wand. Ezra streichelte zerstreut die Tischkante. Nur Vargas sah besorgt aus. Dennoch blieb auch er stumm.
Wahrscheinlich war es gerade diese Haltung, die sie am meisten verletzte. Sie biß sich auf die Lippen. Sie gaben sich freundlich, diese Männer, aber dahinter standen letztlich nur eiskaltes Kalkül und Dürre der Seele. Nein, sie würde nichts von ihnen erfahren. Sie warf Vargas einen bitteren Blick zu und drehte sich auf dem Absatz um.
»Kommt zurück!« Der Franziskaner wies auf den Platz, den sie soeben verlassen hatte. »Setzt Euch!« Zu Ezra gewandt, sagte er: »Zeigt ihr den Brief! Ich meine den von Aben Baruel.«
Merkwürdigerweise wirkte der Rabbiner nicht überrascht. Er kramte in der Innentasche seiner Jacke, zog ein mehrfach gefaltetes Bündel Papier hervor und übergab es der jungen Frau. Sekundenlang sah es aus, als wolle der Araber protestieren, aber angesichts der Entschlossenheit in den Gesichtern von Vargas und Ezra hielt er sich zurück.
»Da habt Ihr ihn«, sagte der Jude. »Lest nur! Dann werdet Ihr alles begreifen ...«
Manuela nahm die Blätter so vorsichtig an sich, als wären sie aus

dünnem Kristall. Draußen hatte sich der Donner noch einmal gesteigert. Die junge Frau hörte nichts mehr. Sie hatte sich in die Blätter vertieft.

Das also war das berüchtigte Komplott? Eine himmlische Botschaft aus grauer Vorzeit? Das war unendlich weit von allem entfernt, was der Großinquisitor, die Königin oder sie selbst sich vorgestellt hatten.

In gewisser Weise fühlte sie sich erleichtert. Sie hatte die Männer kennengelernt, sie bewunderte ihre Gelehrsamkeit und schätzte ihre tiefgründigen Diskussionen. Der Gedanke, sie könnten gewöhnliche Verschwörer sein, war ihr unerträglich geworden. Darüber hinaus schien die Vorsehung sie, Manuela, zu begünstigen. Befand sie sich nicht in Burgos, dem Ort, an dem Torquemada residierte? Gleich morgen früh würde sie Mendoza bitten, für sie eine Audienz beim Inquisitor zu erwirken. Sie würde Torquemada alles erklären. Sie würde ihm von dem Buch aus Saphir erzählen, von der geistlichen Hoffnung, die von diesem Buch ausging, und ohne jeden Zweifel würde der Inquisitor die ganze Aktion sofort beenden. Sie würde ihre Freiheit zurückgewinnen und hätte doch ihre Aufgabe bis zum Ende erfüllt. Dieses Mal würde die Königin sie nicht der Pflichtvergessenheit zeihen können, so wie es in Toledo am Abend des Autodafés geschehen war.

Sie würde ihre Freiheit zurückgewinnen. Was aber dann? Neugier quälte sie. Existierte dieses ›Buch‹ wirklich? Warum dann nicht dieses ganz außerordentliche Abenteuer bis zum Ende miterleben? Aus ihren Pflichten gegenüber der Königin und gegenüber Torquemada entlassen, konnte sie doch die Reise aus eigenem Antrieb fortsetzen. Ja, warum eigentlich nicht? Doch da war ein beträchtliches Hindernis auf ihrem Weg: Nach der letzten Etappe würde auch sie gezwungen sein, die ganze Wahrheit zu gestehen, nämlich daß sie niemals im Besitz jenes angeblichen letzten ›Schlüssels‹ gewesen war. Wie würden die drei reagieren? Und noch etwas gab es. Solche Geständnisse bedeuteten auch einen Vertrauensbruch gegenüber der Königin. Nein, zuerst mußte sie alles reiflich überlegen. Das Wichtigste war im Moment die Unterredung mit Torquemada. Danach würde sie klarer sehen.

»Danke«, sagte sie und gab Ezra den Brief zurück. »Ich bin Euch aufrichtig dankbar.«

Ein freundliches Lächeln trat auf die Lippen des Rabbiners. »Stellt Euch vor, uns geht es genauso, Señora. Muß ich Euch an die zuerst so unbegreifliche Sache mit dem BLUTIGEN BAUWERK erinnern? An die Golfines und an die Hellsicht, mit der Ihr DIE JUNGFRÄULICHE ODER BEFRUCHTETE MATERIE näher bestimmt habt? Und dann vor allem Euer aufopfernder Einsatz am Tag meiner Verhaftung. Es waren gute Taten, und Ihr habt es wirklich verdient, daß Ihr die Wahrheit erfahrt.«

Sichtlich gerührt dankte sie ihm ein weiteres Mal. »Noch etwas zu diesem ›Buch‹. Wußtet Ihr, daß es in zwei spanischen Legenden erwähnt wird?«

Die drei Männer betrachteten sie mit Neugier.

»Die erste handelt von einem arabischen Sultan in Granada, der einen Mann zu sich holt, welcher halb Alchimist, halb Astrologe ist und der ihm helfen soll, seine Feinde zu besiegen – ein Mirakel, das der Mann tatsächlich zustande bringt. Eines Nachts dann, während die beiden Männer sich in der Alhambra unterhalten, fragt der Sultan seinen Gast, woher er seine Zauberkräfte habe. Der verrät ihm daraufhin, daß er sich vor langer Zeit nach Ägypten begeben habe, um bei den dortigen Priestern deren Riten und Zeremonien zu studieren und jene okkulte Wissenschaft beherrschen zu lernen, für die sie damals so berühmt waren. Eines Tages habe er sich am Ufer des Nils mit einem der Priester unterhalten, und dieser habe auf die Pyramiden gedeutet: ›Was wir dich lehren können, ist nichts, verglichen mit der Wissenschaft, die in diesen grandiosen Monumenten eingeschlossen ist. Im Mittelpunkt der mittleren Pyramide befindet sich eine Grabkammer, in welcher die Mumie eines Oberpriesters eingeschlossen liegt, jenes Oberpriesters, welcher den Bau errichten ließ. Und mit ihm liegt dort auch ein wunderbares ›Buch des

Wissens‹ begraben, welches sämtliche Geheimnisse der Magie und der geheimen Künste enthält.‹ Und der Priester habe weiter ausgeführt: ›Dieses Buch wurde Adam nach seiner Vertreibung gegeben und von Generation zu Generation weitervererbt. Wie es in die Hände des Erbauers der Pyramide gelangte, das weiß allein der, der alles weiß ...‹«

»Eine erstaunliche Erzählung«, meinte der Scheich, »aber der Astrologe und Alchimist muß mindestens zweitausend Jahre alt gewesen sein, wenn er die damaligen Bewohner des Niltals gekannt haben will.«

»Darüber sagt die Legende nichts.«

»Ihr spracht von zwei Geschichten.«

»Die zweite spielt in einer eher unbestimmten Zeit. An Details erinnere ich mich nicht, aber ich weiß noch, daß es um die Liebe eines Prinzen und einer Prinzessin geht, die vor dem Zorn ihrer Eltern, welche ihre Vereinigung nicht wünschen, fliehen müssen. Es kommen darin auch – nun dürft Ihr nicht lachen! – Eulen vor, welche von Reliquien und Talismanen aus der Zeit raunen, als die Westgoten über die Iberische Halbinsel herrschten. Dazu gehört auch eine Sandelholztruhe, die mit den im Orient üblichen Stahlbändern umschlossen ist. Am Ende der Erzählung erfahren wir, daß diese kleine Truhe ein mysteriöses Buch enthält und dazu einen Seidenteppich, der König Salomo gehört hatte und der von jenen Juden, die nach dem Fall Jerusalems nach Spanien gekommen sind, nach Toledo gebracht wurde.«

Ein Lächeln erhellte Sarrags Gesicht. »Amüsant, vor allem wenn man weiß, daß für die Araber Salomo der König der Dschinns gewesen ist, daß er Zauberkräfte besaß und zur Fortbewegung einen fliegenden Teppich benutzte.«

»Was beweist«, sagte der Rabbiner mit Nachdruck, »daß das, was man für Legende hält, oft Wahrheit ist. Und umgekehrt.« Sinnend verharrte er einen Moment, dann richtete er sich auf. »Ich werde mich schlafen legen.«

»Und ich desgleichen«, sagte Sarrag und stand vom Tisch auf. Sofort schwenkte der Franziskaner die beiden Blätter, auf denen

der vierte ›Palast‹ niedergeschrieben war. »Und das hier? Was macht Ihr damit?«
»Morgen ist auch noch ein Tag«, versetzte Ezra.
»Wie schade! Dieser ›Palast‹ ist meines Erachtens der ergötzlichste von allen.«
Der Rabbiner wiederholte lediglich: »Morgen ist auch noch ein Tag.«
Die Tür des Refektoriums fiel dumpf ins Schloß, und in dem großen Saal kehrte Stille ein.
Manuela zog sich ihren Schal zurecht. »Ich glaube, ich werde ebenfalls zu Bett gehen«, verkündete sie.
Sie wollte aufstehen, als Vargas erklärte: »Auch ich möchte Euch danken.«
»Wofür?«
»Für jenen Tag in Salamanca. Ohne Euch hätte ich wahrscheinlich niemals die Kühnheit aufgebracht, dem Genuesen beizustehen. Ich bin Euch dankbar dafür, daß Ihr mich gedrängt habt.«
»Sagen wir lieber, ich habe nur geweckt, was in Eurem Innern schlummerte.«
Er verschränkte die Hände auf dem Tisch. »Es hätte auch sein können, daß ich mich im letzten Moment … wie soll ich sagen … gedrückt hätte.«
»Das glaube ich nicht. Nicht, wenn Ihr seid, wer Ihr seid.«
Er zog die Brauen hoch. »Wer bin ich?«
»Ein Mann, der einst dem Orden des Santiago de la Espada angehört hat. Ein Ritter, der Sohn und Enkel von Rittern.«
Nur mit Mühe vermochte der Franziskaner seine Betroffenheit zu verbergen. »Wie kommt es, daß Ihr im Herzen der Menschen zu lesen vermögt?«
Wie in einem Schutzreflex zog sie den Schal über ihrer Brust zusammen. »Ihr schreibt mir eine Fähigkeit zu, die ich nicht besitze, und selbst wenn ich sie hätte, so würde sie sich nicht bei jedermann zeigen. Das geht nur bei ganz bestimmten Menschen.«
»Zu denen ich gehöre?«

Sie schwieg. Aber bedurfte es einer Antwort?
»Ihr seid für mancherlei Überraschungen gut, Doña Vivero. Seit unserer ersten Begegnung habe ich mehrmals gedacht, auch ich könne in Euch lesen wie in einem Buch. Ich habe mich getäuscht. Wenn ich Euch für das Feuer gehalten habe, wart Ihr das Wasser. Wenn ich gemeint habe, Ihr seid unverschämt, ichbezogen und eingebildet, wart Ihr im nächsten Moment die reinste Bescheidenheit, die Selbstlosigkeit in Person. Ich sage es noch einmal: Ihr seid nicht zu durchschauen und nicht zu berechnen.«
Ein gewaltiger Donnerschlag entlockte der Frau einen Schreckensschrei. Wollte der Mönch sie beruhigen, sie trösten, oder stand geschrieben, daß er es tun würde? Vargas nahm ihre Hand. Sie entzog sie ihm nicht. Und wenn sie es gewollt hätte, sie wäre dazu unfähig gewesen. In der Sekunde der Berührung war jeder Gedanke an Flucht von ihr gewichen.
Seine Finger bewegten sich sacht, ob unbewußt oder als kaum gewagte Liebkosung, sie spürte sie so heftig, als wenn er sie in die Arme genommen hätte.
Sie hatte eines Tages gelesen, daß es keine wahre Liebe gebe ohne das Verzweifeln an der Liebe, genauso, wie es keine Liebe zum Leben gebe ohne die Verzweiflung am Leben. Sie hatte damals den Vergleich schwülstig und nichtssagend gefunden und hatte nicht versucht zu ergründen, was der Verfasser eigentlich damit meinte. Heute abend trafen diese Worte sie mitten ins Herz.
»Erzählt mir von ihr!« sagte sie und war selbst erstaunt über die Festigkeit ihrer Stimme. »Erzählt mir von jener Frau, die Ihr so sehr geliebt habt!«
»Wollt Ihr das wirklich?«
»Ja. Falls Ihr mich nicht für indiskret haltet.«
Er zog die Schultern zusammen. »Es war vor etwa drei Jahren. Sie hieß Cristina, Cristina Ribadeo. Sie stammte aus Sevilla, aus einer sehr vornehmen Familie. Ihr Vater war Graf Ribadeo, ihre Mutter eine entfernte Cousine König Juans, des Vaters von Königin Isabel. Sie war damals fünfundzwanzig Jahre alt. Wir sind uns

eines Dezemberabends begegnet, genau gesagt am 21., bei der Hochzeit einer gemeinsamen Freundin, der Tochter des Marquis de Ferrol. Wollte ich versuchen, Euch diese Begegnung zu beschreiben und vernunftmäßig zu definieren, was sich da ereignet hat, es würde mir unmöglich gelingen. Man hat sich daran gewöhnt, von Liebe auf den ersten Blick zu sprechen. Der Ausdruck ist irgendwie lächerlich, aber ich kenne keinen anderen. Wollte ich trotzdem dieses Gefühl näher bestimmen, so würde ich sagen, daß es nicht allein eine Wallung des Herzens ist, sondern eine der Seele, das heißt eine unendlich viel intensivere Kraft, die sich nur einmal im Laufe eines ganzen Lebens manifestiert. Man gibt sich blind dem Glück des Liebens preis, wehrlos und ohne Argwohn, der Festungswall um die eigene Person ist geschleift, weil man weiß – oder zu wissen glaubt –, daß der andere der wunderbar ergänzende, der endlich wiedergefundene Teil des eigenen Ichs ist. Viel später habe ich begriffen, daß diese Art von blitzartiger Liebe, die einen überfällt, so wirklich, so wahr sie sein mag, nur der Versuch des Liebens ist, nicht mehr. Ich möchte die Behauptung wagen, daß diese Art von Liebe im Verhältnis zur wirklichen Liebe das ist, was eine Skizze im Vergleich zum vollendeten Werk ist oder das Talent im Vergleich zum Genie.«

Seine Hand umschloß die Manuelas noch intensiver, als schöpfe er aus der Berührung die Kraft, in seinem Bericht fortzufahren.

Sie wagte eine Zwischenfrage: »Ich nehme an, daß dieses Gefühl erwidert wurde.«

»Ich habe es geglaubt. Ich war lange davon überzeugt. Ich konnte mir nicht vorstellen, daß nur einer von uns beiden auf diese Weise erglühen könne. Ich täuschte mich. Man kann jemand, dem man vor langer Zeit begegnet ist, wiedererkennen, aber dieser erinnert sich nicht zwangsläufig auch an uns. Cristina Ribadeo hatte jenen Teil ihrer selbst, der in mir war, nicht wahrgenommen. Das wußte ich damals noch nicht.«

Er machte eine kurze Pause.

»An jenem Abend führten wir eines jener Gespräche, zu denen

man gezwungen ist, wenn sich viele Menschen um einen herum drängen, während man doch nur den einen Wunsch hat, mit dem anderen allein zu sein. Das Fest ging seinem Ende zu. Trennung drohte, und ich sah nicht, wo und wie ich es bewerkstelligen konnte, sie wiederzusehen. Ich wagte nichts. Aus Furcht, aus schamhafter Zurückhaltung, aus Angst vor Lächerlichkeit und vor allem weil ich das Gefühl hatte, in einem Traum zu schweben, der früher oder später enden mußte. So kam es zu dem völlig ungewöhnlichen Vorgang, daß sie den ersten Schritt tat. Wie nebenbei bemerkte sie, daß sie jeden Sonntagmorgen in der Kathedrale die Messe besuche und sich anschließend mit ihrer Anstandsdame in den Gärten von Las Delicias ergehe. Ich sog ihre Worte ein, für mich waren es unverbrüchliche Liebesverheißungen.«

»Ihr habt dieses Rendezvous doch nicht versäumt?«

»Gewiß nicht. Kaum war der Sonntag gekommen, begab ich mich zur Kathedrale. Ich suchte Deckung hinter einer Säule und verschlang Cristina mit Blicken. Danach folgte ich ihr in die Gärten. Da ist etwas, was Euch überraschen mag: Cristina war nicht schön. Woraus hervorgehen mag, welch faszinierender Mensch sie war. Ein Freund, dem ich davon erzählte, gab mir folgendes zur Antwort: ›Wenn eine häßliche Frau geliebt wird, dann kann das nur bis zum Wahnsinn sein, denn sie muß unbesieglichere Zauberkräfte besitzen als die bloße Schönheit.‹«

Vargas ließ für einen Moment Manuelas Hand und ballte die Faust.

»Es ist wohlbekannt, in jeder Wüste warten die Trugbilder. Cristina Ribadeo war meine Fata Morgana. Wir haben uns heimlich wiedergesehen, niemand wußte es, vor allem nicht ihre Familie, der es unvorstellbar war, daß sie sich mit einem nicht Ebenbürtigen verbinden könnte. Dabei darf ich Euch versichern, daß ich Frauen und Männern begegnet bin, die der gleichen Welt entstammten, in deren Blick jedoch mehr Traurigkeit wohnte, als wenn das Schicksal sie mit Bettlern zusammengeschmiedet hätte.«

Vargas' Stimme verriet nun gesteigerte Erregung.

»Unsere Liaison dauerte beinahe fünf Monate. Ich habe nie einen Menschen gekannt, der mit solcher Glut und Inbrunst liebte wie Doña Ribadeo. Vielleicht verwundert es Euch, aber das Paradox stellte sich ein, daß dieses Liebe, statt mir Stärke zu geben, mein inneres Gleichgewicht vollkommen zerstörte. Ich hatte das Gefühl, auf ein Schiff gesprungen zu sein, das kein Ruder, keine Segel mehr besaß und, allen Launen des Ozeans ausgeliefert, dahintrieb.«

Manuela legte die Stirn in Falten. »Verzeiht mir, aber wie kann erwiderte Liebe den, dem sie gilt, in solche Unsicherheit stürzen? Ist es nicht die umgekehrte Situation, die uns gewöhnlich Leiden zufügt?«

»Natürlich. Nur müssen auf Worte Taten folgen. Nichts war verläßlich bei Cristina Ribadeo, außer die Unfähigkeit, ihre Wünsche in Entschlüsse umzusetzen. Manchen Menschen ist die Weigerung, dem Schicksal zu folgen, angeboren. Bei andern ist es die tiefsitzende Furcht, gegen den Strom schwimmen zu müssen. Was soll man machen, die Natur ist nun einmal ungerecht. Die Feen, die sich über eine Wiege beugen, sind wahrscheinlich nur nach dem Zufallsprinzip zugegen. Unter jenen, die sich über die der kleinen Ribadeo beugten, muß die gute Fee des Wohllebens und des Reichtums gewesen sein, aber auch die böse Fee des Wankelmuts. Und ich war Cristina auf Gedeih und Verderb ausgeliefert. Gleich werdet Ihr verstehen. Sie offenbarte mir sehr bald, daß sie seit langem einem Hidalgo versprochen war, Pedro de Ortega, dem Sohn eines sevillanischen Adligen. Sie versicherte mir, sie empfinde nichts für diesen Mann, den sie als fade und einfältig bezeichnete. Nie, so schwor sie, würde sie sich an ihn binden, und mit jener Inbrunst, zu der nur sie fähig war, fügte sie hinzu: ›Lieber sterben!‹ Wenn sie nur davon sprach, war ihr in der Tat zum Sterben, aber nur in Gedanken und vor allem in meinen Armen. Sie verkündete regelmäßig, daß sie demnächst mit ihren Eltern darüber reden und ihnen ihre Weigerung ins Gesicht schreien würde, Pedro de Ortega zu ehelichen. ›Weil ich‹ – das sagte sie jedesmal mit Nachdruck – ›weil ich Euch liebe. Weil Ihr mein Leben seid, mein Herz, der Mann meiner Wahl.‹« Erneut legte er seine Hand auf die Manuelas.

»Die Zeit verging, und ich begann, sie zu bedrängen. Eines Abends verlangte ich, daß der Lüge, in der wir nun seit mehreren Monaten lebten, endlich ein Ende gesetzt werde. Ich sagte ihr, ich hätte vor, ihren Vater aufzusuchen und ihm unsere Liebe zu offenbaren. Sie erhob keinen grundsätzlichen Einwand, verlangte jedoch eine Frist von einer Woche, nicht weil sie an der Wahl ihres Herzens noch Zweifel habe (diese sei unwiderruflich, sagte sie immer wieder), sondern weil sie vermeiden wolle, daß Don Ribadeo – er erholte sich gerade von einer schweren Lungenerkrankung – durch die heftige Gemütsbewegung angegriffen werde, die ein solches Geständnis unweigerlich auslösen mußte. Und im gleichen Atemzug nahm sie sich vor, so als sei ihr der Einfall spontan gekommen, die ganze Woche lang am Bett des braven Mannes zu wachen. Um unserer Liebe willen und um den Grafen auf meinen Besuch vorzubereiten.«

»Und Ihr habt Euch einverstanden erklärt?«

»Hatte ich denn die Wahl? Ich war geknebelt, gefesselt, war dazu verurteilt, mich leiten zu lassen. Ich war der Blinde, der seinem Führer folgt.« Er seufzte. »Wir waren übereingekommen, uns eine Woche später wiederzusehen, genau gesagt an einem Freitag, und zwar bei jenem Brunnen, den wir bereits seit längerem zum Ort unserer Rendezvous erwählt hatten. Dort habe ich dann auf sie gewartet. Ich wartete bis zum Einbruch der Nacht. Auch am nächsten Tag war ich dort, desgleichen am übernächsten Tag, und so alle Tage während einer Woche, die mir wie eine Ewigkeit vorkam. Schließlich war ich überzeugt, daß Cristina von ihren Eltern zu Hause eingeschlossen wurde, weil sie ihnen in einem Moment der Aufrichtigkeit unsere Liebe gestanden hatte. Ich begab mich zu ihrem Haus, entschlossen, allen Drachen der Familie Ribadeo die Stirn zu bieten. Es war ein Sonntag im Mai. Ein triumphierender Spätfrühling erfüllte die Luft von Sevilla mit den sanftesten Düften. Ich pochte an die Pforte des schönen

Stadtpalastes. Eine Dienerin öffnete. Ihr faltiges Gesicht war von Unfreundlichkeit und Bitterkeit gezeichnet. Ich hätte ahnen können, daß solcherart Leute stets nur finstere Auskünfte parat haben. Ziemlich grob beschied sie mich, daß Doña Ribadeo nicht zu Hause sei, genausowenig der Graf und auch sonst kein Mitglied der Familie. Als ich meiner Verwunderung Ausdruck gab, sagte sie nur knapp: ›In der Kathedrale, sie sind alle in der Kathedrale.‹ Und dann sagte sie noch, bevor sie die Tür ins Schloß drückte: ›Die Señorita heiratet.‹«
Vargas' Finger gruben sich in Manuelas Hand.
»Es gibt Augenblicke, da weigert sich das menschliche Gehirn, eine Realität zu akzeptieren, die es unter anderen Umständen hingenommen hätte. Ich bin trotz allem zur Giralda gegangen, ich fand auch den Mut, die Kathedrale zu betreten. Und Cristina Ribadeo war tatsächlich da. Sie kniete an der Seite von Pedro de Ortega, jenem Mann, den sie wenige Wochen zuvor noch als langweilig und einfältig zu bezeichnen pflegte.«
»Was habt Ihr getan? Ihr werdet doch nicht ...« In Manuelas Stimme klang Bangigkeit mit.
»Ich kann Euch beruhigen. Ich habe jeden Skandal vermieden. Ich hatte kein Interesse daran, meinen Leiden noch die Demütigung hinzuzufügen. Nein. Ich bin bis zum Ende der Hochzeitszeremonie geblieben. Ich lauerte ihr auf, ich spähte ihr ins Gesicht, während sie den Mittelgang am Arm dessen, der ihr Ehemann geworden war, entlangschritt. In allernächster Nähe ist sie an mir vorbeigegangen. Sie hat mich gesehen. Ein kurzes, sehr schwaches Aufleuchten in ihren Augen. Ich glaubte, eine Empfindung irgendwo zwischen Verlegenheit und Selbstverleugnung darin lesen zu können.«
Er erhob sich und trat zu einem der hohen Fenster, die zum Garten des Klosters hinausgingen. Die Stirn an den Fensterstock gedrückt, blieb er schweigend eine Weile stehen. Von der wassergetränkten Erde stieg der Geruch von Feuchte auf. Erinnerung an das Gewitter, das inzwischen weitergezogen war.
Manuela verließ den Tisch und näherte sich ihm. »Ich kann mir

Euren Schmerz vorstellen«, sagte sie leise, »aber warum habt Ihr dem Leben die Tür zugeschlagen?«

Ohne sich umzudrehen, antwortete er: »Ganz einfach, weil ich tot war. Ich fand mich plötzlich in schreckliche Dunkelheit gestürzt, in eine Nacht ohne Sterne, die von Ungeheuern und Gespenstern bewohnt war, welche sich an mich klammerten und mich zu Abgründen hinzuzerren suchten, von denen ich wußte, daß sie bodenlos waren. Rafael Vargas hatte aufgehört zu existieren. Ein anderer hatte seinen Platz eingenommen, gegen den ich nichts auszurichten vermochte. Es verging kein Augenblick mehr, ohne daß vor meinem inneren Auge mit der Regelmäßigkeit des Herzschlags die Worte, die Gesten, die Träume vorbeizogen, die meine mit Cristina geteilten Tage erfüllt hatten. Ihr Bild ging mir nicht aus dem Sinn. Wo ich auch war, die Erinnerung haftete an meinen Schläfen, bis ich schließlich nur noch wünschte, hinter der nächsten Straßenecke möge ein Mörder, ein mitleidiger Scherge warten, um mir den Schädel einzuschlagen. Denn ein Ende sollte endlich sein mit dieser Qual. Es kam vor, daß ich ganze Tage durch Sevilla irrte, und unfehlbar endete mein Gang an den Ufern des Guadalquivir. Dort setzte ich mich nieder, starrte in die Fluten, wünschte nur noch, mit allem Schluß zu machen, wünschte eins zu werden mit dem Fluß.«

In äußerster Anspannung hörte Manuela zu. »Und wie habt Ihr wieder zum Licht gefunden? Wie habt Ihr die Freude am Leben zurückgewonnen?«

Sie ahnte die Geste mehr, als daß sie sie sah: Zitternd schlossen sich seine Finger um das Kruzifix auf seiner Brust. Er drehte sich brüsk um.

»Es war das Gebet«, sagte er leise. »Da jeder Glaube an die Menschen mich verlassen hatte, konnte nur noch der Glaube an Jesus Christus mich retten. Eines Tages, als ich mich wieder am Ufer des Flusses aufhielt, hat ein Mann mich angesprochen und, ohne meine Erlaubnis abzuwarten, neben mir Platz genommen. Er sagte, er sei mir schon oft hier begegnet, habe aber nie gewagt, mich in meinem Grübeln zu stören. Es war ein Franziskanermönch. Er hieß Juan Perez.«

»Der Prior von La Rábida?«

»In der Tat, er war es. Er hatte zu jener Zeit das Amt noch nicht inne und lebte im Kloster San Nicolas in der Nähe von Sevilla, wartete aber bereits auf die Ernennung. An jenem Tag hat er sehr lange zu mir gesprochen, und ich habe nur zugehört. Zwei Tage später haben wir uns wiedergetroffen, und auch an den folgenden Tagen; der Unterschied war nur, daß diesmal ich mich nach San Nicolas begab. Aus der Ruhe dieses Klosters schöpfte ich Trost und Kraft in einem Maße, wie ich es nie für möglich gehalten hätte. Im Umgang mit den Mönchen wurde ich ruhig, ich versöhnte mich mit mir selbst, kurz gesagt, ich fand den inneren Frieden. Einige Monate später, als für Juan Perez die Zeit gekommen war, nach La Rábida überzusiedeln, bat ich ihn um die Gunst, ihm folgen zu dürfen. Er erklärte sich einverstanden, nicht jedoch ohne mich zu warnen. Ob ich auch sicher sei, daß ich in den Orden eintreten wolle? Ob mein Entschluß nicht allein von Enttäuschung und Verdruß inspiriert sei? Von jener ›Resignation‹, von der Ihr gesprochen habt, neulich im Kreuzgang an dem Tag, an dem ich Euch meine Hilflosigkeit gestanden habe angesichts dessen, was ich als einen Mord betrachtete und immer noch betrachte.«

Sie enthielt sich jeder Bemerkung und wartete darauf, daß er fortfuhr.

»Mein Entschluß stand fest. Es waren inzwischen nicht mehr die schweren seelischen Wunden, die meinen Weg bestimmten. Ebensowenig suchte ich vor mir selbst zu fliehen. Alles, was ich mir wünschte, war, mich anderen widmen zu dürfen. Ich wollte jener Begierde nach zeitlichen Vergnügungen ein Ende setzen, und vor allem wollte ich nie mehr Sklave meiner Gefühle sein, nie mehr das kennenlernen, was Fray Juan Perez mit einem gewissen Humor als ›Herzstillstand‹ bezeichnete.«

»Euch war aber doch auch klar, daß Ihr von jener Minute an aus allen Frauen dieser Welt Cristina Ribadeos machtet.«

»Das stimmt.« Ihrem Blick ausweichend, fügte er leise hinzu: »Heute ist nichts mehr so, wie es damals war.«
Sie standen sehr nahe beieinander. Sie konnte seinen Atem spüren, und seine Stimme drang zu ihr wie in einem Traum. Die flackernden Kerzenleuchter schlossen sie beide in einen besänftigenden Lichtkreis ein, die Welt war auf einmal weit weg.
»Manuela«, murmelte er, »Ihr ...«
Sie legte ihm den Finger auf den Mund. »Sagt nichts! Was würden Worte nützen?«
Trotzdem formten, von einer unwiderstehlichen Macht getrieben, seine Lippen die Worte: »Ich liebe Euch ...«
Er ergriff die Hände der jungen Frau, führte sie an seine Wange, wollte ihre Haut spüren, ihren Duft einatmen. »Ich liebe Euch.«
Plötzlich schien eine Woge der Melancholie Manuela zu überfluten. Sie fragte: »Sind wir die Skizze oder das vollendete Werk?«
Seine Antwort kam wie aus einem schweren Traum. »Seit ich Euch kenne, weiß ich, daß es Skizzen gibt, die eine Wärme besitzen, wie sie das vollendete Werk niemals aufweisen wird. Entwürfe, worin die Seele des Schöpfers sich frei ergießen darf, ganz ungekünstelt und ganz ohne rationale Überlegung. Bestimmte Skizzen sind bereits die Vollendung.«
Langsam zog er sie an sich. Sie überließ sich ihm, ihr Herz war nur noch Aufruhr und Wirrnis.
Ihre Lippen wollten sich finden, da krampfte sich Vargas' ganzer Körper wie in einem heftigen Schmerz zusammen. Sacht löste er sich von ihr. Verstört, mit hohlem Blick sah er auf das Kruzifix an seiner Brust hinunter.
»Mein Gott ...«, hauchte er.
Hätte er die zwei Worte herausgeschrien, die Verzweiflung in seiner Stimme wäre nicht nackter zum Ausdruck gekommen.

Kapitel 27

Die Liebenden konnten einer ohne den anderen weder leben noch sterben. Waren sie getrennt, so war es kein Leben und kein Tod, sondern das Leben und der Tod zugleich.

J. Bédier: Tristan et Iseult, 15

Es war heller Tag geworden in Burgos, und die Glocken der Kathedrale läuteten mit dröhnendem Schwung. Im Schatten des Arco de San Martin hörte der Mann mit dem Vogelkopf, was Manuela ihm zu sagen hatte. Er zeigte Niedergeschlagenheit, innerlich aber nährte der Zorn der jungen Frau sein Triumphgefühl.

Ruhig ließ er sie ihre Strafpredigt vollenden, dann murmelte er: »Es ist wahr, ich habe unrecht getan. Aber ich war überzeugt, daß diese Araber Bestrafung verdienten.«

»Lügner! Ihr habt zugegeben, den Zusammenstoß beobachtet zu haben. Folglich wußtet Ihr ganz genau, daß wir sie begnadigt hatten.«

Mendoza heuchelte Verwunderung. »Begnadigt habt Ihr sie, Señora? Gott ist mein Zeuge, daß ich davon nichts wußte. Ich dachte in aller Aufrichtigkeit, ihr wolltet sie, nachdem sie entwaffnet waren, nicht kaltblütig umbringen.«

»Worauf Ihr Euch das Recht angemaßt habt, genau das zu tun.«

Er murmelte ein kaum hörbares Ja.

»Großartig! Nun, wie dem auch sei, im Moment gibt es dringendere Fragen zu lösen. Ich muß unbedingt den Großinquisitor sprechen. Sofort. Ich habe ihm Neuigkeiten von allerhöchster Wichtigkeit mitzuteilen.«

Mendoza konnte sich kaum das Lächeln verkneifen. Diesmal war Gott auf seiner Seite. »Leider ist Tomas de Torquemada abwesend. Er hat sich auf Ladung Ihrer Majestät für einige Tage nach Toledo begeben.«

Der jungen Frau war die Verstimmung deutlich anzumerken. »Und sein Sekretär?«

Mendoza zögerte. Fray Alvarez war sehr wohl zu sprechen, er hatte den Sekretär noch am Vortag selbst aufgesucht, um ihn über die Entwicklung auf dem laufenden zu halten. Würde er für diese Frau eine Unterredung arrangieren, so hieße das, der Kritik und der Anschwärzung Vorschub leisten. Darüber hinaus war ihm bekannt, in welcher Wertschätzung Manuela Vivero bei der Königin stand. Ein Wort Ihrer Majestät, und er, Mendoza, fände sich von einem Tag auf den anderen ins Nichts zurückgestoßen.

Schließlich antwortete er in möglichst natürlichem Tonfall: »Señora, Ihr habt wahrlich Pech. Auch Fray Alvarez hat sich hinwegbegeben. Er wird nicht vor Ablauf einer Woche in Burgos zurückerwartet.«

Eine Geste der Verärgerung war die Antwort.

Mendoza fragte mit gespielter Harmlosigkeit: »Ihr habt von hochwichtigen Informationen gesprochen. Solltet Ihr etwa entdeckt haben, wovon das geheimnisvolle Buch handelt?«

In ihrer Verwirrung nickte Manuela.

»In diesem Falle wäre es ratsam, an den Inquisitor zu schreiben. Ich werde ihm Euren Brief schnellstens zukommen lassen.«

»In der Tat sehe auch ich keine andere Lösung. Jedoch – und darauf möchte ich den größten Nachdruck legen – habt Ihr die zuständige Person zu informieren, daß ich eine sofortige Antwort erwarte. Ist das klar?«

Der Mann mit dem Vogelkopf verneigte sich beflissen. »Ihr könnt auf mich zählen, Doña Vivero. Genauso wird es geschehen.«

Kloster Las Huelgas

Sarrag kam in die Klosterzelle, die er mit Vargas und Ezra teilte, zurück und schwenkte einen kleinen, ovalen Spiegel, der einen durchlaufenden Sprung aufwies.

»Hier«, sagte er und übergab den Spiegel dem Rabbiner, »der müßte es eigentlich tun.«
»Aber er hat ja einen Sprung. Habt Ihr denn nichts Besseres auftreiben können?«
»Meint Ihr nicht, Ihr übertreibt ein bißchen? Fragt doch Euren Freund, den Mönch, wieviel Aussicht besteht, in einem Frauenkloster einen Spiegel zu finden. Eher stoßt Ihr in einer Synagoge auf ein Kruzifix.«
Vargas nickte zustimmend, aber man spürte, daß er mit seinen Gedanken anderswo weilte.
»Nun, wo habt Ihr ihn entdeckt?« fragte Ezra.
»Eine der Nonnen hat ihn mit so viel ängstlicher Besorgnis herausgerückt, als würde sie mir die Schlüssel zum Himmelreich aushändigen. Meines Erachtens – aber natürlich habe ich mich gehütet, ihr das zu sagen – ist sie die einzige im ganzen Kloster Las Huelgas, die sich noch einen Rest Koketterie bewahrt hat.« Er sah verdrießlich drein und fügte hinzu. »Ach, welche Verschwendung, all diese verschleierten Frauen!«
Ezras Lippen schürzten sich zu einem stummen Lachen. »Eine ganz ungewöhnliche Bemerkung aus dem Mund eines Arabers. Glaubt Ihr denn, daß die Frauen besser dran sind, die in euren Harems sitzen und die ihr zwingt, mit verschleiertem Gesicht aus dem Haus zu gehen?«
»Nun, verschleiert oder nicht, wenigstens dienen sie dem Vergnügen des Mannes.«
Im Sprechen schielte Sarrag zu dem Franziskaner hinüber, bereit, sich dessen Unmut zu stellen. Aber Vargas schien gar nicht zugehört zu haben.
Angesichts seines Schweigens entschied sich der Scheich für bedächtige Vorsicht und wandte sich an Ezra: »Laßt uns zu unserem Text zurückkehren!« Er deutete auf den Spiegel. »Warum brauchtet Ihr so unbedingt diesen Gegenstand?«
Der Jude ergriff eins der Blätter und deutete auf die seitenverkehrt geschriebenen Wörter. »Schaut nur selbst! Wenn wir das Glas so hinhalten, daß die Buchstaben sich spiegeln, dann kön-

nen wir die Wörter lesen, und zwar sind es dann folgende: ERGIV – ICAGE – CINVENT REFRER – IXTUSS.«
»Aber was herauskommt, ist genauso unverständliches Zeug.«
»Auf den ersten Blick, Scheich Sarrag, nur auf den ersten Blick. Wir wissen, daß bei unserem lieben Aben Baruel das, was wirr scheint, dies nie lange bleibt. Es wäre nicht das erste Mal, daß er uns mit einer Welt konfrontiert, in der alles drunter und drüber geht. Oder vielmehr« – seine Stimme wurde nachdrücklich – »einer verkehrten Welt. Erinnert Euch doch nur an die Stelle im zweiten ›Nebenpalast‹, wo er eine Reihe von Zahlen anführt: 30, 10 und 12 UND EIN HALBES. Und dann noch 30 und 20. Wie sind wir vorgegangen, um die Maße des Tempels von Jerusalem zu finden? Nun, wir haben die erste Ziffernreihe mal zwei genommen und sind genau umgekehrt vorgegangen, um die Maße der Kaaba zu erhalten.«
»Und jetzt?«
»Ich sagte es bereits: Wir sollten die Regel der ›verkehrten Welt‹ anwenden. Für das Spiel der Anagramme eröffnen sich mehrere Möglichkeiten, aber nur bei einer erhalten wir bekannte Namen. Ich habe einen Teil der Nacht damit verbracht, und hier nun das Ergebnis: ERGIV wird Ervig, ICAGE wird Egica. CINVENT REFRER wird zu Vincent Ferrer und IXTUSS schließlich zu Sixtus.«
Ezra legte das Blatt auf den Bettrand und fragte: »Und? Woran denkt Ihr, wenn Ihr diese Namen hört? Ich möchte gleich dazusagen, daß es mir gelungen ist, die Personen zu identifizieren.«
Da Vargas weiter stumm blieb, antwortete der Araber: »Ich frage mich, ob wir da in eine Falle tappen sollen. Zwei der Namen benennen doch wohl westgotische Könige, die über Spanien herrschten.«
»Ausgezeichnet.«
»Dagegen sehe ich nicht so recht, wer Sixtus und dieser Vincent Ferrer sein sollen. Vielleicht kann Fray Rafael uns aufklären.«
Der Mönch reagierte nicht.
»Dann werde eben ich antworten«, erbot sich Ezra. »Bis zum heutigen Tag hat es vier Päpste mit dem Namen Sixtus gegeben. Im

Moment bin ich noch außerstande zu sagen, welcher von den vieren hier gemeint ist. Was Vincent Ferrer angeht, so handelt es sich um einen Mörder, einen Massenmörder und geschworenen Feind der Juden. Vor ihm haben zwischen 1406 und 1409 sämtliche Judengemeinden in Spanien gezittert. Seine Hände sind vom Blut meiner Glaubensbrüder so rot wie die des teuflischen Pablo de Santa María. Der einzige Unterschied zwischen den beiden Männern besteht darin, daß Ferrer nicht jüdischer Herkunft war, sondern ein reinblütiger Christ und dazu ein Dominikanerpriester.«

Der Araber verschränkte die Arme. »Zwei westgotische Könige, ein Papst und ein Oberhenker. Und weiter?« Er nahm das Blatt wieder an sich, auf dem der vierte ›Hauptpalast‹ niedergeschrieben stand, und fing an, ihn zu studieren.

Vierter Hauptpalast: Verherrlicht wird J. H. W. H. von Seiner Stätte aus: Der Name ist in 3. Er hatte das Volk Israel gewarnt: Wenn du der Stimme Jahwes, deines Gottes, nicht durch gewissenhafte Beobachtung all seiner Gebote und Gesetze, die ich dir heute anbefehle, gehorchst, so wirst du verflucht sein in der Stadt und verflucht sein auf dem Lande. Jahwe wird dich und den König, den du über dich setzest, hinwegführen zu einem Volke, das du und deine Väter nicht kannten, und dort wirst du anderen Göttern dienen, solchen aus Holz und Stein. Jahwe wird gegen dich von fern her, vom Ende der Erde, ein Volk aufbringen, das wie ein Adler dahersaust, ein Volk, dessen Sprache du nicht verstehst, ein Volk harten Blicks, das auf den Greis keine Rücksicht nimmt und des Knaben nicht schont. Es wird dich in all deinen Städten belagern, bis deine höchsten und festesten Mauern, worin du Sicherheit suchtest, im ganzen Lande fallen. Jahwe wird dich unter alle Völker von einem Ende der Erde bis zum anderen zerstreuen. Unter jenen Völkern wirst du nicht ruhig wohnen und keinen Rastplatz für deinen Fuss finden. Dort gibt dir nämlich Jahwe ein angsterfülltes Herz, einen erloschenen Blick und einen mühsamen Atem.

Nach dem Tode Otniels, des Sohns des Kenas, taten die Israeliten wieder, was böse ist in den Augen Jahwes. Da wurden sie für 18 Jahre viɘяƎ, dem König von Moab, unterworfen. Nach dem Tode Ehuds taten die Israeliten wieder, was böse ist in den Augen Jahwes, und Jahwe überliess sie dem ɘɘAƆI, dem König von Kanaan, der in Hazor herrschte. Die Israeliten taten, was böse ist in den Augen Jahwes. Jahwe gab sie 1391 Jahre lang in die Hand Midians, und die Hand Midians lastete schwer auf Israel. Nach dem Tode Gideons begannen die Israeliten wiederum, sich den Baalen hinzugeben, und sie machten sich Baal-Berit zum Gott. Da überliess Jahwe sie der Hand des яɘꟻɘꟻЯ тиɘvıƆ, und wiederum taten die Israeliten, was böse ist in den Augen Jahwes. Sie dienten den Baalen und den Astarten sowie den Göttern von Aram und Sidon, den Göttern von Moab, den Göttern der Ammoniter und der Philister. Sie verliessen Jahwe und dienten Ihm nicht mehr. Da entbrannte der Zorn Jahwes gegen Israel, und er gab es in die Hand von ƨƨuтxI, dem 4. König der Ammoniter. Die Israeliten taten wieder, was böse ist in den Augen Jahwes, und Jahwe gab sie in die Gewalt von Salomo, dem Sire von Vincelar.

Und der Ewige – denn es ist nicht gut, dass der Mensch allein sei – liess einen Tiefschlaf über den Menschen fallen, nahm eine von seinen Rippen und schloss das Fleisch an ihrer Stelle zu. Der Ewige baute die Rippe, die er vom Menschen genommen hatte, zu einem Weibe und führte es zum Menschen. Seither sind A'h und A'hoth vereint unter den Blicken der Niedrigen und der Mächtigen, dort, wo die Engel nicht eintreten. Sie sind vereint, während unweit davon ein Leichnam die Zwillingsschatten gezeichnet hat. Im Westen des geneigten Schattens werdet Ihr die 4 finden, am Fuss der Mauer, wo geschrieben steht: Moses ist zu euch mit unwiderleglichen Beweisen gekommen, ihr aber habt in seiner Abwesenheit das Kalb vorgezogen. Ungerecht seid ihr gewesen!

»Eines kann man sagen«, meinte Sarrag zu Ezra gewandt,

»indem Baruel alle diese Verfluchungen zitiert, zeigt er Euch gegenüber, lieber Rabbi, ein nicht mehr zu überbietendes Maß an Grausamkeit.«

Die Bemerkung schien Ezra nicht sonderlich zu treffen. Seine Antwort kam mit großer Gelassenheit. »Diese Zitate beweisen nur eines, nämlich daß der Allewige Seinem Volk gegenüber unendliche Großmut bezeigt hat, indem Er es von all seinen Verirrungen lossprach, und daß Er es demnach mehr als jedes andere Volk geliebt hat.«

»Ich weiß nicht, ob ich dessen so absolut sicher wäre. Da sind einige Passagen, die finde ich ausgesprochen verwirrend und bedenklich. Man kann sich fragen, ob der Herr euch überhaupt jemals vergeben hat.«

»Da müßt Ihr Euch näher erklären.« Er nahm Ezra das Blatt aus der Hand. »Schaut nur her, diese Stelle zum Beispiel: Jahwe wird dich und den König, den du über dich setzest, hinwegführen zu einem Volke, das du und deine Väter nicht kannten, und dort wirst du anderen Göttern dienen, solchen aus Holz und Stein. Findet Ihr nicht auch, daß hier eine Parallele zum Aufbruch der Juden aus Babylon und zu ihrer Ankunft in Spanien besteht, wo sie ja sehr bald die schlimmsten Demütigungen erlebt haben? Und dann noch diese andere Stelle hier: Jahwe wird gegen dich von fern her, vom Ende der Erde, ein Volk aufbringen, das wie ein Adler dahersaust, ein Volk, dessen Sprache du nicht verstehst, ein Volk harten Blicks, das auf den Greis keine Rücksicht nimmt und des Knaben nicht schont.«

Der Rabbiner antwortete unverzüglich: »Den Zusammenhang, den Ihr herzustellen versucht, sehe ich durchaus. Aber warum wollt Ihr Euch dann auf Spanien beschränken? Wir sind in den allermeisten Ländern verfolgt und aus ihnen vertrieben worden. Und wir könnten wahrhaft beliebig wiederholen: Jahwe wird dich unter alle Völker von einem Ende der Erde bis zum anderen zerstreuen. Unter jenen Völkern wirst du nicht ruhig wohnen und keinen Rastplatz für deinen Fuss finden.«

Ezras Lächeln hatte etwas Lakonisches.
»Ich habe«, sagte er, »schon einmal zu Fray Vargas gesagt: Der Jude existiert nicht, er ist eine Erfindung des Menschen. Heute ist er es, der stirbt, morgen wird ein anderer an der Reihe sein.« Er richtete den verkrümmten Zeigefinger auf den Scheich. »Ihr zum Beispiel. Ihr oder andere Eures Blutes.«
»Ist das nicht bereits der Fall?«
»Nein, mein Lieber, noch nicht.«
»So möge der Erbarmungsreiche uns behüten ...«
Der Rabbiner machte einen Vorschlag: »Lassen wir die finsteren Voraussagen beiseite und versuchen wir, mit dem Rätsel zu Rande zu kommen. Baruel hat nicht nur die Prophezeiungen der Vergangenheit und die Ereignisse der Gegenwart in einen deutlichen Zusammenhang bringen wollen, er hat in den Wortlaut dieser Verfluchungen auch die Hinweise eingestreut, die uns unsere nächste Etappe verraten sollen. Bei genauer Analyse bemerkt man, daß vier Elemente irgendwie in den Text nicht hineinpassen. Nehmen wir die erste derartige Stelle: JAHWE GAB SIE 1391 JAHRE LANG IN DIE HAND MIDIANS, UND DIE HAND MIDIANS LASTETE SCHWER AUF ISRAEL.«
»Wenn ich mich auf Euer Gedächtnis verlassen soll, und was bleibt mir anderes übrig«, sagte der Scheich, »dann hätten wir es mit einem Vers aus dem ›Buch der Richter‹ zu tun.«
»Genau, aber das ist eine der Seltsamkeiten, auf die ich gerade angespielt habe. Der Vers lautet wörtlich: ›Die Israeliten taten, was böse ist in den Augen Jahwes; Jahwe gab sie 7 Jahre lang in die Hand Midians, und die Hand Midians lastete schwer auf Israel.‹ Habt Ihr gehört? 7 Jahre! Baruel hingegen schreibt 1391 Jahre. Keiner von uns käme auf die Idee, ein schlichtes Versehen zu vermuten. Wir könnten – wie Ihr Euch wohl schon denkt – ganze Nächte lang versuchen, den Sinn dieser Zahl herauszufinden, und könnten Hunderte von mathematischen Operationen zur Anwendung bringen. Das wäre aber vollkommen unsinnig. Für mich bedeuten nämlich diese vier Ziffern ganz einfach eine Jahreszahl.«

»Aber was wäre das für ein besonderes Jahr?«
»Nun, 1391 war ein ganz entscheidendes Jahr. Damals fiel sozusagen der erste Warnschuß nach einer langen Ära des einigermaßen friedlichen Zusammenlebens. Es kam zu schrecklichen Unruhen, den gewalttätigsten, den grausamsten, von denen man weiß. Man verheerte das Judenviertel von Sevilla, bevor die Unruhen auf ganz Andalusien und auf Aragon übergriffen. Man ist sich nicht ganz sicher, aber man schätzt die Zahl der Umgekommenen auf fünftausend bis zehntausend. Das war der Auftakt für eine ungemein schlimme Zeit der Verfolgungen. Es kam immer wieder zu ähnlichen Unruhen, die sich zwar weniger mörderisch auswirkten, aber im Jahre 1412 dennoch dazu führten, daß die Cortes ausgesprochen diskriminierende Maßnahmen ergriffen. Sie schlossen die Juden in ihren Stadtvierteln ein, unterbanden nach Kräften ihre Beziehungen zu den Christen und machten ihnen die Ausübung ihrer Religion immer schwieriger.«
Sarrag enthielt sich jedes zustimmenden Kommentars und forderte den Rabbiner auf, seine Darlegungen weiterzuführen.
»Seltsam ist zweitens, daß ausgerechnet in dem anderen Ausschnitt aus dem ›Buch der Richter‹ jener Vincent Ferrer plötzlich auftaucht. Ich zitiere: NACH DEM TODE GIDEONS BEGANNEN DIE ISRAELITEN WIEDERUM, SICH DEN BAALEN HINZUGEBEN, UND SIE MACHTEN SICH BAAL-BERIT ZUM GOTT. Warum hat Baruel Vincent Ferrer hier eingebaut? Warum dieser Anachronismus? Und zum dritten Punkte möchte ich zunächst die Bibel zitieren: ›Da entbrannte der Zorn Jahwes gegen Israel, und Er gab es in die Hand der Philister und der Ammoniter.‹ Von einem Sixtus, DEM 4. KÖNIG DER AMMONITER ist da nirgends die Rede. Ein Papst als König der Ammoniter? Das ist lachhaft. Und damit sind wir bei dem letzten sonderbaren Einfall Baruels: DIE ISRAELITEN TATEN WIEDER, WAS BÖSE IST IN DEN AUGEN JAHWES, UND JAHWE GAB SIE IN DIE GEWALT VON SALOMO, DEM SIRE VON VINCELAR. Ich möchte wetten, in der ganzen Thora findet sich nicht ein einziger Vers, in dem ein SIRE VON VINCELAR erwähnt wird.« Er wand-

te sich an den Franziskaner. »Ihr wißt um meine Kenntnis der Heiligen Schrift.«
Rafael nickte unbestimmt.
Daraufhin fragte der Rabbiner besorgt: »Was ist los mit Euch heute morgen? Seid Ihr krank? Ich finde Euch so munter wie eine Raupe auf ihrem Blatt.«
»Die Müdigkeit wahrscheinlich ...« In Wirklichkeit hatte Vargas die ganze Nacht kein Auge zugetan.
»Man kann wirklich nicht sagen, daß Ihr uns heute eine besondere Hilfe seid. Ich sagte gerade zu dem Scheich, daß wir vielleicht das Ganze ein wenig besser durchschauen werden, wenn wir die Wörter herauslesen, die mit dem Originalwortlaut der biblischen Verse nicht in Einklang stehen, um sie ihrerseits in einen eigenen Zusammenhang zu bringen: Ervig und Egica sind nämlich zwei westgotische Könige, die sich als Verfolger der Juden hervorgetan haben. Auf den ersten Blick sieht man keinen Zusammenhang mit der Jahreszahl 1391 und genausowenig mit der Gestalt eines Vincent Ferrer, eines Sixtus und eines Sire von Vincelar. Aber bei näherem Hinsehen dürfen wir doch das Jahr 1391 und Vincent Ferrer mit den westgotischen Königen verknüpfen.«
»Und wie soll der gemeinsame Nenner lauten?«
»Er liegt in der Verfolgung des jüdischen Volkes. Unter der Herrschaft von Ervig erließ nämlich das Konzil von Toledo 681 die Vorschrift, daß binnen Jahresfrist dem Gesetz Moses' abzuschwören sei. Egica verurteilte die Sefardim zur Sklaverei, wobei ihnen ihre Kinder wegzunehmen waren. Was nun das Jahr 1391 und die Person Vincent Ferrers betrifft, so brauchen wir uns nicht lange zu besinnen: Beide stehen ebenfalls für die Judenverfolgung.«
Vargas schaltete sich endlich ein: »Dann könntet Ihr eine weitere Gestalt hinzustellen: SIXTUS.«
»Inwiefern?«
»Nun, der Text sagt ganz klar: 4. KÖNIG DER AMMONITER. Wenn wir das auf die Papstabfolge übertragen, dann haben wir den 4. SIXTUS und wissen, warum er hier erwähnt wird.«

Plötzlich war es wie eine Offenbarung, und Ezra rief aus: »Sixtus IV. ist kein anderer als der Autor des unheilvollen Textes ›*Exigit sincerae devotionis*‹, jener am 1. November 1478 herausgegebenen Bulle, die Isabel und Fernando das Recht einräumte, selbst die Inquisitoren zu bestellen. Jetzt haben wir schon vier Gestalten und ein historisches Datum, welche untereinander in nachvollziehbarem Zusammenhang stehen. Es bleibt die fünfte Figur. Wer kann nur dieser geheimnisvolle SIRE VON VINCELAR sein?«

Burgos, am gleichen Tag

Fray Alvarez las zum zweitenmal den von Mendoza übergebenen Brief. Es war kaum glaublich. Ein Buch? Ein Buch als Träger einer Botschaft, deren Urheber kein anderer sein sollte als Gott selbst? Zwar erfanden die Erzhäretiker jede Art von abartigen und widersinnigen Irrlehren, diese Behauptung aber übertraf alles, was ihm bisher zu Ohren gekommen war.

Allerdings gab es da noch das Kryptogramm. Es verging kein Tag, ohne daß Pedro Menendez aufgeregt in sein Arbeitskabinett kam, um ihm mitzuteilen, daß er erneut eine Übereinstimmung mit einer wirklichen Stätte oder einer wirklichen Stadt herausgefunden habe. Der arme Mann schlief nicht mehr, seit er dieses Dokument in die Hände bekommen hatte. Er befingerte und durchwühlte es buchstäblich, er untersuchte es unter sämtlichen Aspekten mit einer Leidenschaft, als habe er den bedeutendsten theologischen Traktat aller Zeiten vor sich.

Ein absurder Gedanke schoß dem Kirchenmann durch den Kopf: Und wenn es wahr wäre. Wenn es ein solches Buch tatsächlich gäbe.

War das überhaupt möglich? War es vorstellbar, daß der Herr, daß Gott der Allmächtige sich an irgendwelche obskuren Individuen wandte, an einen Muselmanen, an einen Juden und, schlimmer noch, an einen abgefallenen Priester? Nein, das war undenkbar. Andererseits war es unmöglich, das begeisterte Interesse eines Pedro Menendez und dessen Überzeugung, daß diese sogenannten ›Paläste‹ das Werk eines Genius waren – doch, er hatte

jenen Aben Baruel mehrfach als Genius bezeichnet –, einfach abzutun. Zwar konnte man Menendez eine gewisse wehmütige Erinnerung an seine ehemaligen Glaubensbrüder unterstellen, seine kabbalistische Begabung in Zweifel zu ziehen wäre hingegen unsinnig gewesen.
Alvarez straffte sich unvermittelt. Er nahm einen Schlüsselbund aus seiner Schublade und begab sich zu einem imposanten Schrank aus dunklem Eichenholz. Der Kasten war mit drei Schlössern, die erst am Morgen angebracht worden waren, verschlossen. Drei Tage zuvor hatte Tomas de Torquemada Anweisung gegeben, in allen Städten, wo sich ein Inquisitionsgericht befand, die Schränke oder Truhen mit den Archiven mittels dreier Schlösser zu sichern und die Schlüssel bei zwei Notaren und dem Ankläger zu deponieren. Keiner der drei würde künftig in Abwesenheit der beiden anderen von den Annalen Kenntnis nehmen können.
Alvarez hatte Glück. Man hatte ihm erst vor einer Viertelstunde die Schlüssel übergeben, damit er sie den betreffenden Personen aushändige. Es blieb ihm also noch eine gewisse Zeitspanne, bevor auch ihm der Zugang zu den Dokumenten untersagt war. Er öffnete den Schrank und blickte auf Hunderte von säuberlich aufgereihten Akten. Sie trugen allesamt das Datum des laufenden Jahres 1487. Alle waren sie mit einem lederverstärkten Rücken und Schnürbändchen versehen. Geordnet waren sie chronologisch und nach Vornamen. Er brauchte nicht lange, um das Register des Monats April zu finden: *»Libro de los penitd. de este Santo Of. de la Inqn. de Corte de 1487 Sacados por Avecedario de letras iniciales de nombres. Penitenciados en Corte.«* In kleineren Schriftzeichen stand darunter der Wahlspruch der Inquisition: *»Exurge Domine, judica causam tuam!* Steh auf, o Gott, tritt ein für Deine Sache!«
Fieberhaft blätterte Alvarez die Akte aus dünnem, elfenbeinfarbenen Papier durch, bis er fand, wonach er suchte: den Bericht über Aben Baruels Verhaftung, das Protokoll der wenigen ihm gewidmeten Prozeßminuten und das Urteil.

Er ging zu seinem Schreibtisch zurück und las: »Der Familiar Andrés Martin hat dem Gericht die Person des Aben Baruel mit seiner Leibwäsche und den 410 Maravedis für seine Verpflegung, was beides ordnungsgemäß verzeichnet wurde, übergeben ...« Alvarez übersprang einige Zeilen und las weiter.
»Unter Hinweis auf den Eid, den er geleistet hat, und bei Strafe der Exkommunikation, *late sentencie*, sowie bei Strafe von 200 Peitschenhieben wurde ihm absolute Geheimhaltung befohlen bezüglich allem, was seinen Prozeß betrifft, allem, was er gesehen, gehört und verstanden hat, seit er in dieses Gefängnis eingeliefert worden ist, auf daß er niemandem und unter keinem Vorwand irgend etwas sage und preisgebe ...«
Der Sekretär des Großinquisitors hielt es nicht für nötig weiterzulesen und blätterte um.
»Nachdem die Folter begonnen hatte und bis zur Einschnürung des Körpers und des rechten Armes vorgeschritten war, fiel er in Ohnmacht, und der Begutachter erklärte, man könne nicht fortfahren, denn er leide am Übel des heiligen Lazarus. Der Wärter setzte Doktor Barbeito darüber in Kenntnis, daß der Beschuldigte sich in sehr schlechtem Zustand befinde ...«
Mit einer ärgerlichen Geste ging der Priester zur letzten Seite der Akte über, wo er denn auch fand, was er eigentlich suchte.
»Aben Baruel, 75 Jahre alt, geboren in Burgos, Leinwandhändler und wohnhaft in Toledo. 1478 bereits ausgesöhnt. Sohn jüdischer Eltern. Diesem Gericht vorgeführt, wurde er vernommen. Nachdem der Beschuldigte durch Zeugenaussage dahingehend belastet worden war, daß er das Gesetz Moses' befolgt und seinen Glauben daran bekundet habe, wurde seine Sache weiterverhandelt, und da er sich geständig zeigte bezüglich der vorgebrachten Beschuldigung, nämlich: ›Hat den Sabbat zu Ehren des Gesetzes Moses' dadurch geehrt, daß er ein saubereres Hemd angelegt und saubere Leintücher aufgelegt hat, daß er weder Feuer noch Licht angezündet und seit Freitag morgen in Untätigkeit verharrt hat‹, wurde besagter Aben Baruel nicht zur peinlichen Befragung verurteilt. Nach Beschlußfindung des Rates, welcher ...«

Fray Alvarez schloß das Register und blieb einen Moment nachdenklich sitzen. Er hatte in dem Bericht nichts Besonderes entdecken können, und dennoch ... Wenn es tatsächlich existierte, dieses Buch? Wenn Gott der Allmächtige tatsächlich ... Wenn das Mosaische Gesetz sich als das wahre Gesetz herausstellen würde? Dann ... das Heilige Offizium ... all die Toten!
Erschrocken stellte er die Akte zurück, schloß den Schrank dreifach ab und eilte auf den Gang hinaus. Er konnte die Last dieser Fragen nicht weiter allein tragen. Er mußte dem Großinquisitor Bericht erstatten.

Kloster Las Huelgas

»VINCELAR?« wiederholte Manuela. »Aber das ist doch der Name, den die Vorfahren von Tomas de Torquemada getragen haben, bis sie sich vor etwa hundert Jahren zum Christentum bekehrten.«
Die drei Männer starrten sie mit offenem Mund an. Sie hatte sich vor wenigen Minuten wieder zu ihnen gesellt, und kaum hatten sie ihr mitgeteilt, an welchem Punkt sie nicht weiterkamen, da sprudelte sie die Antwort hervor.
Die Verblüffung riß Vargas für einen Moment aus seiner Apathie. »Woher wißt Ihr das?«
»So gut wie jedermann in Spanien weiß, daß Torquemadas Vorfahren Conversos waren.«
»Möglich«, gab Ezra zu, »jedoch weiß nur einer von tausend, daß sie Vincelar hießen.«
Sie verzog leicht den Mund, als bringe sie der Einwand in Verlegenheit. »Was soll ich darauf antworten? Außer, daß ich mich erinnere, daß Torquemadas Ernennung zum Großinquisitor in meiner Familie zu heftigen Diskussionen geführt hat. Einer meiner Onkel rühmte sich sogar – ganz als wäre das eine Empfehlung –, ebenfalls in Teruel geboren zu sein, genauso wie Torquemadas Urgroßvater Salomon Vincelar.«
»Nun, Rabbi«, erklärte Sarrag mit dick aufgetragener Ironie, »dann muß ich Euch leider einen Minuspunkt zuerkennen. Daß

Vargas und ich diese Einzelheiten nicht kennen, das mag hingehen, aber Ihr, ein Jude?«

Der Rabbiner antwortete betont gleichgültig: »Ich war nie der Auffassung, daß man den Stammbaum des Teufels kennen muß. Der Teufel existiert, und das reicht vollauf zu unserem Unglück ...« Er nahm das Blatt an sich, auf dem er seine Notizen gemacht hatte.

»Dagegen hat man eine sehr nützliche Information, wenn man weiß, wo sein Urgroßvater geboren wurde«, sagte der Scheich.

Der Rabbiner tauchte seine Rohrfeder in das Tintenfaß und kritzelte etwas nieder. Erst dann antwortete er. »Ferrer und Vincelar sind beide in Teruel geboren.«

Vargas zögerte. »Ich glaube, ich errate schon, worauf Ihr hinauswollt.«

»Teruel?« rief der Scheich. »Wegen dieser zwei unscheinbaren Verweise? Nein. Ehrlich gesagt, ich glaube, daß Ihr hier zu leichtfertige Schlüsse zieht.«

»Ich behaupte ja nicht, daß Teruel unser nächster Bestimmungsort ist«, verwahrte sich Ezra. »Aber eine Möglichkeit ist es, und wir sollten uns mit ihr befassen. Ihr wißt genausogut wie ich, daß Baruel es sich zur Methode gemacht hat, die entscheidenden Hinweise doppelt zu geben. Und was sehen wir hier? Zwei Gestalten, die – anders als die beiden anderen – am selben Ort zur Welt gekommen sind. Und tut nicht Baruel ein übriges, um dieses Detail hervorzuheben? Er sucht sich den Namen Salomon Vincelar aus. Wenn er uns einfach nur auf Teruel aufmerksam machen wollte, wäre es dann nicht einfacher gewesen, Torquemada direkt zu zitieren, statt auf dem Umweg über seinen Urgroßvater?«

Manuela erlaubte sich einen Einwand: »Gestattet mir die Bemerkung, daß nicht nur Vincelar und Ferrer etwas gemeinsam haben. Die Gemeinsamkeit gilt für sämtliche Einzelelemente, die Ihr zusammengetragen habt. Alle ohne Ausnahme stehen für die Unterdrückung des jüdischen Glaubens.«

»Alle außer einem: Salomon Vincelar. Er ist der einzige, der sich in diese Logik nicht einfügen will.«

Sarrag wies das Argument zurück. »Ich bedaure, Euch widersprechen zu müssen. Er gehört durchaus dazu, da er mit Torquemada verwandt ist.«
»Jetzt ärgert Ihr mich! Sagt mir doch, warum es Baruel nicht für sinnvoll befunden hat, den Namen des Großinquisitors direkt zu erwähnen. Ihr antwortet nicht? Nun, ich möchte auf meiner Frage beharren. Wenn er es nicht getan hat, dann weil er unsere Aufmerksamkeit auf die Stadt Teruel lenken wollte.«
Auf die Behauptung des Rabbiners folgte konzentriertes Schweigen.
»Ich glaube, Ihr habt richtig gesehen«, sagte plötzlich Sarrag. Er griff zum vierten ›Hauptpalast‹ und las vor: »Moses ist zu euch mit unwiderleglichen Beweisen gekommen, ihr aber habt in seiner Abwesenheit das Kalb vorgezogen.«
Der Rabbiner ließ einen ärgerlichen Ausruf hören. »Schon wieder? Ihr habt uns doch erst gestern erklärt, daß es sich um einen Koranvers handelt!«
»Ja. Aber was ich nicht erwähnt habe, war die Sure, zu der er gehört.« Ein rätselhaftes Lächeln umspielte die Lippen Sarrags. Das Lächeln wurde zum Glucksen. Dann sagte er: »Es ist die sogenannte ›Kuh-Sure‹.«
Zur allgemeinen Überraschung warf er den Kopf in den Nacken und lachte dröhnend.
»Also wirklich«, brachte er zwischen zwei Lachanfällen mühsam hervor, »Baruel ist schon ein komischer Kauz! Sollte sich hinter dem Gelehrten ein Kind verbergen?« Als hätte er einen groben Scherz zum besten gegeben, gab er sich erneut seinem Gelächter hin.
»Macht Euch nicht lächerlich! Erklärt Euch doch endlich näher!« verlangte Ezra.
»Die Kuh«, gluckste Sarrag, »die Kuh …«
»Unser Scheich begibt sich gerade auf einen Holzweg.«
Sarrag reagierte nicht auf die sarkastische Bemerkung, sondern fragte. »Wessen Weibchen ist die Kuh?«

Die Frage klang derart albern, daß weder der Franziskaner noch der Rabbiner eine Antwort für nötig erachteten.
»Des ... Stiers?« fragte Manuela zögernd.
Sarrag nickte, wobei er sich auf die Lippen biß, um nicht erneut loszuprusten. »Wißt Ihr, wie der Stier auf arabisch heißt?« Er machte eine wirkungsvolle Pause, dann flüsterte er: »*Teruel.* Stier heißt *Teruel* oder *el Tor*.«

Kapitel 28

Das Glücksgefühl bei Befriedigung einer wilden, vom Ich ungebändigten Triebregung ist unvergleichlich intensiver als das bei Sättigung eines gezähmten Triebes.

Sigmund Freud: Das Unbehagen in der Kultur

Kloster Las Huelgas

Manuela wischte sich mit dem Handrücken die Tränen ab und rollte sich kläglich auf ihrem Bett zusammen. Sie war erschöpft, wütend und mit ihrer Nervenkraft am Ende. »VINCELAR? Aber das ist doch der Name, den die Vorfahren von Tomas de Torquemada getragen haben, bis sie sich vor etwa hundert Jahren zum Christentum bekehrten.«

Wie unverfroren sie sich auf diese Kette von Lügen eingelassen hatte! Wie souverän sie ihnen Sand in die Augen gestreut hatte! Natürlich hatte der Rabbiner recht, als er zu bedenken gab, daß sicher nur wenige die namentliche Abstammung des Großinquisitors kennen. Mit ihrer Antwort hatte sie spontan versucht, ihnen zu helfen, hatte zu spät gemerkt, wie leichtsinnig das war. Sie wußte den Namen von der Königin persönlich. Isabel hatte ihr alles über die Herkunft Torquemadas erzählt. Aber wie hätte sie die Erklärung liefern können, ohne sich zu verraten?

Ihre Finger krampften sich um einen Zipfel des Leintuchs. Sie konnte nicht mehr. Aus dem Abenteuer wurde mehr und mehr ein Alptraum. Wenn sie sich nur Vargas hätte anvertrauen und so von der erdrückenden Last befreien können! Lügen, wieder und wieder Lügen. Bis wann? Sie suchte Beruhigung in dem Gedanken, daß zur Stunde Isabel und der Großinquisitor bereits den Inhalt ihres Briefes kennen mußten.

Ein knappes Pochen an der Tür ließ sie zusammenzucken. Schnell richtete sie sich auf und setzte sich auf den Bettrand, um eine ungezwungene Haltung bemüht.
»Tretet ein!« sagte sie in gemessenem Tonfall.
Die Tür ging auf, und Vargas erschien auf der Schwelle. »Die Pferde sind gesattelt, wir werden unverzüglich aufbrechen.«
Sie stand sofort auf und fing an, ihre Sachen zusammenzusuchen. »Glaubt Ihr, der Ritt wird lange dauern?«
Sie hatte die Frage gestellt, um erst einmal Haltung zu gewinnen, aber auch, damit kein lastendes Schweigen entstehen konnte.
»Ja, ich befürchte es. Es sind mehr als hundert Meilen bis Teruel.« Unsicher fügte er hinzu: »Ihr müßt todmüde sein.«
»Nein – oder doch, ja ...« Sie wagte nicht, ihn anzusehen, und fuhr mechanisch fort, ihre Kleidung zusammenzufalten.
Er beobachtete sie einen Augenblick, bevor er im gleichen zögernden Tonfall sagte: »Ich ... ich werde Sarrag und Ezra Bescheid sagen.«
Sie hörte seine Schritte und straffte sich ein wenig. Sie wartete auf das Schließen der Tür. Als es ausblieb, drehte sie sich erstaunt um und sah sich Vargas gegenüber. Sie spürte seinen Atem, so nah war er herangekommen.
»Ich weiß nicht mehr ... weiß nicht mehr«, sagte er, »wie es um mich steht. Alles ist so verworren, so wirr.«
»Haben wir denn die Wahl? Nicht nur die Menschen stehen zwischen uns. Zwischen Euch und mir erhebt sich ein Hindernis, das größer ist als wir, das größer ist als *Ihr*.«
Sie hatte den Ton auf das letzte Wort gelegt. Er glaubte einen leisen Vorwurf herauszuhören.
»Ich bin Priester!« Das erregte Zittern seiner Stimme gab mehr von ihm preis als die Worte.
»Warum uns unnötig quälen? Warum noch einmal über das sprechen, was wir doch beide wissen? Ich gehöre Euch. Ihr gehört der Kirche und Gott.«
Sein Blick ging durch sie hindurch, als starre er auf etwas

Unsichtbares hinter ihr, weit hinter ihr. »Ich gehöre Gott, ja Manuela, zweifellos. Mit meinem ganzen Sein, mit meiner ganzen Seele …« Und tonlos hauchte er: »Aber der Kirche – habe ich ihr jemals wirklich gehört?«

Sie vernahm seine Zweifel, und ihr war, als schwanke der Boden unter ihren Füßen. Sie hatte sich geschworen, stark zu sein. Nein, es ging um etwas viel zu Ernstes, und die Konsequenzen waren schwindelerregend.

Sie fing sich, zurrte das Lederriemchen an ihrer Tasche fest und verkündete: »Ich bin bereit.«

Burgos

Unter den aufmerksamen Blicken des Großinquisitors brachte Fray Alvarez seinen Bericht zu Ende, mit dem er Hernando de Talavera von den jüngsten Entwicklungen der Affäre in Kenntnis setzte. Die ganze Zeit hatte Tomas de Torquemada in hieratischer Starre dagesessen. Innerlich jedoch jubelte er. Er hatte Grund dazu – auch wenn er nicht wissen konnte, daß Talavera schon am Vorabend von Fray Alvarez informiert worden war.

Kaum war wieder Stille eingetreten, ergriff Torquemada das Wort: »Also, Fray Talavera. Hatte ich nicht recht? Waren meine Befürchtungen nicht gerechtfertigt?«

Ungerührt gab der Beichtvater der Königin zurück: »Ich habe dem Bericht mit größtem Interesse gelauscht. Auch wenn es Euch erstaunen mag, er hat lediglich meinen ersten Eindruck bestätigt. Ich sehe immer noch nicht den Schatten einer Verschwörung.«

»Aber das Buch!«

»Der Rat des Heiligen Offiziums hat doch dringendere Aufgaben, als sich mit einer phantastischen Legende zu beschäftigen.«

Aus dem Gesicht des Großinquisitors wich die Farbe. Dennoch versuchte er, gelassen zu wirken. »Fray Talavera, erlaubt mir die Bemerkung: Ich finde Eure Schlußfolgerung ein wenig …«

»… leichtfertig?«

»Sagen wir lieber überstürzt. Es stellt sich nämlich eine Frage, der nachzugehen Ihr bisher vernachlässigt habt.«

»Wahrscheinlich. Denn von dem Moment an, da ich einmal zu der Auffassung gelange, daß ich es mit einem Märchen zu tun habe, scheint mir jede Nachforschung sinnlos. Diese Geschichte um ein heiliges Buch aus Saphir ist einfach lächerlich. Ihr werdet verzeihen, ich kann mir Gott den Allmächtigen nur schlecht vorstellen, wie Er sich auf diese Art von Spielerei einläßt.«

Torquemada zog kaum merklich die Brauen hoch. »Seien wir vorsichtig mit Gott, Bruder Talavera! Er könnte uns noch manche Überraschung bereiten. Die Sintflut, Babel, Sodom und Gomorrha, Lots zur Salzsäule verwandelte Frau, das Manna in der Wüste, die geteilten Wasser des Roten Meers, die ägyptischen Plagen – die Liste der göttlichen Werke, welche menschlicher Logik spotten, ist lang. Gott hat Seine Logik. Er *ist*. Erinnert Euch …«

»Das ist alles sehr richtig«, fiel ihm Talavera ins Wort und zupfte sich einen imaginären Faden vom Aufschlag seiner Soutane. »Dann nennt mir doch bitte einen konkreten Grund, warum das Heilige Offizium sich für diese Saphirtafel interessieren sollte.«

Der dramatische Unterton in Torquemadas Stimme war nicht zu überhören: »Es geht um das Schicksal Spaniens.« Er erhob sich aus seinem Sessel und sprach wie von einem Fieber ergriffen: »Stellt Euch nur einen Augenblick, einen einzigen Augenblick vor, daß dieses Buch existiert! Stellt Euch vor, es wäre in der Tat Gefäß einer göttlichen Botschaft an die Menschheit! Dann stünden wir vor der schwindelerregendsten aller Alternativen: Entweder bekräftigt diese Botschaft den Vorrang des Christentums, oder sie verneint ihn zugunsten des Islams oder des jüdischen Glaubens. Sollte sich zu unserem Unglück die zweite Hypothese bewahrheiten, dann bliebe uns nur noch übrig, für das Heil unserer Seelen und für den Tod Spaniens zu beten. Das würde bedeuten, daß alles, woran wir glauben, alles, wofür wir seit Jahrhunderten kämpfen, keinerlei Daseinsberechtigung habe. Vernichtet wären wir. Ausgelöscht. Und am Ende des Wegs würde die Verdammung warten, denn die Ketzer, das wären dann wir.« Mit weitaufgerissenen Augen sah er Talavera an.

»Wovon ich rede, das ist das Ende einer Welt. Der Triumph des Absurden. Der kosmische Irrtum. Die Kreuzzüge, das Heilige Grab, die Kathedralen, Rom, die päpstlichen Bullen, die Edikte, Geburt, Tod und Auferstehung unseres Herrn Jesus Christus, die Heiligen, die Märtyrer – alles nur Irrtümer?« Jedes einzelne Wort betonend, wiederholte er: »Ich rede vom Ende unserer Welt.«
Talavera hatte nicht mit einer Wimper gezuckt, sondern hatte scheinbar gleichmütig zugehört. Seine Antwort kam kalt, ja eisig: »Mann des schwachen Glaubens! So sehr also zweifelt Ihr? So sehr, daß Ihr in Erwägung zieht, Leben und Sterben unseres Herrn Jesus Christus könnten ein ... Irrtum sein? Wenn tatsächlich – und ich kann es mir keine Sekunde lang vorstellen – eine solche Möglichkeit existiert, dann bleibt uns in der Tat nur noch übrig, den Preis für unsere Verirrung zu bezahlen und bis zum Ende der Zeiten Buße zu tun.«
Wie von Schrecken ergriffen, trat der Inquisitor einen halben Schritt zurück. »Ihr wärt also bereit, das Risiko einzugehen, Ihr würdet gegebenenfalls zusehen, wie Spanien und die christliche Zivilisation zusammenbrechen?«
»Ja, und zwar kühlen Gemüts. Wenn sie sich nämlich in diesem Grad verirrt hätten, dann würden weder Spanien noch die christliche Zivilisation es verdienen, noch länger zu überleben. Man kann nicht um jeden Preis und unbegrenzt an einer Häresie festhalten, nur weil Hochmut und Eitelkeit geschont werden müssen.«
»Niemals!« rief Torquemada. »Niemals werde ich erlauben, daß dieser Tag eintritt!«
»Wie wolltet Ihr es verhindern? Ihr werdet Euch doch nicht den Plänen Gottes in den Weg stellen!«
»Nein, aber den Plänen der Menschen ganz gewiß.«
Talavera begnügte sich mit dem lakonischen Satz: »Ihr gedenkt, die drei Suchenden verhaften zu lassen ...«
»O nein! Das wäre denn doch zu töricht. Würde ich so handeln, so würden wir im selben Moment jede Chance einbüßen, in den

Besitz des Buches zu gelangen. Denn, Bruder Talavera, wenn ich auch zunächst vom Schlimmsten ausgegangen bin, so will ich damit die bessere Möglichkeit nicht in den Wind schreiben. Ich meine die Möglichkeit, daß das Buch den unbedingten Vorrang des christlichen Glaubens bestätigt. Wird uns dieser Beweis geliefert, befinden wir uns in der genau umgekehrten Situation. Welche Revanche! Welcher strahlende Triumph über die Barbaren!«

Mit lebhaften Schritten ging er um seinen Arbeitstisch und ließ sich in den Sessel fallen.

»Deshalb werde ich diese Individuen nicht verhaften. Ich werde abwarten, bis sie mich zu dem blauen Stein führen. Und dann, je nachdem, was wir dort entdecken, werde ich meine Entscheidung treffen.«

Talavera tat, als sei sein Interesse geweckt worden. »Ich sehe nicht recht, wie Ihr das anstellen wollt, ohne den Argwohn dieser Männer zu erregen.«

»Ihr vergeßt, daß Doña Manuela bei ihnen ist. Sie wird uns auch weiterhin auf dem laufenden halten. Dank ihr werden wir früh genug wissen, wo das steinerne Buch versteckt liegt.«

Er beugte sich zu Fray Alvarez hinüber, der sich in verlegenes Schweigen zurückgezogen hatte. »Ihr habt doch Mendoza beauftragt, ihr Bescheid zu geben, nicht wahr?«

»Das habe ich selbstverständlich, Fray Tomas. Spätestens morgen wird er den Kontakt mit der Señora wieder aufnehmen.«

Talavera fragte: »Ist die Königin unterrichtet?«

Der Inquisitor, nicht sein Sekretär, antwortete: »Sie ist es.«

»Und sie hat Euch ihre Zustimmung gegeben?«

»Ohne das geringste Zögern. Ich habe sie mühelos von der Gefahr überzeugt, der wir bereits ausgeliefert sind und die in Betracht zu ziehen Ihr Euch weigert.«

Talavera erhob sich abrupt. »Ihr habt Eure Beschlüsse gefaßt, Ihr habt bereits ihre Umsetzung in die Tat eingeleitet. Meine Ratschläge sind Euch von keinerlei Nutzen. Gestattet, daß ich mich zurückziehe!«

Der Großinquisitor stand ebenfalls auf. »Seid unbesorgt! Ich bin überzeugt, daß wir am Ende triumphieren werden.«
Talavera antwortete nicht. Er ging langsam zur Tür. Die Hand bereits auf dem Griff, fragte er: »Kennt Ihr den persischen Dichter Omar Khayyam?«
Torquemada verneinte.
»Es gibt von ihm einen Vierzeiler, den ich schätze. Wahrscheinlich hat die Saphirtafel mich auf diese Verse gebracht: ›Jenseits der Schöpfung, jenseits der Himmel suchst du die Tafel und die Rohrfeder, das Paradies und die Hölle. Ich habe es unserem Herrn mitgeteilt. Er hat mir geantwortet: In dir finden sich alle Dinge: das Paradies und die Schreibfeder, die Tafel … und die Hölle.‹«

Teruel

Die Legende berichtet, daß einst die Soldaten Alfonsos II. das Tal des Turia gegen die große Schar maurischer Reiter verteidigen mußten. Bevor die Araber zum Sturmangriff bliesen, ließen sie Stiere los, deren Hörner sie mit brennenden Pechfetzen umwickelt hatten. Eines dieser Tiere mit seinen glutroten Hörnern blieb zurück und verharrte ohne ersichtlichen Grund auf einem der Hügel, die das Tal beherrschen. Sofort deutete das christliche Heer dies als ein Zeichen des Himmels. Hatte doch der Zufall gewollt, daß ein paar Tage zuvor Alfonso im Traum eine Botschaft empfangen hatte: Dort, wo sternfunkelnd ein Stier erscheinen würde, sollte er eine Stadt errichten. Das war die Geburtsstunde der Stadt Teruel. Niedrige Ziegelhäuser und zinnengekrönte Mauern hoch über den Ufern des Turia, darum herum schrundige Hügel und tiefe Schluchten von roter Tonerde.
Kaum war Sarrag unter einem der zahlreichen Türme angelangt, welche die Stadt überragten, ließ er ein bewunderndes Pfeifen hören. Dann dankte er Allah laut für die große Leistung der arabischen Baumeister. Er tat einige Schritte und deutete auf ein Stück Mauerwerk, auf dem das Wappen der Stadt angebracht war, ein Stier.

»El toro del fuego!« rief er triumphierend. »Hatte ich nicht recht, der Feuerstier?«
Ezra begnügte sich mit einem zustimmenden Brummen. »Ich habe Hunger«, sagte er dann. »Ich habe Durst. Und ich bin kreuzlahm.«
»Ich möchte Euch nicht widersprechen«, räumte der Scheich ein. »Die Fortsetzung der Entschlüsselung des ›Palastes‹ kann bis morgen warten. Suchen wir also nach einem Nachtlager! Kommt Ihr mit, Fray Vargas?«
»Meiner Meinung nach wäre es schade, wenn wir uns nicht das fünfte Dreieck holten, bevor Ihr Euch den Magen vollschlagt.«
»Kommt nicht in Frage!« protestierte Ezra. »Erstens, ich habe es gerade gesagt, bin ich zu Tode erschöpft, und« – er wies nacheinander auf Sarrag und Manuela – »ich bin nicht der einzige. Zweitens, habe ich, Adonai möge mir verzeihen, die Nase voll von der ganzen Entschlüsselei. Ich kann nicht mehr logisch denken, ich habe meine Kapazitäten restlos aufgebraucht. Im Moment mögt Ihr mich fragen, welches Tier vier Beine und eine Mähne hat und wiehert, ich würde antworten: eine Schildkröte.«
»Wie Ihr meint«, sagte Vargas leichthin. Und ebenso unbeteiligt fügte er hinzu: »Dabei braucht Ihr Euch nur zu bücken, um es aufzuheben.«
»Sagtet Ihr aufheben? Das Dreieck aufheben?«
»Genau. Es ist da. Ganz nah.«
Sarrag sah den Mönch ungläubig an. »Redet Ihr wirklich vom fünften Dreieck?«
»Wovon sonst, Scheich Ibn Sarrag?«
Ezra stemmte die Hände in die Hüften und sagte mit unermeßlicher Müdigkeit: »Sehr schön. Wo ist es?«
Vargas deutete auf die Spitze des Turms. »IM WESTEN DES GENEIGTEN SCHATTENS WERDET IHR DIE 3 FINDEN.« Er ging rückwärts, bis er etwa zehn Klafter von dem Bauwerk entfernt stand. »Kommt!« forderte er die anderen auf. »Kommt einen Moment näher! Und sagt mir, was ihr seht!«
Ezra schlurfte zu ihm. »Und nun?«

»Ich warte auf Eure Beobachtungen.«
Alle drei legten gleichzeitig, als hätten sie die Geste geprobt, den Kopf in den Nacken und beschirmten die Augen mit der Hand. So studierten sie aufmerksam das Bauwerk. Die Blicke der Passanten verrieten, daß sie einen recht komischen Anblick boten.
»Vargas!« grollte der Rabbiner. »Wenn Ihr uns hier zum Narren halten wollt, dann werdet Ihr mir dafür büßen. Nichts! Ich sehe überhaupt nichts Ungewöhnliches. Es ist ein Turm, wie es Tausende in Spanien gibt. Ich will ihm gerne ein gewisses Ebenmaß zuerkennen, das ist aber dann auch alles.«
Sarrag wollte eine ähnliche Bemerkung machen, aber Vargas bat ihn mit einer Geste um Geduld. »Schaut jetzt dort drüben links!«
Die Blicke folgten der angegebenen Richtung. Sie trafen auf einen zweiten Turm, der exakt genauso aussah.
»Und jetzt?«
»Er steht schief«, stellte Ezra fest.
»In der Tat«, pflichteten ihm Manuela und Sarrag bei. »Er neigt sich leicht nach Westen hin.«
Auf Vargas' Gesicht erschien ein ruhiges Lächeln. »Wäre dem nicht so, würde der Turm dann nicht in sämtlichen Punkten dem ähnlich sein, unter dem wir gerade stehen?« Jedes Wort betonend sagte er: »IM WESTEN DES GENEIGTEN SCHATTENS WERDET IHR DIE 3 FINDEN.« Und rasch fügte er hinzu: »WÄHREND EIN LEICHNAM DIE ZWILLINGSSCHATTEN GEZEICHNET HAT. Der GENEIGTE SCHATTEN ... die ZWILLINGSSCHATTEN ...«
Weder Ezra noch der Scheich wagten es, die These des Franziskaners anzuzweifeln.
»Unter Umständen seid Ihr auf dem richtigen Weg«, gab Manuela zu, »aber was tut Ihr mit dem Text, der vor diesen Sätzen und nach ihnen steht?« Sie streckte die Hand aus. »Darf ich Eure Notizen einsehen, bitte?«
Er gab sie ihr.
»Schaut her!« fuhr sie fort. »Was macht Ihr mit all diesen Angaben? Wer sind A'H UND A'HOTH? Wo ist der LEICHNAM?«

»Die Antwort ist einfach: Ich glaube nicht an schicksalhafte Zufälle.« Vargas deutete auf die Türme. »Ich kann mir einfach nicht vorstellen, daß die ZWILLINGSSCHATTEN und der GENEIGTE SCHATTEN etwas anderes darstellen als diese beiden Bauwerke.«
Etwas distanziert ließ sich nun der Rabbiner vernehmen: »Señora, Ihr fragtet, was A'H UND A'HOTH heißt. Diese Wörter bedeuten ›Bruder und Schwester‹. Man verwendet sie auch manchmal gleichbedeutend mit *Ich* und *Icha* – Mann und Frau, Männchen und Weibchen in der Tierwelt. Wie dem auch sei, ich sehe den Nutzen dieser Beinamen überhaupt nicht ein. Ich fürchte sehr, daß unser Freund die Realität und seine Eingebungen durcheinanderbringt.«
»Im übrigen gibt es nicht nur A'H UND A'HOTH.« Der Scheich schlug in dieselbe Kerbe. »Der Text spricht von einem LEICHNAM, der – ich darf zitieren – DIE ZWILLINGSSCHATTEN GEZEICHNET HAT. Nun, ich sehe weder Grab noch Grabmal. Und Ihr?«
Vargas antwortete nicht. Er sprach gerade einen vorbeikommenden Wasserträger an: »Entschuldigt, Señor. Ich bräuchte eine Auskunft. Wißt Ihr zufällig, ob dieser Turm eine Geschichte hat?«
Der Angesprochene fing an zu lachen. »Ihr, Padre, seid gewiß nicht von hier, sonst würdet Ihr so eine Frage nicht stellen. Natürlich hat er eine Geschichte. Aber sie hat mit einem anderen Turm zu tun, mit dem, den man da drüben sieht, neben der Kathedrale.«
»Wir wollen Euch nicht aufhalten«, sagte Vargas. »Aber könntet Ihr uns in ein paar Worten sagen, worum es dabei geht?«
»Natürlich. Der hier ist der Torre San Salvador. Der andere, der schiefe, heißt Torre San Martin. Man erzählt, daß einst, als die Mauren die Stadt besetzt hielten, zwei arabische Baumeister sich unsterblich in dieselbe Frau, eine Prinzessin namens Zoraida, verliebt hatten. Um eine Entscheidung herbeizuführen, schlug der Emir ihnen vor, sie sollten zwei Türme erbauen. Wer von den beiden das schönere Bauwerk errichten würde, sollte die Hand der Prinzessin erhalten.« Das Lächeln des Wasserträgers

schien eine Spur getrübt, als er nun schloß: »Ihr erratet natürlich, wer den Sieg davontrug. Erst nach Vollendung des Torre San Martin entdeckte sein Erbauer die Schiefneigung.«
»Das ist alles?« fragte Vargas, der sich offensichtlich mehr erwartet hatte.
»Ja, Señor. Oder doch fast alles. Der Sieger heiratete die schöne Zoraida. Und der Unterlegene ...« Er mimte Betrübnis. »Der Unterlegene ertrug es nicht, seine Liebe verloren zu haben. Da stürzte er sich von dem Turm hinunter, von dem, den ich gerade genannt habe: vom Torre San Martin.«
Der Franziskaner wandte sich an seine Gefährten. »Glaubt Ihr jetzt noch an schicksalhafte Zufälle?« Und vertraulich flüsternd wiederholte er: »EIN LEICHNAM ... HAT ... DIE ZWILLINGSSCHATTEN GEZEICHNET.«

Am Fuß des schiefen Turms teilte sich eine Art Wehrgang. In seiner kreisförmigen Ausbuchtung hatten sie sich getrennt. Ezra und Vargas brachen in ost-westlicher Richtung auf, Manuela und Sarrag hatten bereits die entgegengesetzte Richtung eingeschlagen.
Sie hatten eine knappe Meile zurückgelegt, als sich der Scheich nachdenklich an die junge Frau wandte: »Ein sehr merkwürdiger Charakter, unser Freund Vargas, findet Ihr nicht, Señora? Er überrascht mich immer wieder. Als ich ihn das erste Mal sah, habe ich sofort gedacht: viel zu jung, um uns eine Hilfe zu sein. Er hat sehr schnell bewiesen, daß ich im Irrtum war, mehr noch, er hat mich durch seine Kenntnisse verblüfft. Danach habe ich ihn für unfähig gehalten, gegenüber seinesgleichen oder der Kirche im allgemeinen irgendwelche geistige Unabhängigkeit an den Tag zu legen.«
»Vielleicht verwechseltet Ihr Blindheit und Pflichtgefühl?«
»Das glaube ich nicht. Auch in diesem Punkt habe ich mich getäuscht. Die Art, wie er sich engagiert hat, das Risiko, das er eingegangen ist, als er den genuesischen Seefahrer verteidigte, das hat gezeigt, daß hinter dem Priester ein freier Geist zu ent-

decken war. Schließlich habe ich noch gedacht, seine Berufung habe ihn sicher weit weg von den Realitäten geführt.«
Manuela zog die Brauen hoch. »Was verstehet Ihr unter ›Realitäten‹?«
»Das Leben, das Leiden, den Tod, die Liebe.«
Die junge Frau erschauerte. War der Araber dabei, ein Spiel mit ihr zu spielen? Sie war entschlossen, in keine Falle zu gehen. Also bemerkte sie in möglichst ungezwungenem Ton: »Ich weiß nicht, welches Bild Ihr Euch vom Priesteramt macht. Christus, das wißt Ihr wahrscheinlich nicht, hat die sogenannten ›Realitäten‹, von denen Ihr sprecht, gekannt. Ein Priester wird also ...«
»Ich habe auch die Liebe erwähnt. Nun, soweit ich weiß, hat Christus dieses Gefühl nicht erlebt.«
»Wie weit Ihr doch von der Wahrheit entfernt seid! Gewiß, im fleischlichen Sinn des Begriffs hat er nicht geliebt, aber seine Passion, all sein Leiden, sein Opfergang, alles an ihm war Liebe.«
Der Araber setzte eine vorwurfsvolle Miene auf. »Ach, Señora. Ihr wißt doch genau, daß die Priester nicht Christus sind! Sie sind in erster Linie Männer.«
Sie blieb abrupt stehen. Allmählich ärgerte der Scheich sie ernsthaft. »Wie wäre es, Ihr würdet mir sagen, worauf Ihr hinauswollt, anstatt um den heißen Brei herumzuschleichen?«
Er blickte sie mit einem Ernst an, den ein maliziöses Aufblitzen in seinen Augen Lügen strafte. »Oh, ich will auf nichts Besonderes hinaus.«
»Scheich Sarrag!«
»Sagen wir, ich stellte gelegentlich fest, daß bestimmte menschliche Wesen sich für eine bestimmte Aufgabe prädestiniert halten, während sie in Wirklichkeit für etwas ganz anderes geschaffen sind.«
Noch immer gelang es ihr nicht, seine taktische Absicht zu erraten. So wartete sie weiter ab.
In einem ganz veränderten, viel herzlicheren Ton fuhr er denn auch fort: »Seht, Señora, wir im Orient glauben an bestimmte

Dinge. Dinge, die ihr Menschen des Okzidents für absurd oder gar für lächerlich erachtet. Der böse Blick gehört zu diesen Glaubensvorstellungen, aber auch, und ich möchte sogar sagen, vor allem, die Prädestination. Wir sind überzeugt, daß alles im vorhinein im großen Buch der Sterne niedergeschrieben worden ist: unsere Freuden, unser Kummer, wann wir lieben, die Stunde unserer Geburt und die unseres Todes. Ihr lehnt diese Weltanschauung ab. Ihr gebraucht lieber, wenn außerordentliche Ereignisse eintreten, den Begriff Vorsehung, die gelehrte Vokabel Koinzidenz oder auch das simple Wort Zufall. Vorhin erst hat Vargas gesagt, er glaube nicht an schicksalhafte Zufälle. Er hatte recht. Auch ich glaube nicht daran.«

Das Mißtrauen, hinter dem Manuela sich zu Beginn des Gesprächs verschanzt hatte, war geschwunden.

Er fuhr fort: »Jeder von uns hat eine Rolle zu spielen. Manchmal besteht diese lediglich darin, daß man eine Art Anreger oder meinetwegen Anstifter zu sein hat. Man läßt uns zuweilen im Leben eines Menschen genau in dem Moment auftauchen, da dieser Mensch am Scheideweg steht. Ob nun willentlich oder nicht, wir nehmen Einfluß auf seine Wahl. Er entscheidet sich für diese Richtung oder für jene, und seine gesamte Zukunft nimmt damit einen anderen Verlauf. Ich kenne Menschen, die wären niemals in Verzweiflung versunken, hätte man zum richtigen Zeitpunkt das richtige Wort gefunden.«

»Wenn Ihr von einem Leben sprecht, dem wir angeblich eine Richtung gegeben haben, meint Ihr dann zum Guten oder zum Schlechten?«

»Das weiß nur Allah. Aber einer Sache bin ich mir sicher: Es stand geschrieben, daß wir diese Rolle an jenem Tag und zu jener Stunde spielen würden. Genauso stand geschrieben, daß wir, wäre die Aufgabe vollbracht, aus dem Dasein dieses Menschen wieder verschwinden würden. Unser Freund Vargas steht am Scheideweg. Señora, ich bete zum Allmächtigen, daß er dank Euch den richtigen Weg wählt. Mehr wollte ich nicht sagen.«

»Wenn die Menschen des Orients recht haben, Scheich Sarrag,

dann sollt Ihr wissen, daß es bereits zu spät ist: Ich kann nichts dazutun und noch weniger etwas wegnehmen.«
Der Araber deutete eine Geste der Zustimmung an und schritt den Wehrgang weiter. Für ihn schien alles gesagt.
Wenig später trafen sie auf Ezra und Vargas. Die beiden Männer saßen auf einer Böschung und betrachteten sinnend das fünfte erzene Dreieck, das zwischen ihnen im Gras lag.
Zu ihrer Rechten zeichnete sich auf halber Höhe der zinnengekrönten Mauer der Kopf einer Stierskulptur ab. Direkt darunter gewahrte man eine breite Spalte. In ihr mußten Ezra und Vargas das Dreieck gefunden haben.
Während sie näher trat, hörte Manuela den Araber deklamieren:
»WERDET IHR DIE 3 FINDEN, AM FUSS DER MAUER WO GESCHRIEBEN STEHT: MOSES IST ZU EUCH MIT UNWIDERLEGLICHEN BEWEISEN GEKOMMEN, IHR ABER HABT IN SEINER ABWESENHEIT DAS KALB VORGEZOGEN.«

Kapitel 29

Los amantes de Teruel
Tanto ella y tanto el.

Salamanca, tags darauf

Mit ihrem überwältigenden Gleißen trug die über Salamanca schwebende Sonne ihr Teil bei zu der festlichen Stimmung, die beim Einzug Ihrer Majestäten Isabel und Fernando herrschte.

Hinter dem Herrscherpaar ritten der berüchtigte Graf Cabra, der Schrecken der Mauren, zahlreiche Kriegsleute in ihren Rüstungen und der Schwarm der unvermeidlichen Prälaten, die zum Hofgefolge gehörten. Langsam, den Windungen der Straße folgend, bewegte sich der Zug in Richtung der Kathedrale. Der anmutige Schritt der arabischen und andalusischen Pferde, das königliche Banner von Kastilien, das vorauswehte, der glutvolle Saum der sich senkenden Fahnen, alles fügte sich zum hochgemuten, farbenfrohen Bild.

Die Königin ritt auf einer Rotfuchsstute. Der Sattel war mit scharlachrotem Tuch überzogen, das Zaumzeug seidenumwirkt und jeder Saum goldbestickt. Isabel trug ein samtenes Oberteil, einen Brokatrock und einen Kapuzenmantel aus edlem Tuch. Die ganze Kleidung war mit maurischen Ornamenten gemustert. Ein schwarzer, mit einer Krempe von golddurchwirkter Seide versehener Hut schützte sie vor der Sonne. An ihrer Seite ritt auf einem silbern gezäumten Maultier die Infantin. Ihr Oberteil war aus schwarzem Brokat, ihr schwarzer Kapuzenmantel zeigte den gleichen Besatz wie der ihrer Mutter. Was den König anging, so ritt er wie alle seine Gefolgsleute im Kriegerharnisch einher.

Am Ende des Weges wartete auf dem Vorplatz der Kathedrale mit feierlichem Gesichtsausdruck und vor dem feisten Bauch gefalteten Händen der Bischof von Salamanca. Wenige Schritte hinter ihm erkannte man die ausgezehrte Gestalt Hernandos de Talavera. Er war sichtbar stolz beim Anblick des näher kommenden Aufgebots. Das war Spanien. Spanien, das seinen Ruhm und seine Ehre wiedereroberte. Seit der Zug in sein Blickfeld gekommen war, mußte er wie zwanghaft immer wieder an die Unterredung denken, die ihm einige Wochen zuvor die Königin gewährt hatte.

Granada auf den Knien … Spanien endlich befreit. Das Ende einer siebenhundertjährigen Besetzung. Ich glaube, das wäre das bedeutendste Ereignis unserer Geschichte. Spanien endlich wieder vereinigt.

Nach den jüngsten Nachrichten aus Andalusien war diese Hoffnung nur zu berechtigt. Auch wenn der Fall Granadas nicht unmittelbar bevorstand, so wurde er doch allmählich zur Gewißheit. Der Feldzug war in vollem Gange. Die Stoßrichtung hatte zunächst Vélez Málaga gegolten, denn die Stadt und das Hafengebiet sollten vom Rest des Emirats abgeschnitten werden. Anfang April waren die christlichen Truppen aus Córdoba und Castro del Rio ausgerückt. Zwei Wochen später standen sie vor den Toren von Vélez Málaga. Das königliche Feldlager wurde zwischen der Stadt und der Sierra aufgeschlagen, so daß die Straße nach Granada gesperrt war. Obwohl die Verteidiger Málagas den Sturmangriff der christlichen Fußsoldaten energisch zurückgewiesen hatten, war schon am nächsten Tag die Vorstadt Vélez eingenommen worden. Die Bewohner durften unter Mitnahme ihrer persönlichen Habe abziehen. So wurden zahlreiche Muslime von den Kastiliern zur nordafrikanischen Küste übergesetzt, andere wanderten in nasridisches Territorium aus.

Das von Sieg zu Sieg eilende Christenheer hatte dem Feind den nächsten Schlag im andalusischen Küstengebiet versetzt. In Málaga hatte der Befehlshaber der Garde, Ahmad al Tagri, nach Kräften Widerstand zu leisten versucht. Aber sehr schnell waren in der belagerten, dem Feuer der kastilischen Bombarden ausgesetzten Stadt die Lebensmittelvorräte zur Neige gegangen. Gestern war Málaga endlich gefallen. Und Boabdil hatte sich an den Geheimpakt, der ihn den christlichen Herrschern verpflichtete, gehalten und sich gehütet, seinen belagerten Brüdern zu Hilfe zu kommen.

Granada auf den Knien … Spanien endlich befreit. Das Ende einer siebenhundertjährigen Besetzung. Ich glaube, das wäre das bedeutendste Ereignis unserer Geschichte. Spanien endlich wieder vereinigt.

»Ja, Fray Talavera«, hatte sich die Königin wiederholt, »sicherlich das bedeutendste Ereignis. Es wäre traurig, sollten wir es nie erleben.«

»Warum nicht? Die Entwicklung geht doch ganz in diese Richtung.«

»Das tut sie. Aber es kann vieles dazwischenkommen. Manchmal genügt ein Sandkorn …«

Am heutigen Morgen war Talavera von Diaz über die neueste Entwicklung der angeblichen Konspirationsaffäre unterrichtet worden. Sehr ausführlich hatte sein Agent von dem Zusammenstoß zwischen dem Diener Soliman und seinem ehemaligen Herrn berichtet, bei dem einer der Beteiligten von der Hand Rafael Vargas' den Tod gefunden hatte. Weiter war Diaz' Bericht zu entnehmen, daß Torquemadas Männer kaltblütig die beiden Araber ermordet hatten. Eine grausige Tat, zumal dabei, wie auch Diaz betonte, keinerlei Sinn und Zweck zu erkennen waren. Was das Viergespann anging, so hielt es sich zur Zeit in Teruel auf.

Talavera sah die von Fray Alvarez übermittelten Informationen in allen Punkten bestätigt. Eine innere Stimme sagte ihm, daß das Ende dieses wunderlichen Abenteuers nahe war. Wenn er sich an die fraglichen Dokumente, die Torquemada ihm vorgelegt hatte, recht erinnerte, dann durften nur noch zwei Etappen übrigbleiben.

Was tun? Wenn besagtes Buch wirklich existierte, mußte dann nicht die göttliche Gerechtigkeit ruhig ihren Lauf nehmen, so ruhig und unwandelbar wie der Fluß, dessen Wasser dahinfließen? Wie die Botschaft auch lautete, wenn es denn eine solche gab, niemand hatte das Recht, sie für sich zu behalten, geschweige denn, sie zu entstellen.

Entlang der Straße ertönten die Hochrufe der Menge, aber stärker war in Talaveras Ohr der Nachhall von Torquemadas Worten: *Stellt Euch nur einen Augenblick, einen einzigen Augenblick vor, daß dieses Buch existiert! Stellt Euch vor, es wäre in der Tat Gefäß einer göttlichen Botschaft an die Menschheit! Dann stünden wir vor der schwindelerregendsten aller Alternativen: Entweder bekräftigt diese Botschaft den Vorrang des Christentums, oder aber sie verneint ihn zugunsten des Islams oder des jüdischen Glaubens. Sollte sich zu unserem Unglück die zweite Hypothese bewahrheiten, dann bliebe uns nur noch übrig, für das Heil unserer Seelen und für den Tod Spaniens zu beten. Das würde bedeuten, daß alles, woran wir glauben, alles, wofür wir seit Jahrhunderten kämpfen, keinerlei Daseinsberechtigung habe. Vernichtet wären wir. Ausgelöscht. Und am Ende des Wegs würde die Verdammung warten, denn die Ketzer, das wären dann wir!*

Zusehen, geschehen lassen – oder handeln? Talavera erschauerte am ganzen Körper.

»Fray Hernando, Ihre Majestäten …«

Die leise Aufforderung des Kardinals holte ihn in die Wirklichkeit zurück. Der König und die Königin schritten bereits die Stufen herauf. Gleich würden sie vor ihm stehen.

Urplötzlich stand ihm das Gesicht eines Mannes vor Augen. Ein von Größe und Adel gezeichnetes Gesicht. Dieser Mann, er allein konnte ihm zur Klarheit verhelfen. Mit ihm mußte er reden.

Mit etwas entspannteren Zügen schickte er sich an, die Königin zu begrüßen.

Teruel, zur gleichen Stunde

Manuela wollte ihren Augen nicht trauen. Langsam schlossen sich ihre Finger zur Faust und knüllten das Schreiben des Großinquisitors zu einer Pergamentkugel zusammen. So befahl man ihr denn wider Erwarten, ihren Auftrag weiterzuführen.

»Doña Vivero ...«
Sie zuckte zusammen. Beim Lesen hatte sie den Mann mit dem Vogelkopf völlig vergessen.
»Doña Vivero, es wäre nicht klug, hier noch länger zusammen stehenzubleiben. Eure Freunde könnten sich fragen, wo Ihr bleibt. Soll ich Fray Torquemada eine Antwort übermitteln?«
Sie schwieg. In ihrem Kopf jagten sich widersprüchliche Gedanken. Ihr fiel eine Szene wieder ein. An dem Tag, als Torquemada gekommen war, um über seinen Plan zu sprechen und ihre Rolle darin zu erläutern, war ihr eine Bemerkung entschlüpft.
»Ich verstehe Eure Befürchtungen, Fray Torquemada. Aber seid Ihr Euch im Innersten sicher, daß nicht die Religion der beiden Männer – ein Jude, ein Muslim – der wahre Grund für Euer Vorgehen ist?«
Sie hatte damals nicht gewußt, daß ein Christ – Rafael Vargas – in die Sache verwickelt war.
Die Antwort war kühl und unverblümt gekommen: »Und wenn dem so wäre, Doña Vivero, wo läge die Verfehlung?«
Sie hatte sich noch einen Schritt weiter vorgewagt: »All das vergossene Blut ... Meint Ihr nicht, daß das gegen die Weisungen unseres Herrn verstößt?«
Torquemada hatte die Brauen hochgezogen, und der Blick aus seinen kalten Augen hatte sie buchstäblich durchbohrt. »Heißt das, daß Ihr Sympathie für Ketzer und für den Feind auf unserem Boden empfindet?«
Schockiert hatte sie sich in hochmütige Würde geflüchtet. »Fray Tomas, was für abwegige Vorstellungen! Ich bin Spanierin und stolz darauf, es zu sein. Ich brenne in leidenschaftlicher, verzweifelter Liebe zu meinem Land. Ich sehne mich nach dem Tag, an dem es seine Freiheit und seine Einheit wiedererlangt. Siebenhundert Jahre schmachten wir nun unter dem Joch fremder Armeen. Aber es ist ein Unterschied, ob man moralisch gerechtfertigte Schlachten schlägt, um einen Eroberer zu verjagen, oder ob man kühl und ungestraft einen Menschen zu beseitigen sucht, nur weil er einer anderen Religion als der eigenen angehört. Das

ist nicht mehr der Krieg, Fray Tomas, so etwas nennt sich schrankenloser Herrschaftsanspruch und Mord. Falls es Euch beruhigt, ich empfinde weder für die Juden noch für die Muselmanen besondere Sympathie. Aber ich bin aufgewachsen mit einer Botschaft der Liebe im Herzen. Das ist alles.«

»Ich verstehe Euren Wunsch nach Großmut. Ihr sollt wissen, daß dem Anschein zum Trotz dieser Wunsch auch mich beseelt. Gestattet mir jedoch, Euch eine Fabel aus einem für heilig gehaltenen Buch anzuempfehlen: Drei Öltropfen erbitten die Erlaubnis, in ein Gefäß mit Wasser eingehen zu dürfen. Das Wasser lehnt mit folgender Begründung ab: Wenn Ihr hereinkommt, werdet Ihr Euch nicht vermischen, Ihr werdet an die Oberfläche hinaufsteigen, und was immer wir dann anstellen, um das Gefäß zu säubern, es wird ölig bleiben ... Versteht Ihr die Anspielung?«

»Von welchem heiligen Buch redet Ihr?«

»Vom Talmud, Doña Vivero. Dem Buch, worin die Lehren der großen Rabbiner gesammelt sind.«

Beinahe hätte sie damals spontan entgegnet, daß er in diese Parabel wahrscheinlich nur seinen Wunsch nach einer uniformen, seiner eigenen Einlinigkeit nachgebildeten Welt hineinlese. Aber die Vorsicht hatte ihr seinerzeit geboten, zu schweigen.

Jetzt, auf der Straße in Teruel, beschied sie den Vogelkopfmann: »Ihr werdet Fray Torquemada folgende Botschaft übermitteln: Ich werde ohne einen formellen Befehl seitens Ihrer Majestät diese Mission keinen Schritt weiterführen. Ab jetzt nehme ich meine Weisungen von ihr und nur von ihr entgegen.«

»Glaubt Ihr, der Großinquisitor könnte ohne Billigung seitens Ihrer Majestät handeln? Das ist undenkbar.«

Sie blieb hart: »Bringt mir einen eigenhändigen Brief der Königin! Sonst ziehe ich mich aus der Sache zurück.«

»Wie Ihr meint, Doña Vivero.«

Es war nicht auszuhalten. Eines Tages mußte jemand diese Weibsperson für ihren unverschämten Hochmut büßen lassen. Der Gedanke, er selbst könne dieser Jemand sein, war Mendoza keineswegs unangenehm.

Der Hitzedunst hatte sich verzogen. Als Manuela vor der Kirche San Diego wieder zu Sarrag und Ezra stieß, beleuchtete eine herrliche Sonne den Vorplatz. Langsam stiegen sie die Stufen hinauf und traten ins Innere. Im weichen Licht der Kerzen waren einige andachtsvolle Beter zu erkennen.
Samuel Ezra flüsterte der jungen Frau ins Ohr: »Seid Ihr sicher, daß sie hier begraben liegen?«
»Ja. Die Magd in der Taverne hat es bestätigt. Im übrigen schaut nur, dort, vor dem Altar!«
Tatsächlich erhoben sich am Ende des Mittelgangs nebeneinander zwei marmorne Sarkophage.
Der Araber verlangsamte den Schritt und warf verstohlene Blicke um sich.
»Was ist los mit Euch, Sarrag?« fragte der Rabbiner maliziös. »Schlägt Euch etwa die Kirche aufs Gemüt?«
»Ich habe mich in meinem ganzen Leben nicht besser gefühlt. Nur etwas verunsichert mag ich sein. Ich betrete eine solche Stätte zum erstenmal.«
»Habt keine Angst! Weder Moses noch Mohammed werden es uns übelnehmen. Sie wissen, daß der Messias der Christen nur für die verlorenen Schafe gekommen ist. Sind wir verlorene Schafe, Scheich Ibn Sarrag?«
Der Araber gluckste: »Ihr vielleicht, Rabbi. Ich nicht.«
Ein Tadel von Manuela war die Folge. »Ich flehe Euch an, zeigt Respekt vor den Betenden!«
»Die Señora hat recht«, räumte Ezra ein. »Zeigen wir Respekt!«
»Respekt vor Götzendienern? Schaut Euch nur um, wir sind im Heiligtum der Statuen!«
Die junge Frau entgegnete in schneidendem Ton: »Ich muß doch sehr bitten! Niemand macht sich über eure Zubodenwerferei lustig, auch nicht über die Gebetsaufrufe, bei denen man an das Gejammer von erkälteten Klageweibern denkt. Also ...«
Der Araber brummelte zwischen den Zähnen: »Gut, gut, lassen wir das Thema!« Dennoch fügte er hinzu: »Ich wußte gar nicht, daß Ihr genauso empfindlich seid wie unser Freund, der Mönch.

Ach übrigens, warum hat er es eigentlich vorgezogen, draußen zu warten?«

»Ich weiß es nicht.«

Innerlich jedoch glaubte sie, die Antwort zu kennen. Ob nun zu Recht oder zu Unrecht, ihr weibliches Gefühl sagte ihr, daß Vargas Angst hatte, eine Kirche zu betreten. Da war zu vieles, was ihm der Ort bedeutete, zu vieles, was in seinem schwankenden Herzen sich ungeklärt regte. Vargas floh wie ein Kind, als sei er überzeugt, außerhalb der Kirchenmauern vor dem Blick des Herrn geschützt zu sein. Es sei denn, es war die Furcht, mit der Liebe konfrontiert zu werden, jener Liebe, welche die *amantes de Teruel*, die Liebenden von Teruel, in den Tod geführt hatte.

Soeben hatten sie die doppelte Grabstätte erreicht. Unter einer gläsernen Abdeckung lagen zwei einbalsamierte jugendliche Gestalten ausgestreckt. Sie hatte ein Engelsgesicht und mochte fünfundzwanzig Jahre alt sein, er wirkte kaum älter.

»Es ist wie bei dem Drama um die Zwillingstürme«, sagte Ezra leise, »wieder einmal hat die Liebe den Tod gebracht.«

»Sofern man der Magd aus der Venta Glauben schenken darf.«

Manuela empfand das Bedürfnis, die Grabstätte zu streicheln. Ihre Hand strich sacht den Marmor entlang, folgte den Umrissen des Sarkophags. »Der junge Mann heißt Diego de Marcilla, sie Isabel de Segura.«

»Sie liebten einander bis zum Wahnsinn«, sagte der Rabbi.

»Sie liebten einander, und die Familie ...«

Sie stockte mitten im Satz und fühlte, wie das Blut in ihre Wangen schoß. Sie war so intensiv mit der Liebesgeschichte von Rafael Vargas beschäftigt, daß sie um ein Haar »Cristinas« statt »Isabels« gesagt hätte. Sie fing sich und fuhr fort.

»Die Familie Isabels hielt den Bewerber ihrer Tochter nicht für würdig genug, weil er aus zu bescheidenen Verhältnissen kam. Da bat Diego den Vater inständig, ihm ein Jahr Frist einzuräumen, innerhalb dessen er ein reicher Mann werden wollte. ›Ein Jahr‹, versprach er, ›auf den Tag genau.‹ Der Vater ließ sich erweichen, und Diego brach auf, um in der Welt sein Glück zu machen. Zwölf Monate später, wie versprochen, kehrte er schwerreich nach Teruel zurück. Aufgrund unglücklicher Umstände traf er jedoch mit drei Tagen Verspätung in der Stadt ein. Es war um die Mittagszeit, und Isabel de Segura heiratete gerade unter Zwang einen vornehmen Mann aus dem Hause Azagra d'Albarracín.«

»Und vor Kummer wahnsinnig, gab Diego sich den Tod«, vermutete der Rabbi.

»Richtig. Isabel hörte sogleich davon, und noch im Hochzeitsgewand stürzte sie zu ihm. Sie warf sich über den Leichnam ihres Geliebten, bedeckte ihn mit Küssen und erdolchte sich.«

Sarrag deutete auf den einen Sarkophag. »Seht, was an der Seite geschrieben steht!«

Die anderen beugten sich hinunter und lasen: *Des Wahnsinns beide, sie wie er.*

»Ich weiß nicht«, sagte der Scheich, »welche Lehre ich aus all diesen Geschichten ziehen soll, aber ich gebe zu, ich hätte Angst, mich hier in Teruel zu verlieben.«

»Ob in Teruel oder anderswo«, versetzte der Rabbiner, »wenn die Liebe mit solcher Leidenschaft erlebt wird, dann ist das tragische Ende unausweichlich. Wißt Ihr, warum? Weil sie das menschliche Maß übersteigt. So selbstlos, so stark wird sie, daß sie beinahe hinüberreicht in die Welt der Engel, die himmlische Sphäre. Zwangsläufig fehlt es der irdischen Umgebung an Verständnis. Deswegen entscheiden sich jene, die einander derart lieben, für den Tod. Nur so können sie für die Ewigkeit und an der Seite von ihresgleichen vereint bleiben.«

Leicht verwundert sah Sarrag den Rabbiner an. »Ihr redet sehr schön über die Liebe, Rabbi, Ihr habt sie demnach gekannt?«

»Sarrag, wenn Ihr einen Menschen, einen einzigen kennt, der nie von dieser Gnade berührt worden ist, dann zeigt ihn mir! Ich sage Euch dann, ob es sich um einen wirklichen Menschen handelt.«

Sie verweilten noch etwas an dem Doppelgrab. Jeder hing seinen Gedanken nach und rief sich wohl auch Baruels Passage ins

Gedächtnis, die sie zum Herkommen veranlaßt hatte: Und der Ewige – denn es ist nicht gut, dass der Mensch allein sei – liess einen Tiefschlaf über den Menschen fallen, nahm eine von seinen Rippen und schloss das Fleisch an ihrer Stelle zu. Der Ewige baute die Rippe, die er vom Menschen genommen hatte, zu einem Weibe und führte es zum Menschen. Seither sind A'h und A'hoth vereint unter den Blicken der Niedrigen und der Mächtigen, dort, wo die Engel nicht eintreten. Unzweifelhaft handelte es sich bei A'h und A'hoth um Isabel und Diego.

Als sie wieder draußen waren, gingen sie die Calle Comadre zurück und fanden Vargas, der am Rande des alten Judenviertels auf einer Steinbank saß.

Ohne Umschweife fragte Sarrag: »Was wollen wir beschließen, nun da nur noch zwei Etappen vor uns liegen? Ich schlage vor, daß wir unverzüglich den vorletzten Text enträtseln.«

Ezra stimmte zu und suchte mit dem Blick das Einverständnis von Vargas.

Der allerdings zeigte ein verdrießliches Lächeln. »In Anbetracht der dürftigen Hinweise, die in meinem Besitz sind, fürchte ich leider, daß ich Euch nicht viel nützen werde.«

»Warum wollt Ihr von vornherein aufgeben?«

»Weil ich nichts oder nur lächerlich wenig beizusteuern habe.«

Der Araber und der Jude wirkten bestürzt.

»Könntet Ihr wenigstens Eure Bruchstücke herausgeben?« fragte der Rabbi.

»Natürlich.« Und Vargas zitierte aus dem Gedächtnis: »Das heilige Kreuz ... ruht auch die 3 ... von diesem Wasser ...«

»Und weiter?«

»Das ist alles, was Baruel mir für diesmal hat anvertrauen wollen. Ich sagte ja: dünn, mehr als dünn. Und jetzt seid Ihr dran.«

Da die beiden nicht reagierten, fragte er ungeduldig: »Worauf wartet Ihr?«

Sonderbarerweise schienen weder Sarrag noch Ezra sich zu einer Antwort zu entschließen.

»Aha«, sagte Vargas. »Auch Ihr habt nur ein paar Fetzen zu bieten.« Die beiden nickten. »Wir wollen sie trotzdem zusammenfügen, nicht wahr?« Ezra und Sarrag holten je ein Stück Papier aus der Tasche, während Manuela mit gespannter Erwartung auf der Steinbank Platz nahm.

Abwechselnd, in neutralem Tonfall, gaben die drei Männer die Satzbruchstücke aus ihrem Besitz bekannt. Es kam in der Tat nicht viel zusammen. Das Ergebnis war so spärlich, daß die junge Frau es sich mühelos einprägen konnte, während sie parallel zu den dreien den Endtext konstruierte.

VERHERRLICHT WIRD J. H. W. H. VON SEINER STÄTTE AUS: DER NAME IST IN 2. IN DER STADT, DIE DAS HEILIGE KREUZ ERSCHEINEN SAH. DORT, WO DIE PFERDE DER EBENBÜRTIGEN DES JÜNGLINGS RUHTEN, RUHT AUCH DIE 3. JEDEN, DER VON DIESEM WASSER TRINKT, WIRD WIEDER DÜRSTEN.

Vargas war so angeregt, daß er vorschlug: »Machen wir doch gleich weiter! Werfen wir, was wir haben, zum letzten ›Palast‹ zusammen.«

»Jetzt gleich?« fragte Sarrag skeptisch.

»Ja. Wir haben gar keine Wahl mehr.«

Diesmal ging alles unglaublich schnell. So schnell, daß Manuela überzeugt war, ihr seien einzelne Wörter entgangen.

Ezra hatte mit der schon bekannten Formel begonnen: VERHERRLICHT WIRD J. H. W. H. VON SEINER STÄTTE AUS: DER NAME IST IN 1. Danach sprach jeder nur eine einzige Silbe aus. Diese ergaben ein einziges Wort: BERESCHIT.

Manuela hörte den Rabbi erklären, daß mit diesem Wort die Thora beginne und daß es bedeute: »Im Anfang«. Worauf er die anderen an etwas erinnerte: »In dem Brief, den Baruel uns geschrieben hat, finden wir das Wort wieder: *Eines Buches, das entstanden ist in urältester Zeit, lange nach dem Chaos des Anfangs, lange nachdem das erste Wort ausgesprochen worden war:* BERESCHIT. Erinnert Ihr Euch, Sarrag?«

Ein zögerndes Ja war die Antwort. Sarrag wirkte niedergeschlagen.

»Was schließt Ihr daraus?« wollte der Franziskaner wissen.
Der Rabbiner antwortete: »Wahrscheinlich das gleiche wie Ihr. Aber ich wage nicht, daran zu glauben. Ich beruhige mich mit dem Gedanken, daß das vorletzte Rätsel eigentlich kein großes Problem sein dürfte.«
»Für einen Christen sicher nicht.«
Die beiden anderen bekundeten Überraschung: »Habt Ihr schon eine Idee?«
»Ich möchte vorab sagen, daß mir kein Verdienst dabei zukommt. Ich bin sogar überzeugt, daß Señora Vivero die Antwort geben kann.« Er wandte sich an Manuela. »Wißt Ihr, in welcher spanischen Stadt das heilige Kreuz erschienen ist?«
Sie dachte kurz nach, dann sagte sie: »War es nicht Caravaca della Cruz?«
»Ich sagte doch, mir kommt da kein Verdienst zu ...«
»Caravaca della Cruz?« wiederholte Ezra.
»Genau. Dort ist, von Engeln getragen, vor etwa zweihundert Jahren das Kreuz Christi erschienen, damit ein von den Mauren gefangengehaltener Priester vor den Augen des Sultans Abu Sait die Eucharistie feiern konnte. Worauf der Sultan als Zeuge des Wunders sich zum christlichen Glauben bekehrte. Das Versteck des Dreiecks, davon bin ich überzeugt, werden wir finden, wenn wir erst einmal an Ort und Stelle sind.«
Der Gesichtsausdruck der drei Männer hatte sich verdüstert, als wäre soeben etwas in ihnen zerbrochen, als hätte ein unangenehmes Gefühl der Leere sie überkommen.
Der Scheich sagte zögernd: »Der weitere Text ist ein Alptraum. Ich meine den letzten ›Palast‹. Ihr seid Euch natürlich im klaren darüber, daß, wenn wir den Ausdruck Bereschit wörtlich nehmen, dies die Rückkehr zum Ausgangspunkt bedeutet: nach Granada.«
»Nein«, seufzte Ezra, »es ist schlimmer als ein Alptraum, es ist die Realität. Ich sehe keine andere Bedeutung für Bereschit als: ›Im Anfang‹. Immerhin ...«
Er ließ den Satz unvollendet, als wäre gerade ein Gedanke in ihm aufgekeimt.

»Nehmen wir einmal an, Granada wäre der Schlußpunkt«, fuhr er dann fort, »wäre das wirklich so tragisch? Schließlich sei die Vorstellung erlaubt, daß uns auf unserer labyrinthischen Wegstrecke ein Detail entgangen ist und daß uns morgen oder auch später der verborgene Sinn endlich doch aufgehen wird. Es wäre ja nicht das erste Mal, daß dunkle Stellen sich uns auf einmal erschließen, die uns eine Stunde zuvor noch undurchschaubar vorkamen. Warum eigentlich nicht nach Granada?«

Der Scheich machte seiner Gereiztheit Luft: »Ach Unsinn! Denkt doch nach! Granada *kann nicht* der Schlußpunkt sein. Der Text sagt ganz klar: Der Name ist in 1. Ihr wißt genau, was diese Ausdrucksweise bedeutet. Es bleibt *nach* Granada noch eine letzte Wegmarke zu erreichen. Ein Ort, von dem wir nichts wissen, da der letzte ›Palast‹ sich in einem einzigen Wort zusammenfassen läßt: Bereschit. Nichts weiter als Bereschit. Wenn wir in Granada eintreffen, wohin wenden wir uns dann? In welche Richtung? Wie gehen wir dann vor, nachdem wir nicht den kleinsten Hinweis haben, wo der blaue Stein zu suchen ist? Nichts! Mehr haben wir einfach nicht!«

»Wir, Scheich Sarrag. In der Tat. Wir haben nichts. Aber dafür …« Mit einem Unterton von Hoffnung wandte sich Ezra an Manuela: »Señora, meint Ihr nicht, die Zeit ist gekommen, daß Ihr uns mit Aben Baruels letzten Instruktionen vertraut macht?«

Die junge Frau war wie vom Blitz getroffen. Sie schluckte einmal heftig und antwortete leise, fast kläglich: »Das ist unmöglich. Erst wenn Ihr dem ›Buch‹ ganz nah seid, darf ich es tun. Nicht vorher.«

Sarrag spürte, wie ihn wütendes Verlangen überkam, in Beschimpfungen auszubrechen, aber er murmelte lediglich: »Das ist doch nicht Euer Ernst!« Etwas ruhiger sagte er nach einer Weile: »Da haben wir Hunderte von Meilen hinter uns gebracht, unser Leben aufs Spiel gesetzt, tausend Widrigkeiten überstanden, und dann soll alles als Mißerfolg enden? Hört zu, Doña Vivero, habt Mitleid! Wenn es Euch schon an praktischem Sinn fehlt, dann zeigt wenigstens Großherzigkeit!«

»Der Scheich hat recht«, drängte auch Ezra. »Meint Ihr, Baruel hat gewollt, daß wir scheitern? Glaubt Ihr, sein so ausgeklügelter Plan soll einfach ins Nichts münden? Ich verstehe sehr gut, daß Ihr Euer Wort halten wollt, aber Ihr solltet es Euch trotzdem überlegen. Denkt auch an Eure Rolle! Wozu wärt Ihr nutze gewesen?«
Ihr Gesicht war schmerzlich verzerrt. Sie hatte auf einmal das Gefühl, als sei sie ein Strohhalm, den der Sturm davonweht. Was tun? Ihnen die Wahrheit enthüllen und damit Isabels Vertrauen verraten? Oder diese Männer weiter belügen und ihrer Verachtung anheimfallen? Gerade erst hatte sie Mendoza Weisung erteilt. Sie *mußte* die Antwort der Königin abwarten.
»Verzeiht mir!« sagte sie. »Verzeiht mir, aber ich kann nicht.«
Ezra drehte sich auf der Stelle und murmelte zusammenhanglose Worte. Sarrag begann, hin- und herzulaufen wie ein Raubtier in seinem Käfig.
»Hört mir einmal zu!« Vargas hatte gesprochen, ohne Hast. Zu ihrer großen Erleichterung bemerkte Manuela keinen aggressiven Unterton.
»Hört zu!« wiederholte er. »Als wir uns in dem Frauenkloster in Burgos aufhielten, habt Ihr Sarrag angesprochen und ihn gefragt, warum wir uns nicht entschließen, uns wechselseitig zu vertrauen, und die ›Palast‹-Bruchstücke, die jeder besitzt, nicht einfach tauschen. Ihr erinnert Euch doch, oder?«
Sie wäre am liebsten im Boden versunken.
Vargas sprach weiter: »Damals hat Euch der Scheich entgegnet, Ihr solltet mit gutem Beispiel vorangehen, Señora. Ihr solltet uns den letzten ›Schlüssel‹ übergeben, meinte er. Und Eure Antwort, wißt Ihr die noch? Ich jedenfalls habe sie nicht vergessen. Ihr habt dagegengesetzt: ›Gebt zu, daß dieser „Schlüssel" völlig uninteressant ist, solange der Gesamttext nicht zusammengefügt werden kann. Tut das, fügt Eure „Paläste" zusammen, ich werde Euch den „Schlüssel" übergeben.‹ Die ›Paläste‹ stehen, wenn ich so sagen darf. Nun müßt nur noch Ihr zu Eurem Wort stehen.«
Lange herrschte Schweigen, während Manuela angestrengt nach

einer plausiblen Antwort auf die mit unerbittlicher Logik vorgebrachten Argumente suchte. Es mußte doch irgendwo einen Ausweg geben …

Ihre Stimme klang nervös, als sie zitierte: »›Du sollst keinen Meineid schwören, sondern du sollst dem Herrn deine Schwüre halten.‹«

»Es heißt aber auch und vor allem: ›Vielmehr soll eure Rede sein: Ja sei ja, nein sei nein. Was darüber hinausgeht, ist vom Bösen.‹«

»Gebt mir Zeit. Drei Tage, mehr brauche ich auf keinen Fall.«

»Warum diese Frist?«

»Bitte«, flehte sie, »schenkt mir Vertrauen!«

Vargas sah die anderen fragend an.

»Lassen wir es gut sein«, lautete Ezras Rat. »Schon in der Stunde, da wir mit Doña Vivero zusammentrafen, hatten wir keine Wahl. Auf drei Tage kommt es jetzt auch nicht mehr an.«

»Und Ihr, Sarrag?«

»Ich kehre zur Venta zurück. Aber vorher möchte ich Euch noch warnen. Welchen Entschluß die Señora auch fassen mag, ich habe den starken Verdacht, daß wir, wenn wir einmal Caravaca erreicht haben, nie mehr bis Granada gelangen. Die Zange um Al Andalus schließt sich immer enger. Wie vor Wochen, als wir die Stadt verließen, besteht Gefahr, daß man uns verhaftet, und diesmal haben wir vielleicht nicht mehr so viel Glück im Unglück. Auch Ihr habt die Gerüchte gehört, daß Huescar, Orce und Baza bereits eingenommen sind. In den nächsten Tagen schon wird das Almanzora-Tal von Bewaffneten wimmeln. Überlegt es Euch gut, Señora! Ich bin nicht der Meinung des Rabbiners. Von jetzt an zählt jede Stunde wie ein Jahrhundert. Nicht nur das Buch aus Saphir, sondern unser Leben liegt in Eurer Hand.« In seiner Stimme lag mehr Verdruß als echter Zorn oder Groll.

»Er hat recht, Señora«, seufzte Ezra. »Adonai möge Euch die rechten Gedanken eingeben – zu unser aller Heil.«

Kaum hatten der Scheich und Ezra sich entfernt, ging Vargas mehrere Schritte auf die junge Frau zu.

Sie wich unwillkürlich ein wenig zurück. »Bedrängt mich nicht länger, ich bitte Euch!«

»Schaut mich an!« Er faßte ihr Kinn. »Ich werde Euch sagen, was ich im Innersten denke. Ich weiß, daß Ihr durch einen Eid gebunden seid, aber ich weiß auch, daß er Euch nicht an Aben Baruel bindet.«

Sie versuchte, ihre letzte Kraft zusammenzuraffen. »Bitte, ich bitte Euch ...«

»Ich bin nicht Euer Feind. Die ganze Zeit über habe ich geschwankt, ob ich Eurem Bericht glauben soll oder nicht, und nie konnte ich mich entscheiden. Habt Ihr Aben Baruel wirklich gekannt? Ist diese ganze Geschichte nicht doch eine mysteriöse Machenschaft, deren Räderwerk Ihr allein kennt? Ich habe einmal gesagt, ich schaffte es nicht, in Euch zu lesen; das war noch nie so wahr wie jetzt, nur bin ich inzwischen überzeugt, daß Ihr ein Geheimnis mit Euch herumtragt. Ein Geheimnis, das eine schwere Last sein muß – und das ich absolut nicht durchschaue.«

Sie blickte stumm vor sich hin, wußte kein anderes Mittel mehr, um ihre Abwehrfront aufrechtzuerhalten.

»Während der ganzen Reise habt Ihr Euch immer wieder merkwürdig verhalten. Als erstes hat mir die unvermutete Freilassung des Rabbiners zu denken gegeben. Stellt Euch vor, ich habe nachgeforscht. Ich bin zum Inquisitionsgefängnis gegangen. Dort haben sie versichert, keine einzige Frau habe sich nach dem Schicksal Ezras erkundigt, geschweige denn eine, die sich als seine Schwester ausgegeben hätte.«

Sie öffnete die Lippen, suchte nach einem Wort des Protestes, aber er ließ ihr nicht die Zeit.

»Vor ein paar Tagen schließlich habt Ihr Euch erstaunlich beschlagen gezeigt bezüglich der Herkunft Tomas de Torquemadas: Vincelar. Auch da kam mir Eure Erklärung mehr als zweifelhaft vor.«

Er schwieg. Sie glaubte, er wolle weiter in sie dringen, aber sie täuschte sich, er suchte ihr eine Brücke zu bauen.

»Ihr habt drei Tage Bedenkzeit erbeten. Ich will den Grund dafür gar nicht wissen. Worin er auch liegen mag, denkt an Ezras Worte und die Strapazen, die wir hinter uns haben! Wenn Ihr tatsächlich etwas wißt, was uns aus der Sackgasse heraushelfen kann, so bitte ich Euch, Manuela, reicht uns die Hand!«

»Und wenn ich … ablehne?«

»Welche Antwort erhofft Ihr Euch? Daß wir Euch foltern? Euch dem ›spanischen Traum‹ oder dem *sueño italiano* überantworten, wie in den Verliesen der Inquisition? Nein, so etwas kommt Euch doch nicht in den Sinn, oder? Weder Ezra noch Sarrag, keiner von uns gedenkt, Euch irgendwie zuzusetzen. Dafür verbürge ich mich.«

»Ihr habt all diese Zweifel mir gegenüber gehegt und Euch dennoch entschlossen, mir die Wahrheit über das ›Buch‹ zu offenbaren? Warum?«

»Weil Vertrauen schenken, sich ausliefern und freiwillig wehrlos sein den wahrhaftigsten Weg darstellen, um zu sagen, daß man liebt.«

»Drei Tage«, murmelte sie, ein Schluchzen unterdrückend.

Er sah sie so zärtlich an, daß sie nur noch ein Verlangen spürte: sich in seine Arme zu schmiegen und ihm auf der Stelle alles zu gestehen.

»Kommt«, sagte er, »gehen wir zurück zur Venta!«

In dem Moment, in dem Manuela sich von der Bank löste, versetzte sie etwas in Alarmzustand. Vargas fixierte einen Punkt am anderen Ende des Platzes. Mendoza, der Mann mit dem Vogelkopf, saß in lässiger Haltung auf den Stufen der Kirche und spähte herüber. Seit wann?

»Diesen Mann habe ich doch schon einmal gesehen«, sagte Vargas mit tonloser Stimme.

»Gehen wir weg von hier!«

Er schien sie nicht zu hören. »Wo bin ich ihm begegnet? Wann?«

»Bitte, laßt uns gehen!«

Er gehorchte unwillig, ließ aber Mendoza nicht aus den Augen. Der Mann mit dem Vogelkopf betrachtete – zumindest scheinbar – angelegentlich eine Gruppe von Reitern, die am Fuß der Stadtmauer einhersprengten.

Manuelas Herz pochte heftig. Daß Torquemadas Beauftragter in der Nähe war, hatte sie zunächst beruhigt. Zumindest würde sie nicht länger auf die Antwort der Königin warten müssen. Jetzt wußte sie bald, was sie zu tun hatte. Sie würde aufbrechen, fliehen, nach Toledo zurückkehren und versuchen zu überleben.
In Gedanken verloren, hatte sie nicht bemerkt, daß der Franziskaner stehengeblieben war.
»Jetzt erinnere ich mich!« rief er. »Es war in Salamanca, am Tag, als die Kommission wegen Colón tagte.«
»Ich weiß nicht, was ...«
»Doch, doch. Ihr hattet mir sogar erklärt, daß er eine Auskunft wollte.«
Sie flehte: »Kommt!«
Die Züge des Mönchs hatten sich plötzlich verhärtet. »Wartet hier auf mich!« befahl er. »Ich will Gewißheit haben.«
»Aber das ist unvernünftig! Was wollt Ihr tun?«
»Ihn befragen.«
»Worüber?«
»Man hat uns einmal verfolgt, und Ihr wißt, was der Preis gewesen ist. Dieser Kerl hält sich nicht zufällig in Teruel auf.«
Sie wollte sich an ihn klammern und ihn zurückhalten, aber er war schon unterwegs zu Mendoza.
»He, Señor!«
Torquemadas Agent war aufgesprungen und entfernte sich mit langen Schritten.
»Bleibt stehen!« rief der Franziskaner.
Mendoza hatte seine Schritte beschleunigt, er rannte beinahe. Vargas wollte die Verfolgung aufnehmen, aber Manuela umklammerte seinen Arm.
»Nein! Tut das nicht!« beschwor sie ihn.
»Ihr kennt diesen Mann!« Wieder klang mehr Überdruß als echter Zorn in seiner Stimme mit.
Manuela krümmte sich zusammen. Jedes Leugnen war sinnlos geworden. »Gehen wir zurück!« sagte sie leise keuchend.
»Nicht bevor Ihr mir alles erklärt habt.«

»Rafael ...« Sein Vorname war noch nicht ausgesprochen, da wurde ihr bewußt, daß es das erste Mal war. Sie sprach weiter: »Habt Ihr nicht gerade erst gesagt, Ihr wolltet mir nicht zusetzen? Ich flehe Euch an, versucht nicht, mehr von mir zu erfahren!«

Vargas sah sie an, hin- und hergerissen zwischen dem Wunsch, endlich Klarheit zu schaffen, und einer Eingebung seines Herzens, die ihm Stillhalten gebot.

»Auch gut«, sagte er. »Beantwortet wenigstens *eine* Frage, eine einzige: Besteht Gefahr für uns?«

»Ich glaube nicht. Jedenfalls keine unmittelbare.«

»Keine unmittelbare? Das heißt, daß ...« Sie legte dem Franziskaner die Hand auf die Lippen. »Drei Tage ...«

Er stand nur da und sah sie verwirrt an.

»Ich befürchte das Schlimmste ...«

Er bohrte seinen Blick in ihre Augen. »Sollte meine Ahnung sich unglücklicherweise bewahrheiten – dann Gnade Euch Gott!«

Kapitel 30

Nichts ist unbeschreiblich
außer der Leere.
Nichts ist unveränderlich
außer dem, was nicht ist.

Franziskanerkonvent La Salceda,
drei Tage später

Der Schatten der Kapelle lag über dem grünen Rasenteppich und sorgte im Kreuzgang für jene Kühle, die meditativer Versenkung günstig ist. Unter den nüchtern-strengen Bogengängen stand Hernando de Talavera seinem Freund Francisco Jiménez de Cisneros gegenüber und faltete die Hände, als schicke er sich an zu beten.

»Ich weiß nicht mehr weiter«, sagte er mit leiser Stimme. »Handeln oder geschehen lassen?«

»Die Entscheidung liegt bei Euch, Fray Talavera. Welche Hoffnung hat Euch aus Toledo hierher tief in die Alcarria geführt? Dachtet Ihr wirklich, ich hätte die Antwort, die Euch aus Eurem Dilemma befreit?«

»Nicht *die* Antwort, aber *eine* Antwort. Hat der Mensch das Recht, die Wege des Herrn durchkreuzen zu wollen?«

Mechanisch glättete Cisneros seine Kutte aus grobem braunem Wollstoff und rückte sich den Hanfstrick zurecht, der sie um die Taille zusammenhielt. »Die Wege des Herrn durchkreuzen wollen? Das müßte man erst einmal können …«

»Dabei würde unser Bruder Torquemada genau dies versuchen, sollte tatsächlich die Aussage des saphirnen Buches die Grundfesten unseres Glaubens einreißen.«

Ein kaum wahrnehmbares Lächeln umspielte die Lippen des

Franziskaners. »Und Ihr, Fray Hernando, versucht Ihr nicht, es ihm nachzutun gerade dadurch, daß Ihr ihn daran hindern wollt? Wer von Euch beiden verkörpert den Wahn? Wer von Euch beiden die Weisheit? Ihr, Fray Hernando, habt es für sinnlos gehalten und haltet es immer noch für sinnlos, die Juden in Massen zu taufen, weil Ihr meint, eine von innen kommende und nicht erzwungene Bekehrung sei mit viel größerer Wahrscheinlichkeit dauerhaft und ehrlich. Das ist Euer gutes Recht. Genauso wie ich mir jenes eingeräumt habe, auf öffentlichem Platz viertausend arabische Schriften und Abhandlungen verbrennen zu lassen, nachdem ich zu der Auffassung gelangt war, so könne man einen Beitrag dazu leisten, daß der islamische Einfluß auf unserem spanischen Boden ausgerottet wird.« Mit fester Stimme erklärte er: »Besser ist der Irrtum als der Zweifel, vorausgesetzt, der Irrtum geschieht in gutem Glauben.«

Verblüfft öffnete Talavera die Lippen, wollte etwas sagen gegen diesen kuriosen Leitspruch. Doch dann schwieg er. Er wußte um den schwierigen Charakter des anderen, aber er brachte ihm unbegrenzten Respekt entgegen. Cisneros' konsequenter Lebensweg spiegelte eine Kompromissen abholde Persönlichkeit, der eitler Stolz vollkommen fernlag und die nur Gott und der Wahrheit verpflichtet sein wollte. Vor nunmehr einundfünfzig Jahren in einer Familie von Hidalgos geboren, die in Torrelaguna im Lehensgebiet der Mendozas ansässig war, hatte er zunächst in Salamanca die Rechte studiert und war dann nach Rom gegangen, ohne daß irgend jemand erfuhr, was er dort gesucht hatte oder wem er dort begegnet war. Nach seiner Rückkehr dann hatte Talavera ihn kennengelernt, und es hatten sich zwischen den beiden Männern brüderliche Bande geknüpft. Damals schien Cisneros eine Laufbahn in den höheren Rängen der kirchlichen Hierarchie anzustreben. Wie zur Bestätigung sicherte er sich einige Zeit später gegen harten Widerstand das Erzpriestertum Uceda, wobei vor allem Kardinal Carillo, der ihn nicht mochte, die Amtsübernahme zu hintertreiben versuchte. Wenig später wurde er zum Generalvikar der Diözese Sigüenza ernannt. Alles deutete darauf hin, daß er auch nach höchsten Ämtern greifen würde, bis er sich eines Augusttages im Jahre 1484 zu den Franziskanern hierher in den Konvent La Salceda zurückzog. Wer die Grundsätze kannte, die hier herrschten, dem mußte Cisneros' Entscheidung Bewunderung abnötigen. Fasten, Armut, Abgeschiedenheit lauteten gemäß der ursprünglichen Ordensregel des heiligen Franziskus die drei beherrschenden Lebensprinzipien. Talavera hatte es für unabdingbar befunden, diesen Menschen aufzusuchen, er war überzeugt, daß er nur in seiner unmittelbaren Nähe die Erleuchtung und Weisheit finden würde, deren er dringend bedurfte, jetzt am Vorabend eines folgenreichen Entschlusses: Er wollte Torquemada in den Arm fallen, wollte ihn daran hindern, Gottes Botschaft, sollte diese denn zutage treten, zu ersticken und ins Dunkel zurückzudrängen.

In sanftem Ton erklärte er: »Gerade habt Ihr gesagt: ›Besser ist der Irrtum als der Zweifel.‹ In diesem Falle ...«

»Ich bitte Euch, Fray Talavera, zitiert den Satz ganz! Ich habe ausdrücklich angefügt: ›vorausgesetzt, der Irrtum geschieht in gutem Glauben!‹ Womit die absolute Treue zu einem Ideal, das wir uns geschmiedet haben, gemeint ist. Ich rede von einem höchsten, großen, edlen, reinen Ideal und nicht von kleinlichen Ambitionen, hinter denen nur ein persönliches Ruhmbedürfnis steht.«

»So habe ich es durchaus auch verstanden. Aber läuft man dabei nicht Gefahr, der blinden Hartnäckigkeit oder, schlimmer noch, des Hochmuts geziehen zu werden?«

Cisneros erhob sich bedächtig und schritt, gefolgt von Talavera, unter den Arkaden aus.

»Ich möchte mir eine kleine Abschweifung erlauben«, sagte er, »die aber vielleicht zum besseren Verständnis der Dinge beiträgt. Ihr wißt sicher Bescheid, daß die Königin mit dem Gedanken umgeht, mir das Erzbistum Toledo anzuvertrauen. Ich jedoch lege keinerlei Wert auf diese Auszeichnung. Wißt Ihr, warum? Weil ich dann zwangsweise zu jener Welt von Prälaten gehören würde, die ich eigentlich verachte. Die Mehrheit unserer Bischö-

fe weiß nicht, was Tugend und Frömmigkeit sind, ihnen geht es mehr um ihr irdisches Wohlsein als um das Schicksal ihrer Seele. In ihrem Lebensstil und ihren Betätigungen unterscheiden sie sich kaum von den Granden des Königreichs.«
Er ließ eine Pause verstreichen.
»Damit kennt Ihr einen der Hauptgründe für meinen Eintritt in dieses Kloster. Ich habe mich dafür entschieden, nicht zu lavieren, sondern mich in einer Welt zu bewegen, wo nur Geradlinigkeit das Vorwärtskommen ermöglicht. Ich lehne es ab, mich zu verstellen. Da habt Ihr den Grund für meine Unduldsamkeit und für meine Unfähigkeit zu vergeben. Einige werden, wenn sie sehen, daß ich das Erzbischofamt zurückweise, sagen, ich entzöge mich der Pflicht, wo Kirche und Königreich doch meiner bedürften. Andere werden aus banalerer Perspektive die zurückgewiesene Ruhmesstellung glossieren. Alles falsch! Der Pflicht ziehe ich tausendmal die Treue zu meinem Ideal vor. Was den Ruhm angeht« – der Mund verzog sich in leiser Ironie –, »und käme er auch rein und der Hintergedanken bar, so wäre er mir gleichgültig. Undenkbar aber ist befleckter Ruhm, der lediglich den Triumph der persönlichen Interessen darstellt!«
Talavera schwieg weiterhin nachdenklich.
»Ist im Grunde das, wofür man eintritt, nicht *auch* und unter anderem der Schlüssel zur Glückseligkeit? Wäre unser Handeln nicht vornehmlich vom Pflichtgefühl, sondern vor allem von dem Willen regiert, unseren Überzeugungen treu zu bleiben, dann wäre dem Menschen unendliche Glücksverheißung beschert. Meint Ihr nicht auch?« Cisneros hielt inne. Sanft legte er seinem Besucher die Hand auf den Arm und sagte leise: »Das Leben ist eine gewaltige Tragödie. Ihr Verfasser ist Gott, die Schauspieler sind Leute wie Ihr und ich. Leider heißt der Souffleur Satan.« Was er dann noch sagte, klang wie ein vertrauliches Bekenntnis: »Laßt uns Gott das Wort zurückgeben!«
Talavera nickte langsam. Cisneros' letzter Satz hatte seine Wirkung getan: Die widersprüchlichen Gedanken, mit denen er sich

nächtelang herumgeschlagen hatte, die Zweifel, das Zaudern – alles war auf einmal verflogen.
»Ihr habt recht«, murmelte er. »Laßt uns Gott das Wort zurückgeben!«
In Gedanken war er schon bei den drei Männern und Manuela, und er fragte sich, ob sie noch in Teruel weilten.

Teruel

Die Magd, die ihnen den Weg zur Kirche San Diego gewiesen hatte, lehnte mit aufgestützten Ellenbogen über dem Schanktisch und sang ein trauriges Lied, das von einem maurischen Prinzen und von einer gefangenen Christin handelte. Sarrag warf einen schrägen Blick zu dem Rabbiner hinüber. Der schlummerte, den Rücken an die Wand gelehnt, die Hände über der Brust gefaltet. Vargas war bereits hinaufgegangen, sich schlafen zu legen. Manuela hingegen hatte soeben die Venta unter dem Vorwand verlassen, sie müsse nachdenken – dabei hatte sie doch die letzten drei Tage nichts anderes getan. Drei Tage. Die Frist, die sie gefordert hatte, neigte sich ihrem Ende zu. Welche Entscheidung Manuela auch immer treffen würde, es war bereits abgemacht, daß sie keine Zeit mehr verlieren und im Morgengrauen nach Caravaca aufbrechen würden. Und danach kam ... Granada. Granada mit allen Gefahren, die mit diesem letzten Reiseabschnitt verbunden waren. Sie hatten keine andere Wahl, sie mußten ihren Weg zu Ende gehen. Seit Stunden versuchte Sarrag sich damit zu beruhigen, daß er sich die Maxime seines philosophischen Lehrmeisters, des großen Ibn Roshd, den die Abendländer in Averroes umbenannt hatten, vorsagte: »Wenn die Lösung abwesend ist, ist das Problem nicht mehr.«
Der Scheich schob den Teller mit der fetten Soße zurück, in der noch ein Rest Kabeljau schwamm, und sah sich in der Gaststube um. Die Magd sang immer noch vor sich hin. Obwohl sie weit über fünfzig sein mußte, ging eine verwirrende Sinnlichkeit von ihr aus. Waren es die weiblich gerundeten Hüften oder die schweren Brüste? Sie erinnerte Sarrag an seine Lieblingsfrau, die

sanfte, die zärtliche Salima. Was sie wohl heute abend machte? Was machten die Kinder? Dachte man noch an ihn, oder hatte man ihn vergessen? Und Aischa, seine erste Frau, die den gleichen Namen trug wie die Lieblingsfrau des Propheten und die auch viel von deren Wesen hatte, willensstark und ergeben wie sie war, wozu allerdings noch eine andere Eigenschaft trat: Aischa war unbeständig wie der Wind, so launisch wie ein Kind. Wenn Salima dem ruhig daliegenden Meer glich, dann glich die andere einem entfesselten Ozean. Sie hätte eine Rivalin kaltblütig erdrosselt, während Salima aus der Geduld eine Waffe gemacht hatte, die so wirksam war wie tausend Klingen. Zwischen diesen beiden so gegensätzlichen Frauen lebte Sarrag in vollkommenem Ausgleich. Was die eine ihm vorenthielt, bescherte die andere ihm wie aus einem Füllhorn. Seine Fehler wurden in den Augen der ersten zu einem Vorzug, während seine Vorzüge der zweiten vollauf zum Glück gereichten. Er wußte auch und vor allem, daß er sich auf beider Treue rückhaltlos verlassen konnte. Sie hatten nichts gemein mit ihren maurischen Schwestern von Sevilla, die – vielfachen Gerüchten nach – Lustfahrten und Gelage auf dem Fluß veranstalteten. Nein, weder Aischa noch Salima waren zu solchen Verirrungen fähig.
Sarrag sagte sich, daß Allah es gut mit ihm gemeint hatte, und sein Herz zog sich zusammen. Sie fehlten ihm schrecklich. Er schwor sich, sie nach seiner Heimkehr mit Geschenken zu überhäufen. Salima würde er das Juwelenhalsband schenken, das sie so oft schon von ihm verlangt hatte. Aischa würde er die beiden zueinander passenden Reifen aus massivem Gold kaufen, die er ihr zu ihrem Geburtstag noch verweigert hatte – einen für den Knöchel, den anderen für das Handgelenk. Und danach würde er mit beiden Frauen schlafen.
Sein Blick wanderte zu dem Teller zurück. Er zog eine Grimasse des Ekels. Wie hätte man dieses geschmacklose und Übelkeit erregende Essen mit den raffinierten Gerichten vergleichen können, die seine Gattinnen ihm zubereiteten? Er hielt einen sehnsuchtsvollen Seufzer zurück. Was würde er heute abend nicht für

eine korianderduftende *maruzijja* geben oder für ein zartfleischiges Täubchen, dem zum Dessert zwei oder drei honiggefüllte, mit geschälten Mandeln garnierte und mit Rosenwasser getränkte *ka'ak* folgen würden!

»Ihr träumt vor Euch hin, Scheich Sarrag?« Die Stimme des Rabbiners war wie ein Eisstückchen, das man in den Kragen geschoben kriegt.

»Ja«, seufzte er, »ich bin weit weg ...«

»Beim blauen Stein?«

»O nein, ganz und gar nicht. Es war ein sehr unspiritueller Traum.« Plötzlich klang seine Stimme benommen. »Wir werden nach Granada zurückkehren, Rabbi.«

»Gewiß doch. Sobald Caravaca hinter uns liegt. Warum die Eile?«

»Ich sehne mich nach Hause, das ist alles.«

»Ach ja?«

Die desinteressierte Reaktion des Rabbiners ärgerte Sarrag. »Klar, Ihr könnt das nicht begreifen. Euch fehlt niemand, und Ihr fehlt niemandem.«

Ezras Blick verschleierte sich unmerklich. »Wer von beiden, Scheich Ibn Sarrag, ist unglücklicher? Der Mann, auf den man wartet, auf dessen Schritt man jeden Abend lauert, oder jener, bei dem niemand sich dafür interessiert, ob er am Leben ist oder tot?«

Natürlich hatte der Jude recht. Alles war besser als das Nichts. Sarrag tadelte sich selbst für die verletzende Bemerkung. Mit sanfter Stimme fragte er: »Wart Ihr jemals verheiratet?«

»Ich war es. Sie hieß Sarah. Als ich heute morgen in der Kirche San Diego die Liebe erwähnte, da war sie es, auf die ich mich bezog ... Ich habe nur die eine Liebe erlebt, und vierzig Jahre lang ist kein Tag vergangen, ohne daß sie mich mit Glück erfüllt hätte.«

»Sie ist ...«

»Verstorben. Ja. Vor knapp zehn Jahren.«

Am Schanktisch drüben war die Sängerin verstummt. Ezra lehnte sich wieder mit dem Rücken an die Wand und fiel in seinen Halbschlummer zurück.

»Ihr habt unrecht, Rabbi«, sagte plötzlich Sarrag mit leiser Stimme. »Ihr habt unrecht, wenn Ihr sagt, daß niemand auf Euch wartet. Schaut nur hinauf! Im Himmel gibt es eine Frau, die deckt jeden Abend den Tisch für ihren Mann. Unfehlbar jeden Abend bereitet sie liebevoll den Grießbrei und die Brühe, die entkernten Datteln und die Pinienkernfladen. An jedem Ostern entzündet sie die Kerzen und legt daneben das eigenhändig gebackene ungesäuerte Brot. Sarah hofft auf die Heimkehr ihres Gatten, Rabbi Ezra. Ihr seid nicht allein ...«

Der alte Rabbiner öffnete die Lider halb. Er sah den Scheich an und sagte nichts, aber seine Augen waren feucht.

Draußen verströmte der Vollmond sein milchiges Licht über die Dächer und die zarten Silhouetten der Glockentürme. Draußen in den Gassen schimmerte weiß das Pflaster.

Manuela saß auf den Stufen der Kirche San Diego. Sie hörte Mendozas Schritte, lange bevor er in ihr Gesichtsfeld trat.

»Guten Abend, Señora. Seit heute morgen habe ich mehrmals versucht, Euch anzusprechen, aber Ihr wart nie allein. Ich ...«

Sie unterbrach ihn schneidend: »Habt Ihr die Antwort Ihrer Majestät?«

»Ich habe genau getan, was Ihr von mir verlangtet. Ich habe Euren Brief Fray Torquemada übergeben, der mir versichert hat, er werde das Notwendige veranlassen, damit die Königin in kürzester Frist benachrichtigt wird. Leider ...« Er neigte den Kopf zur Seite, wie um seine Verlegenheit zu unterstreichen. In Wirklichkeit wußte er ganz genau, was er ihr gleich sagen würde. Am Morgen hatte er einen Brief des Großinquisitors erhalten. Der ließ sich in wenige Worte zusammenfassen: Es kam gar nicht in Frage, daß Doña Vivero von ihrer Mission zurücktrat. Eine Antwort seitens Ihrer Majestät würde es nicht geben. *Ihre Majestät war nicht zu sprechen.* Diese letzten Worte waren doppelt unterstrichen.

Mendoza setzte eine höchst kummervolle Miene auf und sagte: »Ein Bote mußte nach Andalusien losgeschickt werden, wo Ihre Majestät sich zur Zeit aufhält. Ihr wißt, wie prekär in diesen schwierigen Zeiten Kurierbotschaften ...«

»Schluß mit dem Drumherumreden, Mendoza! Ja oder nein? Habt Ihr eine Antwort der Königin?«
»Das versuchte ich Euch ja gerade begreiflich zu machen, Señora. Zur Stunde hat Ihre Majestät von Eurem Brief noch nicht Kenntnis nehmen können, folglich ...«
Sie beherrschte sich nicht mehr: »Nun denn, dann eben ohne Antwort. Da Ihr mir versichert, daß der Kurier unterwegs ist, genügt mir das. Ich bin der Auffassung, daß ich meine Pflicht getan habe. Von jetzt an will ich mit dieser Angelegenheit nichts mehr zu tun haben.«
»So könnt Ihr nicht handeln ... Fray Torquemada ... Das Buch ...« Er suchte fast hilflos nach Worten.
»Jedes weitere Wort ist sinnlos. Meine Entscheidung ist unwiderruflich!«
»Was gedenkt Ihr zu tun?«
»Ich kehre nach Hause zurück. Nach Toledo.«
»Nach Toledo? Ihr wollt sagen, daß Ihr auch die anderen im Stich laßt?«
»Ihr habt es richtig verstanden.«
»Wissen sie es schon?«
»Warum sollten sie? Das ist eine Entscheidung, die nur mich etwas angeht.«
Mendozas Züge verhärteten sich unmerklich. »Was Ihr da tun werdet, ist sehr schwerwiegend, Señora. Wir näherten uns bereits dem Ziel des ganzen Weges. Nach Caravaca della Cruz und Granada ...«
»Was?« Sie hatte vor Verblüffung aufgeschrien. »Woher wißt Ihr das? Wer hat Euch von diesen Städten erzählt?«
Der Mann mit dem Vogelkopf gab sich bescheiden: »Ich habe nur meine Arbeit getan, Señora. Ich habe Euch heute morgen vor der Kirche reden hören.« Schnell fügte er hinzu: »Übrigens glaubte ich zu verstehen, daß die Dinge sich nicht ganz so, wie vorgesehen, entwickeln?«
Ihren Zorn beherrschend, maß sie ihn sekundenlang mit den Augen. »Das stimmt. Diesbezüglich könnt Ihr Fray Torquema-

da ausrichten, daß Aben Baruels Plan unvollständig ist und daß folglich niemand das ›Buch‹ wiederfinden kann.«
»Das ist … das ist unmöglich«, stammelte Mendoza. Aber er ließ nicht locker. »Wenn der Plan in eine Sackgasse führt, warum reiten sie dann trotzdem nach Caravaca della Cruz?«
»Das weiß ich auch nicht. In jedem Fall bin ich, wie gesagt, nicht mehr davon betroffen. *Adiós*, Señor Mendoza!«
Seinen bösen Groll verbergend, erwiderte er vage ihren Abschiedsgruß. Also hatte diese kleine eitle Gans beschlossen, sich über die Weisungen des Großinquisitors hinwegzusetzen. Sie war im Begriff, alles fahrenzulassen, und ging das Risiko ein, daß die Glaubwürdigkeit des Heiligen Offiziums in Frage gestellt wurde. Ganz abgesehen davon, daß sie ihn gedemütigt hatte, ihn, Garcia Mendoza. Sie hatte ihn behandelt wie ein Nichts.
Einen Moment verfiel er in eine Art Wiegeschritt, während er immer noch auf die Straßenecke starrte, hinter der sie verschwunden war. Mechanisch faßte er in die Innentasche seines Wamses. Die Finger streiften über die lederne Scheide, in der wohlverwahrt sein Dolch steckte.

»Manuela!«
Ihr Herz tat einen solchen Sprung in ihrer Brust, daß sie meinte, es würde im nächsten Moment stehenbleiben. Eine Hand umschloß ihren Arm, nötigte sie, sich umzudrehen.
Es war in der Tat Vargas.
»Rafael … Was tut Ihr hier?«
»Kommt«, befahl er, »gehen wir weg von hier!«
Sie fügte sich widerstandslos.
Er zog sie geradeaus mit sich fort, bis ein arkadengesäumter, dreieckiger Platz in Sicht kam. Sie überquerten ihn, machten noch einige Schritte, bis der Mönch endlich stehenblieb.
War es geplant gewesen? Sie standen unter dem schiefen Turm. Dort, wo der zerschmetterte Körper des unglücklichen Baumeisters gelegen hatte. Hart ergriff er die junge Frau an beiden Schultern.

»Warum?« fragte er.
»Warum läßt man sich auf Handlungen ein, die den eigenen Untergang heraufbeschwören?« lautete ihre Gegenfrage.
»An Gründen fehlt es sicher nicht. Wahnsinn, Leichtsinn, Ehrgeiz ...«
»In meinem Falle war es die Freundschaftsbindung zu einer Frau, der Glaube an die heilige Kirche und meine Treue zu Spanien«, erwiderte sie. »Ich wäre meinem Pakt gerne treu geblieben. Aber was ich gerade gehört habe, gestattet mir dies nicht mehr. Ihr sollt jedoch wissen, daß nichts Euch zwingt ...«
Sie hob die Hand. »Ich werde alles sagen ... Ich habe nichts mehr zu verteidigen.«
Langsam, stoßweise begann sie, ihm die Wahrheit in allen, auch den unbedeutenden Einzelheiten zu enthüllen. Sie sprach von ihrer Kindheit, den Stunden, die sie mit jener verbracht hatte, die Spaniens Königin werden sollte, von der dem Bruder gewährten Gunst, vom Müßiggang, worin sie gefangen gewesen war, von dem allzeit gegenwärtigen Gefühl, nur halb zu leben. In dem Maße, wie sie sich das alles von der Seele sprach, gewann ihre Stimme wieder an Festigkeit, fühlte Manuela die Kraft zurückkehren. Als sie zum Ende kam, war es, als habe es nichts vor diesem Augenblick je gegeben. Ein Sturzbach kristallklaren Wassers war über ihre Seele hinweggegangen, hatte alles hinweggewaschen, all die Heuchelei und Verstellung, die sie die ganze Zeit besudelt hatten. Endlich hatte sie wiedergewonnen, woran ihr in dieser Welt am meisten lag: den Frieden mit sich selbst.
»Begreift Ihr jetzt?«
Sie hatte die Frage mehr gestellt, um Beschwichtigung zu hören, als um Rafaels Lossprechung zu erlangen, denn innerlich war sie überzeugt, daß er sie nicht verurteilen konnte für das, was sie getan hatte.
Er antwortete nicht. Seine Gesichtszüge hatten sich in erstaunlichem Maße verändert, als hätte sich eine wächserne Maske darübergeschoben. Dann, unmerklich, löste die Maske sich wieder,

wich einem gequälten Ausdruck, wie sie ihn an Vargas noch nie gesehen hatte.
Nein, dachte sie, das durfte nicht wahr sein! Ihr schwindelte.
»Rafael«, hauchte sie, »Ihr kommt doch wohl nicht auf den Gedanken, ich ...«
»Ihr seid eine bewunderungswürdige Schauspielerin, Doña Vivero. Welche Begabung! Welche Sorgfalt im Detail!«
Sie wollte sich verteidigen, aber die Worte blieben ihr in der Kehle stecken.
Mit starrem Lächeln fuhr er fort: »Und dieses ganze Mitgefühl, dieses Verständnis, diese schändliche Komödie der Gefühle!« Seine Stimme brach um in einen halb empörten, halb trostlosen Schrei. »Ich liebe Euch«, höhnte er, »ich liebe Euch ... Sind wir die Skizze oder das vollendete Werk? Ich gehöre Euch. Ihr gehört Gott und der Kirche!«
In einer verzweifelten Geste streckte sie die Arme nach ihm aus, suchte ihn aus seinem Wahn zu reißen.
Er sprang einen Schritt zurück. »Ihr besitzt das gleißnerische Talent des Teufels, Doña Vivero! Von allen Wesen, mit denen ich je zu tun hatte, seid Ihr bei weitem das hinterhältigste. Wie konntet Ihr nur? Wie konntet Ihr mich mit solcher Überzeugungskraft an der Nase herumführen? Wenn ich bedenke, daß Ihr mich beinahe von meinem einzigen Daseinsgrund, von meiner Mission abgebracht habt! Einer Mission, die wahrhaft heiliger ist als Eure elende Klüngelei!«
»Hört auf! Das ist falsch! Alles ist falsch!«
»Das weiß ich nur zu gut, leider!«
Sie umschloß seine Hand und klammerte sich an ihr fest, als gehe es um ihr Leben.
»Hört mich an, ich bitte Euch flehentlich! Es ist wahr, ich habe geschwindelt, gelogen, aber alles ist radikal umgeschlagen im Augenblick, da ich Liebe für Euch fühlte. Warum hätte ich sonst die Kehrtwendung vollzogen? Warum hätte ich sonst beschlossen, alles im Stich zu lassen? Auf die Gefahr hin, alles zu verleugnen, woran ich glaubte. Bitte, bitte Ihr *müßt* mir glauben!«

Er schüttelte eisig den Kopf. »Tut mir leid, Señora, dafür ist es zu spät.«

»Zu spät?«

Er wiederholte: »Zu spät ...«

»Aber ich liebe Euch! Begreift Ihr denn nicht? Rafael Vargas, ich liebe Euch! Als ich Euch von jenen seltenen Augenblicken reden hörte, in denen man die Gewißheit spürt, daß der andere ganz innig zu einem gehört, daß er die Ergänzung ist, da hatte ich nur ein Verlangen, ich wollte herausschreien, daß Ihr dies alles für mich verkörpert. Daß Ihr *wirklich* dieser andere seid.« Ihre Stimme erstarb, und sie ließ seine Hand los. Als wäre sie auf einmal um tausend Jahre gealtert.

»Das ist zu ungerecht ...« Lange sah er sie prüfend an. Sein Gesichtsausdruck hatte sich nicht mehr verändert, er verriet immer noch die gleiche Kälte, den gleichen Willen eines trotzigen Kindes. »Ich rate Euch, reitet von hier fort. Ihr hattet ohnehin nichts anderes vor ...« Seine Hände krampften sich zur Faust. »Nicht, daß Ihr mich dazu gebracht habt, an Eure Liebe zu glauben, wird mir den meisten Schmerz bereiten, sondern daß Ihr mich dazu gebracht habt, an meiner Berufung zu zweifeln.«

Sie hielt den Atem an. Ein wildes Tier hatte sich in ihr Inneres geschlichen und war dabei, sie zu zerfleischen.

»An Eurer Berufung, Fray Vargas? Oder an Eurer Flucht?«

Kapitel 31

Die von der Intelligenz entdeckten Wahrheiten bleiben steril. Allein das Herz ist fähig, die Träume fruchtbar zu machen.

Anatole France:
Leben und Meinungen des
Herrn Abbé Hieronymus Coignard

Sie ist tatsächlich verschwunden, auf und davon!« rief Sarrag zornentbrannt. »Soeben hat der Wirt es bestätigt.«

Nervös strich sich der Rabbiner den Bart. »Das verstehe ich nicht. Dann müßte sie ja die ganze Zeit über ein doppeltes Spiel gespielt haben? Und ihre Verbindung zu Aben Baruel hätte sie glatt erfunden. Kann das sein?« Er wandte sich an Vargas: »Habt Ihr eine Erklärung anzubieten?«

»Ich hatte Euch gewarnt ...«

»Gewarnt habt Ihr uns, aber wovor? Wenn Doña Vivero sich uns nur deswegen angeschlossen hat, weil sie uns schaden wollte, dann sagt mir, wo und wann Ihr je das Gefühl hattet, daß dieses Wollen in ihrem Verhalten zum Ausdruck kam? Ich meine ganz im Gegenteil, daß sie uns mehr als einmal ihre Unterstützung und ihre Sympathie bekundet hat. Muß ich an ihre Einsatzbereitschaft, am Tag, als ich verhaftet wurde, erinnern?«

Vargas unterbrach ihn kühl: »Die Tatsachen sprechen eine andere Sprache. Sie ist weg.«

»Genau das ist das Unbegreifliche.«

»Der Rabbiner hat recht«, pflichtete Ibn Sarrag bei. »Ich kann den Sinn dieser Flucht nicht sehen.« Plötzlich musterte er den Franziskaner mit unverhohlenem Argwohn. »Und wenn zufällig Ihr die Ursache wärt für den hastigen Aufbruch der Señora?«

»Scheich Sarrag, bitte unterlaßt solche dümmlichen Anspielungen! Ihr und der Rabbiner findet das Verhalten dieser Frau unbegreiflich, ich dagegen finde es vollkommen logisch. Sie war nie im Besitz jenes ›Schlüssels‹, der uns angeblich zu unserem blauen Stein führen sollte. Alles war nur ein Gespinst von Lügen. Als sie dann bemerkt hat, daß sie in der Klemme saß, da hatte sie gar keine Wahl. Sie mußte fliehen.«
»Dann sagt uns aber«, wandte Ezra ein, »dank welchem Hexenzauber diese Frau die Lösung unseres dritten ›Palastes‹ kannte: Burgos. Genau diese Stadt hat sie doch genannt!«
»Das weiß ich auch nicht. Ich habe nur eine Gewißheit, nämlich daß wir uns trotz allem nach Caravaca aufmachen müssen. Wenn wir dort sind, wird sich das Weitere schon ergeben.«
»So hatten wir es beschlossen. Gerade habt Ihr die Äußerungen der Señora zitiert und sie dabei – vermutlich zu Recht – als lügnerisch bezeichnet. Man könnte dazu den Brief nennen, den Aben Baruel angeblich an sie gerichtet hat. Auch der ist gefälscht. Gefälscht, aber sehr geschickt ausgedacht und formuliert. Ihr werdet mir wohl darin zustimmen, daß der Verfasser ihn nicht hätte niederschreiben können, hätte er nicht zusätzlich zu den Dokumenten, die mein Diener – Allah erbarme sich seiner Seele! – entwendet hat, noch die Lösung des dritten ›Palastes‹ gekannt. Somit weist alles darauf hin, daß jemand Manuela Vivero genaue Anweisungen erteilt haben muß. Aus schwer durchschaubaren Gründen hat man sie benutzt, um an uns heranzukommen und über uns an das Buch aus Saphir. Mag sein, daß die Señora sich in die Enge getrieben sah, ihre Auftraggeber aber, daran solltet Ihr nicht zweifeln, werden ihre finsteren Machenschaften konsequent weiterverfolgen.« In düsterem Ton beschloß Sarrag seine knappe Analyse mit dem Satz: »Was bedeutet, daß von jetzt an unser Leben in Gefahr ist.«
»Irrtum!« entgegnete Ezra. »Es wäre in Gefahr, *wenn* wir das Buch entdecken würden. Nun, zur gegenwärtigen Stunde sind wir alle drei überzeugt, daß diese Entdeckung eher unwahr-

scheinlich ist. Wenn die Frau tatsächlich die Rolle gespielt hat, die wir ihr unterstellen, dann wissen ihre Auftraggeber jetzt in diesem Moment bereits Bescheid. Ich glaube nicht, daß wir Grund zur Beunruhigung haben. Vorläufig.«

Sarrag stimmte ihm zu: »Vorläufig, in der Tat.« Mit halbgeschlossenen Lidern sah er eine Weile nachdenklich zu Boden. Dann sagte er: »Es gibt einen Weg, wie wir der Bedrohung entrinnen können.«

»Welchen?« fragte der Rabbiner.

»Wir geben die Suche auf und kehren auf direktem Weg nach Granada zurück.«

»Das meint Ihr doch nicht im Ernst?« rief Vargas.

»Ihr habt recht, ich meine es nicht im Ernst. Immerhin, sollte am Ende des Weges der Tod auf uns warten, dann möge er sich doch bitte noch so lange gedulden, bis wir Kenntnis von Allahs heiligem Text genommen haben.«

Der Franziskaner griff nach dem Kruzifix an seiner Brust. »Euer Wort in Gottes Ohr ...«

Seine Worte klangen extrem müde, so als spreche ein Besiegter. Er faßte sich ein wenig und sagte leise: »Das heilige Kreuz wartet auf uns in Caravaca ... Wir haben schon allzu viel Zeit verloren.«

Die Hände um die Zügel gekrampft, ließ Manuela sich von ihrem Pferd dahintragen. Sie sah weder die Schlucht, an der sie entlangritt, noch den gezackten Kamm des Horizonts, hinter dem das Dörfchen Canete lag. Im heißen Atem des *bochorno*, der ihre Wangen mißhandelte, sah sie nur eines: Rafael Vargas' Gesicht. Ein hartes Gesicht, das das pure Nichtverstehen spiegelte, die Miene eines Mannes, der es vorzog, zu vernichten, was zu erbauen er sich unfähig fühlte. Für seine Weigerung, ihr zu glauben, gab es nur eine Erklärung: die schroffe Zurückweisung der Realität. Außerstande, über die gescheiterte Liebesbeziehung zu Cristina Ribadeo hinwegzukommen, hatte er sich selbst in die Stille des Klosters verbannt, sperrte er sich entschlossen gegen den Gedanken, der dumpfe Lärm, der sein Leben übertönte, könne nicht von der Welt, sondern aus dem eigenen Herzen kommen. Sie unterdrückte ein Schluchzen. Nie hatte sie das Gefühl gekannt, dem absoluten Glück für Augenblicke ganz nahe gewesen zu sein. Seit ihrem Aufbruch aus Teruel versuchte sie, sich und ihre Not zur Räson zu bringen.

Wenn sie ihn doch nur hätte verachten können!

Sie war unerfahren in Liebesdingen, aber eine innere Stimme sagte ihr, daß Verachtung die einzige wirksame Waffe sein mußte, um jene ins Nichts zurückzustoßen, die man angebetet hat. Erneut stieg ihr ein Schluchzen die Kehle hoch, und diesmal versuchte sie nicht mehr, es zu unterdrücken.

Sie würde nach Toledo zurückkehren. Und dann? Was sollte dann ihrem Leben Sinn geben? Die Literatur? Die Kunst? Die wilden Ausritte am Tajo entlang? Die Bankette am Hof? Ihr Dasein würde keinerlei Sinn haben, weil ihr das Wesentliche fehlte, nämlich das Teilen. Nur ihre eigene Seele würde erzittern angesichts der Schönheit einer Landschaft. Allein würde sie in beglücktem Staunen vor einer wunderbar ziselierten Schrift oder vor einem Gemälde stehen. Gewiß, sie war frei. Aber was nützte Freiheit, wenn sie zu nichts führte?

Halb blind vor Tränen, sah sie die beiden Reiter erst spät und ohne zu reagieren. Im allerletzten Moment, als sie nur noch ein paar Klafter entfernt waren, spürte sie die Gefahr. Sie versperrten ihr den Weg. Abrupt hielt sie an. Einer der beiden ritt auf sie zu, ein spöttisches Lächeln um die Lippen.

Mendoza … hier?

Sie hatten die Silben geformt, aber nicht ausgesprochen, so verblüfft war sie.

»Buenos dias, Señora …«

Sie verharrte schweigend, alle Sinne angespannt.

Der Mann mit dem Vogelkopf wandte sich halb zu seinem Begleiter. »Stolze Reiterin, nicht wahr? Diese Haltung, diese Beherrschung …«

Der andere nickte mit zynischem Grinsen.

Manuela hatte sich gefaßt. »Was tut Ihr hier? Solltet Ihr nicht Eure Jagdbeute im Auge behalten?«
»Und Ihr, Señora?«
»Ihr wißt es ganz genau: Ich kehre nach Toledo zurück.«
Mendoza ließ ein leises Pfeifen hören. »Stolze Reiterin und außerdem willensstark. Ihr seid eben absolut außergewöhnlich. In jeder Hinsicht.« Das Lächeln, das seine Worte bisher begleitet hatte, gefror zu einer Grimasse. »Aber all das ist jetzt vorbei, Señora. Ich habe Befehle erhalten.«
»Befehle?«
Er führte die Hand zum Gürtel und zog seinen Dolch aus der Scheide. Im grellen Sonnenlicht blitzte die Klinge auf.
»Ihr könnt mir glauben, daß ich nichts dafür kann. Ich habe mich für Euch verwendet. Aber Eure Desertion hat den Großinquisitor sehr ungnädig gestimmt.«
In seiner honigsüßen Stimme hatte die ganze Doppelzüngigkeit dieser Welt mitgeklungen. Manuelas Herz klopfte zum Zerspringen. Ihre feuchten Hände umgriffen erneut die Zügel, ihre Knie umschlossen fest die Flanken ihres Pferdes. Nein, sie würde nicht sterben, nicht hier. Nicht vom Dolch einer so niedrigen Kreatur.
»Steigt ab, Señora! Und versucht nicht zu fliehen! Ich treffe ein Rebhuhn auf hundert Schritte.« Er drehte sich zu seinem Komplizen um. »Nicht wahr, *amigo*? Sag der Señora ...«
Sie zögerte nicht länger. Auf einen ersten Ruck hin ging das Pferd heftig hoch und hätte um ein Haar Mendoza aus dem Sattel gestoßen. Dann ein energischer Schenkeldruck, und es preschte los, zwischen den beiden Männern hindurch.
Einen Augenblick lang wirkte die Überraschung, dann machten sich die beiden an die Verfolgung.
Manuela floh querfeldein, paßte sich geschmeidig und mit äußerster Konzentration dem dahinjagenden Tier an, während sie es immer noch heftiger anspornte. Bald war es, als berührten die Hufe kaum mehr den Boden. Eine Weißdornhecke tauchte auf, mühelos überwand das Pferd das Hindernis. Rechts stieg ein steiler Hang aus der Ebene hoch. Sie galoppierte ihn hinauf, erreich-

te den Kamm, preschte weiter. Nichts konnte sie aufhalten. Es war, als sollte ihre verzweifelte Flucht sie geradewegs in den über der öden Landschaft ausgespannten Himmel führen.
Sie warf einen hastigen Blick zurück: Die Pferde ihrer Verfolger schienen weniger schnell, aber es sah nicht so aus, als würde sie sie abschütteln können. Wie lange würde sie das höllische Tempo durchhalten? Und bis wohin? Das Dorf Canete war noch weit, und wohin der Blick auch irrte, es war keine Menschenseele, keine Behausung zu entdecken. Ein Zweig peitschte ihr die Wange. Sie spürte den Schmerz nicht, in ihr war nur das eine beherrschende Gefühl: Schrecken, die grausame Schreckensvorstellung, der Mann mit dem Vogelkopf könne sie einholen.
Endlos, wohl eine halbe Stunde währte die wilde Flucht. Schließlich zeigte ihr Pferd erste Anzeichen von Erschöpfung. Noch einmal drehte sie sich um. Die beiden hatten nicht aufgegeben, im Gegenteil, sie schienen näher herangekommen zu sein.
Das darf doch nicht sein! dachte sie verzweifelt. Ich darf doch nicht einfach sterben! Das ist doch absurd!
Plötzlich explodierte die Erde unter ihrem Pferd. Der Himmel kippte. Mit unglaublicher Wucht fühlte sie sich zu Boden geschleudert. Ein Spalt im Boden? Ein Baumstrunk? Sie hatte keine Ahnung, an welchem Hindernis das Pferd gescheut hatte. Mit der Schläfe war sie an einem Stein aufgeschlagen. Sie lag da, und das Bild Mendozas verdrängte jede andere Vision. Sie wollte aufstehen, aber die Beine versagten ihr den Dienst. In ihrem Kopf hämmerte das Blut so heftig, daß sie überzeugt war, der Schädel werde dem Druck nicht standhalten.
Ihr war furchtbar übel, sie wußte, gleich würde sie ohnmächtig werden. Schon wurde ihr schwarz vor den Augen.
Nur undeutlich hörte sie die angstvolle Stimme: »Señora … Señora … Könnt Ihr aufstehen?«
Mehrere uniformierte Gestalten standen im Kreis um sie herum, und sie erkannte die Soldaten Ihrer Majestät Isabel, der Königin von Kastilien. Da wehrte sie sich nicht mehr und ließ sich zurücksinken in Dunkelheit.

Tiefblau wölbte sich der Dämmerungshimmel über der öden Ebene, und die Landschaft zerfloß zu gestaltlosen Flecken. Auf Anraten Ezras hatten sie unter einem Maulbeerfeigenbaum haltgemacht, am Ufer des Turia, ein paar Meilen von dem Marktflecken Torrebaja entfernt. Über ihnen war soeben wie eine silberne Narbe, die bald von Sternenschimmer umgeben sein würde, die Mondsichel erschienen.
Ein letztes Mal warf sich Ibn Sarrag in Richtung Mekka nieder und berührte mit der Stirn den Boden, dann richtete er sich auf, rollte sorgfältig seinen Seidenteppich zusammen und nahm wieder zwischen Ezra und Vargas Platz.
»Ich sehe, daß Ihr wieder Lust am Beten bekommen habt«, bemerkte der Rabbiner mit einem leisen Lächeln. Als befürchtete er Protest, setzte er hinzu: »Das gleiche gilt für mich.« Und zu dem Franziskanermönch gewandt: »Beziehungsweise für uns alle drei.«
Vargas nickte zum Zeichen des Einverständnisses. Hatte er doch nach ihrem Aufbruch aus Teruel das gebieterische Bedürfnis gespürt, das Zwiegespräch mit Gott wiederaufzunehmen. Ganz von selbst und vor allen anderen Anrufungen war ihm das »Vater unser« auf die Lippen gekommen: »Dein Wille geschehe ...« Nie waren ihm diese Worte tiefgründiger erschienen, nie hatten sie ihm solche Zuflucht geboten.
Der warme Wind hatte sich gelegt, um die drei Männer herum war die Luft von ruhiger Klarheit.
»Es ist eine alte Sache«, sagte Sarrag langsam, »wenn die Antworten außer Reichweite sind, dann hat der Mensch keine Wahl, er muß sich an seinen Schöpfer wenden.«
»So ist es«, räumte Ezra ein. »Aber so weit, wie wir jetzt sind mit unserer Reise, wird Adonai uns da antworten wollen? Und wenn Er es täte, würden wir Ihn hören? Durch Vermittlung Seines Dieners, ich meine Aben Baruel, hat Er uns den Weg gewiesen zu der Botschaft, die Er uns übermitteln will, aber gleichzeitig macht Er sie unzugänglich.«
»Unzugänglich ist nicht das richtige Wort«, mischte Vargas sich

ins Gespräch, »unsichtbar paßt besser. Wir reden von Gott. Warum haben wir dann aufgehört, auf Ihn zu vertrauen? Geblendet durch das eine Wort BERESCHIT, enttäuscht bei dem Gedanken, wir könnten alle diese Stationen nur passiert haben, damit sie uns zum Ausgangspunkt zurückführen, haben wir zugelassen, daß der Zweifel sich in uns eingenistet hat und unseren Glauben anzunagen beginnt. Wir haben uns eingestanden, daß wir, seit einiger Zeit von körperlicher wie geistiger Ermüdung befallen, es versäumen, uns an den Herrn zu wenden. Aber hat nicht ein jeder von uns diese große Suche in der Überzeugung angetreten, ein Auserwählter zu sein, einer, der zum Treuhänder und vielleicht sogar zum Sendboten eines Wunders werden soll? Welchen Menschen ist dieses Vorrecht in der Geschichte zuteil geworden, wenn nicht außergewöhnlichen? Ich spreche von den Propheten, mögen sie nun Moses, Elias, Mohammed oder Johannes der Täufer heißen. Mir scheint heute, angesichts der Sackgasse, die sich immer deutlicher vor uns auftut, daß wir uns nur noch diese eine Frage stellen sollten: Sind wir der heiligen Mission noch würdig, mit der der Herr uns betraut hat?«
In der Antwort des Arabers lag aufrichtige Demut: »Rafael, mein Freund. Sind wir es jemals gewesen? Ihr habt von außergewöhnlichen Menschen gesprochen. Glaubt Ihr ehrlich, daß Ihr, der Rabbiner oder ich zu diesen Ausnahmewesen gehören? Wir haben uns verirrt. Unser Glaube ist nicht wankend geworden, aber im Laufe der Tage haben wir uns unbewußt immer ausschließlicher auf unsere Schriftgelehrsamkeit gestützt. Wir haben nur noch an die kühle Macht der Erkenntnis geglaubt und dabei eine Grundwahrheit vergessen: Der Kopf ist dem Menschen nahe, das Herz ist auf der Seite Gottes.«
Einen Augenblick herrschte Schweigen.
»Da wir den Kopf und damit den Verstand erwähnen«, fuhr Sarrag fort, »denke ich wieder an die Stelle im ›Palast‹, wo es um Caravaca geht: IN DER STADT, DIE DAS HEILIGE KREUZ ERSCHEINEN SAH. DORT, WO DIE PFERDE DER EBENBÜRTIGEN DES JÜNGLINGS RUHTEN, RUHT AUCH DIE 3. JEDEN, DER VON DIESEM WAS-

ser trinkt, wird wieder dürsten. Das Wort ›Jüngling‹ hat uns Euch zugeführt, Rafael, folglich betrifft es Euch hier unmittelbar, meint Ihr nicht auch?«

Vargas nickte zustimmend. »Ich habe darüber nachgedacht. Der Ausdruck die Ebenbürtigen des Jünglings bietet zwei Deutungsmöglichkeiten. Entweder bezieht er sich auf meine geistlichen Brüder, also die Franziskaner. Oder er spielt auf meine Vorfahren, die Tempelritter, an. Erst an Ort und Stelle werden wir erkennen können, welche Lösung die richtige ist. Was die Stelle mit den Wörtern Wasser und dürsten angeht, so hat sie wohl mit der Begegnung zwischen Jesus und der Samariterin zu tun. Aber es ist noch zu früh für eine sichere Aussage.«

Sarrag zog die Brauen hoch. »Franziskaner oder Templer? Kloster oder Kastell?«

Der Scheich wandte sich um und blickte Ezra fragend an, aber dann verzichtete er darauf, den Disput weiterzuführen. Der Rabbiner hatte sich seinen Tallit um die Schultern gelegt und betete leise das *»Schema Jisrael«*.

Im Morgengrauen waren sie wieder unterwegs. Zuerst kam Torrebaja, dann Aliaguilla. Drei Tage später überquerten sie den Rio Cabriel und ritten – es war ein Freitag – in Villatoya ein. Nachdem Ezra den Wunsch kundgetan hatte, die Sabbatruhe einzuhalten, verließen sie den Ort erst am Sonntag morgen wieder. Am selben Abend kamen sie bis in Sichtweite von Albacete, das Sarrag während des ganzen Tagesritts hartnäckig mit seinem arabischen Namen Al Basit bezeichnet hatte. Einmal kamen sie vom Weg ab. Sie fanden sich plötzlich in einem mückenverseuchten Sumpf, den trockenzulegen den Mauren in Jahrhunderten nicht gelungen war, trotz zahlloser Drainagegräben und der Nutzung für Bewässerungsanlagen. Der Gestank, der stellenweise zwischen Gräsern und Binsen aufstieg, machte den drei Reitern schwer zu schaffen. War es Erschöpfung, war es die schlechte Luft oder nur seine gebrechliche Konstitution? Jedenfalls kippte der Rabbiner plötzlich vom Pferd und klatschte in das schwärz-

liche Wasser. Ohne Vargas und den Scheich wäre er zweifellos ertrunken. Man mußte ihn von seinen Kleidern befreien und diese zurücklassen, weil sie abscheulich stanken. Der Franziskaner bot ihm spontan seine Ersatzkutte an, und der Araber hielt ihm einen wollenen Überwurf hin. Ohne Zögern entschied sich Ezra für das weltliche Kleidungsstück.
Sie verbrachten die Nacht in der Stadt und nahmen am nächsten Tag zwischen Safranfeldern hindurch, die überall sonnengelb aufleuchteten, den Weg nach Tobarra.
Zwei Tage später dann, in der Umgebung von Las Minas, sahen sie die ersten deutlichen Zeichen des Krieges. Verwüstete Höfe, verbrannte Erntehaufen, arabische Bauern, die mit leerem Blick am Wegrand hockten. Es war die gleiche Atmosphäre wie einige Wochen zuvor, als sie Granada verlassen hatten. Während sie schon Caravaca am Horizont sahen, begegneten sie einer Einheit des königlichen Heeres, die nach Süden in Richtung Andalusien marschierte. Um die tausend Fußsoldaten, dazu Armbrustschützen und Reiter rückten in mehr oder weniger geschlossener Formation vor. Ganz am Ende kamen die Pferde, welche die Bombarden zogen.
»Wir verschwinden besser seitwärts«, flüsterte Sarrag aus zugeschnürter Kehle.
»Ihr müßt kaltes Blut bewahren!« versetzte Vargas. »Warum sollten diese Leute sich für drei unbewaffnete Reisende interessieren?«
»Seid nicht naiv! Ihr wißt genau, daß die Leute meines Volkes, ob bewaffnet oder nicht, im Moment besser nicht auffallen. Ich lege keinen Wert darauf, aufgeknüpft oder ohne Kopf zu enden. Wir haben es Euch nicht erzählt, aber auf unserem Weg zum Kloster La Rábida sind wir von einer Schwadron Nasriden festgenommen worden.«
»Der Scheich spricht wahr«, sagte Ezra. »Und wäre er nicht ein Bannu Sarrag, dann wären wir beide jetzt nicht hier.«
Vargas fügte sich. Er nahm den Zügel kürzer und lenkte sein Reittier hinter den Gefährten her. Aber es war bereits zu spät.

»Halt!«

Barsch und drohend hatte der Befehl geklungen. In einer dichten Staubwolke hielt vor ihnen ein Reitertrupp.

»Verdammt«, schimpfte leise der Scheich, »wenn man den Teufel nennt ...«

»Wohin des Wegs?« Einer der Soldaten war herangekommen.

Vargas übernahm es zu antworten: »Wir reiten nach Caravaca della Cruz, um dort geistlicher Andacht zu pflegen.«

Der Soldat hatte die Kutte bemerkt, und seine Stimme klang merklich freundlicher. »Geistlicher Andacht pflegen, Padre? Aber wo?«

»Merkwürdige Frage seitens eines Kindes der Kirche. Solltet Ihr nicht wissen, daß in Caravaca vor zweihundert Jahren das heilige Kreuz erschienen ist?«

Im Blick des Bewaffneten glomm plötzlich Argwohn auf. »Und Ihr, Señores?«

Der Rabbiner antwortete demutsvoll: »Fray Vargas hat es gerade gesagt, wir werden an der Stätte beten, wo unser Herr sich gezeigt hat, auf daß die Ungläubigen ihre Sünden bereuen.«

Der Mann richtete sich ein wenig im Sattel auf, um Sarrags und Ezras Bekleidung besser mustern zu können. »Ihr seid Araber ...« Er sagte das eher im Ton der Feststellung als der Frage. »Sagt mir, Padre, seit wann bringen Muselmanen dem Kreuz fromme Verehrung entgegen?«

Der Franziskanermönch bewahrte die Fassung. »Sobald sie sich zum wahren Glauben bekehrt haben. Was bei meinen Brüdern hier der Fall ist.« Er zitierte: »›Im Himmel wird mehr Freude herrschen über einen einzigen Sünder, der bereut, als über neunundneunzig Gerechte, die der Reue nicht bedürfen.‹«

Unschlüssig verzog der Kriegsmann das Gesicht, ließ aber von der prüfenden Musterung des Rabbiners und des Scheichs nicht ab. Etwas an ihrer steifen Haltung kam ihm eigenartig vor, ohne daß er eine Erklärung dafür fand. Wäre der Geistliche nicht gewesen, er hätte die beiden mit Freuden verhaften lassen. Aber in diesen Zeiten, da die Vornehmen der Kirche an der Seite der

Militärs als Soldaten des Glaubens auftraten, war es nicht ratsam, einem der Ihren ohne handfesten Grund zu nahe zu treten.
»In Ordnung, Padre«, erklärte er widerstrebend. »Setzt Euren Weg fort, und Gott möge Euch geleiten! Jedoch rate ich Euch zur Vorsicht.« Mit einem Seitenblick auf den Scheich fügte er hinzu: »Die Ungläubigen sind überall.«
Auf sein Zeichen hin setzte sich der Trupp in Bewegung.
Der Araber wartete, bis sie sich entfernt hatten, dann zitierte er mit einem Unterton von Groll: »›Laßt, um gegen sie zu kämpfen, alles an Streitkräften und Berittenen, was ihr finden könnt, aufmarschieren, um den Feind Gottes und den Euren zu erschrecken ...‹«
»Auf, jetzt!« befahl Ezra. »Ich wünschte, wir wären schon in Caravaca, damit ich mich endlich dieses Aufzugs entledigen kann.«
»Was ist daran denn so störend?« fragte der Scheich pikiert.
»Gerade habt Ihr doch den Beweis gehabt: in maurischer Kleidung gelte ich prompt als Araber.«
»Aber in spanischer Kleidung – auch wenn Ihr's nicht wahrhaben wollt – geltet Ihr für einen Juden.«
»Mag sein, aber gebt zu, daß hier Prioritäten walten müssen. In den nächsten Stunden bin ich lieber Jude als Araber.«
Um Sarrags Lippen spielte ein bitteres Lächeln. »Es bleibt mir nichts anderes mehr, als in den Priesterrock zu schlüpfen ...«

Kloster oder Kastell? Es war die zweite von Vargas' Hypothesen, die sich als die richtige herausstellte. Als sie Caravaca nach endlosem, anstrengendem Ritt erreichten, gewahrten sie die Wehrmauern einer Burg oder vielmehr die Reste einer solchen. Die Dorfbewohner bestätigten, daß mehr als zwei Jahrhunderte hindurch Tempelritter hier die Burgherren gewesen waren. Inzwischen allerdings beherbergten die massiven Mauern als Besatzung nur noch Scharen von Rebhühnern und Spatzen.
Als sie in den verlassenen Hof des Bauwerks eindrangen, spürten sie alle drei die gleiche Bangigkeit aufsteigen, war ihnen doch

bewußt, daß der Erfolg ihrer Suche sich hier an diesem Ort entscheiden würde.

Am einen Ende des von Unkraut überwucherten Hofes erhoben sich eine halbverfallene Fassade und die Reste einer Schildmauer, die sicher einst die beiden viereckigen Türme, die man an der Ost- und Westecke gewahrte, verbunden hatte. Eine Art Galerie zur Rechten, die auf Kragsteinen geruht hatte, war vollständig eingesackt, und wären da nicht die paar zerbrochenen Tröge gewesen und die Kesselhaken, dann hätte man niemals den ehemaligen Pferdestall erkannt.

DORT, WO DIE PFERDE DER EBENBÜRTIGEN DES JÜNGLINGS RUHTEN, RUHT AUCH DIE 3.

Im Vorwärtsschreiten stellte Vargas laute Überlegungen an: »Wenn wir Baruels Willen in Rechnung stellen, das Verständnis dieses ›Palasts‹ etwas leichter zu machen, dann könnte DORT, WO DIE PFERDE ... RUHTEN ganz einfach einen Pferdestall bedeuten. In unserem Fall diesen hier.« Er bahnte sich einen Weg zwischen Geröll und Schutt und blieb vor einer vom Rost zerfressenen Raufe stehen.

Hinter ihm ertönte Ezras Stimme: »Wo sollen wir suchen?«

Der Mönch überlegte kurz, dann sagte er: »Am Brunnen. Nicht weit von hier muß es einen Brunnen geben ...«

Die beiden anderen machten nicht den Eindruck, als hätten sie begriffen.

Vargas setzte zu einer Erklärung an: »›JEDEN, DER VON DIESEM WASSER TRINKT, WIRD WIEDER DÜRSTEN!‹ Habe ich Euch nicht gesagt, der Satz habe sicher mit der Begegnung zwischen Christus und der Samariterin zu tun? Diese Begegnung hat ...«

»... am Brunnen Jakobs stattgefunden!« rief der Rabbiner aus.

»Richtig! ›Herr, sagte zu ihm die Samariterin, du hast kein Schöpfgefäß, und der Brunnen ist tief. Woher hast du also das lebendige Wasser? Bist du etwa größer als unser Vater Jakob, der uns den Brunnen geschenkt und selbst daraus getrunken hat samt seinen Kindern und seinen Herden? Jesus antwortete: ›Jeden, der von diesem Wasser trinkt, wird wieder dürsten. Wer aber von dem Wasser trinkt, das ich ihm geben werde, den wird in Ewigkeit nicht mehr dürsten. Das Wasser, das …«

»Ihr braucht nicht weiter zu zitieren«, unterbrach ihn der Scheich. »Da ist er, Euer Brunnen!«

Er war in einiger Entfernung am Fuß einer kleinen, weiß gemauerten Wölbung, die halb vom Blattwerk verborgen wurde, stehengeblieben. Mit ein paar großen Schritten waren Ezra und Vargas bei ihm. Eine runde Öffnung klaffte im Stein, von der Kuppel herunter hing ein dickes Hanfseil – es sah aus, als wäre es am Tag vorher angebracht worden – in den Brunnen hinunter. Der Franziskaner beugte sich über den Brunnenrand. Die Seitenwände waren dicht mit Pflanzen bewachsen, die in den Fugen Wurzeln geschlagen hatten, und ein bräunlich-grauer Wasserspiegel machte es unmöglich, die Tiefe zu schätzen.

»Was meint Ihr?« fragte der Rabbiner. »Könnte das Dreieck sich unter der Wasseroberfläche befinden?«

»Vielleicht …«

Behutsam ergriff Vargas das Seil und zog es zu sich herauf. Sofort spürte er einen Widerstand, als sei am Seilende ein Gewicht befestigt worden. Mit verdoppelter Vorsicht zog er weiter, bis schließlich die Umrisse eines kreisrunden Gegenstands erkennbar wurden.

»Was ist denn das?« fragte Sarrag verdutzt.

»Das werden wir gleich wissen.«

Vargas zog schneller, und gleich darauf hielt er eine Scheibe aus Terrakotta in Händen, in der sechs Höhlungen ausgespart waren. In einer steckte ein Dreieck – das sechste. Von oben gesehen ergab sich das folgende Bild.

Der Franziskaner drehte die Scheibe um und las den halbkreisförmig eingravierten Satz: *»In unserem Innern müssen wir das Draußen schauen.«*
Sarrags Kommentar kam schnell: »Ein zweites Mal sehen wir uns mit dem Thema, das Baruel teuer ist, konfrontiert: dem Hinabsteigen ins eigene Innere. Neulich war das Symbol dafür die Höhle, heute ist es der Brunnen.«
»Eine Kleinigkeit kommt allerdings hinzu«, bemerkte der Rabbiner. Der Brunnen ist auch das Symbol für die verborgene Wahrheit, eine Wahrheit, die vollkommen nackt ist, wenn sie der Finsternis entsteigt.«
»Da ist ein noch weit bedeutsamerer Hinweis«, sagte Vargas. »Diese Scheibe ist auch der unbestreitbare Beweis dafür, daß wir, egal was wir uns gedacht haben, eben *nicht* in einer Sackgasse sind. Warum hätte Baruel sie sonst hier plaziert? Das Ding hätte gar keine Daseinsberechtigung, wenn es nicht noch eine weitere Etappe gäbe. Schaut außerdem nur hin ...«
Er legte die Scheibe auf den Brunnenrand.
»Wenn wir die Vertiefungen, die für die anderen fünf Dreiecke gedacht sind, genau anschauen, dann stellen wir fest, daß sie zueinander nicht jeweils die ganz gleiche Entfernung aufweisen. Und dann sind da im Zentrum auch noch diese Rillen ...«
»Und was könnten die für eine Bedeutung haben?«
»Für mich sieht es so aus, als sei das ganze Ding gefertigt worden, damit es *in* ein anderes Element hineinpaßt.«
»Ihr meint, es könnte so etwas wie ein Schlüssel sein?«
»Das meine ich. Deswegen sagte ich, daß Granada nicht das Ende sein kann. Baruel hätte sich diesen Gegenstand nicht ausgedacht, wenn wir ihn nicht benutzen müßten.«
Fasziniert betrachteten sie die Scheibe mit den sechs Vertiefungen, während ihr Verstand versuchte, den letzten Knoten zu lösen. Den letzten, der paradoxerweise zum ersten geworden war. Zum Anfang: BERESCHIT.

Kapitel 32

Ich war jedoch erschrocken bei dem Gedanken,
daß dieser Traum die Deutlichkeit der Erkenntnis
besessen hatte. Sollte umgekehrt die Erkenntnis
die Unwirklichkeit des Traums besitzen?
Marcel Proust: Auf der Suche nach der verlorenen Zeit

Burgos, Juli 1487

Schon eine ganze Weile wandte Francisco Tomas de Torquemada seinem Sekretär den Rücken zu. Er betrachtete die beiden Türme der Kathedrale so interessiert, als sähe er sie zum erstenmal.

Unvermittelt vollführte er eine Drehung auf dem Absatz. »Der Stand der Dinge ist folgender: Doña Vivero hat uns verraten. Unsere drei Männer sind nach Granada zurückgekehrt. Und laut Mendoza ist die Hoffnung, das Buch aus blauem Stein wiederzufinden, ganz und gar dahin.«

Fray Alvarez nickte bestätigend, merkte jedoch an: »Es gibt auch die Nachricht, daß eine Gruppe von nicht näher bekannten Männern angeblich im Albaicín um das Haus des Arabers herumschleicht.«

»Hat man herauszufinden versucht, wer sie sind?«

Alvarez bejahte: »Mendoza hat sich als Beauftragter des Heiligen Offiziums geoffenbart und den, der der Anführer zu sein schien, ohne Umschweife befragt. Aber er erntete nur hartnäckiges Schweigen.«

»Merkwürdig ... Sollten sich noch andere für den Inhalt dieses Buches interessieren?«

Der Inquisitor wußte, daß sein Gesprächspartner außerstande war zu antworten, und fuhr selbst fort. »Wäre das der Fall, dann wür-

de ihre Anwesenheit bedeuten, daß sie wie wir absolut sicher sein wollen, daß keine Chance mehr besteht, das Buch zu finden.«
Er kehrte zum Sessel zurück, vergrub sein Gesicht in den Händen und schwieg lange. Alvarez fragte sich, ob der Großinquisitor betete oder ob er sich plötzlich nicht wohl fühlte. Er hielt es für klüger, Schweigen zu wahren.
Endlich richtete Torquemada sich wieder auf. Er wirkte in höchstem Grade verstimmt. »Wer?« rief er. »Wer weiß von der Existenz des Buches? Wer, außer Euch« – Alvarez zuckte zusammen –, »dem Kabbalisten, der den falschen Baruel-Brief verfaßt hat, Doña Vivero, Ihrer Majestät und mir?« Wieder wartete er die Antwort nicht ab und wiederholte mit Nachdruck: »Wer sonst noch?« Seine Stimme wurde fast unhörbar: »Einen vergaß ich: Hernando de Talavera.«
Das Gesicht des Sekretärs erstarrte. Sein Puls beschleunigte sich. Wie betäubt vor Schreck, fragte er sich, ob der Großinquisitor ihn bereits verdächtige. Mit Mühe brachte er hervor: »Fray Talavera? Ihr könntet Euch tatsächlich vorstellen, daß er …«
»Ich stelle mir gar nichts vor. Und ich rechne mit allem.« Die Finger auf dem Schreibtisch griffen ineinander. »Ihr habt die Diskussion, die hier in diesem Raum stattgefunden hat, nicht vergessen. Als ich ihm die Sache unterbreitet habe, hat er zuerst den Ernst des Ganzen in Zweifel gezogen und sich dann strikt gegen jeden Versuch, des Buches habhaft zu werden, ausgesprochen.«
»Daran erinnere ich mich sehr genau. Ebenso an seine Antwort, als Ihr ihn fragtet, ob er das Risiko in Kauf nehme, den Tod des christlichen Glaubens und den Tod Spaniens zu erleben. Er hat gesagt…«
»Ich weiß.«
Seine Finger verknoteten sich so heftig, daß an den Gelenken das milchige Weiß der Knochen hervortrat.
»Diese Worte! Worte, die mir nachts nicht mehr aus dem Sinn gingen! Sie haben mich verfolgt wie der tödliche Hauch der Pest! Er hat gewagt zu sagen, man könne nicht um jeden Preis und unbegrenzt eine Häresie aufrechterhalten, nur weil Hochmut und Eitelkeit geschont werden müßten.«

Der Inquisitor lehnte sich sehr aufrecht gegen die Sessellehne. Ein Fieber hatte ihn erfaßt, das er gar nicht mehr zu unterdrücken suchte. Die zu einem Lächeln erstarrten Lippen zitterten.
»Hochmut ... Wenn Hochmut der Schild des Glaubens gegen die Irrlehren ist, wenn er Schutzwall sein will gegen die verderblichen Einflüsse der Wissenschaft und derer, die nichts als Sophismen verbreiten, wenn er den Willen zum Ausdruck bringt, den einzigen, einzig richtigen Weg, den Weg der Heiligen Schrift, gegen alle anderen Wege zu bewahren und zu lehren, dann mag es wahr sein, dann verkörpere ich den Hochmut!«
Er hielt inne und richtete den zitternden Zeigefinger auf seinen Sekretär.
»Wißt Ihr, was Hochmut ist, Fray Alvarez? Nichts anderes als die Gewißheit, für etwas geboren zu sein, was wir allein erfassen und uns vorzustellen vermögen.« Er hämmerte mit der Faust auf den Tisch. »Begreift Ihr, Fray Alvarez? Wir allein!« Er verstummte, holte Luft, dann fiel ihm der Kopf scheinbar kraftlos nach vorne.
Der Sekretär war wie gelähmt und ließ viel Zeit verstreichen, bevor er vorsichtig fragte: »Fray Tomas, was wollt Ihr beschließen? Mendoza erwartet Eure Instruktionen.«
»Bleibt ihnen auf den Fersen!« befahl der Großinquisitor. »Bleibt ihnen dicht auf den Fersen! Es kommt überhaupt nicht in Frage, daß Gottes Botschaft in andere Hände gerät als die unseren. Ich *will* dieses Buch. Anschließend werdet Ihr die drei Männer töten, an Ort und Stelle! Was diese unbekannte Gruppe von Spähern betrifft, so soll man rücksichtslos gegen sie vorgehen! Informiert Mendoza, daß wir die Zahl seiner Leute verdoppeln!«
Seine Furcht überwindend, hielt es der Sekretär für angebracht zu bemerken: »Fray Tomas, Ihr seid Euch bewußt, daß Baruels Plan unvollständig war. Es besteht Gefahr, daß das Warten vergeblich ist.«
»Nun, dann sind meine Befehle um so unbedingter auszuführen: Die drei sollen sterben!«

Ein fadendünner Sonnenstrahl fand seinen Weg durch die leicht geschürzten Vorhänge. Seit er aus Salamanca zurückgekehrt war, vertrug Hernando de Talavera grelles Licht immer schlechter. Oder war der unbewußte Wunsch im Spiel, möglichst zurückgezogen in frommer Versenkung günstigem Dunkel zu verweilen? Nacheinander betrachtete er seinen Vertrauensmann Diaz und Fray Alvarez. »Ich tue mich schwer zu glauben, daß die ganze Sache in einer Sackgasse endet. Warum sind sie nach Granada zurückgekehrt?« Diese Frage stellte er zum zweitenmal.

»Es blieb ihnen nichts anderes übrig«, lautete Alvarez' Antwort.

»Und Ihr seid Euch absolut sicher? In Caravaca haben sie nichts gefunden als eine Scheibe aus Terrakotta? Nichts anderes? Nichts, was mehr oder weniger einer Steintafel von blauer Farbe ähnelte?«

»Nichts anderes, Fray Talavera. Das kann ich mit Bestimmtheit sagen.« Als wüßte er die nächste Frage schon, fuhr er von sich aus fort: »Auf der Rückseite dieser Scheibe hat der Franziskaner die folgenden Worte gefunden und laut vorgelesen: ›In unserem Innern müssen wir das Draußen schauen.‹«

Talavera verweigerte sich der Vorstellung, die große Suche quer durch Spanien könne im Nichts enden. Ein Mosaikstein fehlte, es mußte den drei Männern entgangen sein. So skeptisch er zu Anfang gewesen war, was eine unmittelbar von Gott stammende Epistel anging, so überzeugt war er inzwischen von ihrem Vorhandensein. Baruels Plan war mit zu viel gelehrter Sorgfalt ausgearbeitet worden, um sich nun als Holzweg oder Sackgasse zu erweisen. Ein Mosaikteilchen fehlte ... Würden diese Männer es jemals finden?

Merkwürdig. Seit er in Salamanca den Vorsitz jener Kommission von Kosmographen, Theologen und Astronomen geführt hatte, kam ihm ständig die Stelle aus der Apostelgeschichte in den Sinn, wo Paulus auf dem athenischen Areopag die Worte spricht: »Ihr Männer von Athen, ich finde, daß ihr in jeder Hinsicht sehr religiös seid; denn als ich umherging und eure Heiligtümer betrachtete, fand ich auch einen Altar mit der Inschrift:

›Dem unbekannten Gott.‹ Was ihr da verehrt, ohne es zu kennen, das verkünde ich euch.«
Und wenn der letzte Ausdruck von Glauben darin besteht, daß man nicht versucht, Gott eine Vergangenheit, eine Gegenwart, einen Ursprung, kurz: eine Geschichte zuzuschreiben?
Talavera verharrte neben seinem Arbeitstisch und ließ langsam die Hand über dessen Oberfläche gleiten. Konnte dieser Tisch jemals eine Vorstellung von dem Tischler gewinnen, der ihn entworfen hatte? War es nicht unser unermeßlicher Hochmut, der uns trieb, das Unlösbare zu lösen? »Ich bin der, der ist.« Diese Aussage kehrte in den sogenannten ›Palästen‹ doch ständig wieder. Konnte man sie nicht Ausdruck des unmittelbaren Willens Gottes deuten? Schreibt mir keinen Namen zu! Nehmt mich als den, der Ich bin, das heißt als den Unbekannten!
Der Beichtvater der Königin verscheuchte diese Gedanken und nahm die Unterredung wieder auf: »Fray Alvarez, Ihr versichert mir, daß die Häscher des Großinquisitors die Männer von Diaz nicht mit meiner Person in Verbindung gebracht haben?«
Zur großen Erleichterung von Torquemadas Sekretär war es Diaz selbst, der Talavera beruhigte: »In keiner Weise. Wie sollte er auch, da meine Männer von Eurer Rolle absolut nichts ahnen. Sie gehorchen meinem Befehl, das ist alles.« Er beeilte sich hinzuzufügen: »Trotzdem sollt Ihr wissen, daß unsere Mission inzwischen ernsthaft gefährdet ist.«
»Señor Diaz hat recht«, bestätigte Alvarez. »Der Großinquisitor hat auf eigene Verantwortung die Zahl der Mendoza unterstellten Bewaffneten verdoppelt. Sollten sie sich zum Eingreifen entschließen, würden Eure Leute weggefegt werden. Es sei denn ...«
Bewußt ließ er den Satz unvollendet.
»Es sei denn?« fragte Talavera.
Alvarez' Vorschlag kam zaghaft: »Ihre Majestät ... Falls Ihr bei ihr vorstellig werden könntet, hättet Ihr vielleicht Aussicht, das Kräfteverhältnis umzukehren.«
Der Beichtvater der Königin nahm sich Zeit zum Überlegen. Sein Blick schien dabei ins Leere zu gleiten.

»Ich werde mir das durch den Kopf gehen lassen«, sagte er dann, ehe er sich an Diaz wandte: »Bleibt heute nacht in Toledo! Ich werde Euch meine Entscheidung wissen lassen.«

Granada, am Abend

Ibn Sarrag stand auf seiner Terrasse, das Gesicht zum sternenübersäten Himmel erhoben. Leise sagte er: »Ihr glaubt mir nicht, Rafael, dennoch steht alles da droben geschrieben.«
Er ging zu einem stattlichen Tablett aus damasziertem Silber, das auf einem hölzernen Dreifuß ruhte. Eine *alcarraza*, gefüllt mit einem bernsteinfarbenen Trank, stand darauf, daneben ein halbvoller Pokal. Er nahm ihn und führte ihn an seine Lippen.
»So habt Ihr also beschlossen, Scheich Sarrag, heute abend dem Gebot des Propheten zuwiderzuhandeln«, sagte der Mönch.
Seufzend ließ der Scheich sich in die Kissen fallen, so daß die Öllampe einige Sekunden lang flackerte.
»Mein Freund«, erwiderte er. »Machen wir uns doch nichts vor! Zu allen Zeiten haben die Muslime, insbesondere die reicheren unter ihnen, den Wein geschätzt, und dies den Vorschriften Mohammeds zum Trotz. Für mich ist es allerdings das erste Mal, daß ich bewußt gegen das Gesetz verstoße. Aber was wollt ihr, im Herzen des Menschen wohnt die Schwäche. Und heute abend bin ich schwach.« Er bot den Pokal dem Franziskanermönch. »Und Ihr, was läßt Euch zögern?«
»Nichts. Nichts, außer daß der Apostel Paulus uns gelehrt hat, die Diener Gottes müssen ehrbare Männer sein, die nicht dem Weine ergeben sind, damit sie das Mysterium des Glaubens in einem reinen und klaren Bewußtsein bewahren.«
»Es gibt da ein Paradox, meint Ihr nicht auch? Das heilige Mahl eures Messias, das ihr seit fast 1500 Jahren feierlich nachvollzieht, woraus besteht es denn, wenn nicht aus Brot und – aus Wein?« Schnell schränkte er ein: »Ich weiß, es gibt einen Unterschied zwischen einem Schluck und einem Gelage. Was mich betrifft, so ist heute abend meine Traurigkeit zu groß. Allah möge mir verzeihen, aber für ein paar Stunden der Trunkenheit werde ich Heide sein.«

Noch im Sprechen hatte er sich den Pokal wieder vollgeschenkt. »Ihr kommt wirklich nicht in Versuchung?«

Vargas zögerte kurz. Etwas wie wehmütige Erinnerung schimmerte in seinen Augen auf und verschwand wieder.

»Gebt her!« sagte er. »Ich müßte es mir ja übelnehmen, ließe ich Euch so alleine trinken.« Er ergriff den Pokal und leerte ihn in einem Zug. »Sollte ich tugendhafter sein als Noah, dessen erste Handlung nach der Sintflut darin bestand, sich zu berauschen?«

»Ihr seht, daß die biblischen Väter auch Menschen waren«, sagte Sarrag ein wenig salbungsvoll und zitierte: »›Das Schiff trieb mit ihnen einher inmitten der bergeshohen Wellen. Noah rief seinen Sohn, der sich abseits hielt: O mein kleiner Sohn, steige ein zu uns, bleibe nicht mit den Ungläubigen.‹« Sein Gesicht wurde plötzlich nachdenklich, und übergangslos rief er im Ton der Empörung: »Ich begreife es einfach nicht! Ich werde nie begreifen, wozu diese Reise uns genützt haben soll. So viele Anstrengungen, und am Ende nichts! So viele Hoffnungen, und alle zu nichts zerronnen!«

Der Franziskanermönch ließ keinen Kommentar hören. Er fühlte sich genauso hilflos. Morgen würde er zu seinem Kloster auf dem Rábida-Hügel zurückkehren, dann war das Ende eines Traums gekommen. Ein Schauer lief ihm durch den Körper. Sanft war die Luft über Granada, erfüllt vom Duft nach Thymian und Orangenbäumen. Er spähte hinaus in die nächtliche Landschaft. Aus der Ferne schimmerten als phantastische Schattengebilde die Gipfel der Sierra Nevada herüber. Der Genil schien in den Armen der Vega zu schlummern. Die viereckigen Türme der Alhambra wachten über der Stadt. Wer hätte glauben mögen, daß all diese Harmonie nur Schein war? Nur wenige Meilen entfernt grollte dumpf der Krieg. Eines Tages, vielleicht morgen, würde er die letzten Hindernisse überwinden, und dann war es aus mit aller Lieblichkeit des Lebens.

Als ich Euch von jenen seltenen Augenblicken reden hörte, in denen man die Gewißheit spürt, daß der andere ganz innig zu einem gehört, daß er die Ergänzung ist, da hatte ich nur ein Verlangen, ich wollte her-

ausschreien, daß Ihr dies alles für mich verkörpert. Manuela Viveros Stimme kam, unabweislich, durch die Stille zu ihm zurück. Drang ihm ins Fleisch wie eine weißglühende Dolchklinge. Nein, er durfte nicht schwach werden. Er gehörte Gott. Die Zeit würde die Wunde schließen, Sommer und Winter würden dahingehen und seine Erinnerungen sich allmählich abschwächen …

Alles ist radikal umgeschlagen im Augenblick, da ich Liebe für Euch fühlte. Sie hatte gelogen.

Er riß sich mühsam aus seinen Gedanken los und bat: »Sarrag, schenkt mir noch ein wenig Wein nach!«

Der Scheich griff nach dem Kühlkrug, als die kleine Tür aufging, die das Arbeitszimmer von der Terrasse trennte, und im Halbdunkel die hagere Gestalt Ezras auftauchte.

»Kommt her, Rabbi! Seid mit uns ein wenig melancholisch heute nacht!«

Der Rabbiner zeigte keine Regung. Kerzengerade, fast statuenhaft blieb er auf der Schwelle stehen und beobachtete die beiden. Sarrag wiederholte seine Einladung.

Leise Schritte wurden vernehmbar. Ezra näherte sich dem schwachen Lichtkreis. Der steife Gang hatte etwas Achtunggebietendes. Erst als er ganz nahe war, bemerkten die beiden anderen Männer die Blätter, die er in der Hand hielt.

»Rückt die Lampe näher heran!« waren Ezras erste Worte. »Ich brauche mehr Licht.«

Er setzte sich auf den blanken Fußboden, schien sich einen Moment innerlich zu sammeln, dann hob er mit vor Erregung vibrierender Stimme an: »BERESCHIT … Im Anfang. ›Im Anfang schuf Gott den Himmel und die Erde. Die Erde aber war wüst und leer. Finsternis lag über dem Abgrund, und der Geist Gottes schwebte über den Wassern. Da sprach Gott: ›Es werde Licht!‹ Und es ward Licht. Gott sah, daß das Licht gut war, und Gott schied zwischen dem Licht und der Finsternis. Gott nannte das Licht ›Tag‹, und die Finsternis nannte er ›Nacht‹. Es ward Abend, und es ward Morgen: erster Tag.‹«

Seine Hand fuhr mechanisch den Bart entlang.

»Und so weiter bis zum sechsten Tag. Am sechsten schuf Gott den Menschen. Sechs. Die Zahl der ›Paläste‹. Sechs gleichseitige Dreiecke. Sechs Tore in den Mauern von Jerez de los Caballeros. Eine Scheibe, zu unserer Weisung sechsfach gehöhlt.« Mit betont ruhiger Miene verkündete er: »In der Zahl sechs liegt der Schlüssel.«

Als fürchteten sie, seinen Gedankenfluß zu hemmen, enthielten sich Sarrag und Vargas jeder Frage.

»Seit unserer Rückkehr nach Granada bin ich unaufhörlich die zurückgelegte Strecke im Geist wieder durchgegangen. Ich habe noch einmal jede Zeile und jedes Wort überdacht, ich habe jede unserer Etappen noch einmal nacherlebt. Eine Gewißheit hat sich eingestellt, die sich in zwei Worten zusammenfassen läßt: logische Strenge. Die logische Strenge, die Baruel beim Niederschreiben seiner Rätsel durchgehalten hat. Kaum war mir das endgültig klar, da störte mich auch schon ein widersprüchliches Element. In dem absolut kohärenten Ganzen gab es doch ein gehöriges Quentchen Inkohärenz: die Reise quer durch fast ganz Spanien. Wir sind von Stadt zu Stadt gezogen, und auf den ersten Blick scheint die Abfolge der Städte bedeutungslos. Huelva, Jerez de los Caballeros, Cáceres, Salamanca, Burgos, Teruel, Caravaca, Granada. Sagt, welche Beziehung bestand zwischen diesen Städten? Keine. Oder eine so geringe, daß man sie nicht ernsthaft einbeziehen kann. Unsere Wanderschaft zu Pferd glich mehr einem Umherirren als einer Reise nach Plan. Wo blieben Strenge und Logik, an die Baruel uns doch gewöhnt hatte? War es vorstellbar, daß er seine ›Paläste‹ nach dem Zufallsprinzip errichtet hat, je nachdem, ob er am Wegrand gerade wieder einen Turm oder eine Höhle entdeckte?«

Er hielt kurz inne und strich sich wieder durch den Bart.

»In Baruels Plan sind der Improvisation und dem Zufall nie viel Platz eingeräumt gewesen. Warum ist er dann ausgerechnet in diesem einen Punkt plötzlich anders verfahren? Ich folgerte, daß hinter dieser vermeintlichen Schwäche etwas verborgen liegen müßte.

Wieder entstand ein Schweigen.
Sarrag griff nach seinem Pokal und sagte leise, während er den bernsteinfarbenen Rest Wein im Glas betrachtete: »Rabbi, Ihr seid ganz offensichtlich zu einem Schluß gelangt. Spannt uns nicht auf die Folter!«
Der alte Rabbiner veränderte seine Sitzhaltung. Das blasse Licht ließ die kantigen Umrisse seines Gesichts ein wenig weicher erscheinen.
»Schaut her!« sagte er und breitete das erste Blatt flach auf dem Silbertablett aus. »Das hier ist eine Karte der Iberischen Halbinsel. Wie Ihr seht, habe ich die Städte, die wir aufgesucht haben, sowie die Grenzen des Königreichs, dem sie jeweils angehören, eingezeichnet.« Er unterbrach sich und bat Sarrag: »Könntet Ihr mir ein Tintenfaß und eine Rohrfeder bringen, bitte?«

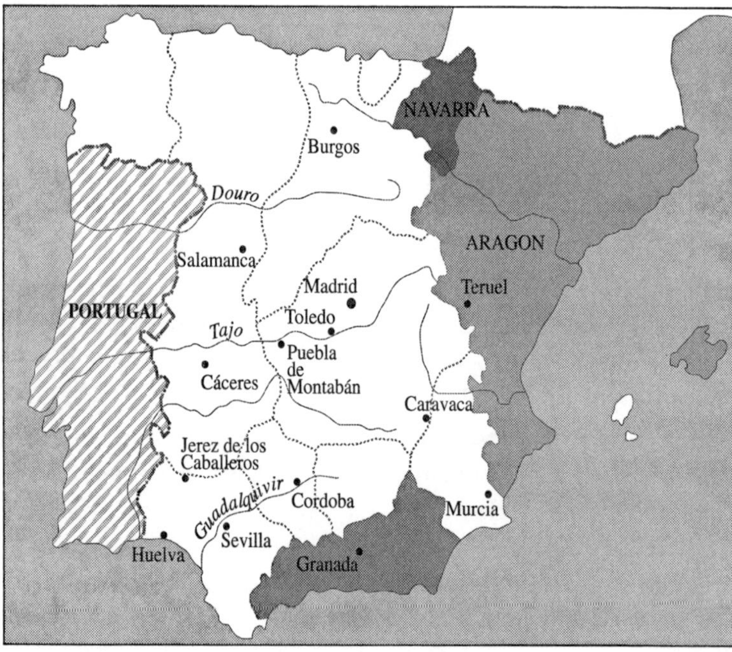

Der Araber gehorchte und kam gleich darauf mit den verlangten Dingen zurück.

»Schaut nun genau her!« sagte der Rabbiner. »Wenn wir die Städte, durch die wir gekommen sind, mittels einer Linie verbinden, entsteht diese Figur:

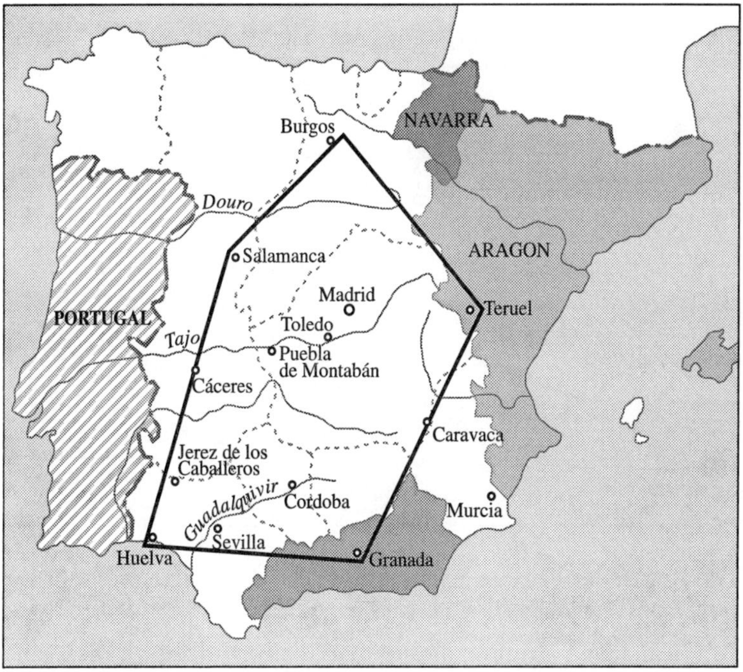

Vargas bemerkte: »A priori ist daran nichts sehr Interessantes, außer vielleicht ...« Er konzentrierte sich, während er die Karte noch näher an das Licht rückte. »Ein Fünfeck, aber ein völlig asymmetrisches. Die fünf Seiten sind da, das ist aber auch alles.«

»Also habe ich mir ein anderes Verfahren ausgedacht.« Der Rabbi griff nach einem zweiten Blatt, das ebenfalls eine Karte der Iberischen Halbinsel darstellte, breitete es aus und verband diesmal die Orte Huelva und Caravaca miteinander, desgleichen Teruel und Salamanca.

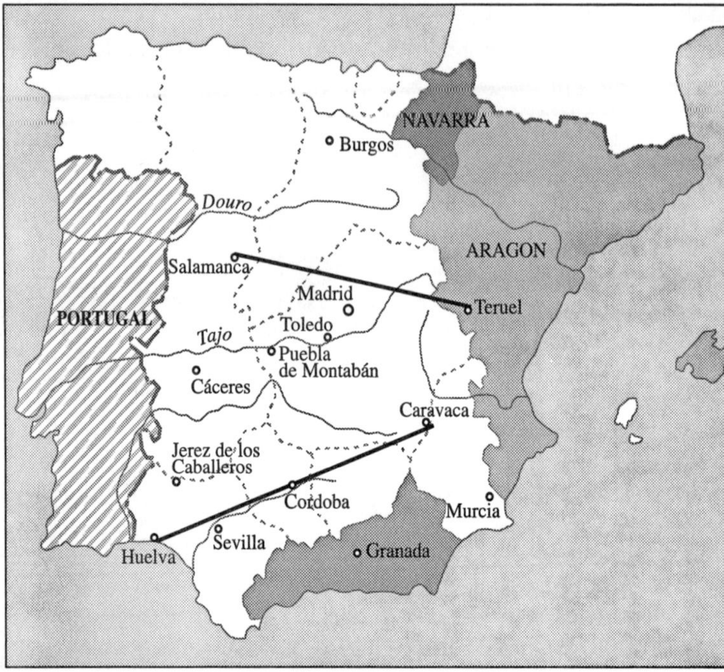

Die Rohrfeder beiseite legend, fragte er: »Und jetzt, was seht Ihr jetzt?«

Am Ton seiner Stimme spürte man, daß er nicht wirklich eine Antwort erwartete. Er begann, weitere Geraden zu ziehen. Die eine ging von Huelva aus, die andere von Caravaca, und sie liefen in einem Punkt zusammen: in Burgos. Genauso brachte er Salamanca und Teruel mit Granada in einen linearen Zusammenhang.

Kaum hatte er die Zeichnung beendet, da stammelte Sarrag: »Soll ... Sollte es möglich sein?« Er starrte unverwandt auf die Karte.

An seiner Seite prüfte Vargas verdutzt die geometrische Figur, die da soeben entstanden war:

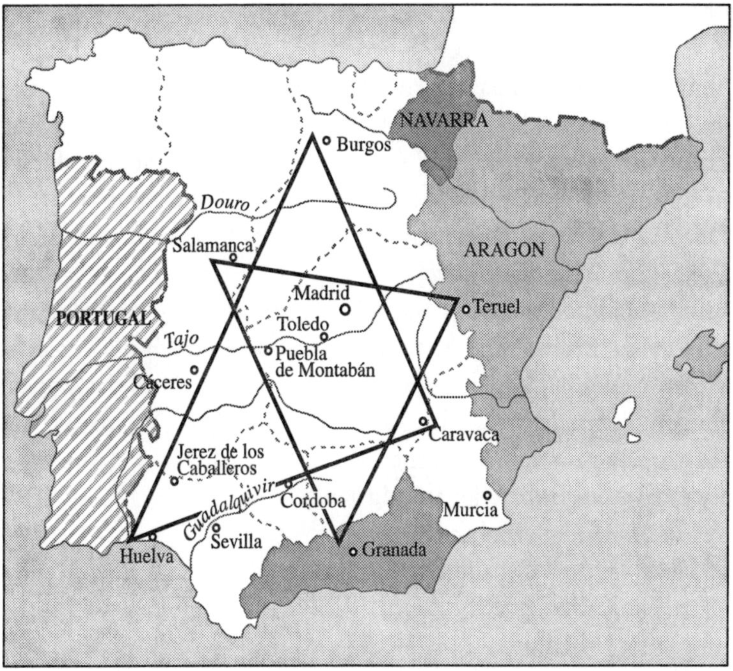

Der Rabbiner atmete tief ein und fing wieder an: »Ihr seid keineswegs Opfer einer Sinnestäuschung. Wir haben tatsächlich das Siegel Salomos vor Augen, auch wenn wie bei dem Fünfeck die Linien nicht genau durch die Orte verlaufen. Doch gibt es ein Mittel, diese Asymmetrie zu bereinigen.«

Er ergriff das letzte Blatt und behielt es in der Hand.

»Ich habe wieder an Baruel gedacht, an seine Methode und vor allem an die Ziffer 6, auf der anscheinend das Ganze beruhte. Wie viele Städte haben wir berührt?«

Sarrag antwortete mechanisch: »Mit Granada acht.«

»Folglich sind es zwei zuviel, wenn wir dafür unsere Rechenmethode überprüfen …«

»Ihr meint, wir sollten die Zahlen ähnlich manipulieren, wie wir es schon bei früheren ›Palästen‹ getan haben? Heißt das nicht, der Realität ein bißchen nachhelfen, bis sie sich unseren Wünschen anpaßt?«

»Nein, Scheich Sarrag. Ihr habt mich mißverstanden. Ich gedenke nicht so sehr die Rechen*methode* als vielmehr die zu berechnenden *Elemente* abzuändern. Denkt nach! Da es ausgeschlossen ist, daß wir per Addition der Städte zur grundlegenden Zahl, also der Ziffer 6, gelangen, sind es demnach nicht die Städte, die wir in Betracht ziehen dürfen, sondern andere Anhaltspunkte.«
Der Araber hatte sich erneut nachgeschenkt, aber vergessen, den Pokal zum Mund zu führen.
»Erinnert Euch, ist nicht Baruels Plan in ›Haupt-‹ und ›Nebenpaläste‹ unterteilt? Bis heute nacht haben wir noch nie versucht, diesen Benennungen auf den Grund zu gehen. Und das war ein Fehler, denn dort lag die Antwort verborgen. Wenn wir das Ganze noch einmal zusammenfassen, was sehen wir dann?«
Er ergriff die Rohrfeder und kritzelte:
1. Huelva, »Hauptpalast«.
2. Jerez de los Caballeros, Cáceres und Salamanca, »Nebenpaläste«.
3. Burgos, »Hauptpalast«.
4. Teruel, »Hauptpalast«.
5. Caravaca, »Hauptpalast«.
6. Granada, »Hauptpalast«.

Er steckte die Feder in das Tintenfaß zurück.
»Sechs«, erklärte er ruhig.
»Sechs in der Tat«, wiederholte Vargas. »Ja, und? Ich sehe nicht, inwiefern das an der Symmetrie des Siegels etwas ändert.«
Ezras beschwichtigende Geste galt der Ungeduld des Franziskanermönchs. »›Hauptpaläste‹, ›Nebenpaläste‹. Warum hat Baruel mit voller Absicht bestimmte Etappen mit diesen Bezeichnungen ausgestattet? Wegen der Bedeutung der Stadt? Burgos steht im gleichen Ansehen wie Salamanca, und Cáceres ist nicht reicher als Jerez de los Caballeros. Wegen ihrer geographischen Lage? Gewiß nicht. So wiederhole ich denn meine Frage: Warum? Schaut Euch die Karte genau an!«
Eine ganze Weile verging, bevor Vargas mit gepreßter Stimme erklärte: »Die Königreiche.«

»Bravo!« gratulierte ihm Ezra.
Er nahm erneut die Rohrfeder und fügte die Königreiche hinzu:
1. Huelva, »Hauptpalast«, Königreich Sevilla.
2. Jerez de los Caballeros, Cáceres und Salamanca, »Nebenpaläste«, Königreich León.
3. Burgos, »Hauptpalast«, Königreich Kastilien.
4. Teruel, »Hauptpalast«, Königreich Aragon.
5. Caravaca, »Hauptpalast«, Königreich Murcia.
6. Granada, »Hauptpalast«, Königreich beziehungsweise Emirat Granada.

»Sechs Königreiche. Da haben wir sie wieder, die geheimnisvolle Zahl, die uns seit dem Beginn unseres Suchens begleitet. Zwingende Schlußfolgerung: Man darf nicht die Städte untereinander verbinden, sondern man muß es mit den Königreichen tun.«
Zur Tat schreitend, nahm er das letzte Blatt und erneuerte seine Zeichnung. Als er fertig war, legte er die Karte auf das Tablett.
»Meine Freunde, hier habt Ihr nun ein harmonisches Siegel Salomos!«

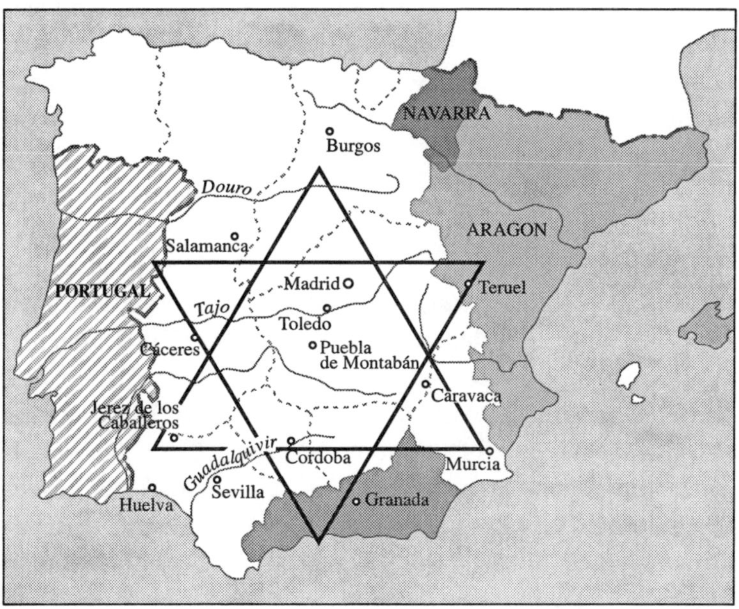

Fasziniert, zu Worten unfähig, betrachteten Vargas und Sarrag die Karte.

»Strenge und Logik!« dozierte der Rabbi. »Wie ich es mir gedacht hatte, der Zufall hat in Baruels Plan einfach keinen Platz. Unser langer Ritt kreuz und quer über die Halbinsel entsprach einem durchdachten Wollen.«

Der Araber legte die Stirn in Falten. Ein Detail, das auf den vorangegangenen Fassungen der Karte nicht auftauchte, hatte seine Aufmerksamkeit erregt. Die Spitze seines Zeigefingers zeigte auf einen Punkt unterhalb von Toledo.

»Warum dieses Kreuz im Mittelpunkt des Siegels?«

Auf den Lippen des Rabbiners erschien ein ruhiges Lächeln. »Weil wir genau dort die blaue Steintafel finden werden.«

»Wie könnt Ihr dessen so sicher sein?«

Ezra sagte nachdrücklich: »Dort und nirgendwo anders.«

Während er sich mechanisch die verkrüppelten Finger massierte, begann er seine Argumente auszubreiten.

»Wir wissen, daß das Siegel Salomos keine banale geometrische Figur ist, sondern geradezu die Summe des hermetischen Denkens. Es enthält die vier Elemente: Das erste, mit der Spitze zum Himmel weisende Dreieck, steht für das Feuer, das zweite, nach unten weisende, für das Wasser. Der Rumpf des von der Basis des Wasserdreiecks abgeschnittenen Feuerdreiecks steht für die Erde. Umgekehrt bedeutet der Rumpf des Wasserdreiecks die Luft. Das in diesem Hexagramm vereinigte Ganze stellt die Gesamtheit der Elemente des Universums dar. Wenn man außerdem die vier seitlichen Zacken des Sterns betrachtet, dann sieht man, wie die Entsprechungen zwischen den vier Elementen und ihre paarweise einander entgegengesetzten Eigenschaften hervortreten. Ich meine natürlich das Warme, das Trockene, das Feuchte und das Kalte. Das Salomo-Siegel erscheint demnach als die Synthese der Gegensätze und als der Ausdruck der kosmischen Einheit. Gewisse Kabbalisten fügen dem die sechs Grundmetalle hinzu: Silber, Eisen, Kupfer, Zinn, Quecksilber und Blei.«

»Eure Darlegungen erklären immer noch nicht ausreichend, warum Ihr die Gegend südlich von Toledo auserwählt habt?«
»Weil sie – ich gebe zu ungefähr – den Mittelpunkt des Siegels darstellt. Den Mittelpunkt: das Gold und die Sonne.«
»Ihr sagt ausdrücklich ›ungefähr‹, was offenläßt, ob nicht eine genauere Berechnung diesen Mittelpunkt verschieben würde. Folglich ...«
Ezra schien von dem Einwand des Arabers nicht besonders betroffen zu sein. »Ich habe die Gegend sorgfältig überprüft. Diesbezüglich möchte ich Euch, Scheich Sarrag, zu den wertvollen Werken, aus denen Eure Bibliothek besteht, beglückwünschen. Als ich die Abhandlung Eures Landsmanns, des Geographen Ibrahim Abu Bakr, durchblätterte, entdeckte ich, daß sich südlich von Toledo, und zwar in der Nähe des ungefähren Mittelpunktes, ein Bauwerk befindet, das jeden Zweifel beseitigt und meine Hypothese festigt.« Er legte seinen Finger auf das Kreuz. »Die Burg Montalbán!« Und an Vargas richtete er die Frage: »Habt Ihr von diesem Kastell schon gehört?«
Der Franziskanermönch wirkte deutlich verunsichert. »Handelt es sich um eine stark befestigte Anlage, die vor etwas mehr als hundert Jahren von dem Infanten Don Juan Manuel errichtet worden ist?«
»Ja. Und wißt Ihr, an welcher Stätte diese Burg errichtet wurde? An der Stätte einer Festung, Fray Vargas. Einer Festung, die ihrerseits erbaut worden war von ...« Er legte eine bewußte Pause ein, dann vollendete er den Satz: »... von den Templern, Euren Brüdern.«
Der Mönch war wie betäubt.
Ezra ließ sich nicht mehr unterbrechen. »Und wißt Ihr, welche Form diese Burg heute hat? Sie ist drei-eck-ig! Habt Ihr gehört? Dreieckig!« Sein Körper spannte sich, er war wie ein Raubtier, das seiner Beute endgültig den Garaus machen wird. »Zwei der Bollwerke sind fünfeckig.« Er zählte auf: »Das Fünfeck, das Dreieck. Die Tempelritter. Die Burg Montalbán vereinigt sämtliche Konstruktionselemente der sechs ›Paläste‹. Begreift Ihr jetzt,

warum ich mich für diesen ›ungefähren‹ Mittelpunkt entschieden habe?«
Betretenes Schweigen war das Echo auf seine Frage.
Drüben am Horizont war über der Vega die Morgendämmerung zu ahnen.

Kapitel 33

Wenn das Herz das, was die Lippen murmeln, nicht kennt, dann handelt es sich nicht um Gebete.

Sprichwort

Ambraduft erfüllte im schwachen Schein der Kerzen das Schlafzimmer der Königin.

Erschüttert umklammerte Isabel die Seitenlehnen ihres Sessels und versicherte mit Nachdruck: »Du mußt mir glauben, Manuela! Ich war nicht informiert.«

»Nie käme mir der leiseste Zweifel, Majestät. Dennoch sind da die Tatsachen. Der Großinquisitor hat wirklich einen Mordanschlag auf mich verüben lassen. Hätte nicht die Vorsehung es so gefügt, daß mir plötzlich ein Trupp Eurer Soldaten entgegenkam, ich könnte hier nicht Zeugnis ablegen.«

»Ich weiß, Manuela. Aber ich wiederhole: Ich war nicht informiert. Der Großinquisitor hat seine Befugnisse überschritten. Du darfst sicher sein, daß dieser Mendoza für den Rest seiner Tage im Gefängnis verfaulen wird.«

»Sei es drum, ich bin am Leben, das ist das Entscheidende. Sagt mir lieber, warum Ihr, nachdem Ihr erfahren hattet, daß gar kein Komplott im Gange ist, sondern drei Männer auf der Suche nach einer – zugegeben hypothetischen – himmlischen Botschaft sind, warum Ihr trotzdem den Forderungen des Großinquisitors nachgegeben habt!«

Die Züge der Königin erstarrten zu einer hoheitsvollen Maske. »Teure Freundin, eine Königin von Spanien gibt nicht nach, sie bewilligt. Und was ich bewilligt habe, war zum Wohl unsres Landes.«

»Und was ist mit dem Wohl Gottes? Ihr, die tiefgläubige Königin …«

Die Antwort kam ebenso rasch wie unerwartet: »Du sollst wissen, daß ich nie den geringsten Zweifel am Inhalt besagten Buches gehegt habe. Beim katholischen Blut, das in meinen Adern fließt, ich habe mir niemals vorstellen können, daß diese Botschaft – so hypothetisch sie sein mag – etwas anderes ist als die Bestätigung der einen und einzigen Wahrheit: Jesus Christus unser Herr *ist* der Sohn Gottes und die christliche Welt ist bewohnt von *seinen* Kindern.«
»Aber warum beharrt Ihr dann darauf, daß diese Männer der Tod ereilt? Warum sucht Ihr eine Wahrheit zu ersticken, die möglicherweise Gott selbst formuliert hat?«
Die Königin antwortete nicht. Sie streckte die Hand nach einem Intarsientischchen aus, auf dem ein Fächer aus Perlmutt lag. Sie nahm ihn und öffnete ihn ruckartig, aber nur zur Hälfte. Das Tupfenmuster von weißen Blüten wurde sichtbar. Unwillkürlich dachte Manuela an die Blüten des Mandelbaums. Das Leben ist wie dieser Baum, dachte sie flüchtig: zart duftende Blüten, bittere Früchte.
Unvermittelt stand die Königin aus ihrem Sessel auf und durchmaß mit unmutigen Schritten das Zimmer. Es war, als kämpfe sie in ihrem Innern einen unerträglichen Kampf. Mit rauher Stimme sagte sie schließlich: »In Wahrheit habe ich nur einen einzigen kurzen Moment lang geglaubt, daß in diesem Buch eine schlimme Gefahr steckt. Und die Angst vor dieser Gefahr hat mich dazu gebracht, Torquemadas Plan zu akzeptieren.«
Ihre Brokatrobe raschelte, als sie zum Fenster trat und kurz die purpurfarbenen Samtvorhänge auseinanderzog.
»Du mußt begreifen, daß der Staat Gründe kennt, die dem Herzen unerträglich sein mögen, die im Hinblick auf sein Überleben aber einleuchtend, also vernünftig sind. Nichts außerhalb des Staates, nichts über ihm, nichts gegen ihn! Er ist Spanien.«
Manuela fühlte sich hilflos, ohnmächtig und keiner Gegenargumentation mehr fähig. Seit mehr als zwei Stunden suchte sie die Frau, die sich ihre Freundin nannte, dazu zu bewegen, daß sie

die von Torquemada verhängte Jagd beendete. Vergeblich. Vargas, Sarrag und Ezra sollten sterben.

Die Ahnung, daß sich ein blutiges Ende anbahnte, war ihr auf ihrem Rückweg gekommen, kurz nach dem schurkischen Überfall. Sie hatte wieder an den Charakter des Großinquisitors gedacht: ein Mann, der keine Skrupel kannte. Der an Isabel gesandte Brief war ihr eingefallen, der ohne Antwort geblieben war, und die mehr als ausweichende Art, in der der Vogelkopfmann diesen Zwischenfall zu erklären versucht hatte. In einer nur noch instinktiven Reaktion war sie zu Isabel geeilt, die sie noch am selben Abend empfangen hatte. Schnell hatte sich ihre Befürchtung bestätigt: Isabel hatte ihr Schreiben nie erhalten. Bei keiner Gelegenheit hatte der Großinquisitor sie von Manuelas Entschluß, ihren Auftrag nicht weiter auszuführen, unterrichtet. Und zur Stunde mußte er längst mit seinem Befehl das Schicksal der drei Männer besiegelt haben.

Mit bangem Herzen und den Tränen nahe erbat sie die Erlaubnis, sich zurückzuziehen.

Die Königin trat einige Schritte näher. »Da ist noch etwas, was du nicht weißt. Vor ein paar Tagen, also deutlich vor deinem Besuch, habe ich erfahren, daß die drei Männer anscheinend ganz kurz vor dem Ziel stehen, und daraufhin Fray Talavera zu mir bestellt. Unsere Besprechung war für Ende der Woche anberaumt, für übermorgen.«

Manuela stammelte: »Aber … Wozu?«

»Um ihm meine Entscheidung mitzuteilen.«

»Majestät, darf ich fragen, welche Entscheidung?«

Statt zu antworten, setzte die Königin sich an einen Sekretär aus Rosenholz. Sie klappte ihn auf, nahm ein Blatt und öffnete eine Schreibgarnitur aus damasziertem Gold. Bedachtsam öffnete sie das Tintenfäßchen, griff zu einer gespitzten Feder, tauchte sie ein und begann zu schreiben. Als sie geendet hatte, unterschrieb sie mit fester Hand, schwenkte das Blatt mechanisch ein paarmal hin und her, um das Trocknen zu beschleunigen, und reichte es Manuela.

»Nimm!« sagte sie. »Morgen in aller Frühe wirst Du diesen Brief Fray Talavera übergeben.« Sie fügte hinzu: »Du kannst Kenntnis davon nehmen, bevor ich ihn versiegle.«

In der Nähe von Toledo

Mit dem Handrücken wischte sich Vargas die Schweißperlen von der Stirn. Die Mittagssonne hatte die Landschaft in einen Backofen verwandelt, in dem auch die Bäume zu leiden schienen. Der Franziskaner warf einen Blick aus dem Augenwinkel zu seinen beiden Gefährten. Mit hängenden Schultern und gefurchten Zügen trabten sie einher, den Blick starr auf den Horizont gerichtet. Ganz offensichtlich durchlitten sie die gleiche Mühsal wie er. Vor sechs Tagen hatten sie Granada verlassen, und seither wechselten sie nur ab und zu ein paar Worte, ganz als habe das ahnungsvolle Wissen um das nahe Ende der Reise und die Besorgnis vor dem Unbekannten sie in eine der Erschöpfung nahe Beklommenheit versetzt.

Und wenn Ezra sich getäuscht hatte? Wenn er sich verrannt hatte in seine Analyse, unbewußt getrieben von dem Wunsch, das wichtigste Symbol seiner Religion, das Siegel Salomos, um jeden Preis zur Geltung zu bringen? Nein, das konnte nicht sein. Sie hatten sämtliche Aspekte des Problems erörtert, hatten es wahrlich hin- und hergewälzt und sich bemüht, auch anderen Möglichkeiten gerecht zu werden; sie hatten aber keine einzige gesehen, die so einleuchtend gewesen wäre wie die von dem alten Rabbiner vorgeschlagene.

Nun galt das allerletzte Fragezeichen dem Inhalt des geheimnisvollen »Buches«. Würde der blaue Stein sich seiner Botschaft entäußern, wie er es in der Vergangenheit getan hatte? Oder würde er stumm bleiben? Schließlich waren zwischen jenen beiden Tagen, an denen die Tafel sich zuerst dem Ahnherrn Aben Baruels und dann diesem selbst geoffenbart hatte, mehrere Jahrhunderte vergangen. Wozu sich mit der Frage abquälen? Die Antwort war ihre Sache nicht, sowenig wie sie Moses, Jakob oder Salomo zugestanden hatte. Sie lag einzig beim Schöpfer.

»Vargas!«
Rafael gab seinem Pferd die Sporen und schloß zu dem Scheich auf. »Was ist los?«
»Wir steigen ab.«
»Haltmachen, hier? Was ist denn in Euch gefahren?«
Der Araber antwortete nicht. Er stieg vom Pferd und wies auf ein Wäldchen, das sich in der Nähe abzeichnete. »Folgt mir!«
»Sarrag!« protestierte der Rabbiner. »Wir haben noch eine lange Strecke vor uns. Wozu das jetzt nutzen soll, kann ich wahrlich ...«
»Hört zu, Ezra, die Sonne hat mein Gehirn noch nicht ganz ausgedörrt. Wenn ich Euch bitte, mir zu folgen, dann nicht ohne Grund. Kommt jetzt!«
Der Jude wechselte einen schicksalsergebenen Blick mit dem Franziskanermönch, und sie beschlossen, sich zu fügen.
Sobald sie im Schatten angelangt waren, vergewisserte sich Sarrag, daß das Gezweig auch wirklich Deckung bot, dann verkündete er: »Wir werden verfolgt.«
»Was sagt Ihr?«
»Ihr habt mich schon verstanden. Hättet Ihr mich beobachtet, dann hättet Ihr bemerkt, daß ich mich seit dem Morgengrauen ständig im Sattel umdrehe.«
Er deutete auf eine kleine ockerfarbene Staubwolke, die sich etwa eine Meile entfernt auf der Landstraße hinter ihnen langsam vorwärtsbewegte.
»Sie lassen nicht locker.«
»Von wem redet Ihr?« fragte der Franziskaner.
»Von Doña Viveros Komplizen.«
Vargas stammelte: »Das ... Ihr müßt Euch täuschen.«
»Ihr erinnert Euch an das, was ich an dem Tag, als die Señora verschwunden ist, abschließend gesagt habe: ›Ihre Auftraggeber aber werden ihre finsteren Machenschaften konsequent weiterverfolgen.‹«
Sein Zeigefinger deutete in Richtung des Staubwölkchens. »Da sind sie ...«

»Was nun?« fragte Ezra. »So kurz vor dem Ziel werden wir doch wohl nicht aufgeben!«

Der Araber hob fatalistisch die Schultern. »Wir haben nur zwei Möglichkeiten: Entweder wir kehren um, oder wir stehen die Sache bis zum Ende durch. Bis zu dem ›Buch‹. Das heißt, wir reiten weiter, dem Tod entgegen. Denn Ihr selbst habt es ja mit Nachdruck gesagt: Was sie interessiert, ist das ›Buch‹. Wenn wir sie erst einmal hingeführt haben, dann ist es aus. Sie werden uns skrupellos beseitigen.«

Ein langes Schweigen folgte.

Auf der Landstraße hinter ihnen kam die ockerfarbene kleine Wolke unaufhaltsam näher.

»Erinnert Euch an die Legende von Hiram!« sagte plötzlich Vargas. »An den dreifachen Tod ... Welches Schicksal kann edler sein, als wenn man sein Leben hingibt, um reiner und größer wiedergeboren zu werden? Baruel hat sich aufgeopfert, um uns ein heiliges Erbe zu übermitteln. Und er ist nie so lebendig gewesen wie jetzt in diesem Augenblick. Wer von uns käme auf den Gedanken, ihn zu verraten und mit ihm den allmächtigen Herrn?«

Sarrag und Ezra stimmten ohne das leiseste Zögern zu. Ein Schimmer von Wehmut erfüllte den Blick des Rabbiners.

»Was ist schließlich der Tod«, sagte er, »wenn nicht ein notwendiger Durchgang. Die ersehnte Begegnung mit Elohim. Was mich angeht, so hätte der Ewige schon längst an meine Pforte pochen müssen.«

»Worauf warten wir?« rief Sarrag und erhob sich. »Der Teufel soll seine Ungläubigen holen! Wenn es ihnen gefällt, wie Hunde auf unserer Spur zu hecheln, dann sollen sie es eben tun!«

Sie brachen wieder auf. Wenige Minuten später galoppierten sie in Richtung Torcón, dorthin, wo der blaue Stein ihrer harrte.

Mit geringem Abstand folgten ihnen die Männer Torquemadas.

Im gleichen Augenblick, einige Meilen entfernt

Manuelas Lippen zitterten vor Zorn und Verzweiflung. Sie musterte Talavera und versuchte, sich einzureden, daß er sich täuschte, daß die Nachricht, die sein Späher ihm gerade überbracht hatte, nur ein Irrtum sein konnte.

Doch der Priester bestätigte: »Sie haben tatsächlich ihre Spur verloren, Doña Vivero.«

»Das kann doch nicht wahr sein!«

Sie deutete auf die umstehenden Soldaten.

»Ihre Majestät hat uns eine ganze Abteilung zur Verfügung gestellt«, sagte Manuela. »Eine bis zu den Zähnen bewaffnete Reitertruppe, die besten ihrer Armbrustschützen. Und all das, damit die drei ihnen durch die Lappen gehen?«

Talavera breitete voll Überdruß die Arme aus. Er schien genauso verzweifelt wie die junge Frau vor ihm. »Was soll man dazu sagen? Meine Leute sind in der Tat schuld. Sie fürchteten so sehr, von den Häschern des Großinquisitors entdeckt zu werden, daß sie den Abstand immer größer werden ließen, bis sie die drei dann überhaupt nicht mehr gesehen haben.«

»Fray Talavera, sie werden sterben!«

Das war keine bloße Feststellung, es war ein Schrei aus tiefstem Inneren.

»Beruhigt Euch, Señora! Noch ist vielleicht nicht alle Hoffnung verloren. Ich werde Befehl geben, Kundschafter in alle Richtungen auszusenden. Vielleicht haben wir doch eine Chance, sie wiederzufinden.«

»Aber das kann Stunden dauern! Tage! Es besteht akute Gefahr, daß wir zu spät kommen.«

Talavera legte der jungen Frau die Hand auf die Schulter und sagte eindringlich: »Man muß an Gott glauben, Doña Vivero! Hört Ihr? Man darf niemals den Glauben verlieren! Niemals!«

Sie nickte ohne Überzeugung. Und während Talavera auf den Hauptmann der Truppe zuging, ließ sie sich unter einem Baum zu Boden sinken.

Vargas ... Wenn ihm etwas zustoßen sollte, würde sie sich das niemals verzeihen. Sie würde mit einer tiefen Wunde im Innern fortleben, vielleicht würde sie niemals darüber hinwegkommen. Noch schlimmer war die Vorstellung, er könne im Moment seines Todes noch an sie denken, auf schreckliche Weise an sie denken, ohne eine Spur von Nachsicht. Nie würde er erfahren, was zu unternehmen sie noch versucht hatte.

Kapitel 34

Auf den Straßen des fruchtbaren Halbmonds wanderte es erneut dahin, das Volk der Verheißung, wie in den Tagen Abrahams ...

Daniel-Rops: Das Volk der Bibel

An den Westhang des Gebirges angelehnt und das ganze Tal beherrschend, erhob sich die Burg Montalbán als düstere Steinmasse über Buchen und Korkeichen. Die Wasser des Torcón, die ruhig dem Herzen der Puebla de Montalbán entgegenflossen, bildeten an der Westflanke eine natürliche Verteidigungslinie.

Der Mann mit dem Vogelkopf befahl seinen Leuten, vom Pferd zu steigen. Kaum war auch er abgestiegen, ging er mit leisen Schritten zu seinem Unteroffizier, Alonso Quijana.

»Gebt acht!« sagte er im Flüsterton. »Diesmal dulde ich nicht den kleinsten Irrtum. Ihr bezieht jetzt dort drüben Position« – er deutete auf eine Zypressenreihe links von ihm – »und wartet auf mein Signal!«

Quijana antwortete mit einem steifen Kopfnicken.

Mendoza fragte: »Von Talaveras Leuten immer noch keine Spur?«

»Keine, Señor.«

»Merkwürdig. Sie sind am Eingang der Puebla verschwunden. Ich frage mich, was sie veranlaßt haben könnte, von einer weiteren Verfolgung abzusehen. In Granada sah es noch so aus, als würden sie einer Konfrontation nicht ausweichen.«

»Vielleicht ist ihnen klargeworden, wie schwach sie sind. Schließlich sind wir doppelt so viele an der Zahl. Oder aber wir haben sie abgehängt.«

Mendoza glättete nervös seinen Bart. Die Erklärung seines Unteroffiziers befriedigte ihn ganz offensichtlich nicht.

»Seien wir trotzdem auf der Hut«, mahnte er mit sorgenvoller Miene, »sie können jederzeit ihre Meinung ändern.«

»Das würde ihnen sehr schlecht bekommen, dessen dürft Ihr versichert sein.« Um seine Entschlossenheit zu bekräftigen, legte der Mann die Hand um den Schwertknauf.

Mendozas Blick bekundete Einverständnis. »Tut nun, wie ich Euch geheißen habe! Und wartet auf meine Befehle!«

Quijana salutierte beflissen – es sah aus, als wolle er die Hacken zusammenschlagen – und eilte zu seinen Soldaten.

Mendoza wandte seinen Blick dem verlassenen Kastell zu. Ein Lächeln zog seine dünnen Lippen auseinander und entblößte das Zahnfleisch. Wie schade, daß das eingebildete Weibsstück nicht mehr zugegen war! Er hätte ihr mit unverhohlener Freude die Kehle durchgeschnitten. Diesmal wäre sie ihm nicht entwischt.

»Señor Mendoza!«

»Was gibt es?«

»Es ist soweit. Sie kommen!«

»Versteckt Euch! Schnell!«

Sarrag zog leicht am Zügel und schloß zu Vargas und Ezra auf. »Die Burg von Montalbán«, sagte er leise. »Seltsam. Man möchte meinen, sie ist dem Verfall preisgegeben.«

»Daran ist nichts Erstaunliches«, versetzte Vargas. »Sie hat nicht mehr die strategische Bedeutung wie vor zweihundert Jahren, als die Aufmarschlinien der kastilischen Heere in Toledo zusammenliefen.«

»Diese allzu große Ruhe ist verdächtig. Ihr seid Euch sicher im klaren darüber, daß uns unsere Verfolger nach wie vor auf den Fersen sind. Sie sind bestimmt hier in der Nähe, bereit, sich auf uns zu stürzen, sobald wir im Besitz des ›Buches‹ sind.«

»Das ist sicher, Scheich Sarrag. Aber haben wir nicht beschlossen, die Suche zu Ende zu bringen? Es kommt nicht in Frage, daß wir noch umkehren.«

»In der Tat, das kommt nicht in Frage«, bekräftigte Ezra diese

Worte. »Wir sind in der Hand Elohims, und wie hoch auch der Preis sein mag, den wir zahlen müssen, denkt daran, daß er nichts ist angesichts dessen, was uns zuteil wird.«

Von jetzt an herrschte ein beinahe andächtiges Schweigen, während sie die halbe Meile bis zu der Burg zurücklegten. Vor dem Eingangstor angekommen, stiegen sie vom Pferd und sahen sich neugierig um.

Eine leichte Brise fächelte durch das Laub der nahen Bäume, während am Himmel hoch über dem ruhig dahinfließenden Torcón der Sonnenglast von Schäfchenwolken gemildert wurde.

»Hier also vollendet sich unsere Reise«, verkündete Vargas tief bewegt.

Aus einem Leinensäckchen holte er die in Caravaca della Cruz gefundene Terrakottascheibe und die sechs erzenen Dreiecke.

»Der Himmel trage Sorge, daß Ihr Euch in Euren Schlußfolgerungen nicht geirrt habt, Rabbi Ezra, und daß das ›Buch‹ wahrhaftig hier zu finden ist!«

Der Rabbiner sagte nichts. Er hatte trockene Lippen und sah bleich aus.

Sarrag war ein paar Schritte vorgetreten, um das Bauwerk besser in Augenschein zu nehmen. Es war tatsächlich, wie Ezra versichert hatte, in Dreiecksform angelegt, und seine beiden von Mauertürmchen überragten und von Schießscharten durchbrochenen Bollwerke waren fünfeckig. Längst verwehrte nichts mehr den Zugang: der Graben war halb aufgefüllt und das Fallgatter heruntergerissen. Sarrag studierte das Mauerwerk noch eine Weile, dann kehrte er zu Vargas und Ezra zurück.

»Was schlagt Ihr vor? Wir verfügen über keinen Hinweis, über nichts, was uns in eine bestimmte Richtung führen würde.«

»Ich glaube, wir sollten vor allem vom Gedanken des Dreiecks ausgehen«, sagte Ezra. »Unter allen von Baruel angeführten Symbolen ist das Dreieck dasjenige, das durchgehend erscheint, und auch das, dessen Urbild durch das letztgültige Indiz bekräftigt worden ist, nämlich das Siegel Salomos.«

»Der Ansatz scheint mir in der Tat erwägenswert«, erwiderte Sar-

rag. »Aber ich sehe noch nicht, wo genau wir das Problem anpacken können.«
»Laßt uns nachdenken! Das gleichseitige Dreieck verkörpert vor allem anderen den Namen des Schöpfers, den auszusprechen verboten ist: J. H. W. H.«
»Nach *Eurer* Tradition«, beeilte Sarrag sich einzuwerfen, »nach der jüdischen, nicht nach den anderen.«
»Meinetwegen«, seufzte der Rabbiner. »Aber ich bin nun einmal gezwungen, die symbolischen Grundattribute des Dreiecks aufzuzählen. Auch wenn Euch das widerstreben sollte, der Name des Schöpfers gehört dazu, zumal Baruel ihn zur Genüge unserer Aufmerksamkeit empfiehlt. Solltet Ihr vergessen haben, daß der Ausgangspunkt dieses ganzen Abenteuers das Tetragramm gewesen ist?«
Mißmutig stimmte der Araber zu.
»Symbolisch gesehen, verkörpert das Siegel Göttlichkeit, Harmonie und Maß. Da es aus zwei ineinander geschriebenen Dreiecken besteht, ist das erste die Spiegelung des zweiten.«
»Man könnte auch oder vor allem anmerken, daß sie auf die Doppelnatur Christi, seine göttliche und menschliche Wesenheit verweisen«, gab Vargas zu bedenken.
Ezra ließ die Hypothese schulterzuckend gelten, ging aber nicht auf sie ein. »Es gilt auch die ganz elementare Aussage, daß die Symbolik des Dreiecks die Symbolik der Zahl drei mit einbegreift.«
»Eine elementare, aber auch absolut vorrangige Aussage. Jedenfalls für mich als Christen.«
Der Rabbiner runzelte die Stirn. »Ihr meint damit ...«
»... das Dogma der Dreifaltigkeit.«
»Ein Dogma, das Mohammed radikal von sich wies«, protestierte Sarrag, »weil es nicht nur die Einzigkeit Allahs antastet, sondern polytheistischen Ideen Vorschub leistet. Ich möchte nur hinweisen auf die Sure ...«
»Seid still!« Mit hochroten Wangen hatte der Rabbiner sich aufgerichtet. »Seid still!« wiederholte er. »Glaubt Ihr, jetzt ist die

Stunde für einen theologischen Disput? Ich muß doch sehr bitten! Wir sollten uns alle drei zusammennehmen ...«
Verlegen stimmten die beiden anderen zu.
»Zurück zur Zahl drei. Sie ist Ausdruck einer geistigen und geistlichen Ordnung – in Gott, dem Kosmos und dem Menschen. Als erste ungerade Zahl steht sie für den Himmel, wobei zwei die Erde ist und eins deren beider Erschaffung vorangeht. Seid Ihr einverstanden?«
»Worauf wollt Ihr hinaus?« fragte der Franziskaner.
»Ich zögere noch ... Aber da die Zahl eins für das aktive Prinzip steht, dasjenige, aus dem jede Erscheinung hervorgeht, da die Eins das Symbol für das Höchste Wesen und damit für die Offenbarung ist, könnte es sein, daß Baruel das Buch an der Spitze des Dreiecks versteckt hat.«
»In dem, was Ihr das ›Symbol des aktiven Prinzips‹ nennt. Mit einem Wort: dem Schöpfer.«
»Das meine ich ...«
»Nun gut«, warf Sarrag ein, »die einzige Möglichkeit, das zu überprüfen, besteht darin, daß wir in die Burg eindringen.« Und entschlossenen Schrittes verschwand er unter dem Gewölbe des Eingangstors.

Der von Talavera angeführte Reitertrupp jagte mit verhängten Zügeln dahin und zog himmelhohe Staubsäulen hinter sich her. Eine halbe Stunde zuvor war ein Kundschafter mit der von allen ungeduldig erwarteten Nachricht in das provisorische Feldlager zurückgekehrt: Man hatte Torquemadas Mannen erspäht, wie sie nahe bei der Burg Montalbán in Lauerstellung lagen. Sofort beflügelte Hoffnung Manuelas Herzschlag. Es war eine sehr schwache Hoffnung, aber sie war besser als die lähmende Hilflosigkeit, in der sie bisher verharren mußten.
Sie warf einen flüchtigen Blick zu dem Priester hinüber, der mit konzentriertem Ernst auf den Weg vor sich starrte. Auf die Nachricht hin hatte er nur langsam genickt und sich jedes Kommentars enthalten. Vermutlich wußte er, wie gering die Aussicht war,

daß sie noch rechtzeitig ankamen: Sie waren mehr als zehn Meilen von Montalbán entfernt …

Sarrag, der vorausging, blieb in der Mitte des dreieckigen Innenhofes stehen. Vor ihm erhob sich eine gerade und steile Freitreppe, deren unterste Stufen von Gras überwuchert, während die oberen aus den Fugen und geborsten waren. Inmitten der Wehrmauer sah man den Türdurchbruch und darüber im gelb verfärbten Stein die Reste des Wappens, das der letzte Burgherr geführt hatte. Etwas Strenges, Bedrückendes ging von dieser Fassade aus. Etwa fünfzehn Fuß über dem Erdboden ragten noch Bruchstücke eines Türmchens empor, von dem einst die Fahnen herabgegrüßt haben mochten.
Vargas und Ezra waren nachgekommen. Ihre Mienen verrieten die ungeheure innere Anspannung.
Der Mönch deutete zu den Resten des Türmchens hoch. »Könnte das die Spitze des Dreiecks sein?«
Der Rabbiner zögerte. »Denkbar ist es …«
In fiebriger Hast nestelte er die Tefillin aus seiner Tasche. Während er einen der Riemen um seinen Mittelfinger schnürte, murmelte er bereits: »Ich traue dich Mir an auf ewig. Ich traue dich Mir an um den Brautpreis von Gerechtigkeit und Recht, von Liebe und Erbarmen. Ich traue dich Mir an um den Brautpreis meiner Treue: Dann wirst du den Herrn erkennen.« Worauf er die kleinen schwarzen Lederetuis an seinem linken Arm und an seiner Stirn befestigte.
»Kommt!« sagte er und war plötzlich wieder ganz ruhig. »Ich bin bereit.«
Er stieg als erster die Freitreppe empor, drückte vorsichtig beiseite, was einmal eine massive Tür aus Eichenholz gewesen war und jetzt nur mehr aus ein paar gesplitterten, von verrosteten Beschlägen gerade noch zusammengehaltenen Rippen bestand. Kaum waren sie im Inneren, umfing sie die Feuchtigkeit als unangenehm kühler Mantel. Ein mächtiger Gang, der sich T-förmig verzweigte, öffnete sich vor ihnen. In seiner senkrechten Verlän-

gerung konnte man hinter den finsteren Schatten eine diffuse Helligkeit wahrnehmen.
Ezras Zeigefinger bohrte sich geradeaus ins Dunkel. »Das Licht da vorne … Mir scheint, wir sollten dieser Richtung folgen.«
»Ihr habt wahrscheinlich recht. Es kommt sicher von einem Ausgang oder einer Treppe, die nach oben führt.«
Erneut ging der Rabbiner voran. Je weiter sie vorwärtsdrangen, der Helligkeit entgegen, desto mehr nahm diese zu, ja steigerte sich zu blendender Intensität. Die drei Männer sahen sich gezwungen, schützend die Hand vor die Augen zu halten.
»Was ist das …«, stammelte, Sarrag. »Als würde direkt über dem Boden die Sonne stehen…«
»Es ist nicht die Sonne«, entgegnete Ezra mit tonloser Stimme. »Es ist etwas anderes …«
Als sie dem Ende des Ganges nahe waren, strahlte das Licht milder, jedoch nicht hell genug, daß sie Wände oder Deckenwölbung hätten unterscheiden können. Sie taten noch eine Reihe tastender Schritte, bis sie plötzlich auf eine Mauer stießen und wußten, daß es nicht mehr weiterging.
Sie hatten kaum innegehalten, als das Licht sich plötzlich in eine bläuliche Glut verwandelte, die sie vollständig einhüllte. Die Luft wurde zu Kristall, desgleichen Wände, Gewölbe und der Staub zu ihren Füßen. Dann erlosch alles ebenso jäh. Die Glut löste sich auf, die Luft war wieder durchsichtige Leere, Wände und Decke hatten ihre ursprüngliche Beschaffenheit.
Die drei völlig verstörten Männer wagten weder sich zu bewegen noch zu sprechen. Instinktiv hatten sie sich geduckt und verharrten nun in zusammengekrümmter Haltung.
Mühsam und mit schwacher Stimme brachte Vargas hervor: »Das ›Buch‹ … Es war kein bloßer Traum … Das ›Buch‹ existiert …«
Der Rabbiner nickte mehrmals sehr langsam. Seine Augen waren geweitet, es sah aus, als trage er eine Maske. »Es existiert, mein Sohn … Es ist dort.« Er wollte die Hand ausstrecken, aber sie zitterte so stark, daß er die Geste nicht zustande brachte.
Da folgten Sarrag und Vargas seinem Blick, und nun gewahrten

auch sie das in die Seitenwand eingelassene kreisrunde Gebilde aus Holz, ein in sechs Dreiecksvertiefungen aufgeteiltes Rund, das darauf zu warten schien, ein zwillingsgleiches aufzunehmen.
»Aber ... das ist doch unmöglich!« rief der Scheich. »Vor einem Moment war das noch gar nicht da.«
»Es war da«, versicherte Ezra. »Aber in dem Licht konnten wir es nicht sehen.« Er wandte sich dem Franziskaner zu: »Ihr habt Baruels Scheibe ...«
Vargas nickte.
Er ging langsam zu der Wand, hielt die Terrakottascheibe mit den sechs erzenen Dreiecken in wenigen Zentimetern Entfernung gegen die hölzernen Vertiefungen und verharrte in dieser Stellung.
»Worauf wartet Ihr?« rief Ezra ungeduldig. »Ihr müßt doch nur ...«
Der Satz endete in einem Schmerzensschrei. Ein Pfeil hatte sich in seinen Oberkörper gebohrt. Seine Finger umkrampften die Fiederung, und er kippte nach hinten über.
Fast gleichzeitig waren vom anderen Ende des Ganges her dumpfe Laufschritte zu hören. Eine Stimme bellte einen Befehl. Undeutlich wurden Bewaffnete sichtbar. Ein Armbrustschütze kniete zu einem zweiten Schuß, diesmal zielte er auf den Franziskanermönch.
»Schnell!« brüllte der Araber. »Die Scheibe darauf!«
Vargas hatte die metallenen Dreiecke schon in die Vertiefungen gedrückt. Nur noch gedreht werden mußte das Ganze, aber wie herum? Aufs Geratewohl probierte er eine rüttelnde Bewegung im Uhrzeigersinn. Nichts geschah.
»Andersrum!« keuchte Sarrag. Er hatte seinen Krummdolch aus dem Gürtel gerissen und schleuderte ihn mit der Verzweiflung eines Ertrinkenden nach dem Armbrustschützen, der Vargas im Visier hatte. Das dünne Sausen der Klinge ging im Lärm der eindringenden Soldaten unter. Aber sie durchtrennte dem Schützen die Kehle, bevor der Pfeil die Armbrust verlassen konnte. Der Mann sackte zu den Boden, aber im nächsten Augenblick ging

ein anderer in Position und schob den Sicherungsbügel zurück.
»Möge Allah uns in seinen Schoß aufnehmen!« betete der Scheich. »Diesmal sind wir verloren.«
Er sah die entschlossenen Gesichter, wußte, daß man sie beide im nächsten Moment in Stücke hauen würde. Mit schweißbedeckter Stirn vor dem Holzrund kniend, mühte sich der Mönch immer noch verzweifelt, die Drehbewegung zustandezubringen.
Der vorderste Angreifer kam mit erhobenem Schwert heran.
»Achtung, Vargas!«
Der Mönch schien nicht zu hören.
Mit angehaltenem Atem und geballten Fäusten sprang Sarrag einen Schritt zurück, entschlossen, sich nicht kampflos abschlachten zu lassen. Da geschah etwas Seltsames. Der Mann, der schon zum tödlichen Hieb ausgeholt hatte, erstarrte wie in einem Krampf, verzog gräßlich das Gesicht und brach röchelnd zusammen.
Der fassungslose Scheich glaubte einen Moment, die Hand des Allerhöchsten habe den Mann zu Boden gerissen, aber dann sah er zwischen dessen Schulterblättern den Langdolch stecken und wußte, der Tod war anderswoher gekommen. Er blickte auf. Die Angreifer waren in einem unbeschreiblichen Durcheinander und unter Panikgeschrei dabei, kehrtzumachen. Es war klar, daß ihnen soeben ein unerwarteter Feind in den Rücken gefallen war.
Im Halbdunkel versuchte der Scheich die Uniformen der Retter zu erspähen, aber vergeblich. Der Gedanke schoß ihm durch den Kopf, der Allmächtige könne seine Engel gesandt haben.
»Sarrag!« Vargas' Triumphschrei ließ ihn zusammenfahren.
Er drehte sich um und sah, wie das Mauerstück auf unsichtbarer Halterung herumschwang und den Durchgang zu einem kreisrunden Saal freigab, der von Pfeilern gestützt und von einem spitzbogigen Gebälk überwölbt war.
»Helft mir Ezra tragen!«
Sofort packte der Scheich den Rabbiner unter den Achseln, während Vargas ihn an den Beinen hochhob. Ein Stöhnen entrang sich der Kehle des alten Mannes. Seine verkrüppelten Finger um-

schlossen immer noch die Fiederung des Pfeils, als wolle er so den letzten Rest Leben festhalten.
»Wir müssen den Eingang hinter uns schließen!« schrie Sarrag, während sie sich in den Saal durchdrängten.
»Unnötig. Ist schon geschehen.«
Der Araber drehte sich um. Wie durch Zauberei war das Mauerstück, kaum hatten sie die Schwelle überwunden, in die Ausgangsposition zurückgeschwungen. Zwischen ihnen und den Verfolgern lag eine undurchdringliche Barriere.
»Das ist unfaßbar …« stammelte der Scheich. »Wir sind in der Hand des Weltenschöpfers.«
Erneut ließ der Rabbiner ein Stöhnen hören. Er versuchte etwas zu sagen, aber die Worte kamen nicht mehr über seine Lippen.
»Dorthin!« sagte Vargas und wies mit dem Kopf zu einem Pfeiler. »Legen wir ihn dort nieder!«
Mit äußerster Vorsicht betteten sie den alten Mann auf den Boden. Sarrag nahm das Tuch von seinen Schultern, rollte es zusammen und schob es dem Sterbenden behutsam unter den Nacken.
»Nur Mut, Rabbi!« sagte er. »Wenn an der Himmelsuhr die Stunde nicht geschlagen hat, so werdet Ihr nicht sterben.«
Ezra zeigte ein schwaches Blinzeln. »Die Zeit … Die Zeit ist stehengeblieben, Scheich Sarrag. Sie wartet auf die heiligen Worte.«
Vargas und der Araber sahen ihn hilflos an, als fühlten sie sich bereits verwaist.
»Wir müssen das ›Buch‹ finden«, sagte der Mönch. Er wies auf Ezra. »Um seinetwillen.«
Er sah sich in dem Saal um. Der Raum war leer, wie nackt. Nicht die Spur eines Gegenstands, kein sonstiges Merkmal.
»Wo? Wo kann es nur sein?«
Sarrag fing an, den Raum abzuschreiten, suchte die Wände nach irgendeinem Hinweiszeichen ab.
»Vargas!«
»Was ist?«

»Der Saal ist kreisrund – wie die Scheibe.«
»Das ist wahr. Ich habe es bemerkt.«
»Die Pfeiler …«
»Was ist an ihnen Besonderes?«
»Es sind sechs an der Zahl. Und auch sie bilden einen Kreis.«
Betroffen sah der Mönch sich um. Der Scheich hatte recht. »Baruels letzte Ermahnung lautete: *In unserem Innern müssen wir das Draußen schauen.* Vielleicht wollte er uns mit dem ›Innern‹ bedeuten: von der Mitte aus.«
Mit ein paar großen Schritten ging der Mönch zum Mittelpunkt des Saales. Aufmerksam betrachtete er die Wand ringsum, dann hob er entmutigt die Arme: »Nichts.«
Sarrag hatte sich zu ihm gesellt. »Der Rabbiner wird gleich sterben …«
»Ich weiß … Es ist sogar erstaunlich, daß er noch nicht verschieden ist. Was tun?«
In seiner Verzweiflung hatte er die Worte beinahe herausgeschrieen. Er wollte die Suche gerade wieder aufnehmen, als der Araber ihn mit hartem Griff zurückhielt.
»Da, zu unseren Füßen!«
Der Mönch senkte den Blick. Auf der Steinplatte, auf der er stand, war in unvollkommener Zeichnung und nur ganz schwach sichtbar ein sechszackiger Stern eingemeißelt. Die beiden Männer knieten nieder und entdeckten an einer Seite der Platte eine Spalte, die gerade breit genug schien für eine Messerklinge.
»Ich habe meinen Dolch nicht mehr«, ächzte Sarrag.
»Macht nichts. Ich habe einen.« Im selben Augenblick hatte er aus der Tasche seiner Mönchskutte einen Dolch gezogen.
»Wie das … Wie kommt das? Ihr habt doch irgendwann gesagt, niemals wolltet Ihr Waffen tragen.«
»Ja, Sarrag … irgendwann.«
Schon schob Vargas die Dolchspitze in den Spalt und probierte die Hebelwirkung.
»Helft mir!«
Der Araber beeilte sich, ihm beizustehen. In fieberhafter Nervo-

sität mühten sie sich ab, bis sie tatsächlich die Platte herausgestemmt hatten.
»Da ist es...« hauchte Vargas.
In knapp einem halben Klafter Tiefe ruhte geschützt durch eine dicke Lederhülle ein rechteckiger Block. Beinahe unbewußt streckten Sarrag und Vargas gleichzeitig die Hände aus und ebenso gleichzeitig hielten sie inne.
»Weder Ihr noch ich«, sagte der Mönch. »Er.«
Der Araber stimmte vorbehaltlos zu. Er ergriff den Block, drückte ihn gegen seine Brust, ging mit raschen Schritten zu dem am Boden liegenden Rabbiner und kniete neben ihm nieder.
»Hier, mein Bruder«, sagte er, sehr bleich im Gesicht.
Ezra war schon nicht mehr ganz bei sich. Er raffte seine letzten Kräfte zusammen und strich mit der Hand über den Gegenstand.
»Nehmt die Umhüllung ab!«
Mit unendlichem Respekt entfernte der Scheich die lederne Schutzhülle. Eine Tafel von Saphir wurde sichtbar. Sie war von einer unwirklichen Transparenz und maß in der Länge etwa eineinhalb Ellen und in der Breite ungefähr eine Elle.
»Im Namen Gottes, des Erbarmers, des Barmherzigen. Lob sei Gott, dem Weltenherrn ...«
Während er die »Fatiha« rezitierte, hielt Sarrag die Tafel ganz gerade vor dem Gesicht des Rabbiners hoch. Der öffnete weit die Augen. In einem bläulichen Lichtkreis waren soeben die vier Lettern sichtbar geworden:

יהוה

EHJEH, ACHER, AHJEH
ICH BIN, DER ICH BIN

Und darunter tauchte ein Text in goldenen Schriftzeichen auf. Ezras Stimme war plötzlich erstaunlich klar geworden. Er las:
ICH BIN DER GOTT DEINES VATERS, DER GOTT ABRAHAMS, DER GOTT ISAAKS UND DER GOTT JAKOBS. ICH WERDE DIE SEGNEN, DIE DICH

segnen. Ich werde die verwerfen, die dich verfluchen. Durch dich werden alle Völker der Erde gesegnet sein. Ich habe meinen Bund zwischen Mir und dir geschlossen, von Generation zu Generation, einen ewigen Bund. Um dein Gott zu sein und der deines Volkes nach dir.

Die Sätze verloren in dem blauen Licht ihre Konturen, verschwanden, und der blaue Stein gewann seine Transparenz zurück.

Mit tränenerfüllten Augen und verklärtem Gesicht flüsterte Samuel Ezra: »Ich gehe dahin in Frieden ... Erhoben und geheiligt werden Sein großer Name in der Welt, die Er nach Seinem Willen geschaffen hat ... Sein Reich komme zu euren Lebzeiten und zu Lebzeiten des ganzen Hauses Israel. Es komme schnell und in naher Zeit, und sagt ...«

Er vermochte das Gebet nicht mehr zu Ende zu sprechen. Sein ganzer Leib zog sich zusammen, und sein Kopf fiel auf die Seite. Er war tot. Aber aus seinen Zügen leuchteten innerer Friede und Glück.

Vargas und Sarrag standen reglos wie zwei Statuen, sie waren unfähig, den Blick von ihm zu wenden.

Der Scheich wandte sich dem Franziskaner zu und sagte mit brüchiger Stimme: »So sind sie denn das auserwählte Volk ...«

»Es hat in der Tat den Anschein, daß dies die alleinige Wahrheit ist«, erwiderte Vargas.

»Ich kann daran nicht glauben!« Es klang wie ein Zornesausbruch und war doch nur Ausdruck von Sarrags Verzweiflung. Mit einer heftigen Bewegung drehte er die Saphirtafel zu sich. Kaum hatte er ihre Fläche im Blick, da überflutete auch ihn das gleiche Licht und entlockte ihm einen Schreckensschrei.

Auf dem blauen Stein stand ein neuer Text geschrieben:

יהוה

Ehjeh, acher, ahjeh
Ich bin, der ich bin

Dies ist der Koran. In ihm ist kein Zweifel. Er ist eine Richtschnur für die, die Allah fürchten, für die, die an das Geheimnis glauben. Für die Ungläubigen aber ist es gleichgültig, ob du sie mahnend warnst oder nicht warnst: Sie glauben nicht. Sie haben gesagt: »Niemand, der nicht Jude ist oder Christ, kommt ins Paradies.« Dies ist ihr wahnhafter Wunsch. Euer Gott ist ein einziger Gott! Es gibt keinen Gott ausser ihm: dem Erbarmer, dem Barmherzigen.

Wie beim erstenmal erstarben auch jetzt die Worte im durchsichtigen Blau des Saphirs. Die Erschütterung lähmte Sarrag, er wankte einen Augenblick. War er Opfer einer Halluzination oder eines Wachtraums geworden? Nein. Er hatte diese Sätze wirklich gelesen. Sie hatten sich für immer in sein Gedächtnis eingegraben.

Vargas, der wenige Schritte abseits stand, starrte ihn in größter Verwirrung an. Er hatte das jäh aufscheinende Licht wahrgenommen, von der neuen Botschaft jedoch nichts gesehen.

Voller Unbehagen erkundigte er sich: »Sagt, was habt Ihr gelesen?«

Mit zitternder Stimme und Wort für Wort gab der Araber wieder, was der blaue Stein ihm soeben als Botschaft offenbart hatte.

Dem Mönch wurde schwindlig, er wischte sich den Schweiß von der Stirn. »Das ist unmöglich! Gebt mir die Tafel!«

Kaum hatte er sie in Händen, da ließ er sich auf die Knie niederfallen und versenkte den Blick in die blaue Fläche. Sogleich erglühte der Stein zum drittenmal, und der Franziskanermönch las:

יהוה

Ehjeh, acher, ahjeh
Ich bin, der ich bin

Wahrlich, wahrlich, ich sage euch, ich bin die Pforte. Wer an mich glaubt, der glaubt nicht an mich, sondern an den, der mich gesandt hat. Ich bin als das Licht in die Welt gekom-

MEN, DAMIT JEDER, DER AN MICH GLAUBT, NICHT IN DER FINSTERNIS BLEIBE. ICH BIN IM VATER, UND DER VATER IST IN MIR, UND UM WAS IHR IN MEINEM NAMEN BITTEN WERDET, DAS WERDE ICH TUN, DAMIT DER VATER IM SOHNE VERHERRLICHT WERDE. WER AUF MICH HÖRT, HÖRT AUF MICH, WER EUCH ZURÜCKWEIST UND WER MICH ZURÜCKWEIST, DER WEIST DEN ZURÜCK, DER MICH GESANDT HAT.

Vargas, um seine letzte Fassung gebracht, rief flehend: »Gott ... Allmächtiger Gott ... Vergib uns ...«

Das Nichts hatte wieder Besitz ergriffen von der Saphirtafel. Anders aber als bei den beiden vorigen Malen wurde das bis dahin vorherrschende Blau nach und nach von einem anderen Ton überlagert, der zuerst schwer zu benennen war, bis Stück für Stück die Farbe Rot die Oberhand gewann und die ganze Fläche zuletzt an einen Blutfleck gemahnte.

Ohne daß es eines Austausches von Worten bedurft hätte, wußten sie beide, daß die gleiche Vision ihre Seele durchdrungen hatte und daß diese Vision die ganze Absurdität, den ganzen Wahn, die ganze Intoleranz und den ganzen Hochmut der Menschen in sich einschloß. Sie warteten, im Schweigen verloren, und wußten nicht mehr, was zu tun sei.

Schließlich nahm der Stein sein ursprüngliches Aussehen wieder an, und bevor einer der beiden Männer reagieren konnte, enthob er sich Vargas' Händen, schien in der Luft zu schweben, dabei seine Beschaffenheit einzubüßen, und plötzlich zerstob er zu nichts. Fast gleichzeitig schwang das Mauerstück herum und gab den Weg nach draußen wieder frei.

Im Freien wellte ein heftiger Wind den Kamm der Zypressenreihe. Im sinkenden Licht des Abends erinnerte der Innenhof der Burg wieder an eine fahle Schlucht. Der Himmel hatte sich entfärbt, nur im Westen blieb ein roter Schimmer.

Ezras sterbliche Hülle auf den Armen, erschien zuerst Rafael Vargas auf der Freitreppe. Er ließ den Blick über die schemenhaften Gestalten schweifen, die sich am Fuß der Bollwerke versammelt hatten. Er glaubte, unter ihnen Hernando de Talavera zu erkennen. Und ein paar Schritte im Hintergrund mit wie zum Gebet gefalteten Händen die undeutliche Gestalt von Manuela Vivero.

Er stieg die Stufen hinunter und ging auf sie zu.

Epilog

Am 2. Januar 1492 hielten die Katholischen Könige ihren triumphalen Einzug in Granada.
Am 30. März 1492 setzten im Audienzsaal der Alhambra Ferdinand und Isabel ihre Unterschrift unter ein Dekret, mit dem aus ihren Herrschaftsgebieten sämtliche Juden binnen vier Monaten ausgewiesen wurden.
Den Mauren wurde zunächst eine gewisse religiöse Duldung zuteil, doch folgten bald strengere Maßnahmen.
Im Jahre 1502 waren dann sie an der Reihe und mußten wählen zwischen Taufe und Exil.

Anhang

Der blaue Stein

Eine in Urzeiten zurückreichende jüdische Legende erscheint zum erstenmal im Buch »Henoch« 33. Dort steht, daß der Ewige ein oder zwei Weisheitsbücher verfaßt hat (nach einer anderen Version hat er sie Henoch diktiert), welche sämtliche Geheimnisse des Universums enthielten. Anschließend hat er zwei Engeln, Semil und Rasiel, befohlen, Henoch vom Himmel zur Erde zurückzugeleiten, wobei sie ihm auftrugen, das Buch beziehungsweise die Bücher an seine Kinder und Kindeskinder weiterzugeben, auf daß in Stunden des Zweifels die künftigen Generationen darin Antworten auf alle Grundfragen fänden, die sich ihnen stellen würden. So sei das »Buch Rasiel« entstanden. Nach einer anderen Version wurde das Buch von dem Engel Rasiel Adam übergeben. Von diesem ging es auf Noah, Abraham, Jakob, Levi, Moses und Josua über, um schließlich in Salomos Hände zu gelangen. Einen großen Teil seiner Weisheit sowie seine Macht soll Salomo aus der Kenntnis dieses heiligen Buches gewonnen haben, dessen Text nach der Überlieferung in Saphir eingraviert war. Dies legt nahe, daß das Buch nur ganz bestimmten auserwählten Menschen zugedacht war, deren Auftrag lautete, die Menschheit zum Licht zu führen. Im Targum (Übersetzungen des Alten Testamentes ins Aramäische) zum »Ekklesiastes« 10, 20 lesen wir auch: »Jeden Tag hält sich der Engel Rasiel auf dem Berg Horeb (in der ältesten biblischen Überlieferung Name für den Sinai) auf und verkündet die Geheimnisse der Menschen für die gesamte Menschheit, und seine Stimme erschallt in der ganzen Welt.«

Anzumerken ist, daß im Hebräischen das Wort *ras* »Rätsel«, »Geheimnis«, »Grundlage« bedeutet und daß der blaue Saphir der himmlische Stein par excellence ist, welcher in umfassender Weise die Symbolik des Azurs verkörpert. In der Meditation über diesen Edelstein gelangt, so heißt es, die Seele zur betrachtenden Schau des Himmels. Daher sagte man auch in Griechenland wie im Mittelalter vom Saphir, er heile Augenkrankheiten und bringe die Befreiung aus dem Gefängnis. Die Alchimisten ordneten ihn dem Element Luft zu. Die Schönheit des Saphirs ist die des Himmelsthrones. Der Saphir steht für das Herz des kindlich einfachen Menschen und für jene, deren Leben sich durch Tugend und reine Sitten auszeichnet.
Auch als Stein der Hoffnung wird der Saphir betrachtet. Da ihm göttliche Gerechtigkeit innewohnt, wird ihm allerlei Macht zugeschrieben, so die, vor dem Zorn der Großen, vor Verrat und vor falschen Gerichtsurteilen zu schützen, Mut, Freude und Lebenskraft zu vermehren, schlechte Stimmung zu vertreiben und die Muskeln zu stärken. In Indien und Arabien hilft er gegen die Pest. In der christlichen Religion ist der Saphir zugleich Symbol der Reinheit und Symbol für die leuchtende Kraft des Gottesreiches. Wie alle blauen Steine gilt der Saphir im Orient als machtvoller Talisman gegen den bösen Blick.

Die wichtigsten Orte und ihr Bezug zu den »Palästen«

1. Kloster La Rábida

Seine Name kommt vom arabischen *Rabita*. In der Zeit, als die Mauren noch diesen Teil der spanischen Küste besetzt hielten, war es eine Festung gewesen. Das Kloster ist acht Kilometer von Huelva entfernt, das an der Mündung des Tinto in den Golf von Cádiz liegt.

Im 15. Jahrhundert gegründet, spielte dieser Franziskanerkonvent eine bedeutsame Rolle bei der Entdeckung Amerikas. In diesem Kloster nämlich fand Kolumbus bei seiner Ankunft aus Lissabon im Jahre 1485 eine erste Zuflucht. Der Prior Juan Perez machte ihn mit Pater Antonio Marchena bekannt, der sich für seine Ideen gewinnen ließ, sich für seine Pläne bei Königin Isabella einsetzte und ihm aktiven und verläßlichen Beistand leistete.

Seit mehr als hundert Jahren ist das Kloster ein Wallfahrtsort, denn seine Kirche birgt ein wundertätiges Marienbild. Schon zur Römerzeit war der Hügel dank eines Proserpina-Tempels eine geheiligte Stätte.

2. Jerez de los Caballeros

Die Stadt verdankt ihren Namen den Templern *(los Caballeros del Templo)*, die sie 1230 von den Arabern zurückerobert hatten. Sie besaß Mauern, sechs Tore sowie eine im 13. Jahrhundert errichtete Burg mit dem Namen Caballeros Templarios. Dieses 1471 weitläufig umgebaute Gebäude erhebt sich am Stadtrand. Man kann noch die Torre Sangrienta, den Blutturm, besichtigen, wo die Templer umgebracht wurden, welche die Stadt nicht an Fernando IV. übergeben wollten.

3. Cáceres und die Höhle von Maltravieso

Als Alfonso IX. die Stadt 1229 zurückeroberte, wurde hier die Rittergemeinschaft Los Fratres de Cáceres aus der Taufe gehoben. Aus dieser ging wenig später der Militärorden des Santiago della Espada hervor, dessen Auftrag es war, die Pilger zu schützen und zu beherbergen, die nach Santiago de Compostela unterwegs waren. Zeitweise zählte die Stadt an die dreihundert Rittergeschlechter, deren herrschaftliche Häuser aneinandergebaut standen. Diese *solares* genannten Adelshäuser stellten wahre Bastionen rivalisierender Clans dar, die ihre Fehden bis ans Ende des 15. Jahrhunderts austrugen. 1477 wurden auf Befehl von Ferdinand und Isabel die Türme geschleift.
Hinter der Kirche Santa Maria steht die Casa de los Golfines de Abaja, die Residenz eines französischen Rittergeschlechts, das im 12. Jahrhundert aufgefordert worden war, sich in Cáceres dem Kampf gegen die Mauren anzuschließen. Diese Golfines terrorisierten schließlich die Christen genauso wie die Muselmanen, und ein Chronist betonte, daß »es selbst dem König nicht gelang, sie seiner Autorität zu unterwerfen«. An der Frontseite ihres Palastes findet sich der unverfrorene Wahlspruch: »Hier warten die Golfines auf das Gericht Gottes.« Das Wort *golfo* bedeutet »Halunke« und ist angeblich vom Namen der illustren Familie abgeleitet.

Ungefähr zwei Kilometer außerhalb von Cáceres in Richtung Torremocha befindet sich die Höhle von Maltravieso. Sie birgt Wandmalereien aus der Altsteinzeit, auf denen stark stilisierte Menschenfiguren, Tierköpfe, rotfarbige Hände und diverse Symbole dargestellt sind.

4. Salamanca

Das antike Salamanca wurde an der Ruta de la Plata, der Silberstraße, angelegt, die Mérida mit Astorga verband. 1085 wurde die maurisch besetzte Stadt zurückerobert. In romanischer Zeit er-

richtete man hier die alte Kathedrale. Die Universität wurde 1218 gegründet. Der Eingang der Universität befindet sich (heute) am Patio de las Escuelas. Auf diesen Innenhof gehen mehrere Hörsäle hinaus, darunter auch jener, wo Luis de León (1527–1591) vier Jahre nach seiner Verhaftung seine erste Vorlesung mit den Worten begann: »*Dicebamus hesterna die* – Wie ich gestern ausführte ...« Im ersten Stock befindet sich die eindrucksvolle Bibliothek mit ihren 160000 alten Büchern und Manuskripten.
Ein Kreuzgang schließt unmittelbar an die alte Kathedrale an, und dort steht auch die Kapelle Santa Bárbara. Früher fanden sich hier am Vorabend ihres Examens die Studenten ein, um ihren Stoff ein letztes Mal zu wiederholen. Sie schlossen sich die ganze Nacht von der Außenwelt ab und legten dabei ihre Füße auf das Grab eines Bischofs, weil das Glück bringen sollte. Am nächsten Tag durften sie, wenn sie bestanden hatten, mit allen gebührenden Ehren durch den Haupteingang der Universität, die sogenannte Pforte des Ruhms, schreiten, wo Professoren und Jahrgangskameraden auf sie warteten und sie beglückwünschten. Hatte hingegen das Examen mit einem Mißerfolg geendet, dann mußten sie sich durch die sogenannte Pforte der Schande, die zum Kreuzgang führte, davonschleichen. Die Universität strafte sie mit Nichtachtung, aber die Einwohnerschaft wartete zahlreich und bewarf sie mit Hausabfällen.

5. Burgos

Im Herzen von Altkastilien gelegen, avancierte Burgos 1037 zur Hauptstadt des vereinigten Königreichs Kastilien und León und blieb es bis zur Einnahme von Granada 1492, wonach es seine Rolle an Valladolid abtreten mußte.
Die Stadt des Cid Campéador bewahrt ein unschätzbares Meisterwerk gotischer Baukunst: die Kathedrale. Sie wurde ab 1221 vom heiligen Fernando erbaut und war erst nach drei Jahrhunderten vollendet. Im Zentrum der Vierung befindet sich das

Grabmal des Cid und seiner Gemahlin Jimena, der Tochter des Grafen Diaz de Oviedo. Die beiden liegen dort aber erst seit 1921. Sie waren seinerzeit in San Pedro de Cardena, zehn Kilometer vom Kartäuserkloster Miraflores, bestattet worden. Erst Alfonso XIII. ließ 1886 zunächst die Asche des Cid nach Burgos überführen.

Die San-Pablo-Brücke über den Alanzón ist mit acht Statuen geschmückt, die Doña Jimena, die Gattin des Cid, und andere historische Gestalten darstellen.

In Burgos wurde auch der berüchtigte Bischof Pablo de Santa María geboren, der in Wirklichkeit Salomon ha-Levi hieß. Der ehemalige Rabbiner trat am 21. Juli 1391 mit seiner gesamten Familie zum Christentum über.

6. Teruel

Teruel oder *el Tor* bedeutet im Arabischen »Stier«. Die Türme der Stadt sind berühmt, besonders die Zwillingstürme San Salvador und San Martin, welche von zwei maurischen Baumeistern, die beide eine gewisse Soreida liebten, errichtet wurden. Zahlreiche Mauren verblieben nach der Reconquista in der Stadt – bis zum Schicksalsjahr 1502. In einer Kapelle der Kirche San Pedro ruhen in modernen Sarkophagen, deren Liegefiguren Juan Avalos gemeißelt hat, die berühmten »Liebenden von Teruel«.

7. Caravaca della Cruz

Die in das enge Argos-Tal geschmiegte Stadt ist berühmt für die Erscheinung des *Vera Cruz* im Jahre 1232. Engel trugen dieses »Wahre Kreuz«, damit der Gefangene Chirinos vor den Augen des Sultans Abu Said die Eucharistie feiern konnte. Der Sultan bekehrte sich daraufhin zum christlichen Glauben. Eine Burg aus dem 12. Jahrhundert wurde zum Zufluchtsort der Tempelritter.

8. Die Burg Montalbán

In der Puebla Montalbán gelegen, beherrscht diese Burg das Tal des Torcón. Sie wurde wahrscheinlich um 1323 von dem Infanten Don Juan Manuel an der Stelle einer Festung gebaut, die von den Templern im 12. Jahrhundert angelegt worden sein soll. Von dreieckigem Grundriß, weist sie noch stattliche Schildmauern mit zwei fünfeckigen, mit Erkertürmchen bestückten Bollwerken auf, welche an der verwundbaren Frontseite die Umfriedung verstärken.

Historische Begriffe

1. Bannu Sarrag oder Bannu Sarray

Von 1419 an wurde in Granada die Macht des Herrschers durch die Sippe der Abenceragen entscheidend geschwächt. Die Abenceragen setzten Abu Abd Allah Mohammed, genannt Boabdil, auf den Thron von Granada. Ihre wichtige Rolle begannen sie 1417 zu spielen. Der von ihnen ausgelöste Bürgerkrieg sollte das Sultanat von Granada ausbluten und schließlich ruinieren.
In seiner ausgezeichneten kleinen Abhandlung *»Los Abencérajes, leyenda e historia«* hat L. Seco de Lucena Paredes den Ursprung der Legende um die Bannu Sarrag dargestellt. Er fand ihn in zwei literarischen Werken des spanischen 16. Jahrhunderts: dem anonymen Roman *»Abindaraez«* sowie der *»Historia de lo vandos de Segries y Abencérajes, caballeros moros de Granada«* (1595), welche der Feder des Romandichters Gines Perez de Hita aus Murcia zu verdanken ist.
Letzterer erdachte eine Rivalität zwischen der Partei der Abenceragen, die als tapfere Ritter geschildert werden, und der Partei der Segries (Verballhornung von *Tagri*, Mann der Grenze). Man weiß, welch besonderes Schicksal diesem Rittersagenstoff in der europäischen Literatur des 17. und 18. Jahrhunderts beschieden war; die Romantik in Gestalt von Chateaubriand nahm sich seiner an und machte daraus *»Les Aventures du dernier Abencérage«*.

2. Die Inquisition

Am 27. September 1480, nachdem sie zwei Jahre in Sevilla das versucht hatten, was man das »allerletzte gute Zureden« genannt hat, schritten Isabel und Fernando zur Tat: Mit der ausdrücklichen Zustimmung des Heiligen Vaters setzten sie das erste Inquisitionsgericht ein.
Am 1. Januar 1481 wurde die Inquisition kraft königlicher Verfügung und gegen den Widerstand zahlreicher Gerichtsbeamter im

Paulus-Konvent der Dominikaner von Sevilla installiert. Die Inquisition machte sich so eifrig ans Werk und die Zahl ihrer Gefangenen schwoll so rasch an, daß der Konvent zu klein wurde und das Blutgericht gezwungen war, ins Schloß von Triana, einer Vorstadt von Sevilla, umzusiedeln. Ein Jahr später figurierte Fray Tomas de Torquemada, Prior im Konvent Santa Cruz, unter den acht neuen Dominikaner-Inquisitoren, die Sixuts IV. für das Königreich Kastilien ernannt hatte. Am 3. Februar 1483 wurde Torquemada zum Großinquisitor ernannt und die Ernennung in einem Dekret Innozenz' VIII. bestätigt.

Die Verfahren und Urteile konnten auf der Grundlage von (mindestens drei) Anzeigen zustande kommen, denn es war die Pflicht eines jeden Christen, jeden, der heimlich dem jüdischen Glauben anhing, zu denunzieren. Aber das Gericht wurde auch in eigener Initiative tätig, indem es mittels seiner Familiares genannten »Vertrauten« Untersuchungen anstellte. Galt die Anzeige als stichhaltig, dann wurde der Beschuldigte in den Kerker des Heiligen Offiziums geworfen und nach acht Tagen verhört, wobei er ermahnt wurde, sein Gewissen zu erforschen, um seine Verfehlung einzusehen. Er verfügte über einen Rechtsbeistand, der jedoch unter den Mitgliedern des Gerichts ausgewählt wurde. Er kannte weder den Namen der Denunzianten noch die Verfehlung, deren man ihn anklagte, durfte aber eine Liste seiner persönlichen Feinde erstellen und eine zweite mit Entlastungszeugen. Wenn die Richter vom ersten Verhör nicht überzeugt waren, konnten sie die Folter anwenden lassen, aber sie scheinen diesbezüglich nicht allzu willkürlich vorgegangen zu sein.

Es gab zwei Kategorien von Urteilssprüchen. Wenn der Verdächtige vor den Richtern sein Verbrechen eingestanden hatte, dann wurde er zur sogenannten Aussöhnung zugelassen. Wenn er leugnete, ohne das Gericht zu überzeugen, dann wurde er der weltlichen Justiz überstellt, die ihn auf den Scheiterhaufen schickte, entweder in Person oder, wenn ihm die Flucht gelungen war, in effigie als Puppe.

Die Aussöhnung war eine feierliche Zeremonie, bei der man die

Beschuldigten in einer besonderen, entfernt an ein Meßgewand erinnernden Tracht durch die Straßen führte. Auf dem Gewand stand ihre Verfehlung, es wurde anschließend in der jeweiligen Pfarrkirche aufgehängt. Die Aussöhnung konnte die Freilassung nach sich ziehen, aber auch eine mehr oder weniger strenge Gefängnisstrafe beziehungsweise eine Geldbuße. Um die Ehre einer Familie war es in jedem Falle geschehen.

Es ist schwierig, für die Regierungszeit von Fernando und Isabel die Zahl der Opfer des Heiligen Offiziums anzugeben. Je nach Quelle schwanken die Angaben zwischen Hunderten und Zehntausenden Opfern. Die Zahl derer, die der Taufe das Exil vorzogen, ist die zweite statistische Unbekannte. Einige Fachleute meinen, daß nur eine Minderheit den Mut aufbrachte, außer Landes zu gehen, wo ein Leben in völliger Unsicherheit wartete, und schätzen diese Emigranten auf 40000 bis 50000, was wahrscheinlicher klingt als die Zahl 150000, die man bei zeitgenössischen Chronisten findet. Dritte Unbekannte ist das jeweilige Ziel der Auswanderer. Fest steht immerhin, daß die Mehrzahl nach Nordafrika und der Türkei ging.

Auch manche Katholiken entgingen der Verfolgung nicht, so Ignatius von Loyola, der gleich zweimal verhaftet wurde, oder der Erzbischof von Toledo, der Dominikaner Bartolomé de Cartanza, der siebzehn Jahre im Kerker verbrachte.

Die Inquisition wurde 1808 von Joseph Bonaparte abgeschafft, 1814 von Fernando VII. wieder eingeführt, 1820 beseitigt, 1823 noch einmal eingeführt und erst 1834 endgültig abgeschafft.

Glossar

adiós!: Auf Wiedersehen!
Albaicín: ältester Stadtteil Granadas
Alcalde: Bürgermeister
alcarraza: Kühlkrug
Alcazar: befestigter Palast der muselmanischen Herrscher
Alguacil: Gerichtsdiener, Büttel
amigo: Freund
asida: andalusisches Gericht
Azulejo: Kachel, Fliese (da ursprünglich nur blau)
Bandolero: Straßenräuber, Bandit
bochorno: heißer Sommerwind
bragueta: Hosenlatz
buenos dias!: Guten Tag!
Caballero: Reiter, Ritter
Capa: Umhang, Pelerine
cómo estan ustedes?: Wie geht es Ihnen?
Converso: zum Christentum bekehrter Jude
Corregidor: Königlicher Beamter für das Gerichts- und Verwaltungswesen
Cortes: Landstände
cuchillo: Messer
de sangre: von Geblüt
Dschellaba: langes Gewand der Araber
Dschinn: Geist im Volksglauben der Araber
duelos y quebrantos: Hirn mit Rührei
Dueña: Anstandsdame
Familiar: »Vertrauter«, Spitzel und bewaffneter Beamter der Inquisition
Fatiha: erste Sure des Korans
Feria: Jahrmarkt, Volksfest
Fray: (Kloster-)Bruder
Goi: Nichtjude
grande: groß, ein Grande
Ha-Schem immachem: im Namen des Ewigen
Hidalgo: Edelmann, Adliger
hijosdalgo: Edelmänner
horca: Galgen
Huerta: flaches, künstlich bewässertes Gemüseanbaugebiet
infierno: Hölle
inschallah: wenn Allah will

Jehudi: Jude
ka'ak: arabischer Kuchen
Kasba: vgl. Alcazar
Le-Chaim!: Zum Wohl!
Magen David: Schild Davids, »Davidstern«
Marrane: vom Wort »Schwein« abgeleitete abwertende Bezeichnung eines zum Christentum übergetretenen Juden und seiner Nachfahren, die man verdächtigte, dem alten Glauben anzuhängen
maruzijja: arabisches Gericht
Menina: Edelfräulein
mérito: Verdienst, Wert
Mesta: Zusammenschluß der kastilischen Schafzüchter unter königlicher Verwaltung
Midrasch: rabbinische Auslegung der Bibel
Mincha: Mittagsgebet
mozárabe: auf muselmanischem Gebiet lebender Christ
mudéjar: auf christlichem Territorium lebender Muslim
paraiso: Paradies
quemadero: Brandstuhl, gemauerte Verbrennungsstätte der Inquisition
salam aleikom: Seid gegrüßt!
Santa Hermandad: Wegepolizei
schalom lecha!: Seid gegrüßt!
Schema Jisrael: Gebet »Höre Israel ...«
Schochet: ritueller Schlächter, Schächter
Sohar: bedeutendstes Werk der Kabbala

solimán: weiße Schminke
Suprema: Hochrat des Ketzergerichts
Tallit: Gebetsmantel
Targum: Bibelübersetzung ins Aramäische
Tefillin: Gebetsriemen
título: Titel, Überschrift
vamos!: Gehen wir!
Vega: fruchtbare, landwirtschaftlich genutzte Niederung
Venta: Gasthof am Wege

Burgos
Douro
Salamanca
Madrid
PORTUGAL
Toledo
Tajo
Puebla
de
Montabán
Cáceres
Jerez de los
Caballeros
Guadalquivir
Cordoba
Sevilla
Huelva
Granada